中国海洋大学一流大学建设专项经费资助

《男孩的神奇号角》
与德意志浪漫主义诗歌

刘润芳　罗宜家　著

中国社会科学出版社

图书在版编目（CIP）数据

《男孩的神奇号角》与德意志浪漫主义诗歌 / 刘润芳，罗宜家著 . —北京：中国社会科学出版社，2023.7
ISBN 978 – 7 – 5227 – 2073 – 9

Ⅰ.①男… Ⅱ.①刘…②罗… Ⅲ.①浪漫主义—诗歌研究—德国 Ⅳ.①I516.072

中国国家版本馆 CIP 数据核字（2023）第 106956 号

出 版 人	赵剑英
责任编辑	顾世宝
责任校对	张　慧
责任印制	戴　宽

出　　版	中国社会科学出版社
社　　址	北京鼓楼西大街甲 158 号
邮　　编	100720
网　　址	http://www.csspw.cn
发 行 部	010 – 84083685
门 市 部	010 – 84029450
经　　销	新华书店及其他书店
印　　刷	北京君升印刷有限公司
装　　订	廊坊市广阳区广增装订厂
版　　次	2023 年 7 月第 1 版
印　　次	2023 年 7 月第 1 次印刷
开　　本	710×1000　1/16
印　　张	35.75
字　　数	606 千字
定　　价	189.00 元

凡购买中国社会科学出版社图书，如有质量问题请与本社营销中心联系调换
电话：010 – 84083683
版权所有　侵权必究

目　录

引　言 ··· (1)
 一　立意 ··· (1)
 二　研究状况和资料 ··· (2)
 三　理论和方法 ··· (4)

绪论　参照系——华夏民歌及诗史发展 ································· (6)
 一　文本概述 ··· (6)
 二　艺术表现与审美理想 ·· (8)
 三　华夏民歌对文人创作的影响及诗歌史意义 ······················· (18)

第一章　《男孩的神奇号角》 ··· (41)
 第一节　《号角》的产生 ·· (41)
  一　历史背景 ··· (42)
  二　《号角》的编者 ··· (53)
  三　《号角》的成书 ··· (56)
 第二节　《号角》的内容 ·· (91)
  一　宗教与信仰 ·· (92)
  二　战士与战争 ··· (118)
  三　爱与恨 ·· (143)
  四　生与死 ·· (174)
 第三节　《号角》的艺术 ·· (190)
  一　形式之什 ·· (191)

二　表现手法 ABC ……………………………………………（192）
　　三　叙事艺术 …………………………………………………（210）

第二章　布伦塔诺与民歌 …………………………………………（234）
第一节　布伦塔诺 ………………………………………………（234）
　　一　家世生平 …………………………………………………（234）
　　二　自画像 ……………………………………………………（238）
　　三　艺术评价 …………………………………………………（258）
第二节　布伦塔诺与《号角》 …………………………………（263）
　　一　天生的情缘 ………………………………………………（263）
　　二　对《号角》的吸纳 ………………………………………（267）
第三节　诗歌创作的主调——民歌风 …………………………（286）
　　一　民歌风的叙事诗 …………………………………………（286）
　　二　民歌风的抒情诗 …………………………………………（324）
　　三　民歌元素的普遍点染 ……………………………………（344）

第三章　艾辛多夫与民歌 …………………………………………（351）
第一节　艾辛多夫其人 …………………………………………（352）
　　一　生平和成就 ………………………………………………（352）
　　二　自画像 ……………………………………………………（357）
第二节　诗人之路 ………………………………………………（373）
　　一　兼收并蓄 …………………………………………………（374）
　　二　钟情民歌 …………………………………………………（384）
第三节　诗歌创作 ………………………………………………（394）
　　一　叙事诗 ……………………………………………………（394）
　　二　抒情诗——"诗""歌"与民歌的化合 …………………（409）
　　三　与布伦塔诺的比较 ………………………………………（423）

第四章　海涅与民歌 ………………………………………………（425）
第一节　海涅其人 ………………………………………………（425）
　　一　生平 ………………………………………………………（425）

二　诗镜中的诗人 ……………………………………………(431)
第二节　海涅的诗歌创作与民歌 …………………………………(456)
　一　文学成就及诗歌创作概述 …………………………………(456)
　二　海涅诗歌创作与民歌的关系 ………………………………(462)
第三节　民歌化育的文人诗 ………………………………………(493)
　一　十四行诗 ……………………………………………………(494)
　二　叙事诗 ………………………………………………………(499)
　三　抒情诗 ………………………………………………………(543)
　四　政治诗 ………………………………………………………(553)

主要参考书目 ………………………………………………………(562)

引　言

一　立意

《〈男孩的神奇号角〉与德意志浪漫主义诗歌》，是上一本《德国浪漫派与中国原生浪漫主义》的延伸，前者重在浪漫派[①]的理论，这里重在浪漫主义诗歌的发展流脉，意在对19世纪上半叶的德语诗歌发展给出一个整体性的描述。具体到本课题，是从德国[②]浪漫派诗人编辑的民歌集《男孩的神奇号角》（*Des Knaben Wunderhorn*，以下简称《号角》）入手，从社会、文化和文学等角度进行考察，进而论证它对浪漫主义诗人的影响以及一代新诗风的形成。在搞清浪漫主义诗歌来龙去脉的基础上，说明民歌对文人诗的孕育、滋养以及它的诗史意义。阐释学告诉我们，文本的意义是一个开放的系统，不但没能为作者的主观意图所穷尽，而且还会被不同的读者抽绎出新的意义，他们根据个人固有的"前理解"（Vorverständnis）对文本作出自己的解读，而作为中国学人我们最根本的"前理解"就来自中国文化。于是笔者就想把这种本来无意识的、潜在的认知结构转化为自觉的"对话"，以华夏民歌及中国诗史作参照，对几个世纪前的德国文本做出自己的阐释。鉴于中西文明之间的异质性和不同

[①] 这里的"浪漫派"，其原文 Romantik 在德语中有三个意义指向：一是浪漫派，强调人和派别；二是浪漫主义，重在思想和艺术风格；三是浪漫时期，专指德语文学史的一个阶段。其具体含义取决于语境。

[②] 这里的"德国"对应的是 Deutschland。这是一个合成词，由 Deutsch 和 Land 组成，前者义为"德意志"是一个族群，后者为"土地"，所以该词本义就是"德意志人聚居的地方"。也正是在这个意义上，1871年民族统一国家建立之后继续沿用这个概念至今。但中文的"国"有"政权国家"的意思，所以用"德国"指称1871年之前分裂状态下的德意志诸邦，并不十分恰切，这只是一个约定俗成的用法。

的话语规则,笔者尽力避免简单的以中释西或"硬释",仅只同类同质间的"色差"进行比对,对有可比性的若干点进行解析,特别是就东西相通的"文心"进行相互阐释。当然对于一个德国文学的题目,运用西方的理论显得更为直接得力,所以这里就有"杂糅"和"交叉"的意味,希望能成为跨文化研究的有益尝试。

本书绪论和正文四章。绪论概述跨文化阐释的背景,介绍华夏两部最重要的歌集《诗经》和《乐府诗集》,说明其社会、文化和诗学的意义,证明华夏民歌不仅是中国诗歌发展的源头,同时还奠定了中国诗学的基础。接下的四章主题分别为《号角》、布伦塔诺(Clemens Brentano,1778—1842)、艾辛多夫(Joseph von Eichendorff, 1788—1857)和海涅(Heinrich Heine, 1797—1856)。《号角》是德国浪漫主义诗歌的基石,后三位则是浪漫主义的代表诗人,布伦塔诺还是《号角》的编者之一,他们都受到民歌的沾溉和滋养,把民歌三昧化入自己的创作,写出真正具有德意志民族风格和气派的诗歌,改变了当时的诗坛风向,形成了新的"民歌风"主流审美趣尚。内容上涵盖了对这三位诗人及其创作的新阐释、新评价,特别是对海涅。

二 研究状况和资料

《号角》是启蒙运动以来"民歌运动"的最大收获,是浪漫派作家阿尔尼姆(Ludwig Achim von Arnim, 1781—1831)和布伦塔诺编辑的三卷本民歌集,分别出版于1805年和1808年,共收录了14世纪到19世纪的德意志民歌七百多首;从有文字记载的"最早"[①]到编者生活时代的"最新",是当时规模最大、影响最广的歌集。随之《号角》研究悄然兴起,因其曾"被加工",从流传学和文献学的角度进行考辨以识本源就成为研究的重点。二百年来的详尽考证得出的结论是:两位编者虽然做了某些加工,但保留了民歌的原汁原味。这方面最大的成果就是略雷克教授主编、20世纪70年代出版的《男孩的神奇号角》(Heinz Rölleke [Hrsg.], *Des Knaben Wunderhorn*, Verlag W. Kohlhammer, Stuttgart, Ber-

---

① 德意志民族的形成较之华夏民族要晚很多,至于语言文字就要更晚,可追溯的文学史要到12世纪,这一点后面有详述。

lin，Köln，Mainz，1979），共 9 册。它在前人研究的基础上对每首歌都作了正本清源的版本考证，并提供了原文，包括有歧义的不同原文以及前人评价。对其中的史实、典故乃至印刷错误都作了说明，为研究《号角》打造了最坚实的基础。此书还被收入布伦塔诺的历史评注版全集（Clemens Brentano，*Sämtliche Werke und Briefe*，hrsg. Von Jürgen Behrens，Konrad Feilchenfeldt，Wolfgang Frühwald，Christoph Perels und Hartwig Schultz，Verlag W. Kohlhammer，Stuttgart，Berlin，Köln，Mainz，1975），本课题就采用了这个版本。至于对《号角》文学方面的研究，可能因为它的"简单"，学者们很少涉足，一般只见于文学史的叙述。

德国的各种德语文学史、包括东德的文学史都肯定了《号角》的经典地位。歌德（Johann Wolfgang Goethe，1749—1832）和海涅虽然对浪漫派多有批评，但都高度评价这部浪漫派的成果。勃兰兑斯（Georg Brandes，1842—1927）更是充分肯定了其文学史意义，他说："这部民歌集不但在文化史上具有极大的意义，而且在德国抒情诗和文学创作的发展上，也普遍地引起轰动……本世纪的德国抒情诗之所以胜过法国抒情诗，大概是因为它摆脱了一切绮语浮词，而这一点不能不归功于《儿童的魔号》的影响。"① 可惜它在中国学界还罕有问津，至今还没有中译本。

对于布伦塔诺、艾辛多夫和海涅三位诗人，在德国学界前两位较为寂寞，海涅本来争议多多，现在也归于平静。对他们最大的研究成果就是文集的出版，特别是评注本全集，集中顶尖的专家学者，从文本考订到史实、典故、词义等都有详细的注释，属于重大工程，耗时久远，比如上述布伦塔诺的文集已经搞了三十多年，至今没有出齐，海涅的则刚完成不久。本课题尽可能地采用了这些最新、最权威的成果，同时参考了其他版本。

整体说来，德国学者多做《号角》以及布伦塔诺、艾辛多夫、海涅的个别研究；把它们一线贯穿、分析其间的内在关联、加以系统整体性的考察，以笔者浅陋，动笔之初还未见到。在中国学界，对布伦塔诺和艾辛多夫的研究尚少，对海涅也还未能呈现其艺术全貌。另外海涅在德

---

① ［丹麦］勃兰兑斯：《十九世纪文学主流》第二分册《德国的浪漫派》，刘半九译，人民文学出版社 1997 年版，第 235 页。《儿童的魔号》是《号角》的另一种译法。

语文学史上属于"青年德意志",跟布伦塔诺、艾辛多夫这些浪漫派分属不同派别和时期。现在笔者从他的实际创作出发,打通"分期"造成的区隔,将其归入《号角》的流脉,同时以中国学人的视角、华夏民歌的背景对这三位诗人进行研究,或可拾遗补缺,这是笔者着意之所在。

三 理论和方法

本课题属于文学研究,作品是基础,所以作了较为翔实的文本解读,用实证的方法归纳演绎,以求得出合理的结论。

新时期以来西方不同时期、不同流派的理论潮水般涌来,打开了中国学者的视野,给了我们新的研究方法和认识角度,中国学术成果斐然,面貌一新。如果我们通观西方美学的发展,特别是19世纪以来,大致显出两条路径:一是顺势前行,使一种新生的理论完善成为体系、进而成为主流,比如从俄国形式主义经布拉格学派到法国形式主义;二是逆势的颠覆,典型如解构主义之于结构主义。但顺势发展中有修正,颠覆中有继承,总体看来是一个否定之否定的发展链条。如果每段截开来看,各有自己的"上下文",所以专以某种理论去解读某部作品,其实多是理论家自己的"实验",比如托多罗夫(Tzvetan Todorov,1939—)之于《十日谈》、海德格尔(Martin Heidegger,1889—1976)之于荷尔德林(Johann Christian Friedrich Hölderlin,1770—1843)等等。但批评家做的却是"产品",他要从自己具体的文本出发,作尽可能全面的考察,兼顾作家、作品、读者、社会文化历史等等。所以韦勒克(René Wellek,1903—1995)说:"没有任何的普遍法则可以用来达到文学研究的目的。"[①]因此在理论方法上,笔者试着在自己的理解范围内杂采众家,比如整体上采用实证的方法和逻辑演绎的框架,让论证建立在相对科学信实的基础上,这也是最为普遍的学术研究方法。其他如原型批评打破了文学的民族藩篱,开拓了"人类"的视野,让我们看到民歌作为人类文化成果的普遍共性;弗洛伊德(Sigmund Freud,1856—1939)的精神分析学和荣格(Carl Gustav Jung,1875—1961)的分析心理学能帮助我们认识

[①] [美]韦勒克、[美]沃伦:《文学理论》,刘象愚译,生活·读书·新知三联书店1984年版,第5页

诗人及其诗歌创作的心理基础；形式主义则让我们避免印象式的批评，将批评聚焦在理性的艺术分析之上，是诗歌阐释的利器。另外中国有自己的诗学体系与批评传统，跟西方的既有相通也有疏隔，大体说来，中国的体系少理性的演绎推理，多了"感悟"和"印象"，但有它夹在行文中间，也能多出几分生动和情趣。总之，对理论笔者还只是做些浅尝，对新的深刻的发明还只能心向往之。

  本课题聚焦于德国 19 世纪文学的某一阶段，但试图从一个中国的视角去解读，给出一个相对宽阔的视野，在"打通"中尽量得出一些新的结论。但功力不足，难免存在纰漏，如今不揣冒昧呈现出来，求教于各位方家。

绪　　论

参照系——华夏民歌及诗史发展

本书《〈男孩的神奇号角〉与德意志浪漫主义诗歌》，立意从中国视角阐释德意志文学，因此有必要对作为参照的华夏民歌及中国诗史作一简要说明。中国民歌源远流长，从上古的"投足以歌八阕"到今天的"茉莉花""走西口"，口头的、见诸文字的，难以计数。但这里的"华夏民歌"只涉及最早的、源头的，即《诗经》和《乐府诗集》中的民歌。因为它是中国诗歌的起源，奠定了中国诗学的基础，确立了各类诗体，培育了一代代的诗人，造就了中国这个"诗的国度"。

一　文本概述

华夏民歌见诸文字的可上溯到《诗经》。这是中国第一部诗歌总集，本名为《诗》，因为汉代立于学官，成为五经之一，才被称为《诗经》，收入西周至春秋时期的作品共 305 篇，根据音乐分为"风""雅""颂"三部分。从内容看，"风"是出自十三个不同地区的土风歌谣，共 160 篇。"雅"是朝廷的乐歌，分大雅、小雅，共 105 篇。"颂"则是宗庙乐歌，共 40 篇。《诗经》的作者大部分已经湮灭无考，所知应为两类人，"一是地位不同的文人，一是成分复杂包括奴隶、士兵、平民的民间歌手"。而"属于民间的诗主要保存在《国风》和《小雅》中"。[①]接续《诗经》的是"乐府"。"乐府"本是汉代主管音乐的官署，所出的诗歌以及后世的仿作就被称为"乐府诗"，也简称为"乐府"，其中有民歌也有文人作品。北宋的郭茂倩编了一部《乐府诗集》，现存 100 卷，主要辑录汉

[①] 褚斌杰、谭家健主编：《先秦文学史》，人民文学出版社 1998 年版，第 80 页。

魏到唐、五代的乐府歌辞兼及先秦至唐末的谣谚，共5000多首。根据音乐性质的不同，分为郊庙歌辞、燕射歌辞、鼓吹曲辞、横吹曲辞、相和歌辞、清商曲辞、舞曲歌辞、琴曲歌辞、杂曲歌辞、近代曲辞、杂歌谣辞、新乐府辞等12大类。大部分是有主名的诗人所作的"拟乐府"，而属于两汉民歌的"古辞"夹在其中，共139首（其中相和歌33首，舞曲歌3首，散曲1首，杂曲歌58首，琴曲歌44首）以及"汉铙歌十八曲"中的若干。南朝乐府民歌是东晋至陈末的乐曲歌辞，总共486首，大部分被收入《乐府诗集》的《清商曲辞》，仅《西洲曲》《东飞伯劳歌》《苏小小歌》等不足十首分别归入《杂曲歌辞》和《杂歌谣辞》中。而在《清商曲辞》中它又分为《吴声歌曲》和《西曲歌》两部分，前者326首，后者142首，另有《神弦曲》18首。郭茂倩引《宋书·乐志》曰："吴歌杂曲，并出江南。东晋以来，稍有增广。其始皆徒歌，继而被之管弦。盖自永嘉渡江之后，下及梁、陈，咸都建业，吴声歌曲起于此也。"[①]又引《古今乐录》曰："西曲歌出于荆、郢、樊、邓之间，而其声节送和与吴歌亦异。"可见吴声歌出于长江下游建业地区，西曲歌则是长江中游和汉水流域的民歌，二者曲调节奏有所不同。但基本都是情歌。北朝民歌主要形成于五胡十六国至北魏，被收入"梁鼓角横吹曲"，共66首。这样算下来，两部书的民歌总数约为800首，时间上从公元前11世纪到公元6世纪，跨越了一千多年，空间上覆盖了中原、塞北到江南的广袤地域，反映了广阔的社会生活，体现了中华民族的思想、感情和美学理想，是中国诗歌的伟大源头。它在时间上早于《号角》一千多年，因为华夏民族的形成大大地早于德意志。

不同于德国民歌的"散落"以及个人的"收集"，《诗经》和乐府民歌能存留至今，得益于朝廷的"采诗""献诗"制度。《汉书·食货志》："孟春之月，群居者将散，行人振木铎徇于路以采诗，献之大师，比其音律，以闻于天子。故曰王者不窥牖户而知天下。"东汉何休《春秋公羊传解诂》："男女有所怨恨，相从而歌。饥者歌其食，劳者歌其事。男年六十、女年五十无子者，官衣食之，使之民间求诗。乡移于邑，邑移于国，国以闻于天子。"《国语·周语上》记邵公谏周厉王弭

[①] （宋）郭茂倩编：《乐府诗集》第二册，中华书局1979年版，第639—640页。

谤时说:"天子听政,使公卿至于列士献诗,瞽献曲,史献书,师箴,瞍赋,矇诵,百工谏,庶人传语,近臣尽规,亲戚补察,瞽、史教诲,耆、艾修之,而后王斟酌焉,是以事不悖。"《礼记·王制》:"天子五年一巡守,岁二月东巡守,至于岱宗,柴而望祀山川,觐诸侯,问百年者就见之,命大师陈诗以观民风。"从这些记载我们可以知道,周王朝派专门的采诗人到民间搜集歌谣,以了解政治和风俗的利弊盛衰,这就是《诗经》中民歌的由来。当然这些收集来的民歌一定经过了乐官的加工整理,现存《诗经》的四言体、用韵的大体一致以及套句熟语的反复出现都说明了这一点。

两汉承继了周王朝的采诗制度,武帝创立"乐府",专门负责搜集、整理民间歌谣俗曲及歌辞,创制新声曲调,目的同样是观民俗、查吏治。《汉书·艺文志》:"自孝武立乐府而采歌谣,于是有代、赵之讴,秦、楚之风。皆感于哀乐,缘事而发,亦可以观风俗、知厚薄云。"又《汉书·礼乐志》云:"至武帝定郊祀之礼……乃立乐府,采诗夜诵,有赵、代、秦、楚之讴。以李延年为协律都尉,多举司马相如等数十人造为诗赋,略论律吕,以合八音之调,作十九章之歌。"可知乐府的任务是以制乐作歌为主体,采诗入乐,倚调作歌。所用之诗有的采自民间,也有文人的作品。从内容上看,不论"国风"还是两汉及南北朝乐府,都展现了实实在在的人生、社会风情及人间百态,是中国古代社会的一面镜子。

二 艺术表现与审美理想

保存了华夏民歌的《诗经》和乐府还奠定了中国诗学的基础,确立了其美学理想。这就是赋、比、兴的表现手法、温柔敦厚的风格以及写实的传统,这是于中国文学史的最大意义。

(一)"诗言志""赋""比""兴"与"温柔敦厚"

《诗经》不仅是中国的第一部诗集,同时也为中国诗学奠基,这要从"诗大序"说起。《诗》是儒家的经典之一,先秦典籍遭秦火后,"诗"靠口耳相传得以传授。汉初传"诗"的有四家:鲁诗、齐诗、韩诗、毛诗。后鲁、齐、韩"三家诗"亡佚,独存毛亨的毛诗。东汉大儒郑玄作

《毛诗传笺》,"传"是对原诗的解释,"笺"是对"传"的注解。唐代的孔颖达再作"疏",则是对于"笺"的进一步注释。他的《毛诗正义》注明毛亨传,郑玄笺,唐人孔颖达疏。其开篇有所谓"大序"和"小序"。"小序"是列在各诗之前简短解释其立意的文字,传为子夏、毛公所作。"大序"则是指在首篇《关雎》小序之后,从"风,风也"开始的一大段文字。"大序"的作者,郑玄认为是子夏,子夏是孔子弟子。"诗大序"奠定了中国诗学的基础,首先就是"诗言志":

诗者,志之所之也,在心为志,发言为诗。情动于中而形于言,言之不足故嗟叹之,嗟叹之不足故永歌之,永歌之不足,不知手之舞之足之蹈之也。①

这是中国诗歌的本体论。它揭示了诗歌言志抒情的本质,以及诗与音乐、舞蹈的内在联系,成为中国诗歌"言志"说的基础。

情发于声,声成文谓之音。治世之音安以乐,其政和;乱世之音怨以怒,其政乖;亡国之音哀以思,其民困。故正得失,动天地,感鬼神,莫近于诗。先王以是经夫妇,成孝敬,厚人伦,美教化,移风俗。②

此段说明了诗歌、音乐跟时代政治的密切关系及其教化作用,奠定了中国文学批评政治化、功利化的基础,以后韩愈的"载道"说乃至现代的"工具"说皆源于此。

故诗有六义焉:一曰风,二曰赋,三曰比,四曰兴,五曰雅,六曰颂。③

这是著名的"诗六艺",现在重新排序为风、雅、颂、赋、比、兴,

---

① 郭绍虞主编:《中国历代文论选》第一册,上海古籍出版社2001年版,第63页。
② 郭绍虞主编:《中国历代文论选》第一册,上海古籍出版社2001年版,第63页。
③ 郭绍虞主编:《中国历代文论选》第一册,上海古籍出版社2001年版,第63页。

并有了共识：风、雅、颂为不同的曲式乐调，藉此把"诗经"分成了三个部分。赋、比、兴则是不同的创作手法。权威的解释是朱熹的"赋，敷陈其事而直言之者也"。就是叙述、描写和铺陈。"比者，以彼物比此物也"，就是比喻。"兴者，先言他物以引起所咏之辞也"①，近于隐喻、象征。

至于王道衰，礼义废，政教失，国异政，家殊俗，而"变风""变雅"作矣。国史明乎得失之迹，伤人伦之废，哀刑政之苛，吟咏情性，以风其上，达于事变而怀其旧俗者也。故变风发乎情，止乎礼义。发乎情，民之性也；止乎礼义，先王之泽也。②

提出所谓"正变""美刺"说，即国家政治和社会状况的好坏决定诗歌或"美"或"刺"的内容，为杜甫、白居易等讽刺批判现实的诗歌奠定了理论基础。而"变风"的"发乎情，止乎礼义"以后成为中国诗歌创作的金科玉律。

《诗经》的年代是一个以宗法制度为核心的农业社会，生产力低下，黄河流域自然条件艰苦，为了生存发展，需要强大的集体力量，需要内部秩序的稳定与和谐。人们靠相互间的血缘关系维系着社会组织，个人被放置在"家"和"国"的网络之中，各自承担着自己的责任，共同支撑着整个的社会。在这种结构中个性受到抑制，而社会性被放大，这影响到人们的思想意识，于是"和"与"中庸"成为道德意识进而进入美学范畴。

孔子曾以《诗经》授徒，《论语》中的某些论述体现了其美学思想。其中的"乐而不淫，哀而不伤"说，以及相关的"温柔敦厚"的"诗教"说（见《礼记·经解》），汉以后成为中国诗歌美学的正统。即主张感情的表达要有所节制，反对"过分"。这让中国诗歌在以后的发展中都没有"过激"更没有"疯狂"，即使批判现实也多是"怨而不怒""婉而多讽"，整体上呈现出一种中和之美，含蓄深沉、意味隽永。钱锺书先生

---

① 郭绍虞主编：《中国历代文论选》第一册，上海古籍出版社 2001 年版，第 68 页。
② 郭绍虞主编：《中国历代文论选》第一册，上海古籍出版社 2001 年版，第 63 页。

曾说;"和西洋诗相形之下,中国旧诗大体上显得情感不奔放,说话不唠叨,嗓门不提那么高,力气不使得那么狠,颜色不那么浓。在中国诗里算是'浪漫'的,和西洋诗相形之下,仍然是'古典'的;在中国诗里算是痛快的,比起西洋诗,仍然不失为含蓄的。"① 究其实,这正是中华民族平和、宽容、重理性的文化品格在文学中的积淀。下面以《关雎》为例对中国诗歌美学理想和艺术手法加以具体说明。

《关雎》是《诗经》的首篇,属于国风之《周南》,出于江汉,成于东周。刘大杰先生曾写道:"《南》、《风》诸作,时代较迟,则为民间歌谣,采集以后经乐官再来配乐,或者有些在民间已有乐谱再经乐官们加以审定。"② 他还肯定了朱熹的观点,即"凡诗之所谓风者,多出于里巷歌谣之作,所谓男女相与咏歌,各言其情者也"③。这些都肯定了《关雎》的民歌属性。自孔子教《诗》,《诗》在汉代立于学官,《关雎》就成了学子们的开蒙之篇,历代吟诵,时至今日仍不断有新曲谱出,甚至出现在影视镜头,成了中国式爱情的经典符号,体现了中国人的审美理想,下面是文本:

1
关关雎鸠,在河之洲。窈窕淑女,君子好逑。
2
参差荇菜,左右流之。窈窕淑女,寤寐求之。
3
求之不得,寤寐思服。悠哉悠哉!辗转反侧。
4
参差荇菜,左右采之。窈窕淑女,琴瑟友之。
5
参差荇菜,左右芼之。窈窕淑女,钟鼓乐之。④

---

① 钱锺书:《钱锺书论学文选》第六卷,花城出版社1990年版,第15页。
② 刘大杰:《中国文学发展史》上卷,百花文艺出版社1999年版,第20页。
③ 刘大杰:《中国文学发展史》上卷,百花文艺出版社1999年版,第39页。
④ (清)阮元校刻:《十三经注疏》上册,中华书局1980年影印本,第273页。

全诗共 5 章，是一个全知视角的叙述。它从君子感物而心生爱慕开篇，继之以日夜思念，夜不成寐，进而以琴音传情打动芳心，最后以钟鼓大礼将心仪的女子迎娶回家。既情真意切，又温婉和雅，其深情打动人心，其完美的结局也让人快意。在表现手法上，最引人瞩目的就是"比兴"。"比兴"是"比"和"兴"的合称，是中国诗学的核心范畴，也是由《诗》本身确立的中国诗歌创作的大法。唐代孔颖达在《毛诗正义》中释"比兴"曰："郑司农云，比者，比方于物，诸言如者皆比辞也。司农又云，兴者，托事于物。则兴者，起也。取譬引类，起发己心，《诗》文诸举草木鸟兽以见意者，皆'兴'辞也。"[1] 朱自清先生结合西学解说道："《毛传》'兴也'的'兴'有两个意义，一是发端，一是譬喻。"[2]他还说："后世多连称'比兴'，'兴'往往就是'譬喻'或'比体'的'比'。"[3]《关雎》的开篇"关关雎鸠，在河之洲"，描绘出一幅自然图画，其中的雎鸠鸟传说天性忠贞，雌雄一生相守。此刻它们在河洲之上相向和鸣，自然而然地激发了君子对爱情的向往，引出了"窈窕淑女，君子好逑"。此即郑笺所谓的"兴"[4]。这之后出现的是另一个以荇菜为中心的系列比兴，有"参差荇菜，左右流之"，"参差荇菜，左右采之"，"参差荇菜，左右芼之"，等等。荇菜是一种可食的水生植物，采集荇菜显然是上古日常生活的一幕，但其中的"流"（用手捞取）、"采"、"芼"（用手拔取）都有"取"之意，特别是"芼"，兼有"选择"义，这就将"君子好逑"的具体行动暗示出来。于是景、情、事融为了一体，以荇菜之"流"带出君子之"求"，展现了缠绵的苦恋，再以"采"引出"友"，呈现出两心相知的进展，最后以"芼"将出"乐"，也就是最终的婚娶。也就是说，凭借一个系列的比兴，从容展开了一个凤求凰和大团圆的美满婚恋。

在语言层面上，除了押韵、节奏等诗歌的通则之外，其"重章叠句"最显突出。此诗 5 章，共 20 行 80 言，用字 48 个，重复率百分之四十。

---

[1] （清）阮元校刻：《十三经注疏》上册，中华书局 1980 年影印本，第 271 页。
[2] 朱自清：《朱自清全集》第 6 卷，江苏教育出版社 1996 年版，第 180 页。
[3] 朱自清：《朱自清全集》第 6 卷，江苏教育出版社 1996 年版，第 216 页。
[4] 郑笺指郑玄对《诗经》的注释。郑玄是汉代的大经学家，上文孔颖达疏中提到的"郑司农"，就是指郑玄。

其中作为"兴"的"参差荇菜，左右采之"及其变奏三现，而"窈窕淑女"凡四现，前者反复咏唱，凸显了情意之脉脉深长，后者则突出了淑女的美好及君子的情切，它们浓化感情、烘托气氛，共同催化出钟鼓和乐的高潮。此外在细节上也很讲究，比如"流"与"求"，"采"与"友"，"芼"与"乐"之间不仅有明暗隐显的关系，而且依古韵，它们都相叶。还有如叠韵的"窈窕"，双声的"参差"，以及既双声又叠韵的"辗转"，这些都是匠心独运之处。概言之，比兴或言隐喻是《关雎》的"体"，重复、押韵是其"用"，这是中国古代民歌的基本形态。通过这些艺术手段，《关雎》塑造了一个温润如玉的谦谦君子，以及君子、淑女所呈现的中国人的理想爱情。

  《关雎》的爱情表达起之于"感物"，君子先是触景生情、心物相通，继而对淑女心生向往。这种向往在君子虽有明确的"求取"目的，但他行为温和端雅，他先通过音乐款通心曲，让两心相知，两人相近，表现了自尊以及对淑女的尊重，然后在两情相悦的基础上隆重迎娶，让爱情有身心和礼法的合理归宿。在这里，本能的生理上的"欲望"被人性的"情"温柔化、美化，也被人文的"礼"理性化，这是中国西周以来的"礼乐"文化的具体体现，也就是孔子所称颂的"《诗三百》，一言以蔽之，曰：思无邪"（《论语·为政》）。与此相反，《号角》中的情歌温情脉脉纯粹言情的很少，它强烈又刺激。较之这位"君子"的温柔多情，它更多的是男性的欲望和占有，突出的是人的本能冲动，而人的情感和情感体验则不多。

  如果我们对华夏民歌中的婚恋诗作整体性回顾，它们大致可归为三类：相思苦恋型、恋爱幸福型和两性欢娱型。在《诗经》中以前二者为多，在南朝乐府中以后者为主。但不管苦与乐，爱情的表现方式都是柔性的，温和的，两心相许、两情相悦的，没有男方的强行与女方的痛苦屈辱。概言之，它们呈现的是温柔之美，追求的是两性间的和谐。而《关雎》就是典型代表，男女两性之间绝不是对立和紧张，而是因爱而走近、而婚姻，从而被纳入天地自然的统一体中，纳入和谐之中，它体现的是中国人"和"的理念以及"柔"的性格。同样因为这种"和"与"柔"，在中国诗歌史上，深情伤感的"征夫""思妇"是我们边塞诗的典型形象，怀乡反战、热爱和平是我们的主旋律，我们的诗教是"温柔敦厚",我们没有暴力美学。

(二)"感于哀乐,缘事而发"

伴随着《诗经》温柔敦厚的美学理想,汉乐府奠定了"感于哀乐,缘事而发"的现实主义传统,也形成了所谓的"乐府精神"。较之于《诗经》,乐府民歌开出了新生面,不仅形式上从四言变成五言,表现力极大提高,语言也从古奥变得平易,更加贴近现实生活。其中的人和事就像是在眼前,亲切熟悉,一点不"隔",而"感于哀乐,缘事而发"是其重要原因。这是对《诗经》感物言志传统的继承和发展,它强化了叙事,形成了汉乐府抒情叙事相融合的特点,并且从中发展出长篇的叙事乐府。于是《诗经》那种短篇的、以抒情为主的重章叠唱形式不再,这为后世的现实主义诗歌奠定了理论和实践基础,这从下面的《妇病行》就可以看出来。

妇病连年累岁,传呼丈人前一言。当言未及得言,不知泪下一何翩翩。

"属累君两三孤子,莫我儿饥且寒,有过慎莫笪笞,行当折摇,思复念之!"

乱曰:抱时无衣,襦复无里。闭门塞牖舍,孤儿到市。道逢亲交,泣坐不能起。

从乞求与孤买饵,对交啼泣泪不可止。"我欲不伤悲不能已!"

探怀中钱持授,交入门,见孤儿啼索其母抱,徘徊空舍中,行复尔耳,弃置勿复道![①]

此篇杂言,句子参差,韵脚不齐,显然是和乐的歌词。其动人的细节,深深的同情皆非亲历者不能道。还有《东门行》中为贫困所迫铤而走险的丈夫,《艳歌行》中外出谋生的辛酸,还有长篇的《孤儿行》等,都是"感于哀乐,缘事而发"的充分体现。后世的诗人学习乐府,首先继承的就是这种精神,比如汉末的三曹、七子。他们身处乱世,目睹群

---

① (宋)郭茂倩编:《乐府诗集》第二册,中华书局1979年版,第566页。

雄逐鹿、百姓涂炭，政治理想和社会现实纠结于心，发诸诗章，曹操是其代表。曹操是一代枭雄，颇有诗才，南北征战三十余年，登高必赋，然后被之管弦。他全部二十多首诗都是乐府诗，虽用旧题，但写时事，记录了汉末动乱的现实。下面是他的《蒿里行》，这本是送葬的挽歌，但曹操却拿来抒发怀抱，所谓旧题新事。

> 关东有义士，兴兵讨群凶。
> 初期会盟津，乃心在咸阳。
> 军合力不齐，踌躇而雁行。
> 势利使人争，嗣还自相戕。
> 淮南弟称号，刻玺于北方。
> 铠甲生虮虱，万姓以死亡。
> 白骨露于野，千里无鸡鸣。
> 生民百遗一，念之断人肠。[①]

开头记时事，即各路诸侯讨伐董卓，但在会盟之后却不能同心同德，反而各谋私利、自相残杀。感愤之余转入眼前实景，"铠甲生虮虱"的细节和"白骨露于野，千里无鸡鸣"的大视野形成对照，其惨状动人心魄。

从曹操的"旧题新事"到曹植、曹丕的"新题乐府"再到杜甫的"即事名篇"是乐府精神的承续和发展。杜甫亲历安史之乱，亲眼看到繁荣的大唐一步步地走向衰落，作为儒家知识分子，心中充满急痛和焦虑。既有忠君爱国，又有尖锐批判。他的诗生动地记录了当时的社会现实，被称为"诗史"。他的"三吏三别"是这方面的代表作，下面是著名的《石壕吏》：

> 暮投石壕村，有吏夜捉人。
> 老翁逾墙走，老妇出门看。
> 吏呼一何怒，妇啼一何苦。
> 听妇前致词，三男邺城戍。

[①] （宋）郭茂倩编：《乐府诗集》第二册，中华书局1979年版，第398页。

一男附书至，二男新战死。
存者且偷生，死者长已矣！
室中更无人，惟有乳下孙。
有孙母未去，出入无完裙。
老妪力虽衰，请从吏夜归。
急应河阳役，犹得备晨炊。
夜久语声绝，如闻泣幽咽。
天明登前途，独与老翁别。①

这是杜甫在安史之乱时期的耳闻目睹，是"感于哀乐，缘事而发"的红线贯穿。唐代的诗人大致有"浪漫"和"现实"两派，李白、杜甫是其代表。而继承杜甫的代有其人，特别是中唐的元稹、白居易，他们举起"新乐府"的大旗，集合了若干志同道合者，创作出一批揭露现实弊政的优秀作品，史称"新乐府运动"。《乐府诗集·新乐府辞序》称："新乐府者，皆唐世之新歌也。以其辞实乐府而未尝被于声，故曰新乐府也。"② 也就是说，新乐府指唐人自立新题写作的乐府诗，它们是脱离了音乐而独立的文学的诗。新乐府运动的大致情况是这样的：唐宪宗元和四年（809），李绅写了《新题乐府》诗20首送给元稹，元稹随即写了《和李校书新题乐府》诗13首。后来白居易又写了《秦中吟》10首和《新乐府》50首，正式提出了"新乐府"的概念。他的《与元九书》③集中了他有关新乐府的思想。这是一篇洋洋长文，主旨有破立两端。白氏反对六朝以来"嘲风雪、弄花草"而"不知其所讽"的诗，主张"文章合为时而著，歌诗合为事而作"。意在"救济人病，裨补时阙"，"上以补察时政，下以泄导人情"，也就是革新弊政，实现自己"兼济天下"的政治理想。元稹写了《乐府古题序》④，专门说明乐府题目与内容的关系，推崇杜甫的"凡所歌行，率皆即事名篇，无复依傍"。反对"虽用古题全

---

① 《全唐诗》第七册，中华书局1960年版，第2282页。
② （宋）郭茂倩编：《乐府诗集》第四册，中华书局1979年版，第1262页。
③ 郭绍虞主编：《中国历代文论选》第二册，上海古籍出版社2001年版，第96—100页。
④ 郭绍虞主编：《中国历代文论选》第二册，上海古籍出版社2001年版，第110—111页。

无古义者",主张根据内容自拟新题,做到名实相符。元白的主张无疑开辟了新的时代风气,新乐府一时引领风骚,这是对"感于哀乐,缘事而发"的现实主义的继承和发展。白居易的《卖炭翁》《买花》等脍炙人口的名篇已收入教材,下面是他的《新丰折臂翁》:

> 新丰老翁八十八,头鬓眉须皆似雪。
> 玄孙扶向店前行,左臂凭肩右臂折。
> 问翁臂折来几年,兼问致折何因缘。
> 翁云贯属新丰县,生逢圣代无征战。
> 惯听梨园歌管声,不识旗枪与弓箭。
> 无何天宝大征兵,户有三丁点一丁。
> 点得驱将何处去,五月万里云南行。
> 闻道云南有泸水,椒花落时瘴烟起。
> 大军徒涉水如汤,未过十人二三死。
> 村南村北哭声哀,儿别爷娘夫别妻。
> 皆云前后征蛮者,千万人行无一回。
> 是时翁年二十四,兵部牒中有名字。
> 夜深不敢使人知,偷将大石捶折臂。
> 张弓簸旗俱不堪,从兹始免征云南。
> 骨碎筋伤非不苦,且图拣退归乡土。
> 此臂折来六十年,一肢虽废一身全。
> 至今风雨阴寒夜,直到天明痛不眠。
> 痛不眠,终不悔,且喜老身今独在。
> 不然当时泸水头,身死魂孤骨不收。
> 应作云南望乡鬼,万人冢上哭呦呦。
> 老人言,君听取。
> 君不闻开元宰相宋开府,不赏边功防黩武。
> 又不闻天宝宰相杨国忠,欲求恩幸立边功。
> 边功未立生人怨,请问新丰折臂翁。①

---

① 《全唐诗》第十三册,中华书局1960年版,第4693页。

此诗是《新乐府》组诗五十首中的第九首。通过老人的自述，谴责唐玄宗对南诏国进行的不义战争。劝谕执政者以历史为戒，反对穷兵黩武，还百姓一个和平生息的环境。此诗七言为体，但杂有三言特别是乐府特有的"君不闻"句式，打破七言一统，不仅造成节奏上的起伏，更像是警句箴言；以"君听取"领出两个十言句加七言句的排比，恰是一正一反两个教训，如警钟长鸣，令人深思警醒。此外它叙事从容，情节完整曲折，人物形象丰满，特别是因自伤而庆幸读来令人心酸。这无疑是学习继承乐府民歌的好篇章。

　　《诗经》的"中和之美"以及汉乐府的"感于哀乐，缘事而发"确立了中国诗歌美学的主流方向，这是民歌对中国诗歌发展的绝大贡献，其意义无论怎样评价都不为过。

三　华夏民歌对文人创作的影响及诗歌史意义

　　民歌是活在民间口头的歌唱，是民众集体的创作，即使是个人的作品也为大众所认可接受，所以其情感带有集体性。而"诗"则是纯粹的语言艺术，是诗人个性化的创作。但"诗"并不是凭空而来，它是由民歌化育生成的，中国诗歌史证明了这一点。

（一）从汉乐府到五言"古诗"——"诗"的独立

　　从艺术的起源看，歌、舞、乐本为一体，《吕氏春秋·古乐》言："昔葛天氏之乐，三人操牛尾，投足以歌八阕。"[1]《尚书·尧典》曰："诗言志，歌永言，声依永，律和声，八音克谐，无相夺伦，神人以和。"[2]《诗经》《楚辞》等先秦典籍表明，庙堂的祭祀、朝廷的宴饮、民间祀神的乐舞无不如是，这从"八佾舞于庭"以及屈原的《九歌》都可看出端倪。王逸《楚辞章句》有："《九歌》者，屈原之所作也。昔楚国南郢之邑，沅、湘之间，其俗信鬼而好祠。其祠必作歌乐鼓舞以乐诸神。屈原放逐，窜伏其域，怀忧苦毒，愁思沸郁；出见俗人祭祀之礼，歌舞

---

[1]　郭绍虞主编：《中国历代文论选》第一册，上海古籍出版社2001年版，第3页。
[2]　郭绍虞主编：《中国历代文论选》第一册，上海古籍出版社2001年版，第1页。

之乐，其词鄙陋，因作《九歌》之曲。"①

"乐""歌""诗"是三个概念，"乐"指器乐演奏的旋律，"歌"是带配乐伴奏的歌唱，不配乐的则称"谣"或"徒歌"，而"诗"原本指写成文本的"歌词"。《诗经》和《乐府诗集》收集的其实就是这类歌词。《尔雅·释乐》曰："徒吹谓之和，徒歌谓之谣。"《晋书·乐志》曰："吴声杂曲，并出江南。东晋以来，稍有增广。其始皆徒歌，既而被之管弦。"② 就《诗经》而言，其中的《颂》和《雅》是士大夫献诗，特地为配乐演唱的。而"风"则是各地民间的"谣"，被乐官采集收去，再配乐登上大雅之堂。汉乐府的情况与之类似。那个时候，文字的"诗"依附于音乐，是所谓的"歌诗"。而"歌诗"的发展从来离不开文人的参与，即使是民间采集来的作品当其入乐之时也一定被乐官加工润色，或使其入律，或使其雅训。而当民歌编辑成书也会被再次整饬，传说"孔子删诗"，如何删、删什么不得而知，但整理加工则是肯定的。汉武帝以来随着民间乐府的采集、入乐演唱，乐府诗本身也在迅速发展。汉乐府民歌本来形式自由，三言、四言、五言、七言皆有，最早的西汉"铙歌十八曲"可证。但逐渐形成了以五言为主间有杂言、继而向整齐的五言发展的趋势，这从东汉的长篇《陌上桑》和《孤儿行》就可以看出来。其中像《陌上桑》这样成熟的五言叙事绝非纯民间所能为。《乐府诗集》还收入著名的《焦仲卿妻》，称"古辞"，序曰"不知谁氏所作也"③。它最早被收入南朝徐陵编的《玉台新咏》，题为"古诗为焦仲卿妻作"，有序云："汉末建安中，庐江府小吏焦仲卿妻刘氏，为仲卿母所遣，自誓不嫁。其家逼之，乃投水而死。仲卿闻之，亦自缢于庭树。时伤之，为诗云尔。"④ 这里有具体的时间、地点、人物、情节，让人相信这是一个真实的故事，因为感动世人，所以被写成了"诗"。《玉台新咏》成书于梁代，当时诗人辈出，"新体诗"盛行，所以题为"古诗"，全篇五言，乐府风格，但文采斐然，应是一首无主名文人、至少是经文人之手的作品。

---

① 郭绍虞主编：《中国历代文论选》第一册，上海古籍出版社2001年版，第155页。
② （宋）郭茂倩编：《乐府诗集》第二册，中华书局1979年版，第639—640页。
③ （宋）郭茂倩编：《乐府诗集》第二册，中华书局1979年版，第1034页。
④ （清）沈德潜选：《古诗源》，中华书局1963年版，第82页。

"建安"这个时代也提示我们"古诗"的形成。

其实就在官方收集民歌的同时,文人也在创作,我们知道的著名才女班婕妤就是例子。她曾作乐府诗《婕妤怨》《怨歌行》抒发自己失宠被弃的哀怨。在赵飞燕姐妹被宠骄之时,她为全身自保而求"供养太后长信宫",这样的作品想来只是写给自己,以自我开解,非为入乐和歌。而一旦诗人摆脱为乐章填词的被动地位,这样的乐府其实就是抒情言志的五言诗了。我们看这首著名的《怨歌行》:

新裂齐纨素,鲜洁如霜雪。
裁为合欢扇,团团似明月。
出入君怀袖,动摇微风发。
常恐秋节至,凉飚夺炎热。
弃捐箧笥中,恩情中道绝。[1]

含蓄明净、怨而不怒,跟质朴的乐府截然两样。这就是在东汉中后期逐渐兴起的文人五言诗,因为很多是无名氏作的无题诗,所以被刘勰和钟嵘称为"古诗",据《诗品》记载这类"古诗"存约六十首,到昭明太子编《文选》,在杂诗类中首列《古诗一十九首》之目,这就是"古诗十九首"的来历,因为这些诗在写作年代、内容、风格上大体一致,所以被当作一个整体来看待。它在中国诗歌史上意义重大,代表了"诗"与"乐"的分离,代表了文学之诗的独立,诗人为自我的抒情言志而作诗,而不再是为表演艺术的"乐"写歌词。这些诗人是文人,不同于民间的作者,但他们长期受到乐府的浸润滋养,所以其诗在整体上呈现出独特的面貌:既有文人诗的属性,又保留着乐府民歌的美学趣味。因此可以说,是民歌孕育了文人诗。胡适的《白话文学史》有一个归纳:"大概西汉只有民歌;那时的文人也许有受了民间文学的影响而作诗歌的,但风气未开……到了东汉中叶以后,民间文学的影响已深入了,已普遍了,方才有上流文人出来公然仿效乐府歌辞,造作歌诗。

---

[1] (宋)郭茂倩编:《乐府诗集》第二册,中华书局1979年版,第616页。

文学史上遂开一个新局面。"①代表这个新局面的就是"古诗十九首"。

1. 表现文人生态

说"古诗十九首"是文人诗,这是因为它表现的是"士人"对自我的关注,对个体生存价值、对个人生活际遇、对内心和精神世界的追求以及对周围自然环境的细微体察,在整体上呈现出那个时代士人的生活和思想状态,跟反映社会各界包括农、工、商的乐府完全不同。另外,它虽由乐府孕育而生,跟民歌有着血缘之亲,但在艺术上要高出很多,被刘勰称为"五言之冠冕"。

"古诗十九首"因为无题,习惯上以首句为题,这是《诗经》的传统。十九首大体可从内容上分成两组——相思和宦游,这本是老题材,但从中引发的人生思考却带有时代打给士人的深刻烙印。"士"是一个社会阶层,是古代四民即士、农、工、商中的最高一级,也是先秦贵族的最低等级。春秋时代大多为卿大夫的家臣,有的以俸禄为生,有的有食田。战国以后逐渐成为知识分子的通称。这些人有知识、有思想但没有权力和财富,只有当他们依附于统治者的时候,才能获得权力和财富,也才可能实现自身的价值。"士"虽是有才能的人,但道德修养不同。有的游说公侯为的是天下,比如孔子、孟子。他们是要以自己的思想教导统治者如何治理国家、实行仁政,以实现"治世"的君子。但也有名利之徒,典型的如苏秦、张仪,玩弄权术纵横捭阖于诸侯之间,成为"士"中不择手段追求富贵的典型。总之春秋战国时期是士人最好的时代,最有成功机会的时代。因为诸侯争霸争雄,所以各国都礼聘贤者能臣,以增强自己的实力,像管仲、商鞅本都是沉沦下僚的士人,一旦得到重用,权倾天下,推行变法富国强兵。与此同时上层贵族为争夺权力争相"养士","战国四公子"各有门客数千,并且"礼贤下士"。因为这些门客"有用",即使鸡鸣狗盗之徒也能派上用场。而这些士人也摆足架子,像冯谖就弹铗唱歌要鱼、要车,一派舍我其谁的自信。但到了汉代,实现了大一统,汉武帝"罢黜百家,独尊儒术"进一步实现了思想和意识形态的统一,"养士"被抑制,被认为是权贵自树党羽对抗皇权,这从《史记》反映当时政治斗争的诸篇如《魏其武安侯列传》等就可以看出端倪。

---

① 胡适:《胡适文集》第四卷,人民文学出版社1998年版,第57页。

于是"士人"唯一的出路就是效力皇权,只有跻身官场才能有所作为。但汉代还没有科举制度,选官靠"察举",就是由官员层层推荐,像曹操就是"举孝廉"而有了入仕的资格。于是离家游宦,或奔走权门,拜谒请托以求踏上仕途,就成了士人的普遍生存状态,于是也就有了这些表现士人独特生活状况和内心世界的诗。

当这些普通读书人从乡下来到都市,看到一个花团锦簇的繁华世界,既被物欲诱惑,也激发出对世界人生的思考:有向往事功青史留名的,有向往高官厚禄物质享受的,也有矛盾纠结不知何去何从的,这些知识分子的深入思考是民歌所没有的。下面是《青青陵上柏》:

> 青青陵上柏,磊磊涧中石。
> 人生天地间,忽如远行客。
> 斗酒相娱乐,聊厚不为薄。
> 驱车策驽马,游戏宛与洛。
> 洛中何郁郁,冠带自相索。
> 长衢罗夹巷,王侯多第宅。
> 两宫遥相望,双阙百余尺。
> 极宴娱心意,戚戚何所迫。[1]

开头两句很有气势,十字勾勒出一个辽阔的空间——山上不凋翠柏,山下磊磊众石,既是自然景物也是比兴,于是引出了抒情主人公。他独立其中,俯仰天地,倍感天地之大、之永恒,也一下子看到自己的渺小和生命的短暂。下面第五至第十四行描写洛阳的风光和生活:自己斗酒寻乐、驾车出游;酒虽薄、马虽劣,但照样游乐开心;帝都繁华,宫殿巍峨壮丽、高第豪宅巍然,通衢大道和夹巷之中达官贵人往来,趋势力、逐宴饮。这都是以前不曾见的景象,热闹、富贵。最后两行是思考:眼见豪门权贵极尽享乐,自己的心中突然生出一阵悲哀。可为什么悲哀却没有说,留给读者想象。是在鲜衣怒马面前自惭形秽而戚戚不乐?不太像。因为从上文看,主人公是个通达之人,看清了人生如寄,所以薄酒、

---

[1] 逯钦立辑校:《先秦汉魏晋南北朝诗》上册,中华书局1983年版,第329页。

驾马照样游戏宛洛，应该不会这样小气。抑或，生逢衰世，伤时无奈姑且勉强行乐自娱，而眼见手握权柄之人全无忧国忧民之意，只顾自己寻欢享乐，于是心生哀戚无以自拔；抑或，大家都在逐欢行乐，我又何必自寻烦恼呢？总之欲言又止，含蓄而意涵深刻。当然士人有种种，虽然都看到了生命短暂，但如何走过，却有不同的道路。比如《今日良宴会》中"何不策高足，先据要路津"的露骨的名利追求，《明月皎夜光》对飞黄腾达的朋友"不念携手好，弃我如遗迹"的抱怨，《回车驾言迈》中"奄忽随物化，荣名以为宝"的积极入世，等等。较之于《诗经》，我们可以看出其间的区别。《诗经》中的士人为国前驱、兢兢业业、不畏辛劳，即使对家人万般思念，也都顾全大局，深明大义。而"古诗十九首"所呈现的则多是一己的私心，这一方面体现了道德礼制的衰落，另一方面也彰显了从民歌向"诗"的发展，也就是说进入个性化的抒情言志阶段，回到了诗人自我的内心。与此同时，它在艺术上也发展创新，形成了新的美学气象，为中国诗歌的发展树立了一个新的里程碑。

2. 新的美学气象

"古诗十九首"不仅在思想内容上有所突破，在美学上也展现出新气象，这就是作为语言艺术的精进，但这并不是横空出世，而是从乐府化出，提炼升华，比如下面的诗：

> 生年不满百，常怀千岁忧。
> 昼短苦夜长，何不秉烛游！
> 为乐当及时，何能待来兹。
> 愚者爱惜费，但为后世嗤。
> 仙人王子乔，难可与等期。①

短短 10 行 50 字就把及时行乐的道理说得入情入理、气足而神完，最后还不忘讽刺一下那些舍不得花钱的傻瓜，一派潇洒。这种言简意赅出自对乐府的剪裁提炼。我们看其民歌"母体"《西门行》：

---

① 逯钦立辑校：《先秦汉魏晋南北朝诗》上册，中华书局 1983 年版，第 333 页。

出西门，步念之。今日不作乐，当待何时？
夫为乐，为乐当及时。何能坐愁怫郁，当复待来兹。
饮醇酒，炙肥牛。请呼心所欢，可用解愁忧。
人生不满百，常怀千岁忧。昼短而夜长，何不秉烛游？
自非仙人王子乔，计会寿命难与期。自非仙人王子乔，计会寿命难与期。
人寿非金石，年命安可期。贪财爱惜费，但为后世嗤。①

这是一首杂言乐府民歌，共24行118言。采用民歌的叙述方式，从事由开笔；先出门，再寻乐，再思考，一步步地展开。其歌唱的属性自然应和音乐旋律，但作为诵读的"诗"却不免拗口，句式既不整齐也不合律，几同散文。于是诗人取其精华将其重构。首先去除叙事成分，专主抒情，再删去赘词冗言，最后提出精华的十行再加工。具体的改动如下：第一行"人生"改成"生年"，跟下句的"千岁"对应。第三行"昼短而夜长"变成"昼短苦夜长"，一个"苦"顿生精彩，突出了内心的焦虑，于是逼出"何不秉烛游"，成为千古绝唱。然后第6行将"当复待来兹"改成反问句"何能待来兹？"气势大增。再后将"贪财爱惜费"雅化为"愚者爱惜费"。最后把"自非仙人王子乔，计会寿命难与期"精简成五言，放在最后以为定鼎，最终成就了一首精警规整的抒情五言诗。再比如古诗《孟冬寒气至》跟汉乐府《饮马长城窟行》也似有渊源，先看乐府文本：

青青河畔草，绵绵思远道。远道不可思，宿昔梦见之。
梦见在我傍，忽觉在他乡。他乡各异县，展转不相见。
枯桑知天风，海水知天寒。入门各自媚，谁肯相为言！
客从远方来，遗我双鲤鱼。呼儿烹鲤鱼，中有尺素书。
长跪读素书，书中竟何如？上言加餐饭，下言长相忆。②

---

① （宋）郭茂倩编：《乐府诗集》第二册，中华书局1979年版，第549页。
② （宋）郭茂倩编：《乐府诗集》第二册，中华书局1979年版，第556页。

《饮马长城窟行》本是乐府曲调，与内容没有直接关联。此篇是整齐的五言，20行100字。以传统的比兴开头，运用顶针的手法，还有"枯桑知天风，海水知天寒"这样近乎对仗的隐喻，都显示了文人化的倾向。但下面的《孟冬寒气至》则更进了一步。

孟冬寒气至，北风何惨栗。
愁多知夜长，仰观众星列。
三五明月满，四五蟾兔缺。
客从远方来，遗我一书札。
上言长相思，下言久离别。
置书怀袖中，三岁字不灭。
一心抱区区，惧君不识察。①

首先它摒弃了乐府的曲调，纯以文辞自立，成为无题的"诗"。所谓"孟冬寒气至"只是效法《诗经》以首句为题来标示。然后变模式化的"比兴"为真实的冬天景物描写，一个"北风何惨栗"，似闻寒风呼啸。接下的屋中人"愁多知夜长"，因相思而辗转不寐，于是起而观星。"三五明月满，四五蟾兔缺"意味着年年月月的期盼以及曾经的圆满与现在的别离，这六行情深而含蓄，诗味十足。下面八行似脱自乐府，二者字数相同，但诗用心在"情"，步步强化浓缩，一个"惧"字透露出自己的忠贞、对丈夫的依赖，特别是对团圆的期待。总之，乐府是"诗"之母，诗人在乐府基础上探索诗艺，使其在语言艺术的道路上不断攀升。我们再看下面的《明月皎夜光》：

明月皎夜光，促织鸣东壁。
玉衡指孟冬，众星何历历。
白露沾野草，时节忽复易。
秋蝉鸣树间，玄鸟逝安适。
昔我同门友，高举振六翮。

---

① 逯钦立辑校：《先秦汉魏晋南北朝诗》上册，中华书局1983年版，第333页。

不念携手好，弃我如遗迹。
南箕北有斗，牵牛不负轭
良无磐石固，虚名复何益。①

　　从句式上看都是完整的句子，主谓宾结构，语意连贯，自然流畅，距朴素平易的民歌相去不远。但诗人将其提纯、雅化，减少了虚词，增加了内涵。比如首句"明月皎夜光"，诗人把"皎"动词化，不仅形容月亮之皎洁，而且照亮了整个夜空，将"明月何皎皎，月华照当空"两句的意思压缩成一句。再比如"促织""秋蝉""白露""玄鸟"等都是《诗经》中的意象，读者十分熟悉，但诗人把这些表示节令的意象集中在一起，就突出了时光流逝的紧迫感。再如"南箕北有斗，牵牛不负轭"是出自《诗经》的典故。"维南有箕，不可以簸扬，维北有斗，不可以挹酒浆"和"睆彼牵牛，不以服箱"，意思是说天上的箕星不能簸谷，北斗星不能酌酒，牵牛星也不能拉车，以此来比喻"同门友"之有名无实。用典本是文人掉书袋，徒增艰深，但这里因为是在"仰望星空"的背景下，所以显得自然。而且十字概括了原文的二十七字，道尽心中的愤慨，言简而意赅，不能不令人称道，再加上整齐的五言，流畅的韵律，既有民歌的浑然天成，又有文人的精心巧思。"古诗十九首"还有另一贡献，就是将"比兴"发展成真实的景物描写，进而造就情景交融的诗境，请看下面的《青青河畔草》：

青青河畔草，郁郁园中柳。
盈盈楼上女，皎皎当窗牖。
娥娥红粉妆，纤纤出素手。
昔为倡家女，今为荡子妇。
荡子行不归，空床难独守。②

　　开头的"青青河畔草"本是乐府成句，我们在前面的"青青河畔草，

---

① 逯钦立辑校：《先秦汉魏晋南北朝诗》上册，中华书局1983年版，第334页。
② 逯钦立辑校：《先秦汉魏晋南北朝诗》上册，中华书局1983年版，第329页。

绵绵思远道"中已经见过。但这里不同，它不再是单纯的"引子"而是跟接下的"郁郁园中柳"共同描绘出绿意盎然的一片春色。万物勃发的春天自然引发春情闺思，于是引出楼上美女，景和情相互生发映衬，构成一幅情景交融的图画，而这"倚楼美女"也成为以后唐诗、宋词的经典画面。至于"青青""郁郁""盈盈""皎皎"的重复以及不露形迹的"对仗"，既看出乐府民歌的痕迹又显出诗人的巧思。这就是所谓的"古诗"，从汉乐府脱胎而来，却在文人手里走上了独立的发展道路，当然这发展是一步步地走过的。比如"古诗十九首"还没有自己的题目，到曹植就有了题目，如"送应氏诗""三良诗""游仙诗"等，这就成了纯粹的文人五言诗了。下面是其"杂诗七首"中的两首：

之一
高台多悲风，朝日照北林。
之子在万里，江湖迥且深。
方舟安可及，离思故难任！
孤雁飞南游，过庭长哀吟。
翘思慕远人，愿欲托遗音。
形影忽不见，翩翩伤我心。①

之五
仆夫早严驾，吾将远行游。
远游欲何之，吴国为我仇。
将骋万里涂，东路安足由。
江介多悲风，淮泗驰急流。
愿欲一轻济，惜哉无方舟。
闲居非吾志，甘心赴国忧。②

这些诗已经明显地离乐府民歌很远，没有了熟悉的语汇腔调，没有

---

① 逯钦立辑校：《先秦汉魏晋南北朝诗》上册，中华书局1983年版，第456页。
② 逯钦立辑校：《先秦汉魏晋南北朝诗》上册，中华书局1983年版，第457页。

了类型化的形象感情，完全是我笔写我心。曹植工于起调，善为警句，"高台多悲风"至今读来令人怆然，而第二首报国无门的悲慨更是他这个被兄、侄猜忌迫害的陈思王所独有的了。在曹植手里五言诗的文人化、个性化达到了一个新高度。钟嵘品评汉魏六朝诗人，将曹植的五言诗列为"上品"，称"其源出于国风。骨气奇高，词才华茂；情兼雅怨，体被文质，粲溢古今，卓尔不群"。① 明确地指出了它与民歌的渊源，对其艺术成就也给予高度的评价。五言古诗在曹植之后经过阮籍的"咏怀"、陶渊明的"田园"，到杜甫达到了其艺术高峰。

（二）七言体的形成发展

如果说汉乐府孕育出五言体的古诗，那么七言体也是从乐府脱胎而来。其实在《诗经》《楚辞》里就已经出现七言句，《荀子》的《成相篇》就是模仿民间歌谣写成的以七言为主的韵文。到了两汉，七言的韵文及民谣就为数更多，而现存第一首纯粹的七言诗就是曹丕的《燕歌行》。在中国诗歌史上"建安"是个转关，三曹各领风骚，如果说曹操工四言，那么曹植就是五言大家，且是从乐府到"诗"的关键人物，而曹丕则功在七言。《燕歌行》他写了两首，形式完全相同，皆七言15行。下面是第一首：

秋风萧瑟天气凉，草木摇落露为霜。
群燕辞归鹄南翔，念吾客游多思肠。
慊慊思归恋故乡，君何淹留寄他方。
贱妾茕茕空守房，忧来思君不敢忘。
不觉泪下沾衣裳，援瑟鸣弦发清商。
短歌微吟不能长，明月皎皎照我床。
星汉西流夜未央，牵牛织女遥相望，尔独何辜限河梁？②

这是一首哀婉伤感的相思歌，其意象、情感、主题皆属乐府。至于曲调《燕歌行》属《相和歌辞》中的《平调曲》。《古今乐录》曰："平

---

① （梁）钟嵘著，徐达译注：《诗品全译》，贵州人民出版社1990年版，第66页。
② （宋）郭茂倩编：《乐府诗集》第二册，中华书局1979年版，第469页。

调有七曲……五曰《燕歌行》，文帝'秋风'、'别日'，并《燕歌行》是也，其七曲今不传……有笙、笛、筑、瑟、琴、筝、琵琶七种，歌弦六部。"① 可见这是当时乐府的曲调，但已经失传。另有注曰："魏文帝'秋风'、'别日'二曲，言时序迁换，行役不归，妇人怨旷无所诉也。""燕，地名也，言良人从役于燕，而为此曲。"② 概括说来，《燕歌行》是一个乐府题目，是"燕"地的曲调。"燕"地处北方，在今天北京、天津及河北北部、辽宁西南部一带。是汉族和北方游牧民族的边界地区，秦汉以来经常发生战争，因此戍守、筑城、转输等各种徭役也格外繁重。于是人们用燕地的曲调倾吐戍卒、思妇的两地相思之苦。而曹丕就给《燕歌行》配上两首七言的歌词，低回婉转、感情深切。全篇15行，行行押韵，且都是平声，成为一个晋、宋诗人的七言模板，同时也在不断探索革新，比如曹丕的儿子魏明帝曹睿也有一首《燕歌行》：

白日晼晼忽西倾，霜露惨凄涂阶庭。
秋草卷叶摧枝茎，翩翩飞蓬常独征。有似游子不安宁。③

意境情调如出一辙，同样的行行押韵、奇数行，但只写了5行。到了陆机又有了变化，下面是他的《燕歌行》：

四时代序逝不追，寒风习习落叶飞。
蟋蟀在堂露盈墀，念君远游恒苦悲。
君何缅然久不归，贱妾悠悠心无违。
白日既没明灯辉，夜禽赴林匹鸟栖。
双鸠关关宿何湄，忧来感物涕不晞。
非君之念思为谁？别日何早会何迟！④

---

① （宋）郭茂倩编：《乐府诗集》第二册，中华书局1979年版，第441页。
② （宋）郭茂倩编：《乐府诗集》第二册，中华书局1979年版，第469页。
③ （宋）郭茂倩编：《乐府诗集》第二册，中华书局1979年版，第470页。
④ （宋）郭茂倩编：《乐府诗集》第二册，中华书局1979年版，第470页。

此诗在内容情调上依然模仿曹丕，但形式上有所新变：行数变成偶数的 12 行，押韵有行行押、有隔行押，且有换韵。下面是谢灵运的《燕歌行》：

孟冬初寒节气成，悲风入闺霜依庭。
秋蝉噪柳燕栖楹，念君行役怨边城。
君何崎岖久徂征，岂无膏沐感鹳鸣。
对君不乐泪沾缨，辟窗开幌弄秦筝。
调弦促柱多哀声，遥夜明月鉴帷屏。
谁知河汉浅且清，展转思服悲明星。①

全篇 12 行，看来偶数行渐成定式，但依然行行押平声韵。这种模式到了梁元帝萧绎终于被打破。

燕赵佳人本自多，辽河少妇学春歌。
黄龙戍北花如锦，玄兔城前月似蛾。
如何此时别夫婿，金羁翠眊往交河。
还闻入汉去燕营，怨妾愁心百恨生。
漫漫悠悠天未晓，遥遥夜夜听寒更。
自从异县同心别，偏恨同时成异节。
横波满脸万行啼，翠眉暂敛千重结。
并海连天合不开，那堪春日上春台。
唯见远舟如落叶，复看遥舸似行杯。
沙汀夜鹤啸羁雌，妾心无趣坐伤离。
翻嗟汉使音尘断，空伤贱妾燕南垂。②

此诗有几点新意，一是换韵，流畅中形成起伏，如同思妇内心的波澜。二是隔行押韵，两行间不仅有句末的平仄交替如"黄龙戍北花如锦，

---

① （宋）郭茂倩编：《乐府诗集》第二册，中华书局 1979 年版，第 470—471 页。
② （宋）郭茂倩编：《乐府诗集》第二册，中华书局 1979 年版，第 471 页。

玄兔城前月似蛾",而且还有对仗,如"漫漫悠悠天未晓,遥遥夜夜听寒更"和"唯见远舟如落叶,复看遥舸似行杯",还特别注意到平仄谐调,显然受到当时新兴的"永明体"的影响。三是有铺展开合。较之于曹丕诗它不仅有比兴,更有叙述,让这个思妇更具体更个性化。四是语言新颖,离乐府渐行渐远,而跟后来的歌行面貌相近,也就是说,在这个基础上形成了初唐的歌行,形成了纯粹且律化的七言诗。下面是初唐卢照邻的《长安古意》:

长安大道连狭斜,青牛白马七香车。
玉辇纵横过主第,金鞭络绎向侯家。
龙衔宝盖承朝日,凤吐流苏带晚霞。
百丈游丝争绕树,一群娇鸟共啼花。
游蜂戏蝶千门侧,碧树银台万种色。
复道交窗作合欢,双阙连甍垂凤翼。
梁家画阁天中起,汉帝金茎云外直。
楼前相望不相知,陌上相逢讵相识。
借问吹箫向紫烟,曾经学舞度芳年。
得成比目何辞死,愿作鸳鸯不羡仙。
比目鸳鸯真可羡,双去双来君不见。
生憎帐额绣孤鸾,好取门帘帖双燕。
双燕双飞绕画梁,罗帷翠被郁金香。
片片行云著蝉鬓,纤纤初月上鸦黄。
鸦黄粉白车中出,含娇含态情非一。
妖童宝马铁连钱,娼妇盘龙金屈膝。
御史府中乌夜啼,廷尉门前雀欲栖。
隐隐朱城临玉道,遥遥翠幰没金堤。
挟弹飞鹰杜陵北,探丸借客渭桥西。
俱邀侠客芙蓉剑,共宿娼家桃李蹊。
娼家日暮紫罗裙,清歌一啭口氛氲。
北堂夜夜人如月,南陌朝朝骑似云。
南陌北堂连北里,五剧三条控三市。

弱柳青槐拂地垂，佳气红尘暗天起。
汉代金吾千骑来，翡翠屠苏鹦鹉杯。
罗襦宝带为君解，燕歌赵舞为君开。
别有豪华称将相，转日回天不相让。
意气由来排灌夫，专权判不容萧相。
专权意气本豪雄，青虬紫燕坐春风。
自言歌舞长千载，自谓骄奢凌五公。
节物风光不相待，桑田碧海须臾改。
昔时金阶白玉堂，即今惟见青松在。
寂寂寥寥扬子居，年年岁岁一床书。
独有南山桂花发，飞来飞去袭人裾。①

此诗一读气象不凡，带着从未有过的高华，一显唐诗特有的富丽雄放。再看具体的文本，首先它有了自己的题目，诗人围绕着题目发挥，摆脱了乐府古题对内容的限制，当然也不再有入乐的考量，它是纯粹的语言艺术的诗，所以也在"语言艺术"上下尽功夫。第一是立"标准"，比如萧绎的"换韵"是自由的，两句、四句、六句的都有。而卢照邻则以四句为基准，兼有八句的。而且这四句、八句又形成一个意义单位，换韵的同时情景也转换。比如开头的八句主题是路和车，换韵后转到高第豪宅，再换韵后呈现歌儿舞女。再就是继承发展萧绎，上下两句形成对仗或半对仗，典型如"玉辇纵横过主第，金鞭络绎向侯家""龙衔宝盖承朝日，凤吐流苏带晚霞""北堂夜夜人如月，南陌朝朝骑似云"等近二十联。六朝形成了声韵学，诗人作诗开始注意平仄谐调，这在萧绎诗中已有所体现，这里更为发扬光大。在上下两句之间诗人有意协调平仄，造成平仄相间、抑扬有致的声音效果。修辞方面学习民歌的手法，比如"好取门帘帖双燕，双燕双飞绕画梁"是连珠，"得成比目何辞死，愿作鸳鸯不羡仙。比目鸳鸯真可羡，双去双来君不见"是前分后总复沓层递。这就是从曹丕"燕歌行"一路演进发展出的"歌行"，是白居易《长恨歌》《琵琶行》的前奏，是辉煌唐诗的开篇，精华而浏亮。从入乐的七言

---

① 《全唐诗》第二册，中华书局1960年版，第518—519页。

歌词发展到独立的文人诗，形成了新的诗体，这就是曹丕《燕歌行》的诗史意义，换个角度也可以说，是乐府孕育了七言诗。

说到乐府是"诗之母"还有一点要提及，就是它跟"近体诗"的关系。所谓"近体"是相对于"古体"而言，是唐人的说法。古体诗每篇句数不拘，有四言、五言、六言、七言、杂言诸体，以五言、七言为主，不求对仗，平仄和用韵也比较自由。"近体诗"包括八行的律诗和四行的绝句，又有五言、七言之别，此外还有平仄、用韵、黏对等的严格规矩。而民歌讲的是自然声韵，乐府诗又特别与乐律相关，于是两者距离遥远。但它们之间却有一个接合点，就是南朝乐府。南朝乐府多为五言四句，特别是《子夜四时歌》75首，形式上可视为古绝。

春歌
光风流月初，新林锦花舒。情人戏春月，窈窕曳罗裾。①

夏歌
青荷盖渌水，芙蓉葩红鲜。郎见欲采我，我心欲怀莲。②

秋歌
秋风入窗里，罗帐起飘扬。仰头看明月，寄情千里光。③

冬歌
昔别春草绿，今还墀雪盈。谁知相思老，玄鬓白发生。④

这些四行的小诗，不仅情感细腻，而且词采华美，四季景色的描写简洁而准确，又恰与"初恋""热恋""相思""苦恋"的不同感情和谐互应。其中的"夏歌"尤其巧妙，先是以盛开的荷花比喻"我"之青春美貌，再以"采"作性暗示，而最后的"莲"则是双关，"莲"谐音"怜"即"爱"，"我心欲怀莲"就表示已经心许。如此精致的民歌以前从未见过，成为唐人绝句的先声。

---

① （宋）郭茂倩编：《乐府诗集》第二册，中华书局1979年版，第644页。
② （宋）郭茂倩编：《乐府诗集》第二册，中华书局1979年版，第646页。
③ （宋）郭茂倩编：《乐府诗集》第二册，中华书局1979年版，第648页。
④ （宋）郭茂倩编：《乐府诗集》第二册，中华书局1979年版，第648页。

南朝是唐诗繁荣的奠基时期,一方面有乐府民歌的盛行,另一方面是文人在形式上的追求。首先是周颙借鉴梵文发现了汉语的平、上、去、入四声,接着是沈约提出了"八病"之说,也就是作诗应该避免八种弊端,以求声律上的和谐。在此基础上了形成了"永明体"。一批诗坛新秀尝试着把短篇南朝乐府民歌跟学者模式的"永明体"相融合,比如梁陈间的诗人吴均、何逊、阴铿等等都写短篇的抒情诗,以五言四句、五言八句为主,少数是五言十句、十二句,表达自我即时当下情感,同时注重建构情景交融的诗境,如下面的诗:

吴均《山中杂诗》
山际见来烟,竹中窥落日。鸟向檐上飞,云从窗里出。

何逊《与胡兴安夜别》
居人行转轼,客子暂维舟。念此一筵笑,分为两地愁。
露湿寒塘草,月映清淮流。方抱新离恨,独守故园秋。

阴铿《晚出新亭》
大江一浩荡,离悲足几重。潮落犹如盖,云昏不作峰。
远戍唯闻鼓,寒山但见松。九十方称半,归途讵有踪。

这些8行的小诗情感上显然是"文人"的,语言声律上更加精致,已经近于唐人的"律诗",但它们在形式上显然得到了南朝乐府民歌的滋养。

(三)乐府与李白

经过千年的积淀,中国诗歌在唐代登上了它的最高峰。唐诗的繁荣有时代和诗歌发展自身两方面的原因。从社会角度看,在经过了魏晋南北朝四百年的战乱分裂之后,贞观之治开创了大唐盛世,给整个国家带来了欣欣向荣的蓬勃朝气,人们对这个强大的国家感到自豪,特别是隋代开始的科举考试在唐代制度化,为出身平民的士人开辟了实现个人理想抱负的上升通道,而诗赋作为考题就成了学子的必修课,极大地促进了诗歌的发展。从闻一多先生开始就称唐诗如青春少年,就是指其内涵的时代精神和个人积极进取的人生态度。再就是中国诗歌经过《诗经》、乐府以来若干的发展阶段，已经到了艺术之花盛开的季节，于是在伟大的时代产生了伟大的诗人，创造出诗歌的辉煌。

从诗体上看，所有的形式包括古体、近体在唐代都已经定型。写诗普及化，上至帝王、下至僧尼娼妓皆能诗。清代编辑的《全唐诗》收入诗人2529人，诗42863首，可见彬彬之盛。在具体的体裁上，古体、近体各有优长，李白、杜甫等大家都有尝试，但因为古体容量大、诗律限制少，所以更能自由发挥，也就更得到性格豪放不羁的诗人的青睐。而乐府作为古体之源，有深厚的积淀，所以唐诗大家几乎无不涉足。不只是关心民瘼的诗人如杜甫、白居易，即使是山水田园派的王维也写"洛阳女儿行""老将行"之类。据《全唐诗》标明"乐府"的卷17至卷29统计，有诗人逾230，作品1200余。其中最为佼佼的就是李白。

中国诗史上李白杜甫双峰并峙，一浪漫一现实、一不羁一严谨，但二人都写乐府，杜甫即事名篇，用乐府旧题的很少，"诗"的自觉更为突出。关于杜甫、白居易的乐府前面已经说到，这里专论李白。据统计，李白诗现存978首，其中在《李太白全集》中标为"乐府"的共149首，占六分之一，占比超过其他大家包括杜甫和白居易。从题目看，大多数是"古题"：比如出自汉乐府的"战城南""上之回""将进酒""行路难""长歌行""怨歌行"等；也有稍改古题者，如"有所思"改为"古有所思"；有取乐府首句重新命名者，如"来日大难"即古"善哉行"；有袭前人篇名者，如曹植的"白马篇"、鲍照的"夜坐吟"等，都跟乐府有明显的关联。如果我们看内容，皆为借题发挥，或挥洒诗才，或抒发内心，首首精彩，各臻其妙。比如著名的《长干行》可称是诗兴大发，借旧题自创新篇。《长干行》本名《长干曲》，是长江下游一带的民歌，古辞云：

逆浪故相邀，菱舟不怕摇。妾家扬子住，便弄广陵潮。[1]

此篇在柔美的南朝民歌中独显一种清新豪健，主人公是一位敢于弄

---

[1] （宋）郭茂倩编：《乐府诗集》第三册，中华书局1979年版，第1030页。

潮的船家女儿。李白借"扬子"而发挥,编织出一个全新的爱情故事:

> 妾发初覆额,折花门前剧。
> 郎骑竹马来,绕床弄青梅。
> 同居长干里,两小无嫌猜。
> 十四为君妇,羞颜尚不开。
> 低头向暗壁,千唤不一回。
> 十五始展眉,愿同尘与灰。
> 常存抱柱信,岂上望夫台。
> 十六君远行,瞿塘滟滪堆。
> 五月不可触,猿鸣天上哀。
> 门前迟行迹,一一生绿苔。
> 苔深不能扫,落叶秋风早。
> 八月胡蝶来,双飞西园草。
> 感此伤妾心,坐愁红颜老。
> 早晚下三巴,预将书报家。
> 相迎不道远,直至长风沙。[①]

这是一个少妇的爱情心路:从两小无猜,到羞涩小性,再到生死相依。它运用乐府的叙事手法,十四、十五、十六等顺着时间顺序展开,让人想到《诗经·豳风·七月》的"一之日""二之日""三之日",特别是《焦仲卿妻》中的"十三能织布,十四学裁衣,十五弹箜篌,十六诵诗书,十七为君妇"之类,这是典型的民歌叙事。与此同时还有诗人的高明,比如情态心理的准确把握和生动的细节描写:开头的"郎骑竹马来,绕床弄青梅"是儿时游戏,而"低头向暗壁,千唤不一回"就是活脱脱一个害羞的小媳妇,无比生动。其语言真朴自然,但浅中有深。"常存抱柱信"五字含着一个典故:"尾生与女子期于梁下,女子不来,水至不去,抱柱而死"。其他如"望夫台""滟滪堆""猿鸣"等都是长江的标志性符号,加上蝴蝶、落叶等意象共同烘托出一种期盼、焦虑和

[①] (宋)郭茂倩编:《乐府诗集》第三册,中华书局1979年版,第1030页。

悲感。总之，乐府的叙事抒情和文人的精致有机融合，彰显李白的高明。而"青梅竹马""两小无猜"两个至今活在人们口头的成语就是历史对李白《长干行》的肯定。如果说《长干行》是有意地学习乐府的朴素家常，那么李白更有体现自己豪放风格的乐府诗，如《关山月》《塞下曲》《塞上曲》《白马篇》等，并且开唐诗"边塞"一派。

  明月出天山，苍茫云海间。
  长风几万里，吹度玉门关。
  汉下白登道，胡窥青海湾。
  由来征战地，不见有人还。
  戍客望边色，思归多苦颜。
  高楼当此夜，叹息未应闲。①

以上是李白的《关山月》。郭茂倩引《乐府解题》曰："《关山月》，伤离别也。"②《乐府诗集》编入"汉横吹曲"，收入同题诗24首，皆诗人作品，可能"古辞"佚失。第一首为梁元帝作品：

  朝望清波道，夜上白登台。
  月中含桂树，流影自徘徊。
  塞沙逐风起，春花犯雪开。
  夜长无与晤，衣单谁为裁？③

此歌定下了《关山月》的基调：边塞将士望月思乡。题旨所谓"伤离别"的主体不是"思妇"而是"征夫"。艺术上受"永明体"影响，明显文人化、格律化，"月中含桂树，流影自徘徊"优美伤感，若不是"白登台""塞沙"等边塞符号几与思妇诗相混。李白之前的"关山月"都是这种调子。李白则开出新境界。开头四句他大笔勾勒出一幅塞外关

---

① （清）王琦注：《李太白全集》上册，中华书局1977年版，第219页。
② （宋）郭茂倩编：《乐府诗集》第二册，中华书局1979年版，第334页。
③ （宋）郭茂倩编：《乐府诗集》第二册，中华书局1979年版，第335页。

山图：天山明月、苍茫云海，巨大辽阔的空间展现出一派雄浑壮美。几万里长风呼啸，让人想起庄子的"抟扶摇而上者九万里"的大鹏，气势雄放，全是李白气度，非他人能办，而"关""山""月"巧妙地嵌在其中，又见精致。接下的"汉下白登道，胡窥青海湾"十字引出汉高祖刘邦在此征战匈奴以及唐军与吐蕃在青海湾的连年战争，自然带出千年来的战争和出征的将士。最后四行归结到他们的思乡，"苦颜"与"叹息"充满了悲悯和同情。于是天地之大跟心思之细形成了巨大的张力，大气磅礴和温情仁爱融于一体。这就是李白的乐府，有乐府的自然天成，又有鲜明的个人风格。下面是他的《塞下曲》：

五月天山雪，无花只有寒。
笛中闻《折柳》，春色未曾看。
晓战随金鼓，宵眠抱玉鞍。
愿将腰下剑，直为斩楼兰。①

这是一首只有 40 字的五言诗，铿锵的节奏伴着战士的誓言，洋溢着英雄主义的豪情。开头"五月天山雪，无花只有寒"，给人带来森森冷气，这里只能听到"折杨柳"的笛声，却看不到真正绿柳红花的春色。而就在这严酷环境中，将士们斗志昂扬，为国奋勇杀敌，这就是唐诗所展现的"少年人"风采。《塞下曲》共有六首，下面的第三首同样激动人心：

骏马似风飙，鸣鞭出渭桥。
弯弓辞汉月，插羽破天骄。
阵解星芒尽，营空海雾消。
功成画麟阁，独有霍嫖姚。②

李白这些乐府诗除了天才豪纵之外，还有一个特点，就是以律诗写

---

① （清）王琦注：《李太白全集》上册，中华书局 1977 年版，第 284 页。
② （清）王琦注：《李太白全集》上册，中华书局 1977 年版，第 286 页。

乐府。但却并不显雕琢，像"骏马似风飙，鸣鞭出渭桥""五月天山雪，无花只有寒"等仍保留着乐府的"家常"语调，但"弯弓辞汉月，插羽破天骄"和"晓战随金鼓，宵眠抱玉鞍"就是精致的对仗，特别是一个"抱"字，表现出战士们随时准备翻身上马驰骋沙场，比"枕戈待旦"更显紧张和斗志，是一个"诗眼"。跟写出"忽如一夜春风来，千树万树梨花开"的岑参不同，李白并没有出过玉门到过天山，他笔下的塞外都是根据题目的想象生发，这是他的诗才，也是乐府的传统。但李白也有不靠虚构真实呈现内心的乐府，比如下面的《行路难》：

金樽清酒斗十千，玉盘珍羞直万钱。
停杯投箸不能食，拔剑四顾心茫然。
欲渡黄河冰塞川，将登太行雪满山。
闲来垂钓碧溪上，忽复乘舟梦日边。
行路难，行路难，多歧路，今安在？
长风破浪会有时，直挂云帆济沧海。[1]

"行路难"是乐府旧题，郭茂倩有注："《乐府题解》曰：'《行路难》备言世路艰难及离别悲伤之意，多以君不见为首。'按《陈武别传》曰：'武常牧羊，诸家牧竖有知歌谣者，武遂学《行路难》'，则所起亦远矣。"[2]陈武是后赵人，事迹见于《晋书》，可见此歌流传久远，但古辞已失。后世诗人根据题意抒发自己对世路艰难的慨叹，著名的如鲍照、吴均、卢照邻、高适、韦应物、柳宗元等都有《行路难》，而最著名的就是李白这首千古绝唱。

李白《行路难》有三首，这是其一，作于天宝三载（744）。李白是个有政治理想的人，自认有治世安邦之才，所谓"奋其智能，愿为辅弼，使寰区大定，海县清一"（《代寿山答孟少府移文书》），可见其理想并不是做诗人，因此当其奉诏入长安是想有一番大作为的。但玄宗只把他当作点缀升平的文人词客，遂不得意，加上权臣谗毁，两年后被赐金放还。

---

[1]（清）王琦注：《李太白全集》上册，中华书局1977年版，第189页。
[2]（宋）郭茂倩编：《乐府诗集》第三册，中华书局1979年版，第997页。

此诗就作于出京之后，心情郁闷而悲愤，"行路难"的本义正是他此时的感受，于是借题发挥。诗的开篇"金樽清酒""玉盘珍羞"，让人想到朋友的豪宴，本该开怀畅饮，但他却"停杯投箸""拔剑四顾"，吃不下、心茫然，心头郁结，于是出现两个比喻"欲渡黄河冰塞川，将登太行雪满山"，把行路之难生动地表现出来，同时"黄河""太行"的磅礴气势又呈现出诗人自己的心胸气魄及其伟岸形象。于是情景突转，柳暗花明，又看到了希望。但希望并不等于现实，于是再慨叹"行路难，行路难，多歧路，今安在？"四个三言句，节奏短促、跳跃，显出内心的急切不安。结尾二句，仍然闪现一片阳光，充满了"天生我才必有用"的自信。此诗绝妙地表现了内心的起伏跌宕，从郁闷到爆发，到希望，再转到彷徨，最后回到坚定的自信，跳荡纵横气势雄劲，百步九折又充满苦闷不平。其中的诗人傲岸狂放又倔强自信，这是从乐府民歌到文人抒情诗的绝美篇章。唐诗以李白、杜甫为双峰，他们都写乐府，各有优长，但李白尤擅，上述只是几例。由此我们也看到民间乐府对诗人从三曹到李、杜再到元、白的哺育和滋养。

综上所述，我们可以得出一个结论，即民歌是一个民族社会生活、思想感情、美学趣尚的全息载体，可以解码其历史文化、民族性格、诗歌发展等多维信息。就华夏民歌而言，它是中国诗歌发展的源头，孕生滋养了文人诗，发育出五言、七言古诗和近体诗，同时还奠定了中国诗学的基础，包括"诗言志"的本体论，"赋比兴"的创作手法，"温柔敦厚"的诗教，"乐而不淫，哀而不伤"的审美理想，"感于哀乐，缘事而发"的现实主义精神，等等。这些都成为德意志民歌及诗歌发展的参照，以下的四章就展开具体的论述。

第 一 章

《男孩的神奇号角》

第一节 《号角》的产生

《号角》是德语文学史上最有影响的民歌集①，由浪漫派诗人阿尔尼姆和布伦塔诺编辑，收录了14世纪到19世纪初的德意志民歌723首②，从有文字记载的"最早"到编者生活时代的"最新"，既是对德意志民歌的一个总结、检阅，也为德语诗歌的发展奠定了一块新的基石，这与我们的《诗经》《乐府诗集》很有些相似。但因为德语文学的发展比中国晚很多，所以它的形成也就晚了一千多年。《号角》共3卷，第一卷出版于1805年（但误印成1806年），第二、第三两卷出版于1808年。歌德对它赞赏有加："这本小书应该待在那些有情趣的人家里，在窗台上或镜子下面，或者跟歌本、菜谱放在一起，可以随时拿起来翻看，当人们高兴或不高兴的时候都可以从中找到共鸣，如果他在这种时候总是想找些什么来读的话。"③海涅的评价更高，他说："我不能找到更适当的词句来赞美这本书；他是德意志精神最娇媚的花朵，谁想了解德国民众的可爱之处，就请谁读读这些民歌。"④ 还说："在这些诗歌里，我们可以感觉到德国民

---

① 《号角》的副标题是"Alte deutsche Lieder"，即"德意志古老的歌"，但无论阿尔尼姆还是现在的文学史，都认其为"民歌"。参见阿尔尼姆为《号角》所写的论文"Von Volksliedern"（《论民歌》），见 Heinz Rölleke [Hrsg.]，*Des Knaben Wunderhorn*，Verlag W. Kohlhammer, Stuttgart, Berlin, Köln, Mainz, 1979. Teil I, S. 406ff.

② 只有第一首除外，它是译自法文的一首民歌。

③ Heinz Rölleke [Hrsg.]，*Des Knaben Wunderhorn*，Insel Verlag, Frankfurt am Main, 2003, S. 1210.

④ [德] 亨利希·海涅：《论德国》，薛华、海安译，商务印书馆1980年版，第116页。

众心脏跳动的脉搏。德国民众所有悲怆的欢乐,愚蠢的理性在这里都表现出来了。"[①]可以这样说,《号角》是德语文学发展到一定阶段的产物,是建设独立的民族文学、建树德意志民族风格的历史诉求的必然结果。这可以从德语文学史的发展来考察。

一 历史背景

从历史上看,德意志民族形成较晚,由日耳曼的几个部落融合而成。公元814年法兰克国王卡尔大帝(德语Karl der Große 英语Charlemagne,约747/748—814)去世,国家一分为三,其中的东法兰克奠定了今天德国的雏形,德语和德语民歌随之逐渐形成。14世纪至16世纪民歌繁荣,有人将民歌的"歌词"用文字记录下来,称之为"歌"(Lied),这就是《号角》最初的底本。以后有诗人效仿,于是"歌"逐渐成为诗的一种形式,所谓"歌体诗",也被通称为"诗"。随着文学史和民族文学意识的出现,就开始了文学的寻根,有了对民歌的收集、整理、出版,而这些都伴随着德国近代文学的整个发展历程。

德国近代文学的发展,从15世纪到19世纪经历了几个大的阶段——人文主义、巴洛克、启蒙运动、"狂飙突进"、古典主义和浪漫主义,特点是历时短而进程快。审视这几个思想文化运动,后一个既是对前一个的否定,也是批判性的继承,甚或某种形式的救正。它同时也是从学习外国到自立于世界民族文学之林的过程。民歌、民间文学就像一条红线,或隐或显地贯穿其中,而《号角》就是这条红线上的一个"结",它一头绾住了此前几个世纪的诗歌,另一头又牵出了其后的发展路径,换言之,《号角》是德语文学上继往开来的一座里程碑。

简述这段历程要从人文主义说起,它是以意大利为策源地、发生在14至16世纪影响遍及全欧洲的文化运动。它的旗帜是古希腊、罗马,旨在"复兴"以人为本的精神,反对神权,因此也被称为"文艺复兴"。初期它主要从事语言、典籍和编年史的规范、整理工作,以后扩展到哲学、艺术以及自然科学等领域。德国的人文主义运动始于15世纪,人文主义者们集中在布拉格和维也纳,在整理典籍及与经院哲学的辩论中,写出

---

① [德]亨利希·海涅:《论德国》,薛华、海安译,商务印书馆1980年版,第117页。

了一些专门论述语言规律、风格、诗韵、修辞、语法等的专著。这催发了民族情感的觉醒，人们开始注意自己民族的语言、传说、古代的文化，开始了拉丁语和德语的诗歌创作。尽管有人文主义者的艰苦拓荒，但德国的文化较之于英、法、意等国还是大大落后，直到 17 世纪，它还没有形成自己统一的民族语言。由于国家分裂，各地区德语的发音、书写及词义都有不小分歧，同时还混杂着各种外来语。碍于它的俗陋，学者们都使用高雅严密的拉丁语进行著述。民族意识的不断觉醒，使 17 世纪的学者们继续人文主义的传统，致力于民族语言的建设。从世纪初开始，"语言学会"在各地相继出现，意在清除外来词、外语语法，确立德语语法、正字法，以建立纯洁规范的民族语言。在自觉建设民族语言的同时，培育本民族的文学也就提到了议事日程。17 世纪初的德国文学同样落后，就诗歌而言，还处于自然状态，还没有一定的格律形式。诗歌有两要素，一是语言，二是诗体，于是新一代的诗人就从这两方面入手，开始了他们的筚路蓝缕，而人文主义的教育背景引导他们走上了学习古典之路。他们把古希腊、古罗马的各种诗体以及在意大利、法国盛行的十四行诗引进德国，又像罗马人那样重视修辞学、讲究辞藻，把贺拉斯（Quintus Horatius Flaccus，前 65—前 8）的《诗艺》和诗作奉为圭臬，由此形成了德国的巴洛克诗歌。

欧皮茨（Opitz，1597—1639）是这个文学新时代的领军人物，他的《德语诗学》不仅开辟了巴洛克诗歌，而且奠定了德国的民族诗学的基础。他的理论和美学追求包括两个方面，一是诗歌形式的规范化，二是诗歌语言的纯洁高雅化。有感于法国、英国等借鉴外国形式发展民族文学的经验，特别是受到荷兰的启发，欧皮茨把古希腊和拉丁语的各种诗体系统地引进德国。他认识到语言特点与诗体之间的关系，引进与改造并举，以德语音节的轻重代替拉丁语的长短，把原来的长短交替变成抑扬交替，并让德语诗的词重音落在扬音节上，实现了外来形式的民族化。从此哀歌、十四行诗、亚历山大里亚诗行等外来形式就正式进入了德语诗歌，而德语诗歌也有了自己的堂堂形式，为它的进一步发展奠定了基础。欧皮茨是理论家，也是一个优秀诗人，他的诗格律严谨，词采华茂，音调流转，代表了巴洛克的典型风格。与欧皮茨同代或稍后的代表性诗人还有格吕皮乌斯（Gryphius，1616—1664），他继续了欧皮茨的传统；

霍夫曼瓦尔道（Hoffmannswaldau，1617—1679），他以藻饰著称；卡拉扬（Klaj，1616—1656），华丽之外很有些新气象。其他还有格尔哈特（Gerhardt 1607—1676）、达赫（Dach，1605—1659）、弗莱明（Fleming，1609—1640）等一大批诗人，形成了德语艺术诗歌的第一次繁荣。

历史进入 18 世纪，这是人类历史上伟大的启蒙时代，启蒙（Aufklärung）的本义是"照亮"，就是要用"科学""理性"之光驱散中世纪神权统治下思想黑暗，它肯定的是"人"和"人权"，是对人文主义的继承。启蒙运动以英国的经验主义和法国的理性主义哲学为基础，认为一切认识都来自经验，反对基督教神学倡导的盲从，要把人从愚昧和迷信中解放出来，它的旗帜就是"科学"；而理性主义则从另一个角度冲击宗教的思想禁锢，它提倡唯理是问。"他们不承认任何外界的权威……宗教、自然观、社会、国家制度，一切都受到了最无情的批判；一切都必须在理性的法庭面前……"[①] 著名的启蒙思想家伏尔泰（Voltaire，1694—1778）、孟德斯鸠（Montesquieu，1689—1755）、狄德罗（Denis Diderot，1713—1784）等从社会、思想、宗教、文化等方方面面论述了理性的具体内容，其核心就是天赋人权，人人平等，宗教信仰自由，政治、思想自由，等等。其实质就是新兴的市民阶级反对封建统治，争取本阶级的权利。启蒙运动最大的政治成果就是法国大革命。

德国的启蒙运动是在 18 世纪三四十年代，在英、法的影响下展开的，主要表现在思想文化而不是社会政治领域。它接受了莱布尼茨（Gottfried Wilhelm Leibniz，1646—1716），特别是他的学生沃尔夫（Christian Wolff，1679—1754）的理性主义，认为启蒙的本质在于用理性提升人的道德。因此启蒙作家自觉地承担起一个任务，就是以文学开启民智、教育民众，使他们有理性、有道德，共同构建一个完善、和谐的社会。与此相关的启蒙文学就有了两个特征：一是在内容上从歌颂上帝到写人，比如教育小说，就是写"人"的塑造成长，主人公在经历了种种的挫败和历练之后，终于成长为一个启蒙意义上的真正的人；另一个特征就是确立规范，这主要表现在戏剧方面。欧洲戏剧发达，而启蒙思想家都把戏剧看成是教育民众的工具。所以一时间戏剧大热。但当时德国的戏剧

---

① 《马克思恩格斯全集》第二十卷，人民出版社 1971 年版，第 19 页。

从剧本到演出都很混乱，没有一定之规，于是理论家高特舍特（Johann Christoph Gottsched，1700—1766）就从法国的布瓦洛（Nicolas Boileau - Despréaux，1636—1711）那里拿来"新古典主义"，写出了他的《写给德国人的批评诗学》。它首先是注重模仿，要求模仿古希腊、古罗马，强调结构的严谨、形式的完美，特别要求谨遵三一律，同时还要有明确、清晰、逻辑的语言。

高特舍特的理论给当时的文坛，特别是给混乱的德国戏剧制订了一个明确的规则，无疑是必要的也产生了积极的效果。但过分地苛求形式、规则，否定了想象和幻想，也就束缚了诗人的创造性。于是在启蒙队伍里的瑞士理论家布莱丁格（Johann Jakob Breitinger，1701—1776）和波德玛（Kohann Kakob Bodmer，1698—1783）与他进行了长达十年的论战，就是要肯定感情、想象等在文学创作中的作用。他们两人还研究德国中世纪的创作和民间文学，开始了文学的寻根。并认为，正是德意志民族的民间文学，而不是其他民族的文学，才是德国文学的根脉。波德玛还整理德意志的民间创作，编成他的《中古诗歌》，这是"民间"首次进入学者的视野。也正是承袭着这条线索，出现了"狂飙突进"运动。

在18世纪的德国，除了启蒙的科学理性的主旋律之外，还发育着一个情感文化。它有两个维度，一个是宗教的虔敬主义，另一个是世俗的感伤主义。虔敬主义是17世纪末兴起的新教中的一个派别，主张个人的、感性的宗教信仰。相对于路德的理性宗教，虔敬派更重视宗教的情感与心理因素，走的是重主观、重感情的实践性的心修之路。他们观照审视自己的内心，以自己的心直接去感觉体验上帝，让心灵与上帝直接晤对、交流，进而净化自己、提升自己，最终经历自我的重生，获得一个全新的存在。他们因与上帝相遇而感到幸福，因心灵与神明的沟通而心醉神迷，因获得上帝的宽恕而欣喜快慰。这是难以言说的个人神秘而神圣的宗教体验，而信仰和爱是其间的媒介。这些对以后浪漫派作家的宗教情结、对他们内心的情感体验和内心观照都影响极大，特别是对诺瓦利斯（Novalis，1772—1801）和布伦塔诺。

与宗教性的虔敬感情相伴，18世纪还盛行世俗的情感至上的感伤主义。虔敬主义寻求心灵与上帝的交流，感伤主义则在日常生活中，通过友谊和爱情寻求人与人之间的情感联系。感伤主义赋予启蒙文学一丝淡淡的伤感和脉脉温情。这在后期启蒙文学中表现得十分明显，比如诗人艾瓦尔特·克莱斯特（Ewald Christina von Kleist，1715—1759）。席勒在他《论素朴的诗和感伤的诗》中就认为，克莱斯特是首开感伤的诗人之一。而这些都成了浪漫派的远源，对海涅也有一定程度的影响。

"狂飙突进"是18世纪60年代中到80年代在德国掀起的激进的思想文化运动，其代表人物是赫尔德（Johann Gottfried Herder，1744—1803）、歌德和席勒等市民出身的青年知识分子。不同于启蒙运动，"狂飙突进"没有系统的思想理论支撑，哈曼（Johann Georg Hamann，1730—1788）的思想是其理论基础。与启蒙的理性相反，哈曼试图用直觉去说明信仰、道德和诗歌创作。"狂飙突进"有几个中心口号，如"个性""自由""天才"等，都标示出反抗与批判的精神。其锋芒所向，直指启蒙思想的核心：科学、理性与规则。它高扬天才的旗帜，认为天才是自然于人的最高体现，天才可以创造一切；它强调人的天性和本能：突出感性，崇尚自然。"狂飙突进"的代表人物认为，艺术不是技艺性的模仿，而是天才的创造，它出自一种理性不可解释的冲动，既不为主观意志所控制，也没有什么主旨，更不受任何人为规则的束缚，它只听从心的呼唤，它从天才的心中自然涌出，凝结而成为艺术。

赫尔德是"狂飙突进"的旗手，他撰写了大量的文艺批评，在批评中表达他的美学思想。赫尔德所处的时代，是启蒙中期，启蒙的科学理性在大展光辉之后，已经开始显露其局限。在文学领域就是多理性的逻辑，少形象的、感性的表达，具体到诗歌，还有重形式规则、少情感而导致的枯燥、生硬。赫尔德看到这些弊端，提倡一种自然而不做作、真实而不是拼凑、从心而出而不是从规矩而出的诗歌。

18世纪60年代欧洲出现了一个"莪相"热，莪相（Ossian）是传说中的古代爱尔兰说唱诗人，1758年苏格兰诗人詹姆斯·麦克菲森（James Macpherson，1736—1796）声称发现了莪相，并完成了他诗作的英译《奥斯卡尔之死》（*The Death of Oscar*）。随后爱丁堡大学的教授休·布莱尔（Hugh Blair）1760年以匿名的形式将这个译本发表。并在1763年发表了关于莪相的文章，将其与荷马进行比较，并说明其区别。于是影响传播到欧洲大陆。莪相影响最大的是1765年的版本《莪相诗集》（*The Poems of Ossian*），其中收入了两首史诗和20首叙事抒情的歌谣，1768年出版了

《迪尼斯》(*Denis*)的德译本第一卷（布伦塔诺就藏有这个版本）。事实上，这是些爱尔兰的盖尔人的诗歌，形成于12—15世纪，是民族和民间的产物。赫尔德正是看上了它的自然和真情实感，藉此阐述自己的思想①。他赞美那些"感性的、激情的、感情细腻的民间诗歌"，并且认为诗人也可以创作出具有这种精神的诗，比如荷马、莎士比亚和莪相。前提是回归自然，实现人与自然、艺术与自然的和谐统一。他为这样的诗总结了几个"关键词"："心灵的语言"(Sprache des Herzens)、"自然的精神"(Geist der Natur)，以及感情的"直接"(unmittelbar)、"自发"(spontan)的表达等②，这些都成了"狂飙突进"诗学的标志性的概念。与此相关赫尔德还提出了"民歌"(Volkslied)的概念，这是他仿照英语的popular song而创造的一个组合词，包含了两方面的意思，一是与诗人的艺术的诗相对立，再就是对"民族"(Volk)及民族性的认可。

1765年英国人托马斯·珀西(Thomas Percys)出版了《古英语诗歌》(*Reliques of Ancient English Poetry*)，这是英语文学史上的第一部民谣集，反响很大，有感于英国人编英国民歌，赫尔德希望能有一位德国的珀西把自己的民歌结集出版，用淳朴清新的民歌来救正那些矫揉造作的诗，同时也想通过民歌的挖掘整理来建设德意志自己的文化，把一个分裂的民族从文化上整合起来。为此赫尔德亲自动手采集、征集民歌，并在1767年出版了《各族人民的声音》，其中收入了20首德语民歌。特别是他1773年出版的《德意志的风格和艺术》(*Von deutscher Art und Kunst*)，大力倡扬民歌，引起强烈反响，各种民歌集相继问世。同年毕尔格(Gottgried August Bürger，1747—1794)出版了《雷诺拉》(*Lenore*)。1774年赫尔德出版《古代民歌》(*Alte Volkslieder*)。在前言中赫尔德说明自己的初衷，就是要通过民歌的收集整理，提倡一种自然的文学，并且特别提出整合发展德意志民族文学的愿望。1777年赫尔德又出版了《民歌》(*Volkslieder*)，与此同时艾舍尔布尔格(Joh. Joachim Eschenburg,

---

① 参见 "Auszug aus einem Briefwechsel über Ossian und die Lieder alter Völker"，Johann Gottfried Herder，*Werke* in zehn Bänden, Herausgegeben von Martin Bolacher, Band 2. Deutscher Klassiker Verlag, Frankfurt am Main 1993, S. 447ff.

② Johann Gottfried Herder, *Werke* in zehn Bänden, Herausgegeben von Martin Bolacher, Band 2. Deutscher Klassiker Verlag, Frankfurt am Main 1993, S. 1120f.

1743—1820)、尼古莱(Christoph Friedrich Nicolai, 1733—1811)、艾尔维特(Anshelm Elwert, 1761—1825)、格雷特(Friedrich David Gräter, 1768—1830)、波特(Friedrich Heinrich Bohte, 约1770—1855)等人也收集发表了相当数量的民歌,这些日后都成了《号角》的底本。

赫尔德认为文学有民族性,所有的民族都通过歌唱表达自己的一切,包括认知、信仰、性格以及生活中的喜怒哀乐[1]。因为各自社会生活的不同,也就产生了不同的风格[2],而德意志民族的风格是阳刚的、强健的[3]。他呼吁英国人、法国人、意大利人包括德国人都去挖掘整理自己的文化遗产[4],并且问道,为什么总是希腊人?希腊人的歌、希腊人的画、希腊人的神话,"为什么不是我们?这里正召唤着德意志人"[5]。显然赫尔德有志于建立德意志民族的文学,而不是跟在其他民族后面亦步亦趋。更难能可贵的是,赫尔德对各民族持一种平等的态度,称其为兄弟,并没有民族主义和殖民主义态度,他认为一个民族在一个更高的、人类一部分的意义上、自觉地认识自己的特点,这是一种爱国(patriotisch)。而抢救、保护民歌是为了认识自己和其他民族,也是为了诗歌今后的发展,因为它有借鉴的作用。正是出于这样的世界眼光和胸怀[6],他的民歌集《古代民歌》中也收入了其他民族的歌。总之,赫尔德在对生硬的理性规则的批判中建立了民歌理论。"民歌"伴随了他一生,对德语诗歌的发展产生了重大影响,首先受其沾溉的就是歌德。如果说赫尔德是民歌的理论家,那么歌德就是一个践行者。他接受了赫尔德的思想,1770年专门到斯特拉斯堡去追随他。他响应赫尔德的倡议,亲自到阿尔萨斯乡间去采

---

[1] Johann Gottfried Herder, *Werke* in zehn Bänden, Herausgegeben von Martin Bolacher, Band 3. Deutscher Klassiker Verlag, Frankfurt am Main 1990, S. 60.

[2] Johann Gottfried Herder, *Werke* in zehn Bänden, Herausgegeben von Martin Bolacher, Band 3. Deutscher Klassiker Verlag, Frankfurt am Main 1990, S. 60.

[3] Johann Gottfried Herder, *Werke* in zehn Bänden, Herausgegeben von Martin Bolacher, Band 2. Deutscher Klassiker Verlag, Frankfurt am Main 1993, S. 494.

[4] Johann Gottfried Herder, *Werke* in zehn Bänden, Herausgegeben von Martin Bolacher, Band 3. Deutscher Klassiker Verlag, Frankfurt am Main 1990, S. 241.

[5] Johann Gottfried Herder, *Werke* in zehn Bänden, Herausgegeben von Martin Bolacher, Band 3. Deutscher Klassiker Verlag, Frankfurt am Main 1990, S. 64.

[6] Johann Gottfried Herder, *Werke* in zehn Bänden, Herausgegeben von Martin Bolacher, Band 3. Deutscher Klassiker Verlag, Frankfurt am Main 1990, S. 875—877.

集民歌，并将田野调查所得的 14 首口头流传的民歌交给赫尔德，编入了他的民歌集。歌德这期间写出的组诗《萨森海姆之歌》（*Sesenheimer Lieder*）明显受到了民歌的滋养，成为德语诗史上的洋溢着青春生命的华彩篇章。黑格尔（Georg Wilhelm Friedrich Hegel，1770—1831）就说过："歌德很善于用比较独立的方式模仿民歌写过许多彼此风格极不相同的，较接近我们德国人情感的作品。"[①]

古典主义产生在 18 世纪 80 年代末，是歌德、席勒在"狂飙突进"之后面对社会和艺术现实重新进行反思的结果，是他们新的美学理想。它是在德国本土孕育成长的，与法国布瓦洛的古典主义不是一回事。它不是模仿的艺术，不是为宫廷服务的贵族艺术，而是积极乐观的、有社会进步理想的市民艺术。为区别彼此，德国文学史家称其为"魏玛古典主义"。

魏玛古典主义，既是美学理想，也是创作实践。基于古希腊艺术是人的艺术，是自然的艺术，古典主义反对简单的模仿，主张艺术建立在当今的现实生活之上，建立在个人对艺术的感觉之上。它认为诗歌源自人的心灵、情感，同时又跟人生活的社会密不可分，因此艺术是人生的。古典主义不只关注文学，也关注人。相对于"狂飙突进"的自然人性，它主张道德的人性（sittliche Humalität）。出自泛神论的对人的内在神性的信仰，它认为人有天生的理想，有提升自我、完善自我的内在要求。艺术既然是生活的一部分，它在人的心灵中占有一定的、不可替代的地位，那么艺术就可以是一种对人进行教育的手段，帮助人进行提升和完善。因此艺术的最终目的就不只是愉悦性情，它还能进行美育，提高人的道德，实现人与社会的和谐。"美的心灵"在席勒看来，不仅是人性的客观最高阶段，也是人主观追求的幸福存在。显然，这是在启蒙理性与"狂飙突进"感性之间的调和。因此我们可以把启蒙运动、"狂飙突进"和古典主义三者的关系概括为，启蒙的理性是功利的，以合理、有益和利益为目的，古典主义的理性是人本的，要培养完善的人。而在人本这个层面上，"狂飙突进"强调的是自然天性，而古典主义则是道德的人性，突出的是美育，以达到人的全面发展及其与社会的和谐。魏玛古典

[①] ［德］黑格尔：《美学》第三卷下册，朱光潜译，商务印书馆 1997 年版，第 202 页。

主义最辉煌的成就是歌德的诗剧《浮士德》。

就在古典主义兴盛的同时，浪漫派异军突起，它以颠覆启蒙和古典主义的面目出现，代表了一个新时代的到来。文学史把它界定在1790到1850年间，并分为早、中、晚三个时期。它从文学入手，最后发展成一个波及全欧洲、影响整个19世纪的思想文化运动"浪漫主义"。浪漫主义涵盖了文学、艺术、哲学、科学乃至政治诸领域，对整个西方思想史、艺术史产生了重大影响。它被以赛亚·伯林（Isaiah Berlin，1909—1997）视为西方政治思想史所经历的第三次转折①，也是思想史上第一次发源于德国并向外"输出"，进而影响世界的思想文化运动。此前的德国一直是思想的"进口"国，人文主义以来的种种"运动"无不是从外国输入的。

浪漫派是一群比歌德、席勒小二十岁左右的青年才俊，他们大多家境优裕，受过良好的教育。他们在启蒙的摇篮里长大，但感觉到它的束缚，所以要冲破它，一展抱负。早期浪漫派（1790—1801）是一个聚在耶拿的朋友圈子，他们有大体一致的思想倾向、美学趣味，但没有统一的思想纲领，施勒格尔兄弟家的客厅就是他们的"基地"，奠定其美学理论基础的主要是弗·施勒格尔（Friedrich Schlegel，1772—1829）和诺瓦利斯，其哲学基础是康德和费希特的唯心论。施勒格尔指出："这样一个时代，一言以蔽之，号称批判的时代。"②它是由康德的三大批判开始的，从认识论、伦理学和美学的角度对传统的一切重新进行审视，而浪漫派有自己的批判。他们看到科学、理性带来的人文缺失，于是构建起一个二元的"诗"的体系。首先是确立了一个形而上的、超验的"诗"。《谈诗》中有："所有艺术与科学最内在的奥秘属于诗。从那里生出一切，一切又必定回归那里。"③即诗是万物之源，也是万物的归宿，于是诗也就成了本体。诺瓦利斯也有类似的观点，他说：

哲学通过它的规律给世界施加理念的影响时，诗通过自己特有与整

---

① ［英］以赛亚·伯林：《现实感》，潘荣荣、林茂译，译林出版社2004年版，第189页。
② 李伯杰译：《浪漫派风格——施勒格尔批评文集》，华夏出版社2005年版，第220页。
③ Friedrich - Schlegel, *Kritische Friedrich-Schlegel-Ausgabe*, Herausgegeben von Ernst Behler, Verlag Ferdinand Schöningh, München. Paderborn. Wien, 1967, Bd. II, S. 324.

体的联系而把握个体。如此诗就是哲学的锁钥、目的和意义。因为诗构建美丽的社会——世界大家庭——美好的宇宙……——因此诗就与生活连在一起。个人生活在整体里，整体体现在个体里。通过诗可以形成最高的互感与互动，它是有限与无限间最内在的统一。①

结合诺瓦利斯的其他著述，可以得出这样一个思路：诗在诺瓦利斯那里高于哲学。它体现着无限和有限的统一，万事万物通过诗可以互动、互感，因此有限的人也可以感知无限的宇宙。诗还能构建从社会到世界到宇宙的美，于是它就在本体意义之外，又有了救世的功能。诺瓦利斯还说"诗是社会的基础"②。这样浪漫派就在德国古典哲学的滋养下，构建了自己超越艺术的、人文主义的"诗"，以及相关的"诗意""诗意的人生"等别具含义的概念。其实质是通过"诗"，把人类提升到最高的境界，以实现对永恒、对绝对精神的追求。罗素（Bertrand Russell，1872—1970）就说过："浪漫主义运动的特征总的来说，是用审美标准代替功利的标准。"③由是形成了欧洲文化中独特的审美人文主义方向，即审美不只是单纯的艺术，而且有了关涉人类生存发展的意义。可以说正是德国浪漫派奠立了这个方向的基石。

本体的诗之外，浪漫派对文学之诗也提出自己的观点：它是由诗人的灵性感知自己心底的"原初之诗"，"原初之诗"又激发诗人的想象，从而自然"流溢"而出的。弗·施勒格尔理想的诗"是无限的，是自由的，它的第一条法则就是，诗人随心所欲地不受任何约束"④。于是它要消解文学的形式，认为形式是束缚，而古典主义却注重规则、注重形式美。再有浪漫派在哲学上强调"一"，就是在对立之后的"统一""整一"，"一"是他们所追求的和谐与美。这点跟古典主义的理想相一致，

---

① Novalis, *Schriften*, Herausgegeben von Paul Kluckhohn u. Richard Samuel, W. Kohlhammr Verlag, Stuttgart 1960. Bd. II, S. 533.

② Novalis, *Schriften*, Herausgegeben von Paul Kluckhohn u. Richard Samuel, W. Kohlhammr Verlag, Stuttgart 1960. Bd. II, S. 534.

③ ［英］罗素：《西方哲学史》，何兆武译，商务印书馆1982年版，第216页。

④ Friedrich-Schlegel, *Kritische Friedrich-Schlegel-Ausgabe*, Herausgegeben von Ernst Behler, Verlag Ferdinand Schöningh, München. Paderborn. Wien 1967, Bd. II, S. 182f.

但途径不同,它不是通过实践性的美育,而是要通过内在的心修在精神的层面来实现。在具体的创作上,浪漫派追求"融汇的诗",就是一种融通了诗歌、小说、戏剧等各种文体的新的文学样式。弗·施勒格尔的《路琴德》是其代表。但总体说来,早期浪漫派的成就主要在理论建设,创作的成果并不多。

中期浪漫派(1801—1815)的代表人物是阿尔尼姆、布伦塔诺、格林兄弟(Jacob Grimm,1785—1863;Wilhelm Grimm,1786—1859)、艾辛多夫等人。因为拿破仑对德意志的侵略和占领,中期浪漫派的思想明显地转向民族主义,他们试图通过对民族语言、历史、文学的整理研究推进民族教育,以对抗法国的影响。他们收集整理民歌、童话,不仅对保存民族文化居功甚伟,而且成就了各自的文学辉煌。晚期浪漫派(1820—1850)在思想上趋向天主教,成就主要在小说。如果在德国思想文化史的大坐标上看浪漫派,它是否定之否定的发展进程中的一环,与之前的启蒙运动、感伤主义、"狂飙突进"、古典主义都有不同程度的联系。大体说来,他们与启蒙和古典主义相远,与感伤主义、"狂飙突进"相近。

具体说到《号角》,它就是为建设民族文化,同时救正启蒙"却魅"的偏颇而编辑的。因为启蒙的理性把人类自童年以来的美好想象都视为迷信,把美丽的传说、民歌都视为糟粕而摒弃。浪漫派就是要重拾这些美好,构建一个德意志的"诗意的生活"。而从文化史的角度看,它接续了自人文主义以来的人文和审美的发展红线。

人文主义为它准备了14世纪以来的文本,而布伦塔诺对珍本、古本情有独钟,他自己从青年时代就开始了这方面的收藏。同时由人文主义者开始的建设德语的工作,经过几个世纪的不懈努力,终于使德语在18世纪发展成为一种成熟的、表现力丰富的语言,为文学的发展奠定了最根本的基础,也成为《号角》语言现代化的前提。而从启蒙时代开始,启蒙学者就萌生了文学寻根的想法,有了建立德意志民族文学的要求。到了"狂飙突进",这种在启蒙时代被主调掩盖的声音就成了时代的主旋律。民歌成了民族文化的瑰宝,成了民族这棵大树的"根",成了现实生活的鲜活呈现,也成了"文学"汲取营养的源泉。于是到了浪漫时期,建立民族的、纯粹审美的文学的呼声越来越高,而拿破仑的侵略占领,更激发了民族和爱国的热情,于是《号角》就应运而生,它是一个总结,同时也是一个开启,开启了德语诗歌的新时代。如果说歌德的古典主义是以古希腊、罗马艺术为圭臬,那么浪漫主义特别是《号角》所开启的就是德意志的民族文学。这个新文学建立在本民族的文化基础之上,体现着民族的风格和民族的气派。

二 《号角》的编者

《号角》的编者有两位,他们是路德维希·阿西姆·封·阿尔尼姆和克莱门茨·布伦塔诺。两人是志同道合的好友,有共同的"民歌"理想,于是通力合作完成了这项历史性的任务。具体的工作中,阿尔尼姆主要承担了主持、定调、公关和印刷出版,当然也参与了编辑加工。最重要的是他写下了著名的《论民歌》(*Von Volksliedern*),为民歌和《号角》立论,同时阐明了编辑《号角》的初衷。《论民歌》是继赫尔德之后最系统的民歌论述,是与《号角》并存的文献。与阿尔尼姆的"主脑"不同,布伦塔诺是"实干",他是《号角》文本的主要编辑者,没有布伦塔诺就没有《号角》今天的模样。他们是互补型的好搭档。

路德维希·阿西姆·封·阿尔尼姆

阿尔尼姆和布伦塔诺两人1801年相识于哥廷根大学,虽然出身、背景、性格都很不一样,但却能相互理解欣赏。他们的友谊维系了一生,支持他们完成了共同的事业《号角》,也成就了他们各自的创作辉煌。这是德语文学史上歌德、席勒之后的又一段友谊佳话。

阿尔尼姆[①]出身于勃兰登堡的一个古老的贵族家庭,但家道已经衰落。他的父亲曾担任过4年的驻哥本哈根及德累斯顿的公使,这是其短暂职业生涯的顶点。36岁时他娶了阿尔尼姆的母亲,当时新娘只有16岁。阿尔尼姆是她的第二个儿子,但不幸死于生他的产褥,于是两个失恃的孩子被柏林寡居的外祖母抚养长大。她是一个波茨坦商人的女儿,思想及生活方式基本是市民式的,而已经去世的外祖父则是靠自己个人

---

① "阿尔尼姆"其实是姓氏,其名曰阿西姆,但为了行文前后一致,避免一人两名,在"生平"中仍用姓来指代,而家族的其他成员则称名,以示区别。此例也适用于后面的布伦塔诺、艾辛多夫和海涅等人。

奋斗挣得一份家产，并从一介平民被封为了贵族，所以这个家庭更体现着一种"务实"和"作为"的精神。外祖母对孙儿的教育十分严格，加上复杂的亲戚关系和经济利益，这个家庭的气氛并不十分温暖和谐，所以阿尔尼姆没有一个幸福的童年。他没有享受过母爱，对母亲怀有深深的负罪感，认为是自己杀死了母亲。他也没有得到过父爱，他写信请求跟他见上一面，可连回信都得不到，所以对父亲几乎无感[1]。就是这样疏离冷漠的环境，造就了他的自律、独立精神和责任感。

外祖母本来想把外孙培养成能经营产业的人，但阿尔尼姆对此却没有兴趣，他于1788年开始了大学生活，先是在哈勒，后来转到哥廷根学习数学和物理。期间结识了蒂克（Ludwig Tieck，1772—1853）和布伦塔诺等浪漫派人物，受到了文艺的启蒙，于是兴趣转到了文学，成了浪漫主义者。可以说，是正直且自由的天性帮他实现了所追求的诗意存在与保守的容克贵族之间的平衡。

1802到1804年阿尔尼姆去奥地利、法国、瑞士、意大利、英国等地旅行，这是德国大学生的必修课，目的是让青年人认识社会、增强见识和能力。这之前他去法兰克福拜访布伦塔诺，他们一起乘船游莱茵河，听莱茵的民歌，看两岸的美景，不禁放声歌唱。母亲河的体验让他激动不已，而"民歌"也深深地印在了心里。更重要的是，布伦塔诺的天才妹妹贝蒂娜对穿着落拓但英气逼人的阿尔尼姆一见钟情，由此酝酿出他们幸福的爱情和婚姻。

阿尔尼姆是个有社会责任感的人，受到启蒙思想的洗礼，他关注文化和教育，曾经有一个"伟大的人生计划"，想通过一个普适性的文化来消除有教养阶层和普通民众之间的隔阂，以此来增强民族认同感。当他旅行到瑞士，途中听到山民的歌唱，兴奋感动之余，将它们记录下来，写信与朋友们分享。同时萌生了创办歌咏学校的想法，这不仅能让民间濒于失传的民歌重现生机，还能培养诗人和歌手。他甚至还想过自己出

---

[1] 此段内容参见"Achim von Arnim 1781—1831", Herausgegeben von Detlev Lüders, Freies Deutsches Hochstift – Frankfurter Goethe-Museum, 1981, S. 10–16. 此段以下内容散见于其他资料，主要来自Günter Albrecht usw. [Hrsg.], lexikon, deutschsprachiger Schriftsteller, VEB Bibliographisches Institut Leipzig, 1987. S. 29ff.

资建印刷厂，出版廉价的读物和歌本，以保存民族文化，同时教育民众，提高他们的素养。虽然这些想法以他的能力在当时根本无法实现，但日后的《号角》却以另外一种形式实现了他的理想。

在法国阿尔尼姆看到法国革命所造成的分裂，在伦敦看到人被高度的物化，于是强烈地渴望有一种精神，一个超越时代的、作为生命承载者而发挥作用的"精神"，它能把种种人为的分裂重新统一起来，让人重新生活在和谐之中。他在民歌中看到了这种精神。当时拿破仑正发动侵略战争，德意志的大片土地被占领，这激发起他强烈的民族责任感。他担心德意志的文化会随着占领者的强势文化而湮灭，而民歌是民族文化的根，于是他希望通过收集民歌保存自己的文化，通过普及民歌来增强人们的民族意识，感受德意志人的精神、感情，能在当前的民族解放战争中发挥作用，并且最终实现德意志民族的统一。可以说，民歌成了阿尔尼姆的一个思想核心，寄托了他的社会理想，承载了德意志民族的命运，于是1804年他跟布伦塔诺聚首海德堡，开始编辑德意志民族最大的一部民歌集《号角》。这个艰巨的工程持续了4年，1808年完成。海德堡当时是浪漫派的重镇，也是挖掘整理民间文学的中心，浪漫主义的大家格勒斯（Johann Joseph Görres，1776—1848）、格林兄弟、乌兰德（Johann Ludwig Uhland，1787—1862）等都在从事这一工作。《号角》之外阿尔尼姆还编辑出版《隐士报》，宣传浪漫主义的思想，引发了一系列的论战，活跃了思想界和文坛。1808年他回到柏林，1811年跟贝蒂娜结婚。在柏林他积极参与一个名为"基督教—德意志聚餐会"（Christlich-Deutschen Tischgesellschaft）的活动，讨论时政和文学。这个团体的政治立场保守，除了贵族、军官和政府官员之外，作家如布伦塔诺、克莱斯特（Heinrich von Kleist，1777—1811）、米勒（Wilhelm Müller，1794—1827）、富凯（Friedrich de la Motte Fouqué，1777—1843）、沙米索（Adelbert von Chamisso，1781—1838）等也参与其中。后来艾辛多夫兄弟也出现在这个聚会，这里成了浪漫主义的新中心。

1814年阿尔尼姆夫妇迁回到柏林附近自己的庄园，专心于创作。1831年1月21日阿尔尼姆在家乡因病离世，享年只有40岁，可谓英年早逝，令人唏嘘。阿尔尼姆跟贝蒂娜育有7个子女，当时最小的只有4岁，他去世后贝蒂娜一个人整理出版他的文集、抚养儿女，继续活跃在文坛，直到1859年74岁去世，成就了一段德语文学史上的爱情佳话。

纵观阿尔尼姆的一生，活得认真而充实。他出身贵族，政治上较为保守，文学才华也并非绝顶，但人品高尚，包括歌德在内都认可他的品德，他是公认的正人君子，艾辛多夫的一段描述有代表性："仪表堂堂，温文尔雅，在一切事情上坦白、热烈而谦和，殷勤、忠实而公正，甚至对那些为众人所抛弃的朋友也诚恳相待，这就是阿尔尼姆的本色；而这种本色在别人身上则带着中世纪的色彩，也就是一种最佳意义上的骑士风度，因此对于同时代人就显得有些古怪而陌生。"①显然他是个有内心持守却不合时宜的人。

阿尔尼姆的创作成果首推1817年的长篇小说《守护皇冠的人》（*Die Kronenwächter*），是浪漫主义文学中最重要的一部历史小说，其他的重要作品有长篇小说《多洛雷斯夫人》（*Armut，Reichtum，Schuld und Busse der Gräfin Delores*，1810）、中篇《埃及的伊萨贝拉》（*Isabella von Ägypten*，1812）和《特拉诺要塞发疯的伤员》（*Der tolle Invalide auf dem Fort Ratoneuau*，1818）等，还有大量的诗歌、剧本和论文。但他对德语文学最大的贡献就是跟布伦塔诺合编的《号角》，他也因为《号角》还在今天的生活中。

克莱门茨·布伦塔诺

（为了与布伦塔诺的"性格"论述相连贯，此节内容请见第二章第一节"家世生平"。）

三 《号角》的成书

如前所述，阿尔尼姆和布伦塔诺都对民歌感兴趣，但阿尔尼姆将其视为教育民众、增强民族认同的教材，布伦塔诺则是以一个纯诗人的眼光，看到了民歌特有的魅力，同时针对启蒙的以科学理性"祛魅"来实现"复魅"，于是两人决定编一本理想的民歌集，"大"而"全"是其基本共识。所以他们尽其所能地搜求从古至今的"歌"，既有田野采集的民歌，更有大量的文本，既有无主名的民间创作，也有文人的作品。至于

---

① ［丹麦］勃兰兑斯：《十九世纪文学主流》第二分册《德国的浪漫派》，刘半九译，人民文学出版社1997年版，第236页。

其副标题"德意志古老的歌"("Alte deutsche Lieder")并不十分准确，因为收入了大量近现代的歌，难以称"古"；再就是这里所称的"歌"，阿尔尼姆认其为"民歌"[1]，而当时及后世的学者也都视《号角》为民歌，于是涉及"歌"与"民歌"的概念问题。

先说"歌"（Lied）。德语 Lied 的本义是指由音乐和语言即旋律和歌词组成的歌唱形式。它源于原始民间的集体性歌唱，表现民族的、共同的情感。其有记载的历史可追溯到中世纪早期，有世俗和宗教两类在民间传唱。16世纪以后"歌词"逐渐脱离音乐而文学化、诗化，但它仍被称为"歌"，成为广义的诗的一种类型，宗教改革的领袖马丁·路德就曾写"歌"来宣传教义。17世纪的巴洛克诗人如欧皮茨、弗莱明、斯皮（Friedrich Spee，1591—1635）等也写宗教性的"歌"来颂扬上帝。到了18世纪"歌"开始世俗化，克罗卜史托克（Friedrich Gottlieb Klopstock，1724—1803）诗派和歌德都曾用"歌"来抒发个人的情感，比如歌德著名的"五月之歌"（"Mailied"）、"漫游者夜歌"（"Wandrers Nachtlied"）等，于是本来相对客观的、集体性"歌"开始向主观的、个人化的抒情诗迁移[2]。如今在文学研究中除了专门的课题，已经很少用"歌"的概念，它已经融入了"诗"，在德语文学史上一般将其归入"抒情诗"（Lyrik）。再说"诗"，德语原文是 Gedicht，它从动词 dichten 变来，dichten 的本义是"创作"，但多用其狭义"写诗"，所以 Gedicht 是一个上位的概念，跟汉语的"诗"十分吻合，包括了"歌"、叙事诗、抒情诗等。而"抒情诗"（Lyirik）是"诗"（Gedicht）的下位概念，主要指那些直接表达主观情感的、有韵律要求的、诗人的创作作品。较之"歌"它有更高的艺术价值[3]。至于"民歌"（Volkslied），这一概念虽然出自赫尔

---

[1] 阿尔尼姆为《号角》写了一篇专文《论民歌》（"Von Volksliedern"），见 Clemens Brentano, *Sämtliche Werke und Briefe*, hrsg. Von Jürgen Behrens, Konrad Feilchenfeldt, Wolfgang Frühwald, Christoph Perels und Hartwig Schultz, Verlag W. Kohlhammer, Stuttgart, Berlin, Köln, Mainz, 1975ff. (FBA) Bd. 6, S. 406f.

[2] Metzler, *Literatur Lexinkon*, J. B. Metzlerische Verlagsbuchhandlung, 2. Überarbeitete Auflage, 1990, Stuttgart, S. 268.

[3] Metzler, *Literatur Lexikon*, J. B. Metzlerische Verlagsbuchhandlung, 2. Überarbeitete Auflage, 1990, Stuttgart, S. 286 – 288. 但因为"诗"的内涵不断发展，所以至今还没有统一、确切的定义。这里主要是就本课题涉及的德国19世纪诗歌史而言。

德，他也谈到对民歌的本质、形式结构等的看法，但却没有给它一个明确的定义。从他的上下文看，"民歌"不仅指那些来自民间的、在民间流传的无主名的歌，也包括作家们"直接出自心灵的、真实的表达"。这个内涵显然非常宽泛，而《号角》被阿尔尼姆以及文学史家称为"民歌"，就是承袭了赫尔德。《号角》专家略雷克（Heinz Rölleke, 1936— ）从词义出发，有个合情合理的解释。他认为 Volkslied 作为一个组合词，可以这样理解：它是在民间产生的歌；它是在民间流传的歌；它是民间情调的歌①。这显然也是一个广义的"民歌"概念，笔者赞同这种观点。"民歌"的核心在"民"，只要活在民众的心中、口头，就可归入民歌，至于其作者是无名氏还是诗人其实并不重要。从当今民众实际的认可来看，既包括民间产生的歌，也包括诗人作的在民间流传的歌，比如艾辛多夫所作的《枞树》传唱至今，而歌德也持这种观点②。从现今通行的德国文学史看，《号角》也已被视为"民歌"。

收集

民歌的文本来自鲜活的歌唱，关于它的形成海涅有生动的描述：

编撰这一类民歌的，通常是些居止不定的民众，如流浪汉、兵士、到处行游的学生和手工业学徒，其中特别是手工业学徒。我在徒步旅行中，常常和这些人打交道，发现他们遇到任何一件不寻常的事情，都能顺口编出一首民歌，或者昂首向着辽阔的长空吹出一阵口哨。于是枝头的啼鸟静静地倾听起来。然后又有一个学徒，背背小行囊，手提旅行杖，悠悠然信步走来，这时他们就向他吹起那首曲子，他就唱起来，并给这首曲子配上所缺的词，一首民歌就完成了。歌词从天上掉到这些学徒口边，它只需把它们唱出来就行了。③

---

① Heinz Rölleke [Hrsg.], *Des Knaben Wunderhorn*, Insel Verlag, Frankfurt am Main, 2003/Nachwort, S. 1194

② Goethe, *Werke*, Hamburger Ausgabe in 14 Bänden, Christian Wegner Verlag, Hamburg, neunte Auflage 1969, Bd. 12, S. 270.

③ [德] 亨利希·海涅：《论德国》，薛华、海安译，商务印书馆1980年版，第123页。

其实民歌有自己世代相传的曲调及歌词，这些年轻人因情即景而感发，"灵机一动"把这些口耳相传的曲调吹出来，再把记忆中的或表达自己当下情感的歌词唱了出来，这就是民歌的创作。正是这种"记忆"和"当下"造成它的模式化、"变奏"化、片段性以及俚俗等特点。所以不论是已被记录下来的文本还是口头的歌唱，当它们被编入歌集的时候，必经一番再加工。

阿尔尼姆和布伦塔诺首先从现成的文本入手。收集工作包括几个板块，先是汇集前代的"歌集"。从14世纪开始，"歌"就被作为文献抄录下来。它们分散在各种典籍、史料及手抄本中。16世纪以来被收入几部歌集：

（1）《新编德意志短歌》（G. Forster：*Frische Teutsche Liedlein*，1539—56）。

（2）《山歌》（Zwickauer：*Bergreihen*，1531）。

（3）《法兰克福人的歌》（*Frankfurter Lieder*，1582）。

（4）《大众歌本》（*Allgemeines Gesang-Buch*，1705）。

（5）《古歌拾遗》（A. Elwert：*Ungedruckte Reste alten Gesangs nebst Stücken neurer Dichtkunst*，1784）。

除了这些老歌集，他们还从赫尔德的《民歌》那里拿来14首，从尼古莱的《年鉴》中取了20首[1]，由此搭建起《号角》的骨架。然后再搜集单篇的作品，在浩如烟海的图书资料中翻检搜寻、披沙拣金，这是一项极为艰苦细致的工作。好在布伦塔诺得天独厚，他因为"好古"又家道富有，从20岁起就收集中世纪以来的各种典籍，自己有非常丰富的藏书[2]，且他对这些非常熟悉，也早就有整理编辑古歌的想法，所以当《号角》启动，他主客观条件皆备，自然充当了主力。他们具体的资源既有书籍、杂志、单页的文献（传单之类），也有日记、书信、家族编年史、来宾题词簿、残卷等，可谓穷搜殆尽。除了遍搜故纸堆之外，他们还通

---

[1] Heinz Rölleke [Hrsg.], *Des Knaben Wunderhorn*, Insel Verlag, Frankfurt am Main, 2003/Nachwort, S. 1194

[2] 布伦塔诺的图书馆相当有名，他自己不论走到哪里，后面都是随行的载书车辆。而他的图书馆就成为首要的资料库，不但为《号角》而且为格林兄弟的童话及其他研究工作提供了资料。他去世后其家族一直保留着这个图书馆，直到20世纪50年代才将其出售。

过媒体发表公告，或借或买需要的资料：

（1）征集重点在 16—17 世纪世俗的带乐谱的歌本（Musikbücher）。

（2）同时期的不带乐谱的歌本（Liederbücher）。

（3）世俗和狂欢节表演剧本。①

资料之外还直接征集藏于民间的"歌"。他们呼吁各界的支持，特别是那些对民歌有兴趣的"德意志的先生们"，并且强调如下几点：

（1）请那些跟农民和下层民众有联系的人，帮助搜集并记录那些还保存着的、古老传统的民歌（Volkslieder），包括爱情、谋杀、骑士、奇幻等故事。还有诙谐、感伤的民歌、讽刺歌、儿歌、摇篮曲，如果有旋律曲调更为可贵。并且强调那些活在老仆人、保姆的口头或记忆中的、村中织坊中的歌。

（2）农民、市民、手艺人、教师等人的老的、手抄的、世俗的歌集。

（3）征集 1500—1650 年间印刷的世俗的音乐歌本。

最后还强调这些"民歌"是"祖国的宝藏"，吁请家庭的女性成员及亲戚积极参与。②

启蒙运动以来，德国的教育发展很快，能够阅读的人数量激增，人们对文化事业充满热情，于是得到积极的响应。两位编者实际收到了 150 人提供的约 5000 首手抄的歌。其中约 290 首收入《号角》，当中有 230 首是 70 位熟人提供的，其余 60 首是 15 位陌生人寄赠的。③

最后编辑成书的《号角》共收入 723 首歌，几乎将当时所能收集到的网罗殆尽，实现了赫尔德的理想。其第一卷出版于 1805 年 9 月（但误印为 1806 年），收诗 214 首。第二、第三卷合订，出版于 1808 年 9 月。第二卷收诗 205 首，第三卷收诗 164 首，另外还有 140 首"儿歌"。

《号角》全部的 723 首歌的产生年代如下：40 首出自 14、15 世纪的

---

① Heinz Rölleke ［Hrsg.］, *Des Knaben Wunderhorn,*, Verlag W. Kohlhammer, Stuttgart, Berlin, Köln, Mainz, 1979. Bd. 3, S. 349.

② Heinz Rölleke ［Hrsg.］, *Des Knaben Wunderhorn,*, Verlag W. Kohlhammer, Stuttgart, Berlin, Köln, Mainz, 1979. Bd. 3, S. 350ff.

③ Hae-Kyong Lee, *Kulturkontrastive Untersuchungen zu Des Knaben Wundernorn und zu der koreanischen Sammlung der Kasalieder*, Verlag Peter Lang, Frankfurt am Main, 2000, S. 76.

手抄本，约 200 首产生于 1500—1750 年，140 首出自 1751—1808 年[1]，另外有 100 首出自传单，即 18 或 19 世纪前期的廉价印刷品，有将近 250 出自同代人之手[2]。

加工润饰

现在我们看到的《号角》文本是编者面对浩如烟海的资料进行去粗取精的鉴别淘拣、精心细致的艺术整饬而形成的结晶。前者之浩繁只能想象，后者之用心我们还有迹可寻。据研究，《号角》的具体加工形式有以下数种：

a. 简单的编辑。

b. 语言和诗律的改动。

c. 文本的改动，增与删。

d. 改写，续写，组合。

e. 自作。[3]

其中最主要的是把 500 多年来出自不同地区、写成不同方言的文本给予"现代化"，即把古德语、中古德语和方言改写成标准的高地德语，让现代人能看懂，同时作艺术上的修整，赋予其基本的格调。具体说来，布伦塔诺主要承担了"艺术"工作，他的手法既贴近民歌，又重"诗意""抒情"，体现了浪漫主义美学的倾向。而阿尔尼姆主要灌注了"德意志"精神等文化政治要素，处理文本则较为随意。当然对这种"自由的加工"（freie Bearbeitung）一直是见仁见智，比如格林兄弟就主张保留本色，但歌德却是支持加工的[4]。后代的学者、大家也都基本加以肯定，比如海涅不仅极度赞美，而且自己的创作深受其影响。

平心而论，在编辑民歌成书的过程中加以润饰，这是古今中外的通

---

[1] Hae-Kyong Lee, *Kulturkontrastive Untersuchungen zu Des Knaben Wundernorn und zu der koreanischen Sammlung der Kasalieder*, Verlag Peter Lang, Frankfurt am Main, 2000, S. 83.

[2] Heinz Rölleke［Hrsg.］, *Des Knaben Wunderhorn*, Insel Verlag, Frankfurt am Main, 2003/ Nachwort, S. 1199.

[3] *Geschichte der deutschen Literatur* von den Anfängen bis zur Gegenwart, Bd. 7. Herausgegeben von Hans-Günther Thalheim usw., Volk und Wissen Volkseigener Verlag Berlin 1978, S. 508.

[4] *Geschichte der deutschen Literatur* von den Anfängen bis zur Gegenwart, Bd. 7. Herausgegeben von Hans-Günther Thalheim usw., Volk und Wissen Volkseigener Verlag Berlin 1978, S. 508.

例。比如我们的《诗经》，就有孔子"删诗""正乐"说。汉乐府更是在采集之后，经由乐官对歌词、旋律加以整饬之后才形成我们今天见到的模样。《号角》自然也不例外，笔者从原文跟《号角》文本的对照中，大致归纳出五类手法：一是微调，二是整饬诗律，三是增删，四是组合，五是大改大动。这些手法多数是综合使用，特别是格律的整饬，几乎每歌必有，但为了眉目清楚，我们分题论述。

1. 微调

对照原文可以看出，有些歌基本未动，只作了微小的调整，包括正字法和格律等方面，但属于此类的不多。德语是一种发展较晚的语言，到了15世纪，人文主义学者才开始致力于建设自己的民族语言，规范其语法、词汇、正字法。而且一直到18世纪的启蒙时代，"语言建设"仍然在继续，所以才有格林兄弟编纂《德语词典》的历史性工作。因此也就可以理解，当布伦塔诺和阿尔尼姆编辑《号角》时，首先的工作就是将早期的文本，包括方言的、语法和书写不合规范的，都按照新出的标准正字法改写，即所谓"现代化"。另外，布伦塔诺是一个天才的诗人，对诗美有一种天生的追求，所以当他看到不够"诗"的地方而顺手加以补救，那就是自然而然的事了。下面是"微调"的例证，原文出自赫尔德的《民歌》。

《号角》：
Wenn ich ein Vögelein wär
Herders Volkslieder I. B. S. 67.

赫尔德《民歌》：
Der Flug der Liebe
Deutsch

Wenn ich ein Vögelein wär,
Und auch zwei Flüglein hätt,
Flög ich zu dir;
Weils aber nicht kann seyn[①],
Bleib ich allhier.

Wenn ich ein Vögelein wär,
Und auch zwei Flüglein hätt´,
Flög ich zu dir;
Weils es aber nicht kann sein,
Bleib ich allhier.

---

① 用今天的德语"正字法"来衡量，此歌以及下面所引的例证，很多不合标准。

第一章 《男孩的神奇号角》 ◇ 63

Bin ich gleich weit dir,   Bin ich gleich weit dir,
Bin ich doch im Schlaf bei dir,   Bin ich gleich weit dir,
Und red mit dir;   Und red´ mit dir;
Wenn ich erwachen thu,   Wenn ich erwachen tu,
Bin ich allein.   Bin ich allein.

Es vergeht keine Stund in der Nacht,   Es vergeht keine Stund´in der Nacht,
Da mein Herze nicht erwacht,   Da mein Herze nicht erwacht,
Und an dich gedenkt,   Und an dich gedenkt,
Daß du mir viel tausendmal   Daß du mir viel tausendmal
Dein Herze geschenkt. ①   Dein Herz geschenkt. ②

中译：
如果我是一只小鸟
1
如果我是一只小鸟，
也有两只翅膀，
我就飞到你身边，
可是这根本不可能，
我只好还留在此间。
2
我虽然离你很远，
梦中却在你身边，
还跟你聊天；
可等到我一觉醒来，
依旧孤孤单单。

---

① Clemens Brentano, *Sämtliche Werke und Briefe*, hrsg. Von Jürgen Behrens, Konrad Feilchenfeldt, Wolfgang Frühwald, Christoph Perels und Hartwig Schultz, Verlag W. Kohlhammer, Stuttgart, Berlin, Köln, Mainz, 1975ff. (FBA) Bd. 6, S. 217
② Johann Gottfried Herder, *Werke* in zehn Bänden, Herausgegeben von Martin Bolacher, Deutscher Klassiker Verlag, Frankfurt am Main 1993, Band 3. S. 100f.

64　　◇　《男孩的神奇号角》与德意志浪漫主义诗歌

3
在夜间，我这一颗心，
时时刻刻都在醒着，
都在想着，
你千百次地
把你的心献给我。

这是一首18世纪的著名民歌。全诗有些微改动共7处，其中两处属于正字法，其余都跟音节的增减有关，比如第4行原文7个音节，去掉es变成了6个，即减少了一个停顿，使其跟其他的六音节诗行一致，读起来更流畅，节奏更整齐。最后一行加一个e是为了增加一个音节，作用跟"删减"异曲同工。可见布伦塔诺的加工是非常精心的。与此相类似的还有《博学的倦怠》（"Ueberdruss der Gelahrtheit"），这是巴洛克诗人欧皮茨著名的歌。布伦塔诺对这位确定德语诗律学的前辈充满了敬意，所以只作了词汇方面的少许修正，或是改错、或是正字法的"现代化"，限于篇幅，下面只列举改动之处，总计8项；

行数	《号角》	原文
9	Wozu	Worzu
11	läuft der	laufft die
12	uns zu	das wir
14	sein	ihr
17	Junge	Junger
22	der Strom uns	uns Clotho
33	guten	gute
34	Auf Musik und auf ein Glas	Auff die Music und ein Glaß [1]

---

[1] Clemens Brentano, *Sämtliche Werke und Briefe*, hrsg. Von Jürgen Behrens, Konrad Feilchenfeldt, Wolfgang Frühwald, Christoph Perels und Hartwig Schultz, Verlag W. Kohlhammer, Stuttgart, Berlin, Köln, Mainz, 1975ff. (FBA) Bd. 9 - 1, S. 143.

第一章 《男孩的神奇号角》 ◇ 65

此外它还"准确地保留了格律和韵脚的老形式","这在《号角》的艺术歌曲加工方面是典型的"①。还有比这更少的,只修正了标点符号(斜杠后变斜体的是原文):

Vergiss mein nicht
Ist es nicht eine harte Pein,／;
Wenn Liebende nicht beysammen seyn?／.
Drück mich fest in dein Herz hinein,
Wachsen heaus Vergiß nicht mein. ②

别忘了我
相爱的人不能在一起,
这难道不是痛苦折磨?
把我紧紧地埋进心里,
长出"勿忘我"。

原文是一首 4 行的爱情短歌,无题。此题目是布伦塔诺根据第四行加的,十分巧妙,意为"别忘了我",但连读就近似 Vergißmeinnicht,恰是花名"勿忘我",正是民歌的"双关"的手法,有"画龙点睛"之功效。而具体的改动的只有两处标点符号。

2. 润色

语言诗律上的润饰在民歌编辑中是普遍的,甚至是不可或缺的。《号角》自然也不例外,特别是它的编者自己就是优秀的诗人,对语言、格

---

① Clemens Brentano, *Sämtliche Werke und Briefe*, hrsg. Von Jürgen Behrens, Konrad Feilchenfeldt, Wolfgang Frühwald, Christoph Perels und Hartwig Schultz, Verlag W. Kohlhammer, Stuttgart, Berlin, Köln, Mainz, 1975ff. (FBA) Bd. 9 – 1, S. 144.

② 本书采用的文本皆有注释,对出处、原文及加工等作出说明。凡作者所采用,皆注明出处,如此例;文本及相关注释分别见 Clemens Brentano, *Sämtliche Werke und Briefe*, hrsg. Von Jürgen Behrens, Konrad Feilchenfeldt, Wolfgang Frühwald, Christoph Perels und Hartwig Schultz, Verlag W. Kohlhammer, Stuttgart, Berlin, Köln, Mainz, 1975ff. (FBA) Bd. 8, S. 336, 和 Bd. 9 – 3, S. 632.

律格外敏感。下面是《号角》的第一首，直接出自艾尔维特所编的歌集，原是一首法国的古歌，编者根据一个英文译本转译成德文，是唯一的一首外国民歌。布伦塔诺先把题目改为"神奇的号角"，以突出题旨，然后为这个蹩脚的德文做了"整容"手术，先看中译：

神奇的号角

1
一个马上飞驰的少年
跃入皇后的宫殿，
那骏马俯身低头，
那少年躬身翩翩。

2
女人们都盯着他看
是那么可爱、有礼又英俊，
他手里拿着一只号角，
上面有金箍四道。

3
有美丽的宝石
镶在黄金里面，
还有很多宝石珍珠
夺目闪耀。

4
那号角由象牙雕成，
如此之大世上难找，
如此精美还不曾见，
顶头还有一个小环。

5
它像银子一样闪亮
拴着成百的小铃铛
它们由黄金打造，
黄金出自深深的大海。

6
它由一位仙女做成
奉献给皇后,
希望得到真心的赞美
因为她美丽又智慧。

7
那帅帅的男孩说:
"这号角得这样吹;
用您的手指按住,
用您的手指按住。

8
然后所有的小铃
发出甜美的声响,
竖琴绝对比不过
少女的歌声也要逊色。

9
天上的鸟儿
海里的鱼美人
都发不出如此的妙音!"
然后少年跃起,

10
把那稀世的号角
交到皇后手里;
她的手指按下,
甜美嘹亮的号声回荡缭绕。

下面是具体的修改,黑字是《号角》文本,每节四行,其下的斜体字是相关原文,右侧是笔者说明。

Das Wunderhorn

1

Ein Knab auf schnellem Roß　　　把 3 行并成一行，把散文句子变成格律严谨的诗行。

Ein Knabe kam
Lieblich und schön
Auf einem schnellen Roß

Sprengt auf der Kaisrin Schloß,　　动词用现在时，有即时感，显得生动真切。

In König Arthurs Schloß.

Das Roß zur Erd sich neigt,　　突出马和骑手贴地疾飞的动态。
Der Knab sich zierlich beugt.　　四行节，3 个扬音节，aabb 格式。

2

Wie lieblich, artig, schön　　此行是新加的，句式词汇都很民歌。
Die Frauen sich ansehn,　　此行也是新加，从女性的眼睛看，如同众元老看海伦，很性感。

Ein Horn trug seine Hand,　　第 3 行加了一个逗号使之合语法。
Ein Horn trug seine Hand

Daran vier goldne Band.　　第 4 行用原文，形成了整齐的 aabb 韵脚。

Daran vier goldne Band.
Von Elfenbein das Horn　　此三行被删掉，形成了单音节词为主的简洁诗行，节奏更流畅。
Zum schönsten Schmuk erkohrn,

3

Gar mancher schöne Stein　　此节前两行词汇未动。
Gar manchen schönen Stein
Gelegt ins Gold hinein,　　但将倒装句改为正语序，更符合民歌传统。

第一章 《男孩的神奇号角》 ◇ 69

Legt man ins Gold hinein,
Viel Perlen und Rubin　　　　　将罕见的珍宝换成民歌的常见物。
Berlyn（Perlen）und Sardonich
Und reiche Kalcedonier
Die Augen auf sich ziehn.　　　删去冗行，换上生动的"眼光"，形
　　　　　　　　　　　　　　　成整齐的 aabb 韵脚。

4

Das Horn vom Elephant,　　　 诗的句法代替散文句法。
Es war vom Elefant（nämlich das Elfenbein）
So gros man keinen fand,
So gros man keinen fand,
So schön man keinen fing,　　 删去不合适的形容词如 stark，以和
　　　　　　　　　　　　　　　律。
So stark und schön man keinen fing,
Und oben dran ein Ring,　　　 保留原文，形成 aabb 韵脚。
Und oben dran ein Ring

5

Wie Silber blinken kann　　　 动词更精准、生动。
Von Silber fein gemacht,
Und bundert Glocken dran　　 删去冗词 hingen，不但和律，而且简
　　　　　　　　　　　　　　　洁。
Es hingen hundert Glocken dran
Vom feinsten Gold gemacht,　 此行保留原文。
Vom feinsten Gold gemacht.
Zu konstantinus Zeit
Aus tiefem Meer gebracht.　　 把历史换成大海，更显浪漫，而且保
　　　　　　　　　　　　　　　持了 3 个扬音节。

6

Von einer Meerfey Hand	"手"代替"工作"更生动，以形成aabb的韵脚。
Arbeitet's eine Fey	
Der Kaiserin gesandt,	
Zu ihrer Reinheit Preis,	
Dieweil sie schön und weis´	"美"代替"好"更诗意、更民歌。weis是改正书写错误。
Die war gar gut und weis	

7

Der schöne Knab sagt auch:	此两行将倒叙改成了顺叙，突出了主人公，且更像民歌。
"Dies ist des Horns Gebrauch;	
Dies war des Horns Gebrauch	
Wie ich Euch sagen will;	
Ein Druck von Eurem Finger,	删去einen，减少了两个音节，节奏更整齐。
Nur einen Druck von Eurem Finger	
Ein Druck von Eurem Finger	跟上一行重复，强调号角的奇异之处，显出少年的温柔耐心。

8

Und diese Glocken all,	删去一个词，保持明快的节奏。
Und diese hundert Glocken all	
Sie geben süßen Schall	删去一个语气词，保持6个音节的节奏。
Gaben so süsen Schall	
Wie nie ein Harfenklang	删去"小提琴"，保持6音节，保留古希腊的"竖琴"更显古韵。

Daß weder Harf noch Geige

第一章 《男孩的神奇号角》 ◇ 71

Und keiner Frauen Sang,	
Und keiner Jungfrau Sang	造成 aabb 韵脚。

9

Kein Vogel obenher,	
Die Jungfraun nicht im Meer	"少女"代替女妖 Siren，显得"人间"，没有了"诱惑"的可怕。
Keiner Siren im Meer	
Nie so was geben an!"	
So was nie geben kan.	
Fort sprengt der Knab bergan.	少年再现，sprengt 塑造了其敏捷的身姿，十分生动。

10

Ließ in der Kaiserin Hand	此节四行皆为添加。
Das Horn, so weltbekannt;	
Ein Druck von ihrem Finger,	突出皇后的"手指"。
O süßes hell Geklinge!①	突出"号角"的声音之美，归结到题旨。

原文 31 行，无题，不分节，以 3 个扬音节的诗行为主，间杂两个扬音节的，节奏不很整齐，押韵较为自由，内容平淡，很像个随手写下的草稿，尚需修整润色，而布伦塔诺正好完成了这个工作。从形式上看，把它规整成民歌惯用的四行一节的形式，增为 40 行，三音步抑扬格，aabb 式韵脚，格律严谨。具体的词汇删减用意极为明显，或为合律，或为增加诗意和美感。较大的改动能看出布伦塔诺的诗学修养，比如从女人的视角描写这个男孩，让人想到荷马史诗中元老们看海伦，还有汉乐

---

① 文本和原文本分别见 Clemens Brentano, *Sämtliche Werke und Briefe*, hrsg. Von Jürgen Behrens, Konrad Feilchenfeldt, Wolfgang Frühwald, Christoph Perels und Hartwig Schultz, Verlag W. Kohlhammer, Stuttgart, Berlin, Köln, Mainz, 1975ff. (FBA) Bd. 6, S. 11, 和 Bd. 9 – 1, S. 77.

府《陌上桑》中众男人看罗敷，因为是异性的角度就更加生动。特别添加的形容词 artig，意为"乖"，更显出这些女人对这男孩带些宠溺的"爱"。另外宫廷的主人从国王换成皇后，让人联想到中世纪骑士、贵妇的传奇爱情，加上海中精灵等，涂抹上鲜明的浪漫色彩。最后说这号角在皇后手中发出无比美妙的乐音，再次突出这支号角的神奇高贵，扣紧题目。于是本来蹩脚的译文就在布伦塔诺笔下熠熠生辉，而阿尔尼姆之所以选中这首法国的老歌作为开篇，显然是看上了这支"号角"的象征意义，让它吹响德意志民族觉醒的号角。此外如《双重的爱》（"Doppelte Liebe"）[1]，原文 3 节，每节 12 行。其中有的一行中有不同押韵形式，比如头韵和尾韵共存，编者就把它们拆成两行，再把每节二分，由此《号角》本有了 6 节，每节 6 个短行，再添上一节，整一为 aabccb 式的韵脚。每行两个扬音节，抑扬格，格律严整，提高了其艺术性，而且更像民歌。

3. 增删

因为民歌形成的随意性，内容芜杂、主题模糊是普遍状况，所以增删就是必有之义。就《号角》而言，阿尔尼姆的增删较为"大刀阔斧"，布伦塔诺则较为谨慎。他根据不同的文本状况，采用不同的方式，其增删或为诗艺或为主题，目的十分明确，我们看"删"的佳例《收获之歌》，它直接录自 1705 年版的《大众歌本》（Allgemeines Gesang-Buch），最初的原文是 1638 年的传单，是一首广为流传的宗教歌。下面是《号角》文本跟原文的对照以及笔者的边注，下划线标志改动，斜杠后变斜体的是原文：

Erndtelied/Das siebende Todten-Lied

1

Es ist ein Schnitter, der heißt /*heist der* Tod,

Hat Gewalt vom höchsten Gott,

---

[1] 文本和修改情况分别见 Clemens Brentano, *Sämtliche Werke und Briefe*, hrsg. Von Jürgen Behrens, Konrad Feilchenfeldt, Wolfgang Frühwald, Christoph Perels und Hartwig Schultz, Verlag W. Kohlhammer, Stuttgart, Berlin, Köln, Mainz, 1975ff. （FBA）Bd. 6, S. 343, 和 Bd. 9 – 1, S. 601.

Heut wezt er das Messer,

Es schneidt schon viel besser,

Bald wird er drein schneiden,

Wir müssens/*müssnn* nur leiden.

Hüte duch schöns Blümelein!

2

Was heut noch/*nur* grün und frisch da steht,

Wird morgen schon/ (*fehlt*) hinweggemäht;

Die edlen/*edle* Narcissen,

Die Zierden der Wiesen, / *himmlische Schlüssel*

Die schön' Hiazinten,

Die türkischen Binden. / *Türckische Binten.*

Hüte dich schöns Blümelein!

3

Viel hundert tausend ungezählt,

Was nur unter /*darunter* die Sichel fällt,

Ihr Rosen, ihr Liljen, /*roth Rosen/weiß Lilgen*

Euch wird/*beyd pflegt* er austilgen,

Auch die Kaiser-Kronen, /*ihr Käysers Cronen*

Wird er nicht verschonen, /*man wird euch nit schonen.*

Hüte dich! /*hüte usw.* (*so fortan stets*) schöns Blümelein

4

Das himmelfarbe Ehenpreiß,

Die Tulpanen/*Tulpan* gelb und weiß,

Die silbernen/*silberne* Glocken,

Die goldenen/*guldene* Flocken,

Senkt alles zur Erden,

Was wird daraus/*noch darauß* werden?

Hüte dich schöns Blümelein!

5

Ihr hübsch Lavendel, Roßmarein/*und Rosmarin*,

Ihr vielfärbige/*vielfärbig* Röselein,

Ihr stolze Schwerdliljen,

Ihr krause Basiljen,

Ihr zarte Violen,

Man wird euch bald holen.

Hüte dich schöns Blümelein!

（以下 3 节被布伦塔诺删掉）
O König/ O Käyser/ O Fürst und HErr/

Fürcht euch auch fürm Schnitter sehr;

Der Hertzen-Betrüber/

Je länger je lieber/

Macht alles herunter/

Thut keinem besonder.

Hüte usw.

Er macht so gar kein Unterschied/

nimbt alles in einem Schnitt;

Papst/ König und Käyser/

Fürst/ Palast und Häuser/

Da ligens beysammen/

Man weiß kaum ein Nahmen.

Hüte usw.

Und wann sie nun geschnitten ab/

So heissen sie all schab ab.

Noch weil sie da liegen/

Thut man für ihn fliehen/

Bescharet mit Erden/

Und last sie faul werden.

Hüte usw.

6

Trotz! Tod, komm her, <u>ich fürcht dich nicht</u>/*fürcht dich nit*,

Trotz, <u>eil daher in einem</u> /*komm thu einen* Schnitt.

<u>Werd ich nur verletzet</u>/*Wann Sichel mich letzet*,

Wo werd ich versetzt

In den himmlischen Garten,

<u>Auf den alle wir warten</u>/*darauf will ich warten*.

Freu' dich du/*freye dich* schönes <u>Blümlein</u>/*Blümeleins*.[①]

《号角》本中译：

收获之歌
　　——天主教赞美诗

1

有个收割者，名字叫死神，

他得到最高者上帝的命令；

现在正磨刀霍霍，

这刀已经锋利许多，

他马上就要去收割，

我们只能忍受。

当心啊，你美丽的小花！

2

今天还是那样葱绿新鲜，

明天就要被割倒；

这些高贵的水仙，

这些绿地的装点，

这些美丽的风信子，

这些土耳其的飘带。

[①] 文本和原文本分别见 Clemens Brentano, *Sämtliche Werke und Briefe*, hrsg. Von Jürgen Behrens, Konrad Feilchenfeldt, Wolfgang Frühwald, Christoph Perels und Hartwig Schultz, Verlag W. Kohlhammer, Stuttgart, Berlin, Köln, Mainz, 1975ff.（FBA）Bd. 6, S. 51, 和 Bd. 9–1, S. 140f.

当心啊，你美丽的小花！

3

千千万万无其数的花，

都要在镰刀下面倒下，

你们玫瑰、你们百合，

他将把你们割掉；

还有那皇冠花

没有人保护它。

当心啊，你美丽的小花！

4

这天蓝色的威灵仙，

这黄的、白的郁金香，

这银色的吊钟，

这金色的花瓣，

所有的都落在地上，

从中会生出什么？

当心啊，你美丽的小花！

5

你美丽的薰衣草、迷迭香，

你们绚丽的小玫瑰，

你们高傲的剑百合，

你们温柔的紫堇，

马上就将被人收走。

当心啊，你美丽的小花！

6

没关系，来吧、死神，我并不害怕，

这不过是瞬间一刀。

我只是受些伤，

但因此将被移到

天堂的花园

我们等待着所有的同伴。

欢喜吧，你美丽的小花！

此歌注明是天主教赞美诗，所以卒章点题：任何人都不能逃脱死亡，唯一的拯救就在上帝。人只要信奉上帝，死后就能进入天堂，获得永恒的幸福。从字体的对照可以看出，布伦塔诺对诗行的修改并不多，仅限于印刷错误如"HErr"、语言的"现代化"及个别词汇的调整等，而最大手术是删去了第5节之后的3节21行。内容说到教皇、皇帝、公爵及其宫殿等，而这一切世俗的权位、财富都将被"死神"毁灭。但布伦塔诺却将这些统统剪掉，让"花"来统一象征。它历数美丽的花，写它们被无情地割去，每节都反复地咏唱"当心啊，你美丽的小花"，不仅美了很多、含蓄了很多，更对"美的毁灭"表达出无限的伤感！于是人间的情味转浓，说教气息削弱，原来的宗教立意不知不觉地向世俗位移，更贴近大众的真实情感和现实生活，也更宜于歌唱和吟诵。"删"之外还有"增"，典型如《晚歌》（"Abendlied"）①，现有9节36行，原文8节32行。前两节是"对酒当歌"，后面的6节则是"欺骗的爱情"。布伦塔诺先把原来的低地德语翻译成通行的高地德语，又整饬了不规则的韵律，然后自己又增补了4行即最后一节，把场景又拉回到"对酒"，于是形成了情殇—借酒浇愁的结构，将原本割裂的内容融为一体，确定了"情殇"的主题。如此的增删无疑是艺术上的提高。

4. 拼合

为了立意明确、内容充实而将两个乃至多个文本剪接拼合，这也是布伦塔诺的常用手法，因其符合民歌生成的规律，所以得到歌德和学者们认可。下面的《烟草之歌》就是这方面的好例证：

1
醒醒！醒醒！工头来了，

---

① 文本和修改情况分别见 Clemens Brentano, *Sämtliche Werke und Briefe*, hrsg. Von Jürgen Behrens, Konrad Feilchenfeldt, Wolfgang Frühwald, Christoph Perels und Hartwig Schultz, Verlag W. Kohlhammer, Stuttgart, Berlin, Köln, Mainz, 1975ff. （FBA）Bd. 6, S. 311, 和 Bd. 9 - 1, S. 545.

他已经把他的大灯点亮。
2
点了灯,就有了亮,
我们就可以下井进矿。
3
这个人挖银,那个人掘金,
就是那灰头土脸的小丫头也可爱可亲。
4
烟草啊!烟草!你好金贵的草!
烟草啊!烟草!你臭烘烘的草!
5
发现你的人,真值得夸耀,
发现你的人,真应该狠揍。

此歌由两个文本拼合而成,但拼得十分艺术。下面是《号角》德文本,其中加杠黑字是修改,斜杠后的斜体字的是其原文。

Tabackslied

Mündlich
Wach auf! Wach auf, der Steuermann kömmt, /kommt
Er hat sein großes Licht schon angezündt.

Hat ers angezündt, so giebts einen /ein Schein,
Damit so fahren wir ins/das Bergwerk ein.

Der Eine gräbt Silber, der Andre gräbt Gold,
Dem schwarzbraunen Mägdlein/Mädelein dem sind wir hold.

Tabak! Tabak! ächtadliges/du edles Kraut!
Tabak! Tabak! Du stinkendes Kraut/Schelmenkraut

Wer dich erfand, ist wohl lobenswerth,
Wer dich erfand, ist wohl prügelnswerth.

以上两行出自：

Der Mann ist lobenswerth,
Der Mann ist prügelnswerth,
Der dich erbaut.①

此歌共5节10行，有两个原文，其中的1—6行出自原文 I，7—10 出自原文 II，是阿尔伯特·路德维希·格林（Albert Ludwig Grimm, 1786—1872，他跟著名的格林兄弟没有亲缘关系）寄给编者的，他是一位作家，当时也参与了民歌的收集工作，后来自己出版了一本《儿童童话》。编者对原文 I 的改动不大，集中在正字法。对原文 II 动作较大。具体说来，词汇方面"你臭烘烘的草"比原来的"你寻开心的草"能更准确地把握对烟草的感觉。最后将三行的意思熔铸成对仗的两行，铿锵有力，消解了原来的"散文气"。更重要的是，把两个文本拼合起来造成了诗意。本来一个描写矿工，一个感叹烟草，都不尽意，也互不相干。但编者巧妙地通过矿工的真实生活将其贯通一气：先是点燃矿灯干活，然后抽烟休息。在地狱般的黑暗里，矿灯是生命所系，烟草是可怜的享受。我们似看到黑暗中那闪闪的矿灯，还有那点点的烟斗火星，闻到那缭绕的烟味，他们嗜好它也诅咒它。而这一点亮光好似一个象征，隐含着他们对生活的希望、对爱情的向往，于是这个"随口唱来"的民歌老调就变得富有诗意和诗美，当然也显出独具的匠心。再看一首：

Spinnerlied

Spinn, spinn, meine liebe Tochter,

---

① 文本、原文及相关注释分别见 Clemens Brentano, *Sämtliche Werke und Briefe*, hrsg. Von Jürgen Behrens, Konrad Feilchenfeldt, Wolfgang Frühwald, Christoph Perels und Hartwig Schultz, Verlag W. Kohlhammer, Stuttgart, Berlin, Köln, Mainz, 1975ff. （FBA）Bd. 6, S. 107, 和 Bd. 9 - 1, S. 250.

Ich kauf dir ein paar Schuh.
Ja, ja meine liebe Mutter,
Auch Schnallen dazu;
Kann wahrlich nicht spinnen,
Von wegen meinem Finger,
Meine Finger thun weh.

Spinn, spinn, meine liebe Tochter,
Ich kauf dir eine paar Strümpf.
Ja, ja meine liebe Mutter,
Schön Zwicklen darin;
Kann wahrlich nicht spinnen,
Von wegen meinem Finger,

Spinn, spinn, meine liebe Tochter,
Ich kauf dir einen Mann.
Ja, ja meine liebe Mutter,
Der steht mir wohl an;
Kann wahrlich gut spinnen,
Von all meinen Fingern,
thut keiner mir weh. ①

纺纱歌
1
纺吧，纺吧，我的好女儿，
我会给你买双鞋。
好啊，好啊，我亲爱的妈，

---

① Clemens Brentano, *Sämtliche Werke und Briefe*, hrsg. Von Jürgen Behrens, Konrad Feilchenfeldt, Wolfgang Frühwald, Christoph Perels und Hartwig Schultz, Verlag W. Kohlhammer, Stuttgart, Berlin, Köln, Mainz, 1975ff. (FBA) Bd. 8, S. 43.

那得有闪亮的鞋扣；
可我真的不能纺了，
因为我的手指，
我的手指疼。

2
纺吧，纺吧，我的好女儿，
我会给你买双长筒袜。
好啊，好啊，我亲爱的妈，
那得带好看的脚后跟①；
可我真的不能纺了，
因为我的手指，
我的手指疼。

3
纺吧，纺吧，我的好女儿，
我会给你买个男人。
好啊，好啊，我亲爱的妈，
他可能正在等着我；
那我真要好好地纺，
我的十个手指，
一个也不疼。

纺织女是民歌的主角，相关的歌流传不少，《号角》就收入若干。此歌诙谐有趣，母女二人的形象都跃然纸上，是一幅可爱的乡间浮世绘，而达到如此的艺术效果，靠的是精心的拼合。具体说来，《号角》文本的全部21行是两个文本的重组：第1—7行及第15—18行取自原文 II，没有改动；第8—14行取自原文 I，些微小修。第19、第20行来自原文 I，稍作改动，第21行则将原文 I 的 "und hat wohl Ruh"（那就没事了）改

---

① 当年的 Strümpf 由不同材质做成，包括皮革、棉布和针织，很多是直筒状，用带子捆绑，这里指的是"有型"带脚后跟的，需要特意地加工制作，穿起来要比"直筒"舒适有型，是当年的时髦。它完全不同于今天的丝质长筒袜。

造成"thut keiner mir weh"（那就不疼了），形成跟第 7 和第 14 行的比照呼应。相对于原文 I 删去了 14 行之后的 10 行，内容是买裙子和帽子。对比原文 II 则删去了"买丈夫"之后的"调情"和"幽会"①。如此形成了现在这个干净清爽的文本，凸显了一个可爱率真的乡间女孩形象。

其他如《修女》（"Die Nonne"）共 15 节，它由 3 个文本拼接而成，其中有 13 节出自一本 1791 年的文学杂志，另有两节分别出自赫尔德的《民歌》以及一份无名氏的手稿②。另外如《小像》（"Bildchen"）是两个文本的组合。全文共 36 行，其中的第 1—28 行出自原文 I，第 29—36 行出自原文 II③。再有《饮酒歌》（"Trinklied"），歌唱尘世的享乐，嘲笑修士、修女们的清贫生活，轻浮而快乐，是典型的民歌风调。此歌属于中世纪"流浪汉之歌"的传统，其中单独的段落在 1544 到 1578 年的各种歌本中间流传。《号角》文本是多个民歌片段的组合④。

5. 大改大动

大幅度的改动主要见于有情节的长篇，因为它们在流传过程中不断蔓衍，主题变得模糊，只有大手术才能使其生动连贯。一般说来，阿尔尼姆比布伦塔诺更大刀阔斧，兴来自己捉刀且妙笔生花，下面的《两朵小玫瑰》可证，先列译文：

---

① Clemens Brentano, *Sämtliche Werke und Briefe*, hrsg. Von Jürgen Behrens, Konrad Feilchenfeldt, Wolfgang Frühwald, Christoph Perels und Hartwig Schultz, Verlag W. Kohlhammer, Stuttgart, Berlin, Köln, Mainz, 1975ff. (FBA) Bd. 9 – 3, S. 80.

② 文本和相关说明分别见 Clemens Brentano, *Sämtliche Werke und Briefe*, hrsg. Von Jürgen Behrens, Konrad Feilchenfeldt, Wolfgang Frühwald, Christoph Perels und Hartwig Schultz, Verlag W. Kohlhammer, Stuttgart, Berlin, Köln, Mainz, 1975ff. (FBA) Bd. 6, S. 66, 和 Bd. 9 – 1, S. 159f.

③ 文本和相关说明分别见 Clemens Brentano, *Sämtliche Werke und Briefe*, hrsg. Von Jürgen Behrens, Konrad Feilchenfeldt, Wolfgang Frühwald, Christoph Perels und Hartwig Schultz, Verlag W. Kohlhammer, Stuttgart, Berlin, Köln, Mainz, 1975ff. (FBA) Bd. 8, S. 84, 和 Bd. 9 – 3, S. 141.

④ 文本和相关说明分别见 Clemens Brentano, *Sämtliche Werke und Briefe*, hrsg. Von Jürgen Behrens, Konrad Feilchenfeldt, Wolfgang Frühwald, Christoph Perels und Hartwig Schultz, Verlag W. Kohlhammer, Stuttgart, Berlin, Köln, Mainz, 1975ff. (FBA) Bd. 7, S. 426, 和 Bd. 9 – 2, S. 655.

男孩：

1
我来到水井边，
不是想喝水，
是来找我的小心肝，
可惜没找见。

2
我只好一个人
坐在草地上，
有两朵小玫瑰，
落在了衣襟上。

3
这两朵小玫瑰
我不明白，
难道是那小心肝
为我折下来？

4
这两朵小玫瑰
红艳艳的颜色，
我的小心肝，
你是死还是活？

5
我转过头来
朝四面张望，
看见我的小心肝
正站在别人身旁。

6
她把玫瑰抛给他，
这让我好心伤，
我以为她还一个人，
如此真不怎么样。

7
你要还是我的小宝贝，
你要是还对我好，
就把这两朵小玫瑰
插在我的帽子上。

女孩：

8
你要是不再外出，
那你还有机会。

男孩：
可我还是想出去，
我的路还很长。

9
我要去一个地方
那儿的女孩都忠于爱情。

女孩：
宝贝儿，爱情就在家门口
那边什么也没有。

10
小玫瑰在丛中盛开
但不会永远那样，
爱情它有生命，
只在被折下之前。

11
你把这两朵花
插在你的帽子上，
虽然永远在一起
但也没什么好。

12
如果这两朵花
颜色不再红艳，

你就把它扔到河里，
就当是我死了。
男孩：
13
你就去死吧，
我一点不伤心，
不忠贞的人，
到处都有。

下面黑字是《号角》文本，旁边的号码是行数。斜体字是相关原文，节中间是说明：

Zwey Röselein   原文 I（1—4）
Knabe：
1   Geh ich zum Brünnelein,   *Geh ich an's Brünnelein,*
     Trink aber nicht,   *Trink aber nicht;*
     Such ich mein Schätzelein,   *Such' mein Hertztaus'ge Schatz,*
     Finds aber nicht.   *Find ihn aber nicht.*

原文是女孩所唱，《号角》改成男孩，但风格场景更像是女孩，比如水井等。

                                （5—8）
5   setz ich mich so allein   *Dann setz' ich mich auf das grüne Gras*
     Aufs grüne Gras,   *Fallen zwey Roselein auf meinen Schooß.*
     Fallen zwei Röselein
     Mir in den Schoß.

原文的意思是男孩变心，移情别恋。编者把原文的两行拆成 4 行，使音节数跟第一节一致，入歌、更上口。

      Diese zwei Röselein   （*vgl. 11 - 12, 21 - 22*）

10　　Gelten mir nicht,　　　　　　Am Ende kommt's,
　　　Ists nicht mein Schätzelein,　daß ihr Herztausiger Schatz
　　　Die sie mir bricht?　　　　　sie ihr hingeworfen hat.

因这两朵玫瑰而心生疑惑。　　　　　　　原文 II
　　　　　　　　(13—16)
　　　Diese zwei Röselein　Und diese zwey Röselein auf dem Schooß,
　　　Sind rosenroth,　　　Ich weiß nicht lebet mein Schatz oder ist er todt.
15　 lebt noch mein Schätzelein　（再次证明是女孩独白）
　　　Oder ist todt.

诗行变短，抒情。是外出的男孩惦念女孩。(17—20)

　　　Wenn icht mein Aeugelein　Jetzt laß ich meine Äugelein rund umgehn,
　　　Rum und um her,　　　　　Seh ich meinen herztausigen Schatz bei einem andern stehen,
　　　Seh ich mein Schätzelein
20　 Beim andern stehn.

两行截成4行，用 –lein 的交韵贯通，亲切又宠溺。

　　　Wirft ihn mit Röselein,
　　　Treffen mich Thut,
　　　Meint sie wär ganz allein,
　　　Das thut kein gut.　　　　(24) Bey einander stehn sie das thut ja kein gut
　　　　　　　　　　　　　　　　　Lebe wohl, herztausiger Schatz, jetzt muß ich fort

女孩看到男孩移情别恋，决定放手。

25 Wärst du mein Schätzelein,
    Wärst du mir gut?
    Steck die zwei Röselein
    Mir auf den Hut.
    以上四行为编者所添加。　　　　　（29—30）

Mädchen:
     Wirst doch nicht reisen fort,   *Was willst du schon reisen fort,*
30   Hast ja noch hat Zeit.   *Du hast ja noch Zeit*
Knabe:
     Ja ich will reisen fort,   *B'hüt dich Gott b'hüt dich Gott*
     Mein Weg ist weit.   *Herztausiger Schatz*
                                       Meine Weg seynd zu weit.

     Hin, wo ihr treue Lieb
     Kein Mägdlein bricht.
Mädchen:
35   Schatz nimm zu Hauß vor Lieb
     Hin findst du nicht.

     Röselein am Strauche blühn
     Ewig doch nicht,
     Lieb ist so lang nur grün,
40   Bis man sei bricht.

     Nimm die zwei Röselein
     Auf deinen Hut,
     Ewig beinander sein
     Thut auch kein gut.

88　◇　《男孩的神奇号角》与德意志浪漫主义诗歌

  45 Wenn die zwei Röselein
     Nicht mehr sind roth,
     werft sie in Fluß hinein,
     Denk ich wär todt.
Knabe：
     Bist du todt alzumahl,
  50 Thut mirs nicht leid,
     Untreu findt überall,
     Wen sie erfreut. [1]

以上20行为编者所加。为眉目清楚将所采用的两个原文分别引录如下：

原文 I
《号角》1—4行所本：
Geh ich an's Brünnelein,
Trink aber nicht；
Such' mein Hertztaus'ge Schatz,
Findihn aber nicht.
5—8行所本：
Dann setz' ich mich auf das grüne Gras
Fallen zwey Roselein auf meinen Schooß.
11—12行、21—22行所本：
Am Ende kommt's,
daß ihr Herztausiger Schatz
sie ihr hingeworfen hat.

---

  [1]　《号角》文本和原文及部分数据分别见 Clemens Brentano, *Sämtliche Werke und Briefe*, hrsg. Von Jürgen Behrens, Konrad Feilchenfeldt, Wolfgang Frühwald, Christoph Perels und Hartwig Schultz, Verlag W. Kohlhammer, Stuttgart, Berlin, Köln, Mainz, 1975ff.（FBA）Bd. 6, S. 179, 和 Bd. 9 - 1, S. 348f.

原文 II

1—4 行所本：

Geh ich ans Brünnelein Trink aber nicht,

Suche meinen herztausigen Schtz, find ich ihn aber nicht!

5—8 行所本：

Setz mich dort nieder aufs grüne Gras,

Fallen mir zwey Röselein auf den Schoos,

13—16 行所本：

Und diese zwey Röselein auf dem Schooß,

Ich weiß nicht lebet mein Schatz oder ist er todt.

17—20 行所本：

Jetzt laß ich meine Äugelein rund umergehn,

Seh ich meinen herztausigen Schatz bei einem andern stehen,

24 行所本：

Bey einander stehn sie das thut ja kein gut

Lebe wohl, herztausiger Schatz, jetzt muß ich fort

29—30 所本：

Was willst du schon reisen fort,

Du hast ja noch Zeit

B'hüt dich Gott b'hüt dich Gott Herztausiger Schatz

Meine Weg seynd zu weit.

综述加工细节：在《号角》文本的 52 行中，阿尔尼姆先拿来两个原文一致的开头，稍作调整成为现在的 1—8 行，接着用了原文 II 的 13—20、24、29—30 行，总共 19 行，还改造了两行，随后自己添加了 9—12、21—23、25—28、33—52 行，共 31 行。如此不但充实了内容，而且让"小玫瑰"一线贯通。从谋篇的角度看，他把主角从女孩变成男孩，并且用了民歌常见的分角色对唱的结构方式，通过人物语言展开情节，把本来断续的故事理清。形式上基本沿袭了原文 I，形成了现在的模样：4 行节、两个扬音节的短行、扬抑格，押 abab 式的交韵，因为精心构建的 a 行韵脚 -ein，民歌风更加凸显。

民歌表现的爱情是这样的：直白地说爱，公开地调情，露水般的爱欲，以性爱肉欲为主。民风如此，现实如是，所以当男主人公要寻找忠贞之爱，就透出了悲剧性，特别是前两节，十分感伤。原文在两人相见后平静分手，而《号角》本增加了两人的对话，有感慨议论，有抒情，更饱满，更诗化。特别是小心地依从民歌的情调和民间的情趣，所以情味更浓。要说明的是，民歌的形成本身就有变奏、增删、组合等种种情况，《号角》编者不过是把原来的自然形成过程变成了自己的艺术加工而已。歌德对此歌评价很高，称其"写恋人间事，其温柔的描写无出其右者"①，这也就是对加工的肯定。

另外如《阿尔格留斯》（"Algerius"）②，共 30 行。可原文却有 20 节 160 行。阿尔尼姆只从原文抽取了第 4、第 12 和第 13 节共 24 行，并在大瘦身之后继续动手术。首先是把每节的第 5 和第 7 行分成两行，如此原来的 8 行节就变成了 10 行节。其次是诗行本身的修饰加工，对照原文，可以看出，阿尔尼姆的 30 行中，只有 4 行是照录（词汇的现代化不算，比如 nit 改为 nicht），其他都做了词汇的改动，乃至整行的重写。另外原文是两个交韵的叠合，即 ababcdcd，现在是 ababccdee。较之阿尔尼姆，布伦塔诺的加工较为谨慎，但也有信马由缰的时候，比如他的《裁缝歌》（"Des Schneiders Feyerabend und Meistergesang"）就是从只有 5 行的原文洋洋洒洒铺展成了 81 行③。还有如《星星》（"Abendstern"）④、《幻像》

---

① Clemens Brentano, *Sämtliche Werke und Briefe*, hrsg. Von Jürgen Behrens, Konrad Feilchenfeldt, Wolfgang Frühwald, Christoph Perels und Hartwig Schultz, Verlag W. Kohlhammer, Stuttgart, Berlin, Köln, Mainz, 1975ff. (FBA) Bd. 9-1, S. 349.

② 《号角》文本和原文及修改说明分别见 Clemens Brentano, *Sämtliche Werke und Briefe*, hrsg. Von Jürgen Behrens, Konrad Feilchenfeldt, Wolfgang Frühwald, Christoph Perels und Hartwig Schultz, Verlag W. Kohlhammer, Stuttgart, Berlin, Köln, Mainz, 1975ff. (FBA) Bd. 6, S. 342, 和 Bd. 9-1, S. 594ff.

③ 《号角》文本和原文及修改说明分别见 Clemens Brentano, *Sämtliche Werke und Briefe*, hrsg. Von Jürgen Behrens, Konrad Feilchenfeldt, Wolfgang Frühwald, Christoph Perels und Hartwig Schultz, Verlag W. Kohlhammer, Stuttgart, Berlin, Köln, Mainz, 1975ff. (FBA) Bd. 6, S. 402f, 和 Bd. 9-1, S. 703.

④ 《号角》文本及修改说明分别见 Clemens Brentano, *Sämtliche Werke und Briefe*, hrsg. Von Jürgen Behrens, Konrad Feilchenfeldt, Wolfgang Frühwald, Christoph Perels und Hartwig Schultz, Verlag W. Kohlhammer, Stuttgart, Berlin, Köln, Mainz, 1975ff. (FBA) Bd. 8, S. 9, 和 Bd. 9-3, S. 11.

("Vision")① 等都属于大动之列，但总体说来，如此这般的大手术为数并不多。

总之，如同多数的民歌集，《号角》作了艺术上的润饰加工，包括语言的现代化、整饬诗律、删繁去芜、充实重组以及"点睛""添花"等，并在保持其原有风貌的基础上，形成了某种大体一致的风格。这种风格为大众所认可，被视为德意志民歌的风格，对当时及后世诗歌发生了重大的影响，这是阿尔尼姆和布伦塔诺始料未及的。

《号角》是德意志文学史上的一座里程碑，它的出现带动了整理"国故"的热潮，催生了让德意志文学传布世界的《格林童话》，特别是孕育出一代民族风格的新诗人，培育出新的美学趣尚，这就是"民歌风"。"民歌风"代表了德意志诗歌的新时代，标志着"民族风格和气派"的确立。当然《号角》也引起很多争议，比如对民间文学的态度，是保持原貌还是适当加工，等等。至于编辑过程中出现的纰漏等技术问题，后人就不能苛求了。试想在当时技术条件下，靠两个人的智慧辛劳完成这样一项艰巨的工程，已经是非常了不起的了。

第二节 《号角》的内容

黑格尔说过："民族的各种特征主要表现在民间诗歌里，所以现代人对此有普遍的兴趣，孜孜不倦地搜集各种民歌，想从此认识各民族的特点，加以同情和体验。"② 阿尔尼姆和布伦塔诺就做了这方面的杰出工作。他们的《号角》内容丰富多彩，全方位地展现了14世纪以来的德意志民间社会，反映了普通民众的喜怒哀乐，是表现众生相的浮世绘，是德意志民族的文化史，也是德意志民族性格的展现，现分题述其大要。

---

① 《号角》文本及修改说明分别见 Clemens Brentano, *Sämtliche Werke und Briefe*, hrsg. Von Jürgen Behrens, Konrad Feilchenfeldt, Wolfgang Frühwald, Christoph Perels und Hartwig Schultz, Verlag W. Kohlhammer, Stuttgart, Berlin, Köln, Mainz, 1975ff.（FBA）Bd. 8, S. 15, 和 Bd. 9 - 3, S. 20.

② ［德］黑格尔：《美学》第三卷下册，朱光潜译，商务印书馆1997年版，第202页。

一　宗教与信仰

德意志是个有宗教信仰的民族。早期各部落信仰原始多神的自然神教。海涅对此有生动的描述："欧洲各民族的信仰，北部要比南部更多地具有泛神论倾向，民族信仰的神秘和象征，关系到一种自然崇拜，人们崇拜着任何一种自然元素中不可思议的本质，在每一棵树木中都有神灵在呼吸，整个现象世界都充满了神灵。"[①] 公元498/499年，日耳曼部落首领克勒维希在兰斯领洗，标志着法兰克王国皈依了基督教，基督教成了国教，而原始宗教则被视为异端。其后通过武力征讨和传教，人们逐渐归化于上帝的精神统治，也就产生了与基督教相关的"歌"。从现存的资料看，在整个的德意志历史进程中，特别是十字军东征、宗教改革、人文主义、巴洛克、启蒙直至浪漫主义等重要历史阶段，宗教都扮演着重要角色。这自然影响到《号角》，从数量上看其宗教歌位居第二，仅次于"婚恋"，可见它在社会生活中的分量。宗教歌具体可分为两类：宗教的和宗教性的。前者出自教会，传教布道，内容以圣经、圣徒故事以及教义阐发为主。宗教性的作品则丰富多彩，贴近民众的现实生活，映射着世俗的人生，也呈现出一个大众信仰的脉络走向，即从无条件的虔诚信仰到怀疑乃至叛逆。这显然是随着时代进步特别是人文主义和启蒙运动发展起来的。大致说来，在《号角》的723首歌中宗教类约有120首，正统的布道歌约占三分之一，其余三分之二则有不同的"杂音"，换句话说，这些宗教歌本身已经体现着宗教和世俗之间的矛盾纠结，体现着人性与神性之争。

正统的宗教歌

正统宗教歌是指那些出自教会系统的赞美诗、宗教歌。中世纪教育落后，很多国王、贵族都不识字，而文化在教会，神父是掌握科学文化的知识分子，他们也是宗教歌的主要创作者。宗教歌因为用于宗教礼仪和布道传教，有官方的背景和传播渠道，所以广为传布，并成为诗歌史上最早见诸文字的歌，但它们的风格有所不同，下面分别道来。

---

① [德] 亨利希·海涅：《论德国》，薛华、海安译，商务印书馆1980年版，第213页。

1. 严正的布道歌

严正的布道歌或是宣传正统的教义，或是讲述圣经、圣人故事，如同教科书，典重而呆板。下面是宗教改革家马丁·路德（Martin Luther, 1483—1546）的《以赛亚看见异象》：

这发生在先知以赛亚身上，
冥冥中他看见上帝
坐在高高宝座一片祥光，
他的衣摆占满圣坛，
两个塞拉弗①站在身旁，
她们每人都有六个翅膀，
两个遮住了自己的脸（注：不敢直视上帝），
两个盖住了双脚（注：谨慎脚步，表敬虔之意），
还有两个自由地飞翔（注：表示能迅速完成使命），
她们彼此大声呼喊：
神圣的上帝全能的主，
他的荣耀把整个世界照亮，
呐喊声中屋宇震颤，
其中香烟弥漫雾霭笼罩。②

这是路德的赞美诗，内容出自《圣经·以赛亚书》，描写先知以赛亚冥冥之中看到的上帝，尊贵威严。他像是神坛上的一尊雕塑，令人仰望。但可惜离"人"太远，并不生动感人。路德是宗教改革的领袖，他主张人要自己去读圣经，自己去领会上帝的意旨，而不是听从神父的宣教。他也反对禁欲，自己就结婚生子，可见他是把基督教"人化"的改革者，

---

① 塞拉弗（Seraph），源出希伯来文，是《圣经·旧约》中的六翼天使，因语源上有"传热者"之意，所以也被译为"炽天使"。

② Clemens Brentano, *Sämtliche Werke und Briefe*, hrsg. Von Jürgen Behrens, Konrad Feilchenfeldt, Wolfgang Frühwald, Christoph Perels und Hartwig Schultz, Verlag W. Kohlhammer, Stuttgart, Berlin, Köln, Mainz, 1975ff. （FBA）Bd. 6, S. 18.

但他所写的歌显然离人世还很远。再如《精神的斗士》("Der geistliche Kämpfer")①，这是一首16世纪初的歌，全诗共92行23节，讲述从玛丽亚贞女受孕到耶稣被钉上十字架的故事，以此宣讲教义：上帝慈悲，派自己的儿子耶稣来拯救堕落的人类，让他用自己的鲜血为人类洗清罪恶。但通读全篇却像是僧侣的布道文，絮叨冗长、枯燥板滞，把本来动人的情节淹没殆尽，所以歌德不无讽刺地说："上帝之子因为他受的痛苦应该得到一首更好的诗。"②事实上确实也有较好的、能打动人的歌，它把虚空的高大上变得有真情实感，这就是下面感性化的布道歌。

2. 感性化的布道歌

随着基督教从上而下的推广，传教布道的歌也逐渐从生硬的高头讲章向感性化的民歌转化。用民歌朴素日常的语言，从人情、人性出发，演绎故事、说明道理，在潜移默化中教化民众。下面就是一首读起来明快流畅、颇为民歌的赞美诗《神秘的根》：

1
从耶西那里生出一条柔嫩的根③，
根上又长出了奇异的枝，
那枝上有一朵美丽的玫瑰花，
它在枝头神奇地绽放。
2
这就是大卫部落的根，
那枝条就是你玛丽亚，
你儿子就是那朵玫瑰花，

---

① Clemens Brentano, *Sämtliche Werke und Briefe*, hrsg. Von Jürgen Behrens, Konrad Feilchenfeldt, Wolfgang Frühwald, Christoph Perels und Hartwig Schultz, Verlag W. Kohlhammer, Stuttgart, Berlin, Köln, Mainz, 1975ff. (FBA) Bd. 6, S. 270f.

② Clemens Brentano, *Sämtliche Werke und Briefe*, hrsg. Von Jürgen Behrens, Konrad Feilchenfeldt, Wolfgang Frühwald, Christoph Perels und Hartwig Schultz, Verlag W. Kohlhammer, Stuttgart, Berlin, Köln, Mainz, 1975ff. (FBA) Bd. 9-1, S. 88.

③ 参见《圣经·先知书·以赛亚书》。

上帝和人都在你的怀抱。

3

圣灵只驻在你身上，
让你生出那个好孩子，
就像太阳那样，
让枝头的玫瑰开放。

4

神奇的造物啊！一根枝上
有一朵玫瑰、许多叶子，
神奇的造物啊！上帝的儿子
是人和神的合体。

5

绿的是叶，红的是花，
小枝子上长出它们俩，
人也有这样的事，
两个种生出一个娃。

6

枝子啊，你开出花，
玫瑰带给你荣誉和赞美，
玫瑰让树枝增色，
你以贞女孕育了这个孩子。①

此歌注明，这是天主教赞美诗，出自教会认定的作者之手，让所有的神父、百姓乃至孩子都能理解，时间是 1625 年。布伦塔诺自己藏有原文文本。收入《号角》时他把标题从"人神合一"改成"神秘的根"，

---

① Clemens Brentano, *Sämtliche Werke und Briefe*, hrsg. Von Jürgen Behrens, Konrad Feilchenfeldt, Wolfgang Frühwald, Christoph Perels und Hartwig Schultz, Verlag W. Kohlhammer, Stuttgart, Berlin, Köln, Mainz, 1975ff. (FBA) Bd. 6, S. 196f.

其他只作了正字法的处理①，忠实于原文。于是我们可以清楚地看出正统的宗教赞美诗向人情、人事的靠近。

此歌讲述贞女玛丽亚感应圣灵而生耶稣的故事，根据《圣经·先知书·以赛亚书》演绎而成。大意是说，玛丽亚是大卫王的后裔，他们的先祖是耶西。圣经上说，从耶西的根必发一条，其枝必结果实，圣灵必住在他身上。以后的宗教画中有所谓"耶西之树"，就是从耶西身上生出一树，上面枝杈繁衍，左右两边分别是大卫王和所罗门王，中间顶上是怀抱圣婴的玛丽亚。这就是所谓的"神秘的根"。但在赞美诗里人物关系重新作了安排，还出现了民歌常见的"玫瑰花"，显示了宗教歌为宣传教义而通俗化、大众化的倾向。而此种特性特别体现在玛丽亚颂歌中，她被描写成一个纯洁美丽的少女，温柔大爱的母亲，可亲、可爱乃至性感，跟文艺复兴以来的圣母画异曲同工。比如《候鸟》（"Zugvögel"）②，描写玛丽亚用 huebsch（美丽）、fein（标致、妩媚）、Weibe（女人）等民间词汇，于是圣母被人间化，仿佛她就是我们身边的一个女子。下面再看一个圣迹故事《圣乔治骑士》：

1
在一个又大又深的湖中，
住着一条恶龙。
2
它给地方带来恐怖，
吞没了许多人和牲畜，
3
它的嘴里喷出毒气，
污染了周围的空气。

---

① Clemens Brentano, *Sämtliche Werke und Briefe*, hrsg. Von Jürgen Behrens, Konrad Feilchenfeldt, Wolfgang Frühwald, Christoph Perels und Hartwig Schultz, Verlag W. Kohlhammer, Stuttgart, Berlin, Köln, Mainz, 1975ff. (FBA) Bd. 9 - 1, S. 372ff.

② Clemens Brentano, *Sämtliche Werke und Briefe*, hrsg. Von Jürgen Behrens, Konrad Feilchenfeldt, Wolfgang Frühwald, Christoph Perels und Hartwig Schultz, Verlag W. Kohlhammer, Stuttgart, Berlin, Köln, Mainz, 1975ff. (FBA) Bd. 7, S. 163.

4
为了不让它侵入城里，
大家商议出一个办法，
5
每天奉送两只绵羊，
以便防止灾殃。
6
当绵羊全部送光，
他们又想出另一个花样，
7
每天给它送一个活人，
采用抽签的办法。
8
这签一天天抽来抽去，
最后抽到了国王的女儿。
9
国王立即对百姓发话：
"拿去我的一半国土！
10
"还有我的产业、财富，
金子银子要多少给多少，
11
"只要公主，我唯一的继承人，
能活着，别这样悲惨死去。"
12
百姓们大声喊起来：
"别人也疼爱自己的孩子！
13
"你要是为保女儿的性命，
不信守自己的决定，

14
"我们就把你和你的宫殿,
立马变成废墟一片。"
15
国王看到情势紧急,
只得凄然跟他们商议:
16
"那就给我八天的时间,
让我哀痛女儿的大难。"
17
然后他又转向女儿,
"女儿,我最亲爱的女儿!
18
"我只能眼睁睁看着你死,
残生过着愁苦的日子!"
19
很快到了约定的期限,
百姓们来到宫门前,
20
用剑与火威胁着国王,
发出可怕的叫喊:
21
"难道你为了女儿的性命,
就让毒龙吞噬所有的百姓?"
22
这时再没有其他办法,
他只得顺从民意。
23
他给她穿上王家的衣裳,
他抱住她边哭边诉。

24
"啊，我好可怜、好痛苦！
现在我能做什么呢？
25
"我曾想把你即将的婚礼
办得豪华富丽，
26
"音乐有管弦齐鸣，
无比地快乐欢畅。
27
"可现在我不得不忍心，
把你送到毒龙那里。
28
"天啊，让我死在你面前，
别看到你鲜血淋淋。"
29
他流着泪吻她，
女儿跪倒在他的脚下：
30
"别了，别了，我的父王！
我愿意赴死，免让百姓遭殃。"
31
国王哀痛地跟她告别，
人们把她带往龙湖。
32
当她伤心地坐在那里，
这时来了骑士乔治。
33
"可爱的姑娘！请告诉我，
为什么这样哀哀戚戚？"

34
姑娘说道:"快离开此地!
免得跟我一同送死。"

35
他说道:"啊,姑娘,你别害怕,
你还是简单告诉我:

36
"为什么你一人独自落泪,
四周却又有很多百姓?"

37
姑娘说道:"我不是开玩笑,
我看出你有侠肝义胆;

38
"可你为何要把命搭上,
跟我一起无谓地送死?"

39
于是她说出原委,
那重大的灾祸。

40
高贵善良的骑士回应:
"放心吧,拿出勇气!

41
"我要乞求天主的儿子,
帮助你化解危机。"

42
他坚定无比,她频频警告,
残忍的毒龙已经来到。

43
"快逃,骑士!你年纪轻轻,
不要在这儿枉送了性命。"

44
骑士飞身跨上雕鞍，
冲到巨龙身边。

45
以基督徒和骑士的身份，
他亮出神圣的十字架。

46
然后把他的长矛，
深深地刺进龙的身体，

47
接着他跪倒在地，
对天主表示感激。

48
这时他对姑娘说明：
"恶龙已脱离了本性。

49
"现在你不用害怕，
用你的腰带拴住它的脖颈。"

50
她照此办理，于是他牵起它，
像牵一条驯顺的狗。

51
他把它牵到城里，
大人小孩都吓得四散逃跑。

52
骑士向他们大家招手：
"别怕，什么事也没有。

53
"我是被特意派来此处，
让你们认识真正的主。

54
"你们几时愿意受洗
而且接受基督教教义,

55
"我就结果龙的性命,
帮你们解脱困境。"

56
立即,出于天主之力,
全体异教徒都来受洗。

57
骑士于是拔出利剑,
把那条恶龙砍倒在地。

58
国王给这位神圣的人
拿出很多金银相赠。

59
骑士拒绝了这些赏赐,
要他把财宝分给穷人。

60
当他要离开此地,
他给国王留言相赠:

61
"你建一座天主教堂,
自己常去拜望。"

62
为了歌颂赞美圣母,
国王用心地修建,

63
建起富丽堂皇的教堂,

从中流出小小一道清泉。①

这是一首 126 行的长歌,出自一部 1600 年的天主教赞美诗集,为巴伐利亚的一个神父所作。他把一个 13 世纪的传说跟基督教嫁接,先讲了一个骑士屠龙救出公主的故事,但接下来并不是人们熟悉的洞房花烛、继任国王等情节,而是让得救的人们受洗,成为基督徒,尔后建议国王修教堂礼拜上帝,因为他的胜利不是靠个人的神勇,而是靠上帝的帮助。作者的用意显然是在传教,以生动的故事感化民众使其皈依,恰如唐朝寺院的"俗讲"。显然这样感性的形式更有益于传播。

民间的宗教性歌唱

相对于教会布道的宗教歌,民间的歌唱则有所转向。它顺着普遍的"人情""人性"向现实化、世俗化、功利化的方向发展,显示出大众信仰的真实状态。我们看它具体的维度。

1. 梦圆天堂

人皆有欲望,直接的是饮食男女,根本的是乐生恶死。可现实生活却有种种的不如意,特别是广大的下层民众,日日为衣食操劳,他们渴望着富足的生活。所以当基督教告诉他,如果你信上帝就可以永生,到了天堂就能大富大贵、过上国王般的好日子,那么还有谁不去上帝那里报名呢?还有谁不对那美好的天堂充满着期待和梦想呢?下面就是一个"天堂梦",做梦的是个整天为钱发愁、日子窘迫的小百姓。

瞻望永恒

1
怎么才能去到天上
能永远活着,
想要什么就有什么,
却用不着付钱,

---

① 《号角》文本及相关注释见 Clemens Brentano, *Sämtliche Werke und Briefe*, hrsg. Von Jürgen Behrens, Konrad Feilchenfeldt, Wolfgang Frühwald, Christoph Perels und Hartwig Schultz, Verlag W. Kohlhammer, Stuttgart, Berlin, Köln, Mainz, 1975ff. (FBA) Bd. 6, S. 142ff, 和 Bd. 9 – 1, S. 293ff.

什么东西都可以赊到，
却不用还钱；
如果有一天我能挤上去，
再也不想出来。

2
在天上过斋戒日，
我们吃鳟鱼。
彼得下到地窖，
拿上来葡萄酒。
大卫侍弄鲤鱼，
玛格丽特烤蛋糕，
保罗把酒倒。

3
罗伦茨从厨房门后
走了过来，
他端着烤架，
上面放着肝肠，
多罗苔亚和萨比娜，
丽萨贝特和卡特琳娜，
也都看着这些美味佳肴。

4
现在我们要走向餐桌，
去吃那些最美的饭菜。
天使围绕着桌子站立，
把酒倒入玻璃杯
把我们服侍，
巴尔特把肉切片，
约瑟夫把饭端来，
卡瑟利亚把歌队安排好。

5
马丁骑在白马上,
随时准备起驾,
布拉斯手拿着膏油,
要给马车润滑,
要是我们犯一回傻,
不想坐车出行,
想活动一下腿脚,
就让那骏马、马车闲着。

6
现在我要告别你这虚假的尘世,
你只给我带来烦恼,
天上让我感觉更好,
那里流淌的都是快乐,
尘世的所有尽是麻烦,
所有的也都是过往瞬间,
如果我一旦到了天上,
愿意永远脱离尘世。①

此歌的口吻像是亲历过天堂之乐的人,充满了自得和夸耀,而具体的幸福如永生不死、不用花钱、美酒佳肴等,都是普通大众的心心念念:人皆畏死,让你永生;人生维艰,这里养尊处优,甚至有天使圣人来伺候。凡你在此世得不到的一切在彼岸都可以实现,你不再受饥寒,不再受屈辱,你变得富有尊贵,那么有谁不争相前往呢?佛教不是有极乐世界吗?道教不是有海外仙山吗?都是脱离苦海,得享幸福永生。也可见,大众的宗教信仰跟教会的布道是不同的,它是现实的,把信仰跟个人的

---

① 《号角》文本及格勒斯评论分别见 Clemens Brentano, *Sämtliche Werke und Briefe*, hrsg. Von Jürgen Behrens, Konrad Feilchenfeldt, Wolfgang Frühwald, Christoph Perels und Hartwig Schultz, Verlag W. Kohlhammer, Stuttgart, Berlin, Köln, Mainz, 1975ff. (FBA) Bd. 7, S. 402ff, 和 Bd. 9 – 2, S. 621ff.

生命体验、物质需求直接连在一起，它已经变形，已经功利化，它跟上帝、圣母无关。格勒斯称其为"快乐的、天真无邪的笑向天庭"，也就是看到歌者真实的心态。其他如《上帝那里光阴如箭》（"Der Eile der Zeit in Gott"）①，如同我们的"烂柯"故事，告诉我们"山中方七日，世上已千年"的两个世界。再比如《天上有仙乐》（"Der Himmel hängt voll Geigen"）② 的作者显然过着较为富裕的日子，他的天堂不仅有美食，而且还有"仙乐""美女舞蹈"乃至有"英式的生活"，他希冀着更为精致高雅的享受。总之这林林总总都是世俗享乐的天堂升级版，是虚构的满足，它所折射的是现实中的缺憾，而宗教信仰所给予的恰恰就是一个"美好的愿景"。另外还有一点值得注意，就是它只是大谈天堂的美好，却避开了那个通往天堂的大门"死亡"，因为人们实在是不喜欢。

2. 生死纠结

乐生恶死是人的本能，但有生就有死，任何人都不可能逃避，所以面对死亡就生出莫名的恐惧，也就有各种宗教来帮人排解。基督教告诉你有一个彼岸世界，死亡是此生的结束，同时又是永恒的开启。但人们对这种说教似乎将信将疑，于是在歌中表达种种纠结和焦虑。虽然信仰告诉他们有一个天堂，但实际上却仍然对尘世依依难舍，下面的《这是另一个地方》（"Dies ist das ander Land"）可见一斑，全文共108行24节，限于篇幅只征引若干片段。

1
这不是一个寻常的晚宴，
是死神带来的庆典；
他用带子把我们紧紧拴住，
要带我们去到那一边。

---

① Clemens Brentano, *Sämtliche Werke und Briefe*, hrsg. Von Jürgen Behrens, Konrad Feilchenfeldt, Wolfgang Frühwald, Christoph Perels und Hartwig Schultz, Verlag W. Kohlhammer, Stuttgart, Berlin, Köln, Mainz, 1975ff. (FBA) Bd. 6, S. 60ff.

② Clemens Brentano, *Sämtliche Werke und Briefe*, hrsg. Von Jürgen Behrens, Konrad Feilchenfeldt, Wolfgang Frühwald, Christoph Perels und Hartwig Schultz, Verlag W. Kohlhammer, Stuttgart, Berlin, Köln, Mainz, 1975ff. (FBA) Bd. 6, S. 295ff.

…………
　　3
　　我们不能总待在这边，
　　死神在后面驱赶，
　　明天早上就得动身，
　　上帝晓得，我们得去那边。
　　…………
　　5
　　有什么比活着更甜？
　　但我们必须一死；
　　死神不是带来重生，
　　是把我们拖到另一边。
　　6
　　我清醒、我担忧、我焦虑，
　　为了那已归他人的财产；
　　在这边我得到了它，
　　也得留在这儿自己去那边。
　　…………
　　11
　　没有什么丑事或者过错
　　可以让你议论修士、修女和神父；
　　他们是上帝恩赐的珍宝，
　　在另一边你还要继续听他们阔论高谈。
　　…………
　　13
　　即使是一位罗马皇帝，
　　又高贵又漂亮，
　　像红宝石、真钻那样闪耀，
　　他也得赤条条去往那边。
　　…………

17
我们都是赤条条来到人间,
都没有自己的财产,
我们是用灵魂作抵押,
要赎回只能去到那一边。

18
灵魂啊,灵魂,你圣灵的造物,
上帝按照自己的样子创造了你;
你播下什么种子
就收获什么在那边。

19
我所知道最好的就是
每时每刻敬畏爱戴上帝;
这是我们灵魂的外现,
如此我们就安然去往那边。

....

21
上帝啊,是谁护送我们?
该受什么惩罚我们一无所知;
这条路陌生又遥远,
它引导我们通往另一边。

....

24
我们总是有个奢望,
上帝的恩赐能永远出现;
显然您已经赏赐过我们,
而我们不得不去那边。

25
我们祈求贞女玛丽亚,
她总能抚慰我们;
她也总是主心骨,

当我们一路走向那边。①

此歌作于1477年，用中古低地德语写成，很可能是一个更早的文本的抄本。《号角》本删去了39节中的12节，以避免重复和佶屈聱牙。其他的修改只限于语言的现代化和规范化，笔者所引部分皆跟原文一致，从中我们可以看到普通信众的真实心理：他们本能地乐生畏死，可又不得不死，在痛苦纠结中有基督教的彼岸的天堂来帮他们解脱。但尽管如此，他们仍然不情不愿，充满了疑虑、无奈、不安乃至恐惧，只好乞求玛丽亚的安慰护佑。这就是真实普遍的世道人心，也看出大众功利化的宗教信仰。

3. 祈求福佑

上帝既然是人的主宰，那么在危难时刻人也就必然祈求他的保佑，这跟我们呼唤"大慈大悲观世音"是一回事，下面的《退尔和他的孩子》可证。退尔是13世纪瑞士反抗外族统治、争取民族独立的英雄，瑞士有多处为他修筑的祭坛及纪念文字，有关于他的歌在民间世代传唱。1802年阿尔尼姆去瑞士旅行，在阿尔特（Arthe）的一座房子上看到这首歌，于是记了下来，以后收入了《号角》。除此之外，《号角》第二卷还有一首关于退尔的歌《威廉·退尔》（"Wilhelm Tell"）②，出自一份1613年的传单，共216行，详细叙述了退尔的事迹，后世退尔题材的作品大都出于此歌，包括席勒著名的历史剧《威廉·退尔》。而阿尔尼姆的这首《退尔和他的孩子》则是一首分角色的短歌，内容是这个英雄故事的"缘起"：一天奥地利总督滥发淫威，在闹市中竖起一根长竿，挑着一个帽子，勒令行人向帽子鞠躬。退尔抗命不肯鞠躬，于是被捕。总督带来退尔的幼子，头顶上放一个苹果，令退尔箭射苹果，如射中则免罪。退尔虽是神

---

① 《号角》文本及相关注释见 Clemens Brentano, *Sämtliche Werke und Briefe*, hrsg. Von Jürgen Behrens, Konrad Feilchenfeldt, Wolfgang Frühwald, Christoph Perels und Hartwig Schultz, Verlag W. Kohlhammer, Stuttgart, Berlin, Köln, Mainz, 1975ff. （FBA）Bd. 8, S. 181ff, 和 Bd. 9 - 3, S. 306ff.

② 《号角》文本及注释见 Clemens Brentano, *Sämtliche Werke und Briefe*, hrsg. Von Jürgen Behrens, Konrad Feilchenfeldt, Wolfgang Frühwald, Christoph Perels und Hartwig Schultz, Verlag W. Kohlhammer, Stuttgart, Berlin, Köln, Mainz, 1975ff. （FBA）Bd. 7, S. 126ff, 和 Bd. 9 - 2, S. 230ff.

箭手，但面对自己的儿子，心中惕怵，唯恐伤了孩子，下面两节就是描写他的心理活动：

孩子：
爸爸啊，我怎么了？
你把我绑起来。

退尔：
孩子你别出声，我心里有数，
我盼着，我射出的箭
伤不着你。
你没有错，我也没有罪，
孩子啊，我们一起呼求上帝，
上帝一定会引走这支箭。
你的头别动，你站直，
以上帝的名义我射出去，
公正的上帝有眼！

孩子：
啊！爸爸，上帝站在我们一边，
苹果从我头上掉了下来，
上帝保佑了我们。①

这是一个父亲在急难时刻的心理。为了自己和民族的尊严他不肯鞠躬，但为此却受到要挟，一箭系着儿子的性命。此刻他备感惶惧、无力无助，求谁呢？只有上帝。作为一个基督徒，他坚定地自信"你没有错，

---

① 《号角》文本及注释见 Clemens Brentano, *Sämtliche Werke und Briefe*, hrsg. Von Jürgen Behrens, Konrad Feilchenfeldt, Wolfgang Frühwald, Christoph Perels und Hartwig Schultz, Verlag W. Kohlhammer, Stuttgart, Berlin, Köln, Mainz, 1975ff. （FBA）Bd. 6, S. 15f, 和 Bd. 9 – 1, S. 82ff.

我也没有罪",于是坦诚地面对上帝,呼唤祈求上帝。这里呈现的是弱势的人与上帝之间最真实的关系,即上帝是主人、是保护神。下面是《布拉格之歌》的最后两节,有同样的立意,感谢耶稣的救助,祈求他继续保佑布拉格。

10
布拉格全城的人
都知道、都曾亲历,
你是如何解救了他们,
从瑞典敌人手里。

11
还有在大瘟疫时期
是你拯救了他们,
耶稣啊,张开你的手臂,
保卫这亲爱的祖国。①

上帝不仅是慈爱的,还是公正的,所以他还主持正义,为好人平反昭雪、洗刷不白之冤,比如《冤死的小男孩》②,而犯罪的人自然也逃不脱他的惩罚。这就是人们心中的上帝,能保护可怜无助的芸芸众生。

4. 惩恶扬善

跟汉族民歌一样,德意志民歌中有很多惩恶扬善的故事,而基督教也告诉信众,生前行善死后就能上天堂,作恶就得下地狱,比如下面的《罪孽》:

1
两兄弟在同一天死去,

---

[1] Clemens Brentano, *Sämtliche Werke und Briefe*, hrsg. Von Jürgen Behrens, Konrad Feilchenfeldt, Wolfgang Frühwald, Christoph Perels und Hartwig Schultz, Verlag W. Kohlhammer, Stuttgart, Berlin, Köln, Mainz, 1975ff. (FBA) Bd. 7, S. 185.

[2] Clemens Brentano, *Sämtliche Werke und Briefe*, hrsg. Von Jürgen Behrens, Konrad Feilchenfeldt, Wolfgang Frühwald, Christoph Perels und Hartwig Schultz, Verlag W. Kohlhammer, Stuttgart, Berlin, Köln, Mainz, 1975ff. (FBA) Bd. 6, S. 207ff.

一个穷，一个富，
那富的要下地狱，
那穷的却要升天堂。
2
此刻那富的被埋进地狱，
四周是熊熊烈火，
却看见他好人缘的兄弟，
正享受着永恒的快乐时光。
3
兄弟啊，我亲爱的兄弟，
给我一滴水喝吧，
往我嘴里或者舌上滴，
好让我感觉清凉。
4
兄弟啊，我亲爱的兄弟，
一滴水也不该给你，
因为你曾拒绝穷人，
却把面包给了猪狗。
5
我曾拒绝穷人，
却把面包给了猪狗，
财富让我傲慢狂妄，
临走却不能带上。①

这是该诗的前5节，后面3节是富人的痛悔及赎罪的决心。它告诫世人：为富不仁要下地狱，忠厚有爱能升天堂，上帝会给予公正的裁决。此类警示的歌《号角》中还有若干，比如《不尽的宽恕》，主人公因杀婴

---

① Clemens Brentano, *Sämtliche Werke und Briefe*, hrsg. Von Jürgen Behrens, Konrad Feilchenfeldt, Wolfgang Frühwald, Christoph Perels und Hartwig Schultz, Verlag W. Kohlhammer, Stuttgart, Berlin, Köln, Mainz, 1975ff. (FBA) Bd. 7, S. 217.

而下地狱，下面是其中的两节：

2
她来到地狱门前，
哀哀地敲门。
所有的魔鬼都已听见，
他们让她进来。
第一个鬼将门打开，
另一个找来一把椅子，
第三个把火吹着，
第四个把火煽旺。

3
她眼前站着什么？
是一个小孩子；
是她杀死了这个孩子，
是她杀死了这个孩子，
她必须忍受刑罚。①

阴森的地狱和魔鬼酷刑都非常恐怖，令人不寒而栗，警诫人们切莫做恶。其他如《地狱之法》（"Höllisches Recht"）②、《守规矩有好结果》（"Zucht bringt Frucht"）③ 等都是宗教性的教诫诗。

从以上所引可以看出，宗教信仰之于百姓不再是玄远的教义，而是息息相关的现实生活，作为弱势的普通大众，他们希望有一个超自然的

---

① Clemens Brentano, *Sämtliche Werke und Briefe*, hrsg. Von Jürgen Behrens, Konrad Feilchenfeldt, Wolfgang Frühwald, Christoph Perels und Hartwig Schultz, Verlag W. Kohlhammer, Stuttgart, Berlin, Köln, Mainz, 1975ff. （FBA）Bd. 7, S. 212ff.

② Clemens Brentano, *Sämtliche Werke und Briefe*, hrsg. Von Jürgen Behrens, Konrad Feilchenfeldt, Wolfgang Frühwald, Christoph Perels und Hartwig Schultz, Verlag W. Kohlhammer, Stuttgart, Berlin, Köln, Mainz, 1975ff. （FBA）Bd. 7, S. 199.

③ Clemens Brentano, *Sämtliche Werke und Briefe*, hrsg. Von Jürgen Behrens, Konrad Feilchenfeldt, Wolfgang Frühwald, Christoph Perels und Hartwig Schultz, Verlag W. Kohlhammer, Stuttgart, Berlin, Köln, Mainz, 1975ff. （FBA）Bd. 7, S. 207.

力量来保护自己，维护社会的公平正义，也需要有一个精神的寄托和支持。也就是说，神学、教义是一回事，民间信仰是另一回事。民间信仰取百姓之所需，把教义简单化、道德化、功利化，对社会教化发挥积极作用。跟我们的佛教、道教有同一个走向。

灵与肉的对抗

灵与肉是对立的，但共存于"人"这个统一体中。肉是物质的，有七情六欲；灵是精神的，有形而上的叩问和追求。就基督教而言，就是对终极的关怀，就是追求此生的救赎和死后的天堂，而这一过程就是对"肉"的克制和压抑。但人是一个自然的生命体，"本我"有天赋的情欲，它跟这些"超我"的要求形成尖锐的对抗。天堂之美也好、地狱之苦也好，对他来说都是"将来时"，而当下的生命欲望却是最直接、最强烈、最难以抗拒的，所以尽管有种种"灵"的说教，但"肉"的诱惑却势不可挡。于是我们看到那些爽性大胆的人性之歌。

不情愿的新娘

1
我不喜欢吃大麦，
也不喜欢早起，
可我不得不去当修女，
我好不愿意。
我真希望那个
把我这可怜的女孩
送进修院的那个人，
他也这么霉气。
2
道袍是该穿的衣裳，
但我穿着却太长，
头发剪掉了，
让我害怕惊慌；

第一章 《男孩的神奇号角》 ◇ 115

我真希望那个
把我这可怜的女孩
送进修院的那个人,
他也这么霉气。
3
当别人都去睡觉,
我却得起床,
我得去教堂,
拉绳把钟敲响;
我真希望那个
把我这可怜的女孩
送进修院的那个人,
他也这么霉气。①

　　这是一个小女孩的抱怨,真情真性,十分动人。此歌取自艾尔维特编的歌集,原题是《修女歌——一首德意志的古歌》("Ein alt deutsches Nonnenlied"),编者把题目改成《不情愿的新娘》。这里的"新娘"是指上帝的新娘,即修女。中世纪以来有一个习俗,就是贵族家要将一个儿子或女儿送到修道院侍奉上帝,以示虔诚。修道院的生活不但清苦、严苛,而且意味着一生献身上帝,不能再享有青春爱情、婚姻家庭。对于修士来说,他们还有教阶可以升迁,争取宗教界的权力,同时扩大自己家族在教会的势力,维护政治经济利益。而修女就是一辈子禁闭在修道院,做"上帝的新娘",这对于豆蔻少女来说就分外残酷,于是怨苦之声不绝。这些无疑反映了人们对宗教的另一种态度,即以人欲对抗禁欲的宗教。再看一首更早的歌:

---

　　① 《号角》文本及注释见 Clemens Brentano, *Sämtliche Werke und Briefe*, hrsg. Von Jürgen Behrens, Konrad Feilchenfeldt, Wolfgang Frühwald, Christoph Perels und Hartwig Schultz, Verlag W. Kohlhammer, Stuttgart, Berlin, Köln, Mainz, 1975ff.（FBA）Bd. 6, S. 28. 和 Bd. 9 – 1, S. 98f.

畏惧修院
这年上帝心情不好,
要把我变成修女,
他给我一件黑袍,
里面是白裙一条,
成为一个小修女,
绝不是我想要,
我想有一个小伙儿,
能给他解忧消愁,
但他却帮不了我,
这让我郁闷懊恼。①

这是一首1358年的老歌,从中可以看出,即使在基督教极盛的中世纪早期,它业已受到来自人情人性的冲击。而"灵"与"肉"的冲突会随着人文主义和启蒙运动愈演愈烈,这些都真实地反映在民歌之中,下面是"我"听到的一个基督徒的内心挣扎:

1
清晨我站在
一个隐秘的地方,
悄悄的没人知道。
我听到有人诉苦,
是个虔诚的基督徒。
他正对他的主倾诉:
难道我必须受苦?
2
主啊,我知道,

---

① 《号角》文本及注释见 Clemens Brentano, *Sämtliche Werke und Briefe*, hrsg. Von Jürgen Behrens, Konrad Feilchenfeldt, Wolfgang Frühwald, Christoph Perels und Hartwig Schultz, Verlag W. Kohlhammer, Stuttgart, Berlin, Köln, Mainz, 1975ff. (FBA) Bd. 6, S. 29. 和 Bd. 9 – 1, S. 100f.

你可能想让我，
陷入纠结痛苦，
可我却不喜欢。
作为男人我告诉你，
我不会使劲抱怨，
因为基督徒必须受苦。

3
那虔诚的基督徒痛哭哀泣，
他的心满是烦恼忧郁。
给我智慧和教诲吧，
我怎样才能把持自己，
信仰对我来说冰冷无力，
我的肉体诱惑我，
要我离开你。①

这是一段惊心动魄的内心独白：一个虔诚的基督徒，他挣扎在天性自然的肉欲跟上帝纯洁的禁欲之间，他纠结痛苦、难以自拔。他老老实实地承认，信仰不敌身体的诱惑，他自己无力持守。以上所引是《独立清晨》的前3节，全篇共7节49行。原文出自一部1571年的书，威廉·格林对它作了正字法方面的修正。它原本立意在上帝把人从邪恶的诱惑中拯救出来。但说教味同嚼蜡，难以服人，倒是前面灵与肉的内心挣扎，让我们看到基督教禁欲主义对人性的摧残。由此我们也可以得出两点结论：其一，宗教信仰在德意志民族是普遍而深刻的，影响到社会生活的方方面面；其二，基督教在民间发生实用化、简单化、功利化的变异，已经跟基督教教义发生了疏离。同时也已经出现灵与肉之间的对抗，这是人性与神性之间的较量，它与"虔诚"构成信仰的两极。这既是个人

---

① 文本及相关注释分别见 Clemens Brentano, *Sämtliche Werke und Briefe*, hrsg. Von Jürgen Behrens, Konrad Feilchenfeldt, Wolfgang Frühwald, Christoph Perels und Hartwig Schultz, Verlag W. Kohlhammer, Stuttgart, Berlin, Köln, Mainz, 1975ff. (FBA) Bd. 8, S. 49. 和 Bd. 9 - 3, S. 90f.

的，也是社会集体的。

比较而言，中国人没有普遍的宗教感。人活一生一世，死了就是完结。要做的事，修齐治平也好、个人完善也好、感官享乐也好，都在此生此世，所以人们所祈求的就是延长此生。至于轮回、来世等是佛教的思想，佛经翻译在南朝才成规模，对大众的影响要在李唐以后。而普通百姓拜佛大多也只是求现世的福泽，并非真的相信有那么一个极乐世界，所以民歌中涉及宗教的诗篇极少，更难以深入到人们的世俗生活。

二 战士与战争

欧洲的历史在某种意义上就是一部战争史，而德意志民族更是从一开始就扮演着重要角色。它有宗教和世俗两个战场，前者是为基督教的信仰而战，比如5世纪接受基督教的部落对信仰原始多神教的萨克森的征伐，继之是12—13世纪的前后9次十字军东征、1618—1648的三十年战争，还有因马丁·路德宗教改革而引发的农民战争（1524—1526），后者包括欧洲各国之间、德意志各诸侯国之间为领土、主权和经济利益而进行的战争。

战争的主体是士兵和军官。各级军官都是贵族，于是形成一些门阀军事贵族，世世代代以军人为职业，比如著名的启蒙诗人克莱斯特（Ewalt Christian von Kleist，1715—1759）和著名的浪漫主义剧作家克莱斯特（Heinrich von Kleist，1777—1811），他们就出身于同一个军事世家。早期的士兵主要是依附于贵族的农民，跟随主人出征如同交地租、服劳役一样是他们的义务。随着经济的发展，这些都转化为货币形式，贵族出兵打仗，就花钱招募士兵，于是形成了职业"雇佣兵"。他们以打仗为业，挣钱糊口养家，最著名的就是瑞士雇佣兵，以勇敢忠诚享誉欧洲，直到今天，罗马教廷的卫兵仍然用瑞士人。军人们因为看惯了生死、流血负伤，所以形成一种特别的性格，就是将生死置之度外，快乐地活，坦然地死，所以醉酒放歌是他们典型的生活状态，表面豪爽实则悲凉。唐边塞诗有云："葡萄美酒夜光杯，欲饮琵琶马上催。醉卧沙场君莫笑，古来征战几人回？"正是不同时空的共同情感。因为战争成为社会生活的一部分，所以骑士、士兵等也就作为主角出现在《号角》中，相关题材的歌约有70多首，位列第三，排在"婚恋"和"宗教"之后。它们多数直面残酷、惨烈的战争，歌颂英雄，充满了热血战士的斗志豪情，甚或有某种嗜血的杀气。当然也有痛苦反战的，但只是少数。

从民歌的角度看，原本就有自己的"士兵之歌"传统，它把张扬的青春生命和热血融入士兵的生活，造就一种快乐、豪放、及时行乐及视死如归的主调，同时根据不同的内容向不同的方向伸展，形成了不同的美学取向。比如爱情题材，因为军官都出身贵族，部队各处驻扎，所以也就出现各种的各样风流韵事。它自然而然地接受了骑士爱情诗的影响，英雄美人成了主题。与这轻浮的浪漫相反，还有实在的写实传统，它表现真实的战争，抒发下层士兵内心的感受，有痛苦悲伤，也有慷慨激昂，而回响其中的最强音就是军人的荣誉感和英雄主义情怀。

士兵之歌

"德国人的历史决定了他们是一个既是战士又是音乐家的民族"[①]，所以"士兵之歌"（"Soldatenlied"）自然成了民歌的一类。它反映军人这一社会群体的生活状态和精神面貌，也表达个人当下的情怀。又因为不同的背景、境遇和个性，遂有或快乐豪放，或英雄悲壮，或惨痛感伤的不同风格，现从以下几个方面来叙述。

1. 生命之歌

生命之歌是发自人的本然欲望和情感的歌唱。军人的主体是年轻人，洋溢着青春生命的阳光和快乐，可"赌命"的职业注定了他们生命短暂，所以视死如归和及时行乐成了他们的典型性格，他们纵酒高歌，唱出自己的任情豪放。下面是《自由的好小伙》的片段，是较为典型的民歌风调。

…………
4
我没念过什么书，
我不装饰打扮，
也没有什么钱；
但是我并不傻，
不驼、不瞎、不哑、不瘫，

[①] ［德］艾米尔·路德维希：《德国人》，杨成绪、潘琪译，东方出版社 2006 年版，第 59 页。

于是干脆当兵上前线。

5
我不会经商，
也做不来手艺，
可我得养活自己
用属于我自己的物件。
这都从敌人那里获取，
用我的军刀和枪弹。
…………

7
我也喜欢音乐
跟一群勇敢的伙伴
放声高唱；
大餐豪饮我从不含糊，
我还喜欢留胡子，
总修整得干净清爽。

8
我也喜欢美食，
也总是想着
把好衣服穿在身上。
能坚持我就虔诚，
凡是做不到的
我立马断了念想。

9
我给每个人面子
尤其爱年轻的姑娘，
我格外地殷勤，
因为我并不漂亮，
但是我心真诚

高兴地效劳听命。①

《号角》文本共15节，90行。原文是某诗人（Gabriel Voigtländer）的作品，但它作为一首匿名的歌在1640年前后已经在民间传唱，所以并未收入他自己的诗集。该文本在1647年、1659年、1890年被多次印刷。收入《号角》时被删去4节，包括冗长的开场白、对忠诚的说教、对战争的赞美以及重复的内容。其他的细节修改主要在整饬某些韵律，使其流畅。此歌虽然不出自民间，但能在民间广为流传，说明它符合大众的口味，已经变成了事实上的民歌。

这首歌的主人公来自下层，是一个随性的小伙，不爱学习，不愿经商，也不想做手艺人，为了养活自己，只能来当兵。他歌唱自己的生活，述说自己的心事：喜欢音乐、美食、华服，还有女人和信仰等，持一种乐观且现实的态度。这就是德国士兵的"精神"，也是德意志社会中这个特定阶层的生活方式。他们没有家业，也没有专业技能，又不肯过贫贱平庸的雇工生活，于是离家去冒险当兵。士兵的生活充满了刺激，一方面是死亡的威胁，另一方面又充满了欲望的诱惑。既有胜利后的赏赐、金钱和地位，还有日常生活中的纵酒和女人。因为随时面临着死亡，所以"及时行乐"成了生命的主题，它蕴含了一种特别的张力，即外现的豪放、恣肆、轻浮与内在的悲感。他们将痛苦压在心底，却出之以或自嘲或豪爽甚或浮浪子弟口吻，不时却又带出几分绅士风度，我们感觉到他们的男儿气概、他们的单纯可爱。

除了这种民歌本色之外，还有的渗入了骑士爱情诗的情调。骑士是中世纪文化的一道特别风景。它出现在公元8世纪的法兰克，最初就是职业骑兵，获封一块土地，自备战马、铠甲和武器为主人出征。以后随着骑士制度的建立，逐渐成为一个广受尊重的社会阶层，到了11世纪骑士和贵族之间的地位差别逐渐缩小，开始被纳入"贵族"，到13世纪德

---

① 《号角》文本和注释分别见 Clemens Brentano, *Sämtliche Werke und Briefe*, hrsg. Von Jürgen Behrens, Konrad Feilchenfeldt, Wolfgang Frühwald, Christoph Perels und Hartwig Schultz, Verlag W. Kohlhammer, Stuttgart, Berlin, Köln, Mainz, 1975ff.（FBA）Bd. 8, S. 94, 和 Bd. 9 – 3, S. 164.

国的骑士完成了贵族化的演变，真正成了最低等级的贵族。

但骑士不是天生世袭的，要成为一个骑士，要从童年开始经过十几年的严格培训。这包括三个阶段，首先是学习军事技能的"侍童"阶段，其次是陪同保卫男主人出征、侍奉男女主人起居的"护卫"的阶段，最后是册封仪式。分宗教仪式、武艺表演和宣誓，然后接受象征性的战马和佩剑等武器装备，获得骑士的封号。除了军事技能之外，骑士还应是"道德楷模"，他们是虔诚的基督徒，忠诚爱国，有荣誉感，同时注重个人修养，比如慷慨大度、彬彬有礼、仪态优雅等，特别是对女人的尊重爱护。因此"骑士爱情"成为浪漫理想的爱情，并成为12世纪兴起的宫廷文学的主题，这在《号角》中也有所体现。

"骑士爱情"的重点不在"战场"和"冒险"，而在赢得贵妇人的爱情。德语中作为社会身份的"骑士"是 Ritter，其标准形象是穿铠甲、骑战马、手持长矛的武士。还有一个近义词 Reiter，本义是"骑马的人"，也可译作"骑兵""骑士"，两词的含义不同却有交叉，而"战士"就是这个交叉点，于是民歌的"士兵之歌"受到骑士爱情诗的影响也就不言而喻，特别是表现贵族军官生活的，我们看下面的《骑兵之歌》：

1
按照骑兵的习惯
我纵马驰向原野，
骏马在草地上奔跑
左奔右突来回盘旋，
马刺让它不断腾跳
我好开心畅快。
2
当它跳着宫廷舞步
就让我忍俊不住，
我的马儿就是这样
聪明又听话
方方面面都让人夸耀，
尤其是它优美的腾跳。

3
没有哪匹马比它更快
它跑起来像风一样，
它有男人的剽悍，
能踢打又能撕咬；
敢说跟敌人作战，
再也找不到如此这般。
4
如果我骑马回家，
想快些见到爱人，
它就把头一歪，
加紧了脚步，
直奔到爱人门前，
她正往窗外看。
5
我高兴地笑起来，
她祝我开心一天，
世上哪还有什么
能比这更快活？
马和爱人占据着我的心
没有他们我没法活。①

原文是 1612 年某诗人的作品，共 5 节 30 行。阿尔尼姆因为对"战歌"类题材感兴趣，所以把它收入，并将原题《维纳斯的小花》改为现在的题目，更为恰切。正文的改动很小，只限于正字法和个别词汇。此诗表现一个骑兵的日常生活，围绕着骏马和美人展开，既有硬朗刚健也

---

① 文本和相关注释分别见 Clemens Brentano, *Sämtliche Werke und Briefe*, hrsg. Von Jürgen Behrens, Konrad Feilchenfeldt, Wolfgang Frühwald, Christoph Perels und Hartwig Schultz, Verlag W. Kohlhammer, Stuttgart, Berlin, Köln, Mainz, 1975ff.（FBA）Bd. 7, S. 27f. 和 Bd. 9 – 2, S. 56ff.

有热烈多情,这种理想的人格和浪漫的情调有着明显的宫廷骑士诗的痕迹,也是那个时代的美学风尚。但它不免太过"诗意",跟现实生活显得隔膜。再看另一首民歌和诗的"混搭":

士兵的快乐

1
斗志昂扬走向远方!
去到水边、去到陆上
我是大兵为钱上战场。
当别人都在睡觉,
士兵却必须站岗,
他就该这样。

2
国王头戴王冠,
手拿着权杖,
当他走下宝座佩上长剑,
那就是告别和平宽宥
走向战场。

3
一位高贵的妇人,
睡在士兵身旁,
情欲的火焰燃烧。
有声音在她耳边萦绕:
士兵们都出身高贵
有着骑士的血脉。

4
你流着贵族的血,
你出身高贵
你勇敢豪迈,
当子弹呼啸
你毫不畏惧,

做这样的人实在有幸。①

此歌原文出自传单，阿尔尼姆改动了个别词语、润色了音律，特别强化了元音。整体上改动很小，保留了原作面貌。题目是编者所加。它的基调是民歌，比如为挣钱而上战场，抱怨夜间站岗等。而第2、第3两节则有明显的骑士文学的痕迹，如血统高贵、贵妇人的宠爱等。特别是这两部分之间"搭"得生硬，"混"而不"化"，以致那个"士兵"的身份也变得含混，时而像高贵的"骑士"，时而又像普通的"骑兵"，而下面所引的就较为自然。

1
爱神，激励你的英雄！
跟我一起上战场，
振作起来！
小爱人已摆好了架势，
要跟我大闹一场，
她没有好心情。
2
我不听她的要上战场，
可她是这世上我的最爱，
振作起来！
上帝知道我已经准备好
我们在一起不争不吵，
除非她自己要闹。
3
比其他的女人
上帝对她格外宠爱，

---

① Clemens Brentano, *Sämtliche Werke und Briefe*, hrsg. Von Jürgen Behrens, Konrad Feilchenfeldt, Wolfgang Frühwald, Christoph Perels und Hartwig Schultz, Verlag W. Kohlhammer, Stuttgart, Berlin, Köln, Mainz, 1975ff. (FBA) Bd. 7, S. 24. 相关注释见 Bd. 9 - 2, S. 51.

振作起来!
这让她跟我对着干,
其实就是在拆台,
但对她我毫不责怪。

4
上帝给她美丽的身体
这是我要攻占的要塞,
振作起来!
她那温软的胸脯
有两座坚固的棱堡
这让她自信得到宠爱。
…………

7
我要把敌人的军旗扯下来,
这是上帝赐我的褒奖
振作起来!
凭着这个我希望,
亲爱的,你能躺下来
给我一个奖赏。①

  这是《伽兰特斯的三十年战争之歌》的节录,这后面还有 5 节的情爱缠绵,限于篇幅没有全录。此歌原文可能出自一个 17 世纪的歌本,由贝蒂娜寄赠,布伦塔诺作了加工,主要在语言上的修正和现代化。这首长歌的好处就是自然,它生动地呈现了战士出征前的复杂心理:他从心里舍不得走,那个小爱人耍小性也不让他走,可他作为一个军人必须走,那个每节重复的"振作起来"既是自我激励,也是内心的纠结。他一边给自己打气,一边对爱人好言劝慰,十分宠溺,如同在哄一个小女孩。

---

 ① 文本和注释分别见 Clemens Brentano, *Sämtliche Werke und Briefe*, hrsg. Von Jürgen Behrens, Konrad Feilchenfeldt, Wolfgang Frühwald, Christoph Perels und Hartwig Schultz, Verlag W. Kohlhammer, Stuttgart, Berlin, Köln, Mainz, 1975ff. (FBA) Bd. 7, S. 342f. 和 Bd. 9-2, S. 542f.

然后是连续的情色描写，表现一个男人既雄强又温柔的爱。"要塞""棱堡"等喻体跟本体决然不搭，但却恰好突出了他"战士"的身份和男性对女性的"征服"。跟《号角》的很多情欲描写不同，这里并不显得轻薄，而是呈现了生死离别前的真实人性，热烈中含着悲情。可以这样说，《号角》中战士的柔情，柔而不靡，是男人的阳刚之性在激情燃烧中跟柔情的融化。战士的爱情带着生命燃烧的炽烈，也含着瞬间生死的悲壮凄婉，在爱情诗歌中闪耀着独异的光彩。

2. 命运之歌

真正的士兵处在军队的最底层，收入最少、危险最大。很多人是不得已而入伍，先是告别亲人，继而枪林弹雨、出生入死。这是难以摆脱的命运，所以他们有比常人更多更深的悲慨，那些"告别""思念"主题表达的难以割舍的亲情，动人心魄，下面是《火热的非洲》片段：

1
弟兄们，坚强起来！
分别的时刻终于到来，
好沉重啊！我的心！
我们得跨国渡海，
去那火热的阿非利加。

2
亲人们紧紧围在一起，
兄弟们啊，你们可要回来！
连接你我的是一条珍贵的纽带，
它还连着我们的祖国德意志，
分别的心啊，越发沉重。

3
对着那年老的爹娘，
最后一次伸出自己的手，
还有亲爱的兄弟姐妹和朋友，
大家都默默无语地痛哭。
我们个个变得面如死灰。

4
像有小鬼扼住我的脖子,
我的爱人在身边转来转去,
"心肝宝贝难道你要永远离开我",
肝肠欲断的痛楚,
让我可怜的爱人一句话也说不出。

5
四周鼓声响起,这是多么残酷!
它是在催促远征的队伍;
这告别竟让我们变得如此脆弱,
像孩子一样失声痛哭,
我们不得不告别离开。

6
好好活着!亲爱的朋友,
这许是我们最后的一面,
相信友谊不是短暂
友谊是永远,
上帝他也无处不在。

7
在德意志的边界,
我们用手捧起一抔土,
亲吻你这家乡的热土,
感谢你的哺育,你给的吃喝,
亲爱的祖国。①

这首感人的《火热的非洲》("Das heisse Afrika")共 12 节 60

---

① Clemens Brentano, *Sämtliche Werke und Briefe*, hrsg. Von Jürgen Behrens, Konrad Feilchenfeldt, Wolfgang Frühwald, Christoph Perels und Hartwig Schultz, Verlag W. Kohlhammer, Stuttgart, Berlin, Köln, Mainz, 1975ff.（FBA）Bd. 6, S. 306f., 相关的背景资料和注释见 Bd. 9 - 1, S. 537ff.

行，这里引的是前7节，后面5节是想象中的航海和对亲人、祖国的思念。注明是舒伯特（Christian Friedrich Daniel Schubart，1739—1791）的作品。但《号角》的底本其实有二，除了舒伯特的诗，还有一份传单，后者的影响应该更大，是一首广为流传的歌。阿尔尼姆自述，在一个温暖的夏夜，他被歌声吵醒，起来看到窗外村民们在树下唱着这首歌。《号角》本的首节应该就是他根据记忆写下来的，其中的重复也来自传单。两个原文跟《号角》文本之间的关系正好印证了诗人之诗和民歌之间的互动及相成。另外，其内容有真实的历史背景：根据德意志的符腾堡公爵跟荷兰东印度公司之间的合同，1787年这支部队被"卖"到非洲，所以它并不是为保卫祖国而战，而是统治者之间的利益买卖，所以其痛苦就更加深重。但他们毕竟是战士，有溶于血液中的刚强，悲戚中仍然洋溢着德意志民族的激昂、慷慨和忠诚，当读到他们亲吻祖国的泥土，读者无不为之动容。善良驯顺的百姓，面对不公平的命运却毫无怨言地去承受，他们的家国情怀让他们显得伟大，伟大的心灵能唱出动人的歌。

原文作者舒伯特是"狂飙突进"的作家，民主共和主义者，因为激进的政治立场在1777年被捕，坐牢10年，而逮捕他的正是那个符腾堡公爵。在狱中他写下两卷本的自传（*Schubarts Leben und Gesinnungen, von ihm selbst im Kerker aufgesetzt*，1791/93），还写了不少宗教诗，即《土牢诗篇》（*Gedichte aus dem Kerker*，1785），由于身心的巨大摧残1787年他皈依虔敬派基督教。

舒伯特的作品形式多样，他的"歌"贴近现实生活，接近民歌，特别是写手工业者和农民的歌备受欢迎。他的政治性的诗如《士兵之歌》（"Soldatenlieder"），体现他民主共和的立场，是德意志政治诗的先驱。舒伯特是不屈的反对德意志封建专制的战士，他个人及作品都对青年席勒发生影响，他在1781年曾去狱中探望他。[①]《火热的非洲》作于1787年，凸显出德意志民族的性格和情感：忠于职守、民族的荣誉感以及对德意志土地的深深眷恋。下面是另一首有情且令人心酸的歌：

[①] *Lexikon deutschsprachiger Schriftsteller*, von den Anfängen bis zum Ausgang des 19. Jahrhunderts, VEB Bibliographisches Institut Leipzig 1987, S. 531f.

1
我们普鲁士骑兵,什么时候才能挣到钱?
我们得向着遥远的战场行军,
我们得向着敌人挺进,
只为了今天能拿下那个关隘。
2
我们有个蒙黄皮的小铃铛,
响声是那么清亮,
每当我听到铃响,
那就是命令:上马!骑兵!
3
我们给自己选了个爱人,
她住在飘渺的远方,
我们叫她队旗,
这对我们都非常熟悉。
4
当那次战役过后,
幸存的他看到了牺牲的战友!
他对他们呼喊:好痛!好怕!好艰难!
我亲爱的战友再不可能回来。
5
那个小铃铛也不再那么清脆,
因为那层黄皮损坏,
但是那银质的情人还在,
她帮我们驱走心中的苦闷。
6
谁要想为普鲁士服役,
他一辈子就别讨老婆;
他必须不惧雷电冰雹,

随时准备风暴一样地出击。①

此歌表现了士兵真实的生活和命运,这里没有浪漫,有的是残酷和辛酸。它以第一人称的口吻来结构,抒发普鲁士骑兵心中的怨苦。最感人的就是那个"共有"的"情人",但并不是一个姑娘,而是一个银质的小铃铛,她跟他们在一起,给他们带来欢乐。当然像所有的男人一样他们向往着真正的爱情和婚姻,但要当兵就别想女人和家庭,因为出生入死的命运不容你想,于是这小铃铛就凝聚着巨大的悲感,体现着命运悲剧。布伦塔诺加上的题目《骑兵的情人》可谓画龙点睛。但从"蒙着黄皮"和"闻声上马"等情节看这"小铃铛"(Glöcklein)应该是一面小军鼓。可能是前者的形象更可爱,声音清脆,更接近他们心中的"情人"。但第三节中的"队旗"与此相龃龉,可能是加工时的失误。

3. 情义之歌

战争是残酷的,每天面对的就是流血和死亡,所以"战友"之间是生死交情,比一般意义上的友情要厚重很多,下面的烟斗故事就是明证。此诗的背景是1688年一场真实的战争。原文出自传单,因为它在当时十分流行而被收入《号角》,阿尔尼姆的加工仅限于改错、正字法以及个别词汇的调整。全篇共15节60行,是一个老兵的自述,下面是主要情节:

上帝关照你这个老兵
…………
5
"我是一个穷家伙
只能靠军饷过活,

---

① 文本和相关注释分别见 Clemens Brentano, *Sämtliche Werke und Briefe*, hrsg. Von Jürgen Behrens, Konrad Feilchenfeldt, Wolfgang Frühwald, Christoph Perels und Hartwig Schultz, Verlag W. Kohlhammer, Stuttgart, Berlin, Köln, Mainz, 1975ff.(FBA)Bd. 6, S. 177f. 和 Bd. 9 – 1, S. 344f.

可是先生，那个烟斗
我却是万金不换。

6

"你听我说：那天我们骑兵
拼命地追击敌人，
一个土耳其狗东西开枪
射中了上尉的胸膛。

7

"我纵马飞奔过去，
把他救上我的白马，
驮着他逃离了战场
他是一个真正的男子汉。

8

"我照看着他，到临终前
他递给我他所有的钱，
还有这个烟斗，他拉着我的手，
到死他都是个英雄好汉。

9

"'这钱你一定送给那店主，
有三回他被洗劫一空。'
作为念想
我拿了这个烟斗。

10

"每次行军我都带着它，
就像是一个圣物，
不管失败还是胜利
它都一直插在我的靴子里。

11

"那天在布拉格城下巡逻，
一阵射击我丢了一条腿，
那一刻我先抓住那烟斗

然后才想起我的脚。"

12

"您让我感动落泪,老兵,
告诉我那人的姓名?
好让我也记住他,
羡慕钦敬。"

13

"人们只叫他勇敢的瓦特,
莱茵河边有他的庄园。"
"他是我的先人,亲爱的老兵,
那就是我的庄园!

14

"来,您应该到我这儿来,朋友!
摆脱您的艰难处境,
跟我一起吃瓦特家的面包,
喝瓦特家的酒。"

15

"太好了!您是他真正的后代,
我明天就搬过去,
如果我死了,
这个土耳其烟斗就归您。"①

这是一个老兵自己的故事,反映了当时的军队状况和军人性格。有的世世代代的军人贵族世家,他们有自己的封地田产,世代继承。他们也秉承骑士的道德,尚义而轻财。上尉临终前将钱施舍给酒店主人,因为该店屡遭洗劫,洗劫它的可能是敌人,也可能是自己的部下。军人嗜

---

① 文本及相关注释分别见 Clemens Brentano, *Sämtliche Werke und Briefe*, hrsg. Von Jürgen Behrens, Konrad Feilchenfeldt, Wolfgang Frühwald, Christoph Perels und Hartwig Schultz, Verlag W. Kohlhammer, Stuttgart, Berlin, Köln, Mainz, 1975ff.(FBA)Bd. 6, S. 371ff. 和 Bd. 9 – 1, S. 660ff.

酒,跟酒店有不解之缘,此等善举既是对老板的同情,也是为战争赎罪。更感人的就是军人之间的生死情义,不管高低贵贱,情义第一。其中最感人的细节是,当老兵丢了腿,他最先去摸的是那只烟斗,唯恐丢掉,然后才想起自己的脚。还有瓦特后人对老兵的尊敬奉养,都表现了军人这一社会群体独有的道德,它不仅是一般的"义气"和"慷慨",还有更核心的军人的荣誉感和忠诚。这让人想起《诗经·秦风·无衣》:"岂曰无衣?与子同袍。王于兴师,修我戈矛。与子同仇!岂曰无衣?与子同泽。王于兴师,修我矛戟。与子偕作!岂曰无衣?与子同裳。王于兴师,修我甲兵。与子偕行!"这就是古今中外一样的患难与共、生死与共的"袍泽之情"。当然,除了这些忠诚、义气等正面主题之外,也还有很多的牢骚不平,比如下例:

格奥尔格·封·弗洛斯贝尔格自吐心曲

1
我从来兢兢业业、辛苦劬劳,
每时每刻为主人尽忠;
我持守最好的东西:
宫廷的规矩和宽恕厚道
但好心常得不到回报。

2
谁会行贿,就捷足先登
很快高升,谁要顾惜名誉,
那就得远远往后靠,
我的功劳没人认可,
为此我十分气恼。

3
我得不到感谢、奖赏,
人们看轻我,甚至把我忘掉,
可大灾大难全都靠我,

这样怎能让我开心?①

格奥尔格·封·弗洛斯贝尔格（Georg von Fronsberg，1473—1528）是历史上著名的雇佣军将领，战功赫赫，关于他的歌在民间广为传唱。在《格奥尔格·封·弗洛斯贝尔格》这个题目下共有两首歌，第一首的副标题是《战士歌唱格奥尔格·封·弗洛斯贝尔格》（见下"英雄赞歌"部分），第二首就是上引的《格奥尔格·封·弗洛斯贝尔格自吐心曲》。前者是对他的称颂：克敌制胜、保家卫国。而这首正相反，是他个人在倾诉心中的愤懑不平。由此可见，战争残酷之外军旅生涯中还有另外一种无情。想来中西皆是如此，可以跟司马迁笔下的"李广难封"遥相呼应吧。

战争之歌

战争之歌的主调激昂慷慨，它歌颂保家卫国、视死如归的英雄。它也表现战争和战场，回荡着悲壮惨烈的旋律。

1. 英雄赞歌

《号角》中军事题材的歌不少，相关的战争多属历史真实，其主角也多实有其人。他们有的是民族英雄、爱国志士，有的是雇佣兵的将领，虽然身份不同，但勇敢无畏、忠于职守、看重军人的荣誉是他们的共同的美德，比如下面的歌：

战士歌唱格奥尔格·封·弗洛斯贝尔格
1
弗洛茨堡的格奥尔格高大强壮，
他是罕见的英雄把握着战场，
不论搏杀还是野战都能克敌，
所有的战役都能为上帝争光。

---

① 文本及相关注释分别见 Clemens Brentano, *Sämtliche Werke und Briefe*, hrsg. Von Jürgen Behrens, Konrad Feilchenfeldt, Wolfgang Frühwald, Christoph Perels und Hartwig Schultz, Verlag W. Kohlhammer, Stuttgart, Berlin, Köln, Mainz, 1975ff. (FBA) Bd. 7, S. 342. 和 Bd. 9 -2, S. 539ff.

2
他用自己的手制服了
强大的威尼斯和瑞士，
让法国的大军溃败投降，
一场大战折辱了教皇的盟邦。

3
皇帝给他越来越多的荣赏，
让他保卫自己国家百姓，
强大的敌手他都战无不胜。
没人能跟他的荣耀争强。[①]

这就是上述《格奥尔格·封·弗洛斯贝尔格》的第一首，共 3 节 12 行，最初在 1568 年印行。《号角》的加工极为谨慎。它歌颂"战神"，慷慨激昂，气势雄壮，像是士兵踏着整齐的步伐前进，一派英雄气概。主人公是著名的雇佣兵将领，受雇于神圣罗马帝国皇帝马克西米利安一世和卡尔五世。从 1499 年开始跟瑞士打仗，1513 年战胜威尼斯，1525 年赢得了该世纪最大战役，这就是反对法国弗兰茨一世的战争，也就是第 8 行所指。这里无所谓"义战"，颂扬的只是军人的胜利和荣誉，充满着英雄主义的豪情。

2. 铁血战歌

歌颂英雄之外，还有表现战争和战场的歌。它们昂扬、豪迈、悲壮，像吹响了的冲锋号，催人奔向战场，杀敌立功。这是战歌的主旋律。下面是一首完整的战歌：

1
振作起来，你们勇敢的士兵！
你们身上还流着德意志的血，

[①] 文本和相关注释分别见 Clemens Brentano, *Sämtliche Werke und Briefe*, hrsg. Von Jürgen Behrens, Konrad Feilchenfeldt, Wolfgang Frühwald, Christoph Perels und Hartwig Schultz, Verlag W. Kohlhammer, Stuttgart, Berlin, Köln, Mainz, 1975ff. （FBA） Bd. 7, S. 341. 和 Bd. 9 - 2, S. 538.

你们还有从前的勇气,
打起精神去干大事业。

2
振作起来,士兵和同胞们!
如果你们怯战
就会失去自由和家园,
你们应该光荣凯旋。

3
他是德意志好人家的子弟,
他清清白白,
正直忠诚无比,
决不会丢掉信仰和自由。

4
啊,冲入敌人中间
他们四散奔逃旗帜散乱,
他们的暴政难以维持,
如此的溃败自己也已预料。

5
他们的军队强大但心地残暴,
他们的装备精良但信仰渺小,
起来!暴君们就像那树叶,
颤抖着马上就要飘落。①

这是一首被辗转抄录流传的诗人之作,原文无题,赫尔德将其中的一个版本命名为《战歌》("Schlachtlied")收入他的《民歌》②,共有88

---

① 文本和相关注释分别见 Clemens Brentano, *Sämtliche Werke und Briefe*, hrsg. Von Jürgen Behrens, Konrad Feilchenfeldt, Wolfgang Frühwald, Christoph Perels und Hartwig Schultz, Verlag W. Kohlhammer, Stuttgart, Berlin, Köln, Mainz, 1975ff. (FBA) Bd. 6, S. 239. 和 Bd. 9 - 1, S. 437ff.

② Johann Gottfried Herder, *Werke* in zehn Bänden, Herausgegeben von Martin Bolacher, Band 3. Deutscher Klassiker Verlag, Frankfurt am Main 1990, S. 387.

行。《号角》文本为阿尔尼姆所改定，大幅度地删繁去芜，只保留了 20 行的主干，如同缩写，但从容有致，从家庭、个人品性到信仰，再到暴君与自由、正义、良知的对比，形成一首激昂慷慨的战歌。特别是它的主题：号召人们上战场，为祖国、为自由、为荣誉而战，反对暴君的统治，这显然跟当时反对拿破仑侵略的背景、跟阿尔尼姆的爱国情怀直接相关，是古为今用的典型。要说明的是上面所引皆为原文所有，特别是第 1—12 行只有个别词汇的调整，第 13—16 行是紧缩，第 16—20 行则只有语序的调整，是可信的例证。

战争是生死决斗，战场是血淋淋的厮杀，所以有赤裸裸的仇恨、有快意恩仇的残忍歌唱，更有以欣赏眼光描写的血腥杀戮。战争让人变态，让人性扭曲。我们看一首：

骑兵的信仰

1

当骑兵在战场上，
当我们在厮杀，
这世上没什么比这更痛快，
也没什么如此风驰电掣。
当我们举枪开火，
那就像雷鸣电闪，
如果脑袋负伤流血，
那就眼冒金星天旋地转。

2

人们都这样说：
骑兵们既有枪，
又有刀，
挥手一劈就把敌人砍倒。
如果你听不懂法语
那就更加爽快，
说话的当口，
就直取敌人的脑袋。

3
即使是好战友,
我们也不免争斗,
骑兵们不问缘由
反正就是这样:
肉体会在墓穴腐朽,
外衣还在世上残留,
灵魂随风消逝
飘向蓝色的天穹。①

此歌自注出处曰"上次对法战争中的传单"。"骑兵之歌"是战歌的一类,骑兵们豪纵、剽悍、凶狠,并且以此自豪、以此为英雄。此歌因为是跟法国人作战,心怀着民族的世仇,所以就更加凶狠,本来的残忍变成了以杀戮为快乐,人几乎变成嗜血的杀人机器。再看《穆尔腾战役》中的血淋淋的描写:

1
消息一地一地飞传,
勃艮第就在穆尔腾前面!
每个人都要为祖国效力,
跑去参加跟勃艮第的大战。
....
6
远远地刀光剑影,
长矛挥舞,
鲜血染剑,

---

① 《号角》文本和注释分别见 Clemens Brentano, *Sämtliche Werke und Briefe*, hrsg. Von Jürgen Behrens, Konrad Feilchenfeldt, Wolfgang Frühwald, Christoph Perels und Hartwig Schultz, Verlag W. Kohlhammer, Stuttgart, Berlin, Köln, Mainz, 1975ff. (FBA) Bd. 6, S. 40, 和 Bd. 9 - 1, S. 122ff.

长矛饮血。
7
外国人只抵挡了一阵，
骑士和扈从就开始逃散：
广阔的战场上，
刀枪散落一片。
8
他们逃进草丛树林，
在光天化日之下，
很多人跳进湖里，
可并不是口渴。
9
他们像一群鸭子
在水里游来游去，
更像是一群野鸭
让人们用枪去打。
10
这边的人划船追赶，
用船桨把他们击毙。
只听得一片惊叫痛喊，
碧绿湖水已成红色一片。
11
很多人爬到了树上，
这边开枪像是打乌鸦；
但是他们没有翅膀，
只希望别刮大风把自己掀下。
12
整整有两里地，
尸横遍野鲜血横流，
树丛、玫瑰和土地

都变成了人血的颜色。①

此诗出自波德玛编的一部歌集，原文成于 1743 年。背景是 1476 年 6 月 22 日发生在伯尔尼以西穆尔腾的战役，描写瑞士人反对外族侵略的胜利。《号角》文本改动很小，只局限在正字法及个别词汇。全诗共 19 节 76 行，叙述整个战役的过程，从开始到胜利狂欢、美酒妇人等。开头的第 1 节极为精彩：说明背景和形势，同时烘托出战云密布、人人摩拳擦掌要为祖国而战的昂扬士气，颇有些李贺"黑云压城城欲摧，甲光向日金鳞开"的气象。接着的 4 节是全知视角的对整个战场、局面的描述。从第 6 节开始描写战况和敌人的溃败。引人注意的是它正面描写厮杀、逃跑、屠戮的场面就有 7 节之多，生动形象却恐怖、血腥，甚至带着嗜血的快意，读之令人发指。而这种直面惨烈战争的冷静淡定，作者似乎习以为常，比如表现 1688 年瑞士雇佣军为威尼斯与土耳其战斗的《向莫雷阿进军》（"Zug nach Morea"）②，还有表现 1799 年美因茨人反对法国占领的《美因茨人的战歌》（"Der Churmainzer Kriegslied"）③ 等都有此类特点，所以有论者言："残酷是这个国家的民族性格，是两千年来不断从事战争所培养出来的热情。"④

各民族的历史都离不开战争，中国也同样，民歌中也有所表现。但较之《号角》，中国的战士、战争之歌有几点相异：一是数量相对要少很

---

① 文本和注释分别见 Clemens Brentano, *Sämtliche Werke und Briefe*, hrsg. Von Jürgen Behrens, Konrad Feilchenfeldt, Wolfgang Frühwald, Christoph Perels und Hartwig Schultz, Verlag W. Kohlhammer, Stuttgart, Berlin, Köln, Mainz, 1975ff.（FBA）Bd. 6, S. 54ff. 和 Bd. 9 – 1, S. 145ff.

② Clemens Brentano, *Sämtliche Werke und Briefe*, hrsg. Von Jürgen Behrens, Konrad Feilchenfeldt, Wolfgang Frühwald, Christoph Perels und Hartwig Schultz, Verlag W. Kohlhammer, Stuttgart, Berlin, Köln, Mainz, 1975ff.（FBA）Bd. 7, S. 138ff.

③ Clemens Brentano, *Sämtliche Werke und Briefe*, hrsg. Von Jürgen Behrens, Konrad Feilchenfeldt, Wolfgang Frühwald, Christoph Perels und Hartwig Schultz, Verlag W. Kohlhammer, Stuttgart, Berlin, Köln, Mainz, 1975ff.（FBA）Bd. 7, S. 21f.

④ ［德］埃米尔·路德维希：《德国人》，杨成绪、潘琪译，东方出版社 2006 年版，第 77 页。

多，二是没有德国人那样的慷慨激昂①。更重要的就是那种"仇恨"、血腥的"杀戮"乃至以杀人为快，这在中国是绝对没有的。这应该基于两种原因，首先是因为汉民族有一种"和"的观念，战争是不得已的事。从兵法上讲"不战而屈人之兵"是最高的境界，打仗杀人已经沦为下策。而战士们的牺牲精神以及家庭的隐忍则来自心底的道德持守，这就是中国人的家国观念。当兵打仗在他们看来是家国的责任义务，种种牺牲痛苦他们都在心里默默地承受。下面是北朝乐府《木兰诗》，从中可以清楚地看出跟德意志战歌的不同。

《乐府诗集》的《梁鼓角横吹曲》收入两首《木兰诗》，均为五言为主的杂言体。第一首是明显的民歌声口，有叙述、有对话、生动自然，生活气息扑面而来，是通行的文本。第二首只有叙述，明显地文人化、说教化，显得呆板，甚或陈腐，艺术上大打折扣。下面是第一首，分为5段引录如下：

> 唧唧复唧唧，木兰当户织。不闻机杼声，唯闻女叹息。
> 问女何所思，问女何所忆？女亦无所思，女亦无所忆。
> 昨夜见军帖，可汗大点兵，军书十二卷，卷卷有爷名。
> 阿爷无大儿，木兰无长兄，愿为市鞍马，从此替爷征。
>
> 东市买骏马，西市买鞍鞯，南市买辔头，北市买长鞭。
> 旦辞爷娘去，暮宿黄河边，不闻爷娘唤女声，但闻黄河流水鸣溅溅。
> 旦辞黄河去，暮至黑山头，不闻爷娘唤女声，但闻燕山胡骑鸣啾啾。
>
> 万里赴戎机，关山度若飞。朔气传金柝，寒光照铁衣。
> 将军百战死，壮士十年归。归来见天子，天子坐明堂。
> 策勋十二转，赏赐百千强。可汗问所欲，
> "木兰不用尚书郎，愿驰千里足，送儿还故乡。"

---

① 中国诗歌史上大概唯一的一首正面表现战场激战、歌唱为国捐躯的就是《九歌·国殇》，但这是屈原的作品，不是民歌。

爷娘闻女来，出郭相扶将；阿姊闻妹来，当户理红妆；
小弟闻姊来，磨刀霍霍向猪羊。
开我东阁门，坐我西阁床，脱我战时袍，著我旧时裳，
当窗理云鬓，对镜贴花黄。

出门看火伴，火伴皆惊惶。同行十二年，不知木兰是女郎。
雄兔脚扑朔，雌兔眼迷离，双兔傍地走，安能辨我是雄雌？①

全诗共62行，第一段亮明主题"替父从军"。其前6行出自北朝乐府《折杨柳枝歌》的"敕敕何力力，女子临窗织。不闻机杼声，只闻女叹息。问女何所思，问女何所忆。阿婆许嫁女，今年无消息"。这是一首本色的民歌，短小、贴近人情，道出女孩的"春情"萦怀。《木兰诗》顺手拿过这支普遍流传的民歌，引出了木兰这个主人公。第二段讲述"从军过程"，包括准备行装及一路行程，用了民歌典型的"铺陈"手法，"黄河""黑山头""燕山"一路写来，突出路途之遥以及木兰对父母的思念，荒莽的山河原野跟一个孤身女子形成鲜明的对比，突出了木兰的勇气、胆识，但也透出一股悲凉和危机：战争逼得女孩去战场，因为已经没有青年男子可征了。第三段用14行概况了木兰的十年从军，功成受赏。而其中只用了6行将沙场百战带过，避开了浴血厮杀。但从"朔气传金柝，寒光照铁衣"我们却也分明感受到战争的紧张、森冷和严酷。这就是中国人描写战争的笔法。第四段讲述归家团聚的喜庆。第五段是战友伙伴发现木兰本是女儿的惊异。这首诗是典型的"中国式"：立意上略去了女孩对爱情的渴望，突出了道德伦理的"孝"和"忠"，写法上体现了中国的诗教"温柔敦厚"。

三　爱与恨

爱情是人类生命绽放的最美的花朵，它也因此成了各民族诗歌的共同主题。具体到《号角》的婚恋歌，笔者统计约有二百首，占总数的百分之三十六，是占比最大的题目。从风格上看它们可分为两类：一是纯

---

① （宋）郭茂倩编：《乐府诗集》第二册，中华书局1979年版，第373—378页。

民间的，表现婚恋生活中的种种悲喜，自然纯朴，鲜活动人；二是受到宫廷爱情诗习染的，主人公是贵族骑士，他们既爱美人、温柔缱绻，同时也有军人的荣誉感、刚强英雄，但这些毕竟远离生活，所以显得骨感，语言浮华色艳，因袭模仿的痕迹较重。显然前者更有艺术价值。从内容上看，少男少女的卿卿我我、调情、幽会的数量最多，而且表现得丰满生动；别离、相思、分手位居其次；最为震撼的就是因爱而死，包括殉情和情杀。而整体感觉就是——大胆真率、任情任性、激情火辣，爱得淋漓酣畅、爱得天昏地暗、爱得不顾生死。跟我们的民歌相比如同红玫瑰跟白玫瑰，完全两个风格。

有爱就有恨，爱与恨相反而相成，所以爱与恨的纠缠，特别是因爱而生恨也就成了《号角》的题目之一。但爱更美好，所以爱是主调，同时有恨的和声，如此奏响的爱情旋律就更加饱满。下面从不同角度分述。

自然感性之爱

自然感性的男女之爱直接出自生命的本然，它还没有被社会驯化和扭曲，所以这种爱最真纯本色，是民歌呈现的最可贵的人性之美。

1. 女孩：感性天真

少男少女两情相悦产生爱情，因爱而生发的歌也就如同带着露珠的晨草、如同怒放的春花，绽放着青春生命的力量。恋爱中的女孩尤其可爱，虽然她们的感情色调不同，有天真无邪的、有任性大胆的、有温柔多情的，但都是出自天性自然，因为这自然，就格外美丽。我们看下面的《十二个男孩》：

1
妈妈给我带来了
十二个男孩让我挑。
2
第一个向我飞媚眼儿，
第二个像是惦记着我，
3
第三个踩了我的脚，

第一章 《男孩的神奇号角》 ◇ 145

第四个客气地问好,
4
第五个送我一枚戒指,
这第六个我一定要,
5
第七个给我金首饰,
第八个让我心欢喜,
6
第九个拉住我胳膊,
第十个显得没情绪,
7
第十一个应是我丈夫,
第十二个悄悄离去。
8
这十二个男孩都很好,
这十二个都是好男孩。
9
这十二个好男孩,
他们都朝气蓬勃。
10
他们到这儿来干什么?
这一干人都是来对付"她"。①

此歌出自 16 世纪的歌集《新编德意志短歌》,《号角》文本忠于原文,只添加了最后两行,其他只是正字法方面的调整。歌德认为它"轻

---

① Clemens Brentano, *Sämtliche Werke und Briefe*, hrsg. Von Jürgen Behrens, Konrad Feilchenfeldt, Wolfgang Frühwald, Christoph Perels und Hartwig Schultz, Verlag W. Kohlhammer, Stuttgart, Berlin, Köln, Mainz, 1975ff. (FBA) Bd. 6, S. 103f.

浮但美好",威廉·格林则肯定,这是德国民歌的本色情调①。从艺术上看,十二个男孩的——历数是民歌典型的"铺陈",跟华夏民歌一样。而让中国读者耳目一新的是,这么多男孩来让女孩自由挑选。她一个个地看过来,各有各的感觉:有爱她的、有她爱的,其中更细分为喜欢的、想得到的和最终要嫁的。特别是"这第六个一定要归我",绝对的霸气。而第八个应该是帅哥型男,所以心被吸引。如此这般女孩既真率又有主见的性格让它风情盎然、魅力无限。最后两行出于叙述人之口,最为"民歌",风趣又俚俗,是最直接的性暗示。同样真率的还有《纺纱歌》(见本章第一节第三部分之"拼合")。当然女孩性格也有心思细密、多情深婉的,她们对爱情的感受也有所不同,我们来看另一种样态:

店主的女儿
1
在我情人的脑子里,
藏着一个金匣子,
里面锁着一个东西,
那就是我年轻的心,
上帝知道,我多想拿到那把钥匙,
然后把它投入莱茵河里。
这样就能在他身边,
想待多久就待多久!
2
在我情人的脚边,
流着清冽的井水,
谁喝了这井水,
就会永葆青春,
我喝了这井水,

---

① Clemens Brentano, *Sämtliche Werke und Briefe*, hrsg. Von Jürgen Behrens, Konrad Feilchenfeldt, Wolfgang Frühwald, Christoph Perels und Hartwig Schultz, Verlag W. Kohlhammer, Stuttgart, Berlin, Köln, Mainz, 1975ff. (FBA) Bd. 9-1, S. 238f.

有了更多的自信，
但我更愿意
我情人永葆红唇。

3

在我情人的花园，
长着很多好花，
上帝知道我应该等待，
我心想的快乐，
就是纯洁的玫瑰被折，
那正是我等的那一刻。
我自己愿意这样，
可又为此伤心难过。

4

在我情人的花园里，
长着两棵小树，
一棵结着豆蔻，
另一棵开着丁香，
豆蔻很甜，
丁香很香，
送给我的情人，
让他别把我忘。
…………①

此歌原文出自 1547 年的歌集《山歌》，《号角》文本有所改动，但上面所引的 4 节，正是忠实于原文也是精华的部分。其中女孩的痴情，她的心心念念，特别动人。通过重重的象征、隐喻如"金匣子""钥匙"

---

① 文本及相关注释分别见 Clemens Brentano, *Sämtliche Werke und Briefe*, hrsg. Von Jürgen Behrens, Konrad Feilchenfeldt, Wolfgang Frühwald, Christoph Perels und Hartwig Schultz, Verlag W. Kohlhammer, Stuttgart, Berlin, Köln, Mainz, 1975ff.（FBA）Bd. 6, S. 200f. 和 Bd. 9 - 1, S. 379ff.

"折花"等不仅生动形象地表达了她的深情,还呈现了她内心的纠结,比如把钥匙丢进莱茵河是为了永远占据爱人的心。而花园里有"很多好花"争芳斗妍,她只是其中的一支玫瑰,所以这爱并不轻松。她的痴情中夹杂着理性的应对,她的爱不是青春期的朦胧的冲动,而是有了爱情和性爱的自觉之后的考量。显然这是一个心思颇为缜密的女孩,她是一个见多识广的酒家女。酒店是乡人聚集餐饮娱乐的地方,是个信息、社交中心,店主女儿就是众人瞩目的明星,她们比一般村女见多识广,更有心计主见,《号角》中有不少关于她们的歌。像《是谁想出了这首歌》("Wer hat dies Liedlein erdacht",文本见本章第三节"叙事艺术"之"抒情与叙事相融通")[①] 的主角就比这个姑娘还要精明。

概括说来,德意志社会即使在中世纪,男女恋爱也是自由的,女孩对爱情的感觉和表达是自然天性的,所以没有扭捏、羞怯,有的是大方、坦率,而内涵的则是单纯和天真,所以特别有一种"水做的骨肉"之美。男孩则真的是"泥做的骨肉",没有这么纯净,带有肉欲甚或侵略性的强势占有欲望。

2. 男孩:率性强势

一般说来,德意志民歌中温情脉脉、纯粹言"情"的很少,较之中国人的含蓄温柔,它更趋向于"强烈"、"刺激"、性感和情欲,而男性就更凸显占有的欲望,透出某种荷尔蒙激发出的强力甚或蛮横,而情感体验表现得不多。也就是说,重在"事",少言"情"。情感本身虽属人性,但体验情感、表现情感则是一种文化,代表了文明的进步。德国的情感文化是在18世纪的虔诚派信仰中逐渐培育出来、在感伤文学中发展起来的[②]。所以我们看到的此前的民歌很多还带有"人之初"的痕迹,具体到男女同样如此,比如下面的诗节:

---

① Clemens Brentano, *Sämtliche Werke und Briefe*, hrsg. Von Jürgen Behrens, Konrad Feilchenfeldt, Wolfgang Frühwald, Christoph Perels und Hartwig Schultz, Verlag W. Kohlhammer, Stuttgart, Berlin, Köln, Mainz, 1975ff. (FBA) Bd. 6, S. 201f.

② Lothar Pikulik, *Frühromantik*, *Epoche-Werke-Wirkung*, 2. Aufgabe, Verlag C. H. Beck, München, 2000, S. 24ff.

2
在花园里，
有朵花惹我注意，
我折下这支玫瑰，
她属于我自己。
....
4
我拿起这美丽的玫瑰，
锁到小屋里，
把它放在一个地方，
在那里永不会凋零。①

  这是《好玫瑰》中的第2、第4两节，其中有"折"，有"锁到小屋里"等暗示，原文还有"变为我的私有"（zu meinem Eigenthum）等字样，都明确地体现着"占有"。再比如《有益的教训》，也以玫瑰花和刺来隐喻，说出"要摘花就不要怕刺"云云，显然意在"性"而非"情"。除了"折花"类型，民歌中的"猎人"也属此类，比如《快活的猎人》《逐猎幸福》等。下面是一首对唱，但7节中男孩就占了5节，我们看他唱了什么：

1
我爱你爱到死，
爱到骨子里，
是你的黑眼珠，
让我魂倒神迷。
2
不管这儿还是那儿，

---

  ① 文本和注释分别见 Clemens Brentano, *Sämtliche Werke und Briefe*, hrsg. Von Jürgen Behrens, Konrad Feilchenfeldt, Wolfgang Frühwald, Christoph Perels und Hartwig Schultz, Verlag W. Kohlhammer, Stuttgart, Berlin, Köln, Mainz, 1975ff.（FBA）Bd. 7, S. 12. 和 Bd. 9-2, S. 23.

或是任何一个地方，
我只想能跟你说上话，
几句话就行。

3
我只想有那么一夜，
我铺好小床，
我躺在上面，
美丽的小爱人就在身旁，
我的心就乐开了花瓣。

4
我的心受了伤，
宝贝儿你快来救，
让我来吻你
鲜红的嘴唇。

5
你鲜红的嘴唇，
治好了我的心伤，
它让小伙儿聪明，
让死人活过来，
让病人恢复健康。①

这是爱情燃烧时刻的歌唱，火样热烈、岩浆样滚烫。它直接诉诸性感和肉欲，从眼睛到红唇最后到床笫，是最真实的男性的恋爱告白。下面是一首风趣的歌：

给一个捎信者
如果你到我爱人那里，

---

① Clemens Brentano, *Sämtliche Werke und Briefe*, hrsg. Von Jürgen Behrens, Konrad Feilchenfeldt, Wolfgang Frühwald, Christoph Perels und Hartwig Schultz, Verlag W. Kohlhammer, Stuttgart, Berlin, Köln, Mainz, 1975ff. (FBA) Bd. 6, S. 154f.

就说：我问候她。
如果她问，我身体怎样？
就说：两条腿在跑。
如果她问，我可曾生病？
就说：我已经死了。
如果她开始哭起来，
就说：我明天就到。①

男人远行在外，对恋人既想念又不放心，于是让朋友去试探，在叨叨念念中透露出的是绝对的男权和男人的强势。此歌被艾辛多夫、海涅、默里克（Eduard Friedrich Mörike，1804—1875）等大家所引用，歌德认为是"唯一的一首风趣、畅快的歌"。下面是仅见的一首忠贞且团圆的歌，但也要先通过男性的考验。

爱情的考验
1
一棵菩提树向深谷俯望，
上面狭窄而下面宽敞，
那下方坐着一对情侣，
他们相爱得忘记痛苦。
2
"爱人啊，我们不得不分手，
我还要去流浪七个年头。"
"你还要去流浪七个年头，
我决不嫁给其他的朋友。"
3
七年的时间过去得太快，

---

① 文本及歌德引文分别见 Clemens Brentano, *Sämtliche Werke und Briefe*, hrsg. Von Jürgen Behrens, Konrad Feilchenfeldt, Wolfgang Frühwald, Christoph Perels und Hartwig Schultz, Verlag W. Kohlhammer, Stuttgart, Berlin, Köln, Mainz, 1975ff. (FBA) Bd. 6, S. 218. 和 Bd. 9 - 1, S. 401f.

她以为情郎不久要回来，
她走到园子里面等待，
等待美貌的情郎回来。

4
她又走到碧绿的树林里，
来了一个堂堂的骑士。
"向你问好，美丽的姑娘，
怎么一个人来到这地方？"

5
"是你的爹娘跟你作对，
或是等待男朋友来幽会？"
"我的爹娘不跟我作对，
我也没有男朋友来幽会。

6
"我的情郎，他出去漂流，
到昨天已有七年零三周。"
"昨天我骑马经过一城市，
见你的情郎已举行婚礼。

7
"他真是一个负义的情郎，
你对他存着什么希望？"
"我希望他能过许多好日子，
多得就像那海边的沙子。"

8
他从手上除下什么？
一只精致的纯金戒指
他把戒指扔进她怀中，
她哭得像会把戒指销熔。

9
他从衣袋里掏出了什么？
一方洗得雪白的手帕。

"揩吧，把你的眼泪揩掉，
今后你就是我的人了。
10
"我只是考验你一下，
看你会不会诅咒或辱骂，
你如果辱骂或是诅咒，
我就立刻扬鞭而去。"①

是男权社会对女性的不公，不仅要忠贞还要宽容，而男性自己则享有自由，这是男性强势的另一种体现。歌德评价说"是恰到好处的手工业小伙的感觉，把握得十分准确"②，可见这是真实的社会生态。可以这样说，爱情是发于心的，男女表达的都是最真实的情感，但女的多情、男的重欲，看重的是个人的欲望和占有，这大概就是两者最根本的区别。

女孩苦苦等了七年，男人见面却是戏谑考验，令人可恼。乐府中也有相类的"秋胡行"。

沉重的爱

爱情是幸福的，但也带来痛苦，痛苦来自爱而离别、爱而被弃等，这造就了古今中外无数的感人故事。

1. 离别

相爱的人而被生生分开，这是刻骨铭心之痛。《号角》中就有不少离愁别恨的咏唱，这跟当时的社会生活直接相关。中世纪以来德意志社会形成一种生活方式，就是没有继承家业的男子外出谋生。或是出门学徒，学手工业的各种行当，出师后四处漫游打工，等拿到"师傅"资格后再独立开业。再就是去当雇佣兵，参与德意志各诸侯之间乃至欧洲各国之间的战争，如此这般必然要跟家乡的恋人告别。以后四处漂泊或随部队各处驻防，免不了又跟当地的姑娘相好，演绎"露水情"，于是就有了各

---

① 钱春绮编译：《德国浪漫主义诗人抒情诗选》，江苏人民出版社1984年版，第135页。
② Clemens Brentano, *Sämtliche Werke und Briefe*, hrsg. Von Jürgen Behrens, Konrad Feilchenfeldt, Wolfgang Frühwald, Christoph Perels und Hartwig Schultz, Verlag W. Kohlhammer, Stuttgart, Berlin, Köln, Mainz, 1975ff.（FBA）Bd. 9 – 1, S. 148f. 文本见 Bd. 6, S. 57ff.

式各样的"伤别离"。

1
无奈我祝她晚安，
我陪在她身边，
她没有一句言痛，
此刻我们就要分别：
"不要以哀痛告别，
上帝知道重逢的一天，
那会带来快乐无限。"
…………
3
那女孩站在城堞上，
委屈地泪水涟涟：
"你可千万想着，
别让我一个人久等，
快快回来，
你的可爱身影
把我救出噩梦。"[①]

这是《片刻》中的两节，全篇共5节，采自16世纪的《新编德意志短歌》，其中第2节改动稍大，所引的第1、第3两节忠实于原文。第1节女孩用再见的快乐来强压自己的痛苦，并安慰男主角，显出她的温婉和善解人意，且以乐来衬苦，格外动人。第3节女孩登高望远告别恋人，此刻她再也抑制不住热泪，喊出了心中的期盼，情感喷涌而出，跟前面的谦抑形成鲜明的对比。而这抑扬之间正好凸显了女主角的深情，只可惜那个男人未必回来。再看《永别》中的"露水情"：

---

① 文本和注释分别见 Clemens Brentano, *Sämtliche Werke und Briefe*, hrsg. Von Jürgen Behrens, Konrad Feilchenfeldt, Wolfgang Frühwald, Christoph Perels und Hartwig Schultz, Verlag W. Kohlhammer, Stuttgart, Berlin, Köln, Mainz, 1975ff. (FBA) Bd. 6, S. 104f. 和 Bd. 9 – 1, S. 239ff.

1
我们今天行军,
我们明天行军,
走出了高高的城门,
你黑眼睛的诚实姑娘,
我们的爱还没有完结。
2
你马上要出发?
难道你就要离开?
难道你不再回来?
如果你到了陌生的地方,
别忘了我,亲爱的宝贝。
3
你喝了这杯酒,
为了你我的健康,
给我买一小束花别上帽子,
把我的手帕放进包里,
用它来揩你的眼泪。
4
飞来了一只云雀,
飞来了一只鹳鸟,
阳光在天上照耀。
我想要进修道院,
因为我的爱人再也见不到,
因为他再也不回来!①

---

① 文本和相关注释分别见 Clemens Brentano, *Sämtliche Werke und Briefe*, hrsg. Von Jürgen Behrens, Konrad Feilchenfeldt, Wolfgang Frühwald, Christoph Perels und Hartwig Schultz, Verlag W. Kohlhammer, Stuttgart, Berlin, Köln, Mainz, 1975ff. (FBA) Bd. 7, S. 32. 和 Bd. 9 – 2, S. 61ff.

这首《永别》共6节，31行，由两个文本合成，第一个是雅克布·格林的抄本，是一个口传民歌的忠实记录。另一个是贝蒂娜寄赠的抄本。在上面所引的21行中，除了第3节中后3行来自贝蒂娜，其他的都属于格林，编者的组合堪称巧妙。从文本的角度看，此歌颇有情致。一是突出了"意外"和"紧急"，二是女孩至情至爱，三是可预见的悲剧：男人不会回来，或战死或另有新欢。用太阳的光照引出上帝，说明是命运。从依依不舍到赠别再到做修女的自我安排，平静中呈现出一个爱情悲剧，且越平静就越悲哀。类似的文本还有不少，其中的佼佼者如《离别怨》（"Abschiedsklage"）①，温情脉脉近似于汉诗。如果说恋人的"离别"是伤感悲哀，那么"分手"就包含着不平和怨怼。

2. 分手

少男少女的爱情非常感性，说好就好，说散就散，不少是现实版的"过家家"，但也有等级观念、"父母之命"等社会深层原因，比如《磨坊分手》（见本章第三节第三部分之"抒情与叙事相融通"部分），其中含着对等级社会的含蓄批评，也充溢着一股无奈的感伤。下面是一段不得已的"分手"：

>............
>7
>她从罩衣下掏出什么？
>是一件雪白的小内衣，
>"亲爱的，你拿着它，
>这就是你新娘的内衣，
>死的时候你穿着它。"
>8
>他从手指上褪下什么？
>一个黄金的戒指，

---

① Clemens Brentano, *Sämtliche Werke und Briefe*, hrsg. Von Jürgen Behrens, Konrad Feilchenfeldt, Wolfgang Frühwald, Christoph Perels und Hartwig Schultz, Verlag W. Kohlhammer, Stuttgart, Berlin, Köln, Mainz, 1975ff. (FBA) Bd. 8, S. 77f.

"你漂亮的女孩，拿着它，
你是我心中的最爱，
它本应该是你的婚戒。"

9

"我要这个戒指干嘛？
我根本就不能戴它。"
"放到箱子底或是首饰匣，
让它在那儿好好待着，
直到最后的审判。"

10

"当我走过箱子或首饰匣，
当我看到这个戒指，
因为不能戴上，
我的心就碎了一地，
因为我忠贞不二。"①

这是《戒指歌》的7—10节，描写一对苦命鸳鸯的诀别。此歌共10节50行，前因是大兵犯法被判死刑，女友千里求情未果，无奈与其诀别。其中最感人的是第7节，女友把自己的内衣脱下来，让情人临刑前穿上。该原文直译是"你死后躺在这件衣服里"，表面是给他作殓衣，潜台词却是：你活着我不能嫁给你，死后却要跟你肌肤相亲、直到永远。这让人想到《红楼梦》中晴雯诀别时脱下小衣送给宝玉的情节，看来情到深处，古今中外都是一样的。

爱的终局

爱的结局有喜有悲，人之常情都喜欢大团圆，但古今中外悲剧亦数不少，民歌中也同样，下面是《号角》中的悲喜剧。

---

① 文本和相关注释分别见 Clemens Brentano, *Sämtliche Werke und Briefe*, hrsg. Von Jürgen Behrens, Konrad Feilchenfeldt, Wolfgang Frühwald, Christoph Perels und Hartwig Schultz, Verlag W. Kohlhammer, Stuttgart, Berlin, Köln, Mainz, 1975ff. （FBA） Bd. 6, S. 44ff. 和 Bd. 9—1, S. 131f.

1. 大团圆

男女相爱一场，或温柔缱绻或轰轰烈烈，但洞房花烛是共同期盼，可惜《号角》中的大团圆却极少，如同西方小说戏剧。下面的《法肯施泰因的主人》，是难得的一例。

1
法肯施泰因的主人，
骑马驰过草场，
是谁站在路上？
原来是一个白裙少女。

2
去哪儿？美丽的姑娘，
你怎么一个人在这儿？
要是想跟我过夜，
那么就跟我回家。

3
"我不能跟你回去，
我并不认识你。"
"我就是法肯施泰因的主人，
我自己告诉你。"

4
你就是法肯施泰因的主人，
那个高贵的人，
那我想跟你要个囚犯，
我要跟他结婚。

5
那个囚犯我不能给你，
他必须囚死在牢里。
法肯施泰因有一个深深的土牢，
在两道高墙中间。

6
"法肯施泰因有一个土牢,
在两道高墙中间,
那我就站在墙边,
想办法帮他。"

7
她围着塔楼转来转去,
"亲爱的,你在不在里面?
如果见不到你,
我死也心不甘。"

8
她围这塔楼转来转去,
她想把门打开:
"如果黑夜有一年那么长;
也没有此刻让我焦急!

9
"我要是有一把锋利的佩刀,
就像主人的卫士那样,
那我就跟法肯施泰因的主人,
为了我的爱人去决斗!"

10
"我可不跟女孩决斗,
那对我是个耻辱!
我就把这囚犯给你;
你带他离开此地!"

11
"离开此地,我不愿意,
因为我没偷任何人东西;
如果我自己掉下了什么,

我倒是要把它拿回去。"①

　　这是一个令人意外的喜剧故事，起承转合都很巧妙。先是出现一个浪漫、轻浮的骑士，巧的是他喜欢的女孩却正是为救恋人而来找他，骑士自然不高兴，所以拒绝放人，但情节的发展并不是骑士的继续加害，相反却变成"成全"，表现出慷慨大度的骑士精神。这还不算，女孩还据理力争拒绝离开此地（此处的原文是"aus dem Land"，从上下文看，这里是贵族法肯施泰因的领地，也是这一对恋人的家乡。让他们离开意味着驱逐他们，所以女孩据理力争不肯离开），足见她不同寻常的见识和勇气，也由此塑造了一个独特的痴情侠女，让人喜欢。此歌是歌德在阿尔萨斯收集到的，据说在1543年就已经广为流传，被赫尔德收入他1778年的《民歌》，《号角》文本只有正字法上的些微修正。

2. 悲剧

　　跟西方的小说戏剧一样，民歌中的爱情悲剧也多于喜剧，而且有各自不同的悲情，其中纯情的悲剧最催人泪下，我们看下面的《国王的孩子》：

1
从前有两个国王的孩子，
他们俩心心相印，
他们不能相聚在一起，
海水啊实在太深。

2
"恋人啊，如果你会游泳，
那就游到我身旁，
我要给你点三支蜡烛，
烛光会给你照亮。"

---

① 文本及相关注释分别见 Clemens Brentano, *Sämtliche Werke und Briefe*, hrsg. Von Jürgen Behrens, Konrad Feilchenfeldt, Wolfgang Frühwald, Christoph Perels und Hartwig Schultz, Verlag W. Kohlhammer, Stuttgart, Berlin, Köln, Mainz, 1975ff.（FBA）Bd. 6, S. 240f. 和 Bd. 9 – 1, S. 440ff.

3
那儿坐着个恶意的修女,
她装着要去睡觉,
她吹熄了那三支蜡烛,
青年终于淹死了。

4
"妈妈,我心爱的妈妈,
我的头痛得真可怕,
但愿我能前往海滨,
稍许去散步一下。"

5
"女儿,我心爱的女儿,
你不能一个人前去,
把你的小妹妹唤醒,
让她跟着你同去。"

6
"妈妈,我心爱的妈妈,
我妹妹还是个娃娃,
他要到碧绿的林子里
去采摘林中的花。

7
"妈妈,我心爱的妈妈,
我的头痛得真可怕,
但愿我能前往海滨,
稍许去散步一下。"

8
"女儿,我心爱的女儿,
你不能一个人前去,
把你的小弟弟唤醒,
让他跟着你同去。"

9
"妈妈，我心爱的妈妈，
我弟弟还是个孩子，
她要到碧绿的林子里
去捉林中的兔子。"

10
母亲，母亲去睡了，
女儿自走她的路，
她出去散步了很久，
碰到了一个渔夫。

11
她望着渔夫在撒网；
"我给你相当的金子，
给我拉上个死者，
他乃是一位王子。"

12
"渔夫等了好多时，
终于网到了死尸，
他抓住他的头发，
把他拖上了陆地。

13
她把他抱在怀中，
她吻着他的嘴唇：
"再见吧，我们永别了，
我的父亲和母亲！"①

---

① 钱春绮编译：《德国浪漫主义诗人抒情诗选》，江苏人民出版社 1984 年版，第 180—182 页。德语原文见 Clemens Brentano, *Sämtliche Werke und Briefe*, hrsg. Von Jürgen Behrens, Konrad Feilchenfeldt, Wolfgang Frühwald, Christoph Perels und Hartwig Schultz, Verlag W. Kohlhammer, Stuttgart, Berlin, Köln, Mainz, 1975ff.（FBA）Bd. 7, S. 249ff.

这是一个 15 世纪的故事，是传统的公主、王子的爱情悲剧。其重心不在情节（只用修女吹熄蜡烛带过）而在抒情，从容中有一种压在心头的沉痛。母女的对话反反复复，女儿的心情虽急迫，但有一份稳稳的坚定。结尾处她只是向父母告别，而没有自杀的具体叙述，显得柔美而凄婉，含蓄而深挚。另外如《不能再见》（"Nicht Wiedersehen"）[1]记述归来的男孩去墓地伤悼恋人，她因相思流泪而死。但《号角》中此类纯情的悲剧很少，多数是社会悲剧。

纵观古今中外的悲剧，绝大多数都是社会悲剧，它由种种的不公而造成。德意志社会直到第一次世界大战后建立魏玛共和国，一直是一个等级制社会，社会壁垒森严，虽然恋爱相对自由，但婚姻却要门当户对，这是爱情悲剧的罪魁祸首。《号角》中有若干此类的歌，读之痛彻心扉，《修女》是其代表作（参见本章第三节"叙事艺术"之"文学化的人物内视角"）。社会悲剧还有未婚先孕所导致，男人在社会和体能上的优势导致了他们在两性关系中的强势乃至强权。而民间的恋爱，性多于爱，行动多于感情，所以在恋爱相对自由的环境中，未婚先孕就时有发生。但如同所有的前现代社会，德意志人也看重贞洁，未婚先孕也被视为伤风败俗，为家庭和社会所不容，于是造成悲剧。下面的《骑士和女仆》（"Der Ritter und die Magd"）颇具典型性，是等级制度和道德习俗的双重悲剧。它是一首广为流传的民间歌谣，全文 80 行，下面节录了首尾两个片段，先看开头：

1
骑士跟女仆玩情，
直到天色大明。
2
直到怀了孕，
那女孩才知道大哭。

---

[1] Clemens Brentano, *Sämtliche Werke und Briefe*, hrsg. Von Jürgen Behrens, Konrad Feilchenfeldt, Wolfgang Frühwald, Christoph Perels und Hartwig Schultz, Verlag W. Kohlhammer, Stuttgart, Berlin, Köln, Mainz, 1975ff. (FBA) Bd. 8, S. 17f.

3
"别哭、别哭,棕眼睛的小姑娘,
我花钱把你嫁出去,
4
"我把你赏给我的马童,
外加五百塔勒。"
5
"可我不喜欢那个马童,
我只爱主人你;
6
"如果我得不到你,
我就回到母亲那里,
7
"我高高兴兴从那里出来,
现在得伤心地回去。"

这是开头的 14 行,叙述因由。骑士跟小女仆"玩"(spielen)爱情,致使女孩怀孕,于是骑士表态:虽然不能娶她,但有妥善的安排,既能保全她的名誉,也能有一生的归宿,甚至还有 500 塔勒的补偿,这是一笔不小的数目。可女孩不肯,于是回到母亲身边。母亲想把这事瞒住,等孩子生下就把他溺死,但女孩不同意,还想着给骑士报信。一天骑士突然梦见女孩死了,急忙上路。路上听到教堂的丧钟,并看到吊在绞架上的女孩(据此倒推:孩子被溺死,女孩获罪被绞死,但是谁干的,却并未交代)。骑士痛悔不已,于是有了下面的诉衷肠及殉情,即最后的第 59—80 行:

30
"你真是我的心肝宝贝,
可是你却不相信。
31
"上帝给了你生命,
我真的好想保有你。

32
"如今你悲惨地死去,
我伤心欲绝痛苦不已。"
33
他抽出雪亮的剑,
向自己的心脏刺去。
34
"别啊!别!我高贵的主人,
你就让她去吧,
35
"有些相爱的人,
不得不分离。"
36
"给我们造一个深深的墓穴,
在两座山峰之间,
37
"我想在我最爱的人身边,
在她的臂弯里复活。"
38
他们把她葬在教堂墓地,
但把他葬在绞架下。
39
但是没过三个月,
他的坟上长出了一支百合花。
40
叶子上像是写着,
他们两个已在天上相聚。①

---

① Clemens Brentano, *Sämtliche Werke und Briefe*, hrsg. Von Jürgen Behrens, Konrad Feilchenfeldt, Wolfgang Frühwald, Christoph Perels und Hartwig Schultz, Verlag W. Kohlhammer, Stuttgart, Berlin, Köln, Mainz, 1975ff. (FBA) Bd. 6, S. 46ff.

从这段倾诉我们看出骑士内心的纠结：他真的爱这个女孩，但根深蒂固的等级观念，既不允许他娶这个女孩，也不让女孩相信他的真爱。但女孩却肯为自己的爱情献身，表面柔弱，内心刚强。可能是母亲溺死了婴儿，她代母亲受死。而骑士的殉情让他们双双成为这个社会的牺牲。墓上纯洁的百合花象征着这份以生命守护的爱情。就像是焦仲卿、刘兰芝墓上的"连理枝"以及梁山伯、祝英台的"化蝶"，这是善良的人们对爱情、对人性的肯定。从写法上看，此歌继承了骑士爱情诗的传统，但把它民间化，女方从贵妇变成了民间的小姑娘，男主角从骑士风流变成了痴情人，并且给了一个悲剧的结局，完成了一个从风流浪漫到现实爱情悲剧的转变。其中男女主人公的形象都较为丰满，特别是女孩外柔内刚的个性，跟前面提到的《修女》主人公的自尊刚烈形成了鲜明的对比，真切而动人。《号角》还有另外一种夫妻恩爱、不忍独活的殉情，如《相爱的人聚首在上帝身边》（"Alle bey Gott, die sich lieben"）[①]，妻子因难产而死，丈夫悲痛不已，拔剑自杀，一家三口在上帝那里重新团圆，歌颂爱和骑士精神。

社会而外人性自身也造成悲剧，相爱相杀就是其一，因为爱得深所以恨得狠，不杀、不死不罢休。《号角》中的"情杀"就有十来篇，比大团圆还要多，典型的如下例：

嫉妒的男孩
1
天上缀着三颗星星，
它们照亮爱情：
"你好！美丽的姑娘，
我的马儿拴在哪儿？"
2
"牵着你的马儿，笼头和缰绳，

[①] Clemens Brentano, *Sämtliche Werke und Briefe*, hrsg. Von Jürgen Behrens, Konrad Feilchenfeldt, Wolfgang Frühwald, Christoph Perels und Hartwig Schultz, Verlag W. Kohlhammer, Stuttgart, Berlin, Köln, Mainz, 1975ff. （FBA）Bd. 7, S. 247ff.

拴到无花果树上。
你坐下呆一会儿，
跟我待一小会儿。"

3
"我不能也不想坐，
也没有这好心情，
我的心头郁闷，
都是因为你。"

4
他从口袋里掏出了什么？
是一把刀，又尖又长，
他刺进了爱人的心脏，
鲜血溅红了衣裳。

5
然后他把刀拔出，
它被鲜血染红：
"啊，万能的上帝，
弄死她我是多么痛苦！"

6
他从她手指上拿下什么？
是一枚黄金的戒指，
他把它扔进水里，
它还闪着金光：

7
"小戒指你漂来漂去！
一直到深深的湖底！
我最深的爱已经死了，
我再也没有了爱。"

8
如果一个女孩爱上两个男孩，
很少会有好结果；

168　◇　《男孩的神奇号角》与德意志浪漫主义诗歌

　　我们看到他俩的故事，
　　这就是一个错误的爱。①

　　此歌取自赫尔德的《民歌》，是由歌德记下来的阿尔萨斯民歌，共8节32行。赫尔德对它赞美有加，特别称其开头"是典型的民歌爱情场景"。《号角》在赫尔德文本之上作了些微改动，主要在正字法和节奏上，使其更加圆润浏亮。歌德也给予正面的评价，认为"这个谜一样的情杀故事十分活泼明快"。类似的情节，在《号角》中还有《杀人的仆人》（"Der Mordknecht"）②、《小戒指》（"Schwimm hin, schwimm her, du Ringlein"）③ 等，都是或残酷或凄美的情杀故事，是另一种样态的爱情悲剧。要说明的是，这在汉族民歌中绝对没有，较之于"烈性"的德意志民族，我们更显"柔性"。

　　总括说来，《号角》中的婚恋诗大致可分为初恋快乐、幽会欢合、伤别离以及情殇四类。但这林林总总的恋爱有几点引人注意。一是因爱而成情人的居多，因爱而成婚的绝少。二是男性的强势和占有欲，他们对女性少有责任感，多有情欲，甚至因情欲而杀人。女孩的命运因之悲惨，如被弃、未婚生子、溺婴而被处以死刑等。我们似乎可以这样说，德意志民歌在男女之情上，主旋律是女性青春生命的自然情欲以及男性强势的欲望和放纵。

　　在前工业时代，德国社会一直是一个绝对的男权社会，男尊而女卑。直接原因是男人因其体能的优势在生产和战争中一直发挥着主导作用。再就是宗教的背景。按照基督教义，是夏娃先被魔鬼诱惑，然后她又引

---

　　① 文本及注释分别见 Clemens Brentano, *Sämtliche Werke und Briefe*, hrsg. Von Jürgen Behrens, Konrad Feilchenfeldt, Wolfgang Frühwald, Christoph Perels und Hartwig Schultz, Verlag W. Kohlhammer, Stuttgart, Berlin, Köln, Mainz, 1975ff. （FBA）Bd. 6, S. 275f. 和 Bd. 9 - 1, S. 485ff.

　　② Clemens Brentano, *Sämtliche Werke und Briefe*, hrsg. Von Jürgen Behrens, Konrad Feilchenfeldt, Wolfgang Frühwald, Christoph Perels und Hartwig Schultz, Verlag W. Kohlhammer, Stuttgart, Berlin, Köln, Mainz, 1975ff. （FBA）Bd. 6, S. 286f.

　　③ Clemens Brentano, *Sämtliche Werke und Briefe*, hrsg. Von Jürgen Behrens, Konrad Feilchenfeldt, Wolfgang Frühwald, Christoph Perels und Hartwig Schultz, Verlag W. Kohlhammer, Stuttgart, Berlin, Köln, Mainz, 1975ff. （FBA）Bd. 7, S. 17ff.

诱亚当，偷吃了禁果，于是人类被上帝逐出了伊甸园。夏娃也就成了元凶，女人是祸水，女人卑贱。还有就是现实生活的围范。在中世纪早期，一个有效的婚姻要经过神父和证人来签订，手续繁多，一般是贵族和上层社会才行婚礼，而民间男女关系都相当随便[1]。在862年的一次宗教会议上，两名主教用如下的语言说明此种状况："只有很少或根本没有男人以处子之身进入婚姻"[2]。于是一方面是贞洁、忠诚的空头说教，另一方面却是事实上的普遍缺失。又因为相关的法律十分松弛，性暴力十分普遍[3]。到了中世纪晚期，家庭的财产和继承权问题突出起来，婚姻才得到重视。但在城市中，有经济能力的男人仍多养"外室"，非婚生的孩子很多，他们没有财产继承权，但仍被视为家庭成员，也可见社会对此的宽容。再有德国历史上连年战争，打仗的是男人、英雄是男人，死的也是男人，"男少女多"进一步加剧了"男尊女卑"。另外，中世纪还有一种普遍的养生理论，认为男人应该放纵情欲，否则生命力就会枯萎，所以即使本应禁欲的僧侣，也有被认可的性生活，农民的女儿、穷人的妻子就成为他们的牺牲品[4]。而上流社会也有以女性待客的习俗。17世纪以后，城市里有了妓院，女性成了公开或隐性的性奴。这种把男性的性欲神秘化乃至英雄化的宗教的、社会的、文化的传统，加剧了婚恋中的不平等。直到启蒙的18世纪，随着教育和人文主义的发展，上层社会女性的地位才慢慢提升。由此我们再来看《号角》中的爱情，它所表现的既有自然的人性也有社会性，其中的男人既有未被人文洗礼的、原始的、带有野性的生命张扬，又有社会造成的心理和地位上的强势，而女孩总是处于弱势地位。正是这些造成了爱情的悲剧，而直面这些悲剧，是德意志民歌的特点。

法国著名社会学家波伏娃写过一本《第二性》，全方位地探讨两性问

---

[1] Johannes Bühler, *Die Kultur des Mittelalters*, 2. Durchgesehene Aufgabe, Alfred Kröner Verlag, Leipzig, 1931, S. 290.

[2] Johannes Bühler, *Die Kultur des Mittelalters*, 2. Durchgesehene Aufgabe, Alfred Kröner Verlag, Leipzig, 1931, S. 290.

[3] Johannes Bühler, *Die Kultur des Mittelalters*, 2. Durchgesehene Aufgabe, Alfred Kröner Verlag, Leipzig, 1931, S. 293.

[4] Johannes Bühler, *Die Kultur des Mittelalters*, 2. Durchgesehene Aufgabe, Alfred Kröner Verlag, Leipzig, 1931, S. 293–294.

题。她首先从生理学的角度审视"性",认为在这种行为中,男人是主动的、强势的,他只把女性当作一个猎物,一个能满足自己情欲的客体。而女人则相反,处于弱势的、被动乃至被伤害的地位,是一个"奴隶"。据她考察,欧洲男女的性行为开始很早,有的甚至早到童年,而这在女性更伴随着生理、心理的痛苦,"有的甚至导致自杀和精神失常"。对于恋爱婚姻波伏娃指出,女性比男性更看重婚姻,认为婚姻应该是爱情的归宿,也是家庭稳定的保证。特别引人瞩目的一点是,波伏娃将两性关系认定为二元紧张,表现在主体与客体、主动与被动等方面①,这似乎无形中给民歌中的爱情作了注脚。

如果以此来观照华夏的婚恋民歌,有同也有不同。相同的是对爱情的追求,不同的是表达的方式与风格。就以最早的"国风"而言,其中最多的就是情歌,而那时候的少男少女还可以自由地享受爱情的快乐,明亮而美好,比如《郑风·溱洧》:

1
溱与洧,方涣涣兮。
士与女,方秉蕳兮。
女曰:"观乎!"士曰:"既且。"
"且往观乎!洧之外,洵吁且乐。"
维士与女,伊其相谑,赠之以勺药。
2
溱与洧,浏其清矣。
士与女,殷其盈矣。
女曰:"观乎!"士曰:"既且。"
"且往观乎!洧之外,洵吁且乐。"
维士与女,伊其将谑,赠之以勺药。②

---

① Simone de Beauvoir, *Das andere Geschlecht*, *Sitte und Sexus der Frau*, Verlag Rowohlt, Hamburg, 1968, S. 351f.
② 高亨注:《诗经今注》,上海古籍出版社1980年版,第126页。

此歌表现三月初三上巳节男女在河边游春，他们手执兰草，赠以芍药，嬉笑间相互理解礼让，是纯真快乐的青春之歌、爱情之歌，明朗又清纯。再如《秦风·蒹葭》主人公是一个深情的男子，他在河边追寻心中所爱，虽然一直没有找到，但她的影子总在眼前，所以他不避险阻、不畏路长，一路寻梦追去。总之，这些情歌中的男女都爱得真挚，爱得自然大方。那个时代的华夏，有礼制但没礼教，青年男女还享受着生命的快乐。当时的婚姻制度在《周礼·地官·媒氏》有具体的规定："媒氏，掌万民之判。凡男女自成名以上，皆书年月日名焉。令男三十而娶，女二十而嫁。凡娶判妻入子者，皆书之。中春之月，令会男女。于是时也，奔者不禁。若无故而不用令者，罚之。司男女之无夫家者而会之，凡嫁子娶妻，入币纯帛无过五两。禁迁葬者与嫁殇者。凡男女之阴讼，听之于胜国之社。其附于刑者，归之于士。"①从这段引文我们可以大略知道三千年前的婚姻状况：周代设有专司婚姻的官员"媒氏"，孩子出生三个月，父亲要给他起名，然后将其生日和名字报告媒氏。引文中所称的"三十""二十"是天地相承的"至数"，表示男女要适时婚嫁，并不是真的男子三十而娶，女子二十而嫁。周制，男子二十行冠礼，女子十五开笄，就意味着成年，可以行嫁娶。男女结婚都要在媒氏那里登记。对于"剩男""剩女"，每年有规定的"相亲日"，就是所谓的"中春之月，令会男女"。男女自由相会，互有情意的可以"自相奔就，不禁之"②。另外鳏夫、寡妇也都必须参加，如果不是因丧事而无故缺席，就会受到惩罚。婚嫁要有币帛作彩礼。禁止"鬼婚"。对于男女间的诉讼，不公开听审，该处以刑罚的，直接执行。③显然，早在西周，我们就有了人性化的、完备的婚姻制度。那时男女可以自由恋爱、幽会，并以婚姻为归宿。如此，既没有了旷男怨女，也保证了后代的繁衍。男女之事出乎情而止于礼，感情被纳入制度，而它所追求的显然就是男女两性以及社会整体的和谐。正是在这种相对自由的社会背景下，产生了《诗经》中的爱情民歌，除上引之外还有很多优秀的篇章如《静女》《有女同车》等，它们

---

① （清）阮元校刻：《十三经注疏》上册，中华书局1980年版，第732—733页。
② （清）阮元校刻：《十三经注疏》上册，中华书局1980年版，第733页。
③ （清）阮元校刻：《十三经注疏》上册，中华书局1980年版，第733页。

都以"恋"和"思"为主调，意绵绵、情脉脉。当然还有涉"性"的，如《野有死麕》，郑笺直称其"贞女思仲春以礼与男会"；如《桑中》，钱锺书先生解曰："桑中、上宫，幽会之所也；孟姜、孟弋、孟容，幽期之人也；'期'、'要'、'送'，幽欢之颠末也。"① 是说男女相悦而相约幽欢，它"直记其事"②，这就是《周礼》所谓的"奔者不禁"。其中有两点值得注意，一是它有"礼"可循，二是平和而自然、阳光而欢愉。同时爱情主角有男也有女，他们同样地大大方方地诉说心中的爱。到了汉乐府时期，儒家的思想影响到人们的道德观念，对自由的束缚越来越大，爱情受到压抑，两性关系变得难以启齿，情歌占比大大减小，爱情大多被挤压到夫妻之间，而且男主角消失，只见女主角，只有"情思"。男女之爱避开了"性"而通过分隔两地的、妻子的"相思"来婉曲地表达，男女不再直接面对，爱情被变形。到了分裂的南北朝，南北民歌在风格内容上都出现很大反差。北朝是少数民族统治的地区，保存着较多的原始风俗，朴野剽悍，女性较之汉族女子没有礼教的束缚，对情欲的要求自然率真，毫无顾忌，且以结婚成家为夙愿，成为华夏婚恋民歌中明亮的异调，典型的如下面的歌：

捉搦歌
谁家女子能行步，反著袂褌后裙露。天生男女共一处，愿得两个成翁姬！③

折杨柳枝歌
门前一株枣，岁岁不知老。阿婆不嫁女，那得孙儿抱？④

但南朝乐府中的情歌则呈现另一番景象。南方气候温暖湿润，物产丰饶，是富庶的鱼米之乡。从屈原的楚辞我们可以看出它跟中原文化的

---

① 钱锺书：《管锥编》第一册，中华书局1986年版，第88页。
② 钱锺书：《管锥编》第一册，中华书局1986年版，第88页。
③ （宋）郭茂倩编：《乐府诗集》第二册，中华书局1979年版，第369页。
④ （宋）郭茂倩编：《乐府诗集》第二册，中华书局1979年版，第370页。

区别，这就是浪漫、秀美、精致。但这里长期属于蛮夷之地，经济文化长期没有得到开发。人们也就在自然的状态下生活，没有受到那么多儒家礼教文化的影响。到了晋室南渡，北方士族南迁，中国的政治经济中心从北方向南方转移，长江中下游地区成为新的经济中心，商业交通的发达造成了若干城市，都城建业更是繁华。于是在自由的社会生态和商业化娱乐的双重背景下产生了南朝民歌。这些民歌基本上都是情歌，清新柔美、婉转缠绵，没有艰难沉重。有些带乡野气的许是村女们田野放歌，有些柔靡艳情的许是艺伎们的歌唱，比如下面的歌：

宿昔不梳头，丝发披两肩。婉伸郎膝上，何处不可怜！①

擎枕北窗卧，郎来就侬嬉。小喜多唐突，相怜能几时？②

始欲识郎时，两心望如一。理丝入残机，何悟不成匹。③

夜长不得眠，明月何灼灼。想闻散唤声，虚应空中诺。④

乐府研究大家萧涤非先生指出："南朝乃一声色社会，崇好女乐……而民间风情小调，本与女乐相近，最合于使用，故极为当时上层社会之所爱好。"⑤于是娱乐性的歌舞在上层社会和平民中空前盛行，新鲜的民间曲调歌辞被乐府官署采集加工以代替陈旧的雅乐，形成南朝乐府的繁荣。总之，华夏民歌从情调上看，虽有激情热烈的，但总体仍显平和，我们的爱情是温暖柔性的、纯情的。即使涉及性爱，也没有暴力，全是两情相悦的缠绵温柔。情之深、爱之欢是其重心，两性间的和谐是其理想追求。相形之下，《号角》中的爱情自由而奔放，少男少女们面对面的谈情，直接的肉欲，爱得狂热、恨得仇杀，而深情脉脉的异地"相思"

---

① （宋）郭茂倩编：《乐府诗集》第二册，中华书局1979年版，第641页。
② （宋）郭茂倩编：《乐府诗集》第二册，中华书局1979年版，第642页。
③ （宋）郭茂倩编：《乐府诗集》第二册，中华书局1979年版，第641页。
④ （宋）郭茂倩编：《乐府诗集》第二册，中华书局1979年版，第643页。
⑤ 萧涤非：《汉魏六朝乐府文学史》，人民文学出版社1998年版，第200页。

不是它的主题。再者，我们的爱情归宿在婚姻，而在他们那里爱情就是爱情，它跟情欲连在一起，而跟婚姻无关。

四 生与死

生与死是每个人都要面对的问题，就欧洲而言，从古希腊开始就有了形而上的哲学思辨，随后有了极为普及的、深入大众的基督教，它有自己关于生死的教义。关于生是这样的解释：上帝按照自己的样子捏泥造出了男人亚当，然后又用他的肋骨造出了女人夏娃。他们快乐地生活在伊甸园中。但夏娃受了蛇的诱惑，让自己和亚当偷吃了禁果，于是被上帝赶出伊甸园，成了人类的祖先，而"偷食禁果"就是人类的"原罪"，即每个人先天就有的罪过。除此而外人在自己的生活中也会犯下种种违背上帝训诫的恶，这就是"本罪"，因此人必须赎罪，也就是通过信仰上帝、认罪、悔过、向善使自己的灵魂得到拯救。至于"死"，这是此岸、彼岸之间的一道门槛，得到救赎的灵魂升入天堂，享受永恒的幸福，反之就要下到地狱。由此可以知道，人生是一条沉重的自我救赎之路，但《号角》向我们展示的芸芸众生的生与死，却有些另样。

生：快乐地生

人生苦短，不过几十年，民间百姓的活法就是顺性随缘、开心度日。不发愁、不叹息，不论穷富都活得简单快乐，而酒店、美食就是快活场。一句话，此生此世的当下快乐是他们的所思所想，这在饮酒歌中得到充分展现。

1
乐起来吧，亲爱的少年！
正是舒爽的秋天，
正是我们所喜欢，
今天一定要喝个痛快。
上次我们喝的酒酸
还多花了钱，
今天我们要别的，

甜果汁和新葡萄酒，
这次我们要尝鲜！

2
那些耽误了的事，
我们根本就无所谓，
在这儿和奥地利
都是用酒来提精神，
新罐子里的酒，
我们更喜欢，
这酒的劲儿不很大，
就是搞得头昏脑胀，
也照样回家。

3
有一个深深的地下室，
我们想去到里面；
然后对跑堂的大叫：
把冰镇酒拿过来！
我们当然不想作罢，
直到一醉方休，
我们只要酒，
哥们，我想让你看看，
酒是怎么回事。

4
跑堂的现在才明白，
我们要什么，
我们不给你一分钱，
你一会儿过来，
给我们上肥烤肉，
这个我们极喜欢，
但是却不想要

一只烟熏的母鸡：（注：双关语，指陪酒女）
她最好送给这个少年。

5
我们找到一处矿藏（注：比喻"酒"）
让我们至今富有，
给我们带来快乐幸福。
在奥地利的维也纳，
我们甚至还开掘了
一些个金矿，
它灌满我们的喉咙，
还有肚子和胃肠，
喝奥地利的酒好舒爽。
············

9
酒馆里有好日子过
如果上了今年的新酒，
那我们一定要喝，
因为要的就是快乐，
煎香肠、小猪肉、童子鸡
都给我们端上，
至于别的菜
我们这一干人
都够了，吃不多。

10
把色子和纸牌拿过来，
我们想玩一玩，
就玩一个通宵
玩到明早鸡叫，
然后接着再喝，
喝一杯告别的好酒，

精神变得好清爽，

上帝保佑这些虔诚的孩子，

他们总想着满足欲望。①

  这是一首德意志的老歌，注明的年代是"1500—1550"。共90行，10个9行节，是饮酒歌中的罕见长篇。但其中并没有什么情节，主要是些酒酣耳热的"车轱辘话"。上下文之间意思也不是很连贯，有些"微醉"状态。主角是一帮放纵青年，不问世事、不管明天，是过剩精力的释放、是不知愁的年少轻狂，虽肤浅却阳光。跟这些底气十足的豪爽青年不同，民歌中还有"流浪汉"一类，他们不置生业，四处流浪，"活着"就是人生目的，虽卑微却反映了某种相对普遍的人生态度，我们看一首这样的歌：

可怜的泼皮

1

我来到女老板的店前，

有人问到我是谁，

我是个可怜的瘪三，

讨点吃喝就喜欢。

2

他把我领进房间，

给我送上酒来，

我向四面一看，

把杯子搁在面前。

3

他们请我上座，

当我是位大商人，

---

① Clemens Brentano, *Sämtliche Werke und Briefe*, hrsg. Von Jürgen Behrens, Konrad Feilchenfeldt, Wolfgang Frühwald, Christoph Perels und Hartwig Schultz, Verlag W. Kohlhammer, Stuttgart, Berlin, Köln, Mainz, 1975ff. (FBA) Bd. 7, S. 429ff.

等到后来付酒钱
我的袋里却没有分文。

4
到了夜晚要睡觉,
他们叫我睡仓房,
我再也笑不出
他也无可奈何我穷光蛋。

5
当我走进仓房里,
动手扒个睡窝窝,
却被荆棘扎到我,
里面还有粗刺儿草。

6
第二天我起身早,
屋顶上还有一层霜,
我这可怜的穷光蛋
对着苦命自笑自怜。

7
我拿起我的剑,
把它好好挎上腰间,
可惜我只能开步走,
因为没有马好骑。

8
收拾好了我离开,
迈步来到大街上,
恰好碰到一阔少,
顺手拿过来他钱包。[1]

---

[1] Clemens Brentano, *Sämtliche Werke und Briefe*, hrsg. Von Jürgen Behrens, Konrad Feilchenfeldt, Wolfgang Frühwald, Christoph Perels und Hartwig Schultz, Verlag W. Kohlhammer, Stuttgart, Berlin, Köln, Mainz, 1975ff.（FBA）Bd. 6, S. 20f.

这是一首让人开心的歌，主人公虽然痞赖，却快乐单纯，颇具喜剧色彩。看他明明是个穷光蛋却敢摆出大模大样，骗来了好吃喝。还有一把来路不明的剑，这明明是骑士的标志，他也敢挎在腰上，还把自己想成了骑士，竟遗憾没有坐骑，在装腔作势中透出一分可爱的"傻劲儿"。歌德、格勒斯和威廉·格林都对此歌赞赏有加，肯定了其艺术性和民族性。海涅称"他的不老实正体现了他的实在，那个可怜的泼皮，虽说是在街头行窃，却是个多么实在的小伙子""这个可怜的泼皮有我熟悉的最典型的德国人的性格"[①]。这里所谓"德国人的性格"我想就是这种骨子里的单纯、快乐、实在、淡定。但这样一个没出息的混混，绝不会出现在汉族民歌中，可在德意志的土地上却流传着这样的歌，它唱出了一种无忧无虑、自得自在的心态，令人喜欢。而这个没心没肺、落魄潦倒却会穷开心、自寻快乐的小无赖显然体现了一种大众认可的生活态度，所谓"无用""无为"但过得快活的人。下面的《傻哥们》对自寻快乐的生活有更加具体的描绘：

1
我这个傻小子，
应该到哪儿去，
我的钱少得可怜，
怎样才能把自己喂饱？
这对人最为紧要，
我得马上想个主意。
今天吃什么喝什么
就照着昨天去搞。
2
我出生得太早，

[①] Clemens Brentano, *Sämtliche Werke und Briefe*, hrsg. Von Jürgen Behrens, Konrad Feilchenfeldt, Wolfgang Frühwald, Christoph Perels und Hartwig Schultz, Verlag W. Kohlhammer, Stuttgart, Berlin, Köln, Mainz, 1975ff. (FBA) Bd. 9 – 1, S. 92f.

180 ◇ 《男孩的神奇号角》与德意志浪漫主义诗歌

如今我待的地方，
幸运明天才能到。
要是我有教堂的珍宝，
再掌着莱茵河的税关，
还有威尼斯，那该多好。
可某天要是都丢了，
哪儿还有美味佳肴。

3
什么能帮我节省，
我或许已经忘掉。
小偷或许能帮我寻找，
为这我后悔了一年。
我知道，从早吃到晚，
我吃光了财产，
可我这人就是怪癖，
就想着这，乐此不疲。

4
在这寒冷的冬天
我让鸟儿们担忧，
可店主却不给关照，
我只好交出外套，
用它换酒喝，
可我只有一件厚外套
我还想藏身里面，
在外套里取取暖。

5
伸手拿过烤猪肉，
身边还有年轻女人陪酒，
她们还给我建议
要清凉的饮料，
美酒，我的朋友，

来啊,你归我所有,
你成了我的猎物,
我是一个酒肉饕餮。
6
三个色子,一副牌,
这就是我自己的标牌,
六个温柔的美女,
一边三个在身旁,
过来美丽的女郎,
有你我浑身舒泰,
今晚你必须等我,
我们一起喝酒消遣。①

这是一首 16 世纪的"饕餮歌",从它的广为流传可见民众的喜爱,也就看出他们对饮食男女特别是口腹之欲的渴求,这是最直接的、不可阻挡的欲望。德意志社会经济发展很晚,民间生活贫苦,"大块吃肉大碗喝酒"就已经是皇帝、国王的御膳了。即使到 17 世纪形成了饮食文化,也还是在继续酒肉的粗放型,跟中国饮食的丰富、精致、艺术化相差很远,这也就可以理解人们对酒肉的津津乐道。从这些民歌我们也可以看到,生活是实实在在的,精神的东西其实离得很远,人们所喜、所想、所盼望的就是快乐的日子,富足的生活,饮食男女的享受。这是最直接的生命的需求,本能的欲望,比任何遥远、不可把握的东西更紧要。

死:无可奈何地死

相对于实实在在的"生","死"就是难以把握的"空"。尽管有宗教的教谕,但对平民百姓来说,死仍然是飘渺玄远的,而他们自己朴素的认知就是乐生而恶死。我们看下面这首《花园里的死神和女孩》:

---

① Clemens Brentano, *Sämtliche Werke und Briefe*, hrsg. Von Jürgen Behrens, Konrad Feilchenfeldt, Wolfgang Frühwald, Christoph Perels und Hartwig Schultz, Verlag W. Kohlhammer, Stuttgart, Berlin, Köln, Mainz, 1975ff. (FBA) Bd. 7, S. 424ff.

1
有个娇嫩的女孩,
在清晨时分
走进花园,
健康、快乐、鲜艳,
她想多折些花,
编一个花环,
嵌上金和银。

2
这时溜过来
一个可怕的男人,
他脸色惨白,
一丝不挂,
没有血肉和毛发,
连同着皮和筋
他已经枯干。

3
他长得太难看,
他的脸吓死个人,
他露出牙齿
一步走上前,
靠近那娇嫩的女孩。
他太可怕了,
他是愤怒的死神。

4
"小姑娘,快过来,
跟我跳舞!
过会儿就给你带上
美丽的花冠,
它还没最后编好
还差鲜嫩的小花

还有芬芳的香草。

5

"我给你戴的花冠,

名字叫死亡;

你不是最后一个

戴上它的人;

所有出生的人,

必得跟我跳舞

为了这个花冠。

6

"地下的虫蚁

有无数,

它们将吞噬你,

销蚀你的美貌,

还有你的花,

金饰、珍珠

银饰和珠宝。

7

"你想认识我吗?

我是谁想不想知道?

你听着我的名字,

随便你怎么叫。

我被称作愤怒的死神,

走遍所有的地方,

东西南北无人不晓。

8

"我的徽章就是这把镰刀,

这是我的专权,

我拿着它去敲门。

如果谁到了钟点,

就在他家的门上敲

不管是早、午、晚，
他必得上路，没人管得了！"

9
这女孩子满心痛苦，
害怕又不知如何是好，
她哀哀地求告：
"啊，亲爱的死神，
你别这样着急，
让我这可怜的女孩，
在这里多活几年！

10
"我可以让你富有，
我父亲有很多黄金，
你想要什么，
尽管开口！
只要你让我活下去，
最好的宝贝，
我全都给你。"

11
"你不用给我珍宝，
我也不要宝石黄金！
我只要你的小命。
你这娇嫩的小姑娘，
必须跟我跳舞。
后面还有好几千人
挤满了我的队伍。"

12
"啊，死神，让我活下去，
把我所有的东西都拿去！
我父亲会把这些都给你，
他一定让我活下去，

我是他唯一的女儿,
他不会放我走,
我是千金不换的女儿。"

13
"至于你的爸爸
我也想找到他,
至于他的家产,
也都得归在我名下,
但是现在我只要你;
啊,鲜嫩的女娇娃,
你必须排到我的队伍里。"

14
"发发慈悲吧,我还小,"
她哀哀言道,
"我一定坚守美德
每时每刻。
不要马上带走我,
你再等一会儿,
再容我待一会儿!"

15
死神道:"说也没用,
我不会空手回去,
怎么求都没用,
我索取女人和男人!
还给他们找孩子,
每个人都得跟我去,
如果我敲了他的门。"

16
他抓住她的腰,
她已经没有一点力气,
所有的哀求都没用,

他把她扔进杂草。
然后猛击她的心脏，
说不尽的痛苦恐惧。

17
她的脸色顿时苍白，
她的眼睛转过去
从此岸转向彼岸，
她弃别了尘世，
荣华富贵都成了过去，
她不再想去采花，
去那绿色的草地。①

读之令人黯然，它从人物到情节集中体现了乐生恶死的观念：一个单纯漂亮的小公主，国王的独生女，无人不爱。可这样一个美丽的生命却被死神无情带走，他的丑陋和残忍正好跟小姑娘的天真娇美形成对比，表明了人们对"死"的憎恶和恐惧。再看下面的《一朵小花能怎样》，这是一个少女的独白：

1
死是艰难痛苦的赎罪，
虽然我知道必死的道理，
也知道爱人在我死后
会种一棵红玫瑰。
2
我死了之后，
把我埋在哪里？
去看看教堂的墓地，

---

① Clemens Brentano, *Sämtliche Werke und Briefe*, hrsg. Von Jürgen Behrens, Konrad Feilchenfeldt, Wolfgang Frühwald, Christoph Perels und Hartwig Schultz, Verlag W. Kohlhammer, Stuttgart, Berlin, Köln, Mainz, 1975ff. (FBA) Bd. 6, S. 22ff.

那儿还有一小块空地！

3

那儿长着美丽的小花，
献给你漂亮的花束，
一朵红玫瑰又能怎样，
如果爱人死后它才开放。

4

人们把我送进墓室，
从那儿进去，不再出来，
在夜里我看见
一个梦影来向我预言。

5

在教堂墓地我想走走，
那个坟墓已经挖开，
啊哈，它已经建好，
我看着心里好悲哀。

6

它大概有七寻深，
我已经睡在里面，
当教堂的丧钟响过，
朋友们走回家转。

7

死是一件痛苦的事，
如果两个人相爱
死神却用镰刀把他们分开，
那是最大的悲哀。

8

那一朵小花又能怎样，
如果它也要进到墓里；
那一朵玫瑰又能怎样，

如果爱人死后它才开放。①

面对死亡这个"我"显得通达，世事看得透彻，其立足点就在此生此世，但表达得委婉有致，颇具民歌风味。其中心意象是"花"，花在民歌中常隐喻爱情。这里有两种花，一个是小花（ein Blümelein），另一个是红玫瑰（ein Röslein roth），前者长在教堂墓地，正在开花，可以折下扎成花束，它是现实的存在，也是"我"的象征。折花给你暗示"我"和"你"的爱情，但可惜人死花亡，一切归于寂灭。而那红玫瑰，虽然是爱情的正宗象征，但可惜要死后栽种，是个将来时，那么它的花再红又能怎样？可见，"我"对"身后"事已经放下，死就是死了，跟生命有关的一切就已经结束，所以不存什么爱情和天堂的期待，虽伤感却坚决，昭示了重此生、搁置"死后"的立意，虽然有基督教的影响但尘世的立场是清楚的。其实不只是世俗歌乐生恶死，即使宗教歌也在变调，比如著名的《收获之歌》（文本见本章第一节之"《号角》的成书"中"增删"部分），它对死表现出万分的无奈和伤感，明显地世俗化。

《号角》的背景是基督教文化，它主导着人们的世界观包括生死，但民间在具体的接受和理解上却自然地趋向人性本然，而对宗教的彼岸心怀敬畏而远之。面对死亡，因为死的痛苦以及对"未来"的未知，心怀着惕怵和恐惧。虽然基督教告诉人们，死后或升天堂或下地狱，但民间百姓更看重现实的物质存在，天堂的永恒幸福往往只是对现实失意的精神补偿。他们活在当下，活得自然、感性，宗教的"原罪"及"救赎"等对他们的精神世界有影响，但对日常的生活影响有限。

中国人对生死有自己的思考。主流的儒道两家关注的都是如何"生"的问题。儒家主张"入世"的积极人生，为理想道义而死，"视死如归"。道家倡导"出世"，以"全身""保性"为宗旨。至于死后怎样，孔子"敬鬼神而远之"（《论语·雍也》），反问"不知生，焉知死？"（《论语·先进》）庄子说："死生，命也，其有夜旦之常，天也。"（《庄子·

---

① Clemens Brentano, *Sämtliche Werke und Briefe*, hrsg. Von Jürgen Behrens, Konrad Feilchenfeldt, Wolfgang Frühwald, Christoph Perels und Hartwig Schultz, Verlag W. Kohlhammer, Stuttgart, Berlin, Köln, Mainz, 1975ff. (FBA) Bd. 8, S. 12ff.

大宗师》）还说："方生方死，方死方生。"（《庄子·齐物论》），可见他认为生死是一个自然的过程，所以无所谓悲无所谓喜，因此才有妻死"鼓盆而歌"的典故，自然也就没什么死后的世界。但芸芸众生却没有这么通达，他们乐生而恶死，《诗经》已经有了对生命短暂的感伤，到汉乐府依然延续着这种执着于此世的基调，它有两首著名的葬歌：

薤露
薤上露，何易晞。露晞明朝更复落，人死一去何时归！①

蒿里
蒿里谁家地，聚敛魂魄无贤愚。鬼伯一何相催促，人命不得少踟蹰。②

《乐府诗集》引《古今注》曰："《薤露》《蒿里》，泣丧歌也。本出田横门人，横自杀，门人伤之，为作悲歌。言人命奄奄，如薤上之露，易晞灭也。亦谓人死归于蒿里。至汉武帝时，李延年分为二曲，《薤露》送王公贵人，《蒿里》送士大夫庶人。使挽柩者歌之，亦谓之挽歌。"③可见其来龙去脉，而立意在生命短促，"死"是所有人的共同归宿。值得注意的是，汉人不只在送葬时唱它，平时乃至欢聚之时也唱。《后汉书·周举传》载，外戚梁商在洛水边大会宾客，极尽欢乐，"及酒阑倡罢，续以《薤露》之歌，座中闻者，皆为掩涕"。似乎透露出汉人对死的无奈以及普遍的感伤。"死"是人类无法超越的大限，出于对生命的珍爱而悲伤，是极自然的事。但同样从伤感出发，又有人表现出积极的人生态度。《长歌行》就强调努力奋发，让生命焕发光彩。诗中以朝露易晞、花叶秋落、流水东去不归来比喻时间的流逝一去不返，一句"少壮不努力，老大徒伤悲"反映了儒家"用世"的人生态度，成为积极人生的座右铭。当然也有另外一流，就是渴慕荣华富贵和物质享受，比如《相逢行》描

---

① （宋）郭茂倩编：《乐府诗集》第二册，中华书局1979年版，第396页。
② （宋）郭茂倩编：《乐府诗集》第二册，中华书局1979年版，第398页。
③ （宋）郭茂倩编：《乐府诗集》第二册，中华书局1979年版，第396页。

绘的幸福图景：老爹安坐高堂，听小儿媳弹曲消遣，儿子身居高位，既富且贵，高官厚禄子孙满堂，这是典型中国式的人生理想。但这并不容易实现，所以享受当下所谓"当须荡中情，游心恣所欲"就成为普遍的选择，下面的《西门行》可见一斑：

出西门，步念之。今日不作乐，当待何时？
夫为乐，为乐当及时。何能坐愁怫郁，当复待来兹。
饮醇酒，炙肥牛。请呼心所欢，可用解愁忧。
人生不满百，常怀千岁忧。昼短而夜长，何不秉烛游？
自非仙人王子乔，计会寿命难与期。自非仙人王子乔，计会寿命难与期。
人寿非金石，年命安可期。贪财爱惜费，但为后世嗤。①

这里表达的全是对感官物欲的渴求，"饮醇酒，炙肥牛。请呼心所欢，可用解忧愁"的开怀畅饮很有些前面所引的"饮酒歌"的味道。但"昼短而夜长，何不秉烛游？"那种时不我待的急迫和焦虑，以及"贪财爱惜费，但为后世嗤"的只认此生、不识来世，显然跟德国人还是有所区别的。可以这样说，民歌是反映社会生活的一面镜子，具体说到《号角》，它跟华夏民歌在内容上有出于"人"的共通，也有基于民族文化的相异。

第三节 《号角》的艺术

《号角》是歌唱之"歌"的文本，当我们讨论其艺术，实质就是考察它的"歌词"艺术，这显然跟"诗"有关，可以归入"诗歌"的范畴，但因其脱胎于歌唱，有自己的遗传基因，跟纯粹的文人诗又有很大不同。具体考察《号角》的艺术，一是作为诗歌的形式艺术、韵律之类，二是民歌的语言表达艺术。另外《号角》中还有很多叙事的谣曲，它有自己独特的表现方式，所以要单独开题论述。

---

① （宋）郭茂倩编：《乐府诗集》第二册，中华书局1979年版，第549页。

一　形式之什

形式指事物内在要素的结构或表现方式。就诗歌而言就是它的诗行和诗节等外在样式和构造。民歌本来是"唱"的，歌者唱出自己内心的感受，"上口"而已，本无所谓什么文本形式，随着民歌的发展被写成文本，于是就开始"诗"化，从最初的"自由"逐渐形成了跟自己风格相适应的形式。

我们打开《号角》就会发现，这些"歌"在形式上跟"诗"一样，分节、押韵、有节奏。细读发现它比"诗"自由，没有自己的规范体式。或许可以这样说，它们是最自由的"自由诗"，只有一个大体上的规矩。节是"歌"基本的结构单位，源于歌的"段"。其行数不定，但逐渐演化成以四行为主的形式。民歌的"行"本来是跟随旋律的，但随着诗化的进程，开始转而跟从诗律，形成了这样的主流样式：由 3 个扬音节抑或两个或 4 个扬音节为支撑，其间的抑音节不限，不讲究严格意义上的"音步"。它较之文人诗的诗行较短，所以节奏明快。当然也有很多不规则的长短行。押韵有三种形式：开头的辅音相押如 Buch 和 Band 是头韵，元音相押如 Buch 和 Wut 是元音韵，末尾的音节相押如 Band 和 Hand 则是尾韵。民歌的押韵形式多样，相对自由，一行之内常含有元音韵和头韵，而行与行之间主要押尾韵。有偶数行相押的，即 aabbcc 式。而四行节主要押 abab 式的交韵或 abba 式的抱韵，但多不严整。具体请看下例：

1

Es blies ein Jäger wohl in sein Horn,	a
Wohl in sein Horn,	a
Und alles was er blies das war verlorn.	a
Hop sa sa sa,	b
Dra ra ra ra,	b
Und alles was er blies das war verlorn.	a

2

Soll den mein Blasen verloren seyn?	c
Vrloren seyn?	c

Ich wollte lieber kein Jäger seyn.　　　　　　c
Hop sa sa sa, u. s. w.　　　　　　　　　　　b

1
一个猎人吹响号角，
吹响号角，
可他吹了却白吹。
呜萨萨萨，
嗒啦啦啦，
可他吹了却白吹。
2
我怎么吹了却白吹？
白吹？
我不想再当猎人
呜萨萨萨……①

以上所引是《黑巫女》中的前两节。第 1 节韵脚为 aaabba，第 2 节则是 cccb，相当自由。引人注意的是它的元音韵。比如第 2 行 Wohl 和 Horn 因 o 押韵，第 3 行中的 alles、was、das 和 war 因 a 相押。第 4、第 5、第 6 行皆然，因为 a、o 是两个最响亮的元音，于是在这一节中形成了 a、o 音节的交响共鸣，很像"号声"。再有民歌的句式多正语序，多完整的句子，多日常话语，就像生活本身一样自然质朴，罕见诗人们的"倒装""紧缩"等刻意手法，这从前面大量的例证也可以看出来。

二　表现手法 ABC

表现手法就是作者为实现创作意图，在行文措辞和抒情达意时所运用的各种具体方法，包括修辞、谋篇等。民歌在这方面有自己的特点。

---

① Clemens Brentano, *Sämtliche Werke und Briefe*, hrsg. Von Jürgen Behrens, Konrad Feilchenfeldt, Wolfgang Frühwald, Christoph Perels und Hartwig Schultz, Verlag W. Kohlhammer, Stuttgart, Berlin, Köln, Mainz, 1975ff. (FBA) Bd. 6, S. 31.

首先民歌词汇"俚俗",还有自己的语汇体系。比如同义词称女孩它多用 Magd 少用 Mädchen。Magd 本义是女仆,逐渐演变为村女,跟"干活"连在一起,而贵族之家的女儿绝不称 Magd,因为小姐丫头的身份要分清楚。再如称女人多用 Weib,罕见 Frau,前者带有中世纪社会生活乃至中古德语的痕迹,本义是已婚的女人,中世纪贵族的妻子也称为 Weib。而 Frau 则是一个晚出的词,当这两个词并用的时候,前者有贬义,含有粗俗、乡下女人的意思,后者则是尊称,这些都是时代的烙印。另外民歌的词汇量较小,有些词反复出现,很多习语套话,比如形容"好看"基本不出 schön、hübsch、fein 这三个词,美女用它、帅哥用它、东西物件也用它。再著数量词喜欢用"三""百""千",这点跟我们的习惯一样。除此之外,还有一些个性化的手段,择要列举如下。

拟小体

拟小体是民歌的标识之一,就是在名词加后缀 – lein 或 – chen,将其"变小",比如把"花"变成"小花"、把"爱人"变成"小爱人"等,有的表示亲切宠溺,有的是为了叶韵,有的只是语言习惯,其不同的意义由语境来决定,我们看下面变斜体的词:

Und da sie an die Kirche kamen,
Da fiengen alle *Glöckelein* zu läuten läuten an.

Sie läuten so hübsch, sie läuten so fein,
Sie läuten dem Markgrafen ins Himmels Reich hinnein

Ins Paradeis, ins Himmelreich,
Da sitzen die Markgrafen den *Engelein* zugleich. ①

当他们来到教堂,

---

① Clemens Brentano, *Sämtliche Werke und Briefe*, hrsg. Von Jürgen Behrens, Konrad Feilchenfeldt, Wolfgang Frühwald, Christoph Perels und Hartwig Schultz, Verlag W. Kohlhammer, Stuttgart, Berlin, Köln, Mainz, 1975ff. (FBA) Bd. 7, S. 270.

所有的钟开始敲响。

它们是那样动听，
伴着伯爵升入天庭，

升入天堂，进入天庭，
伯爵跟天使们坐在一起。

以上诗行选自《不要悲伤》，是个骑士跟狡黠仆人的故事，嘲讽主人愚蠢，明显地出自民间下层，体现了民歌语言的诸多特点。首先是日常口语的句子，然后就是名词加 - lein 后缀。教堂的钟很大，不能理解为"小钟"，所以 - lein 后缀不是表义，而就是民歌风调本身，给人亲昵乡土的感觉。而那个 Engelein 即"小天使"就很精彩，不仅形象显得玲珑可爱，而且它的 - lei 音节还跟随后的 zugleich 形成了元音韵。再有形容钟声好听，本应该用"清脆""洪亮"等专属于声音的形容词，但这里一如既往地用"美丽""精致"等常形容女孩的词汇，足见已成随口而出的套话。更醒目的是重复。

重复

"重复"是民歌最典型的修辞手法之一，有词汇、词组和诗行的各种重复，目的在"强化"，或强化节奏，或强化意义，这在中国的《诗经》和乐府中也常见。比如上例的第 3 行中 Sie läuten so 的两次重复，以及第 3、第 4 两行中的 Sie läuten 的再重复，形成 3 句排比，造成整齐的节奏与递进的气势，似跟钟声的节奏同步，也像是伴着伯爵升天。《号角》中的"重复"俯拾皆是，在前一例中也已呈现，这里不多举例，再看排比。

排比

排比是中外皆熟的修辞手法，它把结构相同或相似、意义相关或相近、语气相同的词组或句子并列在一起，一般在三句或三句以上，达到一种加强语势的效果，比如下例：

Sie gingen wohl mit einander fort,

第一章 《男孩的神奇号角》 ◇ 195

> Sie kamen an eine Hasel dort,
> Sie kamen ein Fleckchen weiter hin,
> Sie kamen auf eine Wiese grün. ①
> 他们厮跟着往前走,
> 他们走过了榛子树,
> 他们经过了小空地,
> 他们来到了草地上。

上面的4行引自《乌里希和恩欣》("Urich und Aennchen"),是排比的佳例。它历数二人的经行之地,排比形成的整齐节奏似乎是前行的步伐,不但造成了遥远的感觉,而且积蓄了内在的张力,加强了语势,为后面的"情杀"作了情绪上的铺垫。

拟声词

拟声词是模仿自然声音构成的词,《诗经》"坎坎伐檀兮"中的"坎坎",乐府"唧唧复唧唧"中的"唧唧"都是。《号角》中有不少拟声词,最多的是模仿布谷鸟的叫声,其次是号角声、脚步声等,不仅显得生动、形象,而且跟其他修辞手段交互作用,产生一种音乐效果,制造出某种情绪氛围。下面是几例:

例1
> Ich hör' eine wunderliche Stimm:
> Kukuk!
> Von Fern im Echo ich vernimm:
> Kukuk!
> So oft ich diese Stimm anhör,
> Macht mirs allmal noch Freude mehr:

---

① Clemens Brentano, *Sämtli che Werke und Briefe*, hrsg. Von Jürgen Behrens, Konrad Feilchenfeldt, Wolfgang Frühwald, Christoph Perels und Hartwig Schultz, Verlag W. Kohlhammer, Stuttgart, Berlin, Köln, Mainz, 1975ff. (FBA) Bd. 6, S. 266.

196 ◇ 《男孩的神奇号角》与德意志浪漫主义诗歌

Kukuk! Kukuk! Kukuk! ①

我听见美妙的声音,
布谷!
我听见远处的回声,
布谷!
我就是这样时常谛听,
它总是给我带来快乐,
布谷、布谷、布谷!

这里的"我"在倾听鸟儿的歌唱,布谷、布谷的歌声传来,有远有近,婉转悦耳,不仅形成动听的音乐旋律,而且恍然中还造成了一个清空的世界,让读者也感到了心旷神怡。再看一例:

例 2
Hutsch he! hutsch he!
Der Achermann säet,
Die Vögelein singen,
Die Kernlein zerspringen
Hutsch! he! hutsch he!②

呼什呵! 呼什呵!
那个农人在播种,
那些鸟儿在唱歌,
那些种子撒开来

---

① Clemens Brentano, *Sämtli che Werke und Briefe*, hrsg. Von Jürgen Behrens, Konrad Feilchenfeldt, Wolfgang Frühwald, Christoph Perels und Hartwig Schultz, Verlag W. Kohlhammer, Stuttgart, Berlin, Köln, Mainz, 1975ff. (FBA) Bd. 6, S. 302.
② Clemens Brentano, *Sämtli che Werke und Briefe*, hrsg. Von Jürgen Behrens, Konrad Feilchenfeldt, Wolfgang Frühwald, Christoph Perels und Hartwig Schultz, Verlag W. Kohlhammer, Stuttgart, Berlin, Köln, Mainz, 1975ff. (FBA) Bd. 8, S. 305., 相关注释见 Bd. 9 - 3, S. 551.

呼什呵！呼什呵！

这是一首儿歌，首尾两行都是拟声词，注释说明是在模仿撒种的声音。而"呼什呵"的一再重复，形成了一种欢快的节奏，像是应合着撒种的节拍，也像是孩子们在一旁拍手叫喊助兴，天真而快乐。

明喻—博喻

民歌的创作根本上靠形象思维，比喻就是其手段之一，它又细分为明喻、暗喻、借喻、博喻等，在中国诗学中通称为"比兴"。具体地说来，明喻就是"A 像 B"模式，A 与 B 是两种不同性质的事物，但它们之间有相似之点。结构上本体和喻体之间有一个"像""如"之类的喻词，比如"姑娘好像花一样"，其中"姑娘"是本体，"花"是喻体，其间的相似点是"美丽"，而"好像"是喻词。如果几个明喻连续出现，就成了博喻，《号角》中的精彩的例子如下：

1
O Ewigkeit, o Ewigkeit!

Wie lang bist du, o Ewigkeit,

Doch eilt zu dir schnell unsre Zeit,

Gleich wie das Heerpferd zu dem Streit,

Nach Haus der Bot, das Schiff zum Gestand,

Der schnelle Pfeil vom Bogen ab.

2
Ewigkeit, u. s. w.

Gleich wie an einer Kugel rund,

Kein Anfang und kein End ist kund;

Also, o Ewigkeit an dir,

Noch Ein- noch Ausgang finden wir. [1]

---

[1] Clemens Brentano, *Sämtliche Werke und Briefe*, hrsg. Von Jürgen Behrens, Konrad Feilchenfeldt, Wolfgang Frühwald, Christoph Perels und Hartwig Schultz, Verlag W. Kohlhammer, Stuttgart, Berlin, Köln, Mainz, 1975ff. (FBA) Bd. 6, S. 257.

永恒啊永恒，
你是那么的悠远，
可我们的时间却跑得那么快，
如同飞驰的战马，
如同奔家的人，如同启碇的船，
如同射出的箭。

永恒啊永恒，
如同一颗弹丸滚圆，
没有头也没有尾；
但永恒对于你，
却能找到进口和出口。

这是《永恒》的前两节，是一首 1625 年的宗教歌，全篇共 7 节 36 行。这里它连续用了五个比喻，前四个形容时光流逝之快，十分生动，让人想到苏轼的《百步洪》①。后一个用弹丸形容永恒的"没有开端和结束"，颇为新巧。时间和永恒等都是哲学概念，难以诠释，这里通过形象的比喻来说明，实在是高明的手法。这样的比喻单个看是明喻，整体看就是博喻。其他如《真理》（"Wahrheit"）②把人们须臾不可离的火、水、空气等比作人见人爱的少女，把枯燥的道理人性化，感性动人了很多。较之于明喻，《号角》中的暗喻更多。

暗喻

所谓暗喻就是"A 是 B"模式，本体和喻体之间有相似点却没有喻词，因为去除了这一层"隔膜"，所以显得更加生动。

---

① 苏轼《百步洪》中有："长洪斗落生跳波，轻舟南下如投梭。水师绝叫凫雁起，乱石一线争磋磨。有如兔走鹰隼落，骏马下注千丈坡。断弦离柱箭脱手，飞电过隙珠翻荷。"

② Clemens Brentano, *Sämtliche Werke und Briefe*, hrsg. Von Jürgen Behrens, Konrad Feilchenfeldt, Wolfgang Frühwald, Christoph Perels und Hartwig Schultz, Verlag W. Kohlhammer, Stuttgart, Berlin, Köln, Mainz, 1975ff.（FBA）Bd. 7, S. 5f.

第一章 《男孩的神奇号角》 ◇ 199

Wer sehen will zween lebendige Brunnen,
Der soll mein zwey betrübte Augen sehen,
Die mir vor Weinen schier sind ausgerunnen.

Die Augen mein, vertrocknet tiefe Brunnen,
Durch Weinen sind so gänzlich ausgerunnen,
Daß ich dewegen muß gar bald verschmachten
Beym vollen Brunnen, wo ich nächtlich wachte. [1]

谁看到两眼活水井,
那就是我的眼睛,
泪水涟涟滢滢。

我的眼睛是深深的枯井,
因为眼泪已经流干,
但很快又有井水充盈,
那是夜不成寐的时候。

上面所引出自组歌《爱情感伤》,其中有两个暗喻,新颖又生动。先是说眼睛像活水井,因为泪水涟涟。后面说像深深的枯井,因为泪已经流干,然后是夜不成寐时的委屈,眼泪不觉又流下来,把爱情的痛苦婉曲地表现出来。

借喻

借喻的特点是不出现本体,直出喻体,此种比喻更为巧妙,中国有"忽如一夜春风来,千树万树梨花开",我们看德国的:

Sag mir o Mägdelein, was trägst im Körbelein

---

[1] Clemens Brentano, *Sämtliche Werke und Briefe*, hrsg. Von Jürgen Behrens, Konrad Feilchenfeldt, Wolfgang Frühwald, Christoph Perels und Hartwig Schultz, Verlag W. Kohlhammer, Stuttgart, Berlin, Köln, Mainz, 1975ff. (FBA) Bd. 8, S. 7f.

200　◇　《男孩的神奇号角》与德意志浪漫主义诗歌

>So schwer und dich bemühest?
>Es ist ein Knäbelein, der hat das Herze mein
>So oftmals sehr betrübet,①

>小姑娘，告诉我，篮子里是什么？
>这么沉，让你这么费力？
>我的心，一个男孩
>常把它狠狠踩躏。

这个借喻十分新奇，可以这样理解：篮子为什么那么沉，因为装着"我"的心。作者巧妙地把不可称量的"心情沉重"，转化为"物质沉重"，还用一个小篮子来提，让我们想到李清照的"只恐双溪舴艋舟，载不动许多愁"，一东一西、异曲同工。

隐喻

隐喻是通过另一事来感知、体验、想象、理解此一事，两事之间并没有联系。隐喻是诗歌的常用手法。

>Flora sticket ein Purpurkleid,
>Mit Veilchen und Narcissen,②

>曙光女神正在刺绣，
>用紫罗兰和水仙绣一条长裙。

这里的本体是晨光中的草原，上面点缀着星星点点的野花。但作者既没明说，也未展开形色的具体描写，而是改换了思路，引出晨光女神，

---

① Clemens Brentano, *Sämtliche Werke und Briefe*, hrsg. Von Jürgen Behrens, Konrad Feilchenfeldt, Wolfgang Frühwald, Christoph Perels und Hartwig Schultz, Verlag W. Kohlhammer, Stuttgart, Berlin, Köln, Mainz, 1975ff. (FBA) Bd. 8, S. 30f.

② 文本及注释分别见 Clemens Brentano, *Sämtliche Werke und Briefe*, hrsg. Von Jürgen Behrens, Konrad Feilchenfeldt, Wolfgang Frühwald, Christoph Perels und Hartwig Schultz, Verlag W. Kohlhammer, Stuttgart, Berlin, Köln, Mainz, 1975ff. (FBA) Bd. 6, S. 386.

她用各色的花朵来绣自己的长裙。于是不仅让静态变成动态，更让自然焕发出"神"的光彩，显得更为光华灿烂。

象征

象征是通过具体的形象来表现某种抽象的概念或思想，跟隐喻不同，下面是一例：

篱笆上站着一只布谷鸟
天降大雨淋湿了它的羽毛，
这时出来太阳高照，
布谷鸟又变得漂亮。
于是它振起翅膀，
要飞过湖面离开，
布谷、布谷、布谷。

可它很快地飞回来，
歌声恐惧、沉重又悲哀。
"我曾被金环套住
套在我爱人的床上，
我的翅膀已经飞不起来，
再给我套上金环吧，
布谷、布谷、布谷。"[1]

布谷鸟显然是一个"被牢笼"的象征，这里的 Ringelein 既是"金环"也是戒指，代表着婚姻，它让人失去自由，失去自身的能力。有意思的是，这只鸟儿想挣脱束缚，但因为豢养久了，已经失去了自立的能力，所以又飞了回来，这跟中国"金丝鸟笼"的故事相近但却有不同的寓意。也可见同样的形象可以表达不同的思想，这就是象征。再看"折

---

[1] Clemens Brentano, *Sämtliche Werke und Briefe*, hrsg. Von Jürgen Behrens, Konrad Feilchenfeldt, Wolfgang Frühwald, Christoph Perels und Hartwig Schultz, Verlag W. Kohlhammer, Stuttgart, Berlin, Köln, Mainz, 1975ff. (FBA) Bd. 6, S. 304.

花"的含义：

> 在花园里，
> 有朵花惹我注意，
> 我折下这支玫瑰，
> 她属于我自己。
> …………
> 我拿起这美丽的玫瑰，
> 锁到小屋里，
> 把它放在一个地方，
> 在那里永不会凋谢。①

这里的"玫瑰"象征爱情，"折"和"锁到小屋里"暗示着"占有"。也就是说，表面上的花园采花，隐含着一个男子的性爱和性占有，这在《号角》中反复出现。其他如猎人打猎，就是"猎爱人"，这也几乎是所有猎人之歌的共同主题。显然民歌的象征不仅是典型的表现手段，而且有固定的意义指向。

意象

意象就是寓"意"之"象"，是民族文化和民族心理积淀出的意义符号，中国诗歌有自己的意象系统，而《号角》也展示了德意志文化的系列意象。其中最典型的就是玫瑰，代表着情爱，这从上面的很多例证可以看出来。玫瑰之外还有很多，下面列举若干。

1. 花园

花园是 16 世纪以来的意象，首先它寓意着上帝的所在，是天堂乐园的尘世投射，跟基督教信仰有关，请看下面两例：

> 玛丽亚走进花园，

---

① Clemens Brentano, *Sämtliche Werke und Briefe*, hrsg. Von Jürgen Behrens, Konrad Feilchenfeldt, Wolfgang Frühwald, Christoph Perels und Hartwig Schultz, Verlag W. Kohlhammer, Stuttgart, Berlin, Köln, Mainz, 1975ff.（FBA）Bd. 7, S. 12.

遇到三个青年。①

这是圣母玛丽亚的传说故事。下面的主人公是一个虔诚的基督徒：

她早早走进花园，
跪下双膝，
她满心诚意地呼唤
耶稣，她最爱的新郎。②

这个虔诚的女孩要嫁给耶稣，这是婚礼的场景。后面的情节是耶稣出现，把她带到天堂。主题是以永恒的爱否定世俗的婚姻爱情。此外，花园也是少女思春以及爱情的邂逅之地，很像我们《牡丹亭》中的后花园。

苏丹有个小女儿，
她早早地起来，
想去她父亲的花园
采一些花。
…………
我深深地爱上了他，
让我好好看看他！
我愿意父亲的王国
能由他建成一个花园。③

---

① Clemens Brentano, *Sämtliche Werke und Briefe*, hrsg. Von Jürgen Behrens, Konrad Feilchenfeldt, Wolfgang Frühwald, Christoph Perels und Hartwig Schultz, Verlag W. Kohlhammer, Stuttgart, Berlin, Köln, Mainz, 1975ff.（FBA）Bd. 6, S. 71.

② Clemens Brentano, *Sämtliche Werke und Briefe*, hrsg. Von Jürgen Behrens, Konrad Feilchenfeldt, Wolfgang Frühwald, Christoph Perels und Hartwig Schultz, Verlag W. Kohlhammer, Stuttgart, Berlin, Köln, Mainz, 1975ff.（FBA）Bd. 6, S. 62.

③ Clemens Brentano, *Sämtliche Werke und Briefe*, hrsg. Von Jürgen Behrens, Konrad Feilchenfeldt, Wolfgang Frühwald, Christoph Perels und Hartwig Schultz, Verlag W. Kohlhammer, Stuttgart, Berlin, Köln, Mainz, 1975ff.（FBA）Bd. 6, S. 13.

苏丹的女儿因为采花，看上了种花的园丁，于是演绎了一场世俗的爱情。总之，因为花代表着女孩和爱情，所以采花、折花、花园这些相关的意象就自然而然地跟爱情共生了。

2. 夜莺

夜莺因其在夜间歌唱，歌声甜美动听，撩人情思，所以成为情人间传递心曲的使者，如同中国文字中传书的鱼、雁。

1
夜莺：
年轻的姑娘你听我说，
我是夜莺娘娘，
我从一座大屋飞过，
一位真诚的男士
派我来问候你。
现在你听我说。
....
3
少女：
你是夜莺娘娘，
我听你说，
你飞过一座大屋，
一位真诚的男士
派你来问候我，
现在你听我说。[1]

这是一首分角色的对唱，夜莺正是那个"青鸟殷勤为探看"的青鸟。

---

[1] Clemens Brentano, *Sämtliche Werke und Briefe*, hrsg. Von Jürgen Behrens, Konrad Feilchenfeldt, Wolfgang Frühwald, Christoph Perels und Hartwig Schultz, Verlag W. Kohlhammer, Stuttgart, Berlin, Köln, Mainz, 1975ff.（FBA）Bd. 7，S. 200.

夜莺在德语诗歌中常被称为 Frau Nachtigal。Frau 以前是对已婚女性的称呼，直译是"夜莺夫人"，汉译西诗习惯上译作"夜莺娘娘"，如同"夜莺阿姨"，较为亲切家常，符合民歌口吻。下面是另一例：

1
夜莺我听你歌唱，
心都要碎了，
你快来告诉我，
我该怎么做。
2
夜莺，我看见你
跑到溪边喝水，
用你的小嘴巴，
像是品味美酒。
3
夜莺你住在个好地方，
住在菩提树上，
美丽的夜莺娘娘，
捎给我爱人一千个问候！①

这是对夜莺倾诉内心的苦闷和思念，最后拜托它问候心心念念的爱人。

3. 菩提树

菩提树的叶子呈心形，于是成为一个爱情的意象。

一棵菩提树向深谷俯望，
上面狭窄而下面宽敞，

---

① Clemens Brentano, *Sämtliche Werke und Briefe*, hrsg. Von Jürgen Behrens, Konrad Feilchenfeldt, Wolfgang Frühwald, Christoph Perels und Hartwig Schultz, Verlag W. Kohlhammer, Stuttgart, Berlin, Köln, Mainz, 1975ff.（FBA）Bd. 6, S. 87.

那下面坐着一对情侣,
他们因为相爱痛苦全忘。①

这是《爱情的考验》的第一节,男子要远行,二人在菩提树下说情话。第一行就出现菩提树,预示着他们的爱情经得起考验。再看一例:

他跟我分手是在冬天,
转眼就到了葱茏的夏天;
他转来又爱上了我,
于是又回到我身边。

在我父亲的房门对面,
长着一棵绿色的菩提树,
上面站着夜莺娘娘
它的歌声清脆婉转。②

不只有菩提树和夜莺,而且四季转换都有寓意,生机勃发的夏季、葱郁的菩提和歌唱的夜莺都在烘托爱情。再看一例:

一个猎人心情正好,
他来到菩提树下
开心打猎,
他用风一样的快速

---

① Clemens Brentano, *Sämtliche Werke und Briefe*, hrsg. Von Jürgen Behrens, Konrad Feilchenfeldt, Wolfgang Frühwald, Christoph Perels und Hartwig Schultz, Verlag W. Kohlhammer, Stuttgart, Berlin, Köln, Mainz, 1975ff. (FBA) Bd. 6, S. 57f.

② Clemens Brentano, *Sämtliche Werke und Briefe*, hrsg. Von Jürgen Behrens, Konrad Feilchenfeldt, Wolfgang Frühwald, Christoph Perels und Hartwig Schultz, Verlag W. Kohlhammer, Stuttgart, Berlin, Köln, Mainz, 1975ff. (FBA) Bd. 8, S. 138.

打到很多猎物。①

在菩提树下行猎，自然是寻找爱人，最后他找到了甜蜜的爱情。猎人是民歌的一个主角，森林是他的背景，也是民歌的重要意象。

4. 森林

德意志的土地上森林遍布，村庄和森林连成一片，人们就生活在森林边上。相对于阳光普照的原野，森林就是一个阳光遮蔽阴暗的地方，里面人迹罕至，传说生活着各种精灵，神秘又可怕，格林童话中的白雪公主也好，小红帽也好，背景都是森林。《号角》中的森林，首先是猎人的地盘，其次有女孩，她们在森林里或被猎人"猎获"，或被坏人劫持。森林意象代表着一个阴森、恐怖又带有神秘气息的地方，这个意象在汉族民歌中基本没有。

一个猎人骑在马上，
清晨时分心情正爽，
他要在绿色的森林打猎，
骑着骏马带着猎狗。②

这是典型的森林猎人一体的意象。下面是女孩和森林：

有个女孩早早起床，
离天亮还有三个钟头，
她想进到森林，
去采浆果。

---

① Clemens Brentano, *Sämtliche Werke und Briefe*, hrsg. Von Jürgen Behrens, Konrad Feilchenfeldt, Wolfgang Frühwald, Christoph Perels und Hartwig Schultz, Verlag W. Kohlhammer, Stuttgart, Berlin, Köln, Mainz, 1975ff.（FBA）Bd. 6, S. 294.

② Clemens Brentano, *Sämtliche Werke und Briefe*, hrsg. Von Jürgen Behrens, Konrad Feilchenfeldt, Wolfgang Frühwald, Christoph Perels und Hartwig Schultz, Verlag W. Kohlhammer, Stuttgart, Berlin, Köln, Mainz, 1975ff.（FBA）Bd. 6, S. 298.

当她走进森林，
遇到猎人的帮工。
"你还是快回家，
这样主人看着不好。"①

这个女孩随后又遇到了猎人之子，以后她怀孕、生子、死去。其中细节都略去未表，只给了我们一个悲剧结局，所以这个黑森林的故事就更加神秘恐怖。其他的意象如乌鸦出现在坟地，鸟儿代表自由等则跟汉族民歌有相通之处。

描写

描写是文学的基本手法，就是用生动感性的语言，把具体的形象呈现出来。民歌的描写有铺陈的特点，就是从各个不同的角度，面面俱到的描写，华夏民歌同样如此。而文人诗讲究精要，以点带面，与此不同。下面的片段是对一只号角的描写：

…………
他手里拿着一支号角，
上面有金箍四道；
3
美丽的宝石
镶在黄金里面，
还有很多珍珠
夺目闪耀。
4
那号角由象牙雕成，
如此之大世上难找，
如此精美还不曾有，

---

① Clemens Brentano, *Sämtliche Werke und Briefe*, hrsg. Von Jürgen Behrens, Konrad Feilchenfeldt, Wolfgang Frühwald, Christoph Perels und Hartwig Schultz, Verlag W. Kohlhammer, Stuttgart, Berlin, Köln, Mainz, 1975ff. (FBA) Bd. 7, S. 203.

顶头上还有一个小环。
5
它像银子一样闪亮，
拴着成百的小铃铛，
它们由黄金打造，
黄金出自深深的大海。
6
它由一位仙女做成
奉献给皇后，
希望得到真心的赞美
因为她美丽又智慧。①

对这支号角的描写共用了 18 行，几乎占了全篇 40 行的一半。它从装饰、材质、出处等各个方面进行了细致的描写，极尽炫饰与夸张，最后更是通过仙女和皇后使其价值再"升级"。这让人想到荷马史诗中对盾牌的描写，看来这是中外民间文学源远流长的传统。下面是对美人的描写，原文出自 16 世纪，是时代很早的民歌：

1
我妻子的红唇，
燃烧着鲜红：
就像一朵红玫瑰
刚刚绽放。
就像红宝石
在金饰上闪亮：
就像一块煤，
在火焰中燃烧。

---

① Clemens Brentano, *Sämtliche Werke und Briefe*, hrsg. Von Jürgen Behrens, Konrad Feilchenfeldt, Wolfgang Frühwald, Christoph Perels und Hartwig Schultz, Verlag W. Kohlhammer, Stuttgart, Berlin, Köln, Mainz, 1975ff. (FBA) Bd. 6, S. 11f.

2
她的颈子白，她的眼睛亮，
一头金发泛波浪；
她的身子白过雕像，
世上没有一个大师，
能画出如此的美人。①

这是丈夫夸耀妻子之美，不但细腻而且性感，前一节是"特写"，用了8行描写红唇，就只一个"红"反复比喻形容，可谓穷极，后一节则是"全身像"，有重点有省略，如同写意美人图。如此的描写《号角》中还有若干，在汉族民歌中也似曾相识，比如《诗经·卫风·硕人》的"手如柔荑，肤如凝脂，领如蝤蛴，齿如瓠犀。螓首蛾眉，巧笑倩兮，美目盼兮"云云。可见民歌描写美人都是尽心尽意，极尽形色。总之，民歌创作有自己的路数，根本点在思维重形象，语言表现重声音效果，这或许是歌唱的音乐旋律对诵读的诗行发生的影响。

三 叙事艺术

叙事就是讲一个故事，《号角》除了抒情的歌之外，还有不少叙事的谣曲，它们在情节上有一定的原型，艺术上则有自己的特质。先说叙事手法。

叙事手法

叙事手法就是把一个故事讲清楚、说明白所采用的方式方法。叙事一般有几种类型，比如按时间先后依次叙述情节的，称为顺叙。把时间顺序颠倒过来的就是倒叙，其他还有插叙、补叙、分叙等。再就是叙述视角，即作者所确定的叙述主体及反映生活的观察点和立足点。它大致可分三种：全知叙述、限制叙述和纯客观叙述。而在这些林林总总之中

---

① Clemens Brentano, *Sämtliche Werke und Briefe*, hrsg. Von Jürgen Behrens, Konrad Feilchenfeldt, Wolfgang Frühwald, Christoph Perels und Hartwig Schultz, Verlag W. Kohlhammer, Stuttgart, Berlin, Köln, Mainz, 1975ff. (FBA) Bd. 8, S. 115.

民歌有自己一以贯之的"大法"。

1. 传统的"歌者叙述"

谣曲因为篇幅较长,不是民间百姓的口头传唱,而是职业歌者的演唱。这些人的记忆里积存着很多故事,在德意志的大地上边走边唱,有些固定的路线和场所。艾辛多夫家是贵族,每年都接待这些行吟歌者,住在他家,跟他们一起到森林玩耍,艾氏最初的民歌启蒙就来自这些民间歌者。因为这种演出的特性,形成了谣曲的较为固定的叙事模式,即歌者以叙事人的身份,以全知的视角讲述一个线性的完整故事,因为有劝善之心,最后还有一段警示教谕性的总结,代表性的有前面所引的《圣乔治骑士》("Ritter ST. Georg")[1]、《骑士与女仆》("Der Ritter und die Magd")[2]、《国王的孩子》("Edelköniges-Kinder")[3] 等,下面是堪称佳作的《汤豪塞》("Der Tannhäuser"),因为篇幅较长,评注夹在节间。

1

现在我就要开始,
我们要一唱汤豪塞的故事,
他做了什么不寻常的事,
跟那位维纳斯女士。

开头就出现了"我"这个第一人称的全知全能的叙事者,这是典型的民歌套路。

---

[1] Clemens Brentano, *Sämtliche Werke und Briefe*, hrsg. Von Jürgen Behrens, Konrad Feilchenfeldt, Wolfgang Frühwald, Christoph Perels und Hartwig Schultz, Verlag W. Kohlhammer, Stuttgart, Berlin, Köln, Mainz, 1975ff. (FBA) Bd. 6, S. 142ff.

[2] Clemens Brentano, *Sämtliche Werke und Briefe*, hrsg. Von Jürgen Behrens, Konrad Feilchenfeldt, Wolfgang Frühwald, Christoph Perels und Hartwig Schultz, Verlag W. Kohlhammer, Stuttgart, Berlin, Köln, Mainz, 1975ff. (FBA) Bd. 6, S. 46ff.

[3] Clemens Brentano, *Sämtliche Werke und Briefe*, hrsg. Von Jürgen Behrens, Konrad Feilchenfeldt, Wolfgang Frühwald, Christoph Perels und Hartwig Schultz, Verlag W. Kohlhammer, Stuttgart, Berlin, Köln, Mainz, 1975ff. (FBA) Bd. 7, S. 249ff.

2
汤豪塞是一个好骑士,
他想亲眼看看奇迹,
于是走进维纳斯山,
去找另外的漂亮女人。

骑士在中世纪文学和民歌中是一个符号性的形象,代表着爱情和冒险。这里的维纳斯山是一个传说中的淫乐窟,主人就是维纳斯。她是德意志民间传说吸收了罗马神话又被基督教驯化后衍化出的"诱惑"魔女。而汤豪塞"去找另外的漂亮女人",暗示他已有家室,但他还是要另觅新欢,且原文是复数,可见他就是要到风流魔窟去放荡一回,这就是他所谓的"奇迹"。但按照基督教的伦理,这是万劫不复的"罪恶"。

3
"汤豪塞先生,我爱你,
这一点你不要忘记,
你曾对我发过誓言,
不会离我而去。"

维纳斯似乎发现了什么,所以有些不放心,重申长相守的誓言。但这个爱情誓言显然跟第一节复数的"美女"有冲突,说明维纳斯要求"专一",而汤豪塞并不够"专一"。从相互的称谓看,两人的关系是情人而非夫妻。

4
"维纳斯女士,我没有变心,
我要提出抗议,
没人说过这话,除非你,
上帝为我主持正义。"

以上两节先是维纳斯的重申，再是汤豪塞辩白，看来两人之间出现了问题。

5
"汤豪塞先生，你怎么这样说话！
你应该待在我们这里，
我把我的玩伴给你，
做你忠实的女人。"

维纳斯以为他喜新厌旧，于是想用另一个女子留着他。看来她是个为爱可以委屈自己的颇为"强大"且有些城府、手段的女子。

6
"如果我有这样的想法，
要找另外一个女子，
那么我必定下地狱，
遭受永远的火刑。"

男人诅咒发誓地证明自己没有二心。"地狱""火刑"点明基督教最后的审判，说明汤豪塞是个基督徒。而两人的对话很像是里巷中人，十分生动。

7
"你总是说地狱之火，
但你从来也没见过，
还是想着我的红唇吧，
它总是对你微笑。"

维纳斯显然不相信什么天堂地狱之类的说教，她更看重现实的生活和欲望，这里是赤裸裸的色诱。

8
"你的红唇能帮我什么,
我对这没一点兴趣,
维纳斯女士,还是让我休假吧,
凭着所有妇女的荣誉。"

汤豪塞显然对情色感到厌倦,所以请求"休假"。"休假"就是"暂离此地",也是"分手离开"的婉转说法。

9
"汤豪塞先生,你想得到假期,
我可不想给你,
汤豪塞你就待在这儿吧,
好好享受你的生命。"

10
"我的身体已经虚弱,
我不能再待在这里,
温柔的女士,给我放个假吧,
离开你引以为傲的肉体。"

11
"汤豪塞先生你可不要这么说,
你好像有些不惬意,
让我们进入闺房,
去玩私密的爱情游戏。"

12
"你的爱情已经变成我的痛苦,
我心里想的就是,
哦,维纳斯,高贵温柔的少女,
你就是一个魔鬼。"

13
"汤豪塞啊,你怎能这样说话,
竟然来辱骂我?
你应该继续待下去,
为你这些话悔过。

这一大段的对话表明了二人之间的矛盾,表面看是汤豪塞对现有生活的厌倦,实质是维纳斯代表了罪恶的情欲,而汤豪塞对此已有所醒悟,所以想离开她以拯救自己。

14
"汤豪塞你想要休假,
去跟老爷子说一声,
不论你走到哪儿,
你都要说我的好话。"

情节突然一转,维纳斯态度大变,同意他离开,显得有些断裂。兀然出现的"老爷子",是传说中维纳斯山上的一位隐士,给迷路的行人指引路径。此处无意间串杂在一起,这正是民歌粗疏的毛病。总之这一节无论原文还是《号角》的编者都有所疏漏。

15
汤豪塞从山里走出来,
心里悔恨又痛苦:
"我要去虔诚的罗马城,
把一切向教皇倾诉。

这里的"悔恨"才说出要点,他悔恨过去的情欲放纵,要向教皇忏悔,以获得拯救。

16
"现在我快活上路,
天主一定掌管着这事,
我就去见教皇乌尔班,
不知他是否会关照我。

这两节只有一个意思,就是去罗马见教皇,但话说得啰唆,如同我们的评书,正是民间说唱文学散漫的特征。

17
"教皇,我的精神之父,
我向您倾诉,
我一生犯下的罪过,
要全都对您说。

18
"我整整有一年,
待在一位妇女维纳斯身边,
现在我想忏悔认罪,
看我能否面对天主。"

汤豪塞直接对教皇说明自己的情由,2节8行的信息量稀薄。

19
那教皇有一根白色的手杖,
是用枯树枝做成。
"如果这手杖能长出绿叶,
你的罪过就可以赦免。"

教皇的态度很冷漠,显然他自己就不相信枯枝能长出绿叶,这等于是拒绝了汤豪塞。

20

"我大概在这世上,
活不过一年,
所以我想着忏悔认罪,
求得上帝的赦免。"

汤豪塞显然有些动情,并且清楚地说明了此行的目的,而这正是题旨所在。可以写得厚实些,但这里只有寥寥 4 行,显得有些单薄。

21

于是他从城里出来,
充满痛苦和忧伤:
"圣母玛丽亚,纯洁的少女,
我不得不跟你道别。

22

"我这就再回到山里,
永远地、永远地,
跟我的妻子维纳斯在一起,
这是上帝的意旨。"

这里第一次在心里认可维纳斯是他的妻子,并认为这是上帝的意旨。

23

"欢迎欢迎,好人汤豪塞,
我早就在想你,
欢迎我最亲爱的先生,
你是好样的,终于回心转意。"

教皇让汤豪塞绝望,所以他又回到维纳斯身边,回到了原来自由随性的生活，这本是他要摆脱的罪恶，但因为教皇拒绝了他的忏悔，堵死了他的救赎之路，他于是再次"堕落"。

24
这事过了三天，
那个手杖开始变绿，
于是派使者到全国各地，
打听汤豪塞的踪迹。

25
那时他已经回到山中，
他要在这里一直待下去，
一直待到世界的末日，
那是上帝的指引。

大结局：教皇想找回汤豪塞，但已经找不到，他要跟维纳斯相守一生。这显然是一个世俗的人生故事。

26
任何一个神父都不该这样，
不该对人怀疑，
如果他想忏悔认罪，
就该赦免他的罪。①

卒章显其志：告诫教士们应该信任人们忏悔的诚意，帮助他们实现救赎愿望。这无疑是基督教的立场。

---

① Clemens Brentano, *Sämtliche Werke und Briefe*, hrsg. Von Jürgen Behrens, Konrad Feilchenfeldt, Wolfgang Frühwald, Christoph Perels und Hartwig Schultz, Verlag W. Kohlhammer, Stuttgart, Berlin, Köln, Mainz, 1975ff.（FBA）Bd. 6, S. 80ff. 关于文本的修改及注释见 Bd. 9 – 1, S. 189ff.

第一章 《男孩的神奇号角》　219

　　这本是一个著名的传说，其中除维纳斯之外都是13世纪的真实人物，汤豪塞是一个宫廷爱情诗歌手，跟当时的诸侯和乌尔班教皇（1261—1264在位）都有直接间接的交集。此谣曲采自一部1668年印行的书，编者的文字改动极小，局限在正字法及一些小词，主要在整饬诗律，使其流畅，而"叙事"还是原貌。

　　从叙事的角度看，它由一个全知视角的叙述人"我"贯穿全篇，起承转合，讲了一个完整生动的人生故事，是典型、传统的谣曲叙事，平实稳妥，但详略有些不当。前面用在"维纳斯山"的笔墨太多，而其后的"觉悟""忏悔"又太单薄，于是主题就不很显豁突出。从结尾来看，其立意在宗教：教谕神职人员，要相信人们救赎的真诚，帮助他们解脱，否则他们就会重回罪恶之路。歌德也看出其"重大的基督教——天主教主题"。但海涅却对其中的爱情描写大为赞赏。认为这是一场爱情激战，心上流淌着鲜血。两人对话展现的温情无出其右[①]。这种不同的看法其实正折射出宗教和世俗两条主线的纠结。从宗教救赎的立场看，其逻辑是这样的：汤豪塞最初离家不是去寻找真正的爱情，而是去找漂亮女人寻乐（原文中的"女人"是复数），维纳斯山恰好就是这样一个众美聚居的情山欲海。汤豪塞来到这里，跟维纳斯在一起，就是被"诱惑"而堕落，这就是罪恶。但他以后有所醒悟，于是有了忏悔的愿望，离开维纳斯去寻求救赎。但教皇却不肯相信他的真诚，拒绝了他，于是他只好重新回到过去，一个可能被拯救的灵魂刚刚看到光明，却再次堕入黑暗。这是教皇的过失，意在告诫牧灵的人。但从世俗的眼光看来，教皇固然冷漠无情，但因此汤豪塞回心转意，跟维纳斯过恩恩爱爱的小日子似乎更值得庆幸。我们看这世俗的逻辑：维纳斯代表着情欲，但她并非邪恶，而是真爱。而当汤豪塞回归，他已经认可了维纳斯，已经把她看作了妻子，要跟她厮守着好好过日子。可见罗马的碰壁让他认清了人生之路，从采花的轻薄浮荡变得脚踏实地。这实际表明了世俗爱情的胜利。但如此的逻辑就把最后一节变成了"蛇足"。造成这种状况的原因是，叙事在起承

[①] Clemens Brentano, *Sämtliche Werke und Briefe*, hrsg. Von Jürgen Behrens, Konrad Feilchenfeldt, Wolfgang Frühwald, Christoph Perels und Hartwig Schultz, Verlag W. Kohlhammer, Stuttgart, Berlin, Köln, Mainz, 1975ff. (FBA) Bd. 9–1, S. 192.

转合之间缺少对人物思想脉络的把握，对"罪恶""救赎""爱情""幸福"等关键词也没有直接强调，于是主题显得不够清晰。其他如突然出现的"老爷子"，以及跟其他女人的关系等都是民间文学常见的粗疏之处。如果我们看海涅版的《汤豪塞》，其间高下就更清楚了。

2. 文学化的人物内视角

除了全知叙述之外，还有限制叙述，比如从人物视角出发的叙述。这较之前者，如同是讲自己的故事，所以更有代入感，也就更生动。我们看下面的《修女》，短注夹在节间，并列的斜体字是原文。

    1
    我站在高高的山上
    向那莱茵河俯视，
    有一条小船驶来，
    上面有三个骑士。

人物"我"的内视角，原文用过去时，显然是在叙述一件过去的事，是"想当年"。其视野开阔，景物雄浑，有气势，有诗意，并形成高下、大小的对比。

    2
    其中有一位最年轻，
    他是伯爵的公子，
    曾答应娶我，
    他还那么青葱。
    3
    他从他的手指，
    褪下一枚黄金的戒指：
    "拿着，漂亮美女，
    我死后你带上它！"

用对话进入情节，并且预感到了悲剧。

4
"如果我不能戴上,
我要这戒指何用?"
"你就说,这是捡的,
在外面的绿草地上。"
5
"这可是骗人说谎,
让我心里郁闷不爽,
我更想说的是:
那年轻的伯爵就是我的夫君。"
6
"小姑娘,如果你稍稍富有,
如果你出身高贵,
那么我就一定娶你,
那样我们才般配!"
7
"虽然我不富有,
但是我自爱自重。
我要持守自尊,
等到那个跟我般配的人。"
8
"如果等不到般配的人,
你以后怎么办?"
"那我就进修道院,
去做一个修女。"
9
过了三个月之后,
一个梦让那伯爵心痛,
似乎他最心爱的姑娘
真的进了修道院。

通过一梦转换场景，并从人物的内视角转入叙述人全知视角。

10
"起来、起来，我的马童！
赶快把我们的马备好，
我们要翻山越岭，
那个女孩是我的最爱。"

11
他们来到修道院门前，
一同敲这大房子的门；
"出来啊，你漂亮的美女，
哪怕只是一小会儿。"

12
"出去又怎么样呢？
我现在留着短发，
我的头发被剪短，   我的头发已经剪了，
已经有了整整一年。"   你再也得不到我了。

13
那伯爵大吃一惊，   男孩一跌
无言地跌坐在一块石头上， 跌坐在一块石头上，
他泪如泉涌，他泪如泉涌，
他再也没有了快乐。   心撕成了两块。

14
用她雪白的小手
她给他挖了一个墓穴，
从她棕黑色的眼里
为他流出了圣水。

15
那些只看财产的年轻人
应该引以为戒，

第一章 《男孩的神奇号角》 ◇ 223

他们常喜欢漂亮的女孩，
她们却没有足够的家产。①

此歌由 3 个原文组合而成，共 15 节 60 行，其中有 52 行出自一本 1791 年的文学杂志，具体的是第 1—48 行以及第 57—60 行。夹在其中的第 49—56 行即第 13、第 14 两节则分别采自赫尔德的《民歌》及一个手抄本。其实原来的故事已经完整自足，加入这两节实在有些多余。诗行方面改动极小，主要局限在正字法和一些小词，大改的只有第 48 行，即把"你再也得不到我了"改成了"已经有了整整一年"，可这为了叶韵而顺口而出的"一年"却跟上面的"三个月"相抵牾，出了疏漏。上面将《号角》文本和部分原文并列，可清楚地看出一些重要的修改。现在我们忽略"蛇足"，只就叙事进行分析。

从单纯的技术角度来看，用全知视角叙事、顺着故事发展的自然时间顺序展开，最方便也最稳妥，比如上面的《汤豪塞》，这是叙事诗的看家大法。其开头的套路是"从前有个……""我听说了一个故事"，或如上例"现在我就要开始，我们要一唱汤豪塞的故事"。但此歌打破了传统，开出新样，也收到了崭新的效果。其第一行"我站在高高的山上，俯望着那莱茵河"，山河之间，气象阔大，"我"的眼光、心胸和遗世独立的精神气质卓然而出。接下的两行"我看到一只船在行驶，船上有三位骑士"，自自然然地引出了男主角，而这四行诗也勾画出一幅简洁的水墨画：高山流水、美人小船（骑士），恰好形成高—下、大—小、坚稳—移动之间的对比，简洁而有深蕴，似乎象征着两人的精神境界。这一段打破常规的叙事方式，提高了它的艺术品位。接着以"我""你"之间的对话展开、推进情节，中心是"相恋"，直至这对恋人分别。然后进入第二段，这时场景变换，骑士成为主角，因为"我"的缺席，视角也随之转为了全知的第三者，中心是"诀别"。故事讲完后叙述人发表评论，批

---

① 文本及相关注释分别见 Clemens Brentano, *Sämtliche Werke und Briefe*, hrsg. Von Jürgen Behrens, Konrad Feilchenfeldt, Wolfgang Frühwald, Christoph Perels und Hartwig Schultz, Verlag W. Kohlhammer, Stuttgart, Berlin, Köln, Mainz, 1975ff. （FBA）Bd. 6, S. 66ff. 和 Bd. 9 - 1, S. 159ff.

评婚姻中的等级观念，警示来者。这个叙事的特点是融合了限制叙述和全知叙述两个模式。前者似乎是在讲自己的亲身经历，亲切、有代入感。但视角受限，"我"之外的都不在视野之中。所以当两人分处两地，就必然引入全知视角的第三者叙事。如此内视角与外视角相结合，既呈现了人物的性格、内心，又把具体的情节发展客观完整地讲述出来，不得不说是创造性的叙事佳例。

艺术特点

民歌叙事有自己的特点。因为它由民间的行吟歌手演唱，直接面对听众，所以有某些表演的成分，也就有些接近戏剧，跟案头阅读的纯文学叙事诗有所不同。

1. 对话的魅力

受演唱这种形式的规定，民歌叙事最大的特点就是植入大量的人物对话，以对话展开推进情节，跳脱而明快，减少了第三者叙事的"隔膜"。更重要的是，当人物直接出场，声口、行动、情节同步出现，既能增强感染力，还能借人物语言呈现人物性格。即以上面的《修女》为例，第3—8节的对话就十分精彩。先是年轻的骑士爱上了这个女孩，心里已经把她认作妻子，所以送她戒指以订终身。但碍于等级制度，并不想娶她，也预感到了悲剧的结局，所以说到了"死后再戴"云云。感觉这是一个有爱、懂爱但懦弱不敢抗争的人。可女孩的性格正相反，她爽朗直率，直接说出"我的夫君"这样大胆的话。当骑士不得不道出"门第"障碍时，她既没有哀求，也没有哭泣悲伤，而是用"虽然我不富有，但是我自爱自重。我要持守自尊，等到那个跟我般配的人"来回敬骑士的"不般配"之说，甚至有"做修女"的决然态度。这段话掷地有声，前半像女性解放的宣言，后半是爱情坚守的誓言，一朵"铿锵玫瑰"跃然而出。

《号角》中有不少这种骑士民女之恋，受伤的总是女孩，泪涟涟、悲切切，只有这个女孩最坚强、最有人格尊严，是其中最有女性平等意识的一个形象，而这就是靠人物语言在对话中塑造出来的。下面是《骑士和女仆》中的一段对话，女儿怀了骑士的孩子，回到娘家。

"亲爱的女儿欢迎你,
发生了什么事?

你的裙子怎么前边短
后边长?"

"发生了什么
容我慢慢跟你说:

我跟高贵的主人恋爱,
这让我有了身孕。"

"你跟高贵的主人恋爱,
这事千万别跟人说。

等你生下了孩子,
我们把他溺死。"

"别,别,亲爱的母亲,
我们让他活下来。

如果我生下孩子,
我想写信告诉他的父亲。"[1]

这里母亲只说了三句话。第一句"你的裙子怎么前边短,后边长?"显然她已经看出女儿怀孕,但对未婚的女儿不好直接问,于是婉转直辞,在普普通通的家常话中,看出母亲的"经验"和犀利的目光。第二句

---

[1] Clemens Brentano, *Sämtliche Werke und Briefe*, hrsg. Von Jürgen Behrens, Konrad Feilchenfeldt, Wolfgang Frühwald, Christoph Perels und Hartwig Schultz, Verlag W. Kohlhammer, Stuttgart, Berlin, Köln, Mainz, 1975ff. (FBA) Bd. 6, S. 47.

"这事千万别跟人说",可见她的老练事故,因为名声不好,对家庭对女孩都是道德污点。第三句"等你生下了孩子,我们把他溺死",显然这是个狠心的妇人。这首谣曲共 80 行,最后的结局是女儿被绞死、骑士殉情自杀。罪名略过,但肯定是"溺婴",至于谁是真凶,很可能就是这个狠心的母亲。而这个市井庸俗妇人形象就是通过这寥寥 6 个诗行、3 句话刻画出来的,这就是对话和人物语言的魅力。

2. 模式化的情节和熟语套话

民歌有模式化的特点,比如故事情节雷同,表现手段近似,套话熟烂,这是集体创作和行吟歌手演唱的特点所决定的。下面是三个开头,几乎一样。为说明语言特征,附上原文。

例 1

Dort oben in dem hohen Haus,

Da guckt ein wacker Mädel raus,

Es ist nicht dort daheime,

Es ist des Wirths sein Töchterlein,

Es wohnt auf grüner Heide.

上面有座高屋大房,

一个野丫头正向外张望,

那里不是她的家,

那是她爹的酒馆,

她家在绿色的草场上。[①]

例 2

Da oben auf jenem Berge,

Da steht ein goldes Haus,

Da schauen wohl alle Frühmorgen

---

① Clemens Brentano, *Sämtliche Werke und Briefe*, hrsg. Von Jürgen Behrens, Konrad Feilchenfeldt, Wolfgang Frühwald, Christoph Perels und Hartwig Schultz, Verlag W. Kohlhammer, Stuttgart, Berlin, Köln, Mainz, 1975ff.(FBA) Bd. 6, S. 201.

Drey schöne Jungfrauen heraus;

在那边的山上,
矗立着一座金色的房子,
有三个美丽的姑娘,
每天清晨向外张望。①

例 3
Dort oben auf dem Berge,
Da steht ein hohes Haus,
Da fliegen alle Morgen,
Zwey Turteltäublein raus.

在那边山上,
有一座高大的房子,
那里每天早晨,
有两只斑鸠飞出来。②

再就是"梦"的巧用,它能把虚实结合起来,实现时空的跨越,造成瞬间的转折,如同一个信使,常出现在关键时刻,下面是《修女》中的一节:

过了三个月之后,
一个梦让那伯爵心痛,
似乎他最心爱的姑娘

---

① Clemens Brentano, *Sämtliche Werke und Briefe*, hrsg. Von Jürgen Behrens, Konrad Feilchenfeldt, Wolfgang Frühwald, Christoph Perels und Hartwig Schultz, Verlag W. Kohlhammer, Stuttgart, Berlin, Köln, Mainz, 1975ff. (FBA) Bd. 6, S. 96.
② Clemens Brentano, *Sämtliche Werke und Briefe*, hrsg. Von Jürgen Behrens, Konrad Feilchenfeldt, Wolfgang Frühwald, Christoph Perels und Hartwig Schultz, Verlag W. Kohlhammer, Stuttgart, Berlin, Köln, Mainz, 1975ff. (FBA) Bd. 8, S. 331.

真的进了修道院。

梦也出现在《骑士与女仆》中的紧要关头:

就在一天深夜,
高贵的主人做个噩梦:

他最爱的心肝宝贝
死在了产褥上。

因为两地相隔,没有通信手段,只有靠梦来牵线,让情节继续。而梦本身也恰好有心灵感应的功能,所以成为文学的妙用。在得到托梦带来的信息后,男人们有同样的行动和语言,这就是命仆人备马、飞驰而去。

例1
"起来、起来,我的马童!
赶快把我们的马备好,
我们要翻山越岭,
那个女孩是我的最爱。"

例2
"起来、起来,我亲爱的马童,
备好你我两匹马,
我们得日夜兼程,
去搞清楚那个梦。"

以上两节分别出自《修女》和《骑士与女仆》,但却如出一辙。还有对"骑士殉情"及"死后"的描写,下面的出自《骑士与女仆》:

"如今你悲惨地死去,

我伤心欲绝痛苦不已。"

他抽出雪亮的剑，
刺向自己的心。
....
但是没过三个月，
他的坟上开出一朵百合。

叶子上面依稀写着，
他们两个已在天上相聚。

再看《相爱的人聚首在上帝身边》：

他抽出寒光闪闪的剑，
刺穿自己的心脏；
....
过了不到三天，
妻子的坟上开出三朵百合。
....
在第三朵上依稀写着：
他们这些相爱的人团聚在上帝身边。①

还有下面的《弗里德里希伯爵》：

到了第三天，
他的坟上长出三朵百合，
在上面依稀写着：

---

① Clemens Brentano, *Sämtliche Werke und Briefe*, hrsg. Von Jürgen Behrens, Konrad Feilchenfeldt, Wolfgang Frühwald, Christoph Perels und Hartwig Schultz, Verlag W. Kohlhammer, Stuttgart, Berlin, Köln, Mainz, 1975ff. (FBA) Bd. 7, S. 247.

他在上帝身边。①

这些情节以及语言表达何其相似，虽然它们各有出处。这是因为谣曲很多都是套路故事，活在歌者的口头，存贮在他们的记忆，情节及其表达都有一定的模式。一旦把它们放在一起，就发现似曾相识，这在民间叙事中十分常见。总之，民歌叙事有久远的传统，从中能感觉到历史的沧桑，隐现着神话的原型，也积淀着一代代人的创造和生活印记，有着深远的文学和文化史意义。而艺术上也自有短长，优长之处无以替代，白璧却也难免微瑕，可以这样说，它是诗人再创作的富矿。

3. 抒情与叙事相融通

民歌还有一个特点，这就是抒情和叙事相融通，即叙事的人物情节有碎片化的倾向，跟抒情混融一片，而抒情中也往往含有叙事成分，浑然一体，比如下面的《是谁想出了这首歌》：

1
上面有座高屋大房，
一个野丫头正向外张望，
那里不是她的家，
那是她爹的酒馆，
她家在绿色的草场上。

2
谁想得到这个丫头，
他就得有一千塔勒，
他还得发誓，
再也不去喝酒，
免得把她爹的家产喝光。

---

① Clemens Brentano, *Sämtliche Werke und Briefe*, hrsg. Von Jürgen Behrens, Konrad Feilchenfeldt, Wolfgang Frühwald, Christoph Perels und Hartwig Schultz, Verlag W. Kohlhammer, Stuttgart, Berlin, Köln, Mainz, 1975ff. (FBA) Bd. 7, S. 292.

3
是谁想出了这首歌?
水面上浮着三只鹅,
两只灰的,一只白的;
谁要是不会唱这支歌,
它们就对他吹口哨。①

此歌有人物、有情节,最后还问作者是谁,是典型的谣曲结构形式。但情节却匆匆带过,并没有展开,我们感受到的只是一个追寻爱情的女孩,她有些恃宠而骄,但又大胆精明,带有酒店老板女儿的身份特点,而歌者表达就是对这个女孩的欣赏爱慕,而最后一节"让人唱这首歌",也似余音袅袅,突出了一种情思爱恋,似叙事而多情。下面是一首著名的歌《磨坊主人的告别》:

1
在那边的山上,
矗立着一座金色的房子,
有三个美丽的姑娘,
每天清晨向外张望。
一个叫伊丽莎白,
另一个叫贝恩哈达,
第三个名字我不想说,
她应该属于我。
2
在下面的山谷里,
溪水推动着水车,
它推动的只是爱情,

---

① Clemens Brentano, *Sämtliche Werke und Briefe*, hrsg. Von Jürgen Behrens, Konrad Feilchenfeldt, Wolfgang Frühwald, Christoph Perels und Hartwig Schultz, Verlag W. Kohlhammer, Stuttgart, Berlin, Köln, Mainz, 1975ff.（FBA）Bd. 6, S. 201.

从夜晚一直到天明；
一天水车的轮子断了，
那爱情也到了尽头，
当两个情人分手，
他们彼此拉了拉手。

3
唉，唉，分手！
是谁想到了分手，
让我年轻火热的心
过早地变得哀愁。
该是一个磨坊主，
编出了这首歌，啊哈！
他被一个骑士的女儿
从爱情拖入分手。①

此歌采自艾尔维特编的歌集，是一首广为流传的民歌，阿尔尼姆在见到歌集之前就听过此歌。布伦塔诺1803年也提到过它，还曾"学唱"。《号角》的改动主要在旋律节奏，另外添加了第21—24行，即最后的4行。这显然是一首抒情歌，它把水车的转动跟爱情联系起来，长长的流水推动着水车，像是爱情源远流长，十分动人。但歌中有人物、也有情节，虽然不那么清晰，但我们其实心中明了，就是年轻的磨坊主爱上了骑士的小女儿，两人在热恋后女孩转身分手，把他推到痛苦的深渊。虽然最后四行是编者所加，但没这四行事情的原委也已经清楚。只是编者要给出一个完整的结局，已经下意识地把它当作一个"叙事"来处理。由此也可以看出，在《号角》的编者那里，叙事和抒情是相容的，你中有我、我中有你是常态。

---

① 文本及相关注释分别见 Clemens Brentano, *Sämtliche Werke und Briefe*, hrsg. Von Jürgen Behrens, Konrad Feilchenfeldt, Wolfgang Frühwald, Christoph Perels und Hartwig Schultz, Verlag W. Kohlhammer, Stuttgart, Berlin, Köln, Mainz, 1975ff.（FBA）Bd. 6, S. 96f. 和 Bd. 9 – 1, S. 225f.

总之，《号角》是一部划时代的歌集，对德语诗歌的发展产生了重大影响。这既是阿尔尼姆和布伦塔诺个人的贡献，也是文学、文化发展到一定阶段的必然。它既是对民歌的一个总结，也为布伦塔诺、艾辛多夫、海涅等诗人开辟出诗歌创作的新路，这就是引领19世纪的民歌风抒情诗。如果我们把眼光放开，就可以看到，从民歌出发，由文人吸收融会而发展出新形式、新风格，是各民族诗歌史的共同道路。中国从《诗经》、汉乐府确立的诗学和诗歌发展繁荣就证明了这一点。

第 二 章

布伦塔诺与民歌

布伦塔诺是《号角》的主要编者，也是德国浪漫派优秀的诗人。他在编辑《号角》的同时受其浸润、得其滋养，创造出自己别具民歌风情的新派诗歌，引领了一个时代，成为19世纪德语诗坛的开创性人物，因此对布伦塔诺的研究是考察《号角》的影响以及德国浪漫主义诗歌形成发展的关键。

第一节 布伦塔诺

一 家世生平[①]

克莱门茨·布伦塔诺1778年9月8日出生在德国法兰克福。祖先是意大利的古老贵族，参与军国大事。到布伦诺诺的曾祖父转而经商，1698年在法兰克福开设了一家贸易公司，开始在德国建基立业。他先是做日用品及丝绸、烟草出口，以后扩展到银行、船运等业务，其分号遍及美因茨、宾根、吕德斯海姆和阿姆斯特丹。他还资助文学艺术，比如著名的启蒙作家维兰德（Christoph Martin Wieland，1733—1813）青年时就得到过他的帮助。布伦塔诺的父亲彼得·安东（Peter Anton Brentano，1735—1797）也是一个成功的商人，经商之余积极参政，1777年被任命为法兰克福的枢密顾问和主政官员之一。歌德形容他是"一个有尊严的

[①] 这一节的资料主要来自布伦塔诺的传记 Werner Hoffmann, *Clemnens Brentano*, Francke Verlag Bern und München, 1966.

男人,性格开朗、坚强,能准确地把握理解事物"①。到他 1797 年去世,身后有 8 个儿子、6 个女儿,给他们留下 100 万古尔盾的遗产。

布伦塔诺的父亲有过三次婚姻,他的母亲马克斯米里安娜(Maximiliane Brentano, 1756—1793)是第二任。她也出身贵族,其父曾任特里尔公国的首相,政治上持启蒙立场,勤政爱民,受到民众拥戴。其母(Sophie von La Roche, 1730—1807)是个启蒙作家,代表作是 1771 年出版的小说《施泰因海姆小姐的故事》(*Geschichte des Fräulein von Sternheim*)。她有思想、机智风趣,家里笼罩着洛可可的艺术氛围,文化人汇聚,克罗卜史托克、维兰德、席勒、赫尔德的妻子卡罗琳娜(Karoline Herder, 1750—1809)都是座上客,因为同处一城,跟歌德家的往来就更多。布伦塔诺的母亲就成长在这样的文学艺术氛围之中,活跃于法兰克福的上流社会。歌德在她还是小姑娘时就认识她。在《诗与真》中歌德这样写道:"她小个子,天性自由快乐,黑黑的眼睛,脸色说不上纯净。"②歌德跟她是童年的朋友。马克斯米里安娜 18 岁时遵从父母之命嫁给了年长她 21 岁丧偶的老布伦塔诺,她自己前后生育了 9 个子女,做了一个尽责尽职的妻子、母亲和继母,在 37 岁那年死于产后。那年布伦塔诺只有 15 岁,刚刚从外地的学校被领回家。对母亲的死他悲伤不已,她是他最爱的人,也是影响了他一生的人。

布伦塔诺是个乖僻不合群的孩子,当兄弟姐妹们在院子里游戏玩耍,他却喜欢躲在阁楼里静静地看书、看景、沉溺于幻想。每当周末父亲带孩子们出门散步,大家都欢呼雀跃,他却总是找借口逃避,所以并不是讨父亲喜欢的孩子。童年时他曾几度被送到亲戚家寄养,到外地不同的中小学寄宿读书。当时的学校物质条件极差,学规极为严格,这对布伦塔诺来说难以忍受,所以他虽然聪明颖异却不是一个好学生,总是受到种种的差评和惩罚。因此他虽然辗转四处求学,所受教育却断续零碎。但他好读书,对古籍感兴趣,因为家境优越,从很早就开始买书藏书。跟启蒙以来多数受过系统教育的大家不同,他是依照自己兴趣而自学成才的。母亲看出儿子的个性和才华,对他有更多的理解,在临终前特别

---

① Werner Hoffmann, *Clemnens Brentano*, Francke Verlag Bern und München, 1966, S. 23.
② Werner Hoffmann, *Clemnens Brentano*, Francke Verlag Bern und München, 1966, S. 22.

对丈夫说出自己的愿望：让布伦塔诺进大学读书，将来从事文化工作。而父亲想把他培养成商人的努力也屡屡受挫，于是在外祖母的调解下19岁的布伦塔诺终于得以走进大学。

1797年5月布伦塔诺在哈勒大学的经济学系注册，1798年转到耶拿大学，改学医学。耶拿是早期浪漫派的中心，费希特（Johann Gottlieb Fichte，1762—1814）、谢林（Friedrich Wilhelm Joseph von Schelling，1775—1854）、施勒格尔兄弟（August Wilhelm Schlegel，1767—1845；Friedrich Schlegel，1772—1829）都在那里。而布伦塔诺的自由天性跟浪漫派的思想一拍即合，于是跻身于浪漫派的圈子，随之跨进文坛。在施勒格尔家的沙龙里，他爱上了有夫之妇梅罗（Sophie Mereau，1770—1806），在她身上看到了母亲的影子。梅罗长他8岁，能诗善文，是一个哲学教授的妻子，两个孩子的母亲。这样的爱情，显得不合情理道德，但浪漫派中人就是要听从内心、任意而行，在爱情上有意对抗主流社会的伦理，而施勒格尔兄弟、谢林各有自己的浪漫情史，都成为他现实的榜样。布伦塔诺热烈而野性的爱情催生出他的第一部小说《哥德维》（*Godwi*）。这是典型的浪漫主义的文本，形式自由，诗文夹杂，结构、情节松散，难称佳作。但其中的插曲《罗累莱》和一些爱情诗歌却是绝对的精品，让这个浪漫派中的小字辈一夜成名，成了著名的诗人。

布伦塔诺冲破种种阻挠终于在1803年与梅罗结婚，搬到海德堡，但不幸的是，三年后她因难产而去世，给布伦塔诺留下不尽的伤痛。在某种意义上可以说，与梅罗的爱情婚姻成就了文学大家布伦塔诺。在此期间，他和阿尔尼姆共同搜集整理民歌，出版了民歌集《男孩的神奇号角》。前后共三卷，收入民歌七百多首，产生了巨大的影响，也得到了包括歌德在内的著名人物的高度评价。这是布伦塔诺生命最辉煌的时期，他是个天才的诗人，也以《号角》的编者而名闻天下。这以后他继续创作，写诗歌、小说、戏剧，但再也没有取得如此的成功。

1807—1814年布伦塔诺经历了与布斯曼（Auguste Bußmann）戏剧性的失败婚姻[①]。他在多所大学谋职也均未成功。1816年布伦塔诺爱上了女

---

① 布伦塔诺1807年与奥古斯特·布斯曼（Auguste Bußmann）结婚，1809年分手，1814年离婚。

诗人路易丝·亨泽尔（Luise Hensel），爱情的火花结出了他的第二组爱情诗。而爱人虔诚的宗教信仰，也把他引向了天主教，并使其诗歌涂上了浓重的宗教色彩。

1818 年他前往丢尔门追随修女艾米丽克（Anna Katharina Emmerick）。他在她身上看到耶稣被钉的伤口，感受到一种神秘的不可知的力量，也为圣迹所感动，从一个爱情诗人变成了虔诚的基督徒，而艾米丽克对于布伦塔诺就成了一个超越尘世的耶稣生命的谕示，并因此改变了他的人生道路。此后的布伦塔诺倾心于对宗教神秘心理的研究、宣传。1824 年艾米丽克死后，布伦塔诺整理她的生活实录，留下了 16000 页的手稿。以后他在德国、法国各地流寓，积极从事宗教活动。一直到 1833 年，他都是以诗人之痴而处在一种宗教狂热中，诗写得很少，却写出了大量的布道文字。这当然也有时代的原因。拿破仑战争后，欧洲出现了普遍的宗教复活，而布伦塔诺所追求的诗意的生活、和谐的爱情都失败了，加上他从童年就有的、对心灵的终极安置的渴望，都使他最终走向宗教。这是布伦塔诺生命的第二期，他是个不披僧衣的天主教僧侣。

1833 年布伦塔诺在慕尼黑爱上了年轻的画家艾米丽·林德（Emilie Linder），虽然没有如愿，暮年的爱情却点燃了他最后一组传世的爱情诗，实现了他诗人的短暂回归。这之后布伦塔诺再没有写出有分量的作品。1842 年 7 月 28 日一代天才诗人在弟弟家中黯然去世，无妻、无子，只有二三友人陪伴。

由于布伦塔诺的引领，这个商人之家转型成为文化世家。可能源于母亲方面的文化基因，布伦塔诺同母的兄弟姐妹都很优秀，个个漂亮、聪明颖慧。他有个长两岁的姐姐苏菲（Sophie Brentano，1776—1800），温柔而才慧，她像布伦塔诺的守护天使，是他童年最信任的也最心意相通的玩伴，成年后也是最能理解他的人。苏菲也写诗，得到世家友好维兰德的关爱和指教，但可惜身体病弱，24 岁时死在维兰德的庄园。布伦塔诺的弟弟克利斯蒂安（Christian Brentano，1784—1851）是个神学家，两人感情颇好，给过布伦塔塔很多帮助，布伦塔塔最后在他家里离世。1852—1855 年克利斯蒂安的妻子以丈夫的名义陆续出版了布伦塔诺 9 卷本的全集（*Gesammelten Schriften*），为后世留下了宝贵的文学遗产。

布伦塔诺还有一个著名的妹妹贝蒂娜（Bettina Brentano，1785—

1859）。她小克莱门茨7岁，有文学才华、也有女人的魅力，激动过老年歌德，感动了贝多芬（Ludwig van Beethoven，1770—1827），与那个时代的许多著名人物如亚历山大·洪堡特（Alexander von Humboldt，1769—1859）、格林兄弟、李斯特（Friedrich List，1789—1846）等都有交往，特别因与歌德的通信以及贝多芬专门为她所作的乐曲而闻名于世。而她本人也是一个出色的作家，参与了浪漫派的很多文学活动。她因哥哥的关系认识并爱上了阿尔尼姆，后结秦晋之好，成为著名的夫妻作家。布伦塔诺还有另一个著名的好友兼妹夫萨维尼（Friedrich Carl von Savigny，1779—1861），他是德国现代法学的奠基人，曾任普鲁士的司法部长。今天的法兰克福还有布伦塔诺街和萨维尼街，以纪念这些文化名人。

特别值得一提的还有布伦塔诺的异母兄长弗兰茨（Franz Brentano），他从青年时代就帮助父亲打理生意，父亲去世后经营管理家族的产业，也成了这个大家庭的实际家长，他对兄弟姊妹都宽厚友爱，深受他们尊敬。他也是布伦塔诺的法律监护人，对这个"麻烦"的弟弟，他总是帮助他、满足他，是一个忠厚长者，他同时还是一个艺术品收藏家和鉴赏家。现在德国法兰克福的布伦塔诺故居，就是他的夏季别墅。主持这个旧居博物馆的就是他的后人。

布伦塔诺家的后代也名人辈出，比如他的侄子弗兰茨（Franz Brentano，1838—1917），是著名的哲学家、意动派哲学的创始人，是现象派大师胡塞尔（Edmund Husserl，1859—1938）的老师。再如政治家海因里希（Heinrich Brentano，1904—1964），曾任西德政府的外交部长，还有当今的文学教授等人物，这让布伦塔诺这个姓氏成为德国文化史上的一个符号，一个著名的文化家族。

二 自画像

布伦塔诺是个天才诗人，但各家因不同的立场而对其评价甚殊，为了相对客观地呈现诗人面貌，这里试着采用陈寅恪先生以诗证史的方法，以他自己的诗，呈现他的自我，包括个性以及他的诗人之路。

布伦塔诺首先是一个人，是一个天才，是一个天使和魔鬼的结合体。说他是人，因为有七情六欲；说他是天才，因为他的想象如天马行空、若神龙见首不见尾；他的诗或如滔滔江河奔流而下，或如清泉澄澈晶莹，或如一曲乡音温暖亲切,他的语言有非凡的表现力,能将心灵最深处的感觉表达出来;说他是天使因为他温柔、纯情、多情,如赤子、如少年;说他是魔鬼,是因为感官的欲望和精神的追求形成矛盾、纠结、暴力,时时诱惑着他、压迫着他,让他暴躁、轻狂、变态,让他在人生的路上屡屡受挫,折磨自己、折磨他人。

不同于大多数的诗人,布伦塔诺并不认为自己是诗人,他写诗不是为了获得诗人的桂冠,而是为了表达自己的内心,因此他的诗,特别是抒情诗,可以看作他的自白,他的心路,他的自传片段,勾勒出这个天才人物的大致轮廓。像所有的艺术家,他整个的人如同一块水晶,一个多面体,不同的截面投射出不同的光彩,换个说法就是他是一个矛盾体,体现着方方面面的对立和悖论。其实任何人性格上都有对立的因素,都是矛盾统一体,但有的人统一的一面突出,比如歌德,所以他推崇古典主义的和谐美;而布伦塔诺则相反,在他身上对立的一面尤其强烈,这不但表现为分裂的性格、生活上的波折,也是他艺术上成为"叛逆的"浪漫主义的内因。下面选取的主要是他的少作,那个青少年的布伦塔诺,他还没有被社会驯化,还是一个自然生长的人,所以更能彰显他的天性。下面分述之。

爱与感伤

如果说布伦塔诺性格分裂,那么底色就是多情和感伤,这多情包括亲情、爱情、友情等,主要是爱情,这是他情感和生命的主要趋向,而感伤则是它的另一面,与爱共生。它们与生俱来,一生葆有,虽然在64年的生命历程中经历了生活思想上的重大转折,但爱与感伤的基调未变。

1. 爱情

布伦塔诺一生都在寻爱,下面是他15岁初萌的异性感觉。节间夹有短评。

1
八岁那年我见到她,
第一次(我爱得早)
爱的感觉瞬间把我

卷进甜蜜的漩涡。

2

我爱她就像所有的小孩儿，
由着我的甜蜜冲动。
有时候还能偷得一吻，
可带给我的只是烦闷。

3

三年就这样过去，
一会这儿、一会那儿地见到她。
我害怕被拒绝，
从未敢向安馨表白。

4

时光和命运把我
从你身边扯开，啊，上帝，我是怎样地痛哭。
我不再有其他的快乐，
她成了我最大的痛苦。

5

现在的我是另一个样子，
我埋头读书打发日子，
但如果孩子们叫喊玩闹
我也凑过去，于是就想到了她。

6

苍白的月光照着，
照亮我脸上的一滴泪光。
我叹着气感觉到胸中
那种甜蜜的忧伤。

  这一节写得好，有诗味。"苍白的月亮照着脸上的泪光"特别动人。下两行中"甜蜜的忧伤"颇为深刻，这是少年布伦塔诺对爱的明晰感觉，也是他对于"对立"手法的首次运用。

7
于是我想到这可爱的月亮,
让所有的星星暗淡无光。
也许现在正照亮安馨的卧房,
她正在这轻柔的月光中安睡。

带着孩子的温情,写出跨越时空的稚嫩的"爱",真是动人。而"她"睡在月光里,童话般美丽温柔。

8
同时我也相信,
一些苍蝇被她惊到,
于是跟她的卷发嬉闹,
感觉她的心跳。①

"苍蝇"在德国人那里并不被憎恶,它在诗中经常出现。"跟卷发嬉戏"是一个洛可可式的常见表达,十分性感,可见其"学诗"的用心。而"感觉她的心跳"可能是学来的,也可能是自己真实的感觉。这是"纯诗的"。

此诗作于1793年,一个15岁的少年写出他的最初的懵懂青涩的爱。诗中的女孩安馨是布伦塔诺家朋友的女儿,童年的布伦塔诺几次在她家住过,是儿时的朋友。他在给苏菲的信中写道:"我整小时地看她,看也看不够,享受在其中。有时她突然看我一眼,眼睛里像有很多话要说,但是我却看不懂……"② 此诗就是写他的情窦初开。全诗共11节44行,

---

① Clemens Brentano, *Sämtliche Werke und Briefe*, hrsg. Von Jürgen Behrens, Konrad Feilchenfeldt, Wolfgang Frühwald, Christoph Perels und Hartwig Schultz, Verlag W. Kohlhammer, Stuttgart, Berlin, Köln, Mainz, 1975ff.（FBA）Bd. 1, S. 10.

② Clemens Brentano, *Sämtliche Werke und Briefe*, hrsg. Von Jürgen Behrens, Konrad Feilchenfeldt, Wolfgang Frühwald, Christoph Perels und Hartwig Schultz, Verlag W. Kohlhammer, Stuttgart, Berlin, Köln, Mainz, 1975ff.（FBA）Bd. 1, S. 199.

所引的前 8 节是表达真实的感受，后面 3 节是"我爱你"之类的感发，限于篇幅未引。

此诗有两点值得注意：从诗的角度看，显然还带着少作的稚嫩，有洛可可的习染，但诗才已然闪现，比如写月光照亮泪滴，联想小爱人在月光中安眠都颇有意境。其轻盈、稚拙近似李白的《朗月行》，可它一片天真清朗，不干情欲。而布伦塔诺显然是个情种，8 岁就已经情窦初开，已经感觉到异性的吸引，感觉到它对自己内心的冲击。而且他不但爱得早，而且爱得深，他思思念念，日夜于心，从白天的游戏到夜间的月光，感念成梦。特别深刻的是，15 岁的他已经感觉到爱情带来的甜蜜与痛苦，并且清晰把它表达出来，一句"那种甜蜜的忧伤"，既是他的多情和敏感，更是他对自己情感纠结的清晰把握，这既是其性格的特征，也是其诗的特征。

布伦塔诺的一生可以说是逐爱的一生。即使皈依天主教，诱因也是爱情。而一旦他离开修院回归世俗，仍然继续着情欲之爱。这大概是诗人的共同宿命，爱情是他生命和创作的动力，是生命存在的方式，如同歌德一样。这似乎在证明着所谓的"利比多"，也在证明着弗洛伊德的性原动力说。布伦塔诺一生有过多次恋爱，有少年时懵懂的爱，也有青年时激情的爱，最动人的是跟梅罗，如下面这首《你想给我安慰》，节间有夹评。

1
你想给我安慰
这让我从你的眼睛
那里满是爱的狂热
吸吮到瞬间的真实。

把自己变成吸吮的婴儿，此比喻来自歌德的《苏黎世湖》，歌德是在歌颂大自然的怀抱，这里歌颂的则是梅罗。显然他对梅罗有着一种带有恋母情结的爱情。

2
让围绕着那光源的
迷醉的苍蝇嗡嗡地飞
灯光把它们照亮，
也让它们撞进火焰。

飞蝇扑火，应该是当时情景，但更像我们的飞蛾扑火，是自我比喻。另外要说明的是，德语诗歌不避苍蝇、蛆虫之类丑物。

3
你看那花蕊花蜜
其中有各色小虫死去，
如果我沉醉得更久
难道也让我死去？

此段是性爱的隐喻写法。

4
我想从你那里
仅仅只喝一滴
然后就去做最大胆的梦
沉入诸神的迷醉。

从花蕊花蜜的隐喻转入当下的"饮酒"。

5
你就是那魔瓶
让我力气全无
就在你的香槟酒杯里

*藏着我的头彩。*①

这是一首20行的短篇，作于1799年8月，是为梅罗而作。诗人当时21岁，正是爱情燃烧的岁月。此诗最突出的就是"低到尘埃"的缱绻温柔。爱情中的男人多是火样的热烈，而德意志的情歌尤其体现着一种阳刚霸气，即使有款款的温存，也内含着强势，比如歌德。但布伦塔诺则不同，恋爱中的他不是一个给女性宽广胸怀的大男人，而是一个需要女性呵护的柔弱男孩，爱情于他不只是性爱，更是要在其中获得心灵的慰藉，寻求心理上的支持和庇护，就像一个孩子寻找母亲的怀抱。布伦塔诺深爱他的母亲，身上总带着母亲的肖像，每当爱上一个女人，都要拿出这张像给女友看，他自己似乎就是要找母亲那样的爱人，所以很多论者都认为他有恋母情结，笔者有同感。布伦塔诺的情诗很多，比如《当明亮的星星已经黯淡》（"Wenn die hellen Sterne schon ermatten"）②，一片温馨、和美，感觉有些像《诗经》中的《鸡鸣》。

2. 友情

爱情之外布伦塔诺还珍视友情，这也是德意志文化的传统，萨维尼、阿尔尼姆、格勒斯等人是他一生的朋友，而且因为爱情婚姻的失败，从某种意义上可以说，他的生活事业都靠着朋友。布伦塔诺性格脆弱，是心理上需要支撑的人，童年时是母亲，母亲去世后是姐姐、妹妹。除此之外就是朋友，虽然他跟格勒斯是同班同学，且年长于阿尔尼姆和萨维尼，但这些人都是他在心理上依靠的人，都如同他的兄长。这从他们的书信和共同的事业可以看出来。我们看他17岁时写的一首告别诗的节录：

---

① Clemens Brentano, *Sämtliche Werke und Briefe*, hrsg. Von Jürgen Behrens, Konrad Feilchenfeldt, Wolfgang Frühwald, Christoph Perels und Hartwig Schultz, Verlag W. Kohlhammer, Stuttgart, Berlin, Köln, Mainz, 1975ff. (FBA) Bd. 1, S. 24. 相关注释见 Bd. 1, S. 239f.

② Clemens Brentano, *Sämtliche Werke und Briefe*, hrsg. Von Jürgen Behrens, Konrad Feilchenfeldt, Wolfgang Frühwald, Christoph Perels und Hartwig Schultz, Verlag W. Kohlhammer, Stuttgart, Berlin, Köln, Mainz, 1975ff. (FBA) Bd. 1, S. 26.

1
噢,太阳!在青黛色的山后
你一如既往地平静离去,
我的目光在金光和悦中飘游,
为你热泪滢滢。
2
噢,你一如既往温柔友爱的月亮,
用一张笑脸照着我的心,
同时画下一个可怕的影子
随魔幻般的月光投到墙上。
3
如今星光不再吸引我,
夜莺的歌、还有太阳也都一样,
于是神圣的月光中
毕施勒看着我为你热泪盈眶。
4
最深心的快乐让我几乎没发现
我们的友谊已经郁郁繁茂,
于是可怕的分别就如同
处死法国国王的消息让我惊倒。①

此诗作于 1795 年 8 月 15 日,写给朋友毕施勒(Heinrich Büschler)。他比布伦塔诺年长 5 岁,曾在法兰克福的一家书店做学徒,后来成了出版商。全诗共 7 节 28 行,有明显的阿那克瑞翁体的痕迹,注重形式,刻意地采用该体的常用意象如太阳、月亮、星星、夜莺等,显然还有习作的痕迹。具体看来,第一节用太阳下山隐喻朋友的离别,写得美而含蓄;第二节用温柔的月光暗喻友情的温暖,而可怕的阴影就是离别的惆怅;第三节用系列

---

① Clemens Brentano, *Sämtliche Werke und Briefe*, hrsg. Von Jürgen Behrens, Konrad Feilchenfeldt, Wolfgang Frühwald, Christoph Perels und Hartwig Schultz, Verlag W. Kohlhammer, Stuttgart, Berlin, Köln, Mainz, 1975ff. (FBA) Bd. 1, S. 13. 相关注释见 Bd. 1, S. 239f.

的传统意象抒发依依不舍的情愫；第四节从婉转的隐喻转到直接的抒情，整个的基调是多情、温柔而感伤，这也是布伦塔诺性格的一面。

自由与狂放

热爱大自然，热爱大自然中的一切生命，热爱自由的生活，是布伦塔诺的天性。请看下面的诗：

1
嘿，嘿，嘿！
鹿和狍子
在森林里奔跑
我知道其中的一个
就会成为猎物

2
狮子、熊和豹
野猪还有老虎
自由地活着吧
躲开那猎人的子弹

3
不是狮子和豹子
不是野猪和老虎
也不是猞猁
而是一只狐狸
被猎人飞弹击中。

4
啊！这本是上帝的赐予
让它们长长远远地活着
可就在这森林里
却让它倒下来
直到心脏变凉。

5
这一刻其实人们可以这样
在这美丽的绿色大堂
跟所有美丽的小动物们
狐狸、兔子和狍子
开一个快乐的晚会。①

此诗见于布伦塔诺1797年4月18日给姐姐苏菲的信。当时他19岁。其写作应该受到一首民歌《猎人之歌》的启发。当时他住在舅舅家里，其中的第三节就跟舅舅打猎有关，可见这是一首写实的诗。从思想倾向上看，他喜欢森林和大大小小的各种动物，认为这是上帝的恩赐，反对猎人的捕杀，反映了布伦塔诺的某些泛神论和人道主义的思想。特别应该说明的是，《猎人之歌》是民歌中的一个类型（见第一章《号角》），它的主旨并不是打猎本身，而是喻指猎获爱情，但这里显然已经回归到本体，并将立意转向"生存的权利"，即生命是上帝的赐予，动物们也有权自由快乐地生活在上帝安排的森林里，而人类应该跟它们和谐共处。因为热爱生命，布伦塔诺渴望人性的自由舒张，反对社会对人性的束缚乃至扼杀，请看下面的片段：

圣人克莱门茨的骑士团规则
1
为了让日子过得快活，
我在这儿捐了个修道院；
让酒神变成神人，
我自己来做这个院长。
2
因为害怕无聊

---

① Clemens Brentano, *Sämtliche Werke und Briefe*, hrsg. Von Jürgen Behrens, Konrad Feilchenfeldt, Wolfgang Frühwald, Christoph Perels und Hartwig Schultz, Verlag W. Kohlhammer, Stuttgart, Berlin, Köln, Mainz, 1975ff. (FBA) Bd. 1, S. 17. 相关注释见 Bd. 1, S. 218.

祈祷的功课①一直很少。
我想把厨房交给施瓦布②
让马瑟尔侍应着上酒③

3
嫉妒摧不垮我们
规则就是钱和酒
这钱归施瓦布管
所有的修士都有份。

4
我想送的礼物④就是
谁都可以穿我的道袍⑤,
不需要有财产,
只要能吃能喝。

5
我绝不想让人害怕,
谁进到我的骑士团来,
要的就是多喝、多吻、多笑
还有长香肠,短祈祷。

---

① 修道院里每天要做 7 次祈祷,从破晓前开始,每次一个小时。见 Clemens Brentano, *Sämtliche Werke und Briefe*, hrsg. Von Jürgen Behrens, Konrad Feilchenfeldt, Wolfgang Frühwald, Christoph Perels und Hartwig Schultz, Verlag W. Kohlhammer, Stuttgart, Berlin, Köln, Mainz, 1975ff. (FBA) Bd. 1, S. 222.

② Schwaab, 布伦塔诺家的会计,跟布伦塔诺友善。见 Clemens Brentano, *Sämtliche Werke und Briefe*, hrsg. Von Jürgen Behrens, Konrad Feilchenfeldt, Wolfgang Frühwald, Christoph Perels und Hartwig Schultz, Verlag W. Kohlhammer, Stuttgart, Berlin, Köln, Mainz, 1975ff. (FBA) Bd. 1, S. 222.

③ Massel, 布伦塔诺家的侍应生,见 Clemens Brentano, *Sämtliche Werke und Briefe*, hrsg. Von Jürgen Behrens, Konrad Feilchenfeldt, Wolfgang Frühwald, Christoph Perels und Hartwig Schultz, Verlag W. Kohlhammer, Stuttgart, Berlin, Köln, Mainz, 1975ff. (FBA) Bd. 1, S. 222. 这里显然把想象跟现实联系了起来。

④ 原文 Morgendabe 是新婚之夜后丈夫送给妻子的礼物。

⑤ 在中世纪出家做修士或修女,家庭要送给修道院一笔财产。一般的情况是长子继承爵位,其他的某个孩子进修道院。

6
于是我们喜欢待在这里
没人想要离开，
我在门房写着
"我们只做你喜欢的事"①

此诗附在1797年5月11日给姐姐苏菲的信中，这天他在哈勒大学注册，心情大好，写下了这首诗。题目含着一个典故：克莱门茨是基督教的一个圣人，传说他曾建了一座修道院。德国人的名字很多是采用圣人的名字，典型的如玛丽亚、约瑟夫等，布伦塔诺自己的名字克莱门茨就是源于这个圣人。此诗巧妙地借此发挥，想象自己成了一个创建骑士团的人，自己来订立规章制度。从诗的内容看，诗人虽然已是19岁的成年人，但感觉像个叛逆的孩子。全诗共9节36行，所引为前6节，直感仿佛是一篇"理想国"，而他要张扬的显然是人的本能欲望，包括口腹之欲乃至性欲，那个"礼物"（Morgengabe）颇具嘲讽义，讽刺修院的禁欲，而且通篇的口吻对基督教颇为不恭，彰显出一种叛逆的姿态。而超越物欲的就是对自由的追求和个性的张扬。比如《致追逐名利的v. E先生》②，他质问一个奴性的名利追逐者，情绪激烈。再比如他放声歌唱人性和自由，如同启蒙宣言，下面是一首作于1798年1月22日的诗：

自豪吧，人之为人！
他是永恒之火的升华，
是尊贵的火花；他的灵魂
体现着神性，无可替代。

---

① Clemens Brentano, *Sämtliche Werke und Briefe*, hrsg. Von Jürgen Behrens, Konrad Feilchenfeldt, Wolfgang Frühwald, Christoph Perels und Hartwig Schultz, Verlag W. Kohlhammer, Stuttgart, Berlin, Köln, Mainz, 1975ff. (FBA) Bd. 1, S. 18.

② Clemens Brentano, *Sämtliche Werke und Briefe*, hrsg. Von Jürgen Behrens, Konrad Feilchenfeldt, Wolfgang Frühwald, Christoph Perels und Hartwig Schultz, Verlag W. Kohlhammer, Stuttgart, Berlin, Köln, Mainz, 1975ff. (FBA) Bd. 1, S. 20.

你是一个人，顶天立地
你环顾四周，鄙视那些
不珍视自己是人的人，
自卑把脖子伸进枷锁的人。

所有的好人有福，基督徒、异教徒、犹太人和新教徒。①

　　这是一首毫不讲究韵律的自由体小诗，写在朋友家的来宾留言簿上，最后一行是署名前的附言。一般说来，去别人家做客，在留言簿上会写些恭敬和赞美的吉利话，12 岁的艾辛多夫就写下了这样的样本（见第三章第一节"自画像"），可已经 20 岁的布伦塔诺却完全另样，一派傲岸狂放。当时他正在哈勒读书。哈勒大学是德国启蒙运动的重镇，著名的启蒙哲学家沃尔夫（Christian Wolff，1679—1754）就曾在这里执教。科学理性和人本主义的氛围更加助长了他自由的天性，于是写下了这样一首激情澎湃的诗。跟前面那首 19 岁的作品相比，他似乎一下子长成了大人，他不再是想象着吃喝的孩子，而是一个血性的启蒙战士，在对奴性宣战，在为人权呐喊。在人与上帝的关系上，人不再是原罪的背负者，而是神性的体现者。因为他是上帝按照自己的模样塑造出来的，所以他在世间最为尊贵。同样体现启蒙精神的就是他对异教的宽容，让我们想到了莱辛和歌德的"理性宗教"，以及一种开明的世界主义的态度，虽然青年布伦塔诺没有他们深刻，还更多地停留在感觉的层面上。

暴戾、刻薄与乖张

　　跟温柔多情相对，任性粗暴与刻薄乖张是布伦塔诺性格的另一面，既对自己也对他人。从内心而言，他常常处在痛苦的纠结中，这种痛苦较之其他诗人都显得更加暴烈，带着针刺的尖锐，带着撕心裂肺的剧痛和血迹。于是他的诗就显得更刺激，也因此形成了跟古典主义的雍容冲和的鲜明对比。我们看下面的几行诗：

---

① Clemens Brentano, *Sämtliche Werke und Briefe*, hrsg. Von Jürgen Behrens, Konrad Feilchenfeldt, Wolfgang Frühwald, Christoph Perels und Hartwig Schultz, Verlag W. Kohlhammer, Stuttgart, Berlin, Köln, Mainz, 1975ff. (FBA) Bd. 1, S. 20.

第二章　布伦塔诺与民歌　◇　251

> 放松、放松些吧，这颗心，
> 在呻吟的痛苦中，
> 我撕扯开那沉重的胸膛，
> 把被缪斯引来的哀伤
> 放空在忧郁的歌唱，
> 胸中那钻心的伤痛
> 让缪斯那明亮和谐的乐声不再，
> 她已入睡乡。
> 她已不是她，不再是她，
> 有一个声音痛苦地呼喊①

这几行诗写在母亲的笔记本上，可能就是写丧母之痛（1793.11.19），当时他15岁。原文只是一个片段，没有写完，或写不下去，情感极其痛苦。从性格上看，一个15岁的男孩，用如此狠重的词汇，必是对这种撕心裂肺的痛苦有敏锐的感觉并有准确把握语言的能力，再就是心理上对这种强刺激、对极致痛苦的敏感。从诗的角度讲，痛苦表现得真真切切：他用极狠极虐的词汇如"撕扯"（Entriß）、"钻心"（verzehren）等，让人似乎感觉到鲜血淋漓。前三行是一个长句，把沉重的心和摆脱的愿望以及它们的对立赤裸裸地晾在那里，充满动感、也让人无法逃避，只能面对这残酷。此类充满尖锐的痛苦、虐心纠结的诗在他成年后写了很多，典型的意象是沙漠中独行者。给人的感觉是，他在撕裂自己的心以自虐为快，再以欣赏这种自虐为快。这种"狠劲"是汉诗所没有的。我们也有撕心裂肺的痛苦，但我们把它柔化沉淀，然后唱出一曲缓缓的沉静哀伤的调子，配以孤灯、寒雨、冷月等意象。我们追求的是和谐，而这里突出的则是对立。

可以这样说，布伦塔诺的诗有两面：既有柔美伤感的，也有充满张

---

① Clemens Brentano, *Sämtliche Werke und Briefe*, hrsg. Von Jürgen Behrens, Konrad Feilchenfeldt, Wolfgang Frühwald, Christoph Perels und Hartwig Schultz, Verlag W. Kohlhammer, Stuttgart, Berlin, Köln, Mainz, 1975ff. （FBA）Bd. 1, S. 12. 相关注释见 Bd. 1, S. 206.

力、暴力的，它们有如黑红二色的揪扯、绞结、舞动，乃至死结，这正是他分裂的性格在诗中的体现。也正因为这种分裂和"狠劲"，布伦塔诺在撕裂自己的同时也暴虐他人，甚至不惜无中生有、制造一个假想敌攻之而后快，而其刻薄、恶毒实为罕见。我们看下面的诗：

1
你们都不认识丁馨小姐。
她的脸像一个烟袋锅
上面长着那样的鼻子
就像是一个蜘蛛。

2
人们得戴着放大镜
才能看到她的鼻子
可你就是用显微镜
也找不到她的猫眼睛。

3
她的粗发高高地梳上去
但没人骂她皮肤
它是如此的细腻白嫩
像是老妓女的臀肉

4
她带褶的衣服
高高地堆在胸前
别的女孩都乳峰挺起
她那里却藏不住跳蚤。

5
可惜啊，小乳峰玷污了美丽的青春
[直到最近]我才发现。
在她瘦瘦的身板里。

常吹起时尚的风。①

此诗应该作于 1797 年年初，诗人 19 岁。这年的一月他住到管理矿山的舅舅家里，为进入大学作准备。这时他看上了舅舅 14 岁的妻妹蒂娜，但并未得到回应，于是恼羞成怒写下了这首"在他一生中常见的艺术的辱骂"②。"女人"本是中西诗歌的共同主题，在汉诗中是一片美好，在西人虽有批评讽刺，但如此恶毒，如此宅心不厚，实属罕见。可以看出布伦塔诺性格中轻薄、乖张、暴力和唯我的一面，也就是勃兰兑斯和海涅笔下的那个布伦塔诺。其实他最后走向宗教，也是在忏悔之后从这一端走向了另一端。

除了对生活中的失意刻薄发狠之外，对思想上的异见者他也是肆意施暴，没有一点君子风度，甚至像一个泼皮无赖。1803 年 6 月魏玛误传赫尔德去世，布伦塔诺当时正好在那里。听到消息后，他跑到歌德在乌尔姆河边的花园③，用炭笔在白篱笆上涂鸦了一幅讽刺画：赫尔德不情愿地从高处下来，维兰德像一个老妇，他看着这一幕正撕心裂肺地痛哭，而歌德正努力扮演着一个尊贵的哀悼者的形象。还题诗一首，立时引起轰动，全城的人争相来看，成了当时魏玛的新闻。诗曰：

赫尔德离开我们走了，
歌德哀伤地目送他；
维兰德瘪着枯瘦的双颊

---

① Clemens Brentano, *Sämtliche Werke und Briefe*, hrsg. Von Jürgen Behrens, Konrad Feilchenfeldt, Wolfgang Frühwald, Christoph Perels und Hartwig Schultz, Verlag W. Kohlhammer, Stuttgart, Berlin, Köln, Mainz, 1975ff.（FBA）Bd. 1, S. 14.

② Clemens Brentano, *Sämtliche Werke und Briefe*, hrsg. Von Jürgen Behrens, Konrad Feilchenfeldt, Wolfgang Frühwald, Christoph Perels und Hartwig Schultz, Verlag W. Kohlhammer, Stuttgart, Berlin, Köln, Mainz, 1975ff.（FBA）Bd. 1, S. 210.

③ 在乌尔姆河边，是一大片绿树草坪，德语的所谓"Park"，其中有一座两层的白色小屋，是魏玛大公爵送给歌德的礼物，这就是所说的歌德的花园。现在成了魏玛的著名景点，其中有歌德的一些遗物和手稿。

艾米丽的心碎了。①

这就是布伦塔诺的题诗。他在给妹妹贝蒂娜的信中写到此事，他说"在魏玛葱绿的灌木里漫步着几个德意志的伟大幽灵，他们的名字笼罩着光环：这是一个追寻名人轶事最好的地方"，"对赫尔德的死表现出的虚情假意让我感到无聊"云云②。由此我们可以看出他对时代的看法：启蒙、狂飙突进这个伟大的时代已经过去，那些当年的精神领袖，不论活着还是死去都已经成为幽灵，已经失去了生命力和存在的价值。布伦塔诺作为新的浪漫主义的中坚，有这种感觉完全可以理解。但在这样一个时刻，如此的做法，这种调侃和不屑，如同恶作剧，就让他显得狂妄和轻薄，不但对死者是大不敬，对前辈的维兰德和歌德也属轻佻。

布伦塔诺跟歌德有较深的个人关系，从歌德方面看，总把他看作文学青年，是自己青年时代朋友的孩子，有一种长者的宽容，对《号角》、对布伦塔诺的才华都很赞赏。但布伦塔塔对歌德的态度却很矛盾，一方面他肯定歌德的诗，而且学诗就是从歌德入手，但另一方面却不时地明枪暗箭地攻击这位文坛盟主。他曾对朋友说过"我了解歌德，他对我来说太高贵、太无聊"③。显然他们的性格不同，思想信仰及行事为人的风格也不同。从传记看，布伦塔塔几次去魏玛，曾去拜访歌德，歌德还请他一起吃饭。虽然布伦塔塔曾多次表现不敬，但歌德总是保持着通家之好的长辈对小辈的宽容大度。但布伦塔塔所为，把思想分歧游戏化，像小孩子把戏，既可看出他的"不成熟"，也可见其刻薄的一面，此时他已经25岁。布伦塔诺还写过一首极为恶毒的诗：

---

① Clemens Brentano, *Werke* 1, herausgegeben von Wolfgang Frühwald, Bernhard Gajek und Friedhelm Kemp, Studienausgabe, 2. Durchgesehene und im Anhang erweiterte Aufgabe 1978, Haser Verlag, München, S. 164.

② Clemens Brentano, *Werke* 1, herausgegeben von Wolfgang Frühwald, Bernhard Gajek und Friedhelm Kemp, Studienausgabe, 2. Durchgesehene und im Anhang erweiterte Aufgabe 1978, Haser Verlag, München, S. 1069f.

③ Werner Hoffmann, *Clemens Brentano, Leben und Werk*, Francke Verlag Bern u. München, 1966, S. 79.

1
那位大师端坐在马桶之上,
还玩弄着自己的粪便,
谁敢往这臭屎跟前凑,
就是一顿痛打乱揍。
2
是谁把我无情地抛弃,
是谁把灯给我熄灭,
是谁责备我,
是谁把我遣回家去。
3
这个人终究得死,
他的王国也跟着殉葬,
所有的青蛙都得腐烂,
他就死在那个池塘。
4
他曾坐在萨勒河边,
现在他却坐在沙滩上,
他吃饭的当口
一群笨驴紧傍。
5
他本来正襟危坐,
这时差点气炸了肺,
他伸手拿过毒酒
给自己还有他的喽啰。
6
我们看着他化为斋粉,
落进自己的脂肪肚囊,
让他自己发臭吧,

以后就再没有臭味。①

这是一首极其刻毒的诗，首节恶毒，末节恶心，让笔者想到被弃尸点灯的董卓。写作时间有 1803 年和 1808 年两说，其攻击的对象也难以确定。有论者认为是指启蒙运动的前辈诗人、语言学家福斯（Johann Heinrich Voß，1751—1826）。他跟浪漫派观点不同，在《号角》出版后曾提出批评。阿尔尼姆出版《隐士报》，创刊号上发表了自己的诗《自由的诗人园地》（"Der freie Dichtergarten"）。福斯认为是在攻击自己，于是发生论战，布伦塔诺起而党同伐异。再有此诗的第 13 行也让人想到福斯，因为他本来住在耶拿的撒勒（Saale）河畔，1805 年因得到海德堡大学的教职而迁居海德堡②。但无论如何这一定是位文坛前辈，一位权威。而且不论指谁，都表现出他的轻狂恶毒。因为除了这首诗，布伦塔诺对歌德、席勒这些大家都曾口出狂言，对浪漫派的同道也只对诺瓦利斯和蒂克心存好感，轻狂刻薄是时人对他的普遍看法。这首诗也让我们很难相信，一个向往着诗意生活的人怎会有如此的想象，真不知他是怎样一副心肠，所能想到的只能是，布伦塔诺，一半是天使，一半是魔鬼，分裂的性格，矛盾的人。正是这种从爱到恨的极端的性格，加上因心底脆弱而演化出的故作的狂妄、从想象衍生出的谎言等，让人对他的人品颇多质疑，以致批评多于肯定。

良知与求索

布伦塔诺的前半生像是一匹野马，摆脱了家庭的羁绊后在社会横冲直撞，所到之处一片混乱，自己也人仰马翻，不知所之，然后陷入痛苦彷徨、陷入精神危机。德意志土地上的人尚形而上的思考，特别是知识分子，他们在做事的同时也在思考社会和人生，布伦塔塔当然也不例外。歌德是通过魏玛十年以及意大利之旅才确立了自己成熟的世界观以及古

---

① Clemens Brentano, *Werke* 1, herausgegeben von Wolfgang Frühwald, Bernhard Gajek und Friedhelm Kemp, Studienausgabe, 2. Durchgesehene und im Anhang erweiterte Aufgabe 1978, Haser Verlag, München, S. 164.

② Clemens Brentano, *Werke* 1, herausgegeben von Wolfgang Frühwald, Bernhard Gajek und Friedhelm Kemp, Studienausgabe, 2. Durchgesehene und im Anhang erweiterte Aufgabe 1978, Haser Verlag, München, S. 1070f.

典主义的美学理想，而布伦塔诺则是在个人与现实的种种冲突之后，走向了宗教。这里体现的是对社会的批判，对人的价值的追求，下面的《迷宫指南》可证：

> 沿着这条路穿过迷宫，
> 它比那老的更可怕，
> 在它弯弯曲曲的绝路上，
> 有个巨怪吞吃过往行人，
> 这儿可怕的并不是猛兽，朋友！
> 这儿的恶龙都是人的模样，
> 这儿是毒蛇女人和魔鬼绅士的地方；
> 这里制造五光十色狂欢的暴力，
> 这里交易着传统、出卖着灵魂和友谊；
> 这里是假币诚实无罪的地方；
> 这里有猥亵的密探和无耻的叛徒；
> 百合花戴在了害人精的帽子上，
> 玫瑰花遮盖着无耻，
> 紫堇花熏香了瘟疫，
> 那条安全的路正擦过地狱的边儿，
> 道德之网悬浮在深渊之上。
> 你大胆去吧，上帝会让你强大，
> 让你对罪恶变得瞎眼、麻木、聋哑；
> 你可以骂这张地图是谎言，
> 如果你走时比来时更好。[①]

此诗作于1826年，有朋友去巴黎，布伦塔诺送他一张巴黎地图并作此诗。1827年3月布伦塔诺自己又跟这位朋友去巴黎，然后写下了亲身

---

① Clemens Brentano, *Werke* 1, herausgegeben von Wolfgang Frühwald, Bernhard Gajek und Friedhelm Kemp, Studienausgabe, 2. Durchgesehene und im Anhang erweiterte Aufgabe 1978, Haser Verlag, München, S. 478f.

的感受《我手持十字架》("Ich nahm das Kreuz")。两诗都是对现实社会的鞭笞，他称巴黎为迷宫，因为让人迷路，失去方向。德国何尝不是如此？当时资本主义进入发展期，带来社会的大变动，在社会财富急剧增长的同时也带来了种种弊病。布伦塔诺的批判鞭辟入里、一针见血，他的愤怒、他的憎恨一冲而发，呈现的是一个有道德追求的、正直的人。其实浪漫派，包括他自己，都是有救世愿望的，第二首就是他开出的药方，这就是第一行开宗明义的"我手持十字架穿过迷宫"，也就是靠基督教来拯救这个倾颓的世界。

布伦塔诺出身天主教家庭，但青年时代思想叛逆，对宗教信仰淡然处之。但人生的种种挫折让他需要一种精神的支撑，而此时他爱上了18岁的路易丝。她是一个神父的女儿，信仰虔诚，她指给布伦塔诺一条心修和自我救赎之路。因为这爱情，布伦塔诺听从路易丝，先是正式皈依了天主教，然后去了丢尔门追随修女，最终成了一个虔诚的基督徒。这也是浪漫派的普遍思想归宿，从诺瓦利斯、施勒格尔兄弟到布伦塔诺，其实也包括后来的海涅，因为他们看不到另外一条可行的道路。这虽然在当时和今天都遭到很多批评，终究表示出他的良知和美好的愿望。

如果我们纵观布伦塔诺这个历史人物，感觉他本身就是一种摧毁的力量，一个自身充满矛盾对立的人。表现于性格，他柔情与暴戾、叛逆与虔诚共存。表现于诗，他偏爱反义词的并立，喜欢激烈的冲突和对立。表现于诗学，他颠覆古典，借民歌建立新的风格，而这新风格中又带有摧毁民歌的因素，即用印象取代现实，用感觉取代叙事，以一种躁动、不安、疯狂和渴望表现出新时代的脚步。如果我们要给布伦塔诺贴标签的话，那就是在摧毁外在的同时，摧毁自己，做了时代的献祭。回顾布伦塔诺的一生，他从一个逆子到一个虔诚的基督徒，中间经过了种种的喜剧性和悲剧性的冲突。从对人的终极意义的追寻上，布伦塔诺是一个听凭自己的内心而走过人生的人，也是一个认真活过的人。不管我们对他的信仰持何种看法，仅这种追求的精神、对终极的探求，便让我们对这位备受争议的诗人生出一种敬意。

三　艺术评价

布伦坦诺是一个全面的作家，对诗歌、小说、戏剧都有涉及，但以诗歌的成就最高。可以说，是诗歌确立了他的文学史地位①。他的小说评价不高，但其处女长篇《哥德维》实践了浪漫派"融汇"的美学理想，打破了文体之间的界限，进而成为浪漫派小说的代表作。中年以后的作品有太多的布道意味，只有短篇《听话的卡斯帕尔和漂亮的安纳尔》（"Geschichte von braven Kasperl und dem schönen Annerl"）算得上成功。他的戏剧不多也难称佳，倒是传教布道的宗教著述被翻译成多种语言大量印行，几乎成了基督教世界的经典。

代表布伦塔诺艺术成就的诗歌现存一千多首，总体说来良莠不齐，有熠熠生辉的精品，也有不少枯燥的说教或色情糟粕。其创作大体可分为早、中、晚三期，1816—1818年和1833—1834年是其间的两个分界②。布伦塔诺15岁开始写诗，曾尝试不同的诗体。后学习狂飙突进时期的歌德，写自由体诗。20岁进入浪漫派的圈子，浪漫主义美学点燃了他心底的民族文化热情，写出《罗累莱》《渔童坐在小船里》那样民族风格和气派的诗歌，形成他瑰丽、伤感、诡异的风格。随着《号角》的编辑出版，民歌的浸润愈深，创作出一大批民歌风韵的抒情诗和叙事诗，既有民歌的淳朴自然，又有精致的诗艺，这是他辉煌的早期。

中期的布伦塔诺沉耽于宗教，写诗不多，给人江郎才尽的感觉。可称的是写给路易丝的一组爱情诗。路易丝是个虔诚的基督徒，受她的影响，布伦塔诺创作了不少宗教性的抒情诗。此时他在巴洛克的宗教诗中寻找心灵的呼应，多用圣经上的隐喻，同时学习民歌的手法。概言之，此期虽有佳作，但同时也显出宗教的说教化和写法上的模式化倾向。

布伦塔诺晚期的诗歌以写给艾米丽的情诗为主。艾米丽是个年轻的画家，诗人对她一见倾心，爱情使他找回了青年时期的激情与才思，这一组优秀的诗歌形成他创作的最后高峰。它们的特点一是对路易丝爱情诗的部分重复；二是向早期风格的回归，回到了抒情和童话；三是宗教的虔诚融进了热烈的爱情，所以较之早期的才子式的飘洒、俊逸，显

---

① Helmut de Boor u. Richard Newald [Begr], *Geschichte der deutschen Literatur von den Anfängen bis zur Gegenwart*, Bd. VII/2. Die deutsche Literatur zwischen Französischer Revolution und Restauration, C. H. Beck'sche Verlagsbuchhandlung, München 1989, S. 749.

② Walter Killy, *Literatur Lexikon*, München; Bertelsmann Lexikon Verlag, 1989, Bd. 2, S. 201.

得深厚、挚重。总之，布伦塔诺是写情的圣手，写爱情特别重情欲。他把爱情看作生命的追求与生命的实现，但因其末流沦入色情，所以常为人诟病。其一生成就以早期最为辉煌，晚期又呈现了一番夕阳的景致。

毋庸置疑，布伦塔诺是一个天才的诗人。但不论生前还是死后世人对其的争议都很大。如果通观这一百多年的接受史，可以看出一个大致的走向，就是从以否定为主转向以肯定为主。细细说来，否定派的主将首推海涅，其立论基础主要在思想。海涅在政治上较为激进，主张社会民主进步，而布伦塔诺根本不懂政治为何物，他是一个为自己歌唱的诗人，先是追随浪漫派、以后皈依天主教，所以他们在思想上是迥然异路。这在那个社会剧烈变革思想斗争激烈的年代，自然招致了片面的嘲讽和攻击，这在海涅的《浪漫派》中得到充分体现①。再一个就是文学史家勃兰兑斯，出于左派的政治立场和现实主义的美学观，他对另党另派的布伦塔诺同样有很多尖刻的批评，包括"为人游移不定、不堪信赖""反复无常的恶棍""牛皮大王"等②。但尽管如此，他还是以自己的艺术敏锐，看到了其作为艺术家的"真实"：

> 他有一种一般浪漫主义者身上少见的、以相当恳切的态度出之的优雅。他跟其他各种从事创作的才子一样，一拿起笔来就变得比在生活中更诚恳、更严肃、更深刻了。所以，尽管他为人油腔滑调，作为艺术家倒是很少给人扯烂污的印象。③

当然也有中正的、不带或爱或憎的偏见，真正诗人之间的性格理解，这就是艾辛多夫。艾氏比布伦塔诺小10岁，1808年他们在海德堡相识，以后他们在柏林再次相遇。艾辛多夫以他的诗心慧眼为我们画出了布伦

---

① ［德］亨利希·海涅：《论德国》，薛华、海安译，商务印书馆1980年版，第114—115页。
② ［丹麦］勃兰兑斯：《十九世纪文学主流》第二分册《德国的浪漫派》，刘半久译，人民文学出版社1997年版，第244页。
③ ［丹麦］勃兰兑斯：《十九世纪文学主流》第二分册《德国的浪漫派》，刘半久译，人民文学出版社1997年版，第244页。

塔诺的灵魂:

  阿尔尼姆是怡人、安静的,布伦塔诺则是激情的,前者是完全意义上的诗人,后者则本身就是一首诗,是一首民歌样的诗,常让人莫名的感动,但突然又毫无过渡地转到相反的方向,他总是在不断地意外跳跃中。其基调在本质上是一种深深的、几乎是柔软的多愁善感,这是被他自己忽视的、与生俱来的天性,他自己绝不承认,别人也不想承认。这种与自己心中的魔鬼不能和解的斗争,就是他生命和诗歌的历史,也造就了他的肆意的笑话,它不断地揭出了这世界隐藏的愚蠢……他小个子,机智敏捷的南方人的表达方式,当他即兴地弹着吉他唱自己谱曲的歌,他奇异的美丽的精灵似的眼睛,他真的有如同魔幻般的魅力。[1]

  布伦塔诺对德语诗歌的贡献是继往开来,他继承民歌,发展出一种民歌风韵的诗歌,并引领它成为时代的主旋律。纵观他一生的创作,虽然他不同时期的作品各有特色,但民歌体是其主要形式,而绝少写从国外引进的各体格律诗(虽然他也有出色的十四行诗)。他之前的诗人,虽也有人学习民歌,兴来试笔,但仍以写高雅的格律诗为主,他却另辟蹊径,把眼光移向民间。他从民歌汲取营养,以民歌朴素的语言、自由的诗律消解自欧皮茨、克罗卜史托克以来越趋严谨的文人诗,造就了德语诗坛崭新的诗风:亲切、自然而清新。它植根于德意志民族文化的土壤,呼吸着莱茵河上的清风,感觉着人们日常生活的脉搏,生出一种特别的动人魅力,不但影响当代,而且沾溉后人,直接影响了艾辛多夫,造就了海涅,成为主导德国诗坛达半个多世纪的创作主流。更为可贵的是,布伦塔诺的诗还闪现出新的表现主义、象征主义的光彩,因此他还是下一个时代的开拓者。这一点其实跟他的个性、心理有直接的关系。布伦塔诺是一个"狂想家",想象在他不是创作的手段,而是一

---

[1] Clemens Brentano, *Werke* 1, herausgegeben von Wolfgang Frühwald, Bernhard Gajek und Friedhelm Kemp, Studienausgabe, 2. Durchgesehene und im Anhang erweiterte Aufgabe 1978, Haser Verlag, München, S. 1295.

种消解了主客界限、实现肉体与精神合一的生活和认知方式。于是他的诗有他人没有的天马行空的奇幻和浪漫。布伦塔诺又性格分裂，一半天使一半魔鬼，天使和魔鬼常常处在搏击、对抗和纠缠中，所以他的诗在情感、意象、词汇上常常是对立的、跳跃的，给人的感觉是五彩缤纷的色块在抛掷、五光十色的光斑在闪现，温柔、甜蜜、愤怒、狂野、痛苦等情绪瞬间而来、倏忽即逝，或滔滔而下，或不绝如缕，而这一切又都只是感觉，既是诗人自己的感觉呈现，也契合着读者的审美体验。加上紧缩句、倒装、主语或动词缺失等，让人很难有一个逻辑整体的把握。换句话说，他的一些诗，表现的只是个人瞬间的非理性的思绪、感觉、印象的碎片，这些都为下一个时代的表现主义、象征主义等开辟了道路。

当今德国的各种文学史都承认布伦塔诺是优秀的浪漫主义诗人[1]，学界的共识可概括为：布伦塔诺是一个天才型诗人。他的诗歌创作深得民歌沾溉，以独特的形象、前所未有的声象，形成了自己别具风格的抒情诗。[2] 这体现在对民歌形式、内容的继承，更表现于对民歌的艺术化和现代化[3]。同时他的现代化不仅限于语言，而且涉及思想和一种新的美学倾向，所以，也被尊为海涅、尼采（Friedrich Wilhelm Nietzsche, 1844—1900）、霍夫曼斯塔尔（Hugo von Hoffmansthal, 1874—1929）的先驱，表现主义、印象主义、象征主义等现代派文学的开创者。笔者个人认为，在浪漫派的诗人中，布伦塔诺的影响是最深远的，而他的诗歌也是最好的，即使在整个德语诗歌史上，他也应该跻身前五位[4]，当然如此有不同

---

[1] W. Kohlschmidt, *Geschichte der deutschen Literatur von der Romantik bis zum späten Goethe*, Stuttgart; Reclam, 1979, S. 295. Walter Killy, *Literatur Lexikon*, Bertelsmann Lexikon Verlag, München 1989, Bd. 2, S. 203.

[2] Helmut de Boor u. Richard Newald [Hrsg], *Geschichte der deuschen Literatur von den Anfängen bis zur Gegenwart*, Bd. VII/2. Die deutsche Literatur zwischen Französischer Revolution und Restauration, C. H. Beck' sche Verlagsbuchhandlung, Müchen 1989, S. 7.

[3] H. A. Korff, *Geist der Goethezeit*, IV Teil Hochromantik, Leipzig; Koehler & Amelang, 1964, S. 196, 204.

[4] 这里要说明的是，在德国人编的文学史上海涅不属于浪漫派，而属于"青年德意志"，这是从流派和思想上划分的。至于座次，有不同的看法，比如前三位——歌德、海涅、荷尔德林，或歌德、荷尔德林、海涅，以及其他的排法，其中既有公论也有个人的趣味。

的看法。

第二节 布伦塔诺与《号角》

布伦塔诺跟《号角》的关系是双向的，一方面他成就了《号角》，另一方面《号角》也成就了他。他似乎有一段天生的民歌情缘，他喜欢这些民间乡土的歌唱，从中感受到一种心灵上的契合以及美学上的共鸣。而编辑《号角》的工作又让他对民歌烂熟于心，不仅有一个全面的认知和把握，而且使之成为他自己的文化艺术积淀，潜移默化地影响着他的创作和风格。

一 天生的情缘

布伦塔诺生长在美因河畔的法兰克福。美因河是莱茵河的支流，从法兰克福顺流而下几十公里汇入莱茵河。莱茵河是孕育德意志文化的母亲河，而这一段风景最为雄奇壮丽。沿河而下，两岸葱郁的群山坡岭之上矗立着颓败的骑士城堡，近岸的城镇中有巍然的贵族豪邸，还有高耸的教堂尖顶。数不清的故事和民歌在人们的口头传唱。布伦塔诺家族的产业沿莱茵河分布，他从小往来于沿岸的城镇，耳濡目染地受到民间文化的熏陶。从家庭方面看，布伦塔诺家族是意大利的古老贵族，有流传几百年的祖先故事，包括颇有神话色彩的征伐、迁徙等。他的母系是德意志贵族，外祖母是著名的启蒙作家，布伦塔诺自己就出生在外祖母家中，颇得她的宠爱，她的故事，包括神化了的祖先故事陪伴着孩子们成长，凡此种种让他跟民间文化有一种天然的缘分，于是阅读、搜集这类书籍就成了他的爱好，而他的"民间"素养也就越来越深厚，这从他早期的诗歌《罗累莱》《渔童坐在小船里》中就可以看出来，下面是更早的《白鹳》：

> 白鹳给我送来一个小妹妹，
> 它从窗户飞进来，
> 在妈妈腿上啄出一个洞，
> 它就是这样。

264 ◇ 《男孩的神奇号角》与德意志浪漫主义诗歌

妈妈躺在那儿心里害怕,
"啊,亲爱的白鹳我求你
轻一点,别这么用劲。"

看啊,爸爸走了进来,
看意思我是得了个小妹妹,
啊呀,他们又哭了起来,
是不是白鹳也啄了爸爸。①

此诗作于1793年,见于该年8月5日给姐姐苏菲的信,记述了妹妹苏珊娜的出生。诗人当时15岁[2],带着小孩子的天真、欣喜特别是对新生命的好奇。而典出民间的"鹳鸟送子",既符合孩子眼中的生产情节,也多了很多情趣,更能看出布伦塔诺从童年就开始萌生的民间情愫,《号角》就收了一首类似的歌《笃笃的白鹳》:

白鹳白鹳,长长的腿。
什么时候飞到乡下来,
给那孩子带个弟弟来?
当大麦熟了的时候,
当青蛙叫了的时候,
当金戒指
在小盒子里响起来,
当红苹果

---

① Clemens Brentano, *Sämtliche Werke und Briefe*, hrsg. Von Jürgen Behrens, Konrad Feilchenfeldt, Wolfgang Frühwald, Christoph Perels und Hartwig Schultz, Verlag W. Kohlhammer, Stuttgart, Berlin, Köln, Mainz, 1975ff. (FBA) Bd. 1, S. 9. 相关注释见 Bd. 1, S. 195.

② Clemens Brentano, *Sämtliche Werke und Briefe*, hrsg. Von Jürgen Behrens, Konrad Feilchenfeldt, Wolfgang Frühwald, Christoph Perels und Hartwig Schultz, Verlag W. Kohlhammer, Stuttgart, Berlin, Köln, Mainz, 1975ff. (FBA) Bd. 1, S. 195.

在箱子里闹腾起来。①

此歌见于1800年汉堡出版的《霍尔施泰因地区方言词典》(*Holsteinisches Idiotikon*)。可见"鹳鸟送子"在该地区普遍流传。它也是活在老保姆们口头的传说，阿尔尼姆和威廉·格林都用过此典。布伦塔诺的婚礼歌《十二个月》("Die Monate")中有"白鹳啊，长长的腿，你想过没有，给春天带来个玩物？"②是同一出典。

在布伦塔诺心里莱茵河不只是他出生的地方，还是他心灵的故乡。凡是最好的朋友，他都邀请他们同游莱茵河，如同敞开自己心扉，而两岸如画的风景、船夫的歌声、童话故事、风土人情都作为一种文化记忆融在了他的血液中，成为他最美的诗的底蕴，我们看下面几节诗：

1
在莱茵河上漂来漂去
我要寻找春天
心儿如此沉重，感觉却如此轻松
谁能让它们平衡。

2
群山一座座地逼近，
来倾听我的歌声，
塞壬游过来靠近小船，
我身后留下一阵回声

3
啊，你别响，你这回声，
山啊，你们都退回去，

---

① Clemens Brentano, *Sämtliche Werke und Briefe*, hrsg. Von Jürgen Behrens, Konrad Feilchenfeldt, Wolfgang Frühwald, Christoph Perels und Hartwig Schultz, Verlag W. Kohlhammer, Stuttgart, Berlin, Köln, Mainz, 1975ff. (FBA) Bd. 8, S. 319.

② Clemens Brentano, *Sämtliche Werke und Briefe*, hrsg. Von Jürgen Behrens, Konrad Feilchenfeldt, Wolfgang Frühwald, Christoph Perels und Hartwig Schultz, Verlag W. Kohlhammer, Stuttgart, Berlin, Köln, Mainz, 1975ff. (FBA) Bd. 9-3, S. 589.

心底的爱的幸福

把我抓住，这样紧、这样狠。①

　　这是《在莱茵河上漂来漂去》的前3节，该诗见于1802年6月从科布伦茨寄给贝蒂娜的信，收入《春天的花环》。第1节说明时间、地点、事由，是通常的模式。形式上近于民歌；abab的交韵，诗行较为自由。第1行是典型的民歌句法，起势平缓，语言也通俗清浅如"her und hin"还有"so schwer""so leicht"，都是民歌所常用。但它一望而知是文人诗，因为它个性化的抒情，还因为它的精致，比如第3行"So schwer mein Herz, so leicht mein Sinn"，表现自己内心的感觉，既是修辞上的"对仗"，也是词义上的对比，并因此引出下一句的"平衡"。这节诗以后被多次"变奏"，出现在诗人的书信和诗歌里，可见他的喜爱。第2节写得很有情味：本来是船在前行，但顺着自我感觉说是群山在逼近，为了听我的歌声，于是山就从无情变为有情。接着是塞壬，她本是希腊神话中的水神，以歌声诱惑水手，但这里反用其典，塞壬反而被"我"的歌声吸引，可见这歌声是多么迷人。末行的回声留下余音袅袅，飘荡在如画多情的山水间，妙不可言！第3节顺势转入爱情，呈现出一个浪漫、美好又有些神秘的情境，这就是布伦塔诺笔下和心中的莱茵河，他把对这片山水的感情跟它所孕育的民歌融在了一起。在1802年10月给阿尔尼姆的信中他写道："很快、很快，我亲爱的年轻人，我就要去莱茵了：那是你跟我曾经待过的地方，这次我一个人去，我想你，到处都会见到你的影子。"②同一时期布伦塔诺还写过一部《莱茵童话》（*Märchen von Rhein*），可见对莱茵河的深情。正是与这片土地和人民的根脉相连，民间文学自然地融入了他的血液，进入了他的创作。

---

① Clemens Brentano, *Werke* 1, herausgegeben von Wolfgang Frühwald, Bernhard Gajek und Friedhelm Kemp, Studienausgabe, 2. Durchgesehene und im Anhang erweiterte Aufgabe 1978, Haser Verlag, München, S. 128. 相关注释见 S. 1057.

② Clemens Brentano, *Werke* 1, herausgegeben von Wolfgang Frühwald, Bernhard Gajek und Friedhelm Kemp, Studienausgabe, 2. Durchgesehene und im Anhang erweiterte Aufgabe 1978, Haser Verlag, München, S. 1057.

二 对《号角》的吸纳

如果说《号角》之前民歌跟布伦塔诺之间有一种天生的缘分，那么《号角》之后民歌就从形式、内容、思想、美学等各方面影响着布伦塔诺的创作，让他的诗闪耀着民歌的光彩。其中有些主动的吸纳是极为明显的，下面结合典型诗例分别论述。

"拿来"

吸纳最简单的方式就是把民歌直接拿来，稍事修整放进自己的小说戏剧，比如《夜莺，我听你歌唱》。此诗见于《公鸡童话》（*Gockelmärchen*），写于1835年，出版于1837年，是其中马车夫唱的歌。全文如下，斜体标出的部分是跟《号角》文本的区别，后面是相关的说明。

Nachtigall ich hör´dich singen	原文是 hör，这是基于正字法的修改
´s Herz im Leib möcht´mit zerspringen,	原文是 das
Komme doch und sag mir bald, *Wie sich alles hier verhalt.*	原文是 wie ich mich verhalten soll
Nachtigall, ich seh´dich laufen,	正字法的修正
An dem Bächlein tust du saufen, *Tunkst hinein dein Schnäbelein*,	原文是 Du tunkst dein klein Schnäblein ein
Meinst es *sei* der beste Wein!	原文是 wär
Nachtigall, *wohl* ist gut wohnen	原文是 wo，没有前面的逗号
In der Linde *grünen* Kronen,	原文是 Auf den Linden, in den Kronen
Bei *dir*, *lieb* Frau Nachtigall,	原文是 Bei der schön Frau Nachtigall

268 ◇ 《男孩的神奇号角》与德意志浪漫主义诗歌

Küß dich Gott viel tausendmal！ 　　　　原文是 Grüß mein Schätzchen tausendmal.①

夜莺我听你唱歌，
心都要碎了，
你快来告诉我，
这一切都怎么了。
夜莺，我看见你
跑到溪边喝水，
用你的小嘴巴轻啜，
像是你最美的酒！
夜莺你有个好住处，
住在绿色的菩提树上，
在亲爱的夜莺娘娘这里，
上帝啊，我要千百次地吻你！②

此诗直接出自《号角》的《夜莺娘娘》（参见第一章第三节之"表现手法 ABC"之"意象"）。两相比较，可以看出布伦塔诺是把一首他自己当年编辑过的民歌"拿来"，稍加改动变为己有③。但从这些小改动可以看出他"诗心"。比如第 7 行，把 Du tunkst dein klein Schnäblein ein 改成了 Tunkst hinein dein Schnäbelein，去掉了语义重复的"du"变得简洁；再比如第 10 行，把 Auf den Linden, in den Kronen 改成了 In der Linde grünen Kronen，两个并列的词组变为一行，去掉了逗号和重复的冠词

---

① Clemens Brentano, *Sämtliche Werke und Briefe*, hrsg. Von Jürgen Behrens, Konrad Feilchenfeldt, Wolfgang Frühwald, Christoph Perels und Hartwig Schultz, Verlag W. Kohlhammer, Stuttgart, Berlin, Köln, Mainz, 1975ff.（FBA）Bd. 6, S. 87.

② Clemens Brentano, *Werke* 1, herausgegeben von Wolfgang Frühwald, Bernhard Gajek und Friedhelm Kemp, Studienausgabe, 2. Durchgesehene und im Anhang erweiterte Aufgabe 1978, Haser Verlag, München, S. 609.

③ 这在当年是极普通的事，不涉及知识产权。

den，换上了 grüne（绿色），不但简洁、流畅而且增添了色彩，让诗境变得有声有色。这就是布伦塔诺的"拿来"，顺手却不随意。下面是一个更为典型的"拿来"：

1
Was heut noch grün und frisch da steht,
Wird morgen schon hinweggemäht；
Die edlen Narzissen,
Die Zierden der Wiesen,
Die schön Hiazinthen,
Die türkischen Binden.
Hüte dich schöns Blümelein！
今天还那样青绿盎然，
明天就已经被割掉：
那高贵的水仙花，
那点染草地的小花，
那美丽的风信子，
那土耳其百合，
当心啊，你美丽的小花！
2
Viel hunder*tt*ausend ungezählt,
Was nur unter die Sichel fällt,
Ihr Rosen, ihr Lilien！
Euch wird er austilgen,
Auch die Kaiser*k*ronen,
Wird man nicht verschonen.
Hüte dich schöns Blümelein！—
千千万万无其数的花，
都要倒在镰刀下：
你们玫瑰，你们百合，
你们都将被毁掉，

即使是皇冠花,

也不会幸免。

当心啊,你美丽的小花!

3

Das himmelfarbe Ehrenpreis,

Die Tulipane gelb und weiß,

Die silbernen Glocken,

Die goldenen Flocken,

S*i*nkt alles zur Erden,

Was wird daraus werden?

Hüte dich schöns Blümelein!

那天青色的威灵仙,

那黄的、白的郁金香,

那银色的铃铛花,

那金色的矢车菊,

统统倒在地上,

它们会变成什么?

当心啊,你美丽的小花!

4

Ihr bübsch Lavendel, Ros*m*arin,

Ihr vielfärbige Röselin,

Ihr stolze Schwerdlilgen,

Ihr krause Basilgen,

Ihr zarte Violen,

Euch wird *man* bald holen. –

Hüte dich schöns Blümelein! –

你美丽的薰衣草、迷迭香,

你色彩缤纷的小蔷薇,

你高傲的鸢尾花,

你卷曲的罗勒草,

你娇嫩的堇菜,

都会被收走。
当心啊，你美丽的小花！①

此诗是《哥德维》中一首插曲，但却出自《号角》中《收获之歌》，（德文本见第一章第一节之"增删"）。两相比较，我们发现诗人截取了中间的4节，做了7处主要是正字法的改动（用斜体标出），其他都原封不动地拿来变成了自己的小说插曲。但因为他删去了首尾两节，从原来传教布道的"死是必然"，变得温情伤感，也就带有了人间情味。

"变奏"

所谓"变奏"是指在保留原文基本形态的同时，改变其主旨，用以表达诗人自己的心意。典型的例子就是布伦塔诺把上面提到的民歌《收获之歌》，进一步改造成自己的长诗《有个收割者，名叫死神》：

1
有个收割者，名叫死神，
他收割庄稼，只待天主下令：
他已磨他的镰刀，
磨得亮光闪耀；
他马上就把你割下来，
你也只好忍耐：
只好被编进收获花环。
当心啊，美丽的小花！
2
今天还那样蓬勃繁茂，
明天就已经被割掉：
高贵的水仙花，
可爱的香枫，

---

① Clemens Brentano, *Werke* 1, herausgegeben von Wolfgang Frühwald, Bernhard Gajek und Friedhelm Kemp, Studienausgabe, 2. Durchgesehene und im Anhang erweiterte Aufgabe 1978, Haser Verlag, München, S. 109f.

憧憬的五爪龙，
苦难的风信子，
都要被编进收获花环。
当心啊，美丽的小花！

3
千千万万无其数的花，
都要在钢刀下面倒下：
可怜的蔷薇，可怜的百合，
还有可怜的罗勒！
哪怕就是皇冠①，
他也毫不手软，
都要被编进收获花环。
当心啊，美丽的小花！

4
天青色的威灵仙，
梦想家、红黄色的罂粟，
九轮樱，毛茛，
闪光的康乃馨，
锦葵，甘松，
不用等很多时间，
都要被编进收获花环。
当心啊，美丽的小花！

5
色彩醉人的郁金香，
千娇百媚的雁来红，
种属相近的群芳，
红得像火的苋花，
娴静的紫罗兰，

---

① 原文是 Kaiserkrone，直译为皇冠花，即大丽花。钱春绮原注为："皇冠（Kaiserkrone），英名（Crown-imperial），即贝母，属百合花，开吊钟形的花。"

虔敬的甘菊花，
都要被编进收获花环。
当心啊，美丽的小花！

6
傲慢的蓝色飞燕草，
一粒粒的丽春花，
还有你们福寿草，
以及那些君影草，
开蓝花的蓝芙蓉，
用不着加以警告，
都要被编进收获花环。
当心啊，美丽的小花！

7
可爱的相思草，毋忘我，
他已知道你的芳名，
你，在一片叹气声中
给新娘做花环的桃金娘，
甚至是不凋谢的千日红，
也都要被他割下，
都要被编进收获花环。
当心啊，美丽的小花！

8
春天的宝库和武库，
无数的王冠和王笏，
刀剑和弓箭，
枪矛和铁楔，
无数祖传的
头盔和旗帜，
都要被编进收获花环。
当心啊，美丽的小花！

9

草地上五月的新娘装饰，
充满露珠的花环，
纠缠住的心，
火焰和舌头，
戴着发亮的
戒指的小手，
都要被编进收获花环。
当心啊，美丽的小花！

10

天鹅绒的蔷薇紧身衣，
丝绸的百合面纱，
迷人的吊钟，
螺旋形的，薄片形的，
球形的，杯形的，
头巾形的，扇形的，
都要被编进收获花环。
当心啊，美丽的小花！

11

心啊，自慰吧，要救你
脱离苦难的时辰到了，
蛇啊，龙啊，
利齿啊，大口啊，
爪甲啊，蜡烛啊，
那些痛苦之象征，
都要被编进收获花环。
当心啊，美丽的小花！

12

哦，隐秘的痛苦，准备吧！
不久就夺去你的快慰的饰物，
充满泪珠的花萼的

芬芳的憧憬，
思想苦闷的
希望的藤蔓，
都要被编进收获花环。
当心啊，美丽的小花！

13
从野外飞来的小蜜蜂，
甘蜜的篷帐就要被拆除，
欢喜的喷泉，
眼睛，太阳，
地上星辰的奇迹，
现在坠落下来，
全要被编进收获花环。
当心啊，美丽的小花！

14
哦，星和花，精神和外表，
爱、痛苦、时间和永恒！
帮我来编结花环，
帮我来捆起禾把，
任何花都不可缺少，
天主将在打谷场上
数数每一种谷物。
当心啊，美丽的小花！[1]

全诗共 14 节 112 行，是布伦塔诺晚年的作品（编入 1834—1842 部分），是在《哥德维》插曲之后对民歌《收获之歌》的再次吸收利用。

---

[1] Clemens Brentano, *Werke* 1, herausgegeben von Wolfgang Frühwald, Bernhard Gajek und Friedhelm Kemp, Studienausgabe, 2. Durchgesehene und im Anhang erweiterte Aufgabe 1978, Haser Verlag, München, S. 613f. 译文见钱春绮编译《德国浪漫主义诗人抒情诗选》，江苏人民出版社 1984 年版，第 111—117 页。

前一次是精简,这一次是扩充。其情感是尘世的,每节末行的重复,不仅突出了对小花的怜惜,也表达了对生命、对尘世生活的肯定、不舍,很动情。

从"变奏"的角度看其间的"变化",首先是题目。《收获之歌》是《号角》的原题,它还有一个副题《天主教赞美诗》,开宗明义这是一首布道的歌。但布伦塔诺摒弃了题目,让它成为一首自由抒发、随意理解的无题诗,然后作了整体的调整,对内容进行了增删。具体地说,他拿过来前5节,自己又敷演出全新的9节。他不但描写形形色色的花,还联想出新娘、饰物、祖先、王冠、刀剑等,把世间所有的美好如快乐、幸福、荣誉等淋漓尽致地加以渲染,以此来反衬"死"的无情和残酷。不仅发扬了民歌的铺陈特点,突出了民歌的风神,更给读者留下长长的回味和思考,于是就关涉到主题。《收获之歌》的末节点明主题:死亡并不可怕,虽有些许痛苦,但它是天堂的门槛,一当进入天堂,那将是永恒的幸福,所以死亡是值得庆幸的事。但布伦塔诺却删去了这一节,主旨表达得含蓄婉转。从整体上看,他虽然接受了"死亡铁律",但在具体的描写上却悄悄地扭转了方向,他突出的不是死的幸福而是死的痛苦和残酷。因为它毁灭了世间的一切美好,而诗人对此充满了无奈、伤感和同情,于是也就洋溢着人间世俗的情味。换句话说就是,布伦塔诺把一首传教的宗教歌变成了世俗的个人的抒情诗,以其发自深心的伤感拨动着人们的心弦。

从体式上看,布伦塔诺接受了《收获之歌》的基本形式、架构,以及现成的诗行,如首行的"有个收割者,名叫死神"、每节末行重复的"当心啊,美丽的小花!"等等,特别是前5节,大体上袭用了原文,而改动旨在艺术化。比如把每节7行的路德赞美诗体变成8行,加了一行美妙的"Muß in den Erntekranz hinein"(只好被编进收获花环)。其中的 Muß 是一定、必须的意思,也就是说,"死"是命运,不可避免。但用"编进收获花环"来隐喻,就避开了痛苦和残酷而美丽许多,特别是当它与"当心啊,美丽的小花!"在情感上融为一体,一次次地反复出现,不但承继了民歌本色,而且加重了它的情感分量,突出了其中蕴含的无奈与悲感。另外新增部分继承了民歌铺陈的特点,意象纷呈、辞采绚烂,开拓出新的情境,丰富了诗的内涵。再有就是词汇的修改也颇具匠心,比如第 2 行原来的 "Hat gewalt vom höchsten Gott"（他得到最高者上帝的命令），变成了 "Er mäht das Korn, wenn's Gott gebot"（他收割庄稼，只待天主下令）。不但更贴近"收获"的隐喻，而且一个"只待"指向了未来和可能，较之原来的肯定语气，延缓了这可怕的"死亡"。第 3 行把 "Heut wetzt er das Messer"（现在正磨着他的刀）改成 "Schon wetzt er die Sense"（他已在磨他的镰刀）。其中的"磨"虽都是现在时，但布伦塔诺用 schon（已经）换下 heut（今天、现在）语气得到舒缓；用 Sense（镰刀）换下 Messer（刀），从而避开了正面的"磨刀"霍霍，也把对象直指谷物，柔化了原文"刀"所带来的血腥杀戮和残忍。第 4 行用 glänze（闪光）代替 viel besser（好很多）形容镰刀，更为生动。第 6 行用 du（你）换下 wir（我们），直指喻体庄稼，更显准确，此类不一而足。总之，布伦塔诺充分地利用民歌的现成文本，同时顺承民歌的特点加以精心的改造，以表达自己的情意思想，成为一首彰显布伦塔诺个人思想情感的优美抒情诗。

灵感

除了形式内容的汲取之外，民歌还给布伦塔诺的创作带来灵感，比如下面的诗：

在上面的小花园里，
风儿轻轻地吹，
玛丽亚坐在那儿，
摇着她的孩子，
她用自己雪白的手臂，
根本用不着摇篮。
我想向亲爱的玛丽亚自荐，
帮她摇那个小孩儿，
那她就会带我去她的房间，
那里有可爱的天使唱歌，
那里大家都在唱赞美诗，

278　◇　《男孩的神奇号角》与德意志浪漫主义诗歌

赞美她，亲爱的玛丽亚。①

这是一首插曲，作于 1835 年底。像很多德语诗歌一样，本来无题，必要时拿第一行作题目。它显然受到了《号角》中《户外摇篮曲》的启发：

在上边山上，
风在呼呼地吹，
玛丽亚坐在那儿，
摇着她的孩子，
用她雪白的手臂，
她用不着摇篮。②

两相对比可以看出，布伦塔诺的 12 行诗，前 6 行就出自这首民歌，只有少许的改动：背景从"山"变成小花园，更显温馨；风从"呼呼作响"变成"吹"，意在"温柔"；圣母轻摇孩子，在第六行加了"dazugar"（根本），突出了母亲的爱意；接着是他自己所续的 6 行，给出了"我"的所思、所感，开出了一个新诗境，把一首泛泛的宗教歌变成了个人的抒情，比如想进玛丽亚的房间，就透露出他混杂着性爱、母爱的玛丽亚崇拜，这都是布伦塔诺个人的、内心深处的隐秘。下面的一首是更加典型的"灵感"：

1
踏，踏，踏，一路小跑
今天我不栓门

---

①　Clemens Brentano, *Werke 1*, herausgegeben von Wolfgang Frühwald, Bernhard Gajek und Friedhelm Kemp, Studienausgabe, 2. Durchgesehene und im Anhang erweiterte Aufgabe 1978, Haser Verlag, München, S. 609.

②　Clemens Brentano, *Sämtliche Werke und Briefe*, hrsg. Von Jürgen Behrens, Konrad Feilchenfeldt, Wolfgang Frühwald, Christoph Perels und Hartwig Schultz, Verlag W. Kohlhammer, Stuttgart, Berlin, Köln, Mainz, 1975ff. (FBA) Bd. 8, S. 295f.

如果我第一次拥有你
我要好好地吻你。

2
不要吵醒了我妈妈
别咳嗽、别打喷嚏、别呼哧带喘，
别带着傲劲往我这儿来，
盛气凌人很容易摔倒。

3
不要惊醒了马丁鹅，
不要踩上狗尾巴，
轻轻地移步就像那月光，
就像那藏在婚礼花冠里的跳蚤。

4
不要撞翻了水桶
最亲爱的宝贝儿，我求你
别弄得咕咚咕咚，
最亲爱的宝贝儿，那是犯傻。

5
最重要的是我求你
在楼梯中间
你要迈一大步
四个台阶缺了第三阶。

6
把鞋叼在嘴里
要是女仆走上来
她会觉得你是条狗，
她去睡觉，我们就踏实了。

7
你向左，别向右
不然就撞到了长工头，
那你会挨一顿打，

他打起人可特来劲儿。

8
你也别蹬到下面的屋顶
别进那个房间,
那就会惊醒我哥哥
他就会急急跑来抓小偷。

9
等你到了我门前
再跟我诉苦,
然后我挣脱你的双臂
天啊,谁在这儿?

10
原来所有的人都醒了
妈妈、哥哥、长工都跑过来
好嘛,就要棒如雨下
比打孩子还要狠。

11
但事情的发展却是另一个样,
九个月后母亲唱道
小丫头,你让我担心又害怕,
你的裙子本来很长的。①

此诗的背景是乡村,主题是"幽会",主角是一个情窦初开的小女孩,诗人把她对性爱的渴望、惶恐、忐忑、又盼又怕,淋漓尽致地表现了出来,生动诙谐且真实。别吵醒妈妈,别惊动鹅和狗,像月光一样脚步轻柔,让人想到汉乐府《有所思》中的"鸡鸣狗吠,兄嫂当知之"。对情人说的话也亲昵动人,特别是那个"台阶",这千叮咛,万嘱咐把她的

---

① Clemens Brentano, *Werke* 1, herausgegeben von Wolfgang Frühwald, Bernhard Gajek und Friedhelm Kemp, Studienausgabe, 2. Durchgesehene und im Anhang erweiterte Aufgabe 1978, Haser Verlag, München, S. 187f. 最末一行是暗示她怀孕。

爱意和细心、她的盼望与急切都呈现了出来，也就更加有情味。形式上突出音象，特别是突出元音。本诗原文还有一特点，就是每节的四行，行行押韵，加快了节奏，而每节换韵又显得活泼跌宕，如同女孩突突乱跳的心，凸显了紧张的情绪，是艺术上的精品。但我们注意到，此诗并不是小说戏剧的插曲，没有一个规定的情景，同时也不是布伦塔诺自己的生活环境，而他为何写了这样一首有情有味的表现乡下人的诗呢？此诗的注释提供了线索：此诗可能是在 1807 年底、编辑《号角》第二、第三卷时形成的，《号角》中的《纯洁的女孩》是其"底本"[①]。笔者认为，与其说是"底本"，不如说是"灵感"更合适。下面是《号角》中的《纯洁的女孩》：

1
你家的房子在哪儿？
纯洁的女孩。
拐进小巷再出来，
闭上嘴别问什么。

2
你的小狗在那儿叫：纯洁的女孩……
那是在叫守夜人：别出声……

3
你的小门在咔吱吱地响：纯洁的女孩……
你手里拿住门闩：别出声……

4
你的情火在那儿烧：纯洁的女孩……
那你拿些水去上面浇：别出声……

5
在哪儿能找到你的小屋：纯洁的女孩……

[①] Clemens Brentano, *Werke* 1, herausgegeben von Wolfgang Frühwald, Bernhard Gajek und Friedhelm Kemp, Studienausgabe, 2. Durchgesehene und im Anhang erweiterte Aufgabe 1978, Haser Verlag, München, S. 1080.

在厨房的旁边：别出声……
6
我的小衫放在哪儿：纯洁的女孩……
你不知道你就别进来：别出声……
7
早晨我该怎么做：纯洁的女孩……
穿上衣服赶快跑：别出声……①

这是一首17世纪的民歌，较之布伦塔诺的诗，其幽会的主题、少男少女对话形式，以及他们惶恐、忐忑、紧张又满怀欣喜渴望的情绪都很一致。但具体的内容又很不一样，简单地说，布伦塔诺的要丰富得多、惟妙惟肖得多。所以我们可以这样说，布伦塔诺受到这首民歌的启发，从中得到灵感，然后发挥自己的天才想象，笔底生花写出了一首绝佳的艺术民歌。

"嵌合"

"嵌合"是指借民歌的某种类型来抒发一己之情，其中的抒情主人公就是诗人自己。我们知道民歌有各种类型，各有自己的模式和主题。比如"离别"是男孩远行，女孩依依不舍，但结局是分手或永别。再比如"骑士"，一定是浪漫的追求和爱情的悲剧；而"女店主"则是露骨的性爱和欲望。当诗人即时的情感跟民歌的某种类型产生共鸣，它们相互激发，民歌共性化的情感就被诗人的个体所替代，形成了自己"类民歌"的抒情，比如下面的《如果我是个乞丐》：

1
如果我是个乞丐，
走到你那里，
望着你向你乞讨，

---

① Clemens Brentano, *Sämtliche Werke und Briefe*, hrsg. Von Jürgen Behrens, Konrad Feilchenfeldt, Wolfgang Frühwald, Christoph Perels und Hartwig Schultz, Verlag W. Kohlhammer, Stuttgart, Berlin, Köln, Mainz, 1975ff.（FBA）Bd. 7, S. 412.

你有何布施?

2
芬尼对我没有用
还请你收藏,
你眼神发出的光辉
比黄金更亮。

3
你给众人的东西,
请不要给我;
只有我眼睛想要的,
我才愿接受。

4
乞丐,你想要什么?
你只要这样说,
我的心中就感到
幸福而快乐!

5
你走进你的房里,
取一双鞋子,
我穿起来真太小,
请你看仔细。

6
瞧啊,鞋子多么小,
紧得真够受;
姑娘,你甜美地笑,
哦,拿别的给我!①

---

① Clemens Brentano, *Werke* 1, herausgegeben von Wolfgang Frühwald, Bernhard Gajek und Friedhelm Kemp, Studienausgabe, 2. Durchgesehene und im Anhang erweiterte Aufgabe 1978, Haser Verlag, München, S. 126. 译文见钱春绮编译《德国浪漫主义诗人抒情诗选》,江苏人民出版社1984年版,第91—92页。

此诗作于1802年春,见于给妹妹贝蒂娜的信,收入《春天的花环》。根据这封信我们知道这是一段真实的爱情经历。吕德斯海姆(Rüdesheim)是莱茵河边的小镇,风景秀美,布氏家族有产业在那里。那年布伦塔诺来到这里小住,爱上了酒家女瓦尔普丽丝。下面是该信的相关摘录:"太阳的余晖照在莱茵河上,美丽的瓦尔普丽丝就在这儿的酒店里。就在几分钟之前,我的心被她撩动,我爱上了她,像个好男孩儿一样……她特别漂亮,上帝让她的眼睛和嘴特别有爱的魅力。"也就是在这个地方,在河边城堡的废墟里住着一个乞丐,他会吹笛子。"每当他要了些钱,就会兴致勃勃地加入演奏的行列。晚风中我时或流连此地,听他用笛子吹出像华尔兹那样的快板,他用手温柔地打着节拍,好像是他跟美丽的瓦尔普丽丝一起旋转。我常跟他说话,他跟我也毫不掩饰地承认,他经常陷入恋情,他的音乐打动了她。于是我跟他成了情敌。瓦尔普丽丝家的酒店有一个花园,晚上很多人来喝酒,她端着酒杯穿梭其间,跟他们说话,有时应邀还给他们一个吻,她自己高兴,我却看着生气,我因此也嫉妒那个乞丐……她给他一个吻,自愿的,这时从她身上闪现出奇异的光彩,她的唇颤抖着、她的眼睛照亮了他,似乎是她灵魂中流淌着勇气,让她去珍爱这个并不值得珍爱的人。那个男人也不站起来,而是坐着接受美女的吻,时或还把她抱在怀里,没有一个贵族能有他此时此刻那样的快乐大胆又高贵的表情。所有的客人都变得安静起来,因为大家都爱这个女孩儿,他继续享受着他这一刻的凯旋,然后站起来说晚安。当我们大家都起身的时候,瓦尔普丽丝站在花园的门口道别,这时候我的心像往常一样地刺痛。是啊,真的是这样的,不管你是乞讨还是过好日子,只要你的心有所属,你的爱又有所回报,你就是一个富有的人。哪儿有财富?——地球上没有!黄金是阳光,宝石是晚霞,但是爱是所有的一切,而地球不是一切,因为它本身的爱不多,它存在于爱之中。"[1]从布伦塔诺的信中可以看出,这是诗人亲历的真人真事真情,诗中的第7、第8两行"你眼神发出的光辉/比黄金更亮",跟他信里描写一模

---

[1] Clemens Brentano, *Werke* 1, herausgegeben von Wolfgang Frühwald, Bernhard Gajek und Friedhelm Kemp, Studienausgabe, 2. Durchgesehene und im Anhang erweiterte Aufgabe 1978, Haser Verlag, München, S. 1055f.

一样，可见是他真实的感受。乞丐也实有其人，还得到了女孩的真诚的吻，这让诗人陷入嫉妒，于是有了这首背景真实、人物真实的诗，不过是诗人自己变成了乞丐。为什么自己变身乞丐？我想原因有三：一是那个真实的乞丐赢得了女孩的吻，令诗人羡慕不已；二是诗人在这场角逐中感觉到自己的劣势，他现在没有骄傲，放下身段，是一种"低到尘埃的爱"，他就是一个爱情的乞丐；三是乞丐、酒家女等都是民歌的典型形象，代表着风流和爱情，于是现实跟民歌完全对应，诗人的自我就被自然而然地嵌入民歌的框架，写出了这首民歌风情的抒情诗。

　　现在具体看这首诗。首先它的题目《如果我是个乞丐》跟《号角》的《如果我是只小鸟》几乎一样，给人感觉是灵感闪现的瞬间，就从烂熟于心的民歌中拈出一个题目；再就是内容上跟《号角》中的"乞丐""流浪""店主女儿"一类相关。但布伦塔塔的乞丐不是谋食而是求爱，不但更为高尚，而且因"求"而引出的双关含义，也正是民歌的典型手法。风格上它带着些许"调笑酒家胡"的风流，跟《可怜的泼皮》（"Der arme Schwartenhals"）（文本见第一章第二节之"生：快乐地生"）和《撩起裙子，小格蕾》（"Schürz dich Gretlein, Frische Liedlein"）① 有些相近，男主角的狡黠无赖跟那个泼皮有一丝相像，女孩的天真无邪也近乎那个小格蕾。从形式上看，布伦塔诺的诗也跟《可怜的泼皮》近似，都是三个扬音节抑扬格的诗行，韵律也都较为自由。这是因为民歌本质上追求的是跟音乐旋律的和谐，而不是语音的和谐，所以从纯诗的角度看就显得较为随意。布伦塔塔的纯诗能写得非常严谨，而这里显然是在"追随"民歌。还有就是布伦塔诺采用了民歌常见的对话形式，轻快、活泼，充满生趣，可以说"比民歌还民歌"。概言之，布伦塔诺自己的情意恰好跟民歌相遇，于是顺手把"我"嵌进了民歌。由此可以看出，民歌已经成为布伦塔诺心底的诗源，在他是信手拈来，即时发挥，遂成佳篇。

---

① Clemens Brentano, *Sämtliche Werke und Briefe*, hrsg. Von Jürgen Behrens, Konrad Feilchenfeldt, Wolfgang Frühwald, Christoph Perels und Hartwig Schultz, Verlag W. Kohlhammer, Stuttgart, Berlin, Köln, Mainz, 1975ff. (FBA) Bd. 6, S. 43.

第三节　诗歌创作的主调——民歌风

所谓民歌风是说"诗"而带有民歌的风调。它是诗人的创作，但同时融合了民歌。诗人向民歌学习，有内容、意象、语言、句式、节奏、格律等多个层面，但最根本的是植根民族文化的土壤，汲取民歌的源头活水，去除文人诗歌中的僵化，焕发新的生命力。具体到布伦塔诺的创作，其诗歌的精髓，就是在喜闻乐见的民族形式中融入了个人的美学趣味和新的思想内涵。他的抒情诗特别是其中的爱情诗，变率真、大胆为缠绵悱恻，尤其有一种变咀嚼痛苦为美的深长韵味。他把一般的大众话语，变成个人的内心独白；把过于直白乃至不免俗陋的语言不露声色地艺术化，既有原汁原味，又加厚了审美内涵。而他独特的视角、他激动的心、他纤细的情、他的伤感、他的追求，是他个人的，但处在浪漫主义的大语境中，也就成了时代的声音。《纺纱女的夜歌》《瘫织工的梦》《乡情》等是其中的精华。布伦塔诺的叙事诗诡秘奇谲，哀婉动人。其中精品如《罗累莱》《渔童坐在小船里》《莱茵河上》等各有不同的创新角度，但都变明晰为幽秘，似真似幻、扑朔迷离，同时又都披着"民间"的衣裳，在"传说"的背景下，倾吐着当代人的情怀。

一　民歌风的叙事诗

学习民歌手法、利用民间素材写叙事诗并不始自布伦塔诺，歌德是他的前辈。歌德曾亲自到野外田间采集民歌，对德意志民歌有真切的体验，同时广泛吸收欧洲、中亚，印度以及中国的素材入诗。随便一个典故、一个片段都可能引发他的诗思，进而"点铁成金"，如著名的《渔夫》《魔王》《科林斯的新娘》等。较之歌德放眼世界的广收博取，布伦塔诺主要吸取本民族的文化遗产，其他的少有涉及，主题上重在表现人的自然情欲，这些都跟他的浪漫主义立场有关。

布伦塔诺跟民歌的关系是一个从学习汲取到融会化合的过程：前者如"拿来""变奏""嵌合"等；后者则是将民歌所有的一切，包括内容、形式，如句式、格律、语言、意象等，完完全全熔于一炉，以自己的美学理想加以重铸，打造出一个个标上布伦塔诺个人印记、同时又闪耀着民族文化光辉的艺术新品。它们有一种前所未有的独特魅力，一种罂粟花般的美丽——鲜艳、神秘而诱惑，就如同《号角》封面的那个男孩，带着少年人的清新和力量，吹响了德意志诗坛的号角，给德国诗坛带来全新的气象，形成跟歌德的古典主义抗衡的新的美学趣尚和理想。

莱茵河的新叙事——《罗累莱》

布伦塔诺性喜读书、藏书，在编辑《号角》之前他就已经开始收集中世纪以来的各种手稿、手抄本、典籍、方志等，对历史、民俗、语言、文学、宗教等都有很深的素养，所以一旦浪漫主义激发出他"心底的诗"，文化素养就和个人情思熔铸成体现时代精神的诗篇，特别是叙事诗，让他轰动文坛，一鸣惊人。

德意志民族在接受基督教之前，有自己的基于多神教信仰的文化，对山川河流、飞禽走兽、树木花草都有着自己的崇拜和寄托，于是产生了种种相关的神话和传说，很有些我国楚文化的意味，这些编成歌唱出来就有些像原始的《九歌》。公元5世纪开始，伴随着血与火的征服，德意志逐步由上而下地接受了外来的基督教，但融入血液中的本民族文化仍在顽强地流淌，成为与官方基督教文化并存的民间的"异教"文化。它们活在人们的口头，沉浸于人们的生活，零散地、片断地，但却坚实地存在，它们在民间口耳相传，也等待着一位伟大的诗人，将它们提升，布伦塔诺就是这样一位诗人。他天性喜爱这些长于田野的朴素小花，悉心地采集，然后将其做成一个个带有自然野趣的艺术的"插花"。不仅在艺术上更加精粹，而且表现了新时代的人文精神。其中最光彩夺目的就是《罗累莱》《渔童坐在小船里》，还有《蛇厨娘》等，我们先看他的《罗累莱》。

《罗累莱》是最能代表布伦塔诺个人风格的叙事诗，也代表了他思想和艺术的最高成就。它有民歌的形式，有民族的内容，有宗教的草蛇灰线，有浪漫的情怀，有人性的张扬，有个人的伤感，也融入了时代的精神。他把一个被视为妖孽的少女写成一个敢爱敢恨、能为爱去死的爱的精灵，歌颂了人间至真至性的爱，是一首比《卡门》还要动人的爱的颂歌。此诗原本无题，初见于小说《哥德维》，是其中的一首插曲，作于1800年夏末，这是目前的通行版本，以首行的"在莱茵河边的巴哈拉赫"

(Zu Bacharach am Rheine) 为题。几年后还有一个修订本，题名为《罗累莱》（"Lureley"）①，它跟初版最大的不同是情节有所改动：在最后驶来的小船上不是罗累莱的爱人，而是主教，他最后用十字架杀死了罗累莱。学术界更认可初版，所以各选本都用初版，下面所引的就是这个初版的中译全文，节间夹有评注。

1
在莱茵河边的巴哈拉赫，
住着一个魔女，
她是如此的妩媚，
把许多人的心攫住。

这个开篇很诱人，先是莱茵河打开了一个童话传说的世界，接着是异教的"魔女"出场，引出一个以"魔法"其实就是美色"诱惑"男人的故事。其背景、人物、情节都引人入胜。

2
她给周遭的男人们
带来很多羞辱，
他们都被爱索缚住，
再也找不到救赎。

这个魔女魅力无限，让周围的男人都拜倒在石榴裙下，下场悲惨。于是将男女间爱情、肉欲等永恒的话题摆上来。而捎带而出的"救赎"又巧妙地牵出了基督教，开拓出另一个彼岸的维度。

---

① Clemens Brentano, *Sämtliche Werke und Briefe*, hrsg. Von Jürgen Behrens, Konrad Feilchenfeldt, Wolfgang Frühwald, Christoph Perels und Hartwig Schultz, Verlag W. Kohlhammer, Stuttgart, Berlin, Köln, Mainz, 1975ff.（FBA）Bd. 1, S. 169.

3
主教派人把她传唤,
在宗教法庭面前——
她的意态是如此动人,
竟不得不把她宽恕。

诗人借助宗教法庭和主教说明了时代背景,即中世纪审判异教徒的宗教裁判所。

4
他动情地对她说:
"你可怜的罗累莱!
是谁把你诱惑,
变成一个可恶的妖魔?"——

从一个小词"arm"(可怜的)已经见出主教的怜香惜玉,他已经想借一个"指使者"来为她开脱,把她从一个诱惑者变成受害者。于是立在我们面前的不是宗教法庭的无情法官,而是一个普普通通的男人。他也为罗累莱的美色所动,带着怜惜与温情,已经全然没有了宗教法庭的冷酷和残忍。

5
"主教大人,让我死吧,
我已经活得厌烦,
因为不管谁看到我眼睛,
他的生命必得枯萎。

罗累莱却不想活下去,她的坦然决绝跟主教的温婉爱怜形成鲜明的对比。

6
"这眼睛是两团火焰,
我的手臂是一根魔杖——
啊,请把我投进火焰!
啊,请为我折断法棒!"

罗累莱坦然地承认了"魔法"的罪名,藉此引出了中世纪基督教的伦理道德:女人天生的水性杨花,美丽的女人更是魔鬼附体。男人一旦被她的目光、美色诱惑而与之发生性关系,身体上会失去性能力,精神上会失去对上帝的信仰,这都是不可饶恕的罪行,都将下地狱。而对肇事的女巫要处以刑罚,火刑的教皇敕令发于1326年,但在这之前各地已有施行,而"德国是巫术审判最多的地方"①。另外法棒是一根小木棒,是德国中世纪法庭宣布死刑判决的标志,当法官折断这根木棒,就宣示此判决不可更改。

7
"我不能给你定罪,
因为你先把我点燃,
为什么在这火焰中
我自己的心已经燃烧。
8
"我不能折断这根法棒,
你美丽的罗累莱!
否则我自己的心
也会碎成两块。"

以上两节是主教的话,他显然也被罗累莱的美色击中,乱了心性,言语颠倒,忘了自己主教和法官的双重身份,变成了一个倾诉爱意的可

---

① Uta Ranke-Heinemann, *Eunuchen für das Himmelreich, Katholische Kirche und Sexualität*, Verlag Hoffmann und Campe, Hamburg, 1988, S. 164, 196, 222, 236, 237.

怜男人。

9
"主教大人,请不要
拿我这可怜人开心,
请你向仁慈的天主,
为我祈求怜悯。

主教的表现让罗累莱感到意外,但她还是镇静地请主教为她祈求上帝的宽恕。这表明罗累莱并不是异教徒,而是一个基督徒。

10
"我不能再活下去,
因为我不能再爱,——
您应该将我处死,
我正是为此而来。——

罗累莱说出了求死的真正原因:不是认罪,而是心死了不能再爱,而爱是她的生命的存在。

11
"我最爱的人骗了我,
把我抛弃,
他已经从这里离开,
去了他乡异地。

峰回路转,引入了她自己的爱情,也是心死的原因:她被爱人抛弃。

12
"这眼睛柔媚而野性,
这脸庞红润而白皙,

这情话悄悄而温柔,
这都是我的魅力。

　　罗累莱自述美貌和魅力。前三行的排比强化了节奏和语势,体现了她的自信。

13
"我自己必因此枯萎,
我的心是如此伤痛,
每当看到自己的容颜,
我痛苦得情愿死去。

　　如此美丽的、受人追捧的罗累莱却因为失恋而痛不欲生,于是主题从"魅惑"转入了"爱情",罗累莱不是害人的妖孽,而是追求爱情的"人"。

14
"让我得到我的权利吧,
让我去死,像一个基督徒,
因为一切都将消失,
因为他已不在我的身边。"

　　她说出了求死的原因:因为没有了爱。可见爱是她生命的存在。而她要求像基督徒那样去死,并声称是自己的权利,再次申明她并不是异教徒,对她实行宗教法庭的审判其实就是迫害。

15
他招来三个骑士:
"把她带到修道院,
去吧,罗累莱!——你这妖魅,
这是上帝的意旨。

主教法官对罗累莱的判决耐人寻味：他赦免了罗累莱的死罪，判她去做修女。这个修女可能隐含着几重含义：一是因为爱而不忍烧死她；二是顺从她的心愿，让她去修行赎罪；三是报复她的"拒绝"。而引出三个骑士也颇具匠心。"骑士"是民歌中的一个类型人物，跟风流浪漫的爱情连在一起，而"三个骑士"在民歌中常见，布伦塔诺将他们顺手拈来，不但贴近民歌，而且引入新的悬念，突出了爱情主题。

16
"你将成为一个小修女，
一个身着黑白的小修女，
在人间做着准备，
走向死亡的旅途。"

主教的这段话清楚地表明了自己的报复心理，有些恼羞成怒，有些幸灾乐祸。他把一朵美丽的爱情之花瞬间变成一个黑衣白衫的禁欲的修女，变成修道院中枯守一生的"上帝的新娘"，这显出他心底的阴暗，而主教的最后一句话更为冷酷无情，它隐含了这样的意思："你不是想死吗？偏不让你死，慢慢地折磨你。"语言上也匠心独运：todes Reise（死亡旅程）是复古化了的 Gang in den Tod（走向死亡）；Reise 在中古德语中义为 Aufbruch（动身、出发），经常跟 Krieg、Kriegszug（战争、出征）连用[1]。显然诗人是在有意地"做旧"，以显古趣。

17
他们策马走向修道院，
有那三位骑士，
还有美丽的罗累莱，

---

[1] Clemens Brentano, *Sämtliche Werke und Briefe*, hrsg. Von Jürgen Behrens, Konrad Feilchenfeldt, Wolfgang Frühwald, Christoph Perels und Hartwig Schultz, Verlag W. Kohlhammer, Stuttgart, Berlin, Köln, Mainz, 1975ff.（FBA）Bd. 1, S. 488.

哀哀地夹在他们中间。

18
"啊，骑士们，让我上去
攀上这巨大的山岩，
我要再去看上一眼，
看看我爱情的城堡。

  这两节表现出罗累莱对人间爱情的留恋，"城堡"（Schloß）似乎暗示其爱人的骑士身份。那么民女罗累莱为什么被抛弃？因为门第？费人猜想。

19
"我要再看一眼，
看看那深深的莱茵，
然后就去修道院，
去做上帝的贞女。"

  罗累莱要再看一眼莱茵，既是重复"我要再看一眼"以强化效果，也暗示她最后坠河而死的结局。可是否还有另外的含义，引人深思。

20
山岩是如此的陡峭，
岩壁是如此的险峻，
可是她直着往上爬，
终于站在了山顶。

  罗累莱的性格：为了爱不顾一切。

21
同行的三个骑士，
把骏马拴在山下边，

跟着她步步攀登，
也攀上了山岩。

三个骑士有押解之责，所以跟着上来。而他们之所以同意她再看一眼，可能是同情，也可能是心生爱意：就连严正的主教都动了心，何况风流的骑士。

22

那少女喊道："瞧那边
莱茵河上来了一条船，
那站在船上的，
一定是我的爱人。

情节急速推进，再现城堡、莱茵、小船，这些莱茵传说中的意象给这个故事蒙上了童话色彩。而此时在去修道院路上的罗累莱，似乎看到了久违的爱人就在莱茵河上的一条小船上。

23

"我的心儿变得如此畅快，
他一定是我的爱人。"
她于是探身向下，
跌进那深深的莱茵。

激动的罗累莱急切地要去见爱人，结果跌进了莱茵河。是她心急路险不小心跌下去的呢？还是有意地殉情呢？读者见仁见智。但罗累莱为爱而死却是毋庸置疑的。再回头梳理整个故事，罗累莱是因爱而恨，恨所有的男人，报复所有的男人，可当她看到那个负心人，却宁死也要追随。这是爱到骨髓、爱到死的爱，魔鬼般的爱，带着毁灭的火焰！这就是布伦塔诺创造出来的至情至爱的形象。

24
骑士们也只剩一条死路，
他们再也下不来，
只得一死了结，
没有神父，也没有坟墓。

交代骑士们的陪葬命运。

25
这首歌是何人所唱？
是莱茵河上的一个船夫，
从三块骑士石上，
时时传来回响。

交代歌者，让人相信这是一个真实的莱茵河的传说，巧妙地呼应了开头的叙事口吻。同时这也是一个典型的民歌句式，比如《是谁想出了这首歌》中就有①，也可见出布伦塔诺对民歌的熟稔，即使是编《号角》之前就已经是"成竹在胸"了。

26
罗累莱，
罗累莱，
罗累莱，
像是那三个人的呼唤。②

---

① Clemens Brentano, *Sämtliche Werke und Briefe*, hrsg. Von Jürgen Behrens, Konrad Feilchenfeldt, Wolfgang Frühwald, Christoph Perels und Hartwig Schultz, Verlag W. Kohlhammer, Stuttgart, Berlin, Köln, Mainz, 1975ff. (FBA) Bd. 6, S. 201.

② Clemens Brentano, *Sämtliche Werke und Briefe*, hrsg. Von Jürgen Behrens, Konrad Feilchenfeldt, Wolfgang Frühwald, Christoph Perels und Hartwig Schultz, Verlag W. Kohlhammer, Stuttgart, Berlin, Köln, Mainz, 1975ff. (FBA) Bd. 1, S. 165f.

大结局：不仅罗累莱为爱而死，骑士们也作了爱的牺牲，化身为石，时时发出三声"罗累莱"的回声，让此地的自然现象证实故事的真实性。而此歌为莱茵河上的一个船夫所唱，说明这是一个莱茵河上传唱久远的歌。结尾4行让我们似乎听到了在历史长河的上空，回响着对罗累莱的不绝呼唤，余音袅袅中飘荡的是凄美而动人的哀歌。于是就要回答这样一个问题：这样一首美若天成的诗是怎样创造出来的？

1. 重铸的故事

《罗累莱》是布伦塔诺的创造，其中有真实、有虚构。此诗最后有诗人自注："在巴哈拉赫矗立着这座山岩，名叫罗累莱，所有过往的船夫都高声呼唤它的名字，听取它反复的回声取乐。"可见其背景真实。

我们先看自然景观。罗累莱[①]本是莱茵河右岸 554—555 公里处的一座岩峰，耸立江边，森然壁立，河水急转形成激流漩涡。后面是峰峦叠嶂，能发出迭次的回声，于是成了莱茵河上最著名的景致，吸引着往来船夫及游客。现在的罗累莱已经开辟成旅游景点，河道已经过整治，增添了不少建筑，本来的面貌只能见于历史资料。早在 1697 年出版的一部地理书就有了相关记载："这个罗累莱能发出强烈的回声，响声、说话声都行，回声清楚响亮，特别是还能多次地反复。所以船夫和游客或击鼓、或射击、或高呼，一次次地乐此不疲。"[②] 18 世纪末的一本游记记录了当年的荒野险要："那处山岩紧贴着河岸，连羊肠小道也几乎没有，旅行者每走一步都充满危险，都可能落入水中丧命。我还没有见过如此壮美得令人惊奇的岩峰，它的名字叫鲁尔莱山（Lurleiberg），它很早就因为强烈的回声而闻名，在峰顶之下有一个可以入画的、几乎悬空的看守人小屋。一阵旋风突然刮来 —腾起一片暴风雨的乌云…… 船在林立的波峰间颠簸，突然天空充满了一声可怕的巨响 —岩石和大地都在震动！那在山间

---

① 在布伦塔诺诗中作 Lore Lay，作为一个山名几经演变，它们发音近似，写法不同，现在的通用名为 Lorelay。

② Clemens Brentano, *Sämtliche Werke und Briefe*, hrsg. Von Jürgen Behrens, Konrad Feilchenfeldt, Wolfgang Frühwald, Christoph Perels und Hartwig Schultz, Verlag W. Kohlhammer, Stuttgart, Berlin, Köln, Mainz, 1975ff. (FBA) Bd. 1, S. 475.

激起的回声无数次地咆哮着、击打着……这正是愤怒的复仇的上帝的形象。"①著名的启蒙作家莫里茨（Karl Philipp Moritz，1756—1793）有一本《德、匈、意、法游记，1798—1799》，出版于 1802—1803 年，因为当时的"罗累莱热"，他特别描写了这一带的风光以及亲历的狂风巨浪："这里奔流着莱茵河，岸上山峰雄伟耸立。激流在礁石和岩块间旋转，岸边几乎没有可以插足的小路，也见不到葡萄田。山岩陡峭，老榉树的黄色树冠垂着头在颤抖，激流低沉地咆哮，如雷轰响，奔流的河水在礁石间摔打激荡。我们很快地来到左岸陡立的被道道深裂分割的罗累莱山，几个世纪以来它因为回声而著名。有人说，因为古德意志人叫它罗累莱，所以现在也如此称呼。我不想错过这清晨大自然的崇高宏伟的声音，于是把沉睡中的演员们叫醒，于是停船，枪上膛，射击，随之清楚地听见五声雷霆般的回应，像是一个男人从云里说话。"②因为过往的船夫也常常以此为乐，忘了激流险滩，所以船破人亡的惨剧时有发生。

再看文化传承。莱茵河被德国人称为"Vaterrhein"，直译就是"父亲莱茵河"，相当于我们说的"母亲河"。两岸流传着各种的民歌和民间传说，讲述着英雄、美女、精灵的故事。德意志民族最伟大的史诗《尼伯龙根之歌》的背景就在莱茵河上游地区，其中英雄哈根的宝物最后沉入了莱茵河。从中世纪就已经有人相信，这些宝物就在罗累莱附近的河段。又因为那里的"回声"在古人看来不可思议，于是形成了小矮人的传说：他们住在那里，从山上回答人们的呼唤，这就是"回声"的由来。在一首大约 14 世纪初中叶的诗中就有："我从一座高山走来，我大声地呼唤/天上的上帝，怎样我才能幸福？/从那边我听到了什么，/从那边的罗累莱有人回答我。"于是那座岩峰才有了罗累莱的名字。也因为精灵的

---

① Joseph Gregor Lang：《Reise auf dem Rhein》（1789—90），见 Clemens Brentano, *Sämtliche Werke und Briefe*, hrsg. Von Jürgen Behrens, Konrad Feilchenfeldt, Wolfgang Frühwald, Christoph Perels und Hartwig Schultz, Verlag W. Kohlhammer, Stuttgart, Berlin, Köln, Mainz, 1975ff. （FBA）Bd. 1，S. 475.

② Ernst Moritz：《Reisen durch einen Theil Teutschlands, Ungarns, Italinens und Frankreichs in den Jahren 1798 und 1799》，见 Joseph Gregor Lang：《Reise auf dem Rhein》（1789—90），见 Clemens Brentano, *Sämtliche Werke und Briefe*, hrsg. Von Jürgen Behrens, Konrad Feilchenfeldt, Wolfgang Frühwald, Christoph Perels und Hartwig Schultz, Verlag W. Kohlhammer, Stuttgart, Berlin, Köln, Mainz, 1975ff. （FBA）Bd. 1，S. 477.

传说，这座岩峰越来越受到关注，16世纪就已经出现在狂欢节的民间戏剧中①。关于回声还有另外一个神话：一个名叫 Echo（回声）的少女，是一个山林精灵，她因为失恋而变成了一块石头，不再能说话只能回送单个的词或音节②。再有德国民间也有水妖故事，她要求人们的供奉，而作牺牲的都是年轻俊美的男性。

正是这些我们知道与不知道的千年文化的积淀激发了布伦塔诺的灵感，他拿来莱茵河、"罗累莱"和"回声"这些传统的符号作经线，再以自己的天才想象融通历史、宗教、传说、现实作纬线编织出一段新锦绣，创造出这个德意志民族的新童话。布伦塔诺的思路大致有两端，首先是把山峰变成美女，然后把"回声"和激流险滩招致的悲剧归之于她的"诱惑"，再联系到中世纪对异教女巫的迫害，进而把罗累莱说成一个以美色诱惑他人的魔女，再进一步拓展，讲了一个魔女—诱惑—殉情—回声的完整故事。不仅把传说的零散碎片连缀、延伸、拓宽，而且有了一个新主题，不是简单地讲述女人是"祸水"，不是鞭挞"诱惑"，而是歌颂了这朵"恶之花"执着的爱情，肯定了男女之间的性爱，成就了德语文学史上的一个不朽经典。布伦塔诺之后，罗累莱成了"典故"，并陆续有"新版"出现，比如艾辛多夫、海涅等。更令人意想不到的是，罗累莱的故事广泛流传，逐渐地家喻户晓，也成了莱茵河上最著名的景点，观光的游客络绎不绝，人们都相信这是一个古老的民间传说、一个莱茵童话，于是布伦塔诺就实现了一个文学史上空前的"逆袭"，将个人的艺术创作逆转成了民族的、民间的瑰宝。

《罗累莱》是布伦塔诺艺术的最佳成果，也是他人性至上的人文主义以及自由爱情的浪漫主义立场的呈现，表现了19世纪初文学现代性的初萌。特别是他所塑造的罗累莱和主教两个人物的矛盾性格以及由此表达的"复调"主题，不论从艺术手法还是从思想深度来看，

---

① Clemens Brentano, *Sämtliche Werke und Briefe*, hrsg. Von Jürgen Behrens, Konrad Feilchenfeldt, Wolfgang Frühwald, Christoph Perels und Hartwig Schultz, Verlag W. Kohlhammer, Stuttgart, Berlin, Köln, Mainz, 1975ff.（FBA）Bd. 1, S. 476.

② Clemens Brentano, *Sämtliche Werke und Briefe*, hrsg. Von Jürgen Behrens, Konrad Feilchenfeldt, Wolfgang Frühwald, Christoph Perels und Hartwig Schultz, Verlag W. Kohlhammer, Stuttgart, Berlin, Köln, Mainz, 1975ff.（FBA）Bd. 1, S. 479.

都是时代的绝唱。

2. 精美的艺术

《罗累莱》是一首长篇叙事诗，共 26 节，144 行。它讲了一个凄美的故事，塑造了动人的形象，而在深层，又抒写着诗人自我的情愫、投射着那个时代的精神，引发着对生命的哲学思考。可以说，这是个说不尽，至少是难以说尽的《罗累莱》。

从形式看《罗累莱》是典型的民歌体式，但在传统的外衣之下，布伦塔诺实现了全面的创新。我们知道，诗最讲究语言形式，但《罗累莱》所呈现的完全不同于巴洛克以来的德语诗歌的主流形态，既没有严整的格律、华丽的辞藻，也没有精雅的文人趣味，完全是民歌的风貌。具体说来：三个扬音节的诗行，每节四行，以交韵绾结，节间换韵，格律自由；叙述用正语序和口语化的短句，通俗、朴素、简洁、明快，比如开头一节，语气舒缓，节奏抑扬起伏，从容道出地点、人物，像一位老人在娓娓讲述一个久远的故事，完全是传统的民歌家数[①]。但通俗并不是庸俗，也不是平淡，而是俗中出巧，平中出奇。比如 "Sie war so schön und feine"（她是如此的妩媚），看似大白话一句，但它跟古德语 "so schoene und ouch so fin" 的发音一致，所以让它平染古风，而 fein 的现代语义是 "精致"，而古德语 fin 的意思是温柔、娴雅、窈窕[②]，由是此句的内涵韵味大增，我们好像看到了一个面容姣好、体态窈窕的中古美人，远远地向我们走来。但接下的 "Und riß viel Herzen hin"（把许多人的心攥住）让人悚然心惊。因为 riß 的本义是撕扯、撕裂，当它与 Herzen（心）相连时，直觉的形象是撕裂的、鲜血淋淋的心。但读下去，句尾还有一个 hin，原来 riß 只是复合词 hinreißen 的词根，而 hinreißen 意为 "使陶醉、沉迷"，而并非血腥，全句意为 "让很多人心醉神迷"。但语法要求的词

---

① 比如有研究者指出，此诗开头就极像《尼伯龙根之歌》中的一段，原文是：Es wuochs in urgonden/Ein schöne magedin, /Daz in allen landen/Niht schönener mohte sin. /Criemhilt was sie geheizzen/Unde was ein schöne wip. /Darumbe muosen daegene/Vil verliesen den lip. "Clemens Brentano, *Werke* 1, herausgegeben von Wolfgang Frühwald, Bernhard Gajek und Friedhelm Kemp, Studienausgabe, 2. Durchgesehne und im Anhang erweiterte Aufgabe 1978, Haser Verlag, München, S. 1051.

② Clemens Brentano, *Sämtliche Werke und Briefe*, hrsg. Von Jürgen Behrens, Konrad Feilchenfeldt, Wolfgang Frühwald, Christoph Perels und Hartwig Schultz, Verlag W. Kohlhammer, Stuttgart, Berlin, Köln, Mainz, 1975ff. （FBA）Bd. 1, S. 484.

根前置造成了瞬间的陌生化效果，给人极为震撼的心理效果，也就把"魔女"之"魔"性凸显，而当它跟第三行的"美丽、娴雅"并列时，一个丽质与"魔"性的分裂人格也就传神摄魄了，这就是布伦塔诺的精心之处，与屈原笔下的美丽多情的山鬼"既含睇兮又宜笑，子慕予兮善窈窕""乘赤豹兮从文狸"，其美与野的并置有异曲同工之妙。再比如下面的第6节：

Die Augen sind zwei Flammen,
Mein Arm ein Zauberstab –
O legt mich in die Flammen!
O brechet mir den Stab!"

这眼睛是两团火焰，
我的手臂是一根魔杖——
啊，请把我投进火焰！
啊，请为我折断法棒！"

从原文看这4行诗押交韵（Kreuzreim），但这里不只是简单的押韵，还是词的重复，且含义不同。第1、第3两行Flamme（火焰）重复，前者是形容撩人的目光如同火焰，后者指宗教法庭处死异教徒的火刑。第2、第4两行Stab重复，前面的是施魔法用的魔杖，暗喻她的怀抱，后者则为法庭所用。当法官宣判死刑时，面对刽子手折断一根小木棒，表示这是一个不可更改的宣判。可见用词的巧妙。文学语言有模糊性、多义性，它可能是作者的有意追求，也可能是读者的个人理解。英国学者燕卜荪在《复义七型》中对此作了详尽的分析。布伦塔诺显然是这方面的圣手。我们再回头看"这眼睛是两团火焰"，这本是古今中外常用的比喻，但它却把形象化与多义纠结在一起。试问，这"火焰"指向什么？是爱的火焰？表现罗累莱爱情的炽热。还是诱惑的火焰？它迷惑男人的心，燃烧他们的情，然后把他们引向地狱。一纯洁一罪恶，还是兼有纯洁和罪恶？它一直隐在一片朦胧中，引人无尽的遐思。

再比如第5节中的verderben，原义是食物等的腐败，引申为人的堕落，还有枯萎、毁灭的意思。具体如何理解，引人探究，由此不仅生出一种语言本身的耐咀嚼的厚味，同时还指向人物的多面性。有的译文作"都在她手里送命"，笔者译作"他的生命必得枯萎"。因为从中世纪神学的道德论看，这是指男人被魔女诱惑而失贞进而失去性能力[①]，这样就显得含蓄些。另外整个第5节的含义也殊难把握。从整个文本看，显然有不少男人因她而"枯萎"，但她是无端地作恶吗？这倒与"魔女"的称谓相合；还是因被抛弃而实施报复？这显然也合乎情理；抑或她的美色燃起男人的情欲从而将自己燃烧净尽？如此罗累莱则属"无辜"。而罗累莱为什么求死，是因失恋而对生活厌倦？还是对自己的美不能带来爱情、带来欢乐，相反却只能带来萎败，因而对生命感到痛苦、绝望？如果是后一种理解，罗累莱就是一个对生命有个人理解的人，就更可人，也更动人。

还有罗累莱的恋人身份也让人迷惑，从第18节中的"我要再去看上一眼，/看看我爱情的城堡"，他应该是一个骑士。从中世纪的宫廷诗和爱情传奇以来，骑士就是为荣誉、为爱情而献身的浪漫英雄，如此罗累莱的恋情正是"英雄美人"模式。但最后那个站在小船中的"爱人"，似乎又不像是骑士归来。再有就是第19节中的"我要再看一眼，/看看那深深的莱茵"，总让笔者有一种感觉，罗累莱的原型跟民歌中充满"诱惑"的水妖有某种思维上的关联，也可能是希腊神话中塞壬的德意志化身[②]，就是她的"歌声诱惑"直接激发了布伦塔诺的"灵感"，让他跟罗累莱岩峰的回声相拼合，引出了罗累莱的"美色诱惑"，而布伦塔诺在行文中无意间透露出这个信息。总之，多义、歧义引发读者多向度的想象，让这个动人的故事的内涵更丰厚，更饶有兴味，而伽达默尔的阐释学又为这多种理解提供了合理性。

3. 深刻的主题

德国文人的叙事诗，题材多来自各类传说。受善恶分明、惩恶扬善的道德模式的影响，又受篇幅的限制，所以直到歌德还是直线的情

---

① Uta Ranke-Heinemann, *Eunuchen für das Himmelreich, Katholische Kirche und Sexualität*, Verlag Hoffmann und Campe, Hamburg, 1988, S. 236.

② 布伦塔诺的其他诗中多次出现塞壬。再如歌德的《渔夫》也是暗用塞壬的典故。

节，类型化而单面的性格，如《科林斯的新娘》《神与舞女》等。布伦塔诺则改变了这一传统，他的《罗累莱》，写出多面的人性，引出多向度的意义，形成了不同思想间的对话，是叙事诗创作的历史性发展。

所谓对话、对话主义的理论源自巴赫金，它是相对于"独白"而言的。对此巴赫金曾以托尔斯泰（Лев Николаевич Толстой，1828—1910）和陀思妥耶夫斯基（Фёдор Михайлович Достоевский，1821—1881）的小说为例来说明。他说："托尔斯泰的世界是一个坚硬的独白性的世界。在这个世界中，除了作者的声音外，没有第二种声音；因此不存在声音组合的问题，也不存在关于作者的特殊身份的问题。"与此相反，"在陀思妥耶夫斯基的小说中，不是大量的人物和命运在作者的意识下的单一客体世界发展，正是多种意识，它们具有同等的权利，拥有自己的世界，在事件的统一中互相组合而不混为一谈。主人公的意识是一个他人意识，是属于他人的，没有被物化、封闭，没有成为作者意识的一个简单客体。"又说："这种他人意识不是封闭在作者的意识中，它作为在外部和在旁边从内部表露出来，作者与它进入对话关系。"[1]可见"独白"是作者个人的，表达单一的思想、观点、意识，而"对话"则是两种乃至多声部的交响与合唱。另外，巴赫金认为小说才能容纳复调与对话，而诗歌很难承载。他说："（从严格意义上讲）在大多数诗歌体裁中，言语的内在对话主义没有从艺术上得到发掘，它没有进入到作品的'美学客体'中，而是在诗的言语中就被扼杀了。"[2]

如果我们借助巴赫金来看《罗累莱》就颇有新意：首先在深层结构上，它不是一个"独白"，而是一个反映两种意识的不同声部的交响。其次布伦塔诺突破了传统，在诗歌中实现了这种交响，从而开创了德语文学史上的"复调"叙事诗，并在这一点上超越了歌德。当然笔者只是有限地借用"复调"概念，对巴赫金"复调"理论本身、

---

[1] ［法］托多罗夫：《巴赫金、对话理论及其他》，蒋子华、张萍译，百花文艺出版社2001年版，第321—322页。

[2] ［法］托多罗夫：《巴赫金、对话理论及其他》，蒋子华、张萍译，百花文艺出版社2001年版，第264页。

对其引发的争论及各式的复调阐释模式并不加以涉及。具体说来，《罗累莱》的复调实质是主题和反题，即基督禁欲的彼岸与世俗情欲的此岸，也就是灵与肉的二元对立，而它是通过人物的双重人格以及人物间的矛盾纠缠来呈现的。

　　首先是人物的双重人格。布伦塔诺塑造了两个极端型人物主教与罗累莱，他们分别代表了灵与肉，也代表了当时主流社会道德的善与恶。但他们却不纯粹，而是你中有我，我中有你，表现了人性本身的复杂性、多面性，也体现了人的自然天性与社会性之间的冲突。一方面罗累莱是一个 Zauberin，这是作者给她的定位，即会施魔法的女子。Zauberin 在德语中相当于 Hexe，中文常译成女巫，有贬义。她们会巫术，能预言、医病、占卜，是一种民间信仰，在宗教上属于基督教的异端，因此中世纪以来受到教会的残酷迫害，但一直存留于民间，直至今日。另一方面罗累莱是一个美丽的少女。男人见而倾心，主教一见而心生怜爱。但她既被定为魔女，就必然带着与生俱来的恶，这就是对男人的诱惑和伤害。由此构成了罗累莱自身的美与来自情欲的恶之间的对立。但文本在肯定罗累莱的恶的同时，却在虚化、弱化她的恶，突出她的美：外在的姿色，内在的单纯、驯良、痴情，她是一朵"恶之花"。比如在宗教法庭上，她不作一丝一毫的辩解，而是直接求死，并请求能像一个基督徒那样就死。她甚至听不出主教的真情告白，反认作讽刺，并恳请他为自己祈求上帝的宽恕，表现出对主流道德伦理的认可、她的诚实、单纯与无害。接着她说明之所以求死，是因为得不到爱。她认为无爱的生不如死，这是带着原始野性的对生命本体意义的理解，也是罗累莱形象的本质。尤其令人意外的是，这个魔女罗累莱并没有恨与怨，只有自怜与哀伤。她仍称那个负心郎为"我的宝贝"（mein Schatz 是德语中最常用的词汇，称呼儿女与情人），流露的是依依不舍的痴情。如此的罗累莱绝不像一个作恶魔女，她最后的以身殉情，更在她已被定性的"恶"之上生出一种真善之美，因此罗累莱就体现着一种双重的人格，一种悖论。在她身上，纠缠着美与丑，善与恶。她代表着欲，但同时有对"灵"的追求。这种分裂，应该是出自诗人自己深层意识的两难。而由这种两难形成的张力，正好为读者的阅读和审美提供了更大的空间。当然她因此显得矛盾而不够"典型"。著名学者科尔夫（H. A. Korff）就提出了这样的批评，并认为它削弱了整体的美①。但"典型"是批判现实主义的美学追求，不一定适用于浪漫主义艺术。如果我们换一个尺度，就可以看出，它因为不典型，所以才立体多面，才反映出社会与人性多向度的意义。

与罗累莱一样，主教也体现着灵与肉的对立。虽然他在身份上代表着纯洁神圣的"灵"，代表着基督教世界的秩序与道德来审判罗累莱，但作为一个自然的生命，面对美丽动人的罗累莱，他并不是泯灭了欲望的槁木死灰，在他的黑袍下搏动着人的情欲。但这种情欲又不像《巴黎圣母院》中副主教残忍的性变态，而是一个男性长者对年轻女性的慈爱、怜爱同时挟裹着爱欲，这是自然的人性、人情，让人理解乃至同情。我们看主教的具体表现：首先当他应该惩罚罗累莱的时候，却赦免了她，因为被美色所动，生出怜惜不忍之心。进而再为她开脱："你可怜的罗累莱！/是谁把你诱惑，/变成一个可恶的妖魔？"而"arme"（可怜）这个小词特别值得玩味，它流露出发自深心的同情与怜爱。接着主教意外地坦言自己对罗累莱的迷恋（见第7、第8两节）。这些都显现了主教分裂的人格，显示了本我的欲望与自我身份的约定及超我的道德规范之间的矛盾。在宗教禁欲的黑色僧衣下，燃烧着压抑不住的情欲。但作为宗教法庭的法官，主教必得做出判决："你将成为一个小修女，/一个身着黑白的小修女，/在人间做着准备，/走向死亡的旅途。"说修女，他不说 Nonne 而用了 Nönnchen。- chen 是德语中表示爱称、昵称的词尾，直译就是小修女，有些像我们的"小尼姑"，由此严肃的判决被染上了爱欲乃至调弄的色彩。而后两句又颇耐人寻味。从基督的教义讲，修女是上帝的"新娘"，是侍奉上帝的，她在修道院所做的一切，都是为去天国做准备，而死，就是进入天国的门槛。所以，这既是一个由平静的口吻说出的事实，也是主教的恩赐。因为罗累莱不仅免死，而且实现了她的愿望享受到了一个基督徒的权利，因此主教就是给她救赎机会的慈父般长者。但从世俗的角度听来，这话又不免残酷：一个花样的生命，让它活活地枯萎。尤其原文中的那个"Reise"（旅行）让人感到那是个"漫漫的长途"，让人感到无尽的折磨。而情欲未泯的主教自己说出这样的话，就似

---

① H. A. Korff, *Geist der Goethezeit*, IV Teil Hochromantik, Leipzig: Koehler & Amelang, 1964, S. 210.

乎带着一丝出自世俗之心的恶意，一种因得不到而生的报复。这显然是主教的双重人格，昭示了灵与肉的搏斗。要说明的是，天主教神职人员因为禁欲的教规而在两性关系上出轨及变态的很多。中世纪以来直到今天，丑闻不断，这在西方小说戏剧中多有表现，在近两年的德国媒体也多有披露。而布伦塔诺把他的主教还原成了一个普普通通的男人，以人性对抗神性，正是启蒙思想的影响，也是早期布伦塔诺思想的核心价值。

其次是罗累莱与主教的对话。主教和罗累莱在身份上分别代表了灵与肉、代表着上帝的善和世俗的恶。但诗人并没有作简单的肯定与否定，而是让他们个性的方方面面都充分地展现，这样作为叙事诗的《罗累莱》就不是单个旋律的独奏，而是以两个声部为主，每个声部还有其他和声、混声的大合唱。所谓"把不同的声音结合在一起，但不是汇成一个声音，而是汇成一种众声合唱：每个声音的个性，每个人真正的个性，在这里都能得到完全的保留"①。因此也就在某种意义上接近了巴赫金的复调与对话。

当然用巴赫金的对话理论并不能跟《罗累莱》完全对接，因为作者的立场似乎并非绝对超然，对话的双方也并非完全平等，而不同的声音在叙事中也并没有始终保持自己的完整的独立性。显然布伦塔诺同时爱着罗累莱和主教，但最后他还是把同情给了可怜的罗累莱。因为对罗累莱的不绝的呼唤，就是对罗累莱的不绝思念。同时我们也应该承认，布伦塔诺在很大程度上实现了复调的合唱，它表现在人物自身的分裂人格，也表现在人物间的矛盾、冲突。而巴赫金的复调理论无疑给了我们一把解读《罗累莱》的钥匙。

《罗累莱》的复调与对话，有两方面的意义，一是它反映了社会现实，二是对叙事诗创作传统的突破与创新。19世纪的德国社会同时存在着严肃的宗教文化与享乐的世俗文化。一方面是正式的官方的严肃文化，人们服从严格的等级制度，有着虔诚的宗教信仰，充满着对上帝的敬畏。另一方面是千姿百态的世俗生活，人们追求尘世的享乐，放任个人的欲望。歌德、席勒都认识到这种分裂。歌德在《浮士德》中形象地说道：

---

① ［俄］巴赫金：《巴赫金 第四卷 文本、对话与人文》，白春仁等译，河北教育出版社1998年版，第356页。

"有两种精神居住在我们心胸，/一个要想同别一个分离！/一个沉溺在迷离的爱欲之中，/执拗地固执着这个尘世，/别一个猛烈地要离去凡尘，/向那崇高的灵的境界飞驰。"①这种分裂也在布伦塔诺的《罗累莱》映射了出来，它反映了诗人自己的思想矛盾。一方面他是一个基督徒，另一方面是一个天才不羁的诗人，正在追求浪漫狂野的爱情，又身在鼓吹个性、自我的浪漫派圈子，所以《罗累莱》中表现的主题、反题，也是他自己心灵深处进行的对话、自己的矛盾。这样《罗累莱》就不只是一个动人故事，而同时映射着时代和诗人个性的光彩。不仅如此，《罗累莱》还是德语叙事诗的一个突破。如前所述，歌德是布伦塔诺的前辈，是德语叙事诗创作的大家，留下了不朽的作品。但若从复调的角度看，歌德的人物与深层结构表现的是单调，作者的立场是清晰的，爱憎是分明的，没有一个复调的合奏。而布伦塔诺正是在这一点上超越了歌德，为德语叙事诗的发展开辟了新的广阔空间。

浪漫诗意的叙事 ——《渔童坐在小船里》

布伦塔诺的叙事诗大都是爱情故事，它们都有一种别样的动人心魄的魅力，既有曲折的情节，又有诗意的抒情，氤氲其间的情感造成一个极大的引力场，让你沉湎其中，让你挥之不去，含蓄、隽永而优美。换句话说，叙事诗染上了抒情诗的色彩。这是布氏叙事诗的特点，也是浪漫主义美学的趣尚。弗·施勒格尔曾说过："就像传奇小说在其存在和变化的每一个点上都必须新奇、必须引入注目一样，诗意的童话，尤其是叙事谣曲，应该无限地奇异。因为叙事谣曲不只是要使想象感兴趣，而且也要陶醉精神，诱惑心情。并且奇异的本质似乎恰好存在思维、创作和行动的某些任意的少见的连接和混淆之中。有一种热忱的奇异，与最高的文化教养和自由协调一致，不仅只加强了悲剧性，而且还把它美化了，神圣化了。"②布伦塔诺就做到了这一点，典型的如《渔童坐在小船里》（以下简称《渔童》）。

此诗也有两个版本，初版见于小说《哥德维》，是其中的一首插曲，88行，没有标题，《渔童坐在小船里》是取其第一行代题。1802年修改，

---

① ［德］歌德：《浮士德》，郭沫若译，人民文学出版社1978年版，第54—55页。
② 李伯杰译：《浪漫派风格——施勒格尔批评文集》，华夏出版社2005年版，第104页。

题为《莱茵河上》（"Auf dem Rhein"）①，共92行，前76行只变动了个别词汇，显得更加精致。第77行以后改动很大，出现了一个叙述人"我"，末节又出现了渔童，他在船上唱着这支歌，交代"歌"的由来，手法很像《罗累莱》。通行的文本是初版，下面是其中译全文及夹评，必要的地方引出原文。

1

Ein Fischer saß im Kahne,
Ihm war das Herz so schwer,
Sein Liebchen war gestorben,
Das glaubt´er nimmermehr.
渔童坐在小船里，
他是那样的忧心，
他的恋人死掉了，
可他永远也不相信。

从第一节的原文可以看出，布伦塔诺一如既往地采用了民歌体式：四行节，三音步抑扬格，交韵，schwer 和 nimmermehr 是民歌常用词汇。爱人 Liebe 加上后缀 –chen 意为小爱人，从词义上看，突出她的豆蔻年华；从格律上说是加了一个音节，形成合律的抑扬音节；从风格上看，它是民歌标志性的修辞手法，凸显了民歌风。但开篇已经不是传统的"从前有个……"模式，而是直接呈现了一个画面：一个心痛欲绝的男孩孤独地坐在小船上漂流，无边的天地、永恒的时间跟他个人的渺小以及那份爱情的深重形成了巨大的张力。从德语诗歌惯用的隐喻角度看，小船是生命之舟，河水是命运。小小的渔童实际是为了爱情在跟命运抗争，他不相信爱人已死，还在痴痴地等待。

---

① Clemens Brentano, *Sämtliche Werke und Briefe*, hrsg. Von Jürgen Behrens, Konrad Feilchenfeldt, Wolfgang Frühwald, Christoph Perels und Hartwig Schultz, Verlag W. Kohlhammer, Stuttgart, Berlin, Köln, Mainz, 1975ff.（FBA）Bd. 1, S. 142f.

2

Und bis die Sternlein blinken,
Und bis zum Mondenschein,
Harrt er sein Lieb zu fahren
Wohl auf dem tiefen Rhein.

直到星星在闪烁，
直到射出了月光，
他等着载他的恋人，
航行在莱茵河上。

这里的莱茵夜景特别有抒情诗的意味：他等到天上的星星闪亮，他等到月光照耀，他一直傻傻地等着，想带着爱人在莱茵河上放舟，情可谓至深矣。而深深的、奔流的莱茵河和静谧无垠的夜空，在动静之间、上下之间让我们感到宇宙之美、之大、之神秘。这浩渺宇宙中的小小渔童正在执念着自己的小宇宙——人的精神、人的力量，而正是这两个宇宙间的巨大张力，形成了哲学和诗的永恒主题——世界、人生、彼岸等，这也是此诗的魅力所在。从修辞上看，那个 Sternlein 的词尾 –lein 用得特别妙，其作用跟上节的 –chen 相似，而从词义上看，"小星星"更显得亲切多情，显出叙述人的"情致"，也表现出渔童心中的执着的热望，他还盼望着欢聚的一刻。另外德意志文化中也有"星相学"，认为天上星和地上人有某种命运的关联。

3

他的恋人来了，
登上他的小船，
她的双膝在摇晃，
她只穿了一件衬衫。

因为他的期盼，引出了"小姑娘"。其形象描写简洁又传神：只穿了一件衬衫，冷得颤抖，暗示她从水里出来。

4

他们在波上漂流，
河水深深宁静，
她在瑟瑟地发抖——
"恋人，你觉得寒冷？

画面转换，不是两人的相见、惊喜，而是将镜头推远：继续在河上漂流。这里"深深"的不只是河水，更是他们的爱情，这爱情在心，一切都在不言中。

5

Dein Hemdlein spielt im Winde,
Das Schifflein treibt so schnell,
Hüll dich in meinen Mantel,
Die Nacht ist kühl und Hell."

"你的小衫在风中飞舞，
小船在河上飞驰，
拿我的大衣把你裹住，
夜晚凉爽而明亮。"

此节全是渔童对女孩说的话，他感到了女孩的寒意，他的爱的温暖与环境的"冷"形成了对比。那件风中飞舞的小衫似乎象征着生命的脆弱，一切似乎都在暗示悲剧的命运。修辞上前两行词汇如对仗、如排比：先是两个 D - 的头韵，再是两个 - lein 跟进，接着是 spielt 和 treibt 对称的扬音节，形成诗歌的韵律美。

6

她向着那些山头，
伸出白色的臂膀，
欢喜得就像那轮满月

从云后向外窥望。

女孩满怀欣喜,这是一幅美丽的图画:月光下的莱茵河,一个美丽的女孩满心欢喜地拥抱这个世界。用满月(Vollmond)形容女孩,自然是说她美,但月满则亏,所以"满月"在德意志民俗、民间信仰中代表着"转瞬即逝"[1],隐隐透露出不祥。另外此诗中"白色"非常抢眼:女孩的衬衫是白色,臂膀也是白色。这跟夜色正好形成黑白的对比,如同一张黑白的照片,深幽、神秘而宁静。而白色在德意志文化中有双重的指向:婚礼和葬俗。显然这里的景与情都有着双重的维度,在表层的欢愉之下是深深的哀伤。

7
她欢呼古老的塔楼,
伸出温柔的臂膀,
要抓住在莱茵河中
掩映的明亮的幻象。

女孩兴致勃勃,甚至想抓住河面映出的月影。她的兴奋显出对生活的向往以及孩子般的天真。而要抓住水中月,无疑也暗示出这一切的"虚无"。

8
"哦,我最心爱的人,
请你好好坐下来,
别掉进莱茵河里,
河水奔流得很快!"

---

[1] Clemens Brentano, *Sämtliche Werke und Briefe*, hrsg. Von Jürgen Behrens, Konrad Feilchenfeldt, Wolfgang Frühwald, Christoph Perels und Hartwig Schultz, Verlag W. Kohlhammer, Stuttgart, Berlin, Köln, Mainz, 1975ff. (FBA) Bd. 1, S. 444.

男孩提醒她注意安全。这里特别提到"水流急速",不再说"深深"。而第二稿中说:"你的小衫在风中飘舞,会把你卷进洪流",更在提示环境的急险,而且暗示女孩的命运跟河水有关。

9
> 在他们小船旁边
> 掠过一座座名城,
> 在那些大城市里
> 传出各样的钟声。

小船飞驰,掠过一座座城池,悠扬的钟声响起。如果说之前的景、情、事让我们感觉到一个童话意味的自然神信仰的时代,那么这里的钟声又清晰地叠加上一个基督教的中世纪的背景。教堂的钟声悠远、庄严,令人肃然起敬。它代表着上帝在人间的存在,向下面的情节过渡。

10
> 小姑娘跪了下去,
> 合起了她的手掌,
> 她那明亮的眼睛,
> 抬起来望着上苍。

四行诗为女孩塑了一尊雕像:一个虔诚的基督徒跪在地上,双手合十,明亮的眼睛望空祈祷,不但虔诚而且透出几分惶恐。她祈祷什么?

11
> "姑娘,静静地祈祷,
> 别这样摇摇摆摆,
> 小船儿快要沉没,
> 河水奔流得很快。"

水流湍急,船身摇晃,情势已透出了危急。

12
在一座女修道院里，
听到轻声的诵经，
从教堂玻璃窗里，
看得出烛火通明。

祈祷中出现了一座修道院，歌声烛光，在夜景中氤氲着神秘和暖意，它体现着基督教的庄严神圣及其拯救的力量。

13
小姑娘在小船里
朗朗地念弥撒经，
她一面望着渔童，
眼眶里泪珠晶莹。

小船上女孩唱着圣诗祷告，泪眼注视着她的爱人，她渴望着圣父最后一刻的搭救，但已然感觉到命运的不可更改。

14
渔童也在小船里
含着泪念弥撒经，
他一面望着姑娘，
默默地目不转睛。

这时男孩也开始祷告，他本来是自信的，一开头就说他对恋人的死"从不相信"，两人团聚后他一直都全神贯注地把控着小船，其实就是要把握住自己的命运、自己的幸福。但此刻他也感觉到作为一个人的软弱无力，于是也向万能的上帝求助。这两节从形式和内容上都形成一个对仗，彼岸虔诚柔弱的女孩和此岸人间的自信的男人，但此刻面对命运他们都感到无奈与无助，一对恋人泪眼相对，无语凝噎。

15
深深的水波透出
越来越红的光彩，
那小姑娘的面色
越来越显得苍白。

这里出现两种色彩：一是河水变红，河水有了颜色这在民间信仰中象征着死亡[①]；二是女孩的脸变得苍白，这是死亡的颜色。从诗的角度看，是唯美的处理，诗人拒绝了"死"之类的冷酷字眼，代之以一幅大红之中一点白的极鲜明、极和谐的色彩美。

16
月亮已归于消逝，
再也看不见星光，
可爱的姑娘的眼睛
也已经黯淡无光。

前两句的描写情景交融、情致深远：美丽宁静而神秘的夜过去了，"满月"已经消失，星星已经暗淡无光，恋人的短暂团聚也将结束，他们面对的将是天亮以后的现实，一个赤裸裸的、没有梦幻的残酷现实。

17
"可爱的姑娘，早上好！
可爱的姑娘，夜晚好！
太阳已经出来了，
你干嘛却要睡觉？

---

① Clemens Brentano, *Sämtliche Werke und Briefe*, hrsg. Von Jürgen Behrens, Konrad Feilchenfeldt, Wolfgang Frühwald, Christoph Perels und Hartwig Schultz, Verlag W. Kohlhammer, Stuttgart, Berlin, Köln, Mainz, 1975ff. (FBA) Bd. 1, S. 444.

男孩的问话，他不明白女孩是怎么回事。

18
"塔楼都闪着亮光，
树林也非常欢畅，
充满各样的声音，
发出高声的歌唱。"

以景物渲染气氛，情调明朗欢快，跟静谧神秘的夜景形成鲜明的对比：这是男孩的世界和色彩。

19
他想要把她唤醒，
让她听欢乐之声，
他对她那边望去，
却再也见不到伊人。

女孩突然消失，在神秘的背景下我们感觉到她是一个幽灵，她属于黑夜，随着新一天太阳的升起而消失。

20
他在小船里躺下，
哭泣着进入睡乡，
继续继续在漂流，
一直漂到了海上。

尾声：痴情的男孩痛不欲生，他不再操控小船，任它随波逐流，飘进了大海。这大海是一片新的时空，是彼岸的世界。

21
渔童的小小渔船

被海波推去推来，
海波在呼呼怒吼，
渔童却不再醒来。

痴情的男孩再也没有醒来，显然他已经离开了这个尘世。

22
可是寂静的夜间，
如果有大船驶过，
就会看到他二人
坐船在海上漂泊。①

这是一幅浪漫动人的夜景：大海、小船、恋人，有情人终得团圆，理想之光照耀，是一首含着辛酸的幸福恋歌，感伤又凄美。

此诗跟《罗累莱》一样都是《哥德维》的插曲，属于同一时期的作品，但较之《罗累莱》有所不同。首先它没有那么多典故，是诗人自己沿着莱茵水妖的思路驰骋想象、构建情节，进而创造出的新人、新故事。其中诗人巧妙地织进民间元素，比如莱茵河、河水变红、圆月、白衫、幽灵等，显得亲切又神秘，把生死抒情化、浪漫化。其次它显得单纯：纯真的人、纯美的景、纯洁的爱。如果说《罗累莱》是一面多棱镜，反射出历史、社会、人性的复杂纷繁，那么《渔童》就是一块水晶，投射出的是单纯的人性美、自然美和诗意美，而对纯爱的歌颂也是启蒙以来的思想强音。这里布伦塔诺讲了一个凄美的爱情故事，内容跟莱茵水妖的传说有关，似乎受到歌德《渔夫》②的影响，但在布伦塔诺这里，没有

---

① Clemens Brentano, *Sämtliche Werke und Briefe*, hrsg. Von Jürgen Behrens, Konrad Feilchenfeldt, Wolfgang Frühwald, Christoph Perels und Hartwig Schultz, Verlag W. Kohlhammer, Stuttgart, Berlin, Köln, Mainz, 1975ff. (FBA) Bd. 1, S. 138f. 译文见钱春绮编译《德国浪漫主义诗人抒情诗选》，江苏人民出版社 1984 年版，第 86—91 页，略有改动。

② Goethe, *Werke*, Hamburger Ausgabe in 14 Bänden, Christian Wegner Verlag, Hamburg, neunte Auflage 1969, Bd. 1, S. 153f.

邪恶可怕的诱惑，有的只是少男少女的纯情，优美而感人、温柔而伤感，感觉就像是诗人在唱一首自己心中的歌，带着文人特有的气质，比民歌优雅、深婉、精致，是一首浪漫的叙事诗。

诗人首先创造出一个优美的诗境，这就是月夜下的莱茵河，深蓝的天幕上先是星光闪烁，继而是明月当空。下面是奔流的河水，月亮倒映水中，月影随波涌动，让人想到杜甫的"星垂平野阔，月涌大江流"的意境，呈现出大自然的壮阔雄浑神秘之美。就在这无边宏阔的宇宙之中，一叶小舟漂流其间，失去恋人的渔童孤独地漂流在莱茵河上，他坚定地等待着自己的爱人，他相信她没有死，她还活着。这是人、神之间的对话，男孩在这天地的大背景之下，无疑是渺小的，但他有自己的持守，有自己的信念，表现出人的力量。因为他的痴心等待，终于等来了那个女孩。他怜惜、他疼爱，他贴心地呵护，他享受这爱的时光。他的话并不多，在静谧的夜空中，他的声音给人一种沁入心底的感动。而女孩则显得心绪不宁，显得急切，似乎要在最后的时刻抓住世间一切：美丽的景色、眼前的爱人、祈祷上帝的恩赐。而正当那男孩沉浸在幸福中，欢呼初升的太阳时，女孩已经消失。男孩痛苦万分，但他并没有模式化地殉情，比如投水追随而去，而是"在小船里躺下，／哭泣着进入睡乡，／继续继续在漂流，／一直漂到了海上"。于是他继续执着于自我，继续着人、神和天地之间的对话，跟开篇相呼应。这显然是个悲剧，但诗人却避开了残酷黑色的"死"，他给出的最后的画面是：一对恋人同坐船头，在夜色中、月光下自由地漂荡。他们相依相守，他们摆脱了尘世的烦扰，摆脱了生死的纠缠，在无边的大海上，在寂静而自由的星空下，他们和他们的爱获得了永恒，这永恒的爱纯洁得就像月光，清澈得就像河水，感动着每一个读者。而布伦塔诺的诗意的表达，他创造的梦幻神秘而柔曼的背景空间，正好跟这一对璧人融为一个完美的情景交融的意境，这种带有强烈抒情意味的叙事诗在德语诗史上是空前的，体现了浪漫主义的美学的理想。如果要概括这首佳作，可称之为"艺术的绝唱""爱情的赞歌"以及"生命的思考"。

神秘恐怖的叙事 ——《祖母——蛇厨娘》

布伦塔诺的叙事诗除了编织新童话和诗意的抒情之外，还时或笼罩着某种神秘、诡异乃至恐怖，这在《渔童》中已经显露。比如那个女孩，来无影去无踪。苍白的脸、瑟瑟发抖的身体，风中飘动的白衫，都显出一股阴冷的幽灵气，它让人在感受纯美的同时，心底生出丝丝的凉意，而正是这种又爱又怕的感觉造成一种特别的魅力，越发地引人入胜。而诱人的"神秘"源于德意志的传统文化，源于人们对人神、人鬼、生死的叩问、困惑以及自己给出的各式各样的答案。

"生死"是个最切身又不可知的问题，所以人们对"死"感到最为困惑恐惧。科学、哲学、宗教都在试图回答这个问题，而民间信仰的解释最是多姿多彩。比如德意志人相信有死神把人强行带走，如同我们的索命小鬼；他们相信有巫婆害人，格林童话可证；他们相信人死变鬼，鬼有人形，冰冷苍白，他们昼伏夜出，天亮前回到坟墓等。这些影响到文人的创作，就产生了精怪鬼魅，产生了人世之外的另一个世界。比如歌德的《魔王》《科林斯的新娘》等，裹挟着惊悚恐怖。布伦塔诺继往开来，并且在写法上颇有创新，这就是他委婉含蓄，不直面恐怖，靠着制造朦胧、魅幻、恐怖的氛围让读者自己去感受另一种美，典型的如下面的《祖母——蛇厨娘》（以下简称《蛇厨娘》），它全由母女的对话构成：

母亲
玛丽亚，你去小屋玩了？
玛丽亚，我唯一的孩子！

孩子
我在祖母这里。
疼啊！妈妈，好疼啊！

母亲
她给你吃了什么东西？
玛丽亚，我唯一的孩子！

孩子
她给我吃了烤鱼。
疼啊！妈妈，好疼啊！

母亲
她在哪儿捞的鱼？
玛丽亚，我唯一的孩子！

孩子
她在荒草园①里捞的鱼。
疼啊！妈妈，好疼啊！

母亲
她用什么捞的鱼？
玛丽亚，我唯一的孩子！

孩子
她用棍棒和树枝捞的鱼。
疼啊！妈妈，好疼啊！

母亲
剩下的鱼她扔到了哪里？
玛丽亚，我唯一的孩子！

孩子
她给了黑棕色的小狗。

---

① 从这里及后文可以看出所谓的"鱼"，其实就是毒蛇。Clemens Brentano, *Sämtliche Werke und Briefe*, hrsg. Von Jürgen Behrens, Konrad Feilchenfeldt, Wolfgang Frühwald, Christoph Perels und Hartwig Schultz, Verlag W. Kohlhammer, Stuttgart, Berlin, Köln, Mainz, 1975ff.（FBA）Bd. 1, S. 420.

疼啊！妈妈，好疼啊！

母亲
那小狗去哪儿了？
玛丽亚，我唯一的孩子！

孩子
它已经粉身碎骨。
疼啊！妈妈，好疼啊！

母亲
玛丽亚，我怎么才能铺好你的床？
玛丽亚，我唯一的孩子！

孩子
你就去教堂的墓地吧。
疼啊！妈妈，好疼啊！①

此诗见于自传体小说《哥德维》第 14 章，研究者认为是对死去的姐姐苏菲（卒于 1800.9.19）的怀念，可能写于 1800 年深秋②。它是一首源于民歌的创作。恐怖谣曲本是一种欧洲普遍流行的民歌类型。典型如由赫尔德翻译的丹麦谣曲《魔王的女儿》（"Erlkönigs Tochter"）③ 以及苏格

---

① Clemens Brentano, *Sämtliche Werke und Briefe*, hrsg. Von Jürgen Behrens, Konrad Feilchenfeldt, Wolfgang Frühwald, Christoph Perels und Hartwig Schultz, Verlag W. Kohlhammer, Stuttgart, Berlin, Köln, Mainz, 1975ff. (FBA) Bd. 1, S. 124.

② Clemens Brentano, *Sämtliche Werke und Briefe*, hrsg. Von Jürgen Behrens, Konrad Feilchenfeldt, Wolfgang Frühwald, Christoph Perels und Hartwig Schultz, Verlag W. Kohlhammer, Stuttgart, Berlin, Köln, Mainz, 1975ff. (FBA) Bd. 1, S. 417.

③ Johann Gottfried Herder, *Werke* in zehn Bänden, Band 3. Herausgegeben von Ulrich Gaier, Deutscher Klassiker Verlag, Frankfurt am Main 1990, S. 335f.

兰谣曲《爱德华》("Edward")①。前者是两人对话,内容像《号角》中的死神强邀小姑娘跳舞。后者是母子对话,儿子杀了父亲。《号角》中也有不少类似的故事。从现有资料看,德意志民间确实流传着一首与此诗内容相似的民歌。布伦塔诺在他1806年2月写给阿尔尼姆的信中评价某作家的童话,他说:"确实是这样,他讲述得非常准确,在我小的时候,这同样的东西我听一个80岁的老保姆用高地德语唱过,她给我唱蛇厨娘的故事。"②在小说《哥德维》中此歌是这样引出来的:"……然后我姐姐说,我们想唱那个孩子的歌,她的祖母是个巫婆,她毒死了那个孩子。每当我们难过时,我们就常唱这首歌,我的姐姐唱妈妈,问那孩子,我哭着唱那孩子的回答。那首歌给我们安慰,我们用母亲的爱和那孩子的死自我安慰。"③这是诗人自己的童年一幕。布伦塔诺和姐姐苏菲,在1784—1789年间断断续续地住在科布伦茨的姨妈家里,姨妈夫妻关系不睦,家庭气氛很不正常,她对姐弟俩十分严厉,这让两个远离母爱的孩子倍感孤独,特别是布伦塔诺天性敏感脆弱,心中更是充满恐惧。他在《哥德维》的第14章中描写了这段童年的经历。布伦塔诺在1802年12月24日给阿尔尼姆的信中明确地说:"在《哥德维》中写的都是我的命运"④,肯定了其真实性。

　　从情节上看,这本是一个可以洋洋洒洒生发开来的、曲折动人的故事,以布伦塔诺的才情,绝对能写得催人泪下。可我们看到的,既不同于《罗累莱》的思想深刻,也不同于《渔童》的诗意浪漫,它没有具体的情节,但让人感到沉重、神秘而恐惧,全然是一首别样的叙事诗,它

---

① Johann Gottfried Herder, *Werke* in zehn Bänden, Band 3. Herausgegeben von Ulrich Gaier, Deutscher Klassiker Verlag, Frankfurt am Main 1990, S. 365f.

② Clemens Brentano, *Sämtliche Werke und Briefe*, hrsg. Von Jürgen Behrens, Konrad Feilchenfeldt, Wolfgang Frühwald, Christoph Perels und Hartwig Schultz, Verlag W. Kohlhammer, Stuttgart, Berlin, Köln, Mainz, 1975ff. (FBA) Bd. 9 – 1. S. 85.

③ Clemens Brentano, *Sämtliche Werke und Briefe*, hrsg. Von Jürgen Behrens, Konrad Feilchenfeldt, Wolfgang Frühwald, Christoph Perels und Hartwig Schultz, Verlag W. Kohlhammer, Stuttgart, Berlin, Köln, Mainz, 1975ff. (FBA) Bd. 9 – 1. S. 85.

④ Clemens Brentano, *Sämtliche Werke und Briefe*, hrsg. Von Jürgen Behrens, Konrad Feilchenfeldt, Wolfgang Frühwald, Christoph Perels und Hartwig Schultz, Verlag W. Kohlhammer, Stuttgart, Berlin, Köln, Mainz, 1975ff. (FBA) Bd. 1. S. 419.

的写法独辟蹊径。它用母女对话的方式代替了叙述，只用了28行就给出了一个毒杀故事。由于细节的阙如，就形成跳跃，留下空白，留下疑惑和谜团，也就造成神秘乃至恐怖的感觉。可能就是在这个意义上，歌德称赞它"深刻的、谜一样的、极其出色的戏剧化处理"[①]。托马斯·曼（Paul Thomas Mann，1875—1955）在《浮士德博士》中历数布伦塔诺被谱曲的歌，说到《蛇厨娘》时说："这首歌不同于其他，那句'玛丽亚，你去小屋玩了？'还有七次出现的'疼啊！妈妈，好疼啊！'它以一种难以置信的艺术手法唤起了德国民歌中痛苦、恐惧和恐怖可怕的感觉。"[②]可见大家都看出了此诗的"独树一帜"。而笔者认为，其独特就在于用一种特别的、繁简的处理手法表现出德意志民族文化中的"神秘"特色。

首先它采用了民歌常见的对唱形式，让母女俩远远地隔空呼唤，给人总体的感觉是既简且繁，既空且重。说它简，是指它既没有第三者全知视角的叙述，也没有足够的人物自述，只有若干"点"显示的情节轮廓，而这些情节点总共只有14行，从而留下很多空白，而所有一切，都留给读者去想象。说它繁，就是这14个有实在含义的诗行，却配上了14行母女间的呼唤，而它们其实只是两句话的反复，只是在制造氛围，并没有推进情节的意义。说它空，是因为我们把握不住实在的内容，存有诸多疑问，比如：具体的情境是什么？母女都在哪里？她们是在梦中还是阴阳两界？这祖母是何人？是民歌中常见的恶祖母，还是巫婆的化身？她为什么要害死这小姑娘？诸如此类。说它重，是因为这种反常的虚实配比，造成断续、哽咽的感觉，形成压抑沉重的气氛。我们既不知道确切发生了什么，也不知道可能还会发生什么，所以更加感觉不安、感觉恐怖，像是被带入一个可怕的毒杀的场景。从传统上看，这些鬼神、巫婆、毒杀的题材本身就是德国民歌的一个类型，也是德意志文化的一个特色，但布伦塔诺在艺术上作了新的探索，呈现了一种叙事诗的新写法，

---

① Clemens Brentano, *Sämtliche Werke und Briefe*, hrsg. Von Jürgen Behrens, Konrad Feilchenfeldt, Wolfgang Frühwald, Christoph Perels und Hartwig Schultz, Verlag W. Kohlhammer, Stuttgart, Berlin, Köln, Mainz, 1975ff. (FBA) Bd. 9-1, S. 86.

② Clemens Brentano, *Sämtliche Werke und Briefe*, hrsg. Von Jürgen Behrens, Konrad Feilchenfeldt, Wolfgang Frühwald, Christoph Perels und Hartwig Schultz, Verlag W. Kohlhammer, Stuttgart, Berlin, Köln, Mainz, 1975ff. (FBA) Bd. 9-1, S. 86.

即重营造氛围，靠氛围制造心理感觉，而略叙事。在这简繁对立之中形成了一个传神写意式的叙事诗新模式。

艺术手法而外，这沉重和恐惧还因为含有布伦塔诺的亲身经历而表现得更为刻骨铭心。这里凝聚着他对母爱的渴望，对离世母亲和姐姐的怀念，更有对童年那段痛苦生活的记忆，他就是那个被毒杀的孩子，虽然它披着民间谣曲的外衣。而此类风格是中国民歌及文人诗所没有的。因为我们的文化讲究的是亲情、和谐，而且主流文化是理性的，神秘而让人心生恐惧，不为中国人所接受。

说到"神秘"，笔者个人理解就是在"欲知"和"不可知"之间产生的张力。它是个人的，是感觉的，带着好奇和探究，但终因不明底里，而更生疑惑和悬念，从而"神秘"就有了特别的吸引人的魅力。在感性的"神秘"之外还有理性的"神秘主义"（Mystik），它跟宗教有关，既跟原始自然宗教有关，也跟基督教有关，讲的是人神之间的交通，由此生发出理论，就属于中世纪经院哲学的神秘主义。

"神秘主义"是解读浪漫派文学的一把钥匙。典型的是诺瓦利斯和布伦塔诺。前者基本是黑色的、基督教的，较为枯硬；而布伦塔诺的，则如同星光夜色，温柔、妙曼。但星光和夜色，同样闪动着诡秘的不安、恐惧以及精灵鬼魅的影子。布伦塔诺的"神秘"大概有三个源头：一是来自意大利血统的浪漫，特别是他个人喜幻想的天性，这是天赋的；二是民间文化中浸润的原始多神教的影响，它从儿时的天真痴信衍生为艺术的想象，弥散出或天真或纯朴或诱惑的魅力，这是艺术的，是美的；三是天主教的"圣迹"，这些梵蒂冈至今还言之凿凿，如某玛丽亚雕像落泪，某圣徒身上现出耶稣被钉十字架的伤口，等等。而"科学"又在揭露种种伪造和欺骗。但正是在信与不信之间、在证实和证伪之间形成了一种张力。就布伦塔诺的诗作而言，早期的"神秘"是浪漫的，美而艺术；晚期的"神秘"是基督教的，其说教的意味让本来绚丽的浪漫褪色，变得枯槁苍白而沉重，比如《上帝之墙》（"Gottesmauer"，见本章第三节"民歌元素的普遍点染"）。而《渔童》正是早期浪漫主义的神秘，凄美动人。如此我们就给布伦塔诺的叙事诗一个概括，那就是，诗意化、情感化、现代化，他把单纯的叙事朝浪漫主义方向扭转，使其思想上更深刻、艺术上更美，也就更动人心魄。

二 民歌风的抒情诗

作为诗人，布伦塔诺抒情诗的体式、风格多姿多彩，既有鲜活动人的民歌风，也有严谨华美的十四行诗，还有其他各式或严整或自由的诗。但成为经典的、给文学史打上印记的就是他民歌风的抒情诗。这些诗大致可分为"代言""独白"和"隐喻"三类。

"代言"的歌

"代言"的歌主要指小说、戏剧的插曲，歌中的"我"不是诗人自己，而是一个"人物"。其内容跟情节相关，可在最深层表达的仍是作者的思想感情，即借他人之口抒一己之情怀。这是布伦塔诺抒情诗的重要组成部分。又因为是插曲，它在体式上是"歌"而不是"诗"，所以天然地接近民歌，布伦塔诺也着意地吸纳融汇民歌，而民歌的亲切感又激发出读者心底的同情，强化了其艺术魅力，其代表作就是下面的《纺纱女的夜歌》：

Der Spinnerin Nachtlied

1
Es sang vor langen Jahren	a
Wohl auch die Nachtigall,	b
Das war wohl süßer Schall,	b
Da wir zusamen waren.	a

2
Ich sing´ und kann nicht weinen,	c
Und spinne so allein	d
Den Faden klar und rein	d
So lang der Mond wird scheinen.	c

3
Da wir zusammen waren	a
Da sang süß die Nachtigall	b

Nun mahnet mich ihr Schall   b
Daß du von mir gefahren.   a

4

So oft der Mond mag scheinen,   c
So denk´ich dein allein,   d
Mein Herz ist klar und rein,   d
Gott wolle uns vereinen.   c

5

Seit du von mir gefahren,   a
Singt stets die Nachtigall,   b
Ich denk´bei ihrem Schall,   b
Wie wir zusammen waren.   a

6

Gott wolle uns vereinen   c
Hier spinn´ich so allein,   d
Der Mond scheint klar und rein,   d
Ich sing´und möchte weinen.   c

纺纱女的夜歌

1

好多年前的时候,
夜莺也是这样唱,
歌声是那么甜美,
那时我们在一起。

2

我唱着,哭不出声,
只要有月光照下,
我就这样独自纺纱,
纱线明洁而纯净。

3

那时我们在一起,

夜莺甜甜地歌唱；
现在这歌声提醒我
你已离开我远行。

4
每逢月光照耀，
我总是想起你，
我的心明亮而纯净，
天主也愿我们团圆。

5
自从你离我而去，
夜莺总是在歌唱，
歌声里我在回想，
我们在一起的时光。

6
愿天主成全我们，
我纺着，孤苦伶仃，
月光明亮而纯净，
我唱着，真想痛哭。①

　　此歌是小说《浪游学生的故事》中的插曲，作于1802年6月至9月，现在的题目是后加的②。就当时的写作背景而言，是在抒写与情人梅罗的离愁。诗人用隐喻的手法，借"纺纱女"将一种刻骨铭心的痴爱委婉地表达出来，其含蓄、脉脉深情、孤独伤感、情意绵绵在德语抒情诗中都属罕见，而其意象、人物又都是民歌的，这是布伦塔诺继歌德之后

---

① Clemens Brentano, *Sämtliche Werke und Briefe*, hrsg. Von Jürgen Behrens, Konrad Feilchenfeldt, Wolfgang Frühwald, Christoph Perels und Hartwig Schultz, Verlag W. Kohlhammer, Stuttgart, Berlin, Köln, Mainz, 1975ff. （FBA）Bd. 2, S. 34.

② Clemens Brentano, *Sämtliche Werke und Briefe*, hrsg. Von Jürgen Behrens, Konrad Feilchenfeldt, Wolfgang Frühwald, Christoph Perels und Hartwig Schultz, Verlag W. Kohlhammer, Stuttgart, Berlin, Köln, Mainz, 1975ff. （FBA）Bd. 2, S. 243f.

对抒情诗创作的进一步探索，是他"最珍贵的明珠"①。

　　读这首诗，为其中的眷眷深情感动，而此类的思妇诗在德语诗歌中并不多，精品就更加罕见。这是因为德国人表现爱情，多在火样激情，且多跟情欲连在一起，纯洁得如同月光一样的生死恋，少之又少。如果从艺术上分析，它的成功根本上得益于民歌。首先是采用民歌形象来抒发自我。"纺纱女"不是布伦塔诺自己的创造，而是从民歌拿来。纺纱织布在前工业化时代是妇女们的主要工作，中西皆然。荷马史诗中的贵族夫人、曹操的妻子卞氏都干过这活计，德国也不例外。于是纺纱女也像象磨坊主、骑士、漫游者一样，成为民歌中的主角，重在劳作本身，其风格多是明快的，比如下面的《纺纱歌》：

1
纺啊纺，小姑娘！
你就这样长大了，
你的头发长长了，
你的青春到来了！
2
小姑娘要敬重
这世代的老手艺：
亚当耕田夏娃纺线，
这就是做人的本分。
3
可爱的小姑娘，
爱情就是动力：
汉娜就是靠纺纱
养活她的瞎丈夫。

---

① Clemens Brentano, *Werke* 1, herausgegeben von Wolfgang Frühwald, Bernhard Gajek und Friedhelm Kemp, Studienausgabe, 2. Durchgesehne und im Anhang erweiterte Aufgabe 1978, Haser Verlag, München, Bd. 1, S. 1059.

4
赞美吧，小姑娘，
赞美勤劳的圣母：
这神圣的玛丽亚
正给儿子织外衣。
5
唱啊唱，小姑娘，
边唱边纺是好事：
你高高兴兴地开始，
踏踏实实地结束。
6
学啊学，小姑娘，
这里有幸运之星：
好好学纺纱
这是上帝的教导。
…………①

这是一首长篇的"妇德"教育歌：男耕女织、勤劳持家、虔敬上帝等，可见一般的乡俗民情。除了这古板的说教也还有情趣盎然的，比如少女思春的《纺纱歌》（见第一章第一节之"拼合"部分）。布伦塔诺就是从大众熟悉的民歌中取出这位"纺纱女"，然后赋予新的立意，把它从外在的劳作转到了内心的"相思"。

除了"纺纱女"之外，月和夜莺也都不是纯然的景物，而是带有人文的内涵。这里的月有相思的意蕴，歌德的《对月》和《给上升的满月》可证。而夜莺在民歌中更是俯拾皆是，它是传情的使者，其歌声被视为幸福的征兆，也含着期待和慰藉。17世纪著名的《夜莺之歌》中，就有了这样的呼唤："来啊，夜的慰藉，啊，夜莺"。著名的巴洛克诗人斯皮

---

① Clemens Brentano, *Sämtliche Werke und Briefe*, hrsg. Von Jürgen Behrens, Konrad Feilchenfeldt, Wolfgang Frühwald, Christoph Perels und Hartwig Schultz, Verlag W. Kohlhammer, Stuttgart, Berlin, Köln, Mainz, 1975ff. （FBA）Bd. 8, S. 39f.

就有诗集名曰《慰藉——夜莺》①。正是凭借这些意象布伦塔诺创造出一个动人的意境：月光之下，纺纱女独自摇着纺车，夜莺的歌声唤起她往昔的幸福回忆，手中棉纱续续流出，一丝丝、一线线，绵绵无尽，如同她心中的不绝思念，情同景相和谐互映发，景中就蕴含着情，婉约、绵邈、深切，而这个独孤的"思妇"就像一幅人物画，印在读者的心中。尤其精妙的是，在形象、意象之外，诗人还特别调动了诗歌的诸多形式因素来强化抒情效果，包括遣词造句、押韵节奏、篇章结构等各个方面。从句式上看，它采用了民歌最普遍的正语序的如话般的句子，不用文人诗常见的倒装和紧缩，词汇也属大众日常。不仅如此，诗人还化用民歌耳熟能详的成句入诗，给自己的新作涂上历史的锈斑，显得古色古香。比如第 5 行 "Ich sing´und kann nicht weinen" 以及第 24 行 "Ich sing´und möchte weinen" 都是 "Ich singe und solt weinen" 的变形，出自一本中古德语的歌集《瓦尔特大师的歌集》（*Tagelied des Meisters Walter von Breisach*）②。从诗律上看，布伦塔诺也吸收了民歌手法，比如 3 个扬音节的诗行、用元音谐韵、注重声象效果等，并在学习的基础上将其精致化，形成了自己独具的魅力。

我们先从整体看，全篇共 6 节，每节 4 行，用抱韵（Armreim）绾结。这是德国民歌常式。但它不是常见的每节换韵，6 节只有 4 个韵脚：-aren、-all、-einen、-ein，形成 abba、cddc 两组。这就比一般民歌加大了同韵的密度，造成了一种和谐舒畅的感觉。尤为匠心的是，以相同的韵脚为基础，形成第 1、第 3、第 5 节与第 2、第 4、第 6 节两个大的意义单位。前者基本是过去时，用 -aren、-all 押韵，其中又多用最响亮的元音 a 在句中谐韵，以夜莺为中心，突出的是往时的团圆幸福；后者是现在时，用 -einen、-ein 押韵，它们在声象上比 -aren、-all 显得低沉，以月光下的纺纱女为中心，突出的是当下的孤独与思念。于是不仅

---

① Clemens Brentano, *Sämtliche Werke und Briefe*, hrsg. Von Jürgen Behrens, Konrad Feilchenfeldt, Wolfgang Frühwald, Christoph Perels und Hartwig Schultz, Verlag W. Kohlhammer, Stuttgart, Berlin, Köln, Mainz, 1975ff. (FBA) Bd. 2, S. 249.

② Clemens Brentano, *Sämtliche Werke und Briefe*, hrsg. Von Jürgen Behrens, Konrad Feilchenfeldt, Wolfgang Frühwald, Christoph Perels und Hartwig Schultz, Verlag W. Kohlhammer, Stuttgart, Berlin, Köln, Mainz, 1975ff. (FBA) Bd. 2, S. 249.

形成了回忆和现实之间的三次穿越、分合聚散的三次交替，而且在音响上造成了一唱三叹、不绝如缕的艺术效果。再进入诗行内部，第1、第2两节的8行是全诗的主干。后4节的16行是这8行的不同形式的变奏。而由第1、第2两节形成的意义、声象的对比主题，在后面的4节中一而再再而三地重现，回环往复，深长却又不单调。从声象方面突出了纺纱女的不尽情意。

再有就是词汇。布伦塔诺用了不多但反复出现的词汇来强化效果，突出情意，比如第1、第3、第5节中的第二行的结尾都是 Nachtigall，第2、第4、第6节中的第2行都以 allein 结尾，而第3行都以 klar und rein 结尾。Klar 和 rein 是民歌的惯用词汇，常同时出现，它们发音明亮悦朗，感觉活泼清爽，极富表现力。比如在此诗中，它们分别用来修饰纱、心和月：形容"纱线"在月光下显得干净透亮；表白"我的心"纯洁无瑕，日月可鉴；表现"月光"的纯净透明等，都恰到好处。而它们的三次出现，突出了抒情主人公执着纯洁唯美的爱情。

另外，在民歌的重章复沓背后，还隐含着一种深层的思想义涵。细读文本我们可以看出，纺纱女的相思不是异地而是隔世的相思，于是搭建起此岸彼岸之间的桥梁，把人生延伸到上帝的世界。他通过纺纱女对往日幸福的回忆，引到现实的痛苦，再到对彼岸幸福的期待，透射出浪漫派的思想倾向：对启蒙科学理性的失望，对中世纪前工业社会的留恋，当下的痛苦纠结以及对终极精神世界的追求。由此布伦塔诺就反映了某种时代的精神取向，他抒发的也就不仅仅是爱情，而是有了更加深远的期待。歌德有一首《格蕾辛独自在纺车边》，是《浮士德》中的著名插曲，1808年面世，稍晚于布伦塔诺，同样的形象和情思，同样有民歌的习染，但风格不同，录在下面，以供对照：

1
我不再平静，
我心沉重：
要想找回它来，
再也不能。

2
没有他的地方,
就像个坟场,
整个世界
都让我感伤。
3
我可怜的头
昏昏乱乱,
我可怜的心
碎成一片。
4
我不再平静,
我心沉重:
要想找回它来,
再也不能。
5
我眺望窗外,
只是想看到他,
我走出家门,
只是为找他回来。
6
他高迈的步伐,
他高贵的举止,
他嘴角的微笑,
他眼睛的魅力。
7
他的谈吐
滔滔不绝,
他的握手,
啊,还有他的吻!

8
我不再平静,
我心沉重:
要想找回它来,
再也不能。
9
我的胸怀急切地
要贴近他,
唉,但愿我能
紧紧地抱住他,
10
我要吻他,
吻个淋漓酣畅,
得到他的吻,
死也无妨!①

歌德是学习民歌的前辈,题目显出传统的意味,但诗里既没纺车也没纱。全篇只是格蕾辛的独白,都是她的思念:浮现的是她情人的音容笑貌,表现的是自己躁动的情欲,带着强烈的性感渴望,是现世的情爱与情欲,体现了启蒙之后市民的世俗享乐文化。手法上歌德采用两个扬音节的短行诗句,来突出这种急切和渴望。从跟民歌的关系看,纺车、口语化的短行及复沓都是民歌痕迹,但整体的风格情调都离民歌甚远。由此可见浪漫主义的布伦塔诺跟歌德不同的美学取向。

"独白"的诗

独白的诗是诗人直抒胸臆,他自己就是那个诗中的"我",而不再借"人物"代言。又因为它是"诗"而不是"歌",所以不是全然的民歌情调,但民歌的浸染依然明显,比如下面的片段:

---

① Goethe, *Werke*, Hamburger Ausgabe in 14 Bänden, Christian Wegner Verlag, Hamburg, neunte Auflage 1969, Bd. 3, S. 107ff.

1
我梦见自己掉进幽暗的山谷
在狭窄的岩阶上
我无数遍向爱人呼唤
一会儿这边,一会儿那边。
忠贞的爱,忠贞的爱已经不再!

2
可亲的牧羊人对我说,
你见过忠贞的爱吗?
她想到羊群这儿来,
然后又去到水井那边,
忠贞的爱,忠贞的爱已经不再!

3
忠贞的爱曾在我怀里
就在那岩石上面
她的脸如此的苍白,
于是我吻了她的双唇。
忠贞的爱,忠贞的爱已经不再!

4
我吹响笛子,我编织花冠
我为她去采花,
我想晚上带她去跳舞,
作为我爱人将她打扮。
忠贞的爱,忠贞的爱已经不再!

5
她听到那边响起猎号
于是竖起了耳朵
她消失在荆棘丛中
去追随那个森林小子。
忠贞的爱,忠贞的爱已经不再!

…………

45

忠贞的爱，忠贞的爱到处都说
给我的只是个虚假的誓言。
忠贞的爱不过是诗人的想象
我成了你的婊子。
忠贞的爱，忠贞的爱已经不再！①

此诗写作年代很难确定，一说为1812年，一说是1816年。全诗共45节，每节5行，共225行，是布伦塔诺罕见的抒情长诗，民歌的痕迹随处可见。首先是铺陈的手法，上天入地、此岸彼岸地来回穿越，每节的前4行是描写不同的情景，末行就是那句点睛的"忠贞的爱，忠贞的爱已经不再"，前后共重复了45次，给人的直觉就是"警钟"不断地敲响，让所有沉溺于爱情的人清醒过来，并牢记教训、永志不忘，同时还让我们感觉到他无边的痛苦：他一边舐舐自己的伤口，一边喊叫发泄他的痛苦愤懑。这里的语言也有民歌腔调，特别是第1节，比如"hinab in das dunkle Tal"（掉进幽暗的山谷）、"Bald hier, bald da"（一会儿这儿、一会儿那儿）、"Und dann zum Brunnen gehen"（然后去到井边）等，不一而足，再就是"Treulieb, Treulieb ist verloren"（忠贞的爱，忠贞的爱已经不再），斩钉截铁，都是民歌熟悉的句子。

具体看所引的6节。第1节是个梦魇："我"跌进黑暗的深谷，急难中向爱人呼救，但却得不到回应，于是绝望地喊出那句"忠贞的爱，忠贞的爱已经不再！"虽然语言意象是民歌的，但不同于民歌的"缓起"，而是突兀而来，激动、愤怒的情绪一下子迸发。可第2节情景突转：牧羊人、羊群、水井，这些都含有隐喻。"牧羊人"在民歌中有两种形象：一是跟牧羊女谈情说爱的少年，"羊群"是背景；二是"牧灵人"，代表上帝给众生指点迷津，"羊群"则是芸芸众生。至于那个"水井"，是典型的民歌意象，是少男少女相约会面的地方。而这个"sie"（她）恰巧

---

① Clemens Brentano, *Werke* 1, herausgegeben von Wolfgang Frühwald, Bernhard Gajek und Friedhelm Kemp, Studienausgabe, 2. Durchgesehne und im Anhang erweiterte Aufgabe 1978, Haser Verlag, München, S. 266ff. 相关注释见 S. 1097。

既可指代阴性的"Treuliebe"（忠贞的爱情），也可指代那个恋人，抑或就是二者的融合。她从羊群转向水井，可见移情别恋，于是再现"忠贞的爱，忠贞的爱已经不再！"第 3 节是回忆：两人坐在山上，女孩在怀里。其中的两行"她的脸是如此苍白，／于是我吻了她的双唇"，看似平淡，却情意深深。女孩脸色苍白可能是冷，也可能是不舒服，更可能是胆怯和忐忑不安。面对这娇弱的爱人，"我"的反应只是轻轻地"吻双唇"，既不是紧紧拥抱，更不是民歌常见的粗野的"折断"①，没有一丝肉欲，而是干干净净地心疼，是贴心地理解，是小心翼翼地呵护，似乎在告诉女孩，我懂你、爱你，别怕！但接着这温柔的又是那冷冰冰的"忠贞的爱，忠贞的爱已经不再！"第 4 节仍是爱的甜蜜，"我"自己采花、编花环，亲手打扮自己的爱人，一起去跳舞等，一片欢悦。但随即那决然的"忠贞的爱，忠贞的爱已经不"又现，可见"我"有多伤心！原来女孩跟着一个猎人走了，留下的只有痛苦、伤心和激愤，于是"我"絮絮叨叨地倾诉，诉说心中的委屈和不平。最后一节道出了他对爱情的决然的失望。这是一首爱情的挽歌，诉说的是无边的痛苦。这种滔滔不绝又波澜起伏的倾诉，将诗人内心的矛盾、痛苦淋漓尽致地表达了出来，手法基本上是民歌的，感情是自己的，是民歌风抒情诗的佳作。再看他写给恋人路易丝的《天上闪亮着一颗星》，全文如下：

1
天上闪耀着一颗星，
那是我心中的唯一，
它要是能那样更好，
在我黑夜痛苦时照耀。
2
泉水从岩缝中激喷
溅到我一个水滴，
要是能那样更好，
在我饥渴的时候。

---

① 民歌常用"采花"比喻男追女，"折花"则暗喻性占有。

3
一只天上来的小鸟
在我的土牢边歌唱,
要是能那样更好,
让我明白它的意思。

4
唯一的一朵小花
开在我荒漠的路上,
要是能那样更好,
根本就别给我希望。

5
眼前走过一只白鹿
头上长着金色的角①,
要是能那样更好,
在我迷路时出现。

6
有些许的阳光
照进我的夜空,
要是能那样更好,
让我就死在痛苦的黑夜中。

7
为我落下了一朵花
是无果之花的赐福,
要是能那样更好,
让我相信这就是诅咒。

8
以天赐的神明
一只纯净的眼睛看着我,
要是能那样更好,

---

① 金角白鹿是宗教意象,是上帝的化身,为人指点迷津。

真为我做点什么。
9
深渊边有声音提醒我
是一首虔诚的歌。
要是能那样更好，
让我就在深渊跌落。
10
一个虔诚的小姑娘
像天使一样服侍我，
要是能那样更好，
我永远不再康复。
11
主是爱过我的，
他告诉我美是何物，
要是能那样更好，
我享有了然后死去。
12
今天星和光都照着我，
正是我所向往，
要是能那样更好，
就是它让愿望实现。
13
我的心高兴地跳
一个天使就站在身边
要是能那样更好，
他把我分成两半。
14
我一定得爱这瑰宝
它保佑着我，
要是能那样更好，
我变得一无所有。

15
啊亲爱的你、亲爱的灵魂
我的解药、我的安慰和勇气，
我没有什么更好的要做，
因为所有的一切已经很好。①

　　此诗作于1818年，是纯而又纯的内心独白，所抒之情不是单纯的感伤怀念或失望愤怨，而是深埋于心的爱情与信仰的纠结两难。他爱路易丝，因她而亲近宗教，被她诱导而进行心修，但根本上他渴望的是爱情。路易丝明明知道，但不想答应他，所以继续精神上的指导，并表明自己要献身上帝，一辈子不嫁。这让布伦塔诺极为痛苦，此诗就是表现他心中的矛盾纠结。这在小说、散文里显然更容易，因为可以用心理描写，感性的、理性地洋洋洒洒地写下去，诗歌却不行。它是要用最精粹的语言、受限制的韵律、尽可能短的篇幅把意思表达出来。我们看布伦塔诺的高明。

　　首先他把自己的内心矛盾形象化，通过意象来指代。这些意象都选得很巧，都符号般地简单明了，比如星星、光明、深渊等在世俗之外都有宗教含义，是巴洛克诗歌的传统意象；小花、小鸟、泉水等不仅是世俗的，而且特别是民歌的、爱情的，所以其所指都十分清晰。于是内心纠结，那爱却得不到又放不下之间的矛盾就被形象化，亲切可感，胜过了概念的推演。具体来看第1节：这里展开的不是真景，而是内心世界。天上有一颗星，是他心中的唯一，因为它照亮了他的心，给他生命的方向、生活的勇气和力量。但就在令人兴奋之时，意思陡转，是诗人的遗憾，希望这星光能在他痛苦时照耀。也就是说，它并没能带来真正的慰藉。第2、第3两节继续这种感觉，水也好、小鸟也好都不能直接帮他摆脱困境。在连续3节的倾诉之后，直面这份爱情：在自己荒漠的人生路上，有一朵小花绽放，虽然美好，是希望、是生命的色彩，但荒漠中它

---

① Clemens Brentano, *Werke* 1, herausgegeben von Wolfgang Frühwald, Bernhard Gajek und Friedhelm Kemp, Studienausgabe, 2. Durchgesehene und im Anhang erweiterte Aufgabe 1978, Haser Verlag, München, S. 426.

又能怎样呢？悲剧的阴影已经笼罩，所以因为爱她，就应该放下。但因为难以放下，所以希望对方能主动拒绝，让自己绝望然后解脱。这里把内心感性与理性的纠结从正反两面都说了出来，似乎断臂的决心很大。这意思在其后的几节反复申说，似乎是一个"我"劝另一个"我"，怕自己不够坚定，怕自己割舍不下。但最后他还是没能解脱，那只白鹿并没能把他带出迷津，在14节的犹豫不决之后，他还是坚定了这份爱，守住了自己的内心，将矛盾的自我、内心的纠结，特别是其间的曲折、反复、无奈、欲罢不能、欲说还休、剪不断理还乱的思绪明明白白地表达出来，不能不说是抒情的高手。而随后的题签曰："给我至死都尊重的年轻教母路易丝·亨泽尔"，署名是"最卑微的怪人"[1]，似乎在一番内心的波涛汹涌之后，又回到宗教理性一方。这就是内心的挣扎、情感的抒发，典型的布伦塔诺。

教谕的诗歌

布伦塔诺中年皈依天主教，创作也因此发生很大变化，从个人抒情转向宗教性的教谕，圣母、圣婴成为他的一大主题。但这些作品并不是通常的枯燥教条或熟烂故事，而是把教谕和抒情融为一体。他的玛丽亚既圣洁又温柔美丽，很有世俗的美，加上个人的情感及民歌风调赋予的亲和力，这些教谕诗就显得亲切感人，读之有味。这从下面的《死神的摇篮曲》可见一斑，节间有夹评。

1
母亲啊，孩子在你温暖的怀抱，
世界又冷又亮，
你的手臂把它轻轻揽住，
紧贴着你的心房。

"摇篮曲"是民歌的一个类型，是母亲哄孩子睡觉时所唱，旋律舒缓

---

[1] Clemens Brentano, *Werke* 1, herausgegeben von Wolfgang Frühwald, Bernhard Gajek und Friedhelm Kemp, Studienausgabe, 2. Durchgesehene und im Anhang erweiterte Aufgabe 1978, Haser Verlag, München, S. 1143.

平和，词汇、诗行都一再反复，造成一种心理上的放松和平静，以达到催眠的效果，这跟追求新鲜、动人的抒情歌不同。但布伦塔诺的则是另样。仅就题目《死神的摇篮曲》就骇人，把那个"死神"直接地戳在了温馨的"摇篮"之前，形成生死对决，不觉触目惊心，似乎有一种绝望的痛苦被压抑在"摇篮曲"的亲切温暖的旋律之下。这显然不是一般意义上的摇篮曲。开篇从母亲的温暖怀抱起笔，正语序的口语式的句子，–lein 的后缀，还有冷—暖、光明—温柔等感官的体验，共同氤氲出民歌情味。而其中的"光明"还有宗教义，代表着上帝之光，表明此歌的立意在称颂圣母圣婴带给世界的福音。

2
把它裹在你织的布里，
放在你采的花旁，
看着它小眼睛上仰，
向着天空虔诚仰望。

这个母亲织布、采花，是个勤劳爱美的村妇，她把孩子放在手采的花旁，浪漫而有情致。她看着孩子的小眼睛仰望，在一片母爱中透露出宗教含义，因为"天"不是自然的天空，它带有神性，是上帝的所在，是世人虔诚仰望的地方。这一节，写得精致，细节感人，教义寓于母爱的温情中。

3
你闪亮的眼睛是一片蓝天，
你明亮的目光来自母亲，
在你的胸房吸吮，
啊，心在跳动！啊，快乐安宁。

四行分为母亲、孩子两个角度，突出母子间的亲情，但后两行原文："Ach Herzens Pochen, ach Lust, und Ruh/ An deinen Büsten saugen"，其遣词造句有明显的爱情诗的色彩。

4
我白天黑夜都望着你,
我要永远望着你,
你把我带到这个世界,
就一定要给我一个摇篮。

这是孩子对母亲的深情依赖,但似乎又有另外一丝味道。

5
这个摇篮不要用丝绸,
你的臂膀足够,
我只要你温柔的目光,
细细地注视着我。

孩子跟母亲撒娇,将母亲的怀抱做摇篮。

6
在那贞洁的怀抱
你摇着你的孩子,
你的话语是如此地温柔美好
就像梦境在周围摇啊摇。①

此节第一行中的"keuschen Schoßes"是圣母玛丽亚的专用词汇,于是宗教意义就彰显出来:在圣母的怀抱中得到幸福安宁。

歌颂玛丽亚的诗歌几百年来形成一个套路:口吻来自信徒,内容或是圣经故事,或是祈求福佑。但此歌却完全新构,主要是孩子说给妈妈

---

① Clemens Brentano, *Sämtliche Werke und Briefe*, hrsg. Von Jürgen Behrens, Konrad Feilchenfeldt, Wolfgang Frühwald, Christoph Perels und Hartwig Schultz, Verlag W. Kohlhammer, Stuttgart, Berlin, Köln, Mainz, 1975ff. (FBA) Bd. 3-1, S. 99.

的悄悄话。小婴儿依偎在母亲温暖的怀抱,看着她的眼睛、听着她的心跳、吸吮着她的乳汁、享受着她的爱抚,可这还不够,他不让妈妈离开,要妈妈做自己的摇篮,整日整夜地抱着他,于是我们生活中常见的小孩子"不撒手""放不下"等都跃然纸上。这是生命的相依、是骨肉情深,是布伦托诺表现的圣母与圣子之爱;它是教谕的,也是抒情的。但这只是表层,还有深层的爱情心曲。这可以通过此诗的形成看出端倪。

此诗的初稿成于 1803 年 8 月,名为《歌唱爱情的诞生》("Gesang der Liebe als sie geboren war")。同年 10 月他寄给阿尔尼姆一个改稿,题名改为《我对苏菲的爱,她是爱情之母》("Meine Liebe an Sophie die ihre Mutter ist"),道出了此诗的隐曲。到 1816 年秋,布伦塔诺修订他的小说《浪游学生的故事》,将此诗引入,成为其中的插曲,并融进了很多宗教内容,但没有题名。以后在路易丝那里发现了一份 6 节的手稿,为路易丝所抄,题名为《死神的摇篮曲》就是这里所引的文本[1],但其立意已经发生了偏移,即从世俗的爱情转到了宗教,又把宗教情感巧妙地包裹在民歌的形式中,混合着恋母情结的爱情却还隐隐地透露出来,于是现在的题目也就可以得到解释,就是他对路易丝的无果的爱情。这就是布伦塔诺的教谕诗,没有枯燥的说教,蕴含着内心的感动。下面是《号角》中的一首摇篮曲,其编辑者恰巧也是布伦塔诺,从中我们可以看出二者之间的联系与区别。

1
啊,娇嫩的小耶稣,
啊,娇嫩的小耶稣,
这小马槽太硬,
这么硬你可怎么躺,
啊,睡吧,啊,闭上你的小眼睛,

---

[1] Clemens Brentano, *Sämtliche Werke und Briefe*, hrsg. Von Jürgen Behrens, Konrad Feilchenfeldt, Wolfgang Frühwald, Christoph Perels und Hartwig Schultz, Verlag W. Kohlhammer, Stuttgart, Berlin, Köln, Mainz, 1975ff. (FBA) Bd. 3 - 1, S. 495.

睡吧，给我们永远的安宁。

2

小耶稣好好睡吧，

没什么来打扰你，

牛啊，驴啊，羊啊，

都睡了，

睡吧，孩子，睡吧，闭上你的小眼睛，

睡吧，给我们永远的安宁。

3

赛拉福给你轻轻地唱，

克鲁宾打着节拍，

马厩里的天使们，

轻轻地摇着你，

睡吧，孩子，睡吧，闭上你的小眼睛，

睡吧，给我们永远的安宁。

4

看啊，小耶稣，

那是圣约瑟夫，

我也在这里，

你安心地睡吧。

睡吧，孩子，睡吧，闭上你的小眼睛，

睡吧，给我们永远的安宁。

5

小驴儿沉默安静，

那孩子要睡了，

那牛也不再哞哞，

那孩子要睡了，

睡吧，孩子，睡吧，闭上你的小眼睛，

睡吧，给我们永远的安宁。①

此歌可溯源到1628年的一个歌本。它有两个特点：一是内容的宗教性，讲述耶稣降生；二是形式的"摇篮曲"，跟布伦塔诺的一致。但给人的感觉却是简单清浅很多，一切都明明白白，是一首真正的母亲唱给孩子的催眠曲，没有布伦塔诺的那么深曲的内涵。当然布伦塔诺也写过不少单纯的教谕的诗，感情十分虔诚，加上民歌的亲切自然，也还是颇为生动感人的。总之，布伦塔诺的抒情诗受到民歌方方面面的影响，体式、语言、意象、情致等都闪现出民歌的光彩，给德语抒情诗开拓出一条新路。

三 民歌元素的普遍点染

如果说布伦塔诺早期诗歌绚烂峥嵘的话，那么中、后期诗风发生了很大变化，变得平淡、沉着，个人感情融合着宗教的虔诚，不再那么激情狂热，民歌的色彩也逐渐淡化。即便如此，民歌作为他意识深层的"诗源"，如同汩汩地下水，依然滋润着他诗歌园地的花朵，民歌元素时时闪现，比如分角色的对歌形式，以人物对话推进情节，铺陈、隐喻手法，传统的意象、词汇、句法、用韵，等等。下面通过例证看其无意中留下的民歌印痕，先看《灵泉流淌》的前两节：

1
灵泉的水
静静地、缓缓流淌，
一个小姑娘手擎银杯
虔诚地走出井房
＜她递过银杯，我把水喝光，＞
这一刻，那些伤心的事都已遗忘。

---

① Clemens Brentano, *Sämtliche Werke und Briefe*, hrsg. Von Jürgen Behrens, Konrad Feilchenfeldt, Wolfgang Frühwald, Christoph Perels und Hartwig Schultz, Verlag W. Kohlhammer, Stuttgart, Berlin, Köln, Mainz, 1975ff. (FBA) Bd. 8, S. 270f.

这可怜的男人认出这个杯子
这一刻他忘了那严厉的处罚①
从那虔诚的手里喝下那水
他的世界完全改变了模样。

2
溪水哗哗地流淌
水车激起浪花
太阳照着水面
水雾腾起钻石般的彩虹
女孩伸出有爱的手
风儿吹着她棕色的头发
山坡上那可怜的男人望见
这时已然忘了那严厉的惩罚
那是爱情的，遥远的情感的世界
充满了绿色、花香和阳光。②

《灵泉流淌》共150行，作于1817年年底，是一首抒情佳作、内心的独白，写出了他纠结着宗教情感的、爱而不可得的痛苦爱情。就在几个月后的1818年2月，他写出了总忏悔，决心放下这段虐恋而献身基督。纵观全诗，其"文人诗"的腔调十分明显，比如写长长的句子（但没有标点符号），为"诗"而分割成2个或3个诗行，还有用连词的复句，这是民歌所没有的。此外还多用典故和隐喻，有点掉书袋的意思；形式也极其讲究：在每节的10行中，开头都是2个扬音节的短行，接下是8个含有3或4个扬音节的长行，在每节第7行的最后出现一个"der arme Mann"（那可怜的男人），而第8行重复"Da hat er vergessen den schweren Bann"（这时他已然忘了那严厉的惩罚）。从意义上看，前7行是写景叙

---

① Bann有多种含义，这里指被革除教门的惩罚，也被译为绝罚，是基督教对神职人员和信徒的最高惩罚，受罚者死后不能升天。

② Clemens Brentano, *Sämtliche Werke und Briefe*, hrsg. Von Jürgen Behrens, Konrad Feilchenfeldt, Wolfgang Frühwald, Christoph Perels und Hartwig Schultz, Verlag W. Kohlhammer, Stuttgart, Berlin, Köln, Mainz, 1975ff. (FBA) Bd. 3-1, S. 176.

事，后 3 行是宗教教谕。其中有很多传统意象，比如上引两节中的 Heilquell（灵泉）是虔诚派抒情诗里常见的意象，象征着拯救。Becher（杯）也是一个中世纪以来的常用意象，常用来盛鸩酒，这里是反用其意，让人想到歌德的《图勒的国王》（"Der König von Thule"），那个杯子就是忠实爱情的象征，布伦塔诺很喜欢这首诗，经常提到。流水在诗中常象征着"逝去"，如同我们的"逝者如斯"。水车则象征着无常的生活以及尘世的、转瞬即逝的快乐。"彩虹"代表着上帝或玛丽亚的光辉，而"钻石"以及所有的宝石在基督教艺术中都象征着上帝①。但即使在这样一个十分"高大上"的诗中仍然时时闪现着民歌的光彩，比如第 1 节中井边的女孩不是用通常的 Mädchen 而用了 Mägdlein，这是典型的民歌的词汇，而 Brunne（水井）或 Brunenhaus（井房）在民歌中常见，是男女相会的地方。再比如第 2 节的整体场景都很民歌，其中的流水、水车、阳光照耀都是我们熟悉的村景。再有精心的"反复"也是民歌家数。于是这种很"文人"很个人的诗就变得亲切入心，而不是巴洛克诗歌那样的疏离隔膜。下面是叙事诗《上帝之墙》（"Gottesmauer"）的片段：

1
　　石勒苏益格的城外
　　住着很多穷人，
　　野蛮的蛮族敌人
　　要攻击他们。
　　已经宣布了停火，
　　丹麦人夜里也已撤退；
　　俄国人和瑞典人却合起伙来
　　武力破坏这个协定。
　　石勒苏益格城外，
　　远远地有一座小茅屋。

---

① Clemens Brentano, *Sämtliche Werke und Briefe*, hrsg. Von Jürgen Behrens, Konrad Feilchenfeldt, Wolfgang Frühwald, Christoph Perels und Hartwig Schultz, Verlag W. Kohlhammer, Stuttgart, Berlin, Köln, Mainz, 1975ff. （FBA）Bd. 3 – 1, S. 651.

2
在石勒苏益格城外的茅屋里，
一位虔诚的老妈妈正在唱：
"主啊，在你的怀抱里
我倾诉所有的痛苦忧虑！"
但她二十岁的孙子，
对主却将信将疑，
对耶稣他不置一顾
还没有为他把灯点亮。
在石勒苏益格城外的茅屋里，
那虔诚的老妈妈正在唱。

3
"请你给我们建一道墙！"
那虔诚的老妈妈正在唱：
"把我们接进你的城堡，
让面前的敌人害怕恐慌！"
"圣母啊"，尘世的声音喊道：
"围着房子建一道墙
我们自己可没有这么快
还得请亲爱的主帮忙！"
"为我们建一道围墙！"
那虔诚的老妈妈正在唱。

4
"孙儿啊，你相信我，
如果对了主的心，
他就会给我们建一道墙，
他想什么，就能做成什么。"
周围战鼓声声震响，
鼓声传进屋里；
车马滚滚，俄国人在发狂：
啊呀！敌人发起了进攻！

348　◇　《男孩的神奇号角》与德意志浪漫主义诗歌

"为我们建一道围墙!"
那虔诚的老妈妈正在唱。
…………
8
"啊！主能建起围墙！
亲爱的慈心圣母来了，
让我们见证了主的奇迹！"
那孙子说话间变得虔诚。
主建那道围墙，
那是1814年的事：
就在那一年的第五个夜晚，
它让敌人恐惧万分。
"为我们建一道围墙!"
那虔诚的老妈妈正在唱。①

这是一首叙事诗，发表于1832年，是布伦塔诺晚年的作品，讲了一个圣迹故事：异教的敌人袭来，无力阻挡，一个虔诚的老妈妈祈祷上帝建一道拒敌的围墙，于是就在敌人发起进攻之时，暴风雪席卷而来，为他们建起了一道雪墙。显然这是个传道说教的故事，艺术上也难称上佳，但民歌的痕迹却历历在目。这80行诗，每10行是一个段落，上面引了第1—4段和第8段，从中可以看出端倪。最突出的有两点，一是重复：每段的前8行是叙事，后两行是副歌，其词汇来自前8行，是词汇的重复，同时全篇的8段副歌自身也在重复。前2段稍有变化，后6段则完全相同，"为我们建一道围墙!／一位虔诚的老妈妈正在唱"重复了6遍，是典型的"歌"的结构，同时也突出了老妈妈的虔诚。二是"对话"。其中有祖孙两人，一个虔信、一个不诚，两人的对话推进情节发展。由此可以看出，布伦塔诺在皈依天主教之后，虽然思想和诗风都发生很大变化，

---

① Clemens Brentano, *Werke* 1, herausgegeben von Wolfgang Frühwald, Bernhard Gajek und Friedhelm Kemp, Studienausgabe, 2. Durchgesehene und im Anhang erweiterte Aufgabe 1978, Haser Verlag, München, S. 525f.

但民歌作为他的创作基因，依然显性地存在。下面是《瘫织工的梦》：

当那个瘫织工梦见他在织布，
那只病云雀梦见它在飞翔，
那只哑夜莺梦见它在歌唱，
迸发出心声回荡，
那只瞎眼鸡梦见它正数着谷粒，
而它连三个星星也数不清，
那僵硬的矿石梦见它正缓缓融化，
有个孩子相信这变化，
失聪的理性梦见它在谛听，
然后扭捏作态地陶醉其中；
然后真理母亲赤裸裸走过，
带起电闪雷鸣，
狂舞的银蛇穿透那黑暗，
它痛苦地超越这一堆梦，
你听！火炬在大笑，你听！
那清醒的痛苦——廉耻感对心呼喊：
痛啊，那幸福的奇迹、那可怜的心
都会独孤地沦落！[①]

这是一首童话插曲，是布伦塔诺1834年之后的作品。它跟我们熟悉的早期的"歌"很不一样。形式不一样，不是明快浏亮的短行，而是断续顿挫的文人式长行；不是4行一节，而是连续不分节的18行。内容也不一样，不是触手可及的日常生活，不是感性的喜怒哀乐，而是一个哲人的内心深处关于梦想、理性、真理的思考。这18行大致可以分成三段：第1—10行是第一段，讲了若干虚幻的梦境；第11—16行是赤裸的

[①] Clemens Brentano, *Werke* 1, herausgegeben von Wolfgang Frühwald, Bernhard Gajek und Friedhelm Kemp, Studienausgabe, 2. Durchgesehene und im Anhang erweiterte Aufgabe 1978, Haser Verlag, München, S. 611.

真实；第 17—18 行是痛苦的结论。至于说了什么，颇费思量。此诗的核心是耶稣的神迹，即盲人能看见，瘸子能走路，聋子等听见，等等（参见《马太福音》11∶5）。据此生发出种种的梦想，但这些神迹是以耶稣的牺牲为代价的，因此没有牺牲的"幸福的奇迹"是不可能的。因此要想得到拯救，要让梦想成真，就得刻苦修行，否则只能沦落。但即使这样高深的、宗教的、哲思的作品，它也还透露出民歌的信息。比如它把"瘸子能走路"化为一个瘫痪的织工，而织工是民歌的形象，其他如云雀、夜莺等也如是，如此就化笼统为具体，化枯燥为灵动，让人读来颇有兴味。这就是布伦塔诺晚年的诗，平静之下有波澜、温和之中有激情、平淡之中有绚烂，家常之中有深刻，其中一以贯之的是民歌的经线，它或隐或显，但绝对是布伦塔诺诗歌的根本。

纵观布伦塔诺一生的创作，虽然经历了重大的变化，但民歌的浸润是终生的，民歌艺术已然融入了他的创作机制。从少年的青涩到青年的辉煌，再到晚年的霞光，都有民歌之光的闪耀。这是他个人的成就，也是德语诗歌史上的创新和开拓，引领出一个时代的美学风尚。

第 三 章

艾辛多夫与民歌

约瑟夫·封·艾辛多夫是后期浪漫派的代表人物,与布伦塔诺并称浪漫派最好的诗人[①]。他的诗从学习巴洛克以来的前辈——主要是赫尔蒂(L. H. Ch. Hölty,1748—1776)、歌德、布伦塔诺和克劳迪乌斯(Matthias Claudius,1740—1815)入手,在《号角》的影响和民歌的滋养哺育下,逐渐形成了自己独特的明净、清新、和畅的风格。在布伦塔诺之后,继续民歌风韵的诗歌创作,使这一种新诗风蔚然成为大观。文学史的评价是:"除了十四行诗之外,他最好、最多的作品都是歌诗[②]。因此他代表了浪漫主义诗歌的一种面貌,直到 19 世纪末。"[③] 由于他的诗有民歌的韵味,为当时及后世的作曲家所喜爱,成为德语诗史上被谱曲最多的诗人之一,超过了歌德。其中很多传唱至今,在许多诗人已经被遗忘的今天,艾辛多夫却还活在人们的生活中,活在孩子们的歌声里,因此也有学者称其为最大众的诗人。

---

① Johannes Klein, *Geschichte der Deutschen Lyrik*, 2. erweiterte Auflage, Franz Steiner Verlag GMBH, Wiesbaden 1960, S. 456.
② 原文是 Sangverslyrik。民歌是唱的,有旋律,是音乐和语言的综合艺术,诗是诵或读的,是纯语言艺术。艾辛多夫的诗吸收了"歌词"的特点,形成了他的诗"入歌"的特点,所以德国学者创造出这样一个新概念来表示。
③ Josehp von Eichendorff, *Gedichte*, Philipp Reclam jun., Stuttgart, 1997, Nchwort, S. 193.

第一节　艾辛多夫其人

一　生平和成就[①]

艾辛多夫1788年3月10日出生在东普鲁士上西里西亚的一个信仰天主教的贵族家庭，他是父母的次子，还有一个哥哥、五个弟妹（其中四个夭折）。他跟年长两岁的哥哥威廉（Wilhelm von Eichendorff，1786—1849）一起长大，一起外出求学，感情深厚。

位于奥得河流域的西里西亚有着深厚的历史文化和壮美的自然风光，有丛山密林，有河流纵横，有牧场原野。艾辛多夫家族在这里有多处田产以及哥特式、巴洛克式宅邸。艾辛多夫出生的卢波维茨就是一座巴洛克式宫殿建筑，有带喷泉和雕像的大花园[②]。从这里俯瞰，下面是广阔的森林谷地。诗人就在这诗意的田园中度过了幸福童年，大自然的怀抱培育了他心中的和谐和爱心，而故乡的景物融入了他的血液，也写进日后的诗里，成为他心中的"桃花源"。

随着工业革命的进程，西里西亚的田园牧歌被打破。艾辛多夫的父亲开始做土地和工业方面的投机，起初十分成功，但在1801年遭遇挫败，虽然没有破产，但家庭的经济状况猛然恶化，艾辛多夫的诗意童年也随之结束。他跟哥哥离开家乡到布莱斯劳（Breslau，今属波兰）一所天主教会的文科高级中学就读。少年的艾辛多夫对自然、历史、旅行、民间文学、希腊神话和圣经故事都很感兴趣，喜欢克劳迪乌斯朴素、民歌风的"歌诗"，而且很早就表现出诗的天赋，其全集收入的最早的诗写于1800年，那时他还是一个12岁的少年。从这些诗可以看出，艾辛多夫对基督教有一种天生的信仰，这对他的诗歌创作、对他的人生都发生着重要影响，让他带着一种虔敬去对待大自然，让他对自己有道德的追求，

[①] 编年主要依据雷克拉姆版诗集所附的年表（Joseph von Eichendorff, *Gedichte*, Herausgegeben von Peter Horst Neumann, Philipp Reclam Jun. Stuttgart 1997. S. 185—190），同时参考了多种其他相关资料。

[②] 原文称Schloß，中文多译为"城堡"，也可译为"宫殿"。从资料照片看，这显然不是高墙厚垒的城堡，而是一座相当华丽的巴洛克式的宫殿。因为在汉语语境中"宫殿"为帝王所专有，所以笔者在其思乡诗中译为"府邸"。

让他脚踏实地地去做事做人。

1805 年艾辛多夫中学毕业去哈勒大学学习法律。自启蒙运动以来哈勒大学就是一个思想学术重镇，一代代著名的学者曾执教于此。在那里他去听自然哲学家施特芬斯（Steffens）、宗教哲学家施莱尔马赫（Friedrich Daniel Ernst Schleiermacher，1768—1834）的课，他读诺瓦利斯和蒂克，与浪漫派人物交往，还拜见了歌德。他广泛地吸收新知，开阔自己的眼界，一步步地去实现梦想。他的诗《在哈勒》（"Bei Halle"）[①]记录了当时的快乐生活。1806 年拿破仑占领西里西亚，学校关闭，于是兄弟俩在 1807 年 5 月转到海德堡大学，继续攻读法律。海德堡是奈卡河边美丽的大学城，是耶拿之后浪漫派的新中心，领军人物是格勒斯、阿尔尼姆和布伦塔诺。格勒斯是海德堡大学的教授，他的美学讲座令艾辛多夫折服，从此这位重要的理论家、神学家和政治家进入他的生活，直到晚年。他还结识了布伦塔诺和阿尔尼姆这两位"民歌"运动的主将。读到了他们的《号角》，并受到潜移默化的影响，诗风开始发生变化，变得轻快、朴素，染上了民歌风调。当时的海德堡是一个挖掘整理民间文学的中心，当年尚属小字辈的格林兄弟、乌兰德等都在那里。格林兄弟在搞他们的《童话》，艾辛多夫也帮格勒斯出版了一部《德意志民间读物》（Deutsche Volksbücher）。阿尔尼姆在编辑《号角》之外还创办了一份《隐士报》，宣传浪漫派的思想，主张回到过去，回到中世纪，与诺瓦利斯的《基督教或欧洲》遥相呼应。这跟艾辛多夫的思想产生共鸣，于是他也时或参与其中。在海德堡艾辛多夫跟洛埃本（Otto Heinrich Graf von Loeben，1786—1825）结下友谊。洛埃本是一位贵族出身的浪漫主义诗人，周围聚集了一些文学青年，组成了另一个圈子。他慧眼识人，成了艾辛多夫的第一个伯乐，帮他在《科学与艺术》杂志上首次发表了诗作。1808 年 5 月艾辛多夫兄弟离开海德堡，去巴黎和维也纳做大学生必修的"学习旅行"（Bildungsreise）。这段生活虽短，却是艾辛多夫文学生涯的起点，他结识了很多文坛友人，确立了自己的诗风，奠定了浪漫主义的思想和文学基础。

[①] Joseph von Eichendorff, *Werke*, in 6 Bänden, Herausgegeben von Wolfgang Frühwald, Brigitte Schillbach und Hartwig Schultz, Deutscher Klassiker Verlag, Frankfurt am Main, 1978, Bd. 1, S. 429.

1809 年上半年艾辛多夫跟路易丝·封·拉尔士（Luise von Larsch）订婚，11 月到柏林，跟洛埃本、米勒（Adam Müller，1779—1829）、布伦塔诺、阿尔尼姆等重逢。在那里他结识了浪漫主义剧作家克莱斯特，而费希特此时正在柏林大学执教，两兄弟去听他的哲学大课。这些青年精英的聚首使柏林成为新的浪漫派中心。1810 年秋艾辛多夫离开柏林去维也纳继续学业，并于 1812 年通过国家法律考试。在维也纳他与浪漫派的开山理论家弗里德里希·施勒格尔一家往来密切，在其夫人多罗苔亚[①]（Dorothea Schlegel，1763—1839）的帮助下完成了小说《预见与现时》，并与其继子画家怀特（Veit）成为好友。

1813 年，在拿破仑入侵俄国失败之后，德国掀起了解放战争的热潮。4 月 5 日艾辛多夫和怀特从维也纳出发去布莱斯劳，参加吕错领导的义勇军（Lützowschen Corps）。哥哥威廉留在了维也纳，之后他担任了奥地利的政府公职，这是他们兄弟第一次分别。在这一年他认识了法国贵族、浪漫作家富凯（Friedrich de la Motte Fouqué，1777—1843），他是艾辛多夫遇到的又一个伯乐。

1815 年在富凯的帮助下艾辛多夫在普鲁士政府的战事部（Kriegsministerium）谋得一个位置，同时出版了他的第一部小说《预见与现时》，富凯为它写了前言。4 月 7 日他与路易丝·封·拉尔士在布莱斯劳举行了婚礼。4 月 22 日参军，开始了去巴黎的远征，并在巴黎附近驻军直到年底。战争结束后艾辛多夫的生活重新走上正轨，1816 年秋天通过了普鲁士国家公务员考试，1819 年被任命为布莱斯劳的候补官员，从此踏上仕途。在这谋职的几年里，他的四口之家生活得十分清苦，但他一直坚持文学创作。

1820 年艾辛多夫到柏林的文化部工作，1821 年 1 月被派到东普鲁士的但泽（Dazig，今属波兰），担任政府天主教、宗教和学校事务顾问。1824 年普鲁士政府在柯尼斯堡（Königsberg，今称加里宁格勒，属俄罗

[①] 多罗苔亚是著名的启蒙思想家摩西·门德尔松的长女，因为追求自由的爱情离开了银行家丈夫，跟小 9 岁的弗里德里希·施勒格尔私奔，若干年后的 1804 年两人结婚。她自己是小说家、翻译家，是著名的耶拿浪漫派沙龙的女主人，怀特是她的儿子。下面提到的音乐家门德尔松是摩西·门德尔松的孙子，这是一个著名的犹太文化家族。

斯）设立东西普鲁士联合的办公机构，艾辛多夫随同迁往。1826 年出版小说《大理石雕像》（*Marmorbild*）和《无用人的一生》（*Taugenichts*），后者引起轰动。经过几年的努力，1831 年艾辛多夫全家离开东普鲁士迁到柏林，在这里他结识了音乐家门德尔松（Jakob Ludwig Felix Mendelssohn Bartholdy，1809—1847），出席"星期三俱乐部"的聚会，这是由沙米索、富凯还有其他作家、出版家组成的一个团体。在柏林期间他创作了不少作品，主要是小说和戏剧。1837 年出版了他的第一本诗集，反响很大，受到读者的普遍欢迎。但他在柏林却一直没能得到一个稳定的职位，这使他十分失望。1838 年艾辛多夫去慕尼黑旅行，会见了老友格勒斯和布伦塔诺。1841 年，被国王任命为政府机要顾问，这是他仕途的顶点，他四卷本的全集（*Gesamt - Ausgabe*）也在这一年出版，前面有给国王威廉四世的献诗。

1844 年 7 月，在几经申请之后艾辛多夫终于退休，结束了他 30 年的官场生涯，开始了属于自己的生活，他整理自传，写文学史，翻译西班牙文学，著述颇丰。包括 1846 年发表的系列文章《德国新浪漫主义诗歌史》（*Zur Geschichte der neueren romantischen Poesie in Deutschland*），1847 年出版的文学史《德国新浪漫主义诗歌的伦理和宗教意义》（*Über die ethische und religiöse Bedeutung der neueren romantischen Poesie in Deutschland*），1851 年出版的《德国 18 世纪的小说与基督教》（*Der deutsche Roman des 18. Jahrhunderts in seinem Verhältniß zum Christentum*）。1855 年陪伴他一生的妻子去世，两年后的 1857 年 11 月 26 日 69 岁的诗人逝世于奈斯（Neise），在循规蹈矩的生活中度过了充实的一生。

在个人生活方面，较之那些饱受贫困、疾病、颠沛流离折磨的天才作家如莱辛、席勒、海涅等，艾辛多夫是幸运的。他是一个政府官员，有稳定的地位和收入，有幸福的家庭。但作为一个浪漫诗人，他又有内心的痛苦。他心中有一个别样的自我，实际过着双面人的生活。首先他是这个时代的批判者，但不是从新兴的资产阶级立场，而是从贵族的自由知识分子的立场。当时的德国工业革命已经开始，它带来一系列的社会变动，艾辛多夫家的庄园从 1818 年之后一个个地被强制拍卖，直到 1823 年他心中的"诗意存在"卢波维茨也转归他人。从此作为贵族的他失去了世袭的赖以生存的土地，只能靠"出卖"劳动在城市谋生。他不喜欢这种"非自然"的生活方式，但已经无家可归，只剩下对故乡的怀念。随着资本主义经济的发展，精神和社会层面也不可避免地"世俗化"，这也让艾辛多夫这个虔诚的基督徒痛心疾首。此外在仕途上，作为一个天主教徒，他在新教统治的普鲁士也没有真正的发展空间。除了这些个人的切肤之痛，他还敏锐地看到"进步"带来的种种社会问题。思想上，他主张自由，反对独裁、暴政，因此对法国大革命的态度是矛盾的。他主张回到过去的"美好时代"，但也看出这是不可能实现的梦想。因此可以说，他是一个不合时宜的诗人，总在追寻已经逝去的乐园，而且把过去的美好当作未来的理想来追求，这就是浪漫派。他对此也有清醒的认识，写了一首《回顾》（"Umkehr"，见后文"自画像"之"思想立场"），真诚地剖析自己的思想矛盾和双重生活，写得十分沉痛。但艾辛多夫并不是一个流泪的诗人。从他的诗可以看出他积极入世的一面，这一点跟很多浪漫派作家有所不同。实际的工作和生活在他身上融合了两种文化，即天主教与新教的、南德跟北德的、奥地利和普鲁士的文化。在奥地利是巴洛克文化和快乐的生活观念，在普鲁士则是强硬的国家和生活理念，它们在他身上相互补充，形成他既有终极关怀，同时又快乐、有责任感的人生态度。[1]而他作为一个政府官员有两件功绩值得一书，那就是但泽的玛丽亚堡（Marienburg）和科隆大教堂的重修，都是在他的主持下完成的，这是诗人对德国文化事业的重要贡献。

艾辛多夫的文学成就是多方面的。生前出版了四卷本的全集（1841/1842）。以后他的作品有多种版本印行。1993年的新版全集共有18卷[2]，包括诗歌、小说、戏剧、文学史等。他的小说《无用人的一生》发表时就引起轰动，以后不断再版，是艾辛多夫最重要的小说，体现了浪漫派的精神追求，可以跟诺瓦利斯的《海因里希·封·奥夫特丁根》相提并论。他的诗歌更是德语文学的瑰宝，被看作大自然和民族灵魂的直接再现，他自己则被视为富有天真童心的民族诗人。

---

[1] Johannes Klein, *Geschichte der Deutschen Lyrik*, 2. erweiterte Auflage, Franz Steiner Verlag GMBH, Wiesbaden 1960, S. 458.

[2] Verlag W. Kohlhammer, Stuttgart-Berlin-Köln.

二 自画像

对于艾辛多夫的性格为人,各种传记研究资料有种种说法。但笔者认为,诗里有诗人最真实的自己,特别是少作,最能反映其"人之初"的本相,而成年以后的作品则能投射其思想和政治倾向。艾辛多夫从12岁开始写诗,"少作"就有65首,终生笔耕不辍,可以说他以自己的诗画了一幅自画像,这是他最真实的面貌,下面就是他的自证。

宗教感、道德感、责任感

艾辛多夫出身于贵族世家。这种家庭家教严格,教育子弟有虔诚的信仰、承担家国的责任、做道德的表率。而艾辛多夫似乎又有着一种天生的宗教感,十分纯净、虔诚,这给他带来的首先是善良和爱心,也奠定了人生观的基础。下面是他的第一首诗,见于1800年1月27日的一本来宾题词簿,主人是神父约翰·沃达尔斯(Johann Wodars),他是艾辛多夫家的好友,当时诗人12岁。

Selig, wer im Schoß der Freuden
Oft an den Verlassenen denkt;
Wer auf herdevollen Weiden
Einen Blick den Armen schenkt.

有福啊,那个在快乐中
常惦记着落寞者的人;
那个在满是羊群的牧场上
目光投向穷人的人。[①]

短短的4行诗写得中规中矩,赞美主人博大的爱心,既合乎场合也符合主客身份。开头的 Selig 是宗教性词汇,是"极乐""永恒幸福"的意思,而主人就正是一个普度众生、给痛苦者以温暖的人,这样的人自

---

① Joseph von Eichendorff, *Werke*, in 6 Bänden, Herausgegeben von Wolfgang Frühwald, Brigitte Schillbach und Hartwig Schultz, Deutscher Klassiker Verlag, Frankfurt am Main, 1978, Bd. 1, S. 475.

己就会感受到上帝光照之下的极乐。再就是"羊群"是圣经中对信众的比喻，神父就是"牧羊人"，而沃达尔斯又是一个对穷人格外关照的人，既赞美了主人也可看出小诗人的关注点，即对"落寞者"和"穷人"的同情。从诗艺看，四行诗构成两个"对仗"，用交韵，十分严整，显示出这是一个有着良好教养、有宗教感、善良有爱而且稳重的孩子。下面是他 14 岁的《写给我的床》（"An das Bette"）的节录：

12
还有那白天几乎不见
夜间悄悄走过的小精灵
它出现在快乐的梦里，
就在你的臂弯里。

13
于是有的胆小鬼成了英雄
去攻击巨人的军队，
以自己的勇敢牺牲
去保卫整个世界。

14
但如果谁的灵魂起了风暴，
就会被坚韧的皮鞭抽打，
那黑色的良心之虫，
就会啮蚀那染病的心。

15
谁只知道恣意快活
挥霍他的所有
晚上他在你的臂膀里
就得不到安宁和休息。

16
谁要做一个高贵自尊的人
就要远离这些恶习，
那么美好的意识就会

在你的床边唱起摇篮曲。
17
因此我要永远坚守美德
保有虔诚的心,
这样才能在你那里
享受甜美安宁。①

此诗作于1802年,共17节68行,这里节选了第12—17节,诗人当时14岁。此前一年艾辛多夫兄弟离开家乡到布莱斯劳的一所教会中学就读,住在寄宿宿舍,此诗记录了当时的情景,对了解艾辛多夫的思想、性格、诗艺都很重要。读这首诗的第一个感觉就是,这是一个认真的孩子,他在搜索枯肠地"作"诗。他小心地结构着句子、琢磨着韵脚,既早慧也用功。他用的短行、4行一节的形式,表明他天然地接近民歌。而他给"床"写诗,显然是因为孤独。艾辛多夫从小生活在自家豪华的庄园,有父母呵护、保姆照顾。此刻离家在外,当时的寄宿学校条件极差,冬天长夜漫漫,孤寂苦寒,于是睡床成了他最亲近的能令他感到温暖和安全的所在。所引的第13节看起来是英雄式的自我激励,深层却透露出他的一丝不安。接着的第14、第15两节是道德的自省和良心的叩问。最后是道德的自誓,要心存虔诚、坚守美德。这是德意志文化、宗教和家庭教养共同培育起的道德操守,支撑起他的生命行程。下面是他1803年15岁时写下的诗行:

…………
通过朝圣者的生活方式
用你男人的勇气
好好地持守、
养护你的纯洁,

---

① Joseph von Eichendorff, *Werke*, in 6 Bänden, Herausgegeben von Wolfgang Frühwald, Brigitte Schillbach und Hartwig Schultz, Deutscher Klassiker Verlag, Frankfurt am Main, 1978, Bd. 1, S. 475f.

即使面对报复威胁
至死
都不放弃
你大丈夫的责任。
…………①

这里说的仍然是道德的持守：纯洁、勇敢，还有"威武不能屈"的节操，而这样的"大丈夫"，要靠正心诚意的宗教式修行来养成。这些就是艾辛多夫从小打下的做人的根基，跟布伦塔诺的个性很不一样。

人间的诗人

艾辛多夫虽然信仰上帝，但不同于诺瓦利斯的执着于彼岸、渴望死亡；更没有布伦塔诺去追随一个修女的宗教狂热。他相信彼岸，但更执着于尘世，他是一个热爱人生的诗人，下面的《病人》就是明证：

1
我现在真得离开你吗，
大地，还有父亲快乐的家？
衷心的爱，大胆的恨，
这所有的、所有的一切都将消失吗？
2
透过窗前的菩提树
空气像是一个温柔的问候，
你们是要告诉我，
我就要到地下去了吗？——
3
亲爱的、远处蓝色的山冈，

---

① Joseph von Eichendorff, *Werke*, in 6 Bänden, Herausgegeben von Wolfgang Frühwald, Brigitte Schillbach und Hartwig Schultz, Deutscher Klassiker Verlag, Frankfurt am Main, 1978, Bd. 1, S. 487f.

绿色谷地中静静的河流，
啊，多少次我期盼着生出翅膀，
越过你们飞向远方！

4
现在这翅膀展开
我自己却畏惧退缩，
一个难以描述的渴望
把我拉回到尘世。①

1809 年末到 1810 年初，20 岁的艾辛多夫得了一场重病，此诗就是面对死亡写下的生命渴望②：他正当青春年华，美丽的生命才刚刚绽放，此刻却要枯萎。即使他相信上帝的天堂，但还是留恋人间，舍不得父母的亲情温暖，舍不得美丽的大自然，渴望着爱情和荣誉。这在当时可能是最后的"绝唱"，因此显出一种特别的急切，似乎怕来不及说出来就被死神带走。这时我们看到，诗人根本的关切在人世，他没有对彼岸的憧憬，没有接受上帝安排的平静，没有摆脱世间苦难得到拯救的快慰，更没有诺瓦利斯的渴望死亡，因此可以说，艾辛多夫是一个信仰上帝，但热爱尘世生活、热爱生命的人间诗人。因为执着于此生此世，艾辛多夫也就重情，对父母兄弟、对朋友都怀有真挚的感情，他的诗集中有很多相关的诗，而且少作即可证明。

1
怀着平和的欣悦
一个男人养护着小树，
他是如此的用心
小树很快地长高

---

① Joseph von Eichendorff, *Werke*, in 6 Bänden, Herausgegeben von Wolfgang Frühwald, Brigitte Schillbach und Hartwig Schultz, Deutscher Klassiker Verlag, Frankfurt am Main, 1978, Bd. 1, S. 102f.

② Joseph von Eichendorff, *Gedichte*, Philipp Reclam Jun. Stuttgart 1997, S. 177.

2
他的眼睛高兴地放光：
当他看到小树
开出了花朵
他站在那里快乐沉醉。①

1803 年诗人 3 岁的小弟古斯塔夫（Gustav Eichendorff, 1800.9.7 – 1803.4.25）夭折，他为此写下了两首感怀的诗。上面所引是第一首的前两节，全诗共 7 节 28 行，寓言体，隐喻父亲和儿子，表达父子深情。从上面的引文可以看出他眼中的父亲，以及他对父爱的感念。第二首是正面怀念小弟，下面是前 5 节：

1
啊，好孩子，
带着湿润的目光
站在你太早出现的坟前，
我们为你热泪盈眶。
2
啊，痛苦的热泪
逝去的幸福时光
还有那——无忧无虑的
快乐的过往。
3
你在那绿色的牧场
就跟那小绵羊一样，
高兴地蹦蹦跳跳
用小孩子的方式歌唱。

---

① Joseph von Eichendorff, *Werke*, in 6 Bänden, Herausgegeben von Wolfgang Frühwald, Brigitte Schillbach und Hartwig Schultz, Deutscher Klassiker Verlag, Frankfurt am Main, 1978, Bd. 1, S. 489.

4
你在溪边找到的
刚开的铃兰花,
常常变成小花环
戴在你银色的卷发上。
5
蝴蝶落在草茎上,
你向它跑去
常常小帽子一晃
它就一惊飞走。①

全诗 8 节 32 行。前两节是悼念感伤。接着是动人的回忆:一个刚刚会跑的小男孩,在草地上蹦蹦跳跳,在溪边摘野花,追着蝴蝶玩,头上戴着野花编的花环,唱着自己的歌……这是一个多么活泼可爱的孩子!这就是哥哥眼中的小弟,这鲜活如画的描写透露出他的深情怀念,以及难以割舍的手足之情。重情有爱的艾辛多夫自然也看重友情,下面是他悼念亡友的片段:

在我的朋友雅可布·米勒墓前
…………
3
诀别时刻的凄冷将我攫住,
四周的黑夜把我包围:
因为那指点迷津的灯光,
现在已经熄灭!
我的心孤独、翻腾,
它在黑夜中呼喊:
"竟然连再见的希望

---

① Joseph von Eichendorff, *Werke*, in 6 Bänden, Herausgegeben von Wolfgang Frühwald, Brigitte Schillbach und Hartwig Schultz, Deutscher Klassiker Verlag, Frankfurt am Main, 1978, Bd. 1, S. 490.

都不给我留下！"

4
舒缓痛苦的友谊暖流
不能再流过心头，
如果我再病了，
就只剩下黑夜和忧伤。
你不再教我，
如何驱散忧郁和疑云。
如何分辨貌似的真理
它常遮蔽我的目光。

5
但是，友谊不会消散
它是永恒的力量
磁石一般地存在人间，
即使遇到风暴，
这上帝所赐的神圣的火星
也会在你心中闪亮，
借助呼啸的狂风
很快变成熊熊火焰。①

雅可布·米勒（Jacob Müller）是艾辛多夫在寄宿学校的同学，年长他4岁，1804年2月17日因肺部感染去世，当时只有20岁。艾氏伤痛不已，为他写下了两首诗。第一首《给我的雅可布·米勒》（"Meinem Jacob Müller"）12行，是急痛中的匆匆走笔。第二首72行，是痛定之后的深切怀念，把第一首的12行嵌融进去。米勒是个用功的学生，喜欢读

---

① Joseph von Eichendorff, *Werke*, in 6 Bänden, Herausgegeben von Wolfgang Frühwald, Brigitte Schillbach und Hartwig Schultz, Deutscher Klassiker Verlag, Frankfurt am Main, 1978, Bd. 1, S. 501f.

荷马，两人曾一起翻译荷马史诗①，所以第 1 节就出现相关的典故。第 3 节用"灯光"来比喻米勒，因为他在生活中给年幼的艾辛多夫很多指导，可见这份友情的分量。第 4 节回忆友谊的温暖和教益，可以想见米勒兄长般的关怀，写得十分动情。第 5 节是对友情的礼赞，它是人生的不可或缺，是上帝所赐，它是神圣的。显然艾辛多夫心中的友谊不只是世俗的人与人间的感情，而且具有形而上的神性的"崇拜"意义。

友谊崇拜是德意志启蒙文化的一个维度，诗人们从克罗卜史托克就开始歌颂友情，加上哥廷根林苑派的合唱于是蔚然成为社会风尚。这一传统被浪漫派接续，变成了沙龙文化和艺术上的合作，比如耶拿浪漫派的圈子，特别是阿尔尼姆和布伦塔诺的终生友谊及合作。艾辛多夫自己一生结交了很多朋友，似乎可以这样说，他自己重情重义的天性恰好与文化传统以及浪漫主义的理想相吻合，遂成同路。

清明的理性

古今中外的诗人、艺术家都有共通之处，就是感性、激情、狂热，布伦塔诺就是代表。但艾辛多夫似乎有些另样，他是位理性的诗人，罕有恣意任性，而且从小如此。下面是他 14 岁的诗《致忘泉》，可见一斑：

1
你汩汩流淌，我知道，
你能治愈世上的伤痛，
在我们痛苦的时候，
你的安慰能减轻哀伤。

2
但是你的水波也常常
给我们带来不幸，
你的泉水有时
也污损我们的清名。

---

① Joseph von Eichendorff, *Werke*, in 6 Bänden, Herausgegeben von Wolfgang Frühwald, Brigitte Schillbach und Hartwig Schultz, Deutscher Klassiker Verlag, Frankfurt am Main, 1978, Bd. 1, S. 1135.

3
有些人在该还债的日子,
为了躲过困境,
喝了你的泉水,
然后忘了自己的债务。

4
你看还有：坏蛋和小偷
总是靠你而身心平复
他常常忘了法庭
比如那个再犯的扒手。[1]

此诗作于1802年，诗虽然稚嫩，却清楚地显示出一个少年的道德坚守、对名誉的看重，特别是他清明的理性、全面的思维，给人的感觉就是一个"小大人"，跟多数天才少年如布伦塔诺的任性、乖僻、神经质很不一样。

性爱自然

艾辛多夫跟歌德、布伦塔诺那些生长在城市的诗人不同，他是真正在自然怀抱中出生长大，听着林涛、夜莺入睡的"自然之子"。大自然是他的生活环境，是他的玩伴。这培育起他与自然之间天生的亲和、共感及心意的相通，大自然也因此早早地进入他的创作，而每当他描写自然，总是洋溢着油然而生的欣悦与爱赏，当他面对自然，总是流露出一种情不自禁的惬意与投身其中的热情，这是一个天性本真的人与大自然的浑然融合，比如他眼中的家乡景色：

多灿烂啊！玫瑰色的朝霞
从那泛蓝的山峰升起，
从田野、从闪着金光的树梢

---

[1] Joseph von Eichendorff, *Werke*, in 6 Bänden, Herausgegeben von Wolfgang Frühwald, Brigitte Schillbach und Hartwig Schultz, Deutscher Klassiker Verlag, Frankfurt am Main, 1978, Bd. 1, S. 478. 相关注释见 S. 1129.

快乐的鸟儿歌唱着向你问好。
壮美的晨光照耀着
那银色的河流,那村落、那屋顶。①

虽然还显出少年诗人的稚拙,但透过这"雕琢"的华丽,透过这青涩,我们看到一双天真眼睛对自然的精心观照,看到一颗童稚的心对自然满怀的爱意。因为性爱自然,艾辛多夫把自然与城市看作对立的两极,他同情那些远离自然的人:

致一个城里人
噢,不幸的人,远离土地和田园风光,
只有看戏、舞会和歌剧让他快活。
他不认识开花的田野,只是透过阴暗的窗户向外看,
那窗边的玫瑰开得是那么枯涩。②

这是艾辛多夫14岁的诗,那时他从家乡到城市求学,但他没有一般年轻人对城市繁华的向往,相反却感到陌生、疏离,甚至某种"对立"。这些奠定了他基本的思想倾向,并使他成为浪漫主义的自然诗人。从思想和文学史看,欧洲工业革命在带来经济发展的同时,也带来信仰缺失、道德沦丧、环境破坏等社会弊病,而城市就是其代表。把城里人和生活在大自然中的人相对立始于卢梭,诗歌创作上则始于启蒙诗人哈勒(Albrecht von Haller,1708—1777)。这以后歌德曾称自然为母亲,自己是自然之子。而浪漫派则从另外的角度肯定自然和自然的生活,由此形成了一脉相承的"自然"传统,艾辛多夫就属于这一流派。

思想立场

艾辛多夫出身贵族,而真正的贵族有家国责任感,所以爱国是基本

---

① Joseph von Eichendorff, *Werke*, in 6 Bänden, Herausgegeben von Wolfgang Frühwald, Brigitte Schillbach und Hartwig Schultz, Deutscher Klassiker Verlag, Frankfurt am Main, 1978, Bd. 1, S. 480.
② Joseph von Eichendorff, *Werke*, in 6 Bänden, Herausgegeben von Wolfgang Frühwald, Brigitte Schillbach und Hartwig Schultz, Deutscher Klassiker Verlag, Frankfurt am Main, 1978, Bd. 1, S. 480.

的思想立场。感受到时代风云的他主张政治上的民主改革,同时因为启蒙以来的人文主义思想和基督教"爱"的洗礼,他也具有人权、平等的民主意识。

致贵族中并非高贵的人

1
听从那些给你贵族出身的人吧!
别扰了他们遗骸的平静!
在墓穴里他们站起来呼喊:
"小子!你们的父辈可不是这样!"

2
你怎能傲视那些低身份的人?
每个人都是自由的,不是谁的奴仆,
每个人都能让自己变得高贵,
所有的人都有平等的权利得到你贵族身份。①

这首作于1804年,诗人还是一个16岁的少年,带着年轻人的新思想、新精神批判那些骄矜的贵族子弟。他认为,真正高贵的是人自身的道德修养,而不是生来世袭的贵族身份;人与人权利平等,每个人都可以把自己变成精神上的贵族,同时也有平等的权利获得"贵族"身份。艾辛多夫自己作为贵族子弟能有这种自由平等的思想,显然比出身平民的人更加难能可贵。艾辛多夫还是一个坚定的爱国者,在反对法国侵略的民族解放战争中,他曾参加吕错领导的义勇军,往来于易北河畔和史普里河沿岸的林区,牵制法国军队。他也曾参加正规军进驻巴黎地区。1836年他作了一首《致吕错的猎兵》,回忆当年保卫祖国的战斗,充满了激情,诗的全文如下:

---

① Joseph von Eichendorff, *Werke*, in 6 Bänden, Herausgegeben von Wolfgang Frühwald, Brigitte Schillbach und Hartwig Schultz, Deutscher Klassiker Verlag, Frankfurt am Main, 1978, Bd. 1, S. 511. 相关注释见 S. 1136.

1
你们那些奇特的战友，
你们可还想着我？
我们曾经像弟兄一样
一同守卫易北河。
2
在史普里河沿岸林中，
我们虽恐惧不安，
却把号角吹得很响亮，
驱除恐怖而寻欢。
3
许多战士不得不捐躯，
在青草地下长眠，
战争和那快活的春天
掠过他们的上面。
4
我们住过的休息之处，
那座森林的要塞，
它那绿色树冠的喧响，
我终生难以忘怀。①

对现实社会，艾辛多夫持批判态度，但是从浪漫派的立场来批判，他在 1810 年写了一首 60 行的长诗《致诗人》②，表明他的思想与早期浪漫派的施勒格尔、诺瓦利斯一脉相承。诗中写道：

信仰的王国已经终结，

---

① Joseph von Eichendorff, *Werke*, in 6 Bänden, Herausgegeben von Wolfgang Frühwald, Brigitte Schillbach und Hartwig Schultz, Deutscher Klassiker Verlag, Frankfurt am Main, 1978, Bd. 1, S. 189f. 钱春绮编译：《德国浪漫主义诗人抒情诗选》，江苏人民出版社 1984 年版，第 272 页。

② Joseph von Eichendorff, *Werke*, in 6 Bänden, Herausgegeben von Wolfgang Frühwald, Brigitte Schillbach und Hartwig Schultz, Deutscher Klassiker Verlag, Frankfurt am Main, 1978, Bd. 1, S. 87f.

古老的辉煌正在毁灭，
"美"转过脸去哭泣，
我们的时代是这样的冷酷。

诗人从宗教、社会、艺术、道德等方面对当下现实表示绝望，这种"今不如昔"的观点，显然与诺瓦利斯的《基督教或欧洲》相一致。从表面上看他们持落后乃至"反动"的历史观，但如果我们具体审视当时德国的状况——国家分裂、经济落后、被异国占领，跟他们心目中"神圣罗马帝国"的黄金时代相比，这些批评就不无道理，而且也确实反映了某种现实。《致诗人》还谈到诗人的社会责任：

当周围所有的一切摧毁，
诗人不能随之贫困；
上帝的怜悯托起他，
诗人就是世界的心。

"他应该用爱的力量去消除""愚蠢的欲望"，"他应该在大地上自由地歌唱"，"在虚荣面前他首先要/保护自己纯洁的心"云云，也就是说，诗人是精英，是上帝的宠儿，他应该拒绝世俗的诱惑，担负起救人于苦海的责任，换言之"诗人"应该凭借他的"诗"来拯救世界。这些思想显然继承了施勒格尔和诺瓦利斯的"诗的哲学"。这从下面的《探泉叉》也可以看出来：

一首歌沉睡在万物之中，
它们睡着、梦着年复一年，
只有当你开解了魔咒，
世界才醒来歌唱。[1]

---

[1] Joseph von Eichendorff, *Werke*, in 6 Bänden, Herausgegeben von Wolfgang Frühwald, Brigitte Schillbach und Hartwig Schultz, Deutscher Klassiker Verlag, Frankfurt am Main, 1978, Bd. 1, S. 328.

探泉叉是用来探测水源、矿脉的叉形工具。这里用来比喻天才的诗人。编者注曰:"这首作于 1835 年的诗,曾被艾氏多次引用于自己的文学史著作,而且至今还被研究者经常引用,因为它扼要地表达了浪漫派的美学、自然哲学和历史哲学的核心思想:世界处在一个梦游的半睡状态,所有事物之间的神秘联系只能去感应,它只显露于某些明了其内在隐密者的梦境中。按照浪漫派的观点,现代社会的标志就是分裂(成个体),只有诗人的魔咒(Zauberwort)能够把那种沉睡的力量唤醒,进而把所有的一切融为和谐统一的整体。诗人就是那个魔法师,他能解脱梦境,醒了的世界才能歌唱。"[1] 这里也承续了诺瓦利斯和施勒格尔的"本体的诗"的思想,认为有一种原初的诗,它是世界的本体,只有天才的诗人才能领悟,让它解冻复苏,从而让分裂的世界重新融为和谐的整体。

总体说来,艾辛多夫的思想跟浪漫派一脉相承,政治上主张建立一个基督教的、开明君主制的政体。组诗《1848 年》集中体现了这种思想。读这 9 首诗我们会看到他的温和,也会看到他的"理性",因为他最终并没有否定法国大革命,并认为它是由上帝、历史共同促成的"自然事件"。他为没能控制住它的血腥暴力而遗憾,批评它对知识分子的排斥,攻击它的极端主义[2]。最后艾辛多夫认为,只有教会才是拯救的力量[3]。在《1848 年》的第 8 首,他把话说得斩钉截铁:

箴言

你喜欢保持古老
或把老的翻新,
我只忠于上帝,让上帝来统治。[4]

艾辛多夫在他年近 50 岁时,反思自己的人生,写下了一首名为《回

---

[1] Joseph von Eichendorff, *Werke*, in 6 Bänden, Herausgegeben von Wolfgang Frühwald, Brigitte Schillbach und Hartwig Schultz, Deutscher Klassiker Verlag, Frankfurt am Main, 1978, Bd. 1, S. 1039.

[2] Joseph von Eichendorff, *Gedichte*, Philipp Reclam Jun. Stuttgart 1997, S. 176.

[3] Joseph von Eichendorff, *Gedichte*, Philipp Reclam Jun. Stuttgart 1997, S. 115.

[4] Joseph von Eichendorff, *Gedichte*, Philipp Reclam Jun. Stuttgart 1997, S. 116.

顾》的诗,勇敢地剖析自己,不无尖刻地描写自己两面人的生活,透露出他作为一个诗人同时又是普鲁士官员的内心冲突、沉重和无奈,但他努力地摆脱,并在自然中寻求心灵的宁静。其中所呈现的是一颗正直坦诚的心与执着的人生追求,下面就是这首难能可贵的诗:

回顾
1
人不能靠空谈生活,
诗也不靠鞋来行走,
如此我去追求美,
最终碰壁而归。
2
世间的长久奔波
带给我的只是匆忙和迷惑,
我永远只是一个
笨拙的过客。
3
四处我都赶不上酒筵
别人吃饱了我才赶到,
在门前饮上一杯,
却不知主人是谁。
4
我不得不向幸运女神屈尊,
谦卑地把头弯到足尖,
她却优雅地转过身去,
让我弯腰站在那里。
5
当我自己挺起身
我重新变得清爽、自由、自尊,
我看见山峰和山谷都发出光亮,
每一棵枯木又鲜花开放。

6
这世界上有一双粗硬的脚，——
不穿鞋也能行走，——
披上你的朝霞
再次踏上你的漫游之路。①

如果我们分节来看，诗的开篇就揭示出"我"的双重生活及其无奈：一方面他要谋生，要做世俗社会中有道德的、体面的公民，但他本质上却是一个诗人，追求的是美。而美却拒绝庸俗。这一切造成他内心的极大矛盾和痛苦。第2节是对自己人生的冷静的回首和反思，世路带给"我"的只是奔波劳顿和精神失落。第3节让我们感觉到诗人流血的心。作为一个出生在豪华贵族府第、成长在自然中的诗人，他为了生存，不得不忍受种种的屈辱，放弃高贵的自尊。这让我们想到杜甫辛酸的"朝扣富儿门，暮随肥马尘。残杯与冷炙，处处潜悲辛"。第4节"我"不得已转向幸运女神，恳请她的垂顾，忍痛放下自尊，躬身祈求，极尽谦卑，但得到的反而是加倍的侮辱。这显然是官场遭遇、仕途蹭蹬的隐喻表达，充满了痛苦与悲愤。第5节诗人重新找回了自我，自然使他枯木逢春。第6节诗人作出了抉择。他要继续诗的漫游。漫游是艾辛多夫的一个主题，漫游者就是一个追求者，追求着自由并走向理想。这是诗人在倾诉之后的再次坚定信心。他最终没有放弃诗人的良知，尽管前面是种种艰难，他继续仍然选择前行。显然这是一颗勇敢的心。

第二节 诗人之路

艾辛多夫虽然有诗才，但并不是无师自通的天才诗人，他是经过认真的学习探索才诗艺精进，进而形成自己的风格成为诗人的。从他的少作可以清楚地看出他走过的道路，换句话说，他是以自己的双脚，一步步地走过了德语诗歌的发展历程，其间观察、体验、学习、吸收，在博采众长、兼收并蓄的功夫之后创造出属于自己的艺术。再有他不同于歌

---

① Joseph von Eichendorff, *Gedichte*, Philipp Reclam Jun. Stuttgart 1997, S. 148.

德、布伦塔诺等诗人，他一生的诗歌创作没有显著的风格变化更没有断裂，基本是平稳地沿着一个方向发展。虽到晚年有思辨化倾向，创作箴言诗，表达人生的感悟，但其民歌风的基调并没有改变。

一　兼收并蓄

艾辛多夫学诗的第一步就是广泛地学习吸纳，这从他编年的诗集可以清晰地看出来。德语文人诗歌创作是从 17 世纪的巴洛克时代开始的，这也是艾辛多夫的入门之阶。

从巴洛克起步

巴洛克是 17 世纪艺术的主流风格。就诗歌而言它有两个特点：一是宗教性，即通过隐喻来歌颂上帝；二是形式美，格律严谨，词采华茂，时有堆砌、雕琢之嫌。艾辛多夫的宗教情结让他天然地亲近巴洛克，而华丽雕琢也正是少年诗人的共同喜好，下面的诗可证：

Wie purpurn entsteigt dort den bläulichen Gipfeln
Der Berge, des Tages schönrosigte Jugend,
Aus Fluren, und golden beschimmerten Wipfeln
Begrüßen sie fröhlicher Vögel Gesänge,
Es prangen so herrlich von Frühlicht beschienen,
Die silbernen Ströme, und Dörfchen und Zinnen.

多灿烂啊！玫瑰色的朝霞
从那泛蓝的山峰升起，
从田野、从闪着金光的树梢
快乐的鸟儿歌唱着向你问好。
壮美的晨光照耀着
那银色的河流，那村落、那屋顶。[1]

---

[1] Joseph von Eichendorff, *Werke*, in 6 Bänden, Herausgegeben von Wolfgang Frühwald, Brigitte Schillbach und Hartwig Schultz, Deutscher Klassiker Verlag, Frankfurt am Main, 1978, Bd. 1, S. 480.

这是一首 6 行的小诗，作于 1802 年，有着明显的巴洛克的痕迹。首先，歌颂晨光、歌颂自然是其传统题材，因为光明代表上帝，美丽的大自然是上帝的创造，而这一切都是上帝对人类的恩赐，于是这自然景物就被赋予了神圣的灵光。从修辞上看，五彩缤纷的色彩，如 golde（金色）、silbern（银色）、bläulich（蓝色）、schönrosig（美丽的玫瑰色），特别是 purpur（紫色）、herrlich（壮丽），都是最典型的巴洛克词汇。诗律上堪称讲究，每行都由 v－vv－vv－vv－v 格式构成，即 4 音步的扬抑抑格，韵脚也大致整齐，可以看出这个 14 岁的少年对诗艺的孜孜追求，以及他学诗的最初步伐。

学习哥廷根林苑派

哥廷根林苑派是成立于 1772 年的诗人社团，成员都是哥廷根大学的学生，他们以克罗卜史托克为导师，反对"理性"的诗歌，崇尚感性、感情和个人表达。他们的诗短小清新，借主观化的景物来抒情，一时蔚然成风。艾辛多夫因为性爱自然而亲近他们，其中赫尔蒂、毕尔格（Gottfried August Bürger, 1748—1794）、施托贝尔格（Stolberg, 1750—1819）对他影响较大，尤其是赫尔蒂清新优美、民歌风的抒情诗，以及毕尔格的叙事诗。我们看他一首 1802 年的诗：

1
那边苔藓蔓布的深谷，
刮着清冷的西风，
小妖们为去跳舞
在头上、腰上戴着花环。

2
那儿我迷上一个可爱的女孩，
当晨光破晓，
那绿色的玫瑰小径
轻轻洒上了微光。

3
那儿我痴痴站定，

当太阳从湖波升起,
当晚风将新的福音
吹进疲惫的心灵。

4
因为神的青春气息
只有很少的几年吹过
那么——生命的花丛
只能早早地凋谢。①

景象幽美,情调感伤。而一个 14 岁的少年写如此的诗,显然有些"为赋新词强说愁"的意味。它明显受到赫尔蒂爱情诗的影响②,也证明这是学习之作。从诗艺的角度看,他选用美丽的自然意象和词汇,比如以"花"为中心的系列:Kranz(花环),Rosenpfädchen(玫瑰小径),Blütenstrauch(花丛)以及相关的 durchglühet(盛开),verblühet(凋谢)等。再就是注重韵律节奏,比如四节诗的首词是 dort-dort-dort-denn,形成头韵;每节第 3 行的首词都是 und,第 2、第 3 两节都以 Dort harr´ich 开头,如此的重复形成了整齐的节奏,而尾韵也十分严谨。总之这是一首用心写作的精致的诗,初露了其自然诗的基本格调,清新、干净,注重内心,但他自己典型的意象如森林等,还没出现。

阿那克瑞翁体

阿那克瑞翁是公元前 6 世纪的希腊诗人,以后代有模仿称为阿那克瑞翁体。德国 18 世纪初形成一股跟巴洛克的神性、启蒙的理性相对抗的潮流。它主张尘世的快乐、生活的享受,歌唱爱情和美酒,有些肤浅但阳光快乐,这就是德语诗歌的"阿那克瑞翁"。哈格道尔(Friedrich von Hagedorn,1708—1754)是其代表,对其后的狂飙突进、古典主义和浪漫

---

① Joseph von Eichendorff, *Werke*, in 6 Bänden, Herausgegeben von Wolfgang Frühwald, Brigitte Schillbach und Hartwig Schultz, Deutscher Klassiker Verlag, Frankfurt am Main, 1978, Bd. 1, S. 479f.

② Joseph von Eichendorff, *Werke*, in 6 Bänden, Herausgegeben von Wolfgang Frühwald, Brigitte Schillbach und Hartwig Schultz, Deutscher Klassiker Verlag, Frankfurt am Main, 1978, Bd. 1, S. 1129.

主义都有影响，包括歌德、艾辛多夫、海涅等著名诗人。

1
可亲、可爱的小爱神啊！
可怜可怜我吧！
让我的伤口愈合，那是你的箭所伤。
不然啊，它会致我死命。
2
你看，我的双颊已经憔悴
本来它鲜活红润
可现在像枯花低垂，
它没有雨水滋润。
3
你看到这张琴了吗？
那是阿波罗给我的礼物。
它应该在你的庆典上弹响
直到我走进坟墓。
4
它从不为战神奏响
战神闪亮的武器
曾逼我为他写首歌。
但只有你爱神木花冠
爱神啊，为你我才想歌唱。[1]

此诗作于 1804 年，当时诗人 16 岁，是编年的第一首爱情诗，是"按照阿纳克瑞翁体的模式写的"[2]。其爱情主题、爱神埃洛斯、太阳神阿

---

[1] Joseph von Eichendorff, *Werke*, in 6 Bänden, Herausgegeben von Wolfgang Frühwald, Brigitte Schillbach und Hartwig Schultz, Deutscher Klassiker Verlag, Frankfurt am Main, 1978, Bd. 1, S. 512.

[2] Joseph von Eichendorff, *Werke*, in 6 Bänden, Herausgegeben von Wolfgang Frühwald, Brigitte Schillbach und Hartwig Schultz, Deutscher Klassiker Verlag, Frankfurt am Main, 1978, Bd. 1, S. 1138.

波罗等希腊元素，温柔明亮、优雅轻松的情调等，都显示了其特点，应该是在抒发爱情的同时，尝试着一种合适的风格。

十四行诗

十四行诗如同汉诗的格律诗，是学诗的必修课。歌德、施勒格尔兄弟、布伦塔诺等都写过。艾辛多夫在哈勒时开始尝试，1807年到海德堡、在洛埃本的圈子里开始着力于此，在下面就是他的第一首十四行诗：

Sonett

Sonst, eh der Liebe Zauber mich umschlang　　a
　v　—　v　—　v　—　v　—
Ertönte ach! Mein Saitenspiel so helle,　　b
　v　—　v　—　v　—　v　—　v
Und leiser murmelt' oft die Silberquelle　　b
　v　—　v　—　v　—　v　—　v
Und lauschte auf der Lieder süßen Klang.　　a
　v　—　v　—　v　—　v　—

Oft, wenn die Rosendämmrung niedersank,　　a
　v　—　v　—　v　—　v　—
Horcht' ich umrauscht von ihrer Purpurwelle　　b
　v　—　v　—　v　—　v　—　v
Wie sanft ins Seelenlied Philomele　　b
　v　—　v　—　v　—　v　—　v
Der Nachthall meine kleinen Lieder sang.　　a
　v　—　v　—　v　—　v　—

Doch jetzt sind sie dahin die Wonnezeiten　　c
　v　—　v　—　v　—　v　—　v

第三章　艾辛多夫与民歌　◇　379

Zu einem Lied´ist jeder Ton verhallt,　　　d
v – v – v – v – v –

Nur Liebe, Liebe seufzen alle Saiten　　　c
v – v – v – v – v – v

Ach armes Lied, wo in der großen weiten　　　c
– – v – – v v – v – v

Runde findst du den Nachhall nun, wo wallt,　　　d
– v – – v – – v –

Ein Busen, der dir Liebe widerhallt. ①　　　d
v – v – v – v – v –

爱情的魔力总是纠缠着我
畅响吧，我的琴声如此的高亢，
潺潺的银色泉流变得安静
它在倾听我甜美的歌。

当玫瑰红的晚霞落下，
我常听那红色水波的喧响
轻轻地汇入夜莺入心的歌
夜空里我的歌声在回荡。

但是这一切都已经过去
美好的时光凝成了一首歌，
只有琴弦还在叹息爱情。

---

① Joseph von Eichendorff, *Werke*, in 6 Bänden, Herausgegeben von Wolfgang Frühwald, Brigitte Schillbach und Hartwig Schultz, Deutscher Klassiker Verlag, Frankfurt am Main, 1978, Bd. 1, S. 529f.

可怜的歌声啊，你在辽远的地方
终于找到了回应，那里
有人心潮激荡，应答着你的爱情。①

十四行诗是从意大利引进的形式，德语的十四行诗的基本格式是：两个4行节加两个3行节，其韵脚前两节为 abba abba，后两节较为灵活，多为 cdc dcd、cdc dee 或其他变形。全部14行诗结构统一，一般由5个或6个抑扬格音步组成。因为德语词汇是多音节，而重音基本在第一个音节，所以要合律很难。就如同我们作律诗，既要有字数、行数的限制，又有平仄、粘对的要求，这是纯粹的语言艺术。那么当我们以这个标准来看艾辛多夫的这首十四行诗，那么除了第12、第13行"破格"之外，其他都合律，这对于一个18岁的青年实属不易。

十四行诗因为格律严谨表达受到限制，所以动人的不多。但这首却声情并茂，不仅是艾氏的好诗，而且放到十四行诗的专辑里也是难得的好诗。具体看来第一节多情、优美、婉转。把泉水拟人化，以它的用心倾听来突出歌声的动人，带出爱情的魔力。第二节展现大自然的魅力：晚霞夕照对应着清寂深夜，还配有天籁的交响。末两节则是爱情的感伤。修辞上看，还有些巴洛克痕迹，比如 Rosendämmerung（玫瑰红的晚霞）、Silberquelle（银色的泉水）、Purpurwelle（紫红的水波）等对颜色美的刻意追求，但总的说来雕琢、浮华有所消褪，感情深沉了许多。引人瞩目的是，以个人的感情带动景物尤其是声音的描写，这是艾氏特别鲜明的个人趣味，在以后的诗中成为他的标识。除了十四行诗，艾辛多夫也尝试"哀歌"（Ode）等其他格律诗，正如蜜蜂采集百花，酝酿着自己的独家诗品。

个人审美趣尚

在兼收并蓄、博采众长的同时，艾辛多夫的少作已开始显露自己的审美趣尚，这是积淀风格的开始，从下面的片断中可以看出端倪：

---

① Joseph von Eichendorff, *Werke*, in 6 Bänden, Herausgegeben von Wolfgang Frühwald, Brigitte Schillbach und Hartwig Schultz, Deutscher Klassiker Verlag, Frankfurt am Main, 1978, Bd. 1, S. 529f.

五月第一天

1
啊！你看啊，
不再是雪花纷飞，
五月的天空湛蓝，——
万物新生勃勃盎然。

2
北风从
树林和原野溜走
到处是和煦春风
吹绽大自然的新生。

3
狂奔的河流
变得温柔
野性的潮水翻着泡沫
流回布满卵石的河道。

4
人们从远处
已看到旗帜飘展；
在银色的波浪上
一只小船飞驰如箭。

5
从萌芽上
迸出小叶，
农人看着他的新苗
眼睛闪耀着欣悦。

6
那树冠戴上了
如雪的花冠；
看啊——悄悄萌芽的嫩草
把山坡原野打扮。

7
甲虫唧唧
在花丛轻歌
你听——从远处的苇塘
传来青蛙任性的合唱。

8
天空阳光灿烂，
树冠繁花盛放。
五月用清香的紫罗兰
装饰着绿色的山冈。

9
湖面上闪烁着
晚霞的红光，
小船滑过玫瑰色的湖水
轻柔得如同天鹅游过。

10
在水中
树林看着它的倒影；
在如镜的水面上
红色的晚霞褪去。
…………

24
因此，孩子们
千万别看重财富；
去听无辜的人低声倾诉，
而不是那些毒舌的谄媚。
…………①

---

① Joseph von Eichendorff, *Werke*, in 6 Bänden, Herausgegeben von Wolfgang Frühwald, Brigitte Schillbach und Hartwig Schultz, Deutscher Klassiker Verlag, Frankfurt am Main, 1978, Bd. 1, S. 487f.

此诗共27节108行,是艾辛多夫罕见的抒情长篇。"五月"是德国最美的春天,百花盛开、万物繁茂,是诗歌的传统题材,有很多佳作名篇。艾辛多夫在广泛吸收的同时,写出自己这首洋洋洒洒的自然诗。首先他吸收了歌德《五月之歌》的"自由体"和放声歌唱的激情,比如第一行的"啊,你看啊"就跟歌德的"多灿烂啊,闪亮的大自然"异曲同工;其次是启蒙自然诗样的精致描写,比如第3、第6、第7等节;又因为自然诗脱胎于巴洛克的自然描写,所以它也留有巴洛克诗雕琢堆砌的痕迹,比如第8、第9、第10节;再次是民歌式铺陈:天、花、树、山、水、船等一一道来。不仅如此,第11节后还在继续描写,有鸟儿、男孩们在野外玩耍等细节。从第16节出现一个沉思的父亲,他对孩子们说出对生活、生命的思考,这里所引的第24节,就是从巴洛克和启蒙自然诗继承的教谕或感悟。还有值得注意的是,他的景物不只有传统的原野、花、树,而且打开了更为广阔的视野,呈现了更为野性的自然,比如山、河、树林等,这些以后都发展成为艾辛多夫自己的典型意象。而从整体的色调看,它不是传统五月诗的"红杏枝头春意闹"的热烈,而是明净清澈,这也是艾氏风格的基调。下面是一首他少作中最成熟的作品:

致 A. S.
　　别哭!虽然隔着千山万水
　　远隔着山谷森林,我在想你。
　　当早霞升起,我在想你,
　　在夕阳西下我在想你,
　　当群星闪现,我仰望明月,
　　它也正向着我们微笑。
　　在那被星星望顾的密叶中
　　我第一次吻你
　　向你嗫嚅地表白爱情
　　那时你也眼望着月亮,
　　我们的目光在天穹相遇
　　于是晚风对你耳语:

月亮照亮了那渴望的泪滴，
那是你的小伙儿为你滴落。①

同题的有前后两首，作于 1805 年，这是第二首。它是少作中完全没有依傍、直抒心曲表达爱欲的诗，也是完全自由的诗，没有特别的诗的精美，动人的就是那份从心而出的真挚感情。这里的山水、星月不是点缀而是负载着真实的情感，特别是那个月亮，既见证他们在一起的甜蜜，也寄托着他们两地的相思。这在汉诗中很多，但在德诗中如此这般情深意切的十分罕见。艾辛多夫的爱情诗寥寥，这是最感人的一首。

二　钟情民歌

天性之缘

艾辛多夫虽然矻矻学习各家各派，但跟他真正有缘的却是民歌。他从小生活在乡下庄园，也就是生活在大自然和民间，直接受到民间文化的熏陶。艾辛多夫家是当地显贵，每年就要接待行吟诗人，他们讲唱各种传说故事，还陪艾辛多夫兄弟到森林中玩耍②，给了他最初的民歌启蒙，这是他跟民歌的缘分。在具体写作上他从赫尔蒂、毕尔格入手，比如少作中的两首"酒歌"，既是抒发当下，也是接受民歌，下面是其中一首：

咏酒调
1
来吧，弟兄们，
让我们今天畅怀，
那美酒一定

---

① Joseph von Eichendorff, *Werke*, in 6 Bänden, Herausgegeben von Wolfgang Frühwald, Brigitte Schillbach und Hartwig Schultz, Deutscher Klassiker Verlag, Frankfurt am Main, 1978, Bd. 1, S. 524.
② 见 Joseph von Eichendorff, *Werke*, in 6 Bänden, Herausgegeben von Wolfgang Frühwald, Brigitte Schillbach und Hartwig Schultz, Deutscher Klassiker Verlag, Frankfurt am Main, 1978, Bd. 1, S. 301. "An meinen Bruder"，以及第 1021 页注释。

带来畅快!
2
还有几天
我们就自由了,
这一年的折磨
就全过去了。
3
让我们的酒杯
满上腾泡的葡萄酒
让这一年的最后
过得有滋有味。
4
我们高兴畅快,
弟兄们——喝吧,
直到你们醉昏昏地
身子沉到桌子下面。
…………①

"酒歌"是民歌的一类,源远流长,《号角》就收入了很多,主题就是朋友聚会乘兴豪饮,体现的是男人的热血豪情。这是艾氏最早的酒歌,共两首,上引是第二首的片断,是学习赫尔蒂的成果②。两首中第一首模仿的痕迹重,第二首则多自创。从内容看突出了"销愁",带有一丝文艺青年的气质,其中一醉方休的豪情是"好孩子"艾辛多夫以前所未见的。此诗作于1802年,共10节40行。此诗缘于圣诞节前的同学聚会,表现了一群不羁少年特有的情怀:不喜欢学校严格刻板的生活,向往着自由。

---

① Joseph von Eichendorff, *Werke*, in 6 Bänden, Herausgegeben von Wolfgang Frühwald, Brigitte Schillbach und Hartwig Schultz, Deutscher Klassiker Verlag, Frankfurt am Main, 1978, Bd. 1, S. 483f.

② Joseph von Eichendorff, *Werke*, in 6 Bänden, Herausgegeben von Wolfgang Frühwald, Brigitte Schillbach und Hartwig Schultz, Deutscher Klassiker Verlag, Frankfurt am Main, 1978, Bd. 1, S. 1130.

内容较为具体，显然是即景即情之作。但"酒歌"本有自己的民歌传统，显然艾辛多夫就是远绍民歌、近学赫尔蒂，根据一己当下的情感写出了自己的酒歌。以后艾辛多夫还写过若干"酒歌"，都是这一传承的继续。

当时赫尔蒂和毕尔格的谣曲都颇有声誉，他们是在布伦塔诺之前就开始浸润民歌创作谣曲的诗人，艾辛多夫16岁时就有一首刻意学习模仿的叙事歌。此诗有初稿和定稿两个文本。初稿无题，首行曰"湖水和森林已泛出微光"（Blaß flimmerte schon auf See und Forst）①，8行节，共58行，是未完成的草稿。编者注释曰：这个片段是依据毕尔格的谣曲《劫持》（"Entführung"）写的，个别诗节参照了谣曲《雷诺尔》（"Lenore"）以及《格劳洛克兄弟和女香客》（"Der Bruder Graurock und die Pilgerin"），诗节的形式则依照他的名诗《雷诺尔诗行》（"Lenorenstrophe"）②。定稿题目为《昆茨和格特鲁德》（"Kuntz und Gertrude"）③，改用了5行节的形式，共110行。换了男女主人公的名字，情节也有变化。最主要的是没有"劫持"，代之以和解，其"大团圆"的意愿又让人想起赫尔蒂的主张④。因为原文很长，这里不再征引。笔者的印象是，初稿很抒情，前两节表现去见爱人的急切心情十分动人，有点像歌德的《欢会和离别》（"Willkommen und Abschied"），但情节没有展开，只是个片段。定稿在情绪上平静了很多，是较为典型的叙事方式，对一个16岁的少年殊为难得。从这两个文本可以看出两点，一是内容上的骑士、爱情等是民歌的传统题材；二是他的叙事诗有强烈的抒情性，特别是借景抒情。这些显然受到"哥廷根林苑派"特别是赫尔蒂抒情诗的影响。而从初稿

---

① Joseph von Eichendorff, *Werke*, in 6 Bänden, Herausgegeben von Wolfgang Frühwald, Brigitte Schillbach und Hartwig Schultz, Deutscher Klassiker Verlag, Frankfurt am Main, 1978, Bd. 1, S. 499f.

② Joseph von Eichendorff, *Werke*, in 6 Bänden, Herausgegeben von Wolfgang Frühwald, Brigitte Schillbach und Hartwig Schultz, Deutscher Klassiker Verlag, Frankfurt am Main, 1978, Bd. 1, S. 1134.

③ Joseph von Eichendorff, *Werke*, in 6 Bänden, Herausgegeben von Wolfgang Frühwald, Brigitte Schillbach und Hartwig Schultz, Deutscher Klassiker Verlag, Frankfurt am Main, 1978, Bd. 1, S. 507f.

④ Joseph von Eichendorff, *Werke*, in 6 Bänden, Herausgegeben von Wolfgang Frühwald, Brigitte Schillbach und Hartwig Schultz, Deutscher Klassiker Verlag, Frankfurt am Main, 1978, Bd. 1, S. 1136f.

的模仿到定稿形式、内容的改造，可以看出艾辛多夫对民间谣曲及相关叙事诗创作的兴趣，显露了他以后叙事诗创作的基本取向。

创作尝试

1807 年艾辛多夫到了海德堡，打开了他思想和诗歌创作的新天地。在这个浪漫主义和民歌运动的中心，他这个初出茅庐的"文学青年"受到一次彻底的精神、艺术的洗礼，特别是当他读了《号角》之后，与民歌的天生情缘发展为明确的志趣，他的诗从"杂彩"明显地向民歌迁移，形成了艾氏自己的"艺术民歌"。民歌本有自己的模式，有自己的意象体系和典型语汇，有鲜明的个性标识。艾氏通过研习掌握了其中三昧，写出了几可乱真的"民歌"，当然更具艺术性。

秋日短歌

1
林中小鸟飞过湖面，
亲爱的绿色季节，绿色的季节；——
有云儿飘过：再见了！再见！
我们一起飞吧，很远、很远！

2
美丽的小情人从高大的厅堂眺望，
远处绿谷里有骑士纵马走过；
林中小鸟继续唱：再见啊！
让小情人黯然神伤。①

此歌约作于 1809 年，从形式到内容都是民歌样貌。首先"秋日短歌"属于四季咏唱，是民歌的传统题材，中外皆同。其次是民歌典型的"感物"手法。先写景物：候鸟远飞，云儿不舍。这既是秋景也是一个"兴"，隐喻下面具体的人和事；骑士远行，女孩依依不舍。而"小鸟"穿针引线将这两部分巧妙地联系起来，这是一段"伤别离"的爱情悲歌。

---

① Joseph von Eichendorff, *Werke*, in 6 Bänden, Herausgegeben von Wolfgang Frühwald, Brigitte Schillbach und Hartwig Schultz, Deutscher Klassiker Verlag, Frankfurt am Main, 1978, Bd. 1, S. 49f.

再看意象，鸟啊，云啊，特别是骑士，情人啊，都是标志性的民歌元素，而"小鸟""小情人"的 – lein、– chen"拟小体"后缀，还有"Ade"（再见）、"gar weit, gar weit"（很远、很远）、"so weh"（如此痛心）等都是民歌熟语，加上亲切的口吻、熟悉的景物、淡淡的哀伤，都酷似一首原汁原味的民歌。再看发表于 1811 年的一首，更像民歌。节间有夹注。

歌

1
在一个清凉的山谷，
旋转着一架水车，
我的爱人走了，
她就住在那儿。

开头是舒缓的叙事口吻，清冷的山谷、转动的水车勾勒出一片乡野田园。而这"水车"在《号角》中再熟悉不过，围绕着它的磨坊主、磨坊主女儿或学徒，都是爱情故事的主角，于是为我们透露出"爱情"主题。可这水车虽然还在转动，但恋人却已不见，物是人非，透出一片伤感。

2
她答应对我忠诚
给了我这枚戒指，
她背弃了忠诚，
我的戒指裂成两半。

这一节倒叙缘由，言简而情深。四行形成"她"和"我"、"忠诚"和"戒指"的两两重复，词语上的往复回环是民歌的典型手法，以此突出了他的心潮起伏、他的委屈和不平。"Treu"（忠诚）和"Ring"（戒指）是爱情民歌中最常用的词汇，而 Ring 的变体"Ringlein"还有"entzwei"（分成两半）等又是俚俗的语言形态。可以说，这一节是彻里彻外的"民歌"。

3
我想做个行吟诗人
远走他乡，
吟唱我自己的歌，
从一家到另一家门。

"行吟歌手"也是民歌形象。但"我"并没有漫游的快乐，而是要远离伤心之地排解自己的痛苦，可见他的伤痛之深。

4
我想骑马飞奔，
参加流血的战斗，
围着静静篝火
躺在黑夜的原野。

这一节情绪转为激昂，"我"要飞马上战场，用鲜血和生命的搏杀了却情伤。其中最美的是"飞马"和"篝火"两个镜头，一动一静，闪耀出一种悲壮的英雄气概，其深厚非诗人不能办。

5
我听见那水车在转，
却不知道，我想做什么，
我想最好是死去，
一切都静静了结。[①]

[①] Joseph von Eichendorff, *Werke*, in 6 Bänden, Herausgegeben von Wolfgang Frühwald, Brigitte Schillbach und Hartwig Schultz, Deutscher Klassiker Verlag, Frankfurt am Main, 1978, Bd. 1, S. 84.

390　◇　《男孩的神奇号角》与德意志浪漫主义诗歌

"我"又回到了水车边,听着水车转动,不知所之,最后想一死了之,得到永远的安宁。感情在痛苦激荡之后终于归于平静。不同于一般民歌的报复,它表达的是一种纯洁的爱情,润人心灵。这显然是艾辛多夫的。再通观全诗,三音步的抑扬格和每节的交韵一贯到底,整齐严谨,这是高明的艺术,为俚俗的民歌所没有。

此诗成于1810年,正处在诗人自己的"民歌热"中。艾辛多夫在1838年10月1日的信中曾提到"这首短歌被人称赞,并被看作民歌"[1],可见其"逼真"。另外编者也提到《号角》中的《磨坊主人的告别》(译文见第一章第三节之"叙事艺术"之"抒情与叙事相融通")和《陶本海姆的牧师女儿》的影响[2]。下面是前一首的相关诗节:

在下面的山谷里,
流水推动着水车,
它推动的只是爱情,
从夜晚一直到天明;
一天水车的轮子断了,
那爱情也到了尽头,
当两个情人分手,
他们彼此拉了拉手。[3]

它显然为艾辛多夫提供了主题和背景。至于《陶本海姆的牧师女儿》,是一个未婚女遭遗弃而杀婴的故事。下面是其第一节,可能引发了诗人的某些灵感:

---

[1] Joseph von Eichendorff, *Werke*, in 6 Bänden, Herausgegeben von Wolfgang Frühwald, Brigitte Schillbach und Hartwig Schultz, Deutscher Klassiker Verlag, Frankfurt am Main, 1978, Bd. 1, S. 877.

[2] Joseph von Eichendorff, *Werke*, in 6 Bänden, Herausgegeben von Wolfgang Frühwald, Brigitte Schillbach und Hartwig Schultz, Deutscher Klassiker Verlag, Frankfurt am Main, 1978, Bd. 1, S. 878.

[3] Clemens Brentano, *Sämtliche Werke und Briefe*, hrsg. Von Jürgen Behrens, Konrad Feilchenfeldt, Wolfgang Frühwald, Christoph Perels und Hartwig Schultz, Verlag W. Kohlhammer, Stuttgart, Berlin, Köln, Mainz, 1975ff. (FBA) Bd. 6, S. 96.

在下面的草地上
有一块空地，
那有小河流水，
但没有绿草茵茵。①

从以上例证可以看出，艾辛多夫拿来民歌的形式、主题、意象，依照民歌的情调自己炮制出一首新的爱情悲歌，不仅味道醇正，而且比民歌更高明，正所谓"艺术民歌"是也。下面是小说《预见与现时》的插曲《快活》，作于1810—1812年，全然是另一种风格，但仍出于民歌：

1
群山中间，亲爱的妈，
远远地沿着森林的边，
有三个年轻的猎人骑着马
骑着三匹亮闪闪的小骏马，
　　　亲爱的妈，
骑着三匹亮闪闪的小骏马。
2
你就能快活了，亲爱的妈
外面就要安静下来了；
爸爸就要从森林回来了，
他想怎么吻你就怎么吻你，
　　　亲爱的妈，
他想怎么吻你就怎么吻你。
3
当我倒在小床上
夜里不停地

---

① Clemens Brentano, *Sämtliche Werke und Briefe*, hrsg. Von Jürgen Behrens, Konrad Feilchenfeldt, Wolfgang Frühwald, Christoph Perels und Hartwig Schultz, Verlag W. Kohlhammer, Stuttgart, Berlin, Köln, Mainz, 1975ff.（FBA）Bd. 7, S. 220.

翻过来掉过去,
可身边空空什么也没有,
　　　　　亲爱的妈,
身边空空什么也没有。

4
我已经长成了一个女人,
当夜深人静
我想着这边那边地去亲吻
想吻多久就吻多久,
　　　　　亲爱的妈,
想吻多久就吻多久。①

　　这是一首可以乱真的"民歌",放在《号角》里看不出什么区别。首先是"要男人"的主题,女孩的大胆直白、赤裸裸的肉欲,不但不加掩饰而且理直气壮,甚至敢"晒"父母,既生猛又娇憨,这就是民间的女孩,荷尔蒙直接催发的情欲,带着生命的爆发力。再就是"感物"的结构,从远处的猎人骏马"起兴",突然感到自己形单影只的委屈,于是向妈妈撒娇诉苦。其次就是细节的"猎人""骏马"的意象、Rößlein(小骏马)的拟小体、"3"这个惯用数字、词汇和诗行的重复,特别是鲜活的口语句子等,这都是民歌的符号,都让它"乱真"。

　　说它"乱真"就是认可它不是"真",而是绝妙的模仿融汇。注释就提到《号角》中《天啊,我做了什么》("O Himmel, was hab ich gethan")的影响②。具体说来就是相同的主题及某些一致的动机(Motiv)。但艾辛多夫的更加个性化、艺术化。比如女孩的形象更加鲜明,群山、森林是属于艾氏自己的典型意象,诗律上更加用心,特别是"亲爱的妈"的6次重复,不仅强化了节奏,也形成母女间贴心的温暖气氛,都显示

---

① Joseph von Eichendorff, *Werke*, in 6 Bänden, Herausgegeben von Wolfgang Frühwald, Brigitte Schillbach und Hartwig Schultz, Deutscher Klassiker Verlag, Frankfurt am Main, 1978, Bd. 1, S. 157f.

② Joseph von Eichendorff, *Werke*, in 6 Bänden, Herausgegeben von Wolfgang Frühwald, Brigitte Schillbach und Hartwig Schultz, Deutscher Klassiker Verlag, Frankfurt am Main, 1978, Bd. 1, S. 927.

了诗人的匠心。下面是《号角》中《天啊，我做了什么》中的相关两节，可以见出诗人的学习吸收和提高，附在这里以资参考：

> 晚上当我上床睡觉，
> 空空的小床什么也没有。
> 我这边那边的摸来摸去
> 要是我的恋人在身边多好！
> 老天啊，我做了什么？
> 得不到这份爱情。
>
> 我的爹妈有时也来，
> 只是为自己祈祷，
> 他们穿着漂亮的外衣，
> 我却只能穿道袍，
> 老天啊，我做了什么？
> 得不到这份爱情。①

这是一个被父母送到修道院的小修女的怨诉，艾辛多夫把它拿来提纯用到自己的主人公身上，再配上新的背景遂成新诗。类似的精彩例子还有很多，比如《歌》（"Lied"）②、《猎人和猎女》（"Jäger und Jägerin"）③、《通缉令》（"Steckbrief"）④等。从中可以看出，艾辛多夫在

---

① Clemens Brentano, *Sämtliche Werke und Briefe*, hrsg. Von Jürgen Behrens, Konrad Feilchenfeldt, Wolfgang Frühwald, Christoph Perels und Hartwig Schultz, Verlag W. Kohlhammer, Stuttgart, Berlin, Köln, Mainz, 1975ff. （FBA） Bd. 8, S. 37.

② Joseph von Eichendorff, *Werke*, in 6 Bänden, Herausgegeben von Wolfgang Frühwald, Brigitte Schillbach und Hartwig Schultz, Deutscher Klassiker Verlag, Frankfurt am Main, 1978, Bd. 1, S. 84.

③ Joseph von Eichendorff, *Werke*, in 6 Bänden, Herausgegeben von Wolfgang Frühwald, Brigitte Schillbach und Hartwig Schultz, Deutscher Klassiker Verlag, Frankfurt am Main, 1978, Bd. 1, S. 155f.

④ Joseph von Eichendorff, *Werke*, in 6 Bänden, Herausgegeben von Wolfgang Frühwald, Brigitte Schillbach und Hartwig Schultz, Deutscher Klassiker Verlag, Frankfurt am Main, 1978, Bd. 1, S. 154f.

1808年前后找到了自己的创作方向，以后几年的作品明显地受到《号角》的浸润，他有意地学习吸收，包括形式、题材、意象、词汇等各个方面，然后加以熔铸创新，写出了一批类民歌的诗，它们有本色的民歌情调，但比民歌精致、醇正，是诗人的艺术创作，姑且称之为"艺术民歌"。这之后艾辛多夫进入一个新的创作阶段，开始打造属于自己的风格，开创诗歌史的艾辛多夫时期。

第三节　诗歌创作

如果说"艺术民歌"是艾辛多夫天性跟时代潮流的风云际会，是青年诗人对新潮的热情拥抱，那么艾氏诗歌的进一步发展就是把民歌融入自己的审美趣味，创作既有个性又顺应时代审美理想的诗歌，确立自己的个性化风格。这可以从叙事诗和抒情诗两方面来论述。

一　叙事诗

艾辛多夫在学诗阶段就用心研习过叙事诗，所以他的叙事诗创作既有分量也有特色。就内容题材而言，不出两类，一是继承，二是新创。

故事新编

叙事诗源于民间谣曲，艾辛多夫童年就跟说唱谣曲的艺人多有接触，有了感性的积累。成年后又跟民歌大家交往，研读《号角》，兴趣大涨，开始运用民歌或其他现成素材编织自己的叙事诗。背景多是森林和莱茵河，人物主要是森林精灵、猎人和水妖，主题则是"诱惑"，是所谓老故事新编排，下面看几首代表作：

迷失的猎人
1
"我看见一头秀美的小鹿
站在林中的空地上，
此时外面的世界对我只是痛苦、忧伤，
它成了我永远追随的偶像。

2
跟上它,我的林中伙伴!
跟上它,这声音在号角中回响!
它是这般光彩,它是如此妩媚,
我的眼前升起曙光。"
3
夜幕下的绿色森林,
这小鹿引着年轻的猎人,
穿过令人眩晕的山林峡谷
奔向他未曾见过的壮丽。
4
"向晚的森林已涛声阵阵,
我的心中涌起恐惧!
远离亲朋,寒风刮起,
人世竟隔得如此遥远!"
5
这魅力是如此的迷人,
那猎人穿行在这墨绿的殿堂,
他迷失了方向,一个人
再也走不出深林——①

此诗作于1812年,是《预见与现时》中的插曲,呈现了典型的艾氏风格:省净、平易、在含蓄中透出神秘。他只用了短短的20行就讲了一个扑朔迷离的故事,表达一种复杂的情感,最主要的是对人性弱点的同情和命运被主宰的无奈。前两节是猎人的自白:他发现了一只鹿,这本是他的猎物,但却反被这鹿吸引,在不知不觉中视其为情感的慰藉、心中的光明,追随而去。第3节是叙述人从全知的视角,写出"诱惑"的事实。第4节是猎人的悲歌:天色已晚,他孤零零地远离朋友和人世,

---

① Joseph von Eichendorff, *Werke*, in 6 Bänden, Herausgegeben von Wolfgang Frühwald, Brigitte Schillbach und Hartwig Schultz, Deutscher Klassiker Verlag, Frankfurt am Main, 1978, Bd. 1, S. 171.

寒风中是一颗战栗的心。最后一节由叙述人告知猎人的悲惨结局，说明"诱惑"的可怕。这"诱惑"的鹿，显然是化身为"美"的"恶"。艾氏的立意在警示爱和美的诱惑。猎人和鹿本是民歌的一对形象，小鹿是美女的化身，或是被猎人猎获，或是去诱惑猎人，下面是《号角》中的《真诚的猎人》，应该是艾辛多夫所本：

1
有一个猎人
想打一只小鹿或狍子，
离天亮还有好几个钟头，
想打一只小鹿或狍子。

2
"啊！猎人，你还没有睡够，
亲爱的猎人，现在正是时候；
睡觉的你让我开心
在我安静孤独的时候。"

3
这话让猎人恼火，
她竟敢这样说话，
他想向这女孩开枪，
她竟敢这样说话。

4
用她雪白的双膝：
她跪在猎人脚下
"啊！猎人，千万别打！"
这话撕碎了猎人的心。

5
她问那猎人：
"啊！我尊贵的猎人，
能不能让我戴一个绿色的花环
戴在我的金发上？"

6
"你不准戴绿色的花环,
如同一个少女,
你该戴一顶雪白的小帽,
像个年轻猎人的妻子。"①

这是一首谣曲,由叙述语言和人物语言构成。梳理诗意大致有三个环节。首先是猎人要去打猎。第 1 节用第 2、第 4 两行重复的诗句,突出了他期待的猎物:"小鹿"或"狍子"(Ein Hirschlein oder ein Reh)。因为德语的名词后缀 – lein 表示爱意,而"狍子"形同小鹿,都活泼、美丽,而且民歌有隐喻的传统,所以这里的"打猎"就隐含了双重的所指:猎"物"和猎"人"。然后顺着猎"人"的思路,小鹿或狍子幻化成一个少女,向猎人示爱。猎人为其轻佻所恼,但终生怜爱之意。最后是猎人反被少女"俘获"。这中间猎人显得真诚,少女则有诱惑的意思,但是否"邪恶",却没有明示。笔者的感觉更像是世俗生活中的少男少女。中外民歌中都常见这种以调情来表达的情爱。艾辛多夫采用了此歌的基本架构,包括人物、情节,但将本来朦胧的主题明确归入到"诱惑",是他继承民歌的典型。下面的一首是《林中对话》,约作于 1812 年前,是《预见与现时》的插曲,作为"一支莱茵河边的著名童话"跟一个猎人来对唱:

1
天已经晚了,天已经凉了,
你怎么一个人林中骑马?
森林很大,你却是一个人,
美丽的新娘,我带你回家!

---

① Clemens Brentano, *Sämtliche Werke und Briefe*, hrsg. Von Jürgen Behrens, Konrad Feilchenfeldt, Wolfgang Frühwald, Christoph Perels und Hartwig Schultz, Verlag W. Kohlhammer, Stuttgart, Berlin, Köln, Mainz, 1975ff. (FBA) Bd. 6, S. 285.

首行是两个排比，因简洁而显得幽邃，似乎深藏着什么神秘的东西。然后是"我"跟"新娘"的对话，简短却内涵多多：森林在德国文化中是一个阴森幽暗、精灵出没的地方，天又要黑了，于是给人带来不安乃至恐惧。文本特别突出了新娘是"一个人"（allein，einsam），令人生疑，而"我"要带她回家，是关心还是诱骗？

2
"男人的阴谋诡计很大，
我的心被痛苦撕碎，
林中号声此起彼伏，
快走吧，你不知道我是谁！"

这这是新娘的回答，她抱怨男人的不忠与欺骗。这里的猎号有多个能指：诱骗她的可能是一个猎人，也可能是引出一个猎人，跟下面的情节有关。另外猎号的声音在黄昏寂静的森林中别有情味：给迷路的人带来希望。最后提出一个问题：我是谁？连起下面。

3
这女人和坐骑装饰得如此华美，
这少女长得如此的美丽，
现在我认出来了——上帝保佑！
你就是女巫罗累莱。

"我"先是赞美她人美、马骏，然后突然一转，直称"你是女巫罗累莱"，一个"上帝保佑"见出其惊慌失措。

4
"你说得不错——从高高的山顶
我的城堡静静地俯瞰莱茵河，
天已经晚了，天已经凉了，

这片森林你再也走不出去!"①

前二行让人想到布伦塔诺的罗累莱。她在去修道院的路上要去看看这两个地方，缅怀她的爱情。

从全篇看来，艾氏的思路显然跟布伦塔诺的罗累莱连在了一起，但作了变形。他先把背景从莱茵河搬到森林，这是他自己的典型环境，然后重塑人物。他的罗累莱外表美丽而内心冷酷，第一行中的"kalt"，既是天冷也是心冷，她没有布氏罗累莱的人性魅力，她成了另一种类型，一个复仇女神。从诗艺上看，此诗相当成熟，是典型的艾氏简约含蓄的风格，神秘紧张藏在绵密平和之中，跟布伦塔诺的绚丽灿烂很不一样。但因为内容上有所依傍，并非全然的创作，令人有些惋惜。这也说明他还没有完全摆脱"借鉴"，达到创作上的"自由"境地，这跟布伦塔诺能自己编织一个罗累莱童话，还让人信以为真，是有高下之别的。艾辛多夫"借鉴"的诗还有不少，典型的还有《森林中的魔女》("Die Zauberin im Walde")②，是112行的长篇，受到蒂克的《林中显像》("Die Zeichen des Waldes")的影响，也是一个诱惑故事，笼罩着阴暗、神秘、恐怖的气氛。另外还有《男女猎人》("Jäger und Jägerin")③ 等也是采用民歌的传统素材，兹不赘述。

新编故事

除了重新编排老素材，艾辛多夫也构造自己的新故事，主要是恐怖惊险一类。其特点是自编的新情节加上传统的老意象，下面的《婚礼之夜》就是一例：

---

① Joseph von Eichendorff, *Werke*, in 6 Bänden, Herausgegeben von Wolfgang Frühwald, Brigitte Schillbach und Hartwig Schultz, Deutscher Klassiker Verlag, Frankfurt am Main, 1978, Bd. 1, S. 86.

② Joseph von Eichendorff, *Werke*, in 6 Bänden, Herausgegeben von Wolfgang Frühwald, Brigitte Schillbach und Hartwig Schultz, Deutscher Klassiker Verlag, Frankfurt am Main, 1978, Bd. 1, S. 50f.

③ Joseph von Eichendorff, *Werke*, in 6 Bänden, Herausgegeben von Wolfgang Frühwald, Brigitte Schillbach und Hartwig Schultz, Deutscher Klassiker Verlag, Frankfurt am Main, 1978, Bd. 1, S. 155f.

1
深夜里静静的河谷，
莱茵河哗哗流过，
一只小船划来，
上面站着一个骑士。

莱茵河、骑士等传统意象带出历史的悠远与浪漫气息，为爱情而生的骑士给人冒险猎艳的悬想。

2
他迷乱的目光
从船舷远望。
鲜血染红的布条
缠在他的头上。

显然骑士已经受伤，为什么？引出故事。

3
他说："在那上面
莱茵河上的城堡，
窗边立着的，
那是我的最爱。

这是如画的一幕，下面河水奔流，上面是城堡、美人，这是艾辛多夫自己的典型场景，特别是"依窗"，是他的最爱，在他的诗歌中反复出现。从情节看似乎拉开三角恋的序幕。

4
"她对我许诺忠诚，
等我的到来，
但她失信毁约

一切都成为过去。"

以上两节是骑士所言，倒叙故事的情由。"倒叙"不是民歌而是文人诗的手法。

5
婚礼上人群旋转，
衣香鬓影笑语欢声。
她独自站在那里
向着山下俯瞰。

前两行中的几个小词"drehen"（旋转）、"laut und bunt"（直译："热闹"和"五彩缤纷"）一下子把婚礼的气氛烘托出来：舞蹈旋转的人群，热烈、绚丽，像是印象派的画。后两行镜头转向新娘，她孤独的身影、俯瞰的姿态，跟热闹的场景形成鲜明的对比，同时也暗示了她内心的痛苦，她并没有忘掉他。于是在不动声色中将矛盾尖锐化。

6
当客人们欢快地舞蹈
小船和船夫都已然不见，
她从城堡下来，
站在了花园。

情节在推进，骑士和小船都不见了，新娘却走出城堡站在了花园，也许她在等他，要跟他一同归去。

7
乐手们继续演奏，
她却陷入沉思，
这音乐如此的动人，
让她的心碎成两半。

音乐带出她内心的痛苦与纠结,为什么?

8
柔情蜜意的新郎走来
在这静静的夜晚,
他高兴地向她致意,
这让她心情好转。

9
他说:"为什么你想哭,
是因为大家都高兴!
星星美丽地闪耀,
莱茵河欢快地流淌。

10
"那花冠戴在头上
你显得如此漂亮,
我们下去吧,
到莱茵河上荡桨。"

这3节的主角是新郎,他彬彬有礼,似乎陶醉于婚礼的幸福,眼中的新娘漂亮,景物也都显得欢欣美丽。

11
她敏捷地跟他走向小船,
然后坐在了船头,
他坐在了船尾
然后任小船漂荡。

随意中透出紧张,不知所之,是船,也是人。

12
她说:"那音乐传来,
被风吹乱,
窗子闪着微光,
我们走得这么快。
13
"这是什么这么长
是群山绵延宽广?
我突然觉得害怕
在这无边的孤独。

人在自然中感到渺小,特别是新娘怀着莫名的恐惧。这两节的内容情感都有些像布伦塔诺的《渔童》。

14
"一些陌生人
站在山岩上,
静静地站着、看着
石头般地在河岸上。"

以上3节是新娘眼中的两岸景物及个人感受,显出她的惴惴不安。

15
新郎显得如此哀伤
沉默着不出一言,
恐怖地看着河水波浪
他一个劲地划桨。
16
她说:"我已经看到那道
早晨的红霞,
已经听到了

岸上雄鸡高唱。

紧张的气氛，不祥的预兆。这两节也像《渔童》。

17
"你看起来竟如此平静又野性，
你脸色变得苍白，
我在你面前感到害怕——
你不是我的新郎。"

这里透出一些信息：这人可能不是新郎，而是一个鬼魂。他在天亮前要消失。

18
他站起身来——
潮水和林涛都变得安静，
他感到畅快又恐惧
他铁石了心肠。

19
他用石头般的手臂
以全部力量把她掀起，
再用他钢铁般的胸膛
压在她美丽温热的身上。

20
森林和山峰都被照亮，
闪耀着血红的晨光，
人们看到那小船驶过，
那美丽的新娘死在船上。①

---

① Joseph von Eichendorff, *Werke*, in 6 Bänden, Herausgegeben von Wolfgang Frühwald, Brigitte Schillbach und Hartwig Schultz, Deutscher Klassiker Verlag, Frankfurt am Main, 1978, Bd. 1, S. 75f.

这是艾辛多夫精心构思的复仇故事，约作于 1810 年，首现于《预见与现时》，为其中人物所唱。全诗 20 节，80 行，笔者认为是艾辛多夫最好的叙事诗之一。首先他选莱茵河来作背景就占尽先机，因为莱茵河本身就有很多童话传说，两岸确实又有很多城堡，这就跟中世纪、骑士融为了一体，染上了浪漫的色彩。此外他还增加了属于自己的"森林"，于是林涛呼啸就平添了"冷飒"和恐怖的氛围。还有他的气氛渲染绝佳，而且靠着这气氛来强化情节，给这首情节稀薄的情杀故事造成某种恐怖悬疑的感觉。尤其令人称道的是，神秘恐怖跟优美的抒情相伴相生，静谧、幽深的夜、热烈的情与恨，都深蕴张力，跟布伦塔诺的《渔童》有一比。布氏的作品神秘、幽美、深情。艾氏的作品幽深、冷艳，残酷。但整体看下来不得不说比《渔童》还是逊色，最大的短板就是故事逻辑上的缺环，80 行的篇幅却让人看不清来龙去脉，比如这里有几个人物？两个还是三个？是否"三角恋"？那新郎是谁？是否就是乔装的骑士？而骑士是活人还是鬼魂，他为什么一出场就受了伤？是杀了真正的新郎然后来报复不忠的女人？这些都是疑问。当然疑问也留下想象的空间，产生另外一种魅力。

此类的叙事诗艾氏写了不少，较好的像《强盗兄弟》（"Die Räuberbrüder"）[1]，表现兄弟间的残杀，手法上明显地吸收了《号角》的《祖母——蛇厨娘》，主要以对话演绎情节，由此也形成了情节上的缺环，强化了悬疑和神秘，它们跟情节本身的刺激形成了艺术的张力，但与此同时也造成了情节的模糊、逻辑的失连，这是艾氏某些叙事诗的缺憾。

抒情化的叙事

艾辛多夫的很多叙事诗十分抒情，而叙事相对单薄，姑且称之为抒情化叙事。这个特点其实在上面的例证中已经露出端倪，这里我们再看较为典型的《瞭望塔》：

---

[1] Joseph von Eichendorff, *Werke*, in 6 Bänden, Herausgegeben von Wolfgang Frühwald, Brigitte Schillbach und Hartwig Schultz, Deutscher Klassiker Verlag, Frankfurt am Main, 1978, Bd. 1, S. 432.

1
我看到月光之下
躺着山岩和大海，
我看到月色之中
有小船悄悄驶来。
2
船旁坐着个骑士，
船上站着个姑娘，
面纱在风前飘动，
她一句话也不讲。
3
我看到王宫高城
灰暗地倒成一堆，
国王站在高塔上，
从那里眺望大海。
4
当小船飞逝无踪，
他扔出他的王冠，
从那大海的深处
传来大声的悲叹。
5
这是大胆的情人
将他的女儿抢走，
国王无奈何诅咒
自己女儿的头。
6
大海发出了怒吼，
吞没骑士和公主，
陷身寂寞的国王
也在那上边死去。

7
如今每夜还看到
小船在逆风行驶,
国王还从高塔上
望着自己的孩子。①

这是一个骑士、公主争取自由爱情的老套故事,要有新意就要"出奇"。这里的几个中心词"小船""骑士""王冠""咒语""沉没"和"高塔眺望"等,前两个已经屡见不鲜,只有"王冠"、"咒语"还不算熟滥,但并没有藉此展开,也就没有形成动人心魄的"高潮",倒是"高塔眺望"的抒情化结局让人动情:一个保守专制的父亲,死后还在天天遥望着女儿,显示着自然人性和社会的冲突。可以说此诗的重点和亮点就在抒情,它占了大部分的篇幅。在全部的28行中,跟情节有关的只有10行,剩下的18行都归于抒情和渲染。就如第一节,是叙述人"我"的描述:月光之下,大海和山岩,一只小船悄悄驶来,一个"躺"（liegen）,突出了深夜的安适、恬静,可"驶来"的小船打破了万物的睡梦,而它的"悄悄"（still）,显然蕴含着某种紧张,这既是写景也是情绪的渲染造势。再有最后那4行,那个可怜的老爸,我们似乎看到他飘动的白发、痴望的双眼,他心中的爱女。除了首尾,其中的5节叙事伴着抒情,比如第2节,内容很简单,就是交代主人公,但公主的形象却很动人:默默"站"在船中,风吹面纱,亭亭玉立像是一座塑像。她并没有坐在爱人身边,可见她心有所思,她沉默不语,因为她痛苦。另外第4节浓重的悲剧气氛令人十分震撼,其原文是:

Und als das Schiff verschwunden
Er warf seine Krone nach,
Und aus dem tiefen Grunde

---

① Joseph von Eichendorff, *Werke*, in 6 Bänden, Herausgegeben von Wolfgang Frühwald, Brigitte Schillbach und Hartwig Schultz, Deutscher Klassiker Verlag, Frankfurt am Main, 1978, Bd. 1, S. 388f. 译文见钱春绮编译《德国浪漫主义诗人抒情诗选》,江苏人民出版社1984年版,第278页。

408　◇　《男孩的神奇号角》与德意志浪漫主义诗歌

Das Meer wehklagend brach.

国王一直望着自己的女儿，当他终于看不见了，才抛出王冠，因为他舍不得！因为他不得已！最后一行是汹涌澎湃的大海悲歌，原文直译是：大海痛苦悲鸣地"爆发"（brach），这"爆发"是大海的愤怒、不平、痛苦，更是父亲的情感爆发，这是一首以情动人的叙事诗。如果说它的情节还算完整，那么艾氏的有些叙事诗更加虚化，只由若干情节点勾画出大概的故事走向，遑论情节的起伏、高潮，这跟之前的布伦塔诺很不一样，请看下面的《逝去》：

1
深夜里小船静静驶过
礁石上水妖梳着长发，
随着她的歌声
那边的小岛在下沉。
2
当晨风吹拂，
没有了礁石和水妖。
那小船已经沉没，
那水手已经淹死。①

这首作于 1837 年的 8 行小诗，十分精美，写的是民间的水妖传说，跟希腊神话中的塞壬相通。歌德有一首《渔夫》，布伦塔诺有一首《在莱茵河上漂来漂去》②，都有水妖的诱惑。艾辛多夫接过了这一形象和主题，匠心独运，开拓出新的诗境，比如抒情的《诱惑》，还有这首叙事的《逝去》，都使老题目焕发出新光彩。而具体说到这首诗，它最引人瞩目的就

---

① Joseph von Eichendorff, *Werke*, in 6 Bänden, Heraugegeben von Wolfgang Frühwald, Brigitte Schillbach und Hartwig Schultz, Deutscher Klassiker Verlag, Frankfurt am Main, 1978, Bd. 1, S. 427.
② Clemens Brentano, *Werke* 1, herausgegeben von Wolfgang Frühwald, Bernhard Gajek und Friedhelm Kemp, Studienausgabe, 2. Durchgesehne und im Anhang erweiterte Aufgabe 1978, Haser Verlag, München, S. 128.

是叙事简约，抒情味浓。我们似乎看到夜色笼罩的莱茵河，坐在礁石上的美女一边梳头，一边唱歌，妩媚动人，迷离而梦幻，谁能不为之心动，遑论孤独寂寞的水手？没有训谕，只有淡淡的感伤。再如《默默的追求者》（"Der stille Freier"）①，诗人的用心处本不在讲故事，而是在描写动人的诗境，它们既可入画，也是动态的长镜头：第1节森林上空的月亮照着牧羊人和他的羊群，清寂孤独；第2节远处城堡的钟声惊动了小鹿，叠加成历史的厚重和生命的感受；第3节是深夜飞驰的勇敢骑士。而从这些画面透露出的人物、意象构成了隐隐约约的情节线索，神龙见首不见尾，这就是艾辛多夫的诗意叙事，它有抒情诗的氤氲氛围和情绪，留下的是悬疑和想象，自有别样魅力。当然也有败笔，比如反映现实的《可怜的美女》（"Der armen Schönheit Lebenslauf"）②，共18节72行，是一个"红颜薄命"的故事，因为突出了"抒情"淡化了情节，以致起承转合之间逻辑模糊不清，这就是艾辛多夫抒情化叙事诗的得失。

二 抒情诗——"诗""歌"与民歌的化合

艾辛多夫是长于抒情的诗人，其抒情诗在数量和质量上都超过叙事诗，而其诗史地位也是由抒情诗确立的。艾氏抒情诗的基本特点是"诗""歌"与民歌的化合，形成了情调上感伤，色彩上清冷，风格上清和淡雅的美学趣味。在具体的创作上又大致可分为两类，即民歌风韵的、诗性的歌，以及民歌习染的诗，而民歌是它们或隐或显的底色，所以他被称为"volkstümlicher Lyriker"③，也就是"民歌风韵的抒情诗人"。

艾辛多夫处在布伦塔诺开创的"民歌风"的时代潮流中，他在追随中保持着自己的定力，形成自己不同于布伦塔诺的新格调。我们知道，在布伦塔诺那里，"歌"与"抒情诗"的界限是清晰的，前者多

---

① Joseph von Eichendorff, *Werke*, in 6 Bänden, Herausgegeben von Wolfgang Frühwald, Brigitte Schillbach und Hartwig Schultz, Deutscher Klassiker Verlag, Frankfurt am Main, 1978, Bd. 1, S. 225f.

② Joseph von Eichendorff, *Werke*, in 6 Bänden, Herausgegeben von Wolfgang Frühwald, Brigitte Schillbach und Hartwig Schultz, Deutscher Klassiker Verlag, Frankfurt am Main, 1978, Bd. 1, S. 77f.

③ *Lexikon deutschsprachiger Schriftsteller von den Anfängen bis zum Ausgang des 19. Jahrhunderts*, VEB Bibliographisches Institut Leipzig, 1. Ausgabe 1987, S. 103.

代言，民歌情调"字正腔圆"，而后者抒个人情怀，对民歌重在艺术手法的吸取。到了艾辛多夫则开始弱化其间的界限，向"中间"靠拢。而到海涅则基本消弭了其间的界限，"歌"成了新型的抒情诗，或可称之为"歌诗"。

民歌风韵、诗性的歌

艾辛多夫的"歌"（Lied），包括小说插曲和单篇独立的作品，前者是代他人言，后者则多是自我抒怀。下面一首见于1815年的小说《预见与现时》，为一个漫游的大学生所唱，是一首阳光般快乐的歌，唱出一个少年晴朗的梦。

曼陀林之歌

1
像是在意大利，
阳光怡人天空碧蓝，
我带上曼陀林上路
穿过灿烂的原野。

2
夜里在爱人窗边偷听
甜甜地守望，
祝福我和她，我们俩
有个秘密的美好一夜。

3
像是在意大利，
阳光怡人天空碧蓝，
我带上曼陀林上路
穿过灿烂的原野。[1]

这是一首 3 节 12 行的短歌。第 1 节，简约的语言描绘出纯净透亮的

---

[1] Joseph von Eichendorff, *Werke*, in 6 Bänden, Herausgegeben von Wolfgang Frühwald, Brigitte Schillbach und Hartwig Schultz, Deutscher Klassiker Verlag, Frankfurt am Main, 1978, Bd. 1, S. 81.

背景，前两行极像民歌，特别是第二行"blau und lau"（蓝色、柔和）的行内韵以及它跟第 4 行 Au（原野）的尾韵更加原汁原味。但"我"却不像民歌的主角，他在蓝天绿野中弹琴歌唱，迎着八面来风，心神逸荡，体现的正是浪漫派所追求的自由闲适的"诗意生活"，一望而知是浪漫派小说的主角。第 2 节写得十分有情致，场景转到深夜，"我"守在爱人窗边，悄悄地窃听而心怀着甜蜜的梦想。那个自造的"甜蜜＋守望"的组合词"süßeverwacht"让人感动，它体现出一种深深的爱的幸福感。"窗边偷听"和"幽会"本是民歌情节，但这里言语间没有民歌的俚俗，有的却是一种怡雅浪漫。第 3 节是第 1 节的重复，既是"歌"的特点，同时也强化自由自在的情调，但"lau und blau"的位置被调换，可见用心之细。于是我们看到，在整体的"歌"的框架下，民歌的印记清晰可见，但比民歌干净，色调也比布伦塔诺"淡"了不少，更多的是他个人的清和雅韵。再看下面的《短歌》：

1
我的心儿激动，
悄悄地欢唱！
我是如此快乐，
没有一丝遮挡。

2
四围的人在周旋
小心翼翼地交谈，
我一点也不懂，
只顾自己畅快。

3
这房间变得狭窄，
田野正放着光彩，
山谷都被照亮，
这世界多么壮丽宽广！

4
就是这门闩和锁，

快乐被它压爆
奔向原野吧！——
啊，有匹骏马多好！
5
我问、我想，
我怎么了？
我的亲亲的小爱人，
我今天要去看她。①

此诗约作于1814年，1817年发表在富凯的杂志，是一首青春激荡的歌，是诗人自我的恣意歌唱。其首节让人想到青年歌德的《五月之歌》（"Maifest"）②，而整体的情景意象又与其《早春》（"Frühzeitiger Frühling"）③近似。这是春天里的生命之歌，欢快、明亮、热烈，民歌色彩也较为明显，比如第4节的"门闩""锁"等都是民歌意象，第5节的情调、口吻都像是民歌中小儿女的呢喃情话，这些都是歌德诗所没有的。"歌"而主观抒情化、而被民歌浸染，这就是这首新型的"歌"。下面这首《秋歌》表现的是另样情调：

1
快乐的鸟儿在林中歌唱
只要大地还披着绿装，
可谁又知道啊，很快、很快
这一切都要凋零变样！

---

① Joseph von Eichendorff, *Werke*, in 6 Bänden, Herausgegeben von Wolfgang Frühwald, Brigitte Schillbach und Hartwig Schultz, Deutscher Klassiker Verlag, Frankfurt am Main, 1978, Bd. 1, S. 213f.
② Goethe, *Werke*, Hamburger Ausgabe in 14 Bänden, Christian Wegner Verlag, Hamburg, neunte Auflage 1969, Bd. 1, S. 30f.
③ Goethe, *Werke*, Hamburger Ausgabe in 14 Bänden, Christian Wegner Verlag, Hamburg, neunte Auflage 1969, Bd. 1, S. 246f.

2
我眼中那漫山遍野
都曾经郁郁葱翠，
我差点没搞明白，
温顺的夜莺为什么落泪。
3
我几乎没去过别的地方
没有苦乐带来的新鲜感，
可一切都变了，我却
疲倦地站在夕阳下。
4
风儿带来凉意
吹过发黄的绿叶，
小鸟啊，在空中告别——
我要能一起飞走多好！①

此篇1837年发表，最晚成于1836年秋，颇受好评。这是一首悲秋感怀的歌，带有鲜明的民歌色彩。首先是"感物"的传统，春天万物勃发而向往爱情，秋风萧瑟而感伤人生失意落寞，这是中外民歌的共鸣。其次是小鸟、夜莺等意象，特别是与其对话，让"我"像跟朋友那样吐露心声，较之一般的"抒情"更亲切更有情味，而这都是民歌的手法。再就是朴素的、口语般的诗行，有些就如同是民歌的句子，比如"Ach, wer weiß, wie bald, wie bald/Alles muß verblüh'n！"（可谁又知道啊，很快、很快/这一切都要凋零变样！）、"Wußte kaum, warum du weinst"（我差点没搞明白，你为什么落泪）、"Vöglein, euer Abschied hallt -/Könnt' ich mit euch zieh'n！"（小鸟啊，在空中告别 -/我要能一起飞走多好！）等等。但从本质上看，这是一首抒情诗，因为它抒发的是诗人当下的所

---

① Joseph von Eichendorff, *Werke*, in 6 Bänden, Herausgegeben von Wolfgang Frühwald, Brigitte Schillbach und Hartwig Schultz, Deutscher Klassiker Verlag, Frankfurt am Main, 1978, Bd. 1, S. 338f.

思所感，是主观的、个人的。其立意不只是泛泛的悲秋，还有人生的疲惫、暮年的悲感。特别是那句"一切都变了，/我却疲倦地站在夕阳下"，是诗人对自己生命的悲慨。这点可以从他当时的处境得到印证。艾辛多夫从进入仕途就被派到东普鲁士，先在但泽后到柯尼斯堡，远离当时的文化中心柏林，也远离他的家乡。在辛勤工作十年之后，1831年他到柏林休假，想在那里谋求一个职位。但直到写作本诗的1836年，五年之间他一直在政府各部门做临时性的辅助工作。1836年的2月，好不容易得到一个机会，但因收入太少而不得不放弃，这年诗人已经48岁，这在当时已经是"暮年"。可以说，积聚的挫败感让诗人感到疲惫，对人生感到无力、无奈而倦怠，而这种情怀就通过秋天、秋景，以一种"歌"的形式恰到好处地表达出来。其他如《晨歌》（"Morgenlied"）[1]、《春歌》（"Frühlingslied"）[2]、《歌》（"Lied"）[3]、《夜歌》（"Nachtlied"）[4]、《短歌》（"Liedchen"）[5] 等都属此类。由此可以看出，艾辛多夫的"歌"是带有民歌色彩的"诗"，而以"歌"来抒情，是他诗歌创新的一部分，也是他在布伦塔诺开拓的道路上的进一步前行。

民歌习染的诗

艾辛多夫的抒情诗大多带有深浅不同的民歌色晕，一种雅化了的民歌情味，是他的诗才、个性与民歌的浑然化合。这不在某几首诗，也不是某个阶段，而是贯穿他一生创作的主调。我们看下面的《等候》：

---

[1] Joseph von Eichendorff, *Werke*, in 6 Bänden, Herausgegeben von Wolfgang Frühwald, Brigitte Schillbach und Hartwig Schultz, Deutscher Klassiker Verlag, Frankfurt am Main, 1978, Bd. 1, S. 54f.

[2] Joseph von Eichendorff, *Werke*, in 6 Bänden, Herausgegeben von Wolfgang Frühwald, Brigitte Schillbach und Hartwig Schultz, Deutscher Klassiker Verlag, Frankfurt am Main, 1978, Bd. 1, S. 59f.

[3] Joseph von Eichendorff, *Werke*, in 6 Bänden, Herausgegeben von Wolfgang Frühwald, Brigitte Schillbach und Hartwig Schultz, Deutscher Klassiker Verlag, Frankfurt am Main, 1978, Bd. 1, S. 64.

[4] Joseph von Eichendorff, *Werke*, in 6 Bänden, Herausgegeben von Wolfgang Frühwald, Brigitte Schillbach und Hartwig Schultz, Deutscher Klassiker Verlag, Frankfurt am Main, 1978, Bd. 1, S. 161f.

[5] Joseph von Eichendorff, *Werke*, in 6 Bänden, Herausgegeben von Wolfgang Frühwald, Brigitte Schillbach und Hartwig Schultz, Deutscher Klassiker Verlag, Frankfurt am Main, 1978, Bd. 1, S. 198f.

1
美丽的各色鸟儿,
你们唱得多清亮!
白云,像轻轻的征帆,
飞快地驶向何方?
2
你们全都一起
飞向我恋人的地方,
告诉她,我在这里
是多么孤寂而忧伤。
3
我站在森林中窥望,
一切都沉寂无声,
只有树梢在抖动,
来吧,你甜美的新娘!
4
阴暗潮湿的黑夜
已罩住森林和田野,
高高照耀的月亮
走进沉寂的世界。
5
在我灵魂的深处
是怎样的战战兢兢!
你不在这里,四周
是多么清冷荒凉!
6
什么声音?——她来了!——
森林,从高处喧响吧,
黑夜、月亮和星辰

让它们自升自落吧！①

这是地地道道的抒情诗，表达自己等待爱人的感受，从期待到焦急到欢喜，十分真切。但显见是传统的民歌作法：因"感物"而"起兴"，然后转入抒情。其中意象"鸟儿""白云""森林"都十分常见，而具体的形式，如4行一节、3个扬音节的短行，押交韵等，也都是民歌常用方法。再看一首感伤的《最后的晤面》：

1
我从森林里下来，
老房子还在那里，
我恋人像从前一样，
又伏在窗口凝望。

2
她已经嫁了别人，
我当时身在战场，
现在一切都变了样，
我情愿再开始打仗。

3
她孩子在路边玩耍，
完全像她的模样，
我吻她红润的面庞：
"愿天主永远祝福你！"

4
她却呆呆地望着我，
又望了许多时辰，

---

① Joseph von Eichendorff, *Werke*, in 6 Bänden, Herausgegeben von Wolfgang Frühwald, Brigitte Schillbach und Hartwig Schultz, Deutscher Klassiker Verlag, Frankfurt am Main, 1978, Bd. 1, S. 118f. 译文见钱春绮编译《德国浪漫主义诗人抒情诗选》，江苏人民出版社1984年版，第252—253页。略有改动。

第三章　艾辛多夫与民歌　◇　417

沉思着摇了摇头，
不知道我是何人。
5
我靠在那边的树旁，
森林轻轻地喧嚷，
我的号角整夜里
送出梦一样的声响。
6
当清晨鸟儿啼唱，
她哭得如此伤心，
可是我已经走远，
她再也见不到我！①

从原文看，全诗由6个4行节构成，严谨的交韵。抑扬格3个或4个扬音节的诗行，虽不十分严整但节奏还算整齐，不像上一首那么"自由"，所以形式上更像诗。读之低回婉转、动人心弦，是一首难得的抒情诗。而细细品过，才知其佳处实得之于民歌三昧。首先是民歌的"赋"体，正语序的短句短行，随着"我"的脚步，缓缓地叙述着归乡的一幕幕：老房子和旧情人，熟悉又亲切，这是民歌最擅长的"怀旧"题材。"我恋人像从前一样，又伏在窗口凝望"，一个"Liebchen"（小恋人）透出藏在心底的少年恋情，于是回叙当年：战争、离别、另嫁、生子等，一句"我情愿再开始打仗"道出他的无奈和痛悔。下面的镜头十分感人："我"见到了她的孩子，长得跟她一样，于是吻孩子的小红嘴（Ich küßt's auf sein rotes Mündlein）并送上祝福。"小红嘴"是典型的民歌词汇，用于情人而非孩子，前面说到孩子像妈妈，于是引人联想，这既是爱孩子，也是爱妈妈，是借孩子给妈妈的最后一吻和祝福，但表现得从容得体，

---

① Joseph von Eichendorff, *Werke*, in 6 Bänden, Herausgegeben von Wolfgang Frühwald, Brigitte Schillbach und Hartwig Schultz, Deutscher Klassiker Verlag, Frankfurt am Main, 1978, Bd. 1, S. 302f. 译文见钱春绮编译《德国浪漫主义诗人抒情诗选》，江苏人民出版社1984年版，第271—272页。略有改动。

一个温厚谦和的绅士跃然纸上。但他的一往情深却得不到回应，当年的恋人竟没有认出他，于是物是人非的悲感让他无言以对，只好靠在树旁听森林发出的轻柔喧响，让这熟悉的声音抚平自己的心伤。同时这喧响也是他心中的波澜，他在倾听自己的心声，虽然感伤但充满了温情、理解和爱意。接着转到深夜，"我的猎号"梦一样的整夜回响。显然他夜不成寐，脉脉情思借着号声萦绕回荡。这用的是民歌借景抒情的手法，不吐一字，却胜却无数。而最后一节最像民歌，小鸟、晨光、当年的恋人"痛哭"，以及"我"的决然离开，不仅意象、情景而且语句都像民歌的"离别"。于是我们看到一首"民歌为体"的抒情诗，没有很多显性的元素，但民歌的精髓却已经"内化"到骨子里。再看一首更地道的诗，这是1832年诗人为夭折的小女儿写下的：

Auf den Tod meines Kindes

1

Von fern die Uhren schlagen,
Es ist schon tiefe Nacht,
Die Lampe brennt so düster,
Dein Bettlein ist gemacht.

2

Die Winde nur noch gehen
Wehklagend um das Haus,
Wir sitzen einsam drinne
Und lauschen oft hinaus.

3

Es ist, als müßtest leise
Du klopfen an die Tür,
Du hätt'st dich nur verirret,
Und kämst nun müd zurück.

4

Wir armen, armen Toren!
Wir irren ja im Graus

Des Dunkels noch verloren –
Du fandest längst nach Haus.

给死去的孩子
1
远远地钟声敲响，
已经是夜半时分，
油灯亮得多么黯淡，
你的小床已铺叠整齐。

这里没有模式化景物，而是朴素的纪实，"铺叠齐整"暗示人已不在，空床令父亲悲哀。钟声、油灯等渲染出夜深人静、悲凉惨淡的氛围，悲伤尽出。语言朴素平实。

2
只有阵阵的夜风
还绕着屋子悲鸣，
我们枯坐在室内，
倾听着外面的动静。

风声像痛苦的呻吟，"我们"在侧耳倾听，是不安的心在惦记着女儿，似乎她还活着，只是迷了路，随时可能回来。

3
好像是你轻轻地
在门上敲了几下，
你好像只是迷路，
现在疲倦地回家。

女儿回来敲门的幻觉，不是一般的诗人想象，而是一个父亲真实的爱，特别动人。最后一行的 6 个低黯的元音 u-ä – u-ü – u-ü 相押，造成一种呜咽、压抑的语感,强化了悲痛的氛围。而这种"元音韵"正是民歌手法。

4
我们可怜的蠢人!
对着黑暗的恐惧,
我们又犯了迷糊——
你其实早就找到了归宿。①

自嘲愚蠢,正看出这父亲对"死"的无奈。

此诗初看并没有什么民歌痕迹,是一首规矩地道的"诗"。但读起来感觉艾辛多夫不是在作诗,而是一个痴爱的父亲,在絮絮叨叨地思念自己的女儿。显然它之所以动人,靠的并不是诗艺,而是真情,而这不加修饰的本色情感流露就在本质上接近于民歌。具体来看,他采用了民歌最常用的形式:3音步抑扬格、4行节、押交韵。也有些非常口语乃至接近民歌的诗行,比如第1节的4行,还有"Wir armen, armen Toren! / Wir irren ja im Graus"(我们可怜的傻瓜,/在恐惧中迷失)等。可以说,这是民歌潜移默化地进入了艾辛多夫的诗。如果说这是因为现实生活更贴近民歌而受其影响,那我们再看一首关于"思想"的诗《蓝花》:

Die blaue Blume

1
Ich suche die blaue Blume,
Ich suche und finde sie nie,
Mir träumt, daß in der Blume
Mein gutes Glück mir blüh:

---

① Joseph von Eichendorff, *Werke*, in 6 Bänden, Herausgegeben von Wolfgang Frühwald, Brigitte Schillbach und Hartwig Schultz, Deutscher Klassiker Verlag, Frankfurt am Main, 1978, Bd. 1, S. 288f.

2

Ich wandŕe mit meiner Harfe

Durch Länder, Städt́und Aúń,

Ob niegends in der Runde

Die blaue Blume zu schaúń.

3

Ich wandŕe schon seit lange

Hab´lang´gehofft, vertraut,

Doch auch, noch niegends hab´ich

Die blaue Blum´geschaut.

1

我寻找那朵蓝花，

我寻找却从未找到它，

我梦见，在那朵花中

我的幸福盛开。

2

我带着我的竖琴去漫游

穿越国界、城市和原野，

但一路都没有

看到那朵蓝花。

3

我已经走了很久

我怀着希望也相信，

但我还是未曾

见到那朵蓝花。[①]

这是一首表达思想的诗，一般会写成逻辑理性的"哲理诗"。但艾辛多夫舍弃了那种味同嚼蜡的形式，出之以民歌形式的清新小诗。首先是

[①] Joseph von Eichendorff, *Werke*, in 6 Bänden, Herausgegeben von Wolfgang Frühwald, Brigitte Schillbach und Hartwig Schultz, Deutscher Klassiker Verlag, Frankfurt am Main, 1978, Bd. 1, S. 334.

"蓝花"的题目就选得巧妙。蓝花是诺瓦利斯在小说《海因里希·冯·奥夫特丁根》中创造的一个象征,代表了浪漫派的追求和理想。艾辛多夫接过这朵蓝花,直接打开了浪漫派的语境,省却了无数的思辨。然后顺着"寻觅"蓝花道出了自己的思想历程。而这种隐喻手法正是民歌的惯用方法。再看他具体的文本:第1节不论形式内容都很像民歌,因为"寻花"本就是民歌的动机,不过是把爱情变成了思想。正语序的简单如话的句子也极像民歌。前两行开头的"ich suche"以及第1、第3行结尾"Blume"的重复也是典型的民歌手段,强化了节奏、韵律,同时突出了主题。第二节的动机在"漫游",这是民歌的又一传统题材。但"我"的漫游既没有离别的感伤、没有艰难困苦,也完全不同于歌德笔下麦斯特的漫游,要经历种种社会的矛盾冲突,相反是带着竖琴行走在自由的天地。而这种自由快乐、任情遂意的追求理想,正是浪漫派的思想核心。第3节的词汇、句式都十分口语化,比如"Ich wand're schon seit lange"就是民歌常见,末行再次归结到"蓝花",虽然坚信,但寻而未得,不免伤感,这也正是艾辛多夫的思想真实。

此诗作于19世纪30年代,德国已经进入政治的风云时代,浪漫派的"诗意生活"早已被现实打碎,作为"最后一个浪漫主义诗人",艾辛多夫把自己的思想历程嵌入这首隐喻的诗,而诗艺上又融入了浪漫主义所推重的民歌,可谓意味深长。此外还有著名的《过往的船》("An die Vorüberschiffende")[1]、《致家兄》("An meinen Bruder")[2]、《麻雀》("Die Sperlinge")[3] 等,不胜枚举。可以说,受到民歌不同程度的濡染是艾辛多夫抒情诗的基本品格,而艾辛多夫整个的诗歌创作都有或隐或显的民歌基因在发生作用。

---

[1] Joseph von Eichendorff, *Werke*, in 6 Bänden, Herausgegeben von Wolfgang Frühwald, Brigitte Schillbach und Hartwig Schultz, Deutscher Klassiker Verlag, Frankfurt am Main, 1978, Bd. 1, S. 54.

[2] Joseph von Eichendorff, *Werke*, in 6 Bänden, Herausgegeben von Wolfgang Frühwald, Brigitte Schillbach und Hartwig Schultz, Deutscher Klassiker Verlag, Frankfurt am Main, 1978, Bd. 1, S. 301f.

[3] Joseph von Eichendorff, *Werke*, in 6 Bänden, Herausgegeben von Wolfgang Frühwald, Brigitte Schillbach und Hartwig Schultz, Deutscher Klassiker Verlag, Frankfurt am Main, 1978, Bd. 1, S. 437.

三 与布伦塔诺的比较

艾辛多夫和布伦塔诺都是浪漫主义诗人，布伦塔诺在前，是早期耶拿浪漫派的小兄弟，是中期海德堡浪漫派的旗手，也是晚期慕尼黑浪漫派的核心人物。艾辛多夫小他十岁，虽在思想艺术上属于浪漫派，但并不属于他们的某一个圈子，相反他结识各家各派的朋友，广结善缘，虚心向前辈诗人学习，对歌德充满了敬意[①]，从题材、意象、主题和语言各个方面加以学习乃至模仿，这跟布伦塔诺的桀骜不驯截然不同，显示了他温厚的性格和良好的教养。浪漫派中他尊敬诺瓦利斯，与其在思想上有不少共鸣，但在艺术上跟布伦塔诺的渊源最深。受到其创作及《号角》极大的影响，这从"罗累莱"的接受就可以看出来。

布伦塔诺的风格不是单色的，而是如绚烂的彩虹，五光十色、耀人眼目。其中有两个主色调，一个是民歌风，另一个是极度的"主观化"。前者是向民歌趋近，以叙事诗和代言体的"歌"为主，而个人抒情极少，"酷肖"民歌是其特点。后者则是绝对个人的抒怀、呈现内心世界和感觉，举凡潜意识、想象、幻象、声象、心象等一切所感，光怪陆离，倾泻而下。这是德语诗歌前所未有的，也因此开辟了表现主义、象征主义等现代派。换句话也可以说，布伦塔诺有截然不同的两种风格，以表现不同的内容。而艾辛多夫的风格则是单色的，沉静、素淡、清澈，给人感觉是蓝绿色。他不是把自己变成民歌，也不是高雅的文人诗，而是把民歌因子融合在自己的才性之中，熔铸出自己的风格。所以除了少数刻意之作外，艾氏的诗歌整体上看不那么"像"民歌，但却有民歌的意味透露出来。打个比方说，布伦塔诺的"歌"像是《白毛女》插曲《北风吹》，它的词曲都非常美，但内行人一听，就知道脱自河北民歌《小白菜》。而艾辛多夫的则有点像《在那遥远的地方》，说它是青海民歌，却难以找到所出所本：只是有个依稀的影子，但也确是王洛宾在青海采风

[①] 1831 年他为歌德生日写了合唱歌词《老英雄》（"Der alte Held"），还为此写下了这样的话："歌德如同一棵孤独的诗人之树，它的树冠在高处独自作响，下面的小树们生机勃勃。"文本见 Joseph von Eichendorff, *Werke*, in 6 Bänden, Herausgegeben von Wolfgang Frühwald, Brigitte Schillbach und Hartwig Schultz, Deutscher Klassiker Verlag, Frankfurt am Main, 1978, Bd. 1, S. 279。相关注释见 S. 1006。

所得。这里并没有高下之分，高下在诗歌本身，而不在风格。

艾辛多夫写叙事诗跟布伦塔诺一样，主要利用民间或传统素材，其中"诱惑"为最大主题，除此之外他还特别吸收了布伦塔诺的"罗累莱"，从主题、内容到形象，写出了一系列的变奏曲。在写法上他重抒情轻情节，这让他的某些叙事诗情节线索不清晰，形不成"高潮"。整体看来情节曲折动人的长篇几乎不见，功力显然不如布伦塔诺。倒是有些短篇抒情性叙事诗，含蓄蕴藉，尚可称佳。而最输布氏的一点就是没有思想深度，他的叙事诗不论长短，就只是故事情节本身，没有深刻的思想蕴含其中，也就失去了人文的光彩。

概而言之，不论是做人还是作诗，布伦塔诺更多地体现了分裂，艾辛多夫则更多地体现了统一。表现于诗，作为诗歌创作者布伦塔诺可以细化为歌者和诗人，前者靠向民歌，自我隐身在"民歌"大众性的外衣下。后者则是纯粹的抒情诗，绝对个人的，并且开拓出新方向新路径。艾辛多夫则不同，如果说布伦塔诺是一个可以分开的歌者和诗人，那么艾氏就是一个分不开的歌者和诗人的统一体。他的歌就是诗，他的诗就是歌。从"民歌"的角度看，布伦塔诺的经典是"艺术民歌"，把鲜活但粗糙的民歌提升到美丽动人，更多的像"嫁接"，而艾氏的则是"杂交"，是一个新品种，因而民歌的特性显现得不那么明显，更多的是隐性的。

从德语诗发展的历史看，艾辛多夫沿着布伦塔诺开创的"民族化"新路继续前行，让浪漫主义诗歌闪现出更加丰富的色彩，为海涅等新一代的诗人拓宽了创作之路。当然这也是德语诗歌从"引进"到建立自己的民族风格这一历史进程中的重要一环。

第四章

海涅与民歌

　　海涅是一个伟大的诗人，他继续了19世纪初以来的民歌风，备受民歌的滋养而自成风格，站在布伦塔诺和艾辛多夫等人的肩上成为德国浪漫主义最优秀的诗人，攀上了这个时代的顶峰，成为德语诗歌史上可与歌德比肩的人。但海涅也是一个备受争议、同时却为中国读者十分熟悉的德语作家。海涅的作品在"五四"之后就被译介到中国，2002年还出版了四卷本的《海涅文集》，包括"诗歌卷""批评卷""游记卷"和"小说戏剧杂文卷"，成为德语作家中的第一人，而这些大都与其左派的政治立场有关。本章试图从其具体的作品出发，对其人、其艺术作出一个较为全面的描述。

第一节　海涅其人

一　生平[①]

　　克里斯蒂安·约翰·海因里希·海涅（Christian Johann Heinrich Heine）1797年12月13日出生在德国杜塞尔多夫的一个犹太家庭，出生时名曰哈利·海涅（Harry Heine）。他是这个家庭的长子，下面还有一妹两弟。

[①] 此节内容主要依据海涅传记《生活的目的就是生活本身》（Jan-Christoph Hausschild u. Michael Merner,, *Der Zweck des Lebens ist das Leben selbst* " Heinrich Heine, eine Biographie, Kiepenheuer & Witsch, 2. Auflage 1997, Köln），另外参考了勃兰兑斯《十九世纪文学主流》第六分册《青年德意志》，高中甫译，人民文学出版社1997年版。

海涅的父亲是一个勤勉但能力平平的小商人，从事布料生意。因战乱频仍、各国封锁不断，贸易受到严重影响，生意难做，最后不得不歇业。海涅的母亲出身于一个有教养的医生世家，聪明热情，思想开明，崇拜卢梭，喜欢音乐和文学，英文、法文讲得跟德文一样流利。受《爱弥儿》影响，她特别重视教育，对孩子们的人生有着明确的规划，这包括人文和职业两个方面。她把三个儿子都送到利于他们发展的天主教学校，同时在家里学习犹太人的传统文化。海涅作为长子要继承家业，所以又特别受到商业方面的培训。这位母亲是成功的，他的长子虽然没有成为商界富豪，却成为一代文豪。她的次子先在奥地利从军，1870 年被封为贵族，1886 年以"百万富翁"和勋章获得者身份逝世于维也纳。她的幼子从小热爱医学，曾在俄国军队和彼得堡的军校当医生，后凭借多种科学及文学的著述被任命为普鲁士国家顾问，1879 年在柏林去世。这是一个犹太家庭的励志故事，虽然受到社会的种种歧视和打压，但他们靠自己的聪明才智、毅力和奋斗，终于取得了成功，得到了社会的认可。但是我们不得不说，海涅虽然享有盛名，但个人命运却是不幸的。

海涅从小就不是一个强壮的孩子，十分神经质，对噪音甚至钢琴声都难以忍受，还常头疼，这困扰了他一生。艺术上他对音乐、舞蹈没有感受力，唯独热爱文学，喜欢塞万提斯和斯威夫特，从 15 岁就开始写诗。16 岁时他喜欢上一个同岁的女孩，是个行刑吏的女儿。"行刑"在欧洲属于贱业，常常是一个家族世代从事的职业，他们有自己的"规矩"和职业带来的迷信。两人在一起时女孩给艾辛多夫讲鬼故事，教艾辛多夫唱民歌，这是海涅最初的民间文学启蒙。他早期诗歌当中对死亡、坟墓以及阴森恐怖的偏好都跟这种潜移默化有关，特别是《歌集》的第一部《梦影集》有其清晰的烙印。

海涅作为长子，父亲要把他培养成一个商人，1814 年他中学还没毕业就被送进一所商科学校，然后先是到法兰克福的一家银行实习，然后去了汉堡的叔叔那里。他的这位叔叔所罗门·海涅是个商业奇才，凭着自己的坚毅、勤勉、头脑和得力的婚姻，一步步地将生意做大，从一个货币兑换的中间人成为一个能影响汉堡证券市场的银行家，到他 1845 年辞世时已是汉堡首富，留下 3000 万法郎的遗产。这位叔叔本质上是个仁善之人，不仅照顾自己的族人还做慈善，他曾捐建了一家医院，救助犹太穷人，海涅为此写了一首《汉堡新以色列医院》① 赞美叔叔的善行。但他性格暴躁，是家庭中的暴君，对侄子也不时动粗。但尽管如此，他对海涅还是十分慷慨，先是让他在自己的银行学徒，然后又为他开了一家布店。只是这个侄子对经商实在没有兴趣，很快就破产了。随后他支持海涅的学业，每年给他400塔勒，让他能过着相当奢侈的学生生活。以后海涅虽然成了著名的诗人，但由于花钱大手大脚，不时陷于拮据，每每向叔叔求助，而这位对他的事业既不理解也不看重的叔叔还是一直慷慨解囊，从1839年起每年给他4000法郎，成家后增至4800法郎。这位银行家曾说："假如他能学点正经东西，他就不用写书了。"可有意思的是，正是这位不会干正经事的侄儿，让人们知道了这位当年的汉堡银行家。

　　在叔叔家里海涅爱上了堂妹阿梅莉，这是纯情文学青年一厢情愿的"单恋"，堂妹回避、家人冷淡、伦理上也说不通，所以这只能是失败的爱情，但它却结出了艺术的果实，就是《歌集》中那些动人的情诗。因为经商失败和家庭的不正常气氛，叔叔决定依从海涅的意愿让他去读书。于是1819年海涅在波恩大学注册，开始了他的大学生活，其间辗转哥廷根、柏林等地，终于在1825年通过国家考试和答辩，获得了法学博士学位。系统的学习使海涅成为学者型的作家，有广博的知识、深刻的思想、严密的逻辑思维，这给他的文学作品打上了知识的烙印，也让他能写出思想理论方面的著述。

　　在波恩大学对海涅影响最大的老师是奥古斯特·威廉·施勒格尔，即大施勒格尔，他是浪漫派的奠基人之一，也是诗学大家。海涅对他十分尊崇，为他写了三首十四行诗。虽然后来因为观点分歧海涅在《浪漫派》中对这位老师不无讥讽，但受到教益却是事实。在柏林大学海涅喜欢黑格尔的哲学课，还有法学家爱德华·冈斯。学业之外还有很多社会活动，比如参加改革犹太教的学生运动，出入上层社会的沙龙，等等。柏林是普鲁士的首都、德意志政治文化的中心，在这里他结识了不少大人物，包括著名沙龙主人拉歇尔（Rachel）夫人、作家沙米索、富凯、

---

① Heinrich Heine, *Historisch-kritische Gesamtausgabe der Werke*, herausgegeben von Manfred Windfuhr, Hofmann und Campe, Hamburg, Band II 1983, S. 117f.

植物学家和地理学家亚历山大·封·洪堡①，还有对他十分重要的出版商，并且在 1822 年出版了第一本《诗集》(*Gedichte*)，正式登上了诗坛。

　　读书期间海涅开始了全面的文学创作，包括诗歌和悲剧，并分别在 1821 年、1823 年和 1824 年发表。1827 年 10 月海涅出版了他一生最重要的诗集《歌集》(*Buch der Lieder*)②，收入了此前他的大部分创作，包括 1822 年《诗集》中的作品。此书受到广泛的欢迎，真正确立了海涅的诗人地位。此外 1826—1831 年他还陆续出版了 3 卷的《游记》，奠定了散文大家的地位。

　　海涅本来只是出于职业考虑才学习法律，但虽然取得了法学博士头衔，职场却依然不顺，这跟他的犹太血统有关。犹太人因为失去了祖国，千百年来在欧洲流浪，德国成了犹太人的主要聚居地。中世纪以来他们在这里饱受歧视，不能担任公职，不能拥有土地，不能参加行会，也就是说不能成为手工业者，也不能跟其他市民一样携带武器自卫。他们得穿带犹太标志的衣服，只能住在隔离的"犹太巷"(Jodengasse)，那里狭窄阴暗，每天宵禁上锁，禁止出入。他们上街不能走人行道，只能跟马车走在一起，见了基督徒还得脱帽致意。就是这样恶劣的生存环境让犹太人发愤图强。他们重视教育、刻苦坚忍、团结互助，在职业的夹缝中主要从事银行、商业、律师、医生等体面的职业，而且很多成为"有钱人"。进入 19 世纪，因为革命的推动犹太人的地位得到改善，但多数仍从事自己的传统行业，比如我们熟悉的马克思就是犹太人，他父亲是律师，他自己也是法学出身，这样我们就能理解海涅的选择。为了谋求一个公职，他在毕业前以克里斯蒂安·约翰·海因里希的名字接受了新教的洗礼，并从此自称海因里希·海涅。此事让他腹背受敌，犹太人认为他背叛，基督徒也并不接受他，而随后几年谋职的努力也归于失败：律师的开业资格拿不到，教授也当不了，他只能当职业作家，靠笔耕安身立命。没有稳定的收入，没有稳定的生活。亲身遭遇让海涅本能地反对

---

　　① 他是著名语言学家洪堡的弟弟，当时比哥哥有名，在德、法的社交界都有很大影响，曾给过海涅很多帮助。

　　② 钱春绮先生译为《诗歌集》。但"歌"（Lied）与"诗"（Gedicht）不论在汉语还是德语中都是两个概念，所以这里按原意译为《歌集》。

各种形式的压迫，向往着自由民主，也因为亲身感受到革命带来好处而向往革命，同情法国。

海涅出生的城市杜塞尔多夫曾被法国军队占领了6年，这里推行法国的民法，从法律上规定了犹太人的平等地位和宗教信仰自由，因此在他们心中拿破仑不是占领者而是解放者。而且海涅小时候亲眼见过骑在马上的拿破仑，心中充满了对英雄的崇拜，他的《近卫兵》("Die Grenadiere")[1]中的那个拿破仑就是他心中的影像。而一旦拿破仑失败，德意志各邦曾推行的民主改革很多被废止，许多地方犹太人拿巨额赎金买到的平等权利也被废除。普鲁士更是专制制度的代表，受到进步民主人士的激烈批判，海涅也在其中。

1830年法国人民推翻了复辟的波旁王朝，建立了资产阶级和自由贵族的政权，德国的自由派因此受到鼓舞，再次掀起了争取统一和自由的浪潮，但遭到了统治者的疯狂镇压，同时新闻和言论自由再次被废除。海涅作为一个自由民主主义者，忍受不了这压迫的氛围，于是自我流亡到了巴黎。在这里他享受着巴黎的沙龙文化，结识了各界名流，包括圣西门（Comte de Saint-Simon，1760—1825）、柏辽兹（Hector Louis Berlioz，1803—1869）、肖邦（F. F. Chopin，1810—1849）、乔治·桑（George Sand，1804—1876）和大仲马（Alexandre Dumas，1802—1870）。他们开阔了他的眼界，也激发了他的创作灵感。在巴黎他写出了大量的杂文、政论、专题文章还有诗歌和散文。他努力把法国的情况介绍给德国人，把德国的情况介绍给法国人，成为法德文化交流的桥梁。以后这些文章汇集成《法兰西现状》一书，但因奥地利首相梅特涅（Klemens Wenzel von Metternich，1773—1859）的干涉不得出版。1833年他的作品在普鲁士被禁，于是他1833年的《浪漫派》和1834年的《论德国宗教和哲学的历史》都不得不以法文出版。1835年海涅的作品在整个德意志联邦被禁。大仲马曾说："如果德国不喜欢海涅，我们愿意接受他，可惜

---

[1] Heinrich Heine, *Historisch-kritische Gesamtausgabe der Werke*, herausgegeben von Manfred Windfuhr, Hofmann und Campe, Hamburg, 1975, Bd. 1 - 1, S. 77f.

他爱德国超过爱稿费"①，可见他当时的政治处境，以及割舍不断的家国情怀。

1833年海涅在巴黎遇到了一个年轻的女孩玛蒂尔德（Augustine Crescence Mirat，1815—1883），被她身上天生的性感美所吸引，开始了他人生实实在在的一次恋爱，并与她在1841年结婚。虽然这段爱情婚姻广受质疑，海涅的母亲、妹妹及朋友也都对这位夫人颇多微词，但海涅确实爱她、宠她，并且这段爱情婚姻对他后期的思想和创作发生了影响。也就在这一年海涅接受了法国政府每年4800法郎的年金，直到1848年，此事广受诟病。

19世纪40年代中期，海涅的思想变得激进。1843年和马克思相识，1844年结识了恩格斯，参与了马克思的《前进报》和《德法年鉴》的工作。写出了脍炙人口的诗《西里西亚织工》，表达了对被剥削压迫者的深切同情。但他并没有成为一个马克思主义者，他认为唯物主义和激进会摧毁欧洲文化中的很多东西，而这些都是他所热爱的，这一点显然是跟浪漫派趋同的。

海涅对德国的感情是矛盾的：一方面他身受普鲁士专制制度的迫害，所以作为一个民主斗士，他反对这个专制的德国；另一方面这里是他生于斯长于斯的故国，跟它有割不断的血脉联系，特别是对老母的惦念，让海涅于1843年和1844年最后两次回到德国。后者激发他写出著名的长诗《德国，一个冬天的童话》。1844年海涅的第二部诗集《新诗集》（*Neue Gedichte*）出版，收入了他1827年之后的作品，也包括了这首《德国，一个冬天的童话》。

海涅从青年时代就饱受病痛的折磨，19世纪40年代以后身体每况愈下，脊髓炎引起面部、肢体等的神经功能损坏，虽然经过种种治疗但都没有效果，到了1848年5月终于不起，从此瘫痪在床直到离世，他最后的8年是在"床褥墓穴"中度过的。这8年海涅表现出顽强的毅力，他向秘书口授诗歌和文章，继续创作，1851年10月，出版了他的第三部诗集《罗曼采罗》（*Romanzero*）。死神的威胁和无时无刻的病痛让海涅对人

---

① Jan-Christoph Hausschild u. Michael Merner,„ *Der Zweck des Lebens ist das Leben selbst*" *Heinrich Heine, eine Biographie*, Kiepenheuer & Witsch, 2. Auflage 1997, Köln, S. 12.

生有了更深刻的思考，他变得更加温情、宽厚，对宗教的态度也变得温和，实现了对自我的超越以及人格的升华。1856年2月17日海涅逝世于巴黎，2月20日葬于蒙玛尔特公墓。

德国社会对海涅的争议一直很大，其褒贬主要出自不同的政治立场、宗教派别、美学观点以及个人的价值取向，大致的情况是右派、保守派贬抑，左派、自由派褒扬，中国评论界认可后者。但随着时间的推移，政治的阴影慢慢褪去，而思想和文学的光辉继续闪耀，人们开始客观地重新审视，也就逐渐认可了他的价值。1988年杜塞尔多夫大学经过1982年的一次挫败之后，终于以三分之二的多数通过决议，将这所大学命名为海涅大学。这标志着海涅的地位终于得到了社会的普遍认可。下面是德国官方对他的评价：

> 德国民众不喜欢那些虽针砭时弊但令人不快的东西，这方面最有代表性的就是对海涅的拒绝。……他是德国思想史和文学史上独一无二的人物，他的诗歌在世界文学上的地位紧挨着歌德，他的叛逆的新闻体自觉地利用丑闻作为武器。他受到了他的德意志祖国的尊重，得到了空前的爱戴，当然也有侮辱性的仇恨。[1]

这是1956年德国政府宣传局的公开评价，它肯定了海涅的文学地位，肯定了他进步的民主立场以及对当时社会的尖锐批判，同时也指出他饱受争议的事实。这应该说是客观公允的，虽然不出于文学史家，但显然有更大的代表性。

二 诗镜中的诗人

作为艺术家的"人"决定着他的风格[2]，海涅自然也不例外，因此了解其人也就成了研究其艺术的首要。对于海涅的为人有种种说法，下面

---

[1] Jan-Christoph Hausschild u. Michael Merner, „ *Der Zweck des Lebens ist das Leben selbst* " Heinrich Heine, eine Biographie, Kiepenheuer & Witsch, 2. Auflage 1997, Köln, S. 15.

[2] 对于作家与其艺术风格的关系，各家有不同观点。传统的"风格即人"遭到现代派理论家不同程度的否定，特别是美国的"新批评"。但笔者认为二者间的关系是不可割裂的，在一定的社会历史背景下，作家个人的性格、趣尚、才性、思想、经历等是风格形成的主要因素。

是较为典型的同代人的看法：

他的心是如此的善良，同时他的嘴是如此的恶毒。① （George Sand，1841年）

他是阿波罗和魔鬼墨菲斯托的结合体。② （Théophile Gautier，1864年）

他们都肯定了他的善，同时也指出了他恶的另一面。为了更直感、更客观地呈现这个极具个性的诗人，下面采用以诗自证的方法，让海涅来一个自我呈现。我们先来检视最本真的少作。可惜他的少作存留很少，15—18岁的诗只有3首，还看不出一个较为清晰的面貌。所能感觉的是，他已经有了"作诗"的自觉，显得很用心。较之布伦塔诺，似乎缺少那份孩子的天真、柔软和稚嫩的想象；较之艾辛多夫，似乎没有那种天生的纯净、虔诚与平和。而海涅真正的展示自我，是在邂逅爱情之后。

性格 ABC

海涅是个极有个性的诗人，复杂、多面，有天生即来的，也有后天挤压而成的，总之本我被社会和生活塑形，成为世人看到的那个诗人海涅。

1. 爱恨纠结

爱是海涅人性的底色，爱情是海涅诗歌的最大主题，像所有少年的青涩爱情，带着胆怯和期望，这时的他还很单纯透明，下面的诗可证：

1
早晨我起身问道：
今天爱人可来？
晚上我偃卧自叹：——

---

① Jan-Christoph Hausschild u. Michael Merner,„ *Der Zweck des Lebens ist das Leben selbst* " *Heinrich Heine, eine Biographie*, Kiepenheuer & Witsch, 2. Auflage 1997, Köln, S. 12.

② Jan-Christoph Hausschild u. Michael Merner,„ *Der Zweck des Lebens ist das Leben selbst* " *Heinrich Heine, eine Biographie*, Kiepenheuer & Witsch, 2. Auflage 1997, Köln, S. 13.

今天她又没来。

2

夜里我睁着眼失眠,
抱着无限忧伤;
昼间我恍如半寐,
梦沉沉地彷徨。①

这是一首民歌化的短歌,就像是自言自语,非常朴素自然,作于1817年汉堡初期,让我们看到了一个深情又胆怯的大男孩:日夜思念、夜不成寐,白日神情恍惚,心无所安,暗恋却没有勇气表白。当这份爱越酿越深,他就变得痴迷、忘我,完全地活在了梦中:

你不爱我,你不爱我,
这并不使我十分忧伤;
我只要一见你的面庞,
我就快乐得像个帝王。

你恨我,甚至你恨我,
你红色的小嘴这样讲;
我只要向它亲个吻,
我就够了,我的姑娘。②

不管对方怎样的拒绝,他只管沉溺于自己的痴情,享受自我感觉到的甜蜜,享受受虐的快感,这是一个纯情的少年,单纯又热烈。但现实终于打碎了梦幻,他的痴爱换来的只是伤害,他的心在流血,于是温柔

---

① Heinrich Heine, *Historisch-kritische Gesamtausgabe der Werke*, herausgegeben von Manfred Windfuhr, Hofmann und Campe, Hamburg, 1975, Bd. 1 – 1, S. 55. 钱春绮译:《海涅诗集》,上海译文出版社1990年版,第44页。

② Heinrich Heine, *Historisch-kritische Gesamtausgabe der Werke*, herausgegeben von Manfred Windfuhr, Hofmann und Campe, Hamburg, 1975, Bd. 1 – 1, S. 145. 钱春绮译:《海涅诗集》,上海译文出版社1990年版,第117页。

的心被逼成冷硬，爱人一下子变得险恶，爱情也成了可怕的记忆，时刻都在啮噬他的心：

1
山峰和城堡俯视着
明朗如镜的莱茵，
在太阳的晴光之中，
我的轻舟飘然航行。

2
我静静地看着金波，
看金波在激滟游戏；
我胸中深藏的感情，
一霎时全都唤起。

3
辉煌的河流在诱我，
向我亲切地允诺致意；
可是我知道它，——表面灿烂，
它的内部却藏着死亡和黑夜。

4
表面欢喜，心里包藏恶意，
河流啊，你是我爱人的影子！
她也会这样亲切地点头，
也会笑得你这样温文有礼。[①]

此诗作于 1820 年，当时海涅在波恩大学读书。大学就在莱茵河边，他常泛舟河上，这就是一首即兴诗。开头两节景色优美、心情怡然，很像布伦塔诺莱茵诗的意境。但第 3 节陡转，从华丽愉悦转到死亡和黑夜，

---

① Heinrich Heine, *Historisch-kritische Gesamtausgabe der Werke*, herausgegeben von Manfred Windfuhr, Hofmann und Campe, Hamburg, 1975, Bd. 1-1, S. 63. 钱春绮译：《海涅诗集》，上海译文出版社 1990 年版，第 50 页。

心情大变。第 4 节顺势狠狠地指责"爱人"。如果我们分析其间感情，它是由爱而生恨，因为爱得深，所以恨得切。其他如《我想痛哭，可是哭不出眼泪》（"Ich möchte weinen, doch ich kann es nicht"）[1] 都属此类。这就是海涅的爱情，不像有些人只会爱，不知恨，他是纠结着爱和恨，缠绕着深层的自卑和褊狭，而他内心的伤痛只肯向慈母倾吐，下面是他 1821 年写给母亲的十四行诗：

1
我从前痴心妄想，离你而去，
我想走遍整个的大千世界，
想看看，我是否能寻找到爱，
以便让我亲切地将爱搂住。

2
我寻找着爱，走过大街小路，
在每户人家门前伸出手来，
向人祈求一点点爱的施舍，
却受到嘲笑，只得到冷酷的憎恶。

3
我总是到处瞎跑，总是在寻找，
可是，却始终没有将爱找到。
终于抑郁忧伤，回转家来。

4
那时，却见你迎面向我走近，
唉，在你眼中浮现出的至情，
正是我找了许久的甜蜜的爱。[2]

---

[1] Heinrich Heine, *Historisch-kritische Gesamtausgabe der Werke*, herausgegeben von Manfred Windfuhr, Hofmann und Campe, Hamburg, 1975, Band 1-1, S. 129.

[2] Heinrich Heine, *Historisch-kritische Gesamtausgabe der Werke*, herausgegeben von Manfred Windfuhr, Hofmann und Campe, Hamburg, 1975, Band 1-1, S. 116f. 钱春绮译：《海涅诗集》，上海译文出版社 1990 年版，第 97—98 页。

我们看到的是一个内心柔软又敏感的孩子，他渴望着爱情，满世界地去寻找，充满了虔诚、谦卑和真诚，但得到的却是冷眼和嘲讽，特别那"在每家门口伸出手来"，满是心酸和屈辱。这是海涅最真实的内心，没有任何掩饰，只肯在母亲面前袒露。

2. 高傲与怯懦

高傲与怯懦是海涅性格中一而二、二而一的存在，看他对母亲的告白：

献给我的母亲 B. 海涅（其一）

1
我惯于昂首阔步，两眼朝天，
我的性情也有点执拗倔强：
即使国王跟我面对面相望，
我也不会低垂下我的眼帘。

2
可是，慈母啊，我要对你直言：
尽管我的傲气是如此刚强，
一到你的幸福的亲切的身旁，
我常常感到自卑而畏缩不前。

3
你有渗透一切的、崇高的精神，
光芒四射，直飘向日月星辰，
是这种精神暗暗地征服了我？

4
回忆往事真使我感到难过，
我做错许多事情，伤你的心，
那样万分爱我的慈母的好心！①

---

① Heinrich Heine, *Historisch-kritische Gesamtausgabe der Werke*, herausgegeben von Manfred Windfuhr, Hofmann und Campe, Hamburg, 1975, Band 1 - 1, S. 116. 钱春绮译：《海涅诗集》，上海译文出版社1990年版，第96—97页。

如果把这番向母亲吐露的真心话跟前面的那首放到一起，就会看出诗人的性格：在倔强高傲的外表下跳动着一颗温柔敏感的心，而隐在更深层的是自卑怯懦。他渴望并追求着爱情，但总是受到伤害折辱，于是愤而成恨。

3. 难说检点

海涅自己的矛盾性格引发他思想情感上的冲突，形成他行为上的种种叛逆和失当。他在离开汉堡之后的若干年，生活上颇为不检，交往各式女人，甚至出入妓院。因为他不再相信爱情，剩下的就只是情色放荡、玩世不恭。《新诗集》的第二部分《群芳杂咏》呈现的就是这样一个轻薄的人，像是一种对异性的报复。

1
两人都十分可爱，
我到底选谁做情侣？
母亲依旧是一位美人，
女儿是一位漂亮的少女。

2
那雪白的处女样的四肢，
看上去真正的诱人！
伶俐的眼睛尤为妩媚，
十分懂得我们的风情。

3
我的心像一匹灰色的马，
对着两堆干草，
正在犹豫不决，
不知哪一捆是最好的饲料。①

---

① Heinrich Heine, *Historisch-kritische Gesamtausgabe der Werke*, herausgegeben von Manfred Windfuhr, Hofmann und Campe, Hamburg, 1983, Bd. 2, S. 49. 钱春绮译：《海涅诗集》，上海译文出版社 1990 年版，第 371—372 页。

这里是毫不掩饰的嫖客心理,眼里打量、心里盘算,要的就是感官的享受,跟当年那个寻求爱情的纯情少年已经判若两人。但他并不是天生的放荡,是情势把他逼到了这个地步,所以即使堕落也让人同情。下面的诗据说有玛蒂尔德的影子①,就是那个先情人后夫人的玛蒂尔德,由此也可看出他们之间初期的真实关系。

1
我爱这雪白的肢体,
窈窕的躯壳裹着温柔的心,
我爱这乌发飘垂的粉额,
这一对恶狠狠的大眼睛。

2
我找遍了海角天涯,
你正是我意中的女子:
只有像你这种女子,
才懂得我的真正的价值。

3
你找到我这个男子,
也正符合你的需要。
你将满赐我情感和亲吻,
然后依照老例将我丢掉。②

玛蒂尔德生于1815年3月15日,是巴黎附近一个农家的女儿,从小丧父。十五六岁时到巴黎姑母(或姨妈)家的鞋店当售货员。海涅在1833年遇到她,一见钟情。从这首诗看,她是一个娇艳而有些野性魅力的女孩。传记中描写她的容貌:"圆圆的脸,黑栗色的头发,深栗色的大

---

① Heinrich Heine, *Historisch-kritische Gesamtausgabe der Werke*, herausgegeben von Manfred Windfuhr, Hofmann und Campe, Hamburg, 1983, Bd. 2, S. 531.

② Heinrich Heine, *Historisch-kritische Gesamtausgabe der Werke*, herausgegeben von Manfred Windfuhr, Hofmann und Campe, Hamburg, 1983, Bd. 2, S. 67f. 钱春绮译:《海涅诗集》,上海译文出版社1990年版,第405—406页。

眼睛，牙白而闪亮，没有涂抹却樱桃般的红唇，右颊上有个小酒窝。"①可以说她是一支"带着露珠的野玫瑰"，有着乡下女孩的健康、青春年华的鲜嫩、性感的美丽以及没受过教育污染的自然，让见惯了上流社会女人的海涅着迷，于是在汉堡之恋的十几年之后他再次陷入恋爱。但我们看这一对情侣，男中意的是女之色，女看中男的是"合要求"，逢场作戏后就要"丢掉"，这场恋爱在此时此刻是不是显得太轻佻？当然诗人也有清醒的时候：

1
我那日渐消逝的青春，
由敏捷的勇气得到补偿，
我这更加大胆的手臂，
现在搂着腰身更细的女郎。
2
许多事开始虽是惊人，
不久就觉得无所谓，
我的羞怯和怨气，
敌不过阿谀恭维。
3
可是尽管饱尝胜利滋味，
总缺少一点最要紧的东西。
是不是那消失了的，
少年时代的痴情蠢气？②

这是放浪过后的扪心自问，也是一种良知的叩问，是他内心深处的不安。他得到了肉体的满足，但失去了最宝贵的真情。读这些轻薄色艳

---

① Jan-Christoph Hausschild u. Michael Merner,,, *Der Zweck des Lebens ist das Leben selbst* "*Heinrich Heine, eine Biographie*, Kiepenheuer & Witsch, 2. Auflage 1997, Köln, S. 308.

② Heinrich Heine, *Historisch-kritische Gesamtausgabe der Werke*, herausgegeben von Manfred Windfuhr, Hofmann und Campe, Hamburg, 1983, Bd. 2, S. 50. 钱春绮译：《海涅诗集》，上海译文出版社1990年版，第373页。

的诗,既为这位"革命"诗人汗颜,同时也佩服他的勇气。试想如果换作歌德,他一定把这些艳情安放在一个"人物"身上,特别是异族的、东方的背景之下,从而把自己撇清。可海涅却大大方方地交代出来,体现了他的叛逆,也看出他的真实。若从艺术的角度看,他摒弃了古典主义的"完美",显示出某些从浪漫主义向现实主义过渡的特征。

4. 难掩的阴冷、狠重

不同于歌德的雍容春和,也不同于艾辛多夫的冲和淡雅,海涅的诗歌不时透出一种罕见的阴冷、狠透乃至残忍。他能平静地描写墓穴、跟僵尸的狂热亲吻拥抱,他也能冷静地描写痛苦残忍、直面淋淋鲜血,他似乎对这些人所不忍的场景无动于衷,甚或享受其中的某种快感。当然这可能有历史文化的原因。我们读《号角》就会发现,其中有不少杀人场面,或情杀或战争,鲜血淋漓。德意志民族本就好勇斗狠,靠刀剑赢得女人和土地,跟我们儒家文化培育的隐忍和平很不一样。但除了社会文化的影响之外[①],更可能的是他自己性格中有冷酷、变态的一面,下面是一例:

1
爱人啊,假如你在墓中,
躺在那阴暗的墓中,
我要下去到你那儿,
我要向你委身相从。

2
我吻你,抱你,狂拥着你,
你这静寂、冰冷、苍白之身!
我欢呼、我颤抖、我狂哭,
我自己也变成了死人。

3
死尸们站起,午夜在呼唤,
他们飘然结队起舞;

---

① 海涅虽然是犹太人,但世代生活在德国,他自己也认同德意志,称其为"祖国"。

我躺在你怀抱之中，
　　我们俩依然在墓中共处。
4
　　死尸们站起，在审判之日
　　他们呼喊着苦痛和欢喜；
　　我们俩并无什么忧烦，
　　依然拥抱着躺在一起。①

　　这是爱你到死的誓言，但我们感到的不是美，而是阴冷和恐怖，还有比鬼气更丑恶的死尸气。该诗注释者认为，这是浪漫时代的时尚，在民歌中也出现过②。确实，西方文化因为相信存在彼岸世界，所以死神、灵魂等在文学中屡见不鲜。文学大家如歌德、布伦塔诺都写过人鬼之恋，但那是把鬼当作活人来写，特别是布伦塔诺的《渔童》，写得唯美而诗意，只有深幽神秘而没有阴冷恐怖，让人充满了同情。诺瓦利斯的《夜颂》曾写到墓穴，但那是描写基督的复活。他歌颂死亡是因为那是通向永生的门槛，而恋人是站在这道门槛上的接引者，所以立意也完全不同。从 Dann will ich steigen zu dir hinab, / Und will mich an dich schmiegen（我要下去到你那儿，/我要向你委身相从），可以看出海涅不顾一切的生死恋，但描写墓穴的拥吻，冰冷苍白的尸身，还有众尸的舞蹈狂欢，却透露出诗人自己的某种特别趣味。另外如《我梦见一位公主》（"Mir träumte von einem Königskind"）③，在梦境中跟公主在菩提树下约会，这是多么美好的情景，但公主突然说出自己"躺在坟墓，只能夜间到你这来"，给人同样的感觉。也许诗人是寻求艺术上的独辟蹊径，但无论如何，让人感到他性格中的一丝阴冷。下面的诗则有些恐怖：

---

　　① Heinrich Heine, *Historisch-kritische Gesamtausgabe der Werke*, herausgegeben von Manfred Windfuhr, Hofmann und Campe, Hamburg, 1975, Bd. 1-1, S. 163. 钱春绮译：《海涅诗集》，上海译文出版社 1990 年，第 129 页。

　　② Heinrich Heine, *Historisch-kritische Gesamtausgabe der Werke*, herausgegeben von Manfred Windfuhr, Hofmann und Campe, Hamburg, 1975, Bd. 1-2, S. 812.

　　③ Heinrich Heine, *Historisch-kritische Gesamtausgabe der Werke*, herausgegeben von Manfred Windfuhr, Hofmann und Campe, Hamburg, 1975, Bd. 1-1, S. 173.

1
　　我的歌加了毒药——
　　有什么法儿可想？
　　在我年轻的生命中，
　　是你把毒药灌放。
2
　　我的歌加了毒药——
　　有什么法儿可想？
　　我胸中满藏了恶蛇，
　　还有你，我的姑娘。①

这本是爱情的表白，可为什么说得那么狠？劈头就是"我的歌加了毒药"，令人倏然心惊，因为"歌"从来就是"美的""甜的"。到了第2节，"我胸中满藏了恶蛇"，更为恐怖。而相似的诗行还有："因此这片小嘴儿，/很像美丽的蔷薇丛林，/有毒蛇躲在它黑暗的叶中/阴险地发出咝咝的声音。"②不仅形象可怖，其用心也有些狠了。下面的更狠：

1
　　是什么让我的血液沸腾？
　　是什么让我的心烈焰狂烧？
　　我的血被火煮、在冒泡、在发酵，
　　愤怒的火焰正焚毁我的心。
2
　　那血液在奔腾、在发酵、在冒泡，
　　因为我做了一个噩梦：
　　梦见那凶恶的黑夜的儿子，

---

① Heinrich Heine, Historisch-kritische Gesamtausgabe der Werke, herausgegeben von Manfred Windfuhr, Hofmann und Campe, Hamburg, 1975, Bd. 1 – 1, S. 185. 钱春绮译：《海涅诗集》，上海译文出版社1990年版，第142页。

② Heinrich Heine, *Historisch-kritische Gesamtausgabe der Werke*, herausgegeben von Manfred Windfuhr, Hofmann und Campe, Hamburg, 1975, Bd. 1 – 1, S. 102.

他把我挟走，弄得我喘不过气来。①

此诗共 11 节，作于 1815—1816 年，那时的海涅还是一个中学生。内容是"恋人的婚礼"，是一个想象的故事。这里所引的是前两节。第 1 行写自己的怒血贲张，连续用了 3 个意义叠加押头韵的词汇：treibt、tobt、tolles，造成情感爆发的效果。第 3 行用 3 个动词 kocht（煮）、schäumt（冒泡）、gärt（发酵）来形容"我"的血，比一般常用的"煎熬"一词要具体得多，也就狠重得多。在一个想象的语境中，能如此细腻地表现这种痛苦的感觉，透露出海涅的某种自虐倾向。他内心的爱与恨、屈辱与反抗的纠结，还有心底由自卑形成的压力，一旦积蓄到"临界"就会爆发，表现为对"残忍"的兴趣，表现为语言的极端的狠透、锋利，几乎刀刀见血，对敌手也对自己。这似乎给他一种痛楚的快感，可以舒缓内心的压力。这是富家公子布伦塔诺、冲和的男爵艾辛多夫所没有的，因为他们没有受过这种压迫和凌辱。下面的诗可以看出他对痛苦的咀嚼和体验，他有这种偏好。

唉，假使我是供我爱人
刺着绣针的小枕！
即使它狠狠地刺我，
我将感到刺得开心。②

这是一首无题的情诗，所引是其中的第二节，是"心"的独白。其比喻十分尖新，把心比作"针扎"（德语 Kißchen 直译是"小枕头"），以"刺心"为快乐，极具震撼力。但它给人更多的不是感动，而是刺心的尖锐痛苦。再看下面自虐所用的酷刑：

---

① Heinrich Heine, *Historisch-kritische Gesamtausgabe der Werke*, herausgegeben von Manfred Windfuhr, Hofmann und Campe, Hamburg, 1975, Bd. 1 - 1, S. 27. 钱春绮译：《海涅诗集》，上海译文出版社 1990 年版，第 21 页。略有改动。

② Heinrich Heine, *Historisch-kritische Gesamtausgabe der Werke*, herausgegeben von Manfred Windfuhr, Hofmann und Campe, Hamburg, 1975, Bd. 1 - 1, S. 165. 钱春绮译：《海涅诗集》，上海译文出版社 1990 年版，第 130 页。

1
宁可用烧红的钳子夹我，
残忍地剥掉我脸上的皮，
宁可用荆条鞭打——
只是别让我等待！
2
宁可遭受各种酷刑
让我的肢体断裂，
只是别让我白等，
因为等待是最坏的刑罚。①

这是一首作于1856年的诗，共5节，前两节涉及种种可怕的酷刑，而海涅就是用这些来自虐的。此诗写给一位捷克女性伊莉萨·克里尼茨（Elise Krinitz，1828—1896）。她是海涅的崇拜者，1855年曾登门拜访。以后因其极好的德语和法语帮助海涅整理修改文稿，随之友谊发展成柏拉图式的爱情。伊莉萨·克里尼茨后来成为一个作家，有记述海涅最后日子的作品②。这首诗是表达他的焦急等待，但其中的残忍却令人悚然，当然也跟他当时"床褥墓穴"的痛苦体验有关。

5. 难称厚道

海涅性格中有刻薄的一面，这是他诗文中冷嘲热讽的源头。我们看他的"骂人"：

骡子血统

1
你的父亲，如所周知，

---

① Heinrich Heine, *Historisch-kritische Gesamtausgabe der Werke*, herausgegeben von Manfred Windfuhr, Hofmann und Campe, Hamburg, 1992, Bd. 3-1, S. 190.

② Heinrich Heine, *Historisch-kritische Gesamtausgabe der Werke*, herausgegeben von Manfred Windfuhr, Hofmann und Campe, Hamburg, 1992, Bd. 3-2, S. 1654.

这好人可惜是匹公驴；
而你那高贵的母亲，
却是一匹高贵的纯种龙驹。
2
你的骡血这是事实，
不管你怎样反对；
可是你也可以堂皇自称，
说你是属于马类，——①

这是辱骂普鲁士国王腓德烈·威廉四世（1795—1861）。平心而论，批判时政、反对国王这在进步作家司空见惯，论战中的人身攻击也不罕见，但如此之刻毒，恐怕空前绝后。其他如讽刺歌德、嘲骂前辈诗人等不一而足（具体请见本章第三节第二部分"叙事诗"之"长篇叙事"中《汤豪塞》引文第12—15节）。概而言之，从诗镜照出的诗人性格是分裂的，感情是纠结的，爱是底色，但同时还有高傲、自卑、轻浮、刻薄等负面，这些在世事纷扰中相互纠缠畸变，影响着他的文学、思想以及人生。

思想 ABC

海涅的思想是复杂的，个性、出身、教养、命运纠结在一起影响着它，而且他生逢革命的时代，思想也随着激烈的社会变革而演化，现在只就其主要方面述说一二。

1. 祖国情怀

读海涅诗集，最先感受到的就是他的"爱国"。早在1815年他还是一个中学生的时候，听到滑铁卢战胜拿破仑的消息就写下了他的第一首长诗《德国》，共有24节96行，洋洋洒洒激情澎湃，正是一个热血青年的祖国自豪感，下面所引是其第1节：

---

① Heinrich Heine, *Historisch-kritische Gesamtausgabe der Werke*, herausgegeben von Manfred Windfuhr, Hofmann und Campe, Hamburg, 1983, Bd. 2, S. 100. 钱春绮译：《海涅诗集》，上海译文出版社1990年版，第455页。

我要歌唱德意志的荣誉,
你来听我这最美的歌,
我的激情要高高地飞翔,
幸福快乐激荡着我。①

海涅是犹太人,但莱茵河的哺育养成了他终生不渝的对德国的认同感和归属感。他诗集中题名为"Deutschland"(德国)的就有 4 首,而以各种方式表达祖国情怀的就更加不胜枚举,比如下面的诗:

1
我曾有过一个美丽的祖国。
橡树高高
挺立在那里,紫罗兰温柔摇曳。
但这已然是梦影。
2
它给我德意志式的亲吻,它用德语
(那么好听
真难以置信)对我说:"我爱你"
但这已然是梦影。②

此诗大约作于 1833 年,短短 8 行饱含着故国之思和游子的殷殷怀恋。诗一开始给出两个意象,一是橡树,二是紫罗兰。橡树高大枝繁叶茂,特别有一种英雄伟岸的气概,而紫罗兰则是温柔的爱情之花,它们就是德意志的男人和女人,也就是整个祖国的象征。可正当他被亲吻、听到了亲切的乡音"我爱你"的时候,正当祖国对这个被放逐的游子敞开了爱的怀抱的时候,最后一行陡然一转:可惜这只是梦境!梦醒而心碎—

---

① Heinrich Heine, *Historisch-kritische Gesamtausgabe der Werke*, herausgegeben von Manfred Windfuhr, Hofmann und Campe, Hamburg, 1975, Bd. 1 – 1, S. 512.

② Heinrich Heine, *Historisch-kritische Gesamtausgabe der Werke*, herausgegeben von Manfred Windfuhr, Hofmann und Campe, Hamburg, 1983, Bd. 2, S. 73. 钱春绮译:《海涅诗集》,上海译文出版社 1990 年版,第 415 页。略有改动。

地！他从兴奋跌到痛苦，只剩下无语。这就是海涅悲怆的祖国情怀。再看一首：

1
啊，德意志，我遥远的爱人，
我一想起你，就几乎流泪！
快乐的法兰西对我显得忧郁，
轻浮的民族成为我的重累。
2
只有这种冷酷枯燥的头脑，
支配着这聪明机智的巴黎——
啊，小丑帽上的小铃，虔诚的钟声，
在故国响得多么甜美！
3
殷勤的男人们！可是对他们
温文的寒暄我感到厌恶。——
我从前在祖国感受到的粗鲁，
已成为我的幸福！
············①

这是一首感伤的思乡曲片段，全诗共 7 节，把身边的巴黎和记忆中的故国——来对比，这时海涅已经离开德国 8 年。法国本来是他心目中理想的国度，他自己也因为受到专制政府的迫害而来到革命、自由的巴黎。但 8 年的现实生活让他看到了巴黎的另一面，特别是厌恶它的虚荣和浮华，相反地对故国却只记得它的好处。他怀念德国人的淳朴、虔诚，怀念它田园诗般的情调，甚至宁可要德国的粗鲁也不喜欢法国的温文尔雅。这种深切的祖国情怀，超越了政治和意识形态，

---

① Heinrich Heine, *Historisch-kritische Gesamtausgabe der Werke*, herausgegeben von Manfred Windfuhr, Hofmann und Campe, Hamburg, 1983, Bd. 2, S. 80. 钱春绮译：《海涅诗集》，上海译文出版社 1990 年版，第 426—427 页。略有改动。

是一种血脉相连。

2. 政治立场

海涅在思想上是一个民主主义者，反对专制、争取自由民主是他一生奋斗的目标。他不能容忍资本主义带来的道德堕落，反对普鲁士的书报检查制度，这在他的政治讽刺诗，特别是长诗《德国，一个冬天的童话》(*Deutschland, Ein Wintermärchen*)① 中得到了集中的体现。下面的诗行引自几首短诗：

世界上已经没有真实，
忠诚也已经荡然无存。
犬依然摇尾乞怜，恶臭难闻，
只是它们不复忠诚。②

爱情、诚实和信任，
世界上再找不到，
咖啡是这样昂贵，
金钱是这样缺少！——

儿时的嬉戏已经过去，
一切都已辗转难寻，——
金钱、世界和时代，
信任、诚实和爱情。③

这是在鞭挞世道人心：天地之间已经没有了美德、没有了忠实，一

---

① Heinrich Heine, *Werke*, Ausgewählte und herausgegeben von Martin Greiner, Kiepenheuer & Witsch, Köln, Berlin 1969, Bd. 1, S. 693f.

② Heinrich Heine, *Historisch-kritische Gesamtausgabe der Werke*, herausgegeben von Manfred Windfuhr, Hofmann und Campe, Hamburg, 1983, Bd. 2, S. 116. 钱春绮译：《海涅诗集》，上海译文出版社1990年版，第481页。

③ Heinrich Heine, *Historisch-kritische Gesamtausgabe der Werke*, herausgegeben von Manfred Windfuhr, Hofmann und Campe, Hamburg, 1975, Bd. 1-1, S. 250. 钱春绮译：《海涅诗集》，上海译文出版社1990年版，第186页。

切美的事物都在丧失，剩下的只是"活着"。下面是对德国现实的全面批判：

在策勒①大监狱里我只看到
汉诺威人——哦，德国人士！
我们缺少一所国民大监牢
和一根公共的鞭子！

我在汉堡问人："为什么
大街上臭得这样厉害？"
犹太人和基督徒告我：
"这臭气是从阴沟里传来。"

在汉堡，那可爱的城市，
住着许多流氓地痞；
我来到交易所中，
却好像还在策勒的牢里。②

这是《汤豪塞》中的片段，上引第1节将整个德国比作一个大监狱，专制制度就是鞭笞人民的鞭子。后两节是讥讽汉堡。汉堡是当时德意志最繁荣的商贸中心，那里的证券交易所是资本主义的象征，诗人对此深恶痛绝，所以嘲骂那里住着流氓地痞、满街泛着臭气。

3. 宗教和信仰

海涅的宗教信仰较为复杂。作为一个犹太人，他从小受到犹太教的熏陶教育，所以对它有着一份天然的亲近和认同，这可以从他1851年的

---

① 策勒（Celle）：德国城市名，当时属于汉诺威王国。Celle 古写作 Zelle，意为"监狱"。海涅利用这两个同音词，将这座城市比作一个大监狱。

② Heinrich Heine, *Historisch-kritische Gesamtausgabe der Werke*, herausgegeben von Manfred Windfuhr, Hofmann und Campe, Hamburg, 1983, Bd. 2, S. 60. 钱春绮译：《海涅诗集》，上海译文出版社1990年版，第392页。

长诗《宗教辩论》（*Disputation*）①中看出来。但作为启蒙后的知识分子，海涅并没有宗教偏执，相反他秉持一种理性宽容的态度。他把德意志、希腊等各民族原始的自然神教看作一种文化遗产，喜爱、尊重它们，常把其素材、形象引入自己的作品。对被主流社会视为异端的伊斯兰教他怀有宽容和理解，这从《阿尔曼梭尔》（*Almansor*）②中可以看出来，而对主流的基督教则持理性的态度，既有批判又有肯定。具体说来，海涅对教会的腐败、对神父们的虚伪都持严厉的批判态度，对"圣迹"等也表示怀疑，这可以从"凯夫拉尔朝圣歌"（"Die Wallfahrt nach Kevlaar"）③中看出来。但当他晚年面对日日逼近的死神，也不免像所有的德国哲人一样去思考终极、彼岸等问题，于是倾向于基督教。但即便如此，他也不是一个绝对的基督徒，他没有布伦塔诺临终前的那种恐惧，没有那样痴痴地恳请上帝的宽恕。海涅潇洒得多，在临终的前一天，他微笑着安慰友人："上帝饶恕我，这是他份内的事"④，一丝幽默透露出他跟上帝的游离。笔者的感觉是，如同启蒙后的大多数德国知识分子，海涅信仰的不是一个现成的、由别人灌输的宗教，而是他自己心设的一个信仰，这包括自由、民主、爱和幸福，也包括救赎、彼岸，等等。海涅对自己的思想有一个较为集中的论述，见于1851年9月30日写的"罗曼采罗后记"，他说：

　　由于我自己也需要神的慈悲，对于我的一切敌人，我都颁布了大赦令。⑤

---

① Heinrich Heine, *Historisch-kritische Gesamtausgabe der Werke*, herausgegeben von Manfred Windfuhr, Hofmann und Campe, Hamburg, 1992, Bd. 3 – 1, S. 158 – 172. 钱春绮译：《海涅诗集》，上海译文出版社1990年版，第759页。

② Heinrich Heine, *Historisch-kritische Gesamtausgabe der Werke*, herausgegeben von Manfred Windfuhr, Hofmann und Campe, Hamburg, 1975, Bd. I – 1, S. 318 – 327. 钱春绮译：《海涅诗集》，上海译文出版社1990年版，第232页。

③ Heinrich Heine, *Historisch-kritische Gesamtausgabe der Werke*, herausgegeben von Manfred Windfuhr, Hofmann und Campe, Hamburg, 1975, Bd. I – 1, S. 327 – 333. 钱春绮译：《海涅诗集》，上海译文出版社1990年版，第238页。

④ ［丹麦］勃兰兑斯：《十九世纪文学主流》第六分册《青年德意志》，高中甫译，人民文学出版社1997年版，第210页注释。

⑤ 钱春绮译：《海涅诗集》，上海译文出版社1990年版，第789页。下面3段分别见于第790、791、791—792页。

的确，我在黑格尔门徒那里做了一个长时期的牧猪奴以后，现在我是像一个浪子一样，又返回到神的身边来了。是不是由于困迫把我驱回？也许是一种并非困迫的原因。天国的怀乡病侵袭了我，逼得我奔过森林山谷，奔过辩证法的炫人的山径。我在路上碰到泛神论者的神，可是我用不着他。这个可怜的幻想的东西和人世纠缠混淆，仿佛是被关在人世一样，毫无意志，毫无气力，只是张着大嘴向你凝视。要有意志，就得有人性，要把意志发表，就要能手腕运用自如。要是切望有一位能施救的神——这确实是顶要紧的事情——那你就得要承认他的人格，他的超现实性，他的神圣的属性，以及大慈大悲，全知全能，公正无阿等。于是他就赏赐我们灵魂的不朽以及死后的永生，就像是一个卖肉的人，要是对他的顾客十分满意，就把精美的髓骨，免费奉赠，塞到他的菜篮里一样……我对于这种肉骨头不但不会加以拒绝，而且要愉快地饱啖一光，这是每个有情感的人都会赞同的。

我现在还坚持着那种民主主义，这是我在少年时代所信服而且以后一直是越来越热烈地拥护的。反之，在神学上，我却不得不为自己的退步引罪自责，因为如前所述，我竟复归于那种旧的迷信，复归于人性的神。

我的宗教信念和见解不受缚于任何教会：任何钟声不能引诱我，任何祭台的蜡烛迷惑不了我。我从不玩弄什么象征论，我也从不放弃我的理智。我没有发过什么断绝关系的誓言，我也没有对我那旧的异教神发誓断绝，我虽然背他而去，却是留着情谊而分手的。

这表明了几个立场观点：首先他像所有的基督徒一样宽恕了自己的敌人。其次说明了自己的思想历程：他追随过黑格尔，他反对泛神论，最后认可了作为人格神的上帝。对于自己民族的犹太教他虽然分手但内心葆有情谊。在政治上，他是一个坚定的民主主义者，为其奋斗了一生。关于这点他在1849年的《敢死队》中说得十分清楚：

452　◇　《男孩的神奇号角》与德意志浪漫主义诗歌

在自由战争的最前哨,
我忠心坚持了三十载年华。
我战斗,没有胜利的把握,
我知道,我绝不会平安回家。①

海涅是一个民主自由的斗士,他为此奋斗了一生,不但他自己这样认为,历史也如此评价,他可以安息了。

最后一镜:升华的大爱

海涅最后的 8 年瘫痪在床,全身麻痹,眼睛都睁不开,但就在这痛苦的炼狱之中他的人格得到提升,道德实现了升华。他一改往昔的浮躁、轻薄,变得坚毅、温厚,他让精神支撑着生命,走出了人生的辉煌。文学上他凭口授继续创作,写出了很多华彩篇章,出版了他的第三部诗集《罗曼采罗》,竖起创作道路上的又一座丰碑。感情上经过了患难他对爱情婚姻有了更深切的理解和责任感。他对玛蒂尔德的感情本来是纠结的,一方面是性爱和宠溺,另一方面是"逃离"和分手。但到了这人生的最后一段,虽然妻子一如既往地孩子似的"不懂事"②,但海涅的心却变得无比宽大、温厚,充满着一种超越夫妻之爱的大爱,他称玛蒂尔德为"我的胖孩子",体谅她的坏脾气,容忍她的坏习惯,心心念念的是她以后的生路,我们看下面的诗:

1
啊,小羊羔,我曾是那个
世上要保护你的牧羊人。
用我的面包喂养你,
还有清泉水。

---

① Heinrich Heine, *Historisch-kritische Gesamtausgabe der Werke*, herausgegeben von Manfred Windfuhr, Hofmann und Campe, Hamburg,, 1992, Bd. 3 – 1, S. 121f. 钱春绮译:《海涅诗集》,上海译文出版社 1990 年版,第 702 页。

② Jan-Christoph Hausschild u. Michael Merner,„ *Der Zweck des Lebens ist das Leben selbst* " *Heinrich Heine*, *eine Biographie*, Kiepenheuer & Witsch, 2. Auflage 1997, Köln, S. 327 – 328.

每当冬天的暴风雪把人冻僵,
我就把你放在温暖的胸膛。
当暴雨倾盆
当狼跟小溪赛跑
黑暗的山中传出狼嚎,
我就紧紧地拉住你。
你别害怕,你别颤抖
即使那棵最高的树被雷电击倒,
你在我的衣襟下入睡,
安安静静、无忧无惧。

2
我的臂膀变得衰弱无力,那边
苍白的死神悄悄走来,那个羊跟
牧羊人的现实版就要剧终。
啊!上帝,我要把牧杖放回到
你的手里——请你护着
我那可怜的羔羊,当我
躺在墓穴——我受不了
什么地方的棘刺去扎它的脚——
当心啊,那遍地丛生的荆棘
还有那沼泽地,会弄脏你,
让你所到之处的脚边
都长出最美的饲草,
让你无忧无惧地安睡,
就像当初在我的怀里!①

---

① Heinrich Heine, *Historisch-kritische Gesamtausgabe der Werke*, herausgegeben von Manfred Windfuhr, Hofmann und Campe, Hamburg, 1992, Bd. 3-1, S. 357f.

454　◇　《男孩的神奇号角》与德意志浪漫主义诗歌

此诗大约作于 1854 年后①，这时海涅对玛蒂尔德的爱情已变成一种大爱，超越了他们当初的男女之情。那个"扎刺"的比喻让人看到他柔软的心，他满心的疼爱，如同对一个调皮的孩子，催人泪下。死后如何，任何人，特别是缠绵病榻的人都会去想。陶渊明有《自挽诗》，看透了世态炎凉，把一切都放下，显得冷静而超脱。可海涅虽抱着任人评说的理性，但他心中却始终有个"放不下"，这就是他的妻子，于是哀恳天使们保护她：

…………
2
她是我的妻子，也是我的孩子，
我要是去到阴司，
她就要变成孤女，变成孤孀！
我就要把她孤零零地丢在世上，
这妻子，这孩子，一向依赖我的意志，
无忧无虑、忠诚地倚在我的怀里。
3
你们身居天国的天使们，
请听我的泣诉和哀恳：
要是我身入荒凉的墓地，
请保卫我爱过的妻子；
请做你们的化身的监督人和保护人，
请保护、守望我可怜的孩子、玛蒂尔德夫人。②

下面的《周年追思》，想象自己死后周年，妻子去墓地看他，满溢着疼爱：

---

① Heinrich Heine, *Historisch-kritische Gesamtausgabe der Werke*, herausgegeben von Manfred Windfuhr, Hofmann und Campe, Hamburg, 1992, Bd. 3－2, S. 1541f.

② Heinrich Heine, *Historisch-kritische Gesamtausgabe der Werke*, herausgegeben von Manfred Windfuhr, Hofmann und Campe, Hamburg, 1992, Bd. 3－1, S. 116f. 钱春绮译：《海涅诗集》，上海译文出版社 1990 年版，第 695 页。

…………
4
可惜我却住得太高，
我不能给我心爱的人
搬一张椅子放在那里，
唉！她累得脚步走不稳。
5
我可爱的肥胖的孩子，
你回家去，不可步行，
你瞧那边有出租马车
停在门口的栅栏附近。①

海涅以前的情诗都是从自我出发，自己的爱、自己的委屈、痛苦和怨恨。这里则从对方入手，写她去墓地看望自己。海涅的爱变得无私，变得纯粹高尚，催人泪下。海涅的诗在艺术上令人击节赞叹的不胜枚举，但真正打动人心，特别是击中泪点的并不多，以上几首是最能撼动人心的。

我们回头来看玛蒂尔德。她的魅力在于青春性感的美和单纯自然的天性。但他们二人在精神教养上差距太大。玛蒂尔德一生都不理解海涅，也不知道海涅的价值。她虽出身贫寒却奢侈成性，不会理家，还时常发脾气、闹小性，把海涅搞得十分狼狈，特别是在家人朋友面前。于是海涅曾经逃离，也跟母亲表示过要跟她"分手"，但最后还是割舍不下。玛蒂尔德在做了7年情人之后终于在1841年成为海涅夫人。海涅的母亲、妹妹及朋友对这位夫人都颇多微词。但海涅虽时或发作，但就是喜欢她，宽宥她②。他们之间的关系除了夫妻之外还有一层，就是他把她看作"孩

---

① Heinrich Heine, *Historisch-kritische Gesamtausgabe der Werke*, herausgegeben von Manfred Windfuhr, Hofmann und Campe, Hamburg1992,, Bd. 3–1, S. 114. 钱春绮译：《海涅诗集》，上海译文出版社1990年版，第692页。

② Jan-Christoph Hauschild u. Michael Merner,„ *Der Zweck des Lebens ist das Leben selbst* "*Heinrich Heine*, *eine Biographie*, Kiepenheuer & Witsch, 2. Auflage 1997, Köln, S. 311–313.

子",而玛蒂尔德视年长 18 岁的丈夫为"主人",内心有一份顺从的持守和忠诚。有论者认为《汤豪塞》就是他们的真实关系。虽然众人对她评说不一,但总的说来负面多于正面,她爱海涅显然没有海涅爱她爱得深。玛蒂尔德本质上是一个肤浅的女孩,跟学者型作家海涅本来就是两种人。但从他们的经历我们可以这样说,不管对方是否懂得,爱本身就是一种幸福,我想海涅最后就是体验并感受到了这种幸福,比青年时代那种影子爱情要实在得多。海涅晚年最大的心事就是妻子日后的生计,所以在病榻之上精心理财。以他犹太人天生的商业头脑(可当年就是不肯用心打理自己的公司,致使破产),他买卖股票获利几万法郎。然后他在遗嘱中把全部遗产都留给了玛蒂尔德,包括版税、手稿等,总数按今天的价值计算约有 130 万马克[1]。这足以让九泉之下的海涅安心:他的玛蒂尔德住在宽绰的房子里,有女友陪侍,有足够的钱花,舒舒服服地又活了 27 年,最后按照海涅的安排葬在丈夫身边。可以说,海涅经过了 59 年的人生历程,最终达到了某种大爱的境界,实现了道德和人格的升华,这是他人生的另一种成功和圆满。

第二节 海涅的诗歌创作与民歌

海涅在布伦塔诺开辟的民族化的道路上继续开拓,达到了文人诗与民歌融汇的化境,成为 19 世纪德语诗歌的高峰,也是整个德语文学上的一座丰碑。

一 文学成就及诗歌创作概述

海涅作为一个作家,其文学成就主要在诗歌和散文。诗歌有三大诗集,散文代表作是《游记集》三卷。第一卷《哈茨山游记》最负盛名,是诗与散文的完美结合,体现了海涅特有的洗练、诗意和幽默。第二卷中的《北海》描绘了雄浑壮美的大海风光,这在德语文学中是个"突破",而《思想·勒格朗集》则表达了他对拿破仑和法国大革命的深切同

---

[1] Jan-Christoph Hauschild u. Michael Werner, „*Der Zweck des Lebens ist das Leben selbst* " *Heinrich Heine, eine Biographie*, Kiepenheuer & Witsch, 2. Auflage 1997, Köln, S. 615.

情。第三卷主要包括《从慕尼黑到热那亚》《卢卡浴场》等，嬉笑怒骂间包含着激烈的思想交锋和论战，读来兴味盎然。但欧洲人所看重的戏剧和长篇小说却是海涅的短板。他青年时代写过两部戏剧，都不成功；曾经有创作一部长篇小说的计划，但没有完成。除了文学创作他还有一部重要的文学批评著作《浪漫派》，因为关涉不同思想之间的论战，所以难免辛辣刻薄，观点也不乏偏颇，但文笔优美，诗情画意，颇有情致。海涅是法学博士，博古通今，对哲学也颇有研究，其中著名的是《论德国的哲学和宗教》，是写给法国读者的"普及读本"，因为其文字的幽默生动，所以较之枯燥的哲学著作，另具魅力。此外他还为报纸写了大量的通讯和评论。而最终让海涅跻身于世界文坛的是他的诗歌。我们先看一段尼采的评价：

我认为海涅是最好的诗人。在上下几千年所有的国度里，我都没能找到他那样甜美动情的音乐。他有神般的恶毒，无此我就不认为完美……有一天人们会说，海涅和我绝对是第一流的德语语言艺术家。[1]

此言颇带尼采的狂狷，但却一语中的，说出了海涅诗的好处与特质。海涅诗主要收入他的三大诗集：《歌集》《新诗集》和《罗曼采罗》，另外还有单篇作品百余首，总数有1100多首，其中最成功的、确立他诗人地位的是《歌集》。

《歌集》1827年由汉堡的霍夫曼－卡帕（Hofmann & Campe）出版社出版，包括了海涅青年时期的全部诗歌。它由五个部分组成：《少年的烦恼》《抒情插曲》《还乡曲》《哈尔茨山游记插曲》和《北海》。其中《少年的烦恼》收入诗人1817—1821年的作品，大多是爱情的体验和感发，表现了一个多愁善感又叛逆的青年在迷阵中东碰西撞，他的受伤、痛苦和愤怒。其中有一首《近卫兵》极为引人瞩目，它描写两个从俄罗斯战败回国的法国士兵，虽败而革命精神不衰，彰显出海涅对法国革命的同情。《少年的烦恼》曾在1822年以《诗集》为名出版过。

---

[1] Johannes Klein, *Geschichte der deutschen Lyrik, von Luther bis zum Ausgang des zweiten Weltkrieges*, 2. erweiterte Auflage, Franz Steiner Verlag, Wiesbaden 1960. S. 492.

第二部分《抒情插曲》是 1822—1823 年的作品，内容主要是跟汉堡堂妹的爱情。它曾以《悲剧附抒情插曲》（*Tragödien，nebst einem lyrischen Intermezzo*）为名于 1823 年出版。第三部分《还乡曲》收入 1823—1824 年的作品，所谓"还乡"指的是"回汉堡"，所以内容上主要是沿途见闻和汉堡所感，当然还有当年的爱情回忆。《还乡曲》比《抒情插曲》要深刻，尤其凸显了海涅的描写功力，既有精致的应物象形，也有宏大的写意。其中风景、人物、情感圆融和谐，诗情画意，体现出海涅诗歌创作的新高度。第四部分《哈尔茨山游记插曲》作于 1824 年，是散文《哈尔茨山游记》中的插曲汇集，内容与其上下文相关。其中的《山上牧歌》（"Bergidylle"）思想、内容上跟启蒙诗人哈勒的《阿尔卑斯山》（"Alpen"）一脉相承，批判工业文明带来的社会弊病，赞美山里人纯朴自然的生活，还塑造了一个可爱的女孩，单纯得透明，体现了自然中人的可爱。但矛盾悖论的是，虽然城里来的诗人视这里为世外桃源，远离城市的诱惑和罪恶，可这女孩却不想待在这里，想去热闹的地方，显然这就是当时的思想和社会矛盾，也正是诗人的深刻之处。《牧童》（"Der Hirtenknabe"）歌颂山里人自然、自由的生活，从创作的角度看显然受到民歌和巴洛克"牧羊人"诗歌的影响。第五部分《北海》作于 1825—1826 年，是《歌集》中最有个性、成就最高的诗。首先是题材新，这是德国诗人第一次正面描写大海，是德语诗中的全新的景象：晨光夕照灿烂壮美，月下波光温柔妩媚，狂风暴雨、波涛汹涌，不一而足。在这里海涅用语言塑形、染色、传声、言情，将一幅幅动态又传神的画，乃至连续的镜头，呈现在读者眼前。除了语言的表现力，这组诗还极富气势、极富想象力。北海风光给了海涅真正的诗的灵感，让他贯通古今、三界、四维的空间，天上、人间、神灵、童话、冥幽等无不可通，他不再是那个愤世嫉俗的青年，而是驾着一叶小舟的诗人，怀着欣赏愉悦去亲近大自然，抱着勇气去乘风破浪。再就是形式上的创新，诗人不受格律束缚，押韵和节奏都不在意，有些甚至可称是分行的散文，比如《海滨之夜》（"Die Nacht am Strande"）一切从心出发，以表情达意为中心，靠内在的气韵来统摄。《北海》因为其全无依傍，无从借鉴，最充分地展现了海涅的天才。

海涅的第二部诗集《新诗集》1844 年由汉堡的霍夫曼－卡帕出版社

出版，在海涅看来是"《歌集》的第二部分"①，收入了1828—1844年的作品。分为四个部分：《新春曲》《群芳杂咏》《罗曼采曲》和《时事诗》，另外还收入了著名的长诗《德国，一个冬天的童话》，到1852年出第三版时此诗另出单行本。第一部分《新春曲》作于1828—1831年，是应作曲家梅特费赛尔（Albert Methfessel）之请专门写的歌词，所以并不是即情即景的诗，而是某种意义上的"命题作文"，它体现的主要是诗艺和才华。主题是爱情，前边大部分是春景，表现爱的追求，十分甜蜜。最后几首景色变为秋天，大有"悲秋"之意，萧瑟冷落，隐然一个首尾相顾的爱情篇章。风格上它温婉柔和，不似《歌集》那么激情燃烧、情绪激荡，在不晓背景的读者看来显得更有诗歌本身的魅力。另外因为它是"歌词"，其形式在《北海》的"自由化"之后明显地向民歌回归。总体说来，有些诗显得老套，有些颇为新巧，也有几篇是绝佳的精品。第二部分《群芳杂咏》作于1832—1839年。对象多不是自己的恋人，而是巴黎风月场中的女子，内容也不再是爱情的痛苦，而是空泛的爱情本身，乃至较为赤裸裸的情欲。是在埋葬了青年时代的纯情之后，在对纯真的爱情失望之后，转而去寻求肉欲的满足。整体显得轻浮、色艳。第三部分《罗曼采曲》是1839—1842年的作品，多是短篇叙事诗。但不是完整的故事，只是人或事的片段，叙事十分简练，注重抒情，所以诗意盎然，打动人心。具体写法上，它特别注重开头和结尾，"起"得突兀，直奔主题，中间突出某个情节的"最具包孕性"的场面，大笔抒情或渲染，最后戛然而止，留下余音袅袅。从诗的角度讲可谓光华灿烂，感情充沛，还有很多精警的佳句，显然是诗人自己的感悟。另外它注重塑造形象和性格，这是海涅的一大特点。《新诗集》在出第三版时补入了《什锦诗》10首。内容上从古希腊、阿拉伯到基督教，再到世俗生活，风格上既有冷嘲热讽、嬉笑怒骂，也有通达、和平、闲适，其多姿多彩正是"什锦"之意。第四部分《时事诗》作于1839—1844年。这组诗首先呈现了一个自由战士的海涅：批判普鲁士政府反对民主改革的立场，反对书报检查制度，嘲讽德国民众的臣仆心理，攻击教会，咒骂国王，尖锐

---

① Heinrich Heine, *Historisch-kritische Gesamtausgabe der Werke*, herausgegeben von Manfred Windfuhr, Hofmann und Campe, Hamburg, 1983, Bd. 2, S. 215.

犀利，与此同时还凸显了一个对祖国痴恋的赤子海涅。

海涅最后一部诗集是《罗曼采罗》，出版于 1851 年，其原文是 Romanzero，海涅自己解释说："我把这本书命名为《罗曼采罗》，是因为收入这里的诗主要是罗曼司风格"①，意在说明这些诗以爱情故事为主。其中的多数诗篇作于 1846—1851 年，是海涅在"床褥墓穴"中口授由秘书记录、再通读修改完成的。它有《史诗》《悲歌》和《希伯来调》三个部分，主要是叙事诗，间有寓言和时政议论。《罗曼采罗》是生命意志的奇迹，也是海涅艺术上的新探索，在他的创作中具有重要的意义。第一部分《史诗》杂采英、法的历史、传说和童话，也拾撷现实故事，将其演绎成叙事诗，因为有讽刺现实的意涵，所以其编衍有些铺张扬厉，有些反话正说，有些滑稽幽默，更有辛辣的嘲讽。其中有一篇现实性的记述舞女的《波玛莱》②颇为感人，很有些小仲马（Alexandre Dumas, fils, 1824—1895）《茶花女》的意思。除了讽刺鞭挞之外，《史诗》中还有另外一类叙事诗，其素材取自西班牙、意大利等国的民歌、历史传说以及文学作品，诗人按照自己的意思重新敷演成诗。主题以爱情为主，明显地受到中世纪宫廷爱情诗的影响。其主角多为贵族夫人，多是悲剧，多伴有鬼魂的出现，这在海涅显然是一种新尝试、新思路。第二部分《悲歌》内容丰富，有感发、有想象、有历史故事。用典极多，涉及古希腊、古罗马神话、日耳曼和北欧的民间传说、德国历史、当代政治，还有拉丁语、法语等多种语言，显示了诗人深厚的文化功底。令人感动的是《当年的活人》③和《当年的更夫》④等诗篇，写的是当年的一个战友，他从一个民主斗士变成了专制君主的臣仆。其中有讽刺，更有语重心长，可见即使病榻上的海涅，仍然是一个战士。《拉撒路》组诗最引人瞩目的是"死"，诗人因为身体的原因清晰地感到了死神的脚步，所以蒙上了一

---

① Heinrich Heine, *Historisch-kritische Gesamtausgabe der Werke*, herausgegeben von Manfred Windfuhr, Hofmann und Campe, Hamburg, 1992, Bd. 3 – 1, S. 177.

② Heinrich Heine, *Historisch-kritische Gesamtausgabe der Werke*, herausgegeben von Manfred Windfuhr, Hofmann und Campe, Hamburg, 1992, Bd. 3 – 1, S. 29 – 32.

③ Heinrich Heine, *Historisch-kritische Gesamtausgabe der Werke*, herausgegeben von Manfred Windfuhr, Hofmann und Campe, Hamburg, 1992, Bd. 3 – 1, S. 93.

④ Heinrich Heine, *Historisch-kritische Gesamtausgabe der Werke*, herausgegeben von Manfred Windfuhr, Hofmann und Campe, Hamburg, 1992, Bd. 3 – 1, S. 93 – 97.

第四章　海涅与民歌　◇　461

丝悲凉。具体内容上主要是回忆和怀旧，再就是直接写到死和身后。尤为难能可贵地是他心中仍然燃烧着革命的火焰，如《一九四八年十月》("Im Oktober 1849")①。第三部分《希伯来调》题目来自拜伦的组诗 *Hebrew Melodies*（《希伯来旋律》），包括3首长诗。第二首《耶符达·本·哈勒维》("Jehuda ben Halevy")②共896行，是海涅最长的叙事诗，描写了犹太教和一位希伯来诗人。写法上它吸收了民歌夸张性的铺陈手法，特别是描写宝盒一段，语言极尽华丽，形成了江河携百川而下的滚滚滔滔的气势。也因为这极致的铺张性的描写，形成一种漫衍的风格，跟海涅一贯的凝练省净形成鲜明的对比。

海涅还有一些没有编入诗集的诗，其中"1853—1854年的诗"共23题34首。它们有如下特点：一是因为病痛而渴望解脱、渴望死亡，这在第一首表达得十分充分。二是他的诗力不衰，不论艺术表现力还是批判的战斗力都依然旺盛。此外还有1844年之后的佚诗共71首，其中有11首寓言诗，语言句式都十分近于民歌，意在嘲讽社会万象。根据马丁·格莱纳尔的《海涅作品集》③的编年，其中有1855年的诗33首，且多是长诗。是病体日衰、死神日益临近时所作，内容或是回忆，或是当下的感发，让人感觉到诗人的坚强，其中很有些动人的好诗。但相对于这些即情的短诗，那些长诗就显得散缓。从诗的角度看跟健康时的作品最不一样的就是精神气力的衰弱，以致有些统摄不住。如果说早年的诗是血气方刚、有用不完的才情随意地挥洒，那么中年的诗是恰到好处的凝练，用精力、精气把情感、素材提炼到最纯的结晶，成就一首首珠圆玉润的诗。晚年的诗，因为病体的痛苦，诗人身心皆疲，精力不济，所以作起诗来开头还提摄起精神，精彩呈现，但随即气力散缓，于是忽东忽西，漫漶一片，比如《上帝给我们两条腿》("Beine hat uns zwey gegeben")④、

---

① Heinrich Heine, *Sämtliche Gedichte in zeitlicher Folge*, Insel, Frankfurt am Main, Neunte Auflage 2007, S. 630f.

② Heinrich Heine, *Historisch-kritische Gesamtausgabe der Werke*, herausgegeben von Manfred Windfuhr, Hofmann und Campe, Hamburg, 1992, Bd. 3 – 1, S. 130 – 158.

③ Heinrich Heine, *Werke*, Ausgewählte und herausgegeben von Martin Greiner, Kiepenheuer&Witsch, Köln, Berlin 1969.

④ Heinrich Heine, *Historisch-kritische Gesamtausgabe der Werke*, herausgegeben von Manfred Windfuhr, Hofmann und Campe, Hamburg, 1992, Bd, 3 – 1, S. 400 – 403.

《天上的日月星辰》("Am Himmel Sonne Mond und Sterne")[①] 等，如果早早收束还都是不错的诗。打个比方，早中期的诗是从汩汩深泉中取一瓢饮，有根脉有力量，而晚年的某些诗就像是从一朵水花漫漶而成，初现有些美丽，但终究难以为继，于是显得空泛零碎。这是海涅不幸的命运造成，也是多数诗人晚年诗的共同特点。

总之，海涅的诗集第一部《歌集》最好，洋溢着青春的激情，舞动着生命的旋律，唱响着爱情的主调，特别是在激情甜蜜之上涂抹上几笔酸涩、苦辣，让诗味更厚，更回味无穷。《歌集》也是海涅最受欢迎、影响最大的诗集。在海涅生前就发行了13版，其中很多被不同时代的著名作曲家谱曲，传唱至今，让海涅的诗歌家喻户晓。第二部《新诗集》，激情和甜蜜渐渐走向刻薄和玩世，青春的魅力渐渐消退，动人的不再是纯情，而是聪明、技巧。它在海涅生前出了3版。第三部是晚年的诗，凸显的是老辣、深刻和诗艺。从诗歌史的角度看，海涅诗有如下的意义：首先它们是继往开来的诗。是浪漫主义的接续也是现实主义的开篇。海涅以浪漫主义的内容、形式、风格登上诗坛，然后以现实裨补其虚空，打造他自己脚踏实地的诗。更重要的是，海涅的诗歌是德意志民歌化育的最完美的文人诗。德国诗歌从歌德开始探索自己的民族形式和风格，经由布伦塔诺、艾辛多夫等人的努力，到海涅终于形成了一种从内到外的民族化的德语诗歌，这是赫尔德领导的民歌运动的最丰硕的成果，也是德意志民族文化在诗坛的伟大胜利。再就是海涅的诗歌有很多绝佳之作，是世界文学宝库中的珍品。海涅自己属于最好的德语诗人之列，德语诗歌史如果排座次公认歌德第一，因为他博大精深。至于第二，则有不同的看法，比如海涅、比如荷尔德林。而笔者支持海涅，歌德因其大，海涅因其精。

二　海涅诗歌创作与民歌的关系

海涅跟德意志民歌渊源很深，少年时代他就听女友讲民间故事、学唱民歌，受了启蒙。长大他读《号角》被深深感动，曾动情地写道："我

[①] Heinrich Heine, *Historisch-kritische Gesamtausgabe der Werke*, herausgegeben von Manfred Windfuhr, Hofmann und Campe, Hamburg, 1992, Bd, 3 – 1, S. 408 – 410.

不能找到更适当的词句来赞美这本书：它是德意志精神最娇媚的花朵，谁想了解德国民众的可爱之处，就请谁读读这些民歌。"① 而他自己的第一部重要诗集题名为 *Buch der Lieder* ②，直译就是《歌集》。也就是说，他写的就是"歌"或曰歌体诗。其中的第二部分"Lyrisches Intermezzo"意为"抒情插曲"，海涅就直言它们是"短歌"（kleine Lieder），而且是用"民歌的方式"（Behandlungsweise der Volkslieder）写成的③，可见他的诗就是歌，他的歌就是诗，诗与歌之间的界限已经消弭。海涅自己还特别谈到浪漫主义诗人威廉·米勒（Wilhelm Müller, 1794—1827）的"中介"。19 世纪初，在布伦塔诺和阿尔尼姆的推动下，民歌运动进入高潮，民歌风韵的诗也蔚然兴起，布伦塔诺是先锋主将，艾辛多夫、米勒等都紧随其后。米勒诗的特点是内容韵律都极像民歌，但将其提纯，使其清明、透彻，恰好成为海涅学习的门径。他在 1826 年 6 月 7 日给米勒的信中诚恳地说明了这一点："我已到了足够的年龄，能向您坦率地承认，我的那小小的抒情插曲在诗律上跟您常用的相似，这不纯属偶然，而且它内在的情调或许也要归功于您的歌，那些在我写《抒情插曲》时所认识的米勒可爱的歌。"④ 海涅还写道："我很早就受到民歌的影响；后来我在波恩求学的时候，奥·施勒格尔又给我揭示了韵律的奥秘。但是我相信，直到在您的歌里我才找到那种纯粹的音调和那种真正的单纯，而这正是我所追求的。"⑤ 至于跟米勒的区别海涅自己说道："您的诗那么纯洁、那么清明，它们是纯粹民歌的。我的则相反，只是在形式上有某种程度的民歌风，而内容则属于习俗社会的。"⑥ 可见海涅的学习不是生吞活剥，

---

① ［德］亨利希·海涅：《论德国》，薛华、海安译，商务印书馆 1980 年版，第 116 页。

② 此诗集钱春绮先生译为《诗歌集》。因为"歌"（Lied）与"诗"（Gedicht）本是两个概念，所以这里采用直译。巧合的是，中国的经典《诗经》在德语中被统一译为 *Das Buch der Lieder*，由此也可见德国汉学家对"歌"与"诗"的理解。

③ Heinrich Heine, *Historisch-kritische Gesamtausgabe der Werke*, herausgegeben von Manfred Windfuhr, Hofmann und Campe, Hamburg, 1975, Bd. 1 - 2, S. 818.

④ Heinrich Heine, *Historisch-kritische Gesamtausgabe der Werke*, herausgegeben von Manfred Windfuhr, Hofmann und Campe, Hamburg, 1975, Bd. 1 - 2, S. 866.

⑤ Heinrich Heine, *Historisch-kritische Gesamtausgabe der Werke*, herausgegeben von Manfred Windfuhr, Hofmann und Campe, Hamburg, 1975, Bd. 1 - 2, S. 866.

⑥ Heinrich Heine, *Historisch-kritische Gesamtausgabe der Werke*, herausgegeben von Manfred Windfuhr, Hofmann und Campe, Hamburg, 1975, Bd. 1 - 2, S. 866.

而是将民歌化为己有，成为自己诗力、诗法的有机组成部分。

学习吸收

海涅吸纳民歌大致有两个阶段，先是模仿学习，接着是化为己有。所谓模仿，就是比着葫芦画瓢，这在海涅的少作中就已经充分显露出来，原文中的斜体字就是烙印：

Minnegruß

1

Die du bist so schön und rein,

Wunnevolles *Magedein*,

Deinem Dienste ganz allein

Möchte ich wohl mein Leben weih'n

2

Deine süße Aeugelein

Glänzen mild wie Mondesschein;

Helle Rosenlichter streu'n

Deine rothen *Wängelein*.

3

Und aus deinem Münd*chen* klein

Blinkt's hervor wie Perlenreih'n;

Doch den schönsten *Edelstein*

Hegt dein stiller Busenschrein.

4

Fromme Minne mag es seyn,

Was mir drang ins Herz hinein,

Als ich weiland schaute dein,

Wunnevolles Magedein!

爱的致意

1
你是这样一个女孩,
纯真、快乐又美丽,
我想一个人服侍你
用上我的生命。

2
你甜蜜的小眼睛
像月光一样温柔闪亮;
你红色的小脸
就像玫瑰花一样。

3
你的樱桃小口里
闪耀着颗颗珍珠;
而那最美的宝石
就藏在你的胸部。

4
当我那次看见你,
这满心快乐的女孩!
你真诚的表情,
直撞进我的心里。①

此诗作于1816年,当时海涅19岁。这明显是一首情诗习作,拿了中世纪情诗作为底版,更有意地学习民歌。比如开篇第一行的"du bist so schön und rein"就是民歌最常见的句子,第二行的 Magedein 则是标准的民歌对女孩的称谓,而他一般常用 Mädchen。第 2 节的前两行"Deine süße Augelein/Glänzen mild wie Mondesschein"也出自民歌,另外"小眼睛""小脸蛋"等"拟小体"以及铺陈的描写方式等,都是典型的民歌

---

① Heinrich Heine, *Historisch-kritische Gesamtausgabe der Werke*, herausgegeben von Manfred Windfuhr, Hofmann und Campe, Hamburg, 1975, Bd. 1 – 1, S. 434.

标识。更重要的是它一韵到底的 – ein 韵脚，恰好跟拟小体的后缀 – lein 相叶，增强了民歌的情调。可以说从内容、词汇、句式、描写到韵律等都在着力模仿。下面也是模仿，但换了一个角度：

Die weiße Blume

1

In *Vaters Garten* heimlich steht

Ein *Blümchen* traurig und *bleich*;

Der Winter zieht fort, der Frühling weht,

Bleich Blümchen bleibt immer so *bleich*.

Die *bleiche* Blume schaut

Wie eine kranke Braut.

2

Zu mir bleich *Blümchen leise* spricht;

Lieb Brüdchen, pflücke mich!

Zu Blümchen sprech ich; das thu' ich nicht,

Ich pflücke *nimmermehr* dich;

Ich such mit Müh und Noth

Die Blume purpurroth.

3

Bleich *Blümchen* spricht: *Such' hin, such' her*,

Bis an deinen kühlen Tod,

Du suchst umsonst, findst *nimmermehr*

Die Blume purpurroth;

Mich aber *pflücken* thu',

Ich bin so *krank* wie du.

4

So lispelt *bleich Blümchen*, und bittet sehr, —

Da zag' ich, und *pflück'* ich es schnell.

Und plötzlich blutet mein Herze nicht mehr,

Mein inneres Auge wird hell.

In meine wunde Brust
Kommt stille Engellust.

白色的花

1

在父亲的花园里悄悄地开着
一朵小花,悲伤又苍白;
冬去了、春来了,
苍白的小花还是那么苍白。
这苍白的小花看起来
就像一个生病的新娘。

2

苍白的小花低声对我说:
亲爱的小兄弟,把我摘下来!
我对小花说:我不干,
我绝不摘你;
我要不畏艰险鼓足勇气
去寻找那红灼灼的花。

3

苍白的小花说:你满世界去找吧,
直到你凄凉地死去,
你徒费力气,绝对找不到
那红灼灼的花;
但是你可以把我摘下,
我跟你同病相怜。

4

苍白的小花还在低声恳求——
我怯怯地、一手折断它。
突然间我的心血不再流,
我的心眼变得明亮清澈。
在我受伤的胸中,

充满无限的欢喜。①

此诗也是 19 岁的作品。其民歌特色一是重复，二是意象，三是隐喻，四是对话。第 1 节背景"父亲的花园"是《号角》中屡见的少女怀春的典型环境。但海涅的主人公不是女孩，而是一朵重复了 6 次的"小花"（Blümchen）。然后是形容，特别突出了它的"苍白"（bleich），在第 1 节里就重复了 4 次，然后给了一个点睛的比喻；她就像是一个有病的新娘，于是花和姑娘合体，形成一个新的逻辑起点。第 2 节花跟人对话，内容是求小哥哥"折花"，这是民歌"野合"的隐喻，"低声"（leise）很个性化，一显柔弱无力，二显羞涩。小花为什么这样？一个枯弱的生命要求最后的绽放！但得到的回答却是残酷的拒绝，男孩要的是盛开的灿烂的花。第 3 节小花锲而不舍，说你徒然寻找，到死也找不到灿烂的花，就是我好了，我们同病相怜。其中的"Such' hin, such' her"（找来找去），还有"nimmermehr"（再也不）等诗行，以及"pflücken"（采）、"krank"（病）等的重复，都突出了女孩的坚定，最后他们感受到了生命的幸福。较之前一首此诗水平明显提高，海涅的"学习"也更为深入，特别是在吸收民歌典型性的意象、环境和隐喻方面，都十分用心。此外，海涅诗中还有整首拿来的民歌，比如《新诗集》中的《悲剧》由 3 首组成，第二首就出自民歌，海涅自注曰："这是一首真实的民歌，我在莱茵河边听过。"② 他将其稍作修整嵌入自己作品，形成一首浑然一体的佳作，可见他对民歌的珍视。

化为己有

在模仿学习的基础上海涅将民歌的形式、手法、情调等逐渐化为己有，与个人的才思趣味融为一体，成为自己风格的有机组成部分，同时民歌也成为他一生创作的文化积淀，在不同题材、体式的诗歌中闪现着光华。如此创作出来的作品，有的俨然民歌，有的虽不再"酷肖"但却

---

① Heinrich Heine, *Historisch-kritische Gesamtausgabe der Werke*, herausgegeben von Manfred Windfuhr, Hofmann und Campe, Hamburg, 1975, Bd. 1‒1, S. 437.

② Heinrich Heine, *Historisch-kritische Gesamtausgabe der Werke*, herausgegeben von Manfred Windfuhr, Hofmann und Campe, Hamburg, 1983, Bd. 2, S. 73.

第四章 海涅与民歌 ◇ 469

蕴涵着民歌的韵味，带给人某种"熟悉""亲切"感，体现着德意志文化的亲和力。这从上面所引的一些例诗就可以感觉出来，下面再具体分析若干：

1
红樱桃口的姑娘，
美目盼兮的姑娘，
你是我可爱的小姑娘，
我永远不会将你遗忘。
2
在这漫漫的冬夜里，
我要守在你的身边，
在这可爱的房间里，
和你一同并坐聊天。
3
我要把你洁白的素手
掩压住我的嘴唇，
让你那洁白的素手
沾满了我的泪痕。①

这是一首原创的无题抒情诗，既没有民歌成句也没有典型的民歌意象，但我们却分明感觉到了它民歌的情调，这就是所谓的"化合"。说它有民歌的情调，首先是它的直白和性感，一开头就是女孩、红唇云云，再就是"拟小体"造成的亲昵感，更重要的是词汇的重复和整齐的韵脚造成的明亮、流畅的旋律，读起来抑扬顿挫如诵如歌。同时这又是一首非常个性化的文人诗，体现在情感的细腻和表现的精致。比如第 2 节，诗人想象在一个寒冷的冬夜，坐在她的闺房里，两人坐着聊天，第一行

---

① Heinrich Heine, *Historisch-kritische Gesamtausgabe der Werke*, herausgegeben von Manfred Windfuhr, Hofmann und Campe, Hamburg, 1975, Bd. 1 - 1, S. 263. 钱春绮译：《海涅诗集》，上海译文出版社 1990 年版，第 193 页。

"Lang ist heut der Winterabend"（今天这漫漫冬夜）情意脉脉，第四行"Im vertrauten Kämmerlein"（在这熟悉的小屋里）洋溢的是温暖、亲切和心心相印。四行诗行行动人，整个场景简单却入画。进入第3节似乎热血奔涌，于是民歌味道的性感如素手啊、唇啊再现，但仅仅写到素手揾泪就戛然而止，我们看到的就是一份纯洁的爱情，男主角的激情和克制表现得恰到好处，这就是跟大众化的民歌的区别，也是化为己用的好例证。下面的诗行选自一首分角色的情景诗歌："我"深夜离开爱人的家经过墓地，见到死去的音乐家、裁缝、演员等各式人物，他们分别讲述自己的故事。诗人把现实和想象融为一炉，而主题是爱情。此段是小裁缝所唱，可以看出明显的民歌痕迹以及海涅的超越。

> 我从前是个小裁缝，
> 专使钢针和剪刀；
> 我的手艺快又好，
> 专使钢针和剪刀；
> 师傅的女儿这时到，
> 拿着钢针和剪刀；
> 她刺进我的心，
> 用这钢针和剪刀。[1]

这种跟鬼魂交集的题材中世纪以来出现不少，特别为浪漫主义诗人所青睐。裁缝本是《号角》中一个类型化的角色，愚蠢却自以为聪明，是个被戏谑嘲笑的对象。海涅选取这个角色首先是接续了传统，让自己脚下有稳稳的根基，但同时却改变了主旨基调，小裁缝不再是蠢小子，而是一个心灵手巧的少年。在表现上海涅没有民歌那样叙述过程，只是拿来裁缝手里必有的两样东西：针和剪刀。它们在8行中重复了4次，既造成了欢快的节奏，同时在上下文中给出了不同的意义，从而透露出情

---

[1] Heinrich Heine, *Historisch-kritische Gesamtausgabe der Werke*, herausgegeben von Manfred Windfuhr, Hofmann und Campe, Hamburg, 1975, Bd. 1-1, S. 43. 钱春绮译：《海涅诗集》，上海译文出版社1990年版，第31页。略有改动。

节：首现是说明职业，再现是表现他的手艺精湛，似乎看见了他的飞针走线，于是引来了师傅的女儿，她手里也正好拿着这两样东西，最后是她用针和剪刀刺中了他的心。这是小学徒第一次邂逅爱情，刺痛耶？甜蜜耶？言简而意深。整体的感觉是玲珑剔透，情味盎然，是民歌为"体"的好例证。

升华与变异

如果说"化为己有"标志着一个诗人的成熟，那么进一步的升华乃至变异就是"大家"风范。海涅无疑就是这样的大家，民歌情调在他手里进入了新境界。

1. 精警凝练的诗歌

民歌的特点是熟悉、亲切，所谓"一人唱万人和"，但也因此有一个欠缺，就是内容熟滥、表达上散漫迂远。海涅的前辈在吸纳上各有千秋，大家如布伦塔诺高明在"惟妙惟肖"，他本人又才华横溢，作起诗来常常收束不住，所以其诗也就有些"沧海横流"。海涅则恰恰相反，他常把长篇的内容浓缩在短小的篇幅中，所谓长篇短作，于是他的很多作品虽然题材意象颇为"民歌"，但却展现出前所未有的简洁、明快、凝练、精警的审美新趣尚。这得力于多方面的功力，首先是词汇。

海涅是天才诗人，但不像布伦塔诺或我们的李白那样随意挥洒，他属于"语不惊人死不休"那类的诗人。从他的手稿看，很多是反复修改，斟酌再三，遣词造句十分讲究。我们读他的诗，每每感觉到用词的精彩，其生动、传神、其多重的意指等，时时令人称绝，颇有杜甫的意思。下面就是炼字的例证：

Es treibt mich hin, es treibt mich her!
Noch wenige Stunden, dann soll ich sie schauen,
Sie selber, die Schönste der schönen Jungfrauen; —
Du treues Herz, was pochst du so schwer!

Die Stunden sind aber ein faules Volk!
Schleppen sich behaglich träge,

Schleichen gähnend ihre Wege; ——
Tummle dich, du faules Volk!

我弄得坐立不安!
少待,我就要和她相逢,
看到她,美女中的美女,——
忠贞的心啊,干吗这样跳动!

时间却是一个慵懒的家伙!
慢吞吞地悠哉游哉,
走路时打着哈欠;
懒惰的家伙,请你赶快!①

这是一首内容情调都十分"民歌"的小诗,特别第一行"Es treibt mich hin, es treibt mich her!"(直译:它让我一会儿东、一会儿西)是典型的民歌句子,随后就呈现了文人诗的精彩。为了表达"我"的急切,诗人用懒人来比喻时间,形神兼备,特别是三个动词将懒人和"我"的情态都表现了出来。第一个 schleppen 是"慢腾腾地、拖着步子走",因为后面有一个形容词"舒服"(behaglich),于是眼前浮现出一个睡足之后慵懒的家伙,似乎还穿着睡衣趿着拖鞋。第二个 schleichen 是"漫不经心地、慢吞吞地走",加上状语"打哈欠"(gähnend),进一步凸显其慵懒。第三个 tummeln 是"快跑",是"我"在着急地催促。有如此丰富表现力的词汇在我们中国诗学中称之为"诗眼"。一个诗眼精光四射,能照亮一首诗,而民歌多是熟词、熟句,词汇量较少,没有如此的精致,而这正是海涅所专长。再看一节:

Heller wird es schon im Osten

---

① Heinrich Heine, *Historisch-kritische Gesamtausgabe der Werke*, herausgegeben von Manfred Windfuhr, Hofmann und Campe, Hamburg, 1975, Bd. 1-1, S. 57. 钱春绮译:《海涅诗集》,上海译文出版社1990年版,第44页。略有改动。

Durch der Sonne kleines Glimmen,
Weit und breit die Bergesgipfel
In dem Nebelmeere schwimmen.

东方已渐渐发亮
因着太阳的微光，
远近的座座山峰
都在雾海里浮荡。①

这四行诗描绘晨曦雾海中的群峰，如同一个影视镜头。其中最精彩的是 schwimmen（游、浮），它造成一个浮动的、若隐若现的、海上仙境般的感觉。一个词而能传神、能造境，这就是海涅的高明。另外就是海涅的"自造词"，如 Nebelmeere（雾+海）、Bergesgipfel（山+峰）之类，十分精妙。

德语词汇中有一类"组合词"，一般由两个名词并列组合而成，比如 Deutschland（德国）就是由 Deutsch（德意志）和 Land（土地）组合而成。这些都是上了词典、已经固化了的组合词。但诗人为了表情达意会随机造些新词，这是通用的作诗手段。但海涅却用出了名堂，他能将两个、三个连在一起，而且是动词、名词、形容词、副词等随手拈来，混合搭配，造成自己的新词，其手法之大胆、数量之多、感觉之新鲜，前所未见。特别是他的这些新词不仅是原有意义的叠加，而且往往有溢出效应，能扩大内涵、生化出诗意，比如：

Vor mir woget die Wasserwüste
Hinter mir liegt nur Kummer und Elend,

我前面翻滚着万顷惊涛骇浪，

---

① Heinrich Heine, *Historisch-kritische Gesamtausgabe der Werke*, herausgegeben von Manfred Windfuhr, Hofmann und Campe, Hamburg, 1975, Bd. 1-1, S. 353. 钱春绮译：《海涅诗集》，上海译文出版社 1990 年版，第 258 页。

我身后只有困苦和忧伤。①

这是《沉舟》中的两行，表现自己的希望、爱情都已粉碎，"像死尸一样"被怒涛抛掷在海边。这个 Wasserwüste 显然是"波涛万顷"之意，可以有很多表现方式，但海涅却意外地把"水"和"沙漠"拼在一起，显得生硬突兀。但细思之，要表现"无边无际"，特别是人在其中的恐惧、无助和绝望，那么这"沙漠"的感觉就妙不可言了，这是陌生化产生的奇效。

Die formlos grauen Töchter der Luft,
Die aus dem Meer´, in Nebeleimern
Das Wasser schöpfen,

那飘渺灰黯的大气的女儿们，
她们用雾霭的吊桶，
从海里汲起了水，②

Nebeleimern 是雾+桶的组合，一个虚无，一个实在，硬生生地拼在了一起。原文直译为：大气灰色无形的女儿们，把海水汲到雾桶里。可世上哪有什么"雾桶"？但它却制造出一种七上八下无名的紧张氛围，从中呈现了一个雾霭笼罩、惊涛骇浪并带有神奇意味的大海。这些奇思妙想其实不只是简单的词汇组合，而是诗人对"对事物的内心的观照和观感"③，既是诗歌创作的特有方式，也见出诗人的才气。

---

① Heinrich Heine, *Historisch-kritische Gesamtausgabe der Werke*, herausgegeben von Manfred Windfuhr, Hofmann und Campe, Hamburg, 1975, Bd. 1 – 1, S. 401. 钱春绮译：《海涅诗集》，上海译文出版社 1990 年版，第 291 页。略有改动。

② Heinrich Heine, *Historisch-kritische Gesamtausgabe der Werke*, herausgegeben von Manfred Windfuhr, Hofmann und Campe, Hamburg, 1975, Bd. 1 – 1, S. 401. 钱春绮译：《海涅诗集》，上海译文出版社 1990 年版，第 291 页。略有改动。

③ ［德］黑格尔：《美学》第三卷下册，朱光潜译，商务印书馆 1997 年版，第 187 页。

第四章　海涅与民歌　◇　475

Mondscheintrunkne Lindenblüthen,
Sie ergießen ihre Düfte,
Und von Nachtigallenliedern
Sind erfüllet Laub und Lüfte.

沉醉于月光里的菩提花,
放出了她的清香,
树叶儿和太空之中,
充满了夜莺的歌唱。①

这四行诗里有三个组合词,Mondscheintrunkne、Lindenblüthen 和 Nachtigallenliedern,其中后两个较为普通,它们分别是"菩提树"和"花"以及"夜莺"和"歌"的自然连接,是个人人都会的组合。但第一个就殊为精彩。它由"月""光"和"沉醉"三个词组成。前两个业已是个固定的组合词,但海涅却出人意料地给它拖上一个极不相干的形容词"沉醉的",名词加形容词本就不合规矩,语义也难免出现悖谬。月光何以能"沉醉"?"沉醉"的该是菩提花,更是那个感受到这温馨、静美的诗人。于是一个 trunkne 带起三端,月光、菩提花和诗人,这个自造词也就有了通感的效果,氤氲出一股朦胧清芬的诗意。如此精彩的自造词在海涅诗里俯拾皆是,比如:

In des Aetnas glühenden Schlund, und mit solcher
Freuergetränkten Riesenfeder
Schreib' ich an die dunkle Himmelsdecke:
"Agnes, ich liebe Dich!"

埃特纳火山的熊熊的火口里,

---

① Heinrich Heine, *Historisch-kritische Gesamtausgabe der Werke*, herausgegeben von Manfred Windfuhr, Hofmann und Campe, Hamburg, 1983, Bd. 2, S. 24. 钱春绮译:《海涅诗集》,上海译文出版社1990年版,第334页。

我用这蘸满火焰的巨笔
在黑暗的天幕上写着大字：
"阿格涅斯，我爱你！"[1]

这一行里有两个组合词 Freuergetränkten 和 Riesenfeder，后一个平常，直译是"巨笔"，而前一个神妙。它是一个由名词"火"和动词"饮水"组成的形容词，二者本来风马牛不相及，但这个 getränkten 是 trinken（饮水）的第二分词，于是有了被动且完成的意义，也就可以转义为"被水充满了的""饱蘸了的"意思，也就跟后面的"笔"发生了逻辑联系。但海涅却没让这支笔蘸"墨水"而是饱蘸火焰，而且是有些"湿淋淋"感觉的火，这就显得十分诡异，而这"诡异"恰好融入了希腊波塞冬等众神的世界。如果海涅用我们常人的句子"用这燃烧着火焰的斗笔"，就太庸常了。其他如 Ahnungssüßes 是"预兆"跟"甜蜜"的组合，形容期盼爱情的少女心情。Weithinrollendes 是"远去"加上"滚动"形容汹涌无边的大海。Herangedämmert 是"下来"加"暮色"形容暮色降临。还有 Roteinäugig 是"红"加"一"加"眼"，译为"红色的独眼"，Wolkenhaar 是"云"加"头发"译为"纤云"，Musenwitwensitz 是"诗歌女神"加"寡妇"加"居所"译为"诗神寡妇院"，Armesünderangesicht 是"可怜"加"有罪的"加"脸"译为"讨厌的囚犯嘴脸"等不胜枚举。我们看这些组合词都十分精彩，或是精准的象形描写，或含有微妙的情感，或是讥讽嘲弄，为诗添趣增彩。更重要的是，它有浓缩的作用，也就是说减少词汇量、减少停顿，比如 Roteinäugig，正常的写法是 ein rotes Auge，3 个词，要停顿 3 次。再比如 Musenwitwensitz，正常的表达要用 6 个词：der Sitz für Witwen der Musen。如此这些自造词既能适应诗歌的节律，又能蓄气、造势，让海涅成就了他独特的"凝练"和"省净"。另外海涅的结构谋篇也自有家数。

民歌的结构是自然顺序的起承转合，不免单调平泛。海涅追求简洁，

---

[1] Heinrich Heine, *Historisch-kritische Gesamtausgabe der Werke*, herausgegeben von Manfred Windfuhr, Hofmann und Campe, Hamburg, 1975, Bd. 1-1, S. 373. 钱春绮译：《海涅诗集》，上海译文出版社 1990 年版，第 274 页。

于是"浓缩"起承转合,剪去烦言,开门见山,直奔主题。我们看他的写法:

1
早晨我起身问道:
今天爱人可来?
晚上我偃卧自叹:
今天她又没来。
2
夜里我睁着眼失眠,
抱着无限忧伤;
昼间我恍如半寐,
梦沉沉地彷徨。①

清新的小诗,平易而动人。其中有些民歌样的句子如第二行"Kommt feins Liebchen heut?"但构思全然不同。如果是民歌,先要叙述自己有一个心爱的姑娘,她怎样怎样,但这里一概略去,开门见山直说思念,把自己内心的痛苦直接呈现出来,明快而了当。再看一例:

1
我在林中且泣且行,
画眉栖息树顶;
它跳着,吐出妙音:
你为何这样忧心?
2
"你的燕子姐妹们,
小鸟啊,它们会向你说明:

---

① Heinrich Heine, *Historisch-kritische Gesamtausgabe der Werke*, herausgegeben von Manfred Windfuhr, Hofmann und Campe, Hamburg, 1975, Bd. 1 - 1, S. 55. 钱春绮译:《海涅诗集》,上海译文出版社1990年版,第44页。

它们住的玲珑的香巢，
正傍着我爱人的窗棂。"①

　　精致而巧妙的小诗，有明显的民歌影子：人与鸟儿的问答、燕子、画眉等，但比民歌凝练很多。如果是民歌会是这样：先是我心忧伤出门散心，然后是一路所见，比如一支孤独的玫瑰、一只飞来的画眉，等等，然后进了树林，再遇到燕子，诉说心事云云。这里剪掉了枝杈，开门见山，直接提出问题：为什么痛苦？然后婉转回答：因为爱情。这里形象寥寥，和谐自然，比如让画眉来提问，因为它快乐（当然这是人的感觉，因为它的歌声清脆甜美，给人快感愉悦），不解人的忧伤，于是"我"转而让燕子来回答，因为它住在爱人的窗下。一切都编排得合乎情理自然，单纯明净又充满了情味，以少胜多。海涅还有另样好戏，就是以对立来强化张力，同样地殊途同归，请看下面的《悲剧》：

1
跟我逃吧，做我的妻房，
在我怀中好好休养：
即使在异域，我的胸怀
也将是你的祖国和故乡。
2
你不去，我就死在这里，
让你一个人孤寂凄凉：
你即使依然留在故国，
也将像在异乡一样。②

---

① Heinrich Heine, *Historisch-kritische Gesamtausgabe der Werke*, herausgegeben von Manfred Windfuhr, Hofmann und Campe, Hamburg, 1975, Bd. 1-1, S. 211. 钱春绮译：《海涅诗集》，上海译文出版社1990年版，第158页。

② Heinrich Heine, *Historisch-kritische Gesamtausgabe der Werke*, herausgegeben von Manfred Windfuhr, Hofmann und Campe, Hamburg, 1983, Bd. 2, S. 73. 钱春绮译：《海涅诗集》，上海译文出版社1990年版，第415页。

这是民歌的老题材"私奔",一般要叙述前因后果一大篇。但这里只有男孩的几句话,在走与不走之间让女孩抉择。小诗写得有情有味,情浓意浓,凸显了一个有点霸道、有点傲骄、又爱得死心塌地的男人形象。写法上吸收了民歌的形式和词汇,典型如 Weib,意为"妻子",这是一个中世纪的词汇,民歌里常见,近代则用 Frau。结构上却自出新意,不是平铺直叙,而是拿出两段,突出"对立"。第一节是正说,是爱的承诺,自信满满,告诉女孩:我的胸膛就是你的家和故乡。第二节反说:你不跟我走,我就死在这儿,那么你就孤独凄凉,待在家里也如同异乡。两节出现了家和异乡、生和死、幸福和孤独的对立两极,让女孩置身其间,在两难之间掂量、犹疑、抉择,形成了感情上的波澜、碰撞。同时这短短 8 行不仅隐含着从相恋到远行的背景,还涵盖着可能的诀别或同行,所以还是一个悬念。于是对立强化了张力,丰富了文本的内涵和审美感受,事半功倍。下面是爱情自身的"对立",非亲历者不能道:

1
唉!我盼着流泪,
爱的泪,又痛又柔的泪,
我也担心,这期盼,
最终会实现。
2
唉!爱情的悲中之乐,
爱情的乐中之悲,
又潜入我久病的胸中,
弄得我神伤心碎。[①]

表达的是爱情的纠结,突出的是矛盾对立。开篇说"我盼着流泪",那本该是幸福的眼泪,这才是所谓的"爱的泪"(Liebestränen),可它却

[①] Heinrich Heine, *Historisch-kritische Gesamtausgabe der Werke*, herausgegeben von Manfred Windfuhr, Hofmann und Campe, Hamburg, 1983, Bd. 2, S. 17. 钱春绮译:《海涅诗集》,上海译文出版社 1990 年版,第 324 页。略有改动。

竟然是"又痛又柔的"（schmerzenmild，这是一个海涅的自造词，直译是柔和的痛苦），显然这并不是一份甜蜜的爱情。接着出现了两对反义词组合："甜蜜的痛苦"和"苦涩的快乐"（süßes Elend、bittre Lust），以及himmelisch 和 quälend，前者意为"天的"，常跟上帝的天堂连在一起，当然也跟升天前的死亡相关，此刻用它来修饰后边的"折磨"，这是幸福之痛？还是痛得要死？但不管怎样，都是一种折磨，而且这"折磨"显然强烈。这就是海涅，以对立来强化内在的张力，寥寥数笔却力透纸背，8行诗道尽了爱情的甜酸苦辣。其他如《爱人啊，把你的手按在我的心上》（"Lieb Liebchen, leg's Händchen aufs Herze mein"）① 等也有异曲同工之妙。

海涅是个严谨的诗人，遣词造句、结构谋篇都十分用心，诗的结尾尤其讲究，一行诗或翻空出奇，或点铁成金，让满篇焕发光彩，定鼎结尾：

> 我们有很多龃龉，
> 我们却依然十分要好。
> 我们常扮着"夫妻"，
> 我们却没有打架争吵，
> 我们一同闲谈欢笑，
> 恩爱地亲吻拥抱。
> 最后，由于童稚的兴趣，
> 我们在野林里做"捉迷藏"游戏，
> 我们学会了最好的躲法，
> 躲得两人永不能在一起。②

这首 10 行的小诗约作于 1822 年初夏，似乎是童年回忆：小男孩跟小

---

① Heinrich Heine, *Historisch-kritische Gesamtausgabe der Werke*, herausgegeben von Manfred Windfuhr, Hofmann und Campe, Hamburg, 1975, Bd. 1 – 1, S. 59.

② Heinrich Heine, *Historisch-kritische Gesamtausgabe der Werke*, herausgegeben von Manfred Windfuhr, Hofmann und Campe, Hamburg, 1975, Bd. 1 – 1, S. 157f. 钱春绮译：《海涅诗集》，上海译文出版社 1990 年版，第 125—126 页。

女孩"过家家"、扮夫妻、捉迷藏,一片童心童趣,好不开心,好不动人!但最后一行突然像暴风雨袭来,一句"两人永不能在一起"承接着捉迷藏的游戏,一下子将朗朗晴空横扫而去。这显然不再是游戏,而是现实的人生,于是快乐立刻被沉重、痛苦取代。于是我们再回看这首诗,它并不真是游戏,而是藏在游戏中的爱情回忆。但天性上如此契合的一对为什么就永远错失了呢?诗人什么也没说,一句掩过了几十句,截住了话头,留下一片空白,也留下了余味耐人咀嚼。再比如:

> 小眼睛的蓝色紫罗兰花,
> 小香腮的红色蔷薇花,
> 小素手的白色百合花,
> 它们还不断盛开盛开,
> 只是那心儿已经枯萎。[1]

此诗的情调完全是民歌的,但在淋漓尽致的正面描写之后,突然翻转其意,否定前面的所有,决然亮出自己的立意,这种斩钉截铁的逆袭在正反之中形成了感情上的极大冲击,同时产生震撼性的艺术魅力。总之,海涅在组词、造句、谋篇等方面都匠心独运,成就了自己的艺术。

2. 从心的旋律

伟大的诗人都有自己诗律方面的特点,比如李白的"自由"和杜甫的"严谨"。德国的诗人也一样,像歌德二者兼而有之,艾辛多夫中规中矩,而海涅则是从学诗之初的循规蹈矩达到了"自由",而所谓"自由"就是根据即情即景的表达需要自然出之,或严谨,或破律,但皆成好诗。

诗是语言的艺术,格律是其根本属性。德语诗歌跟汉语一样,有不同的诗体,也有相应的格律,包括诗行、诗节、押韵等方面。大致说来,诗行有确定的抑扬格式和音步数,诗行之间要押韵。中古诗歌多头韵,近代多尾韵。诸诗体中以"十四行诗"(Sonett)的格律最严格,它对每

---

[1] Heinrich Heine, *Historisch-kritische Gesamtausgabe der Werke*, herausgegeben von Manfred Windfuhr, Hofmann und Campe, Hamburg, 1975, Bd. 1–1, S. 163. 钱春绮译:《海涅诗集》,上海译文出版社1990年版,第128页。

行的音步、每节的行数和韵脚都有规定。克罗卜史托克和歌德开创了德语诗歌的"自由体",但这种自由是相对的,大多只是节奏上的自由,押韵还是较为严谨的。但民歌和出自民歌的歌体诗则属于另类。

就说民歌,其歌词不是供人诵读而是歌唱的,所以它的韵律跟诗不一样。歌词的韵律最初来自歌者的感觉,"上口"是根本的原则,而歌唱的上口跟诵读的上口是不同的,这点我们宋代的李清照在她的《词论》中已经说得很清楚:"盖诗文分平仄,而歌词分五音,又分五声,又分六律,又分清浊轻重……乃知词别是一家。"但当唱的"歌"开始向诵的"诗"演化,文人们就开始总结、规范并规定"歌"的韵律。也就是说当"歌"成为诗的一种类型以后,它就有了自己的"诗律",而布伦塔诺对此居功至伟。他编辑《号角》的时候,手头有几千份中世纪以来的稿本,很多是中古德语或方言写成的,他做了大量的"现代化"的工作,也就是把它们改写成当时标准的德语[①],其中就包含了整饬诗律,所以《号角》在某种意义上成了民歌的样本。显然海涅下了认真研习的功夫,不但熟悉掌握而且从不同的角度发展创新,我们看他下面的作品:

1

Gekommen ist der Maye,

Die Blumen und Bäume blühn,

Und durch die Himmelsbläue

Die rosigen Wolken ziehn.

2

Die Nachtigallen singen

Herab aus der laubigen Höh',

Die weißen Lämmer springen

Im weichen grünen Klee.

[①] 上古德语、中古德语、方言跟现代德语的区别很大,今天的人已经看不懂,所谓语言的"现代化"就是以新代旧,但诗行的字数没有很大改变,这跟我们将古代汉语翻译成现代汉语很不一样。

3

Ich kann nicht singen und springen,

Ich liege krank im Gras;

Ich höre fernes Klingen,

Mir träumt, ich weiß nicht was.

1
五月已经到来,
花木蓬勃盛开,
在蔚蓝的天空里,
飘过蔷薇色的云彩。
2
从高枝的茂叶丛中,
传下来夜莺的歌唱,
在柔软的绿苜蓿中,
蹦跳着白色的羔羊。
3
我不能唱,也不能跳,
我病倒在芳草当中;
我听到遥远的声音,
做着莫名其妙的梦。①

这是一首"歌体诗",从德语原文来看,它采用了典型的民歌体式,比如三音步抑扬格的诗行,4行一节,等等。而海涅独具匠心的是,灵活运用民歌的传统手法,加大谐韵的密度,形成一种欢快的节奏,以突出"春天"的主题。先看第1节,第二行中 Blumen、Bäume、blühn 押头韵,同时 Blumen 跟上行的 Gekommen 押尾韵,Bäume 跟下行的 Himmelsbläue

---

① Heinrich Heine, *Historisch-kritische Gesamtausgabe der Werke*, herausgegeben von Manfred Windfuhr, Hofmann und Campe, Hamburg, 1983, Bd. 2, S. 13f. 钱春绮译:《海涅诗集》,上海译文出版社1990年版,第320页。

押元音韵。而四行诗之间押交韵（Kreuzreim）。第 2 节中的第 3、第 4 两行中 weißen 和 weichen 都有 wei- 和 -en 音节，增强了和谐感和节奏感。四行诗之间押交韵。第 3 节中有多处谐韵：第 1 行的 singen 和 springen 是行内韵，springen 跟 Klingen 是四行间的双音节交韵，第 2 行的 krank 跟 Gras 之间押元音韵，träumt 与第 1 节的 Bäume、Himmelsbläue 押元音韵，而 weiß 和第 2 节的 weißen 重复。这些林林总总的押韵都是民歌家数，海涅一一学来应用，并且贯通整合，达到了比一般诗歌更加和谐流畅的效果。更重要的是他在灵活运用的同时还加以创新，比如那个 springen 的两次出现就绾结了第 2、第 3 两节，使全篇更加流畅，更真确地表达情感。可见海涅不但注重以行和节为单位的传统押韵模式，同时还尝试统筹全篇，建立新样式。

1

Der Schmetterling ist in die Rose verliebt,	a
Umflattert sie tausendmahl,	b
Ihn selbser aber, soldig zart,	a
Umflattert der liebende Sonnenstrahl.	b

2

Jedoch, in wen ist die Rose verliebt?	a
Das wüßt' ich gar zu gern.	c
Ist es die singende Nachtigall?	b
Ist es der schweigende Abendstern?	c

3

Ich weiß nicht, in wen die Rose verliebt;	a
Ich aber lieb' Euch all;	b
Rose, Schmetterling, Sonnenstrahl,	b
Abendstern und Nachtigall.	b

1

蝴蝶痴恋着蔷薇，

绕着它飞上千万回。

可是那多情的阳光，
又对蝴蝶温柔地狂追。
2
蔷薇到底对谁倾心？
我颇想仔细打听。
是不是那善歌的夜莺？
是不是那默默的太白星？
3
我不知道蔷薇对谁倾心；
可是我对你们都很多情：
蔷薇、蝴蝶、太阳、
太白星和夜莺。①

  这诗在主题、意象、手法上都很民歌。首先是"拟人化"，让蝴蝶、夜莺等都像人一样谈恋爱，而诗人在设问、在饶舌，层层地铺陈、渲染，最后归结到主题：我爱这一切。至于诗律它相当自由，一是各行的音节数相差较大，导致音步的不匀称，比如第 1 节，音节数分别是 11、7、8 和 10，组成了长短不同的三个或四个音步。其次是韵脚不整齐，后两节诗的交韵都只押了 2、4 行，而 1、3 行未押。再有就是行中如 jedoch 之类的小词及逗号造成了过长的停顿，打断了诗的"一气贯通"，这是"破体"。但尽管如此，此诗读来仍然朗朗上口，因为海涅给了其他的补足手段。首先每节第 1 行不入韵的 die Rose verliebt 重复了三次，形成了节与节之间的绾合和谐韵，而重复两次的 Sonnenstrahl 在第 1 节跟 – mal、第 3 节跟 – all、– gall 押韵之外，还跟第 2 节的 Nachtigall 相押，于是形成了贯通全篇的韵脚。另外第 1 节的 Umflattert、第 2 节的 ist、第 3 节的 ich 各自重复，都形成了头韵相押，造成了密集的韵脚，此外还有 Schmetter-ling、Nachtigall 的重复等。总之，诗律上既有"破"也有"立"，但都是

---

  ① Heinrich Heine, *Historisch-kritische Gesamtausgabe der Werke*, herausgegeben von Manfred Windfuhr, Hofmann und Campe, Hamburg, 1983, Bd. 2, S. 14. 钱春绮译：《海涅诗集》，上海译文出版社 1990 年版，第 321 页。

486　◇　《男孩的神奇号角》与德意志浪漫主义诗歌

为了表达的尽情尽意。实际上海涅大部分的诗歌都是自由体，也就是说对韵脚、音步和诗节等都不加限制①，诗人摆脱了脚镣，自由地跳舞。但我们也知道，要自由又要"成诗"并不容易，没有现成的模式，要自己去摸索其中的三昧，即所谓"无法之法"，我们看海涅的手段：

1
Ich hatte einst ein schönes Vaterland.
Der Eichenbaum　　　　　　　　　　　　　v － /v －
Wuchs dort so hoch, die Veilchen nickten sanft.
Es war ein Traum.　　　　　　　　　　　　v －/ v －
2
Das küßte mich auf deutsch, und sprach auf deutsch
(Man glaubt es kaum,　　　　　　　　　　v －/ v －
Wie gut es klang) das Wort:„ Ich liebe dich! "
Es war ein Traum.　　　　　　　　　　　　v －/ v －

1
我曾有过一个美丽的祖国。
橡树高高
挺立在那里，紫罗兰温柔摇曳。
但这已然是梦影。
2
它给我德意志式的亲吻，它用德语
(那么好听
真难以置信) 对我说："我爱你"
但这已然是梦影。②

---

① Christian Wagenknecht, *Deutsche Metrik, Eine historische Einführung*, 4. Auflage, C. H. Beck, 1999, S. 130.
② Heinrich Heine, *Historisch-kritische Gesamtausgabe der Werke*, herausgegeben von Manfred Windfuhr, Hofmann und Campe, Hamburg, 1983, Bd. 2, S. 73. 钱春绮译：《海涅诗集》，上海译文出版社1990年版，第415页。略有改动。

这是一首显而易见的自由体。整首诗像是低声倾诉，其中的逗号及 so 之类的小词都加大了散文式的"文气"，消解了诗感。而它之所以成其为诗，根本在 4 个短行，它们都是 8 个音节，组成整齐的抑扬—抑扬节奏，其中"Es war ein Traum"的重复又强化了这节奏。再就是贯通这 4 行的 –aum 韵脚，读来琅琅上口。所有这些显然是"自由"与"规矩"的巧妙结合。而特别值得关注的是，海涅还有更加完全的自由体，音步、节奏、韵脚都不规则，单靠内在的气韵、诵读的语感以及自然节奏来成诗。这是海涅个人的诗法，是无法之法，其妙处他人只能感觉却无从学起，是在克罗卜史托克和歌德之后的进一步创新。再看下例，为清楚起见，行末有评注：

Abenddämmerung

Am blassen Meeresstrande	
Saß ich gedankenbekümmert und einsam,	其中 6 音节的组合词造成不匀称的音步和节奏
Die Sonne neigte sich tiefer, und warf	
Glührothe Streifen auf das Wasser,	
Und die weißen, weiten Wellen,	后 3 个词押头韵和尾韵，形成"行内韵"
Von der Flut gedrängt,	
Schäumten und rauschten näher und näher—	前 2 双音节词押尾韵，后 2 个词重复，形成整齐节奏
Ein seltsam Geräusch, ein Flüstern und Pfeifen,	高低、长短、远近不同的声音交响
Ein Lachen und Murmeln, Seufzen und Sausen,	
Dazwischen ein wiegenliedheimliches Singen—	
Mir war, als hört' ich verscholl'ne Sagen,	以上连续的 7 个 –en 韵形成堆积

Uralte, liebliche Mährchen,
Die ich einst, als Knabe,
Von Nachbarskindern vernahm,
Wenn wir am Sommerabend,
Auf dem Treppensteinen der Hausthür,
Zum stillen Erzählen niederkauerten,
Mit kleinen, horchenden Herzen   连续的 8 个 - en 韵再次
Und neugierklugenAugen; —   形成堆积
Während die großen Mädchen,
Neben duftenden Blumentöpfen,
Gegenüber am Fenster saßen,
Rosengesichter,
Lächelnd und mondbeglänzt.

黄昏

我愁思而寂寞地
坐在灰黯的海滨。
太阳渐渐地沉默，
把炎炎的光芒投射到海面上，
那雪白的远处的浪涛，
被海潮推涌，
越来越近地奔腾澎湃——
奇声巨响、呼号咆哮，
有大笑、有低语、有叹息、有呜咽，
期间还有催眠曲似的隐隐的歌声——
我好像听到消逝已久的传说，
远古的、动人的神话，
宛如是在儿童时代，
邻儿们对我娓娓细说，
我还记得那时正是夏季的黄昏，
我们坐在家门前的石阶上，

怀着幼稚的专注的心情，
睁着好奇的聪明的眼睛，
蹲在那儿听说故事；——
至于那些大女孩子们，
却坐在对面的窗畔，
傍着香气四溢的花盆，
她们红润的面庞，
映着月光，露出了微笑。①

  这是纯粹的自由体诗，共 24 行，不分节，一气而下。诗行长短参差，韵脚不齐，粗看就像是一篇分行的散文。但读出来（诗是要诵的）就感觉出一种内生的气韵和旋律。它可分为 3 段。第一段是第 1—7 行，开头是诗人的静观和远景。随着波翻浪涌，诗人的兴致显然被激起，心潮逐浪，他内心的旋律幻化成笔底的诗行；出现了连续的 3 个双音节、又同时押头韵和尾韵的词——weißen, weiten Wellen，加快了节奏和力量，感觉是浪峰涌起，随后是一个 5 音节的短行 "Von der Flut gedrängt" 将其截住，似断未断，像是波峰回落又蓄势再起。接下是一个 10 音节的长行，节奏舒缓下来，但随着其中 näher und näher 的出现，气势增强带出了下面的"词汇轰炸"，这就是第二段第 8—10 行，连续 7 个表现声音又押尾韵的词，如突现一峰壁立，更像是响起了大海的天籁交响，于是形成了第二个浪潮。然后一个 6 音节的长长组合词 wiegenliedheimliches 再次舒缓了语速，而这行"其间还有催眠曲似的隐隐的歌声"，又从意境上将这雄壮的交响变成了柔板。最后一段第 11—24 行，回忆童年，前半散漫、无拘无束，如同当年的日子温馨而悠远。然后出现了几行连续的押韵，再次加快了节奏，突出了小孩子的好奇心和专注，似乎我们也感受到了故事的紧张有趣。而最后一个散行"映着月光，露出微笑"，像是一个定格，让女孩子的笑脸永远留在心中。这就是海涅自由体的诗，它以内心

---

① Heinrich Heine, *Historisch-kritische Gesamtausgabe der Werke*, herausgegeben von Manfred Windfuhr, Hofmann und Campe, Hamburg, 1975, Bd. 1-1, S. 359f. 钱春绮译：《海涅诗集》，上海译文出版社 1990 年版，第 264 页。

的旋律带动生发出自然的韵律，形成一种天成的诗，从而达到了诗歌创作的崭新高度。黑格尔曾说过："浪漫型诗一般着重感情的'心声'，所以专心致志地沉浸在字母、音节和字的独立音质的微妙作用里；它发展到对声音的陶醉，学会把声音的各种因素区分开来，加以各种形式的配合和交织，构成巧妙的音乐结构，以便适应内心的情感……通过同韵复现，把我们带回到我们自己的内心世界。"① 这就是一个哲学家对浪漫主义诗歌的体验。

3. 从戏谑调侃到冷嘲热讽

《号角》向我们展示了民歌戏谑调侃的一面，而浪漫派主张"反讽"，海涅的性格又有几分刻薄，如此凑泊成海涅的冷嘲热讽、嬉笑怒骂。下面的诗如一幅生动的漫画，形神毕肖。为便于说明引证了原文，其中夹有笔者短评。

1
Sie saßen und tranken am Teetisch,
Und sprachen von Liebe viel.
Die Herren, die waren ästhetisch,
Die Damen von zartem Gefühl.

他们坐在茶桌旁吃茶，
发表关于爱情的宏论。
男的都有审美的观念，
女的都有温柔的感情。

开篇直接给出一个茶聚的场面，话题是爱情，接着给其中的男人和女人定性。形容男人用了"美学的"，突出他们的学问教养，同时在形而上的"美学"之下暗示他们的虚伪做作。形容女士，说她们"具有温柔的感情"。一理性，一感性，符合"上流社会"一般的性别角色。

---

① ［德］黑格尔：《美学》第三卷下册，朱光潜译，商务印书馆 1997 年版，第 83 页。

2

Die Liebe muß seyn platonisch,
Der dürre Hofrath sprach.
Die Hofräthin lächelt ironisch,
Und dennoch seufzet sie: Ach!

"爱情必须要脱离肉欲,"
这是瘦顾问官的言论。
顾问夫人讥刺地冷笑,
还喟然长叹一声。

这是给宫廷顾问的讽刺画:他因为负责宫廷的礼仪,所以最为卫道,只讲"精神上的恋爱"而否定爱情中的肉欲。对于这样没有血肉的人,海涅让他长得"干枯精瘦"。这还不算,还让他夫人"讽刺地微笑"并发出一声感叹"原来如此",显然是含蓄地否定,否定他的观点,否定他的心口不一,暗讽他本身就是一个色鬼。

3

Der Domherr öffnet den Mund weit:
Die Liebe sei nicht zu roh,
Sie schadet sonst der Gesundheit.
Das Fräulein lispelt: Wie so?

大教堂教士张开大口:
"爱情总不宜过于粗鲁,
否则将对于身体有害。"
姑娘低问:"这是什么缘故?"

Domherr 是一个组合词,Dom 的意思是天主教的主教教堂,借此表明了此教士的天主教身份。海涅对他的讽刺尤为辛辣。他张着大嘴,发表高论：爱情不要过于粗鲁，这样会损害健康。这两行显得很突兀，它不像是精神导师的教诲，倒像是医生对纵欲者的警告。为什么出现这种错位？可能的解释是，他出于自己的生活经验脱口而出，于是无意间暴露了自己纵欲的事实。天主教的教士应是禁欲的，但基督教史上却有无数的淫乱和性侵丑闻，这就是海涅的矛头所向。最可爱的是那个小姐，Fräulein 在德语中本义是未婚女、处女，所以她听不懂其中含义，所以悄声地问"为什么"，真是有趣！在纯洁和虚伪的张力中，对天主教进行了无情揭露和鞭挞。

4

Die Gräfin spricht wehmütig:
Die Liebe ist eine Passion!
Und präsenret gültig
Die Tasse dem Herren Baron.

伯爵夫人凄然说道：
"爱情不过是一股热情！"
随即举起了一杯香茶，
殷勤地递给男爵先生。

伯爵夫人本是爱情传奇的主角，当此时此地的伯爵夫人"感伤地说道"，"爱情就是激情燃烧"，就把我们带回到中世纪。那时贵族夫人是骑士追逐的对象，她们尽情享受男人们的侍奉，享受着物质和肉欲。可那个时代已经一去不返，所以只能"殷勤"地把茶杯递给男爵，这是贵族的风雅，也可能是爱的暗示吧。

5

Am Tische war noch ein Plätzchen;
Mein Liebchen, da hast du gefehlt.
Du hättest so hübsch, mein Schätzchen,
Von deiner Liebe erzählt.

桌旁还有一个座位，
爱人啊，你没有在场。
要是你来谈论爱情，
爱人啊，真是妙不可当。①

诗人把爱情的真谛留给自己的小爱人，但她却没有来，所以她会说什么就留待读者自己去猜想了，应该是纯洁美丽的吧，因为这个小爱人是如此的美丽。但也因为她的缺席，说明纯洁美丽的爱情的子虚乌有。

此诗最晚成于1822年，是诗人眼中的柏林一幕。柏林是普鲁士的首都，德意志上流社会的中心，有种种的沙龙和聚会。海涅在这里看到他从未见到过的各式人物，于是用茶桌把他们集合起来，画了这样一幅漫画：瘦瘦的谨慎的宫廷顾问，大嘴的装腔作势的教士，风流的伯爵夫人等；人物个性鲜明，批判力透纸背，真是讽刺的绝佳之作！海涅的讽刺俯拾皆是，在前面"性格"一章以及后面的例证中都可以看出来，限于篇幅这里不再征引。

第三节　民歌化育的文人诗

海涅的诗从根上说，是从民歌化育出来的，是18世纪以来民歌运动的最伟大成果，也是歌德、布伦塔诺、艾辛多夫的"民歌风韵"的直接承续。如果我们看他们的具体功绩，大致可以这样说，歌德是开拓者，但除了少量作品外，民歌对其一生的创作影响不大，因为他的创作深厚博大、汇聚众水而成汪洋，德意志民歌只是其中的一脉。布伦塔诺对民歌倾注最多，就创作而言他的诗可分两类——"类民歌"和一般诗歌，而前者就是最"像"民歌的创作。但他绝不是照着葫芦画瓢的模仿，而

---

① Heinrich Heine, *Historisch-kritische Gesamtausgabe der Werke*, herausgegeben von Manfred Windfuhr, Hofmann und Campe, Hamburg, 1975, Band 1-1, S. 183-185. 钱春绮译：《海涅诗集》，上海译文出版社1990年版，第141—142页。

是掌握了民歌"秘方"之后精巧熟练的再炮制,是诗人创造出来的"艺术民歌"。艾辛多夫则没有如此精美众多的"乱真"之作,他之于民歌,是吸收其养分之后淡淡化出,在深层上得其浸润滋养,但表面上只有隐约的显露。海涅则不一样,民歌影响了他一生全部的创作,而且这种影响不是浅层的"元素"型的,而是基因式的。民歌化入他的创作肌理,达到了艺术的"化境"。下面分别论述其各类诗歌。

一 十四行诗

如前所述,十四行诗是格律最为严谨的形式,作起来束手束脚,所以启蒙以后的诗人写得都不多,包括歌德。浪漫派诗人布伦塔诺、艾辛多夫虽也兴来写一写,但受形式影响都显得"正襟危坐",跟他们的主导风格有些不匹配。与这些前辈相比,海涅的十四行诗就显得"新调",它不再那么阳春白雪,而是有些下里巴人,比如《歌集》中有9首十四行诗,都不同程度地沾染民歌色彩,闪现着海涅自己的本然风格,典型的如:

Fresko-Sonette an Christian S.

Ich tanz' nicht mit, ich räuchre nicht den Klötzen,	a
v − v − v − v − v − v	
Die außen goldig sind, inwendig Sand;	
v − v − v − v − v −	b
Ich schlag' nicht ein, reicht mir ein Bub die Hand,	b
v − v − v − v − − v	
Der heimlich mir den Namen will zerfetzen.	a
v − v − v − v − v − v	
Ich beug' mich nicht vor jenen hübschen Metzen,	a
v − v − v − v − v − v	
Die schamlos prunken mit der eignen Schand;	b
v − v − v − v − v −	

Ich zieh' nicht mit, wenn sich der Pöbel spannt   b
v   — v   —   —   v v — v —

Vor Siegeswagen seiner eiteln Götzen   a
v   — v — v   — v — v   — v

Ich weiß es wohl, die Eiche muß erliegen,   a
v   — v   —   v   — v —   v — v

Derweil das Rohr am Bach, durch wankes Biegen,   a
v   — v   — v   —   v   — v   — v

In Wind und Wetter stehn bleibt, nach wie vor.   c
v   — v   — v   — v   —   v   — v   —

Doch sprich, wie weit bringt's wohl am End' solch Rohr?   c
v   —   v   —   v   v —   v   —

Welch Glück! Als ein Spazierstock dient's dem Stutzer,   d
v   —   v —   v — v   —   v   — v

Als Kleiderklopfer dient's dem Stifelputzer.   d
v   — v   — v —   v   — v — v

赠 H. S.[①]

我不跟着跳舞，不奉承愚夫，
他们是金玉其外，败絮其中；
我不跟小流氓握手，那在暗中
想破坏我的名誉的无耻之徒。

我不谄媚那些漂亮的妓女，
她们干可耻的事，却自以为荣；

---

① 此诗原题中的"Fresko"来自意大利语，中译为"湿壁画"。在这里的具体意思海涅并没有指明，可能是指对思想、感情、场面的大致"勾画"，有别于精心加工过的绘画作品。Heinrich Heine, *Historisch-kritische Gesamtausgabe der Werke*, herausgegeben von Manfred Windfuhr, Hofmann und Campe, Hamburg, 1975, Bd. 1 – 2, S. 738.

在偶像凯旋车前的乌合之众，
我不加入他们拉车的队伍。

我很清楚，橡树总要被刮倒，
而那溪边的芦苇，会低头哈腰，
始终能够经得住狂风暴雨。

可是，你说吧，芦苇有什么前途？
算什么幸福！只能供时髦人当游杖，
或者供擦靴子的人掸掸衣裳。①

此诗作于1821年，是写给朋友克里斯蒂安·瑟特（Christian Sethe，1798—1857）的。他的父亲是普鲁士官员，1811年到杜塞尔多夫任职，他被送进教会学校，跟海涅成为同学、好友，直到波恩时代。当时写十四行诗送朋友蔚然成风，而此诗被认为是海涅十四行诗最好的风格练习（Stilübungen）②。从格律上看，完全和律，十分严谨。从修辞角度看，5个"ich"引出5个排比句，增强了节奏感和气势。他设置了高洁的"我"跟庸众的对立，然后用了一对比喻：躺倒的橡树和随风俯仰的芦苇。前者是失败的英雄，后者是苟活的市侩。他用通俗的词汇，比如Klötzen（口语，意思是木头人、蠢货）、hübsch（漂亮）、schamlos（无耻）等，用通俗的比喻，比如"Die außen goldig sind, inwendig Sand"（直译：外表黄金，里面沙子）、"Als Kleiderklopfer dients dem Stifelputzer"（给擦靴子的人掸衣裳）等，用口语化的句子，比如"Ich weiß es wohl"（我很清楚）、"nach wie vor"（一向）、"Welch Glück"（什么幸福）等。特别引人注意的是，每行的前半都像是民歌句子，如果把它们单独排列，读起来很有民歌的感觉，所有这些大众的色彩都让这首十四行诗走出象

---

① Heinrich Heine, *Historisch-kritische Gesamtausgabe der Werke*, herausgegeben von Manfred Windfuhr, Hofmann und Campe, Hamburg, 1975, Bd. 1 - 1, S. 121. 钱春绮译：《海涅诗集》，上海译文出版社1990年版，第99页。

② Heinrich Heine, *Historisch-kritische Gesamtausgabe der Werke*, herausgegeben von Manfred Windfuhr, Hofmann und Campe, Hamburg, 1975, Bd. 1 - 2, S. 738f.

牙塔，让阳春白雪染上了俚俗的色彩，下面这首更为典型。

Im Hirn spukt mir einMährchen wunderfein,	a
Und in dem Mährchen klingt ein feines Lied,	b
Und in dem Liede lebt und webt und blüht	b
Einwunderschönes, zartes Mägdelein.	a
Und in dem Mägdlein wohnt ein Herzchen klein,	a
Doch in dem Herzchen keine Liebe glüht;	b
In dieses lieblos frostige Gemüth	b
Kam Hochmuth nur und Uebermuth hinein.	a
Hörst du, wie mir imKopf das Mährchen klinget?	c
Und wie das Liedchen summet ernst und schaurig?	d
Und wie das Mägdlein kichert, leise, leise?	e
Ich fürchte nur, daß mir der Kopf zerspringet,	c
Und, ach! Da wär's doch gar entsetzlich traurig,	d
Käm' der Verstand mir aus dem alten Gleise.	e

一个绝妙的童话在脑中荡漾，
童话里发出美妙的歌曲之声，
歌曲中活跃着一个如花的佳人，
一个美丽无比的温柔的姑娘。

姑娘的心中有一颗小小的心脏，
可是在她的心中却没有爱情；
她那没有爱情的冷淡的性情，
里面装满的只有高傲和狂妄。

498 ◇ 《男孩的神奇号角》与德意志浪漫主义诗歌

你听到在我脑中喧响的童话？
那歌曲哼得怎样严肃而凄凉？
那姑娘怎样在轻轻、轻轻窃笑？

我只担心，我的脑袋会爆炸——
唉！那可真要令人无限哀伤，
如果我的理智脱离的轨道。[①]

这是一首十分合律同时洋溢着民歌情调的十四行诗，活泼明快又含着嘲讽。修辞上娴熟地运用了民歌最常见的"重复"，不仅有词汇的重复，还有音节的重复，而且在重复中制造"连珠"的效果。比如第一行，以 Mährchen wunderfein 结束，接着在第二行中 Mährchen 以重读音节出现，领出了 feines Lied，这个 feines 不仅重复了 wunderfein 的后半，还是民歌标志性的词汇。第三行跟第二行大体对仗，然后在重读音节上重复 Lied。尤其令人叫绝的是 Liede lebt webt blüht 四个小词，前两个押头韵，lebt 和 webt 押元音韵，而整行诗基本由单音节词构成，读起来形成层层递进的气势，然后第四行推出一个美丽温柔的姑娘。其中的 wunderschönes 是一个合成词，不仅跟第一行的 wunderfein 呼应，而且放缓了节奏，加强了力度，来突出这个"Mägdelein"（小姑娘）。Mägdelein 是一个典型的民歌意象和词汇，是爱情的主角，而民歌之外的文学一般不用乡气的 Mägdelein 而用 Mädchen，这种风格的区别在海涅笔下是十分清楚的。第二节的第一行以同样的粘连手法用 Mägdelein 引出新的中心词 Herzchen，它在第二行再引出 Liebe，而第三行的 Lieblos 重复了 Liebe 之后，通过 Gemüt 跟 glüht 的押韵，特别是它们的扬音节尾韵，强化了其势能，然后逼出最后一行的决绝。这一行出现了全新的词汇，其中的 Hochmut 和 Übermut 在行内押韵，接着 hinein 呼应第一行的 klein 押尾韵，由此形成了一个有机的整

[①] Heinrich Heine, *Historisch-kritische Gesamtausgabe der Werke*, herausgegeben von Manfred Windfuhr, Hofmann und Campe, Hamburg, 1975, Bd. 1–1, S. 123. 钱春绮译：《海涅诗集》，上海译文出版社1990年版，第101页。

体。修辞韵律之外，句式也多是民歌式样，加上那些明显的民歌符号如 Mägdelein、Herzchen、Liebe 等，可以说这是一首民歌化的十四行诗，它把民歌轻快的爱情歌唱变成了诙谐的嘲讽，讽刺那些虚荣而无情的姑娘。其他十四行诗如《一年前我就看上了你》（"Als ich vor einem Jahr dich wiederblickte"）[①]、《当心啊，朋友》（"Hüt dich, mein Freund, vor grimmen Teufelsfratzen"）[②] 等，从内容、句式、情调上也都闪现着民歌的风采，让德语十四行诗展现出新貌。

二 叙事诗

海涅学识渊博，其叙事诗题材广阔，杂采中世纪的骑士爱情故事、民歌和民间传说、希腊罗马神话、各种宗教故事，还有各国历史。除此之外他还利用布伦塔诺、格林兄弟等人的文学成果，将其中的故事加以改编，赋予其新的形式和主题，形成独具魅力的海涅诗歌。

海涅的叙事诗主要集中在《歌集》的"罗曼采曲"和"还乡曲"、《新诗集》的"罗曼采曲"以及最后的诗集《罗曼采罗》中。"罗曼采曲"的原文是 Romanzen，意为浪漫故事，这里指英雄和爱情叙事诗。"罗曼采罗"的原文是 Romanzero，词根也是 Romanze，所以同样是指浪漫叙事诗。但实际上不都名实相符，《歌集》中的"罗曼采曲"共有20首，总体上看抒情与叙事共生，有的偏向抒情，有的偏向叙事。笔者认为大约12首可算是叙事诗，但情节稀薄，有些明显的是给自己的爱情编故事，但"还乡曲"中有4首可称叙事诗。《新诗集》中的"罗曼采曲"收诗34首，但可称为叙事诗的只有11首，而真正有故事性、有情节发展的不过7首。这些诗的特点一是取材广泛，有德国和欧洲故事，有希腊神话；二是抒情化，有极优美的景物描写和情感表达。另外"群芳杂咏"中有2首可算是叙事诗。而诗集《罗曼采罗》中虽也有抒情诗样的作品，但主要是长篇叙事诗，有26首。题材广泛，包括德国传说，英国、西班牙历史，希腊神

---

① Heinrich Heine, *Historisch-kritische Gesamtausgabe der Werke*, herausgegeben von Manfred Windfuhr, Hofmann und Campe, Hamburg, 1975, Bd. 1-1, S. 126.

② Heinrich Heine, *Historisch-kritische Gesamtausgabe der Werke*, herausgegeben von Manfred Windfuhr, Hofmann und Campe, Hamburg, 1975, Bd. 1-1, S. 126.

话，圣经故事，而特别值得一提是墨西哥土著反抗西班牙殖民者的故事，此外还有现实的真人真事。这样粗略算来，海涅的叙事诗有50多首，多于布伦塔诺和艾辛多夫。纵观这些诗，内容、篇幅不同，表现手法各异，艺术趣尚也不相同，为方便论述分成长篇、短篇分别来梳理。

长篇叙事

所谓长、短是相对而言，这里只就海涅叙事诗的总体状况来划分，长的指70行以上，其余的算是短篇。海涅的长篇在形式上大多采用"谣曲"的手法。谣曲是民歌的一种形式，由行吟歌者演唱，一般都是情节曲折的长篇故事。海涅此类的叙事诗有十多首，长的达数百行，读起来或洋洋洒洒，或波澜壮阔，或回肠荡气，或诙谐幽默，总之异彩纷呈，各有优长。比如《宗教辩论》（"Disputation"）[1]，作于1851年，全篇共440行，紧紧围绕着"辩论"主题，申说双方的观点，深入浅出，条分缕析，清楚明白。情节上起承转合、首尾呼应，中间情节起伏、扣人心弦，而结尾巧妙，不失海涅一贯的机趣、乖巧和讽刺。手法上民歌基因凸显，特别是洋洋洒洒的大段铺陈，推升了气氛，强化了气势，逼出了高潮，特别显示了海涅的说理和气氛渲染的功力。比如他对犹太教的同情通过拉比的教养风度表现出来，从开始的从容大度，到激昂慷慨再到怒不可遏。而基督教方面，从教士开始的嚣张、咒骂到最后他对天堂物质美好的描述，显出垂涎欲滴的丑态，以及克制不住的对口腹和肉欲的渴望，这是海涅对基督教的禁欲和救赎的绝妙讽刺。此诗同时显示了海涅长于说理而短于编排故事情节的特点，在某种意义上也可以说明海涅长于诗歌、散文而短于小说、戏剧的原因。再如《威茨利普茨利》（"Vitzliputzli"）[2]，共604行。表现墨西哥人民反抗西班牙殖民者的入侵。海涅的气氛渲染、场面描写都十分出色，但可惜疏于剪裁，枝杈蔓生。感觉是在文思泉涌、妙笔生花之际，将一切都落于纸上，于是两个角色的主次和

---

[1] Heinrich Heine, *Historisch-kritische Gesamtausgabe der Werke*, herausgegeben von Manfred Windfuhr, Hofmann und Campe, Hamburg, 1992, Bd. 3 - 1, S. 158ff. 钱春绮译：《海涅诗集》，上海译文出版社1990年版，第759—780页。

[2] Heinrich Heine, *Historisch-kritische Gesamtausgabe der Werke*, herausgegeben von Manfred Windfuhr, Hofmann und Campe, Hamburg, 1992, Bd. 3 - 1, S. 56ff. 钱春绮译：《海涅诗集》，上海译文出版社1990年版，第605—634页。

正反显得模糊，侵略者有时倒像个正面的英雄，而反抗的英雄则分量不够，难以产生震撼人心的力量。《耶符达·本·哈勒维》（"Jehuda ben Halevy"）①，讲述这位希伯来诗人的生平故事，共 896 行，是海涅最长的诗，洋洋洒洒、如滔滔江河奔腾而下。但可惜没有引人入胜的情节，开头铺垫过长，结尾蛇足，总体上有芜杂之感，缺欠剪裁的功夫。当然这跟他当时的写作状况有关：瘫痪在床，口述，由秘书记录，自己不能通览全篇。该诗自注为"Fragment"，可理解为草稿、片段等，钱春绮先生认为"实为未加润色之意"②。所以也就不能求全责备了。《诗人菲尔多西》（"Der Dichter Firdusi"）③ 是根据约瑟夫·封·汉默所著《波斯诗人传，附诗选》而写的诗人故事，共 360 行。内容是这样的：诗人为国王写了一部英雄颂歌，用了 17 年的心血，但国王却没有用他应该用的金币来行赏，而是代之以银币，于是诗人拂袖而去。当另一位国王赏识他的才华，厚币礼聘的时候，却不幸遇上他的葬礼。诗写得流利酣畅，但对诗人着墨太少，他的为人事迹也没有铺垫，特别是这个"拒赏"的中心情节只有 12 行，于是这个诗人形象就立不起来，而海涅的立论也就不够清晰：是赞美诗人的傲岸不羁？是批判君主的吝啬欺人？还是哀叹怀才不遇？总之描写枝蔓颇多，以致主线、主旨不够清晰，有乱花迷眼的感觉。还有《西班牙的阿特柔斯后裔》（"Spanische Atriden"）④，共 288 行，穿越在历史和现代之间。通观海涅的长篇叙事诗，大致有如下特点：用旧素材演绎新故事，艺术上重抒情，长于场面描写和气氛渲染，多述说、少情节，特别是缺少情节的演进和高潮的展开。这在短诗可能造成悬念，但在长篇就显得芜杂而平淡。其中写得最好的是有民歌渊源的爱情故事、

---

① Heinrich Heine, *Historisch-kritische Gesamtausgabe der Werke*, herausgegeben von Manfred Windfuhr, Hofmann und Campe, Hamburg, 1992, Bd. 3 - 1, S. ff. 钱春绮译：《海涅诗集》，上海译文出版社 1990 年版，第 715—759 页。

② 钱春绮译：《海涅诗集》，上海译文出版社 1990 年版，第 759 页。

③ Heinrich Heine, *Historisch-kritische Gesamtausgabe der Werke*, herausgegeben von Manfred Windfuhr, Hofmann und Campe, Hamburg, 1992, Bd. 3 - 1, S. 49ff. 钱春绮译：《海涅诗集》，上海译文出版社 1990 年版，第 593—602 页。

④ Heinrich Heine, *Historisch-kritische Gesamtausgabe der Werke*, herausgegeben von Manfred Windfuhr, Hofmann und Campe, Hamburg, 1992, Bd. 3 - 1, S. 56ff. 钱春绮译：《海涅诗集》，上海译文出版社 1990 年版，第 644—658 页。

骑士传说。海涅采用民歌的叙事手法，再加入个人的艺术趣味，形成了他凄美、狠透、时或还有一丝玩世、嘲讽的新的审美趣尚，如同玫瑰色中涂上一笔生硬的黑色，产生一种特别的刺激性的魅力。下面分析最精彩有趣也最有味道的《汤豪塞》[1]。

此诗作于 1836 年，标题之下注有"一个传说"。汤豪塞是个真实的历史人物，《号角》中的《汤豪塞》("Der Tannhäuser"[2]）记录了一个关于他的传说[3]，本书第一章中有详细的分析，而海涅的文本就直接出自这个《汤豪塞》。我们知道，海涅之于民歌特别是《号角》浸染颇深，他对此篇有很高的评价："这首歌如同是一场爱情的战役，其中流淌的是最红的心之血。"[4] 可见感受之深。但海涅并不是简单的"拿来"，而是在利用的同时加以创新，展现出自己独有的风韵。为了便于比较，下面将两个文本放在一起，特别把它们内容一致的部分并列。

《号角》的《汤豪塞》	海涅的《汤豪塞》
(Der Tannhäuser)	(Der Tannhäuser)
全诗共 104 行，不分章节。下面是德文原文、中文直译及笔者夹评：	全诗共 228 行，分为 3 章。直到 156 行情节与《号角》本基本一致，但文字重新写过。这之后的诗行则完全是海涅原创。下面是德文原文、钱春绮先生译文及笔者评注：
	I
1	1
Nun will ich aber heben an,	Ihr guten Chiristen laßt Euch nicht

---

[1] Heinrich Heine, *Historisch-kritische Gesamtausgabe der Werke*, herausgegeben von Manfred Windfuhr, Hofmann und Campe, Hamburg, 1992, Bd. 2, S. 53ff. 钱春绮译：《海涅诗集》，上海译文出版社 1990 年版，第 382—393 页。

[2] Heinz Rölleke, *Des Knaben Wunderhorn*, Verlag W. Kohlhammer, Stuttgart usw. 1979, Bd. 1, S. 80.

[3] Heinz Rölleke, *Des Knaben Wunderhorn*, Verlag W. Kohlhammer, Stuttgart usw. 1979, Bd. 1 - 1, S. 190.

[4] Heinz Rölleke, *Des Knaben Wunderhorn*, Verlag W. Kohlhammer, Stuttgart usw. 1979, Bd. 1 - 1, S. 192.

第四章　海涅与民歌　◇　503

Vom Tannhäuser wollen wir singen,
Und was er wunders hat gehtan, Mit Frau Venussinnen.

现在我就要开始,
我们要唱汤豪塞的故事,
他做了什么不寻常的事,
跟那个维纳斯夫人。

开头出现一个叙事者,这是典型的民歌套路。但四行诗只说了"讲故事"一个意思,而没有亮明主旨立意,显得拖沓,这是民歌"迂远"的弱点。

Vom Satans List umgarnen!
Ich sing' Euch das Tannhäuserlied
Um Eure Seelen zu warnen.

善良的基督徒们,
不要被撒旦的诡诈勾引!
我给你们唱汤豪塞歌,
来警告你们的心灵。

开头同样的有一个歌者出场,但他一开篇就亮明自己的立场:我是基督徒,为警世而来,为你们点亮人生的正路,免得被魔鬼引入地狱。较之民歌显得凝练精警很多。两诗形式基本相同,押交韵。

2

Der Tannäuser war ein Ritter gut,
Er wollt groß Wunder schauen,
Da zog er in Frau Venus Berg①,
Zu andernschönen Frauen.

汤豪塞是一个好骑士,
他想看伟大的奇迹,
于是来到维纳斯夫人的山中,
去找另外的女人。

2

Der edle Tannhäuser, ein Ritter gut,
Wollt' Lieb' und Lust gewinnen,
Da zog er in den Venusberg,
Blieb sieben Jahre drinnen.

高贵的汤豪塞,优良骑士,
要获得欢乐和爱恋,
他跑到了维纳斯山,
在那里住了七年。

---

① 钱春绮在译文下有注:"维纳斯山指德国图林根埃森纳赫附近的黑尔塞尔山。相传维纳斯住在此山洞中,引诱世人入内,饷以酒食、音乐、淫乐,使流连忘归。"这该是德意志民间传说吸收希腊神话,又被基督教驯化而演绎出的"魔窟"。而汤豪塞一待就是7年,可见魔力之大,他中魔之深。

骑士在中世纪文学和民歌中是一个符号性的形象，代表着爱情和冒险。这里的汤豪塞离家去另觅新欢，且原文是复数，可见他是一个风流采花郎。而这就是他所谓"奇迹"。

海涅的第一行加了一个 edle（高贵的），肯定了汤豪塞的道德。去掉了动词 war，显得简洁。然后明确说明他的人生追求：爱情和快乐，而这两个德语词 Lieb' und Lust 连在一起，就是肉欲的快乐。然后说他一待就是七年，可见沉溺之深。但这个汤豪塞并没有博采众花的想法，让他在道德上似乎站得高些。

3

"Herr Tannhäuser, Ihr seyd mir lieb,
Daran sollt Ihr gedenken,
Ihr habt mir einen Eid geschworen,
Ihr wollt nicht von mir wanken."
"汤豪塞先生，我爱你，
你应该记住
你对我发过誓言，
不会离我而去。"

维纳斯似乎发现了什么，所以有些不放心，重申长相守的誓言。但这个爱情誓言显然跟第一节复数的"美女"有冲突，说明维纳斯要求"专一"而汤豪塞并不够"专一"。

3

"Frau Venus, meine schöne Frau,
Leb wohl, mein holdes Leben!
Ich will nicht länger bleiben beiy dir,
Du sollst mir Urlaub geben."
"维纳斯夫人，我的娇妻，
我美丽的生命，再会吧！
我不愿再留在你身边，
你要允许我请假。"

某天，骑士突然有所悔悟，要离开魔窟。他虽说得委婉，"请假"云云，但态度坚决。如此情节发展就显得简捷、直顺，不像民歌有那么多牵扯。

4

"Frau Venus, ich habe' es nicht gethan,
Ich will dem widersprechen,
Denn niemand spricht das mehr, als Ihr,
Gott helf mir zu den Rechten."

"维纳斯夫人,我没有变心,
我要抗议,
因为没人说过这话,除了你,
上帝为我作证。"

以上两节先是维纳斯委屈质问,再是汤豪塞无力的辩白,给人的感觉两人的感情有些淡漠。

4

"Tannhäuser,, edler Ritter mein,
Hast heut mich nicht geküsset;
Küss' mich geschwind, und sage mir:
Was du bey mir vermisset?

"汤豪塞,我高贵的骑士,
你今天还没有给我亲吻,
快点吻我,告诉我,
有什么不如意的事情?

维纳斯登场,她先是撒娇、求吻,然后才问缘由,是一个痴憨可爱的小女子。

5

"Herr Tannhäuser, wie saget ihr mir!
Ihr sollet bey uns bleiben,
Ich geb Euch meiner Gespielen ein,
Zu einem eh'lichen Weibe."

"汤豪塞,你怎么这样跟我说话!
你应该待在我们这里,
我把我的玩伴给你,
做你忠实的女人。"

维纳斯误解了汤豪塞,以为他喜新厌旧,于是想用另一个女子留着他。是个颇有些城府、手段的女子。

5

Habe ich nicht den süßesten Wein
Täglich dir kredenzet?
Und hab' ich nicht mit Rosen dir
Tagtäglich das Haupt bekränzet?"

难道我每天没有
为你准备最甜美的酒浆?
难道我每天没有,
拿蔷薇花冠戴在你头上?"

维纳斯继续发问,有委屈、有不解,同时呈现了他们的日常生活:爱情和美酒,这是世俗享乐的极致,也正是"仙窟"的浪漫。

6

"Nehme ich dann ein ander Weib,
Als ich hab in meinem Sinne,
So muß ich in der Höllen-Gluth,
Da ewiglich verbrennen."
"如果我有这样的想法，
要娶另一个女人，
那么我必定要下地狱，
遭受永远的火刑。"

男人诅咒发誓地证明自己没有二心。"地狱""火刑"点明基督教最后的审判，看来汤豪塞也看到了自己的罪恶。而这对夫妻的对话很像是里巷中人，这就是民歌。

7

"Du sagst mir viel von der Höllengluth,
Du hast es doch nicht befunden,
Gedenk an meinen rohten Mund,
Der lacht zu allen Stunden."
"你总是说地狱之火，
但你从来也没见过，
想着我的红唇吧，
总是对着你微笑。"

6

"Frau Venus, meine schöne Frau,
Von süßen Wein und Küssen
Ist meine Seele worden krank;
Ich schmachte nach Bitternissen.
"维纳斯夫人，我的娇妻，
你的美酒和亲嘴
害得我的心儿劳瘁；
我渴望尝一点苦味。

第3行原文的直译是"我的灵魂病了"。对灵魂的守望是基督徒的信仰，显然汤豪塞已经"醒悟"并且"迷途知返"。

7

Wir haben zu viel gescherzt und gelacht,
Ich sehne mich nach Thränen,
Und statt mit Rosen möchte' ich meine Haupt
Mit spizigen Dornen krönen."
我们笑谈已经太多，
我憧憬着一些眼泪，
我头上要戴起茨冠，
来代替那些蔷薇。"

第四章　海涅与民歌　◇　507

妻子显然不相信什么天堂地狱之类的说教，她所信仰的只是赤裸裸的欲望，所以用色诱。

原文第 4 行的 "mit spitzigen Dornen krönen" 指的就是耶稣被刑时头上的荆冠，以此表明自己要通过苦行来赎罪的决心。此时他已把爱情、享乐视为罪恶。

8
"Was hilft mich Euer rother Mund,
Er ist mir gar unmehre,
Nun gib mir Urlaub Frau Venus zart,
Durch aller Frauen Ehre."
"你的红唇能帮我什么，
我没一点兴趣，
你还是给我放假吧，温柔的夫人，
以所有妇女的荣誉。"

8
"Tannhäuser, edler Ritter mein,
Du willst dich mit mir zanken；
Du hast geschworen viel tausendmal,
Niemals von mir zu wanken."
"汤豪塞，我高贵的骑士，
你要和我争吵斗气；
你曾发誓了几千次，
说永不和我分离。"

9
"Herr Tannhäuser, wollt Ihr Urlaub han,
Ich will Euch keinen geben,
Nun bleibet edler Tannhäuser zart,
Und frischet Euer Leben."
"汤豪塞先生，你想得到假期，
我可不想给你，
高贵的汤豪塞你就待在这儿吧，
好好地过你的日子。"

9
Komm laß uns in die Kammer gehen,
Zu spielen der heimlichen Minne；
Mein schöner liljenweißer Leib
Erheitert deine Sinne."
来，让我们同入洞房，
去玩神秘的情爱；
我百合花样雪白的娇躯
会使你的精神愉快。"

这个维纳斯先用誓言再用情色来挽留，同样的是千方百计，但显得比民歌更温柔魅惑。

10

"Mein Leben ist schon worden krank,
Ich kann nicht länger bleiben,
Gebt mir Urlaub Fraue zart,
Von Eurem stolzen Leibe."
"我的生活已经出了问题,
我不能再待在这里,
温柔的夫人,给我放个假,
让我离开你引以为傲的肉体。"

11

"Herr Tannhäuser nicht sprecht also,
Ihr seyd nicht wohl bey Sinnen,
Nun laßt uns in die Kammer gehen,
Und spielen der heimlichen Minnen.
"汤豪塞先生你可不要这么说,
你好像有些不爽,
让我们进入闺房,
去玩私密的爱情游戏。"

12

"Eure Minne ist mir worden leide,
Ich habe in meinem Sinne,
O Venus, edle Jungfrau zart,
Ihr seyd ein Teufelinne."
"你的爱情已经变成我的痛苦,
我要说的是,
哦,维纳斯,高贵温柔的夫人,
你就是一个魔鬼。"

10

"Frau Venus, meine schöne Frau,
Dein Reitz wird ewig blühen;
Wie viel einst für dich geglüht,
So werden noch viele glühen.
"维纳斯夫人,我的娇妻,
你的美丽永不凋零;
正如从前很多人恋你,
还会有很多人对你钟情。

11

Doch denk ich der Götter und Helden
die einst
Sich zärtlich daran geweidet,
Dein schöner liljenweißer Leib,
"Er wird mir schier verleidet.
可是我想到神和英雄们
曾经和你寻欢作乐,
你百合花样雪白的娇躯,
立刻使我感觉受辱。

12

Dein schöner liljenweißer Leib
Erfüllt mich fast mit Entsetzen,
Gedenk' ich, wie viele werden sich
Noch späterhin dran ergetzen!"
你百合花样雪白的娇躯,
又使我觉得无限惊愕,
当我想到自今而后
还有许多人要和你取乐!"

骑士去意已决，不为所动，还刨出人家在希腊的老底来羞辱。但其意外的"绝情"更像是要说服自己、坚定信念。他在心底是怕决心被动摇。海涅笔墨加多，人物更显丰满。

13

"Tannhäuser ach, wie sprecht Ihr so,
Bestehet Ihr mich zu schelten?
Sollt ihr noch länger bei uns seyn,
Des Words müßt Ihr entgelten.
"汤豪塞啊，你怎么这样说话，
你竟然来责骂我？
你要是在这儿再待下去，
一定得为这些话付出代价。

14

Tannhäuser wollt Ihr Urlaub han,
Nehmt Urlaub von den Greisen,
Und wo Ihr in dem Land umfahrt,
Mein Lob das sollt Ihr preisen."
汤豪塞你想要休假，
去向老爷子①说一声，
不论你去到哪儿，
你都要说我的好话。"

13

"Tannhäuser, elder Ritter mein,
Das sollst du mir nicht sagen,
Ich wollte lieber du schlägest mich,
Wie du mich oft geschlagen.
"汤豪塞，我高贵的骑士，
你不应当说这种话，
正如你常常打我一样，
我情愿再挨打几下。

14

Ich wollte lieber du schlägest mich,
Als daß du Beleidigung sprächest,
Und mir, undankbar kalter Christ,
Den Stolz im Herren brächest.
我情愿你来打我，
不愿听这侮辱之言，
你这冷酷负义的基督徒，
损毁我心中的尊严。

---

① 老爷子指忠实的老者 Eckart，传说他是住在维纳斯山中的一个隐士，给迷途中人以警示。民间有关于他和汤豪塞的传说，但此歌跟他其实并没有关联。参见 Heinz Rölleke, *Des Knaben Wunderhorn*, Verlag W. Kohlhammer, Stuttgart usw. 1979, Bd. 1-1, S. 191.

两人一来一往地争辩，男的执意要离开这肉欲的魔窟，女的却只有色诱和纠缠，她显得不像爱神，而是世俗的里巷中人。而扯出"老头子"，显然是跟有关维纳斯山的其他传说串联了起来，跟本情节无关，这正是民歌的毛病。

以下跟海涅诗的出入较大，不能一一并列，只取大致相同的内容来并列比较。

15

Weil ich dich geliebet gar zu sehr,
Hör' ich nun solche Worte —
Leb wohl, gebe Urlaub dir,
Ich öffne dir selber die Pforte."
我因为太爱了你，
如今才听到这种说话——
再会，我给你休假，
我亲自替你把门开下。"

维纳斯的回答义正词严，充分显示了她的性格：一方面为爱低到了尘埃，竟能把挨打看成"打是亲，骂是爱"。另一方面她自尊心又很强，不能忍受侮辱，于是大大方方地开门送客。而这一切都根源于爱，有爱任凭你蹂躏，怎么都行，无爱决不委曲求全。这个维纳斯，真是爱的化身。而那个骑士更像是一个被宠坏了的小丈夫，有些任性、有点轻率。不同于民歌的你一言我一语，海涅把人物语言集中，性格更为凸显。

II

15

Der Tannhäuser zog wieder aus dem Berg,
In Jammer und in Reuen：
"Ich will gen Rom in die fromme Stadt,
All auf den Pabst vertrauen.
汤豪塞从山里走出来，
心里痛苦又悔恨：
"我要去虔诚的罗马城，
把一切向教皇倾诉。

16

Nun fahr ich fröhlich auf die Bahn,
Gott muß es immer walten,
Zu einem Pabst, der heißt Urban,
Ob er mich wolle behalten.
现在我就快活上路，
天主一定掌管着这事，
我就去见教皇乌尔班，
不知他是否会关照我。

这两节只有一个意思，就是去罗马见教皇，但话说得啰唆，如同我们的评书，正是民间说唱文学的特征。

1

Zu Rom, zu Rom, in der heiligen Stadt,
Da singt es und klingelt und läutet；
Da zieht einher die Prozenssion,
Der Pabst in der Mitte schreitet.
在罗马，罗马，神圣的城市，
歌声动天，钟声响亮；
一支依仗队伍在行进，
队伍当中走着教皇。

海涅另起一章，直接把场景转到了罗马，十分爽捷。第一行 zu Rom 还有"去罗马"的意思，于是 zu Rom、zu Rom 似乎同时表现了汤豪塞匆匆赶路的急切。第二行 singt、klingelt、läutet 连续3个动词，歌唱、钟鸣、喧闹，突出了罗马的热闹，同时还形成了行内韵。第4行的动词 schreitet 格外传神：教皇迈着庄严的步伐，一步步地往前走。再就是以单音节词为主，特别是每行的前两个词都是单音词，形成一个整齐的节奏，这都是诗人的用心之处，跟民歌很不一样。

512 ◇ 《男孩的神奇号角》与德意志浪漫主义诗歌

2
Das ist der frommer Pabst Urban,
Er trägt die dreyfache Krone,
Er trägt ein rotes Purpurgewand,
Die Schleppe tragen Barone.
这是尊敬的乌尔班教皇
他带着三重的皇冕,
他穿着一件紫红色的法袍,
男爵们替他拉着袍边。

这一节是教皇的画像,尊贵而庄严,华丽而神圣。中间两行的开头重复,突出了威严和气派。

17
Herr Pabst Ihr geistlicher Vater mein,
Ich klag Euch meine Sünde,
Die ich mein Tag begangen hab,
Als ich Euch will verkünden.
教皇,我的精神之父,
我向您诉说,
我一生所犯的罪过,
要全都跟您说。

3
"O heiliger Vater, Pabst Urban,
Ich laß dich nicht von der Stellen
Du hörest zuvor meine Beichte an,
Du rettest mich von der Hölle!"
"啊,神圣的父亲,乌尔班教皇,
我要圣驾稍停一会,
你要先听听我的忏悔,
你要把我从地狱里救回!"

海涅的汤豪塞显得更为急切,直截了当地说出自己的目的,唯恐失去这个机会。极符合二人的身份地位和情势。

4

Das Volk es weicht im Kreis′zurück,
Es schweigen die geistlichen Lieder;
Wer ist der Pilger bleich und wüst,
Vor dem Pabst kniet nieder?
民众们向后闪开，围成一圈，
神圣的赞歌静默无声；——
在教皇面前下跪的那位
憔悴风尘的行客却是何人？

海涅在这里打断汤豪塞的话，加了一节场面描写，突出了虔诚的气氛。

5

"O heiliger Vater, Pabst Urban,
Du kannst ja binden und lösen,
Errette mich von der Höllenqual
Und von der Macht des Bösen.
"啊，神圣的父亲，乌尔班教皇，
你能系铃也能解铃，
请把我救出恶魔之手，
把我救出地狱的苦刑。

此时骑士把维纳斯称为"恶魔"，忏悔的态度十分坚决。

18

Ich bin gewesen ein ganzen Jahr,
Bey Venus einer Frauen,
Nun will ich Beicht und Buß empfahn,
Ob ich möchte Gott anschauen."

我整整一年，
待在维纳斯那里，
现在我想忏悔认罪，
看我能否面对上帝。"

汤豪塞直接对教皇说明自己忏悔的意愿，但只用了两节8行。这牵涉基督教的伦理道德，跟前面所述的"罗累莱"的诱惑与罪恶同一道理。

6

Ich bin der edle Tannhäuser gennant,
Wollt Lieb und Lust gewinnen,
Dazog ich in den Venusberg,
Blieb sieben Jahre drinnen.

我名叫高贵的汤豪塞，
为要获得欢乐和爱恋，
我去到维纳斯山，
在那儿住了七年。

7

Frau Venus ist eine schöne Frau,
Liebreitzend und anmuthreiche;
Wie Sonnenschein und Blumenduft
Ist Ihre Stimme, die weiche.

维纳斯是一位美妇人，
十分可爱而温柔多情；
她那柔和的声音
宛如太阳的光辉，花儿的芳馨。

8

Wie der Schmettling flattert um eine Blum',
Am zarten kelch zu nippen,
So flattertmeine Seele stets
Um ihre Rosenlippen.

就像那花间飞绕的蝴蝶
吸啜着娇嫩的花心，
我的心儿也是这样
常绕着她蔷薇的樱唇。

9

Ihr edles Gesicht umringeln wild
Die blühend schwarzen Locken;
Schau'n dich die großen Augen an,
Wird dir der Athem stocken.

在她那高贵的面庞上
散乱着青春的乌丝；
那大眼睛凝视着你，
会使你的呼吸停止。

10

Schau'n dich die großen Augen an,
So bist du wie angekettet;
Ich habe nur mir großen Noth
Mich aus dem Berg gerettet.

那大眼睛凝视着你，
你就像锁上了链环；
我花了千辛万苦，
才逃出了她的魔山。

这是骑士眼中的维纳斯，漂亮、浓艳又性感，特别"花儿""蝴蝶"的比喻，真实地表现了他跟维纳斯之间的浓情蜜意，跟"魔鬼"之说显然矛盾，体现了他内心的挣扎。而且时间变成了七年，更可见"沦陷"之深。

11

Ich hab'mich gerettet aus dem Berg,
Doch stets verfolgen die Blicke
Der schönen Frau mich überall,
Sie winken: komm' zurücke!
我已经逃出她的山中，
可是那美妇人的青睐，
却到处在追随着我，
她向我示意：回来！

12

Ein armes Gespenst bin ich am Tag,
des Nachts mein Leben erwachet,
Dann träum' ich von meiner schönen Frau,
Sie sitzt bey mir und lacht.
白天我是可怜的幽灵，
夜晚精神抖擞睡不着觉，
我梦见我的娇妻，
她坐在我身边发笑。

13

Sie lacht so gesund, so glücklich, so toll,
Und mit so weißen Zähnen!
Wenn ich an dieses Lachen denk',
So weine ich plötzliche Thränen.
她笑得舒适、幸福、发狂，
牙齿是这样的雪白！
我一想起这种笑容，
就要突然滴下泪来。

14

Ich liebe sie mit Allgewalt,
Nichts kann die Liebe hemmen!
Das ist wie ein wilder Wasserfall,
Du kannst seine Fluthen nicht dämmen;
我用全能之力爱她,
这种爱情无可阻止!
它就像猛烈的瀑布,
你拦不住它的水势。

15

Er springt von Klippe zu Klippe herab,
Mit lautem Tosen und Schäumen,
Und bräch'er trausendmal den Hals,
Er wird im Laufe nicht säumen.
它从悬岩冲下悬岩,
飞沫四溅,大声疾呼,
即使几千次冲破头颅,
依然一往直前,毫不踌躇。

16

Wenn ich den ganzen Himmel besäß',
Frau Venus schenkt ihn gerne:
Ich gäb'ihr die Sonne, ich gäb'ihr den Mond,
Ich gäbe ihr sämmtliche Sterne.
如果我占有整个天空,
我愿献给维纳斯夫人:
我献给她太阳,我献给她月亮,
我献给她全部的星辰。

17

Ich liebe sie mit Allgewalt,
Mit Flammen, die mich verzehren, ——
Ist das der Hölle Feuer schon,
Die Gluthen, die ewig währen?

我用全能之力爱她,
用毁耗我身体的火焰,——
这可就是地狱之火,
那用不熄灭的火焰?

这是激情澎湃的爱情宣言,如滔滔江河势不可挡。这是生命本能的爱,难以遏制,跟他去见教皇的初衷正好相反,体现了理性和情感的冲突。

18

O heiliger Vater, Pabst Urban,
Du kannst ja binden und lösen!
Errette mich von der Höllenqual
Und von der Macht des Bösen."

啊,神圣的父亲,乌尔班教皇,
你能系铃也能解铃!
请把我救出恶魔之手,
把我救出地狱的苦刑。"

这一节是第 5 节的重复。在自然生成的情爱面前,"恶魔"之类概念已经变得虚弱苍白。他再次表白,也许是想在灵与肉的两难之间让教皇帮他作出抉择。

19

Der Pabst hat einen Stecken weiß,
Der war vom dürren Zweige:
"Wann dieser stecken Blätter trägt,
Sind dir deine Sünden verziehen."

那教皇有一根白色的手杖，
是用枯树枝做成。
"如果这手杖能长出绿叶，
你的罪过就可以赦免。"

20

"Sollt ich leben nicht mehr denn ein Jahr,
Ein Jahr auf dieser Erden,
So wollt ich Reu und Buß empfahn,
Und Gottes Gnad erwerben."

"我大概在这世上，
活不过一年，
我就想着忏悔和认罪，
求得上帝的赦免。"

这个教皇有些不近人情，冷冷地拒绝了汤豪塞。显然他自己都不相信枯枝能长出绿叶。这本是个关乎主题的情节，应该写得厚实些，这里只有寥寥4节，显得太单薄。

19

Der Pabst hub jammernd die Händ' empor,
Hub jammernd an zu sprechen:
"Tannhäuser, unglückselger Mann,
Der Zauber ist nicht zu brechen.

教皇黯然举起双手，
开始黯然对他直说：
"汤豪塞，不幸的人，
这法术难以解脱。

20

Der Teufel, den man Venus nennt,
Er ist der Schlimmste von allen;
Erretten kann ich dich nimmermehr
Aus seinen schönen Krallen.

人称维纳斯为恶魔，
是最恶的魔中之首；
我再也救不了你
从她那美丽的魔手。

21

Mit deiner Seele mußt du jetzt
Des Fleisches Lust bezahlen,
Du bist verworfen, du bist verdammt
Zu ewigen Höllenqualen."

你如今要拿你的灵魂
偿付你肉体的快乐，
你已经被摒弃，罚你挨受
那永劫的地狱之苦。"

这是教皇的最终判决：汤豪塞已经不可能得到救赎，他只能受永恒的地狱之苦。是教皇冷酷无情，还是看清了这人的不可救药？但无论如何他帮这个纠结的男人决定了命运，让他得到了精神上的解脱，摆脱了心理的重负，现在他可以轻轻松松地享受物欲情爱，管它是地狱还是天堂。"见教皇"这段海涅洋洋洒洒地写了 21 节，充分展现了汤豪塞的内心情感和维纳斯的魅力，突出了灵与肉的冲突，为大结局积蓄了势能。

III

21

Da zog er wieder aus der Stadt,
In Jammer und in Leiden；
"Maria Mutter, reine Magd,
Muß ich mich von dir scheiden,
于是他从城里出来，
充满痛苦和忧伤：
"圣母玛丽亚，纯洁的姑娘，
我不得不跟你道别，

22

So zieh ich wieder in den Berg,
Ewiglich und ohn Ende,
Zu Venus meiner Frauen zart,
Wohin mich Gott will senden."

1

Der Ritter Tannhäuser er wandelt so rasch,
Die Füße die wurden ihm wunde.
Er kam zurück in den Venusberg
Wohl um die Mitternachtstunde.
骑士汤豪塞快步而行，
他的双足满是伤痕。
他走回到维纳斯山，
正好是半夜的时辰。

2

Frau Venus erwachte aus dem Schlaf,
Ist schnell aus dem Bette gesprungen；
Sie hat mit ihrem weißen Arm
Den geliebten Mann umschlungen.

我就要再次进山
永远地、永远地,
跟维纳斯我的娇妻在一起,
这是上帝的旨意。"

23

"Seyd willkommen Tannhäuser gut,
Ich hab Euch lang entbehret,
Willkommen seyd mein liebster Herr,
Du Held, mir treu bekehret."
"欢迎你,好人汤豪塞,
我一直在想你,
欢迎你,我的最亲爱的夫君,
你是英雄,终于回心转意。"

因为教皇的回答让汤豪塞绝望,所以他又回到维纳斯身边,显然这也正是他的所愿。而维纳斯则显得较为平静,没有特别的意外的惊喜。

24

Darnach wohl auf den dritten Tag,
Der Stecken hub an zu grünen,
Da sandt man Boten in alle Land,
Wohin der Tannhäuser kommen.
过后到了第三天,
(教皇的)那个手杖开始变绿,
于是派使者到全国各地,
打听汤豪塞的下落。

维纳斯夫人从梦中醒来,
急忙忙地跳下了床;
她用她雪白的藕臂
拥抱住亲爱的夫君。

3

Aus ihrem Nase rann das Blut,
Den Augen die Thränen entflossen:
Sie hat mit Thränen und Blut das Gesicht
Des geliebten Mannes begossen.
她鼻孔里流出鲜血,
她眼睛里眼泪直淌:
她用眼泪和鲜血
涂湿了爱人的面庞。

维纳斯惊喜万状,特别是"拥抱"和"血泪涂脸"生动如在目前,把她的思念、苦恋都表现了出来。

25

Da war er wieder in den Berg,
Darinnen sollt er nun bleiben,
So lang bis an den jüngsten Tag,
Wo ihn Gott will hinweisen.

那时他已经回到山中，
他要在这里一直待下去，
一直待到最后审判那天，
那是上帝的指引。

大结局：教皇想找回汤豪塞，但已经找不到了，他要跟维纳斯厮守一生。至此讲了一个完整的人生故事。

26

Das soll nimmer kein Priester thun,
Dem Menschen Mistrost geben,
Will er denn Buß und Reu empfahn,
Die Sünde sey ihm vergeben.

教士们永该记取
不该对人猜疑，
如果他想忏悔认罪，
就该许他赦免

卒章显其志：告诫教士们应该信任人们忏悔的诚意，帮助他们实现救赎愿望。这显然是基督教的立场。

4

Der Ritter legte sich in's Bett,
Er hat kein Wort gesprochen.
Frau Venus in die Küche ging,
Um ihm eine Suppe zu kochen.
骑士躺到了床上,
一句话也不讲,
维纳斯走入厨房,
为他去调制羹汤。

5

Sie gab ihm Suppe, sie gab ihm Brot,
Sie wusch seine wunden Füße,
Sie kämmte ihm das struppige Haar,
Und lachte dahey so süße.
她给他羹汤,她给他面包,
她把他受伤的双足洗好,
她给他梳理散乱的头发,
她傍着他甜蜜地微笑。

"她傍着他甜蜜地微笑"的定格如同李商隐的"共剪西窗烛"一样隽永美好。

6

"Tannhäuser, edler Ritter mein,
Bist lange ausgeblieben,
Sag an, in welchen Landen du dich
So lange herumgetrieben?"
"汤豪塞,我高贵的骑士,

你出门已经很久，
告诉我，偌长的时期
你在哪些国家漂流？"

第三章，摆脱了精神负担的骑士日夜兼程地往回赶，半夜终于到了家。他没有一句话，径直躺到了床上。是啊，说什么呢？难以开口：他有些羞惭、有些愧疚、有些负气，还有些耍赖。他是一个被妻子宠溺坏了的小丈夫。而妻子呢，意外的惊喜、下意识的行动，激动得不知所以，也顾不上说话：她从床上急急"跳"下来，她拥抱他，鼻子出血，满脸是泪，她给他去做饭，然后洗脚、梳头。等到一切料理停当，她才傍在身边悄悄发问：你去哪儿了？这完全不像那个罗马神话中高贵的维纳斯，俨然一个我们中国的贤惠小媳妇，体贴、能干、隐忍。如果说前面我们看到了她的魅惑、自贱、自尊，那么这段我们就看到一个完整的维纳斯，一个有些乡气的纯"情"的化身。

7

"Frau Venus, meine schöne Frau,
Ich hab' in Welschland verweilet;
Ich hatte Geschäfte in Rom, und bin
Schnell wieder hierher geeilet.

"维纳斯夫人,我的娇妻,
我在意大利住了些时;
我在罗马为要事所羁,
现在急忙赶回到这里。

8

Auf sieben Hägeln ist Rom gebaut,
Die Tiber thut dorten fließen;
Auch hab' ich in Rom den Pabst gesehn,
Der Pabst er läßt dich grüßen.
罗马建筑在七座山上,
台伯河在那里经流;
我在罗马也见到教皇,
教皇叫我向你问候。

9

Auf meinem Rückweg sah ich Florenz,
Bin auch durch Mayland gekommen,
Und bin alsdann mit raschen Muth
Die Schweitz hinaufgekommen.
归途我经过佛罗伦萨,
也曾匆匆走过米兰,
然后以快活的心情
攀登上瑞士的高山。

10

Und als ich über die Alpen zog
Da fing es an zu schneyen,
Die blauen Seen die lachten mich an,
Die Adler krächzen und schreyen.

我跨过阿尔卑斯
那里正开始下雪,
蔚蓝的湖波对我发笑,
苍鹰在凄啼悲泣。

11

Und als ich auf dem Sankt-Gotthardt stand,
Da hört ich Deutschland schnarchen;
Es schlief da unten in sanfter Huth,
Von sechs und dreyzig Monarchen.
我站在圣哥达高峰,
听到德意志鼻息如雷:
它在下方三十六位王公
温柔的守卫之下入睡。

12

In Schwaben besah ich die Dichterschul′,
Gar liebe Geschöpfen und Tröpfchen!
Auf kleinen Kackstühlchen saßen sie dort,
Fallhütchen auf den Köpfchen.
在斯瓦比亚我访问一派诗人,
那些可爱的造物和蠢物!
他们在那儿坐在小马桶上,
头上戴着衬棉花的帽箍。

13

Zu Frankfurt kam ich am Schabbes an,
Und aß dort Schalet und Klöse;
Ihr habt die beste Religion,
Auch lieb′ ich das Gänsegekröse.

第四章　海涅与民歌　◇　527

我在安息日来到法兰克福，
在那儿吃夏莱特和团子，
他们信奉最高尚的宗教，
我也喜欢那鹅肚肠子。

14

In Dresden sah ich einen Hund,
Der einst gehört zu den Bestern,
Doch fallen ihm jetzt die Zähne aus,
Er kann nur bellen und wässern①。
在德累斯顿我看到一只狗，
它从前也算是一种名犬，
可是如今它的牙齿落掉，
它只能狂吠而流涎。

15

Zu Weimar, dem Musenwittwensitz,
Da hört' ich viel Klagen erheben,
Man weinte und jammerte: Goethe sey todt
Und Eckermann sey noch am Leben!
在诗神寡妇院的魏玛，
我听到一片悲叹，
他们伤心地痛哭：歌德死了，
而爱克尔曼尚在人间！

16

Zu Potsdam vernahm ich ein lautes Gschrey -
Was giebt es? rief ich verwundert.

---

①　这一节指的是蒂克（Ludwig Tieck，1773—1853）。他是早期浪漫派的代表人物，1819—1841年住在德累斯顿。他写过一篇关于老狗的短篇小说，也曾攻击青年德意志派，所以海涅咒骂他。见钱春绮译文及注释，第391页。

'Das ist der Gans in Berlin, der liest
Dort über das letze Jharhundert.'
在波茨坦我听到一阵叫声——
我惊奇问人,那是何事?
'这是柏林的冈斯,在那儿
宣读上一世纪的讲义。'

17

Zu Göttingen blüht die Wissenschaft,
Doch bringt sie keine Früchte.
Ich kann dort durch in stockfinstrer Nacht,
Sah nirgendswo ein Lichte.
在哥廷根学术的花儿盛开,
可是却结不出什么美果。
我经过那儿正是极黑的夜间,
任何地方看不到一点灯火。

18

Zu Celle im Zuchthaus sah ich nur
Hannoveraner - O Deutsche!
Uns fehlt ein Nazionalzuchthaus
Und eine gemeinsame Peitsche!
在策勒大监狱里我只看到
汉诺威人——哦,德国人士!
我们缺少一所国民大监牢
和一根公共的鞭子!

19

Zu Hamburt frug ich: warum so sehr
Die Straßen stinken thäten?

Doch Juden und Christen versicherten mir,
Das käme von den Fleeten.
我在汉堡问人：'为什么
大街上臭得这样厉害？'
犹太人和基督徒告我：
'这臭气是从阴沟里传来。'

20

Zu Hamburgn, in der guten Stadt,
Wohnt mancher schlechte Geselle;
Und als ich auf die Börse kam,
Ich glaubte ich wär' noch in Celle.
在汉堡，那可爱的城市，
住着许多流氓地痞；
我来到交易所中，
却好像还在策勒的牢里。

21

Zu Hamburg sah ich Altona,
Ist auch eine schöne Gegend;
Ein andermal erzähl' ich dir
Was mir alldort begegent."
从汉堡我又去过阿尔托那，
那也是一处好地方；
我在那儿遇到什么，
过一天再对你讲。"[①]

[①] Heinrich Heine, *Historisch-kritische Gesamtausgabe der Werke*, herausgegeben von Manfred Windfuhr, Hofmann und Campe, Hamburg, 1992, Bd. 2, S. 53f. f. 钱春绮译：《海涅诗集》，上海译文出版社1990年版，第382—393页。略有改动。

530　◇　《男孩的神奇号角》与德意志浪漫主义诗歌

汤豪塞不但没有受到冷遇诘难,还意外地享受到特别的温存爱意,他本来忐忑的心踏实下来,恢复了他的"家长"常态,于是讲了一大堆虚与委蛇的谎言,带着哄小孩的口吻,还透着小得意、小聪明、小卖弄、小调笑。展示了他虽软弱却还要"示强"的性格另一面。而这一点之所以写得如此惟妙惟肖,还因为有诗人自己真实的感受。钱春绮先生注释:"海涅于1834年遇玛蒂尔德(原名Crescentia Mirat),一见钟情,但同居不久,海涅就离开巴黎,企图避开这位不适合的女性,但是后来,诗人为一种魔力所吸引,仍不得不回到玛蒂尔德的身边去。"① 海涅自己也曾对朋友说过:"我就是汤豪塞,被缚在了维纳斯山,我摆脱不了这种魔力。"② 所以诗中的汤豪塞和维纳斯,有诗人和妻子的影子。我们知道,海涅总是称玛蒂尔德为"孩子",他们之间就是这种"爱"与"保护"的关系。至于其中的嬉笑怒骂:挖苦斯瓦比亚(Schwaben,通译史瓦奔)派的诗人,咒骂蒂克,嘲笑爱克尔曼,攻击冈策的学说过时,等

---

① 钱春绮译:《海涅诗集》,上海译文出版社1990年版,第382页。
② Heinrich Heine, *Historisch-kritische Gesamtausgabe der Werke*, herausgegeben von Manfred Windfuhr, Hofmann und Campe, Hamburg, 1992, Bd. 2, S. 504.

等，刻薄甚至恶毒。讽刺德国就像大监狱，统治者手持鞭子，资本主义的汉堡冒着臭气，等等，都痛快淋漓，这就是典型的海涅了。而在主题上，否定了基督教所谓的情爱诱惑、地狱苦刑之说，肯定了世俗的物质情欲享乐。

民歌《汤豪塞》是典型的谣曲体式，这包括几点：一是由一个全知视角的叙事人来讲一个故事，这个故事有头有尾，情节人物吸引人；二是有一定的教育意义；三是语言通俗，有些"絮叨"。较之此本，海涅的有几点新意：首先是改变了主题。《号角》本的立意在批评教皇的拒绝①，肯定追求救赎的正面意义。而海涅则相反，肯定了世俗的享乐。其次塑造了一个可爱的小妻子形象，美艳、热烈又风情万种，是一个带着德意志土气儿的爱神形象。最后就是对德国的批判，是长诗《德国，一个冬天的童话》的前奏。如果把海涅的《汤豪塞》和布伦塔诺的《罗累莱》对比来看也很有意思：同样的"灵与肉"的主题，同样的肯定了肉、否定了灵，但写法和效果都很不一样。布伦塔诺的是凄美的悲剧，罗累莱以生命殉情，震撼人的心灵。海涅的则是谐谑的喜剧，夫妻二人吵闹之后快快乐乐地继续过日子，快活有趣。罗累莱从此成为德意志的爱神，维纳斯则像是痴情乖巧的邻家小媳妇。风格不同而各领风骚。

短篇叙事

海涅的短篇叙事诗最多也最好。如果说他的长篇是谣曲式的叙事，那么他的短篇因其跳跃性和片段性，就可称之为民歌式叙事②。其风格玄幻多彩，或神秘惊险，或血腥残忍，或幽默风趣，或优美抒情。短篇而内涵丰厚，充分展现着海涅的才华，也是其他诗人难以企及的。

海涅的短篇叙事诗很多都离不开"夜"和"死"。这本是浪漫派的所

---

① Heinz Rölleke, *Des Knaben Wunderhorn*, Verlag W. Kohlhammer, Stuttgart usw. 1979, Bd. 1-1, S. 190.

② "民歌"本是抒情的，这里说"民歌式叙事"意在指出海涅短篇叙事诗的特点。

爱，诺瓦利斯就专门写过6章的组诗"夜颂"，歌颂黑夜、渴望死亡，因为那是幸福爱情的所在，享受上帝永恒的极乐。但海涅的不同，他那里不是甜蜜的爱而是决斗、劫持、凶杀，笼罩着神秘、阴凄和紧张，而海涅对此似乎又情有独钟，即使是爱情主题也常不离此道。我们看下面的《两兄弟》，第一节附原文，节间有评注。

Zwei Brüder

1

Oben auf der Bergesspitze

Liegt das Schloß in Nacht gehüllt;

Doch im Thale leuchten Blitze,

Helle Schwerter klirren wild.

在山顶的上面，

夜色笼罩着孤城（笔者注：原文为"城堡"）；

可是在山谷里寒光闪烁，

明晃晃的剑器铿锵怒鸣。

看第一节的原文，"山顶上立着一座城堡"是很多民歌的开头，所以一下子就进入了民歌的语境。这里"城堡"代表着国王、贵族，更指向了其中的姑娘，于是这两行诗勾勒出一个轮廓：夜幕中的城堡和将要发生的爱情故事。而高山的险峻和黑色的夜空让人心生几分寒意，看来不是什么甜蜜的爱情。果然，一个"可是"（doch）把笔锋一转，从山顶的夜色宁静，一下子变为山谷的刀光剑影，这是一场爱情的搏杀，你死我活，气氛从神秘变得骤然紧张。这短短的四行诗词汇、语调上都很"民歌"，但却显得巍然挺拔，特别是夜色中的光影闪烁，具有一种神秘惊惧的美感。我们不禁要问，到底发生了什么？

2

这是弟兄二人在那里

怒冲冲地残酷相争。
请问：为什么两位弟兄
要手持利剑苦苦斗狠？

镜头从远拉近，进入两兄弟的决斗场面，剑与血。显然是为了爱情。

3
因为劳拉小姐的眼华
引起了弟兄的纷争：
两个都恋恋难舍
那位高贵的美人。
4
可是在两人之中，
是谁最获得美人欢心？
这简直是难以揣摩——
还是拔出剑来决定！

此时道出原委，他们是为了城堡中的姑娘。决斗既是中世纪以来的传统，也代表了男人的血性和尊严。

5
他们大胆地互相厮杀，
一砍一击，虎啸龙吟。
当心啊，野蛮的武士，
黑夜里隐伏着魑魅的幻影。
6
凄惨！凄惨！染血的山谷！
凄惨！凄惨！流血的二人！
两位斗士双双倒下，
各在对方的剑下丧身。——

Wehe 的原意是"疼痛",所以这呼喊不只是叙述人的感慨,而且含着当事人血肉之躯的痛感。这里的每个词都果决刚硬,重若千钧,最后一行,既是血肉之躯与钢铁的对撞,也是骑士生命中的铁血与柔情,连诗人自己都为之感动。

7
Viel Jahrhunderte verwehen,
viel Geschlechter deckt das Grab;
Traurig von des Berges Höhen
Schaut das öde Schloß herab.

几百年光阴一掷,
多少人化作亡魂;
只有山顶的孤城(直译:荒凉的城堡)
俯临山谷,凄凉万分。

世事沧桑,一切都变为陈年故事,留下的只有凄凉。海涅用的这个词 verwehen 非常精彩,原义是风儿吹过,显得很轻很轻,但跟"很多世纪"连在一起,这一轻一重的反差就带出了巨大的历史沉重感,让人心生无限的悲凉与感慨。

8
可是谷间一到夜深,
总有鬼影幢幢而行:
只要午夜时分,
两兄弟又动起刀兵。[1]

---

[1] Heinrich Heine, *Historisch-kritische Gesamtausgabe der Werke*, herausgegeben von Manfred Windfuhr, Hofmann und Campe, Hamburg, 1975, Bd. 1-1, S. 69ff. 钱春绮译:《海涅诗集》,上海译文出版社 1990 年版,第 61—63 页。

但是就在人们感慨凭吊、在一切都化为过眼烟云归于平静之时，这一段爱恨情仇还在继续，两兄弟还在为爱情继续较量，在另一个世界，历时几百年。这样的爱情悲剧令人震撼！这就是海涅的"黑色"，带着鲜血与暴力。

回头看它写法上的特点，最明显的就是叙事的跳跃和片段性，它以两个决斗场面为中心，前一个带出前因后果，后一个呈现出另一个鬼魅世界，正是莱辛《拉奥孔》所谓的"最具包孕性的时刻"。而末节还有另外的妙处："深夜的山谷"恰跟首节呼应，"继续搏杀"突出了男人的血性；而漫漫百年也把我们带进历史的长河，沉浸在这无尽的悲戚冷森又神秘可怕的氛围之中。这就是海涅的生命的绝恋。我们再看一首《囚徒之歌》：

1
老祖母用妖术把丽赛迷住，
于是众人要把她火焚。
那官吏枉费了许多笔墨，
可是她一句也不肯招认。
2
当她被推进火刑圈，
她大叫着杀人和疼痛；
当一股黑烟升腾，
她变作乌鸦飞向天空。
3
我乌黑的长着翅膀的老祖母！
请你到监牢里来看我！
快点从铁窗栏里飞进来，
给我带点奶酪和点心。
4
我乌黑的长着翅膀的老祖母！
请你给我些关照，
要是我明天飞上天空，

别让婶子啄掉我的眼睛。①

这首只有 16 行的叙事诗，篇幅虽短却生出种种魅惑，让人欲罢不能。先是残酷火刑、神秘巫术，令人心生恐惧；接着是牢里的小孙女还想着奶酪点心，还是小孩子贪吃的天性，童心可爱，令人不觉莞尔；最后求奶奶保护自己，害怕被婶子啄瞎眼睛，又是怎样一个奇怪的家庭让人生疑。感情的起伏跌宕之外，这故事也离奇难懂。其片断的情节提示我们，这该是一个中世纪的巫术故事，一家子三代巫婆，她们能变成乌鸦，所以孙女在火刑之中把自己变成乌鸦飞走。可她为什么又回到牢里？她的婶婶为什么那么凶狠？从德意志传统文化来看，乌鸦是个跟"死"联系在一起的意象，也常跟强盗、绞刑犯连在一起，说他们死后变成乌鸦飞到地狱云云。而所有这些碎片和联想都给人莫名的恐怖感，有点像布伦塔诺的《蛇厨娘》。但海涅的更残忍、更飘忽，也就更多了一份黑洞般的神秘和疑惧，也就更有一种诱人的魅力。海涅还有一首《夜航》（"Nächtliche Fahrt"）②，他自己十分偏爱，并认为其魅力就在"神秘"。另外还有《堂·拉米罗》（"Don Ramiro"）③、《受伤的骑士》（"Der wunde Ritter"）④、《山谷的声音》（"Die Bergstimm"）⑤ 等都属于这种黑色的神秘。但同样的黑色神秘，海涅也能涂上一抹轻松诙谐，请看下面的《使者》及夹评，首节附原文：

---

① Heinrich Heine, *Historisch-kritische Gesamtausgabe der Werke*, herausgegeben von Manfred Windfuhr, Hofmann und Campe, Hamburg, 1975, Bd. 1 - 1, S. 75f. 钱春绮译：《海涅诗集》，上海译文出版社 1990 年版，第 65 页。有改动。

② Heinrich Heine, *Historisch-kritische Gesamtausgabe der Werke*, herausgegeben von Manfred Windfuhr, Hofmann und Campe, Hamburg, 1992, Bd. 3 - 1, S. 55f. 钱春绮译：《海涅诗集》，上海译文出版社 1990 年版，第 602—604 页。

③ Heinrich Heine, *Historisch-kritische Gesamtausgabe der Werke*, herausgegeben von Manfred Windfuhr, Hofmann und Campe, Hamburg, 1975, Bd. 1 - 1, S. 81 - 91. 钱春绮译：《海涅诗集》，上海译文出版社 1990 年版，第 70—76 页。

④ Heinrich Heine, *Historisch-kritische Gesamtausgabe der Werke*, herausgegeben von Manfred Windfuhr, Hofmann und Campe, Hamburg, 1975, Bd. 1 - 1, S. 98 - 99. 钱春绮译：《海涅诗集》，上海译文出版社 1990 年版，第 80—81 页。

⑤ Heinrich Heine, *Historisch-kritische Gesamtausgabe der Werke*, herausgegeben von Manfred Windfuhr, Hofmann und Campe, Hamburg, 1975, Bd. 1 - 1, S. 69. 钱春绮译：《海涅诗集》，上海译文出版社 1990 年版，第 61 页。

Die Botschaft

1

Mein Knecht! steh auf und sattle schnell,
Und wirf dich auf dein Roß,
Und jage rasch, duch Wald und Feld
Nach könig Dunkans Schloß.

我的仆人,快起来备马驾鞍,
跨上你的骏马,
飞速穿越森林和原野
奔向邓肯王的城堡。

第一节是主人发号施令,似乎是要对国王发起行动,内容够刺激。从"Mein Knecht"(我的仆人)上看,他应该是个骑士。顺着骑士的思路,显然要发生一场爱情冒险。语言极其生动、个性化。比如"wirf dich auf dein Roß",我们可以译成"翻身上马",但直译是"把你自己抛到马背上",特别有一种力量感,一种骏马飞驰的狂野的力量。

2

到了那儿你溜进马棚,
等那个马童进来。
你就给我打听:
是哪个公主做了新娘。

这是具体的部署行动计划,看来是要抢劫新娘。

3

如果马童说"是那个棕发公主",
那你就赶快给我报信儿。
要是马童说"是那个金发公主",

那你就不用着急。

显然骑士是要劫持棕发公主，她是今晚的新娘。四行诗分作两层，句式、节奏上大体对仗，意思却正相反，是民歌句法的巧妙运用。

4
然后你去到绳匠那里，
给我买一根绳子，
你慢点骑，一字别提，
然后把它交到我手里。①

结局的气氛一下子缓了下来，转到了买绳子，充满了自信，也很富喜剧性。要绑谁？自然是棕发公主。为什么绳子要去现买？玩的就是心跳，要的就是这份潇洒。

通观全诗，从内容、风格上看都很接近民歌，但细读又可以发现"出新"之处：它没有全知视角的叙述人，情节全靠人物语言来呈现。全部的四节十六行诗就是四段话，也是四个节点，藉此勾勒出一个深夜抢劫的故事。因为是公主，带有浪漫色彩；因为是国王的城堡，显得惊险而神秘。而那个主人公，带着黑色风暴的力量，同时却运筹有方、沉稳中透出风趣，令人印象深刻。这就是海涅的短篇叙事诗，凝练别致而富有张力。当然海涅还有其他的风格，比如诙谐嘲讽的《一个女人》（"Ein Weib"）②、嘲弄统治者的《查理王》（"König Richard"）③、阴森可怕的人

---

① Heinrich Heine, *Historisch-kritische Gesamtausgabe der Werke*, herausgegeben von Manfred Windfuhr, Hofmann und Campe, Hamburg, 1975, Bd. 1 - 1, S. 79. 钱春绮译：《海涅诗集》，上海译文出版社1990年版，第68页。

② Heinrich Heine, *Historisch-kritische Gesamtausgabe der Werke*, herausgegeben von Manfred Windfuhr, Hofmann und Campe, Hamburg, 1983, Bd. 2, S. 75. 钱春绮译：《海涅诗集》，上海译文出版社1990年版，第419页。

③ Heinrich Heine, *Historisch-kritische Gesamtausgabe der Werke*, herausgegeben von Manfred Windfuhr, Hofmann und Campe, Hamburg, 1992, Bd. 3 - 1, S. 41. 钱春绮译：《海涅诗集》，上海译文出版社1990年版，第581—582页。

第四章 海涅与民歌 ◇ 539

鬼恋《咒语》("Die Beschwörung")① 等，可谓精彩纷呈，既是他个人的精品也是德语诗歌史上的佳作。

海涅还有一些短篇叙事诗，同样运用民间的素材，但写法上淡化情节而加强抒情，跟艾辛多夫的某些作品相近，但更注重造型，其中最有代表性的就是他著名的《罗累莱》②。

1
不知是怎么回事，
我是这样的忧愁；
一个古老的童话，
老萦系在我的心头。

2
莱茵河静静地流淌，
天色昏暗，微风清凉；
在傍晚的斜阳里，
山峰闪耀着霞光。

3
一位美丽的少女，
神奇地坐在山顶上，
她梳着金色的秀发，
首饰闪着金光。

4
她一面用金梳梳头，
口里还在歌唱；
那曲调非常美妙，
动人异常。

---

① Heinrich Heine, *Historisch-kritische Gesamtausgabe der Werke*, herausgegeben von Manfred Windfuhr, Hofmann und Campe, Hamburg, 1983, Bd. 2, S. 76f. 钱春绮译：《海涅诗集》，上海译文出版社1990年版，第421—422页。

② 这本是一首无题诗，《罗累莱》是通俗的叫法。

5
小船里的船夫，
勾引起无限忧伤；
他不看前面的暗礁，
他只向着高处仰望。

6
我想那小舟和舟子，
定要被浪涛吞没；
这都是罗累莱，
她的歌声招来的祸。①

罗累莱的故事我们已经熟悉，虽是布伦塔诺的创造，但毕竟有着民间的基础，而且到了海涅的时代，人们已经将其视为莱茵河的传说，所以当海涅拿起这个题材，就是要重新演绎罗累莱的故事。如果说布伦塔诺写的是一个情节生动、人物鲜明的故事，那么海涅写的就是一首简约、感伤的歌。

通观这首24行的诗，其叙事可谓神龙见首不见尾，隐约朦胧。所有可称情节的只有"唱歌"和"船夫丧生"，而最有戏剧效果的关节点"诱惑"他竟然放过，可见海涅意不在情节故事，他的用心在抒情和造型。在短短的6节诗中他用了整整两节来给罗累莱塑像：在夕阳的余晖中，她坐在山顶，金饰在阳光下闪耀，奇幻美丽。她一边唱歌一边用金梳梳理着金发，娴静安然。说来这"长发梳头"的画面最是温婉妩媚，历来受到诗人画家的青睐，比如屈原的《离骚》中形容宓妃之美就有"朝濯发乎洧盘"，海涅也还有不少类似的镜头。而笼罩着这一切的是一种莫名的感伤，第2节的"暮色""清冷""斜阳"都是在渲染这种感伤。所为何来？为这个扑朔迷离的故事，还是为历史的过往？总之这是一首另类的叙事诗，重抒情、轻叙事，含蓄省净到了极致。

---

① Heinrich Heine, Historisch-kritische Gesamtausgabe der Werke, herausgegeben von Manfred Windfuhr, Hofmann und Campe, Hamburg, 1975, Bd. 1 - 1, S. 207f. 钱春绮译：《海涅诗集》，上海译文出版社1990年版，第155—156页。略有改动。

海涅的这首诗最晚成于1824年初,是《还乡曲》组诗中的一首,可能跟他莱茵河边的童年记忆有关。因其优美的民歌风调被很多作曲家谱曲,广泛流传,在布伦塔诺之后再次让罗累莱扬名德意志。如今在罗累莱峰下的小岛上,有一座石雕的少女,她就是依据海涅的文本雕塑的。而当今的德国人之知晓罗累莱,大多也是从海涅开始,再追溯到布伦塔诺,并认定它是一个古已有之的传说。再看下面的《普绪刻》:

1
手里拿着小小的灯盏,
胸中满怀蓬勃的火焰,
普绪刻小心翼翼,
走进他酣卧的房间。
2
她看到他的美姿,
面泛红云,身体发抖——
露出正身的爱神,
猛然惊醒,拔足逃走。
3
一千八百年的忏悔!
可怜的普绪刻已经奄奄一息!
可她仍然守斋苦修,
因为她看过爱神的裸体。①

全诗3节12行,讲了一个希腊神话②。这本是一个爱情悲剧,可以

---

① Heinrich Heine, *Historisch-kritische Gesamtausgabe der Werke*, herausgegeben von Manfred Windfuhr, Hofmann und Campe, Hamburg, Band II, 1983; S. 88. 钱春绮译:《海涅诗集》,上海译文出版社1990年版,第437页。略有改动。

② 钱春绮原注:"普绪刻(Psyche):希腊神话中一个国王的第三个女儿。维纳斯心嫉其美,命其子厄洛斯(爱神)以箭将彼射伤,不意厄洛斯误伤自己,因此对彼女热恋不舍。随命西风之神将普绪刻带来为妻。但屡次警告普绪刻不许偷窥他的面貌。某夜,普绪刻终于破戒,持灯偷窥厄洛斯。厄洛斯惊醒大怒,舍彼姝而去。普绪刻奔走寻夫,最后终于得宙斯之助,和厄洛斯正式结婚。本诗取材于罗马作家阿普列尤斯(Apuleius)的《金驴记》(*Asinus aureus*)。"

有多个角度、不同的写法和立意。但海涅只描绘了一个"偷窥"的情节，给了一个结局，然后戛然而止，略去了许许多多。但就这一个场景充分表达出她对丈夫的爱，然后为了这一眼做了 1800 年的忏悔！可这一切却源于维纳斯的嫉妒，于是让人发问：作为爱神的厄洛斯为什么不能成全自己的爱情？而这都在读者自己的回味思考中，也正是海涅给出的留白。具体说来 3 节分别写了 3 个场面：普绪刻进屋，爱神逃走以及普绪刻忏悔。这对熟悉希腊神话的德国读者理解不是问题，他们从这个名字就已经明白了这个故事。但对一般中国读者，就如同坠入五里云雾，也就是说，单靠这些我们弄不懂来龙去脉。但我们觉得它仍不失为一首好诗，因为它诗意的描写打动人心，特别是第 1 节。读这一节像是看到一幅熟悉的油画：黝黑的背景中，少女小心翼翼地走来，手中的光亮映照着她的脸，也点燃了她心中的情焰，她带着痴情热望、怀着忐忑不安，走进爱人的房间。这深情的描写里有动作、有姿态、有心理，一位多情少女立现。也正是这样的情感氤氲，帮我们理解了高度凝练的情意，并心生感动和同情。这就是海涅的诗意的、抒情化的叙事诗。相类的还有《水妖》（"Die Nixen"）[1]、《哈洛尔德公子》（"Childe Harold"）[2] 等，兹不赘述。

　　纵览海涅的叙事诗可以看出，他多用历史和民间素材，在形式方面不论是格律、诗行还是篇章结构都有很深的民歌烙印，而在语言上又充分体现了自己的风格，其中最主要的就是长篇铺陈华丽，短篇精警凝练。至于艺术成就，笔者认为短篇更为精彩，特别是"黑色神秘"一类的更是有文学史意义。这类跟"死亡""凶杀""鬼魅"连在一起的东西民歌中不少，歌德、布伦塔诺也都写过，但海涅的自成一派。《号角》的显得粗俗残忍，歌德的带有悚然的恐惧，布伦塔诺的就像黑夜一样幽深，带着浪漫的诡异，而海涅的则带着狠透的暴力美，既有残忍也有诗意。如同一把剑，既是寒光闪闪的凶器，也是一件艺术品，还代表着高贵的身

---

[1] Heinrich Heine, *Historisch-kritische Gesamtausgabe der Werke*, herausgegeben von Manfred Windfuhr, Hofmann und Campe, Hamburg, 1983, Bd. 2, S. 85. 钱春绮译：《海涅诗集》，上海译文出版社 1990 年版，第 433 页。

[2] Heinrich Heine, *Historisch-kritische Gesamtausgabe der Werke*, herausgegeben von Manfred Windfuhr, Hofmann und Campe, Hamburg, 1983, Bd. 2, S. 76. 钱春绮译：《海涅诗集》，上海译文出版社 1990 年版，第 421 页。略有改动。

份。至于海涅的长篇则有迂远散漫的毛病，罕有完璧。而归根结底海涅最擅长的还是抒情诗。

三 抒情诗

海涅的抒情诗在某种意义上可以说是民歌化育孳生的，既有民歌的基因，也有他自己的美学理想。他的"歌"就是"抒情诗"，其间的界限已经消弭，展现了他特有的风貌，而诗情画意是其重要特质。

诗情画意

诗情画意本是中国诗学的审美理想，它要求一首好诗既要"有情"又要"有画"，或曰意境。但这却不是德国诗人的追求。因为自莱辛的《拉奥孔》以来，诗和画的界限被分得清清楚楚，诗是诗，画是画，两者不相干。诗人是抒情的，景物只是个寥寥数笔的陪衬，即使是所谓的"自然诗"，也仍然以抒情为主，很少能呈现完整的景物画面。但海涅打破了这个传统，他的抒情诗呈现自然、表现自然，写景如画，在"我"与自然的互动中，创造出诗情画意的新境界。

诗情画意的创新对海涅说来，主要在"画"。而他的"如画"主要来自两方面的灵感，一是民歌传统，二是当下的景物。从《号角》中我们可以看出，民歌的开篇大都有模式化的景物描写，或作背景，或是引子，或为象征。海涅接过这一传统将其发展为现实的景物描写。再就是他观察表现自然有画家的眼光，不仅讲究色彩、形象、布局，而且注意到远近、大小以及整体与局部之间的关系，特别是他的文字极具表现力、造型力，于是笔下就出现了如画的诗境。而他的用意不只在"成画"，更是以"画"来载情，所以画中情感氤氲，画和情相互映衬、生发，诗情画意盎然。我们看具体的诗例：

1
枞树用碧绿的手指，
轻叩着低矮的小窗，
悄悄地偷听的月亮，
射进来金色的月光。

2
隔壁寝室里的爹娘，
轻轻地打鼾酣睡，
我俩却快乐地闲聊，
毫无睡意兴致勃勃。①

这是民歌风的《山上牧歌》中的前两节。海涅在哈尔茨山漫游，晚上借宿在山上茅屋，家中有个单纯虔诚的小姑娘，跟诗人说了很多藏在心底的秘密，此诗就是描写这个情景。第1节既是现实背景，也是精心描绘的诗境。诗人用拟人手法把无情之物变得有情有思：夜空下，深绿的树枝轻拂着小窗，月亮在静静地窥看，同时洒下金色的月光，一片清和温柔。这让人想到苏东坡的"转朱阁，低绮户，照无眠"的意境。而被感染的读者也沉浸在这大自然欣悦安稳的怀抱中，滤去了尘世的一切杂念，随着月光去看一片纯净的人性世界，这就是海涅的诗情画意。而此类在海涅诗中俯拾皆是，不胜枚举，下面的就是一幅浸透了情意的画。

1
夏季的黄昏朦胧地
笼罩着森林和绿野牧场；
蓝天中金色的月儿，
投泄着芬芳的清光。
2
蟋蟀在溪边低唱，
河面上摇动着波影，
旅人听到寂静之中
有拍水和呼吸的声响。

---

① Heinrich Heine, *Historisch-kritische Gesamtausgabe der Werke*, herausgegeben von Manfred Windfuhr, Hofmann und Campe, Hamburg, 1975, Bd. 1 – 1, S. 340. 钱春绮译：《海涅诗集》，上海译文出版社1990年版，第249页。略有改动。

3
一个美丽的小妖,
在溪边独个儿沐浴
那手臂和裸背,洁白可人,
在月色中熠熠发光。①

第1节描绘出一个优美壮阔的背景,光与色在天地间相互辉映,月色清朗。第2节视野从远及近至于细部:蟋蟀声在水波中回响,漫游者听着溪水潺潺,静静地吸一口清香,心旷神怡。而"拍水的声音"把人的视野引向另一个方向。这就是第3节打开的新天地:碧天明月、山野溪流,还有那个美丽性感的"小妖",她不仅魅惑,而且直接把现实幻化成一个仙境。如果我们回看全诗,它就是一幅美丽的风景画。而这一切又都出于诗人的欢欣愉悦,出于那颗摆脱了束缚的自由欢畅的心。从注释看此诗作于1824年或1825年暑假,当时海涅跟同学一起从哥廷根出发去远足②。美丽的自然激发了他的灵感情思,于是创造出这样精美如画的诗。海涅是德国第一个"大海诗人"。他的前辈包括歌德,都没有正面地描写过大海。所以当海涅面对大海,要抒发、要表现的时候,他就既无依傍也无束缚地用自己的笔、自己的情去描绘自己眼中的壮丽景色。因此这些大海诗最能展示海涅的才情,如天马行空、雄骏不羁。这些大海诗同时也是一幅幅或波澜壮阔,或汹涌澎湃,或多彩绚烂的海景画。

1
狂风穿起了裤子,
那白色水柱的裤子!
它抽打着海波,用尽所有的力气,
海波怒号着、咆哮着、吼叫着。

---

① Heinrich Heine, *Historisch-kritische Gesamtausgabe der Werke*, herausgegeben von Manfred Windfuhr, Hofmann und Campe, Hamburg, 1975, Bd. 1 – 1, S. 299. 钱春绮译:《海涅诗集》,上海译文出版社1990年版,第218页。略有修改。

② Heinrich Heine, *Historisch-kritische Gesamtausgabe der Werke*, herausgegeben von Manfred Windfuhr, Hofmann und Campe, Hamburg, 1975, Bd. 1 – 2, S. 961.

2
一阵倾盆大雨，狂暴地
来自暗沉沉的天空，
好像那古老的黑夜，
要淹死在这古老的海中。
3
海鸥绕着桅杆盘旋，
发出嘶嘎的哀鸣；
它恐惧地扑打着翅膀，
像是要预告灾祸不幸。[①]

这是一幅大海的交响图画。开头两行是切物象形的描写，那个"狂风穿起了裤子"（Der Wind zieht seine Hose an）的比喻奇罕无比：一是用来形容狂风卷起巨浪、白浪滔天。二是它还顺手把风变成了男人，巨人！三是顺势而下的比喻，这巨人鞭打波浪，波浪们呼号咆哮，狂暴非常，而三个连续的表声词（heulen、brausen、tosen）生动地再现了这场狂风巨浪间的搏斗。第2节描写倾盆大雨，既有空间的维度也有时间的维度，在大自然的暴力之外，还让我们感受到一种宇宙洪荒、人世之上的更高的力量，不觉生出敬畏之心。第3节转到眼前的细节，一只可怜的海鸥，扑打着翅膀，张皇失措、恐惧不安。生命的脆弱和挣扎都生动形象地表现出来，于是形成了有声有色有情的意境，同时也让人想起荷兰画家笔下的大海。咆哮的大海之外海涅笔下还有日出的大海、夕照的大海、夜色柔曼的大海等，各具意境。

塑造形象

诗情画意之外，海涅的抒情诗还塑造形象，并借助形象来抒情，这在德语抒情诗中较为罕见，有些像是吸收了民歌的手法，甚至颇有些汉诗意味。我们看下面的诗：

[①] Heinrich Heine, *Historisch-kritische Gesamtausgabe der Werke*, herausgegeben von Manfred Windfuhr, Hofmann und Campe, Hamburg, 1975, Bd. 1-1, S. 219. 钱春绮译：《海涅诗集》，上海译文出版社1990年版，第165页。略有改动。

1
袅袅的睡莲花儿
从湖中做梦样地探首仰望；
月儿在空中向她问好，
露出淡淡的失恋的样儿。
2
她羞涩地又把头
沉入到湖波之中——
她看到：在她的脚边，
映着月儿的憔悴的面容。①

这支出水芙蓉太美了！海涅用 8 行诗塑造了这个形象：她袅袅婷婷地立在水中，但不是静静的，而是主动地"做梦般地""仰望"，显然心有所思、意有所属。此时月光不失时机地向她问好，带着失恋的伤感。因谁失恋，是否遭到过睡莲的拒绝，现在想重修旧好？但睡莲却没有回答，又把头沉入水中，一派羞涩，意态绝美。然后是她看到那倒映水中的惨白面容，透露出同情和伤感。这是天地间的爱情，通过一朵睡莲和月儿表现出来。水与月，纯净得纤尘不染。月亮充满在天地之间的、大而卑微的爱，动人心魄。而原文的末行"Den armen blassen Gesell'n"直译是"看到那可怜的小伙儿惨白的脸"，已然将这纯情引入人世间。第一行所用的"schlank"（苗条的）本是专门形容女孩好身材的词汇，可见诗人意在塑造一个亭亭玉立的娇羞少女，她做着爱情梦，却又在回避，欲言又止，婉转又含蓄。颇近苏轼的咏荷"每怅望、明月清风夜，甚低迷不语，妖邪无力"，抑或陆龟蒙的咏白莲"无情有恨何人觉，月晓风清欲堕时"。这是海涅最美的诗，一花而胜过无数！下面一首其形象同样动人：

---

① Heinrich Heine, *Historisch-kritische Gesamtausgabe der Werke*, herausgegeben von Manfred Windfuhr, Hofmann und Campe, Hamburg, 1983, Bd. 2, S. 18. 钱春绮译：《海涅诗集》，上海译文出版社 1990 年版，第 325 页。

548　◇　《男孩的神奇号角》与德意志浪漫主义诗歌

> 1
> 有一棵松树孤单单
> 在北国荒山上面。
> 它进入睡乡：冰和雪
> 给它裹上了白毯。
> 2
> 它梦见一棵棕榈，
> 长在遥远的东方，
> 孤单单默然哀伤，
> 在灼热的岩壁上。①

　　这是一首十分著名的诗，塑造了两个并立却相反的形象：北方的松树和东方的椰子②，一个在做梦，另一个在梦境。那么这分别象喻什么呢？应该是一对不能结合的恋人。松树孤独地挺立高处，虽然受到冰雪的打击，但心中仍然怀着梦想。而那棵椰子，沉默而悲哀，显然是那个女子，她一个人站在燃烧的岩壁上，这灼热的可能是炎热的天气，可能是红色的岩石，更应该是火热的心。男人傲然挺立，女子多情坚韧，特别是那个"Morgenland"意为"东方"，但这个组合词如果分开就是"早晨的原野"，于是展现出这样的景象：在东方黎明的曙光中，一棵椰子树摇曳婆娑，正像是一个明媚秀丽的女子，她等待着那坚强的男人。这是一首凄婉的情诗。另外写荷花的《抒情插曲》第十首（"Die Lotosblume ängstigt"）③ 与此异曲而同工。除了象征性的意象，海涅的人物同样生动，性格意态毕现。

---

　　① Heinrich Heine, *Historisch-kritische Gesamtausgabe der Werke*, herausgegeben von Manfred Windfuhr, Hofmann und Campe, Hamburg, 1975, Bd. 1－1, S. 165. 钱春绮译：《海涅诗集》，上海译文出版社1990年版，第129页。
　　② 18、19世纪的德语诗歌中，"东方"主要指的是中东和印度，那里气候炎热。
　　③ Heinrich Heine, *Historisch-kritische Gesamtausgabe der Werke*, herausgegeben von Manfred Windfuhr, Hofmann und Campe, Hamburg, 1975, Bd. 1－1, S. 143. 钱春绮译：《海涅诗集》，上海译文出版社1990年版，第115页。

第四章　海涅与民歌　◇　549

父兄都出海去了，
渔舍里只有渔夫的女儿，
那位绝色的渔家女，
孤零零一个人留着。
她坐在火炉旁，
倾听着水壶里
预示着佳兆的隐隐的微声，
她把劈劈拍拍的柴枝投入火中，
并且将它吹旺，
那闪烁的红色火焰
神异地反照着
她那娇艳的面庞，
照着从她那灰色粗衬衣里
十分动人地透露出来的
柔媚而雪白的肩膀，
照着她那只正在把裙子
紧紧地束上纤腰的
小巧而谨慎的手上。①

这是《北海》组诗中《海滨之夜》的第 3 节，记述"我"跟一位渔家女的邂逅，作于 1825 年。这段描绘很像是一幅伦勃朗的油画，在明暗、光色中凸显形象：幽暗的背景，火光把她的脸映红，分外娇艳；火光把她的肩膀照亮，雪白的香肩从粗布衫中露出来，还有那只小手、纤腰，鲜明生动。这是一个出身穷苦但天生丽质的姑娘，那只小手"小心翼翼"地"束紧衬裙"，透露出她的一丝忐忑、一丝期待和自持自尊。这个纯洁的女孩正怀着爱情的梦想，不安地等待着什么，美而性感，美而庄重。下面是那个"男子"的形象：

---

① Heinrich Heine, *Historisch-kritische Gesamtausgabe der Werke*, herausgegeben von Manfred Windfuhr, Hofmann und Campe, Hamburg, 1975, Bd. 1 – 1, S. 367. 钱春绮译：《海涅诗集》，上海译文出版社 1990 年版，第 269 页。

4
突然间，门砰地开了，
那位夜游的外乡人走了进来；
他的眼睛脉脉含情地
盯住这位雪白苗条的少女，
而她，就像一朵受惊的百合花，
站在他面前发抖；
那男子把大衣抛在地上，
一面大笑，一面说道：
5
"你瞧，姑娘，我多守信用，
我来了……"①

　　较之于女孩的羞怯，男人却是截然另样。诗人突出了他的三个动作：破门而入，紧盯着这个美少女，然后将大衣扔在地上，有些急不可待，像是个有些野性的采花人。而女孩还做着纯情少女的梦，所以在"暴力"的爱情之前有些害怕，像一朵受惊的百合花。这比喻太妙了，突出了她的纯洁。于是在对比中塑造了两个不同的形象。海涅这些或工笔、或写意的形象还很多，特别出色还有《还乡曲》第 29 首《这是个坏天儿》（"Das ist ein schlechtes Wetter"）②，塑造了慈爱的老母亲、娇惰的女儿和沉思的"我"三个鲜明生动的形象。总之海涅对各色人物都有生花妙笔，这是一般抒情诗所没有的。

富有张力
　　中国诗学追求和谐美，作诗的着力点不在单纯的抒情，而在创造情、

---

① Heinrich Heine, *Historisch-kritische Gesamtausgabe der Werke*, herausgegeben von Manfred Windfuhr, Hofmann und Campe, Hamburg, 1975, Bd. 1 - 1, S. 366. 钱春绮译：《海涅诗集》，上海译文出版社 1990 年版，第 269—270 页。略有改动。

② Heinrich Heine, *Historisch-kritische Gesamtausgabe der Werke*, herausgegeben von Manfred Windfuhr, Hofmann und Campe, Hamburg, 1975, Bd. 1 - 1, S. 241. 钱春绮译：《海涅诗集》，上海译文出版社 1990 年版，第 179—180 页。

景、意和谐相生的意境，从而使"情"得到强化、升华。而德国诗人多立足于"情"本身，着力抒情。而具体的情，有单纯的，也有纠结的。单纯的多用短诗，纠结的靠长篇。海涅的情况则有所不同，他既靠和谐的意境美来表达单纯，也通过内置的紧张表达纠结，省净、精警而富有张力，是典型的海涅风格，我们看他具体的作品。

> 1
> 大海远远地闪闪发光，
> 映着最后的夕阳；
> 我们孤零零地默坐在
> 偏僻的渔家之旁。
> 2
> 晚雾上升，海潮初涨，
> 白鸥飞去又飞回，
> 从你含情脉脉的眼中
> 流下了点点珠泪。
> 3
> 我看它滴在你的手上，
> 就在你面前下跪；
> 我从你的雪白的手上
> 吮干了那些眼泪。
> 4
> 从此我身体日渐消瘦，
> 灵魂受相思折磨——
> 这个害人不浅的女人
> 用眼泪毒杀了我。[①]

---

① Heinrich Heine, *Historisch-kritische Gesamtausgabe der Werke*, herausgegeben von Manfred Windfuhr, Hofmann und Campe, Hamburg, 1975, Bd. 1-1, S. 225. 钱春绮译：《海涅诗集》，上海译文出版社 1990 年版，第 168 页。

此诗应该是海涅1823年第一次海边度假时所作。这是一首苦涩的情诗，这苦涩是由感情的跌宕及种种对立堆叠出来的。我们逐节来看：第1节是夕阳大海和两个"默坐"的人，"孤零零"既是说这世界空无他人，也是说他们内心的孤独，于是我们感到这波光闪闪的夕阳大海，其浩瀚无边无意间扩大了人的渺小，加大了他们内心的压力。第2节晚雾升起，海潮初涨，白鸥飞来飞去，换了一幅时空，动感的画面带来心潮的涌动，于是女孩落泪，眼里含情脉脉，是"道别"还是"分手"？第3节是男人的反应：先是"下跪"然后"吮干眼泪"，显然是女孩委屈、男人有歉意。但这是骑士或沙龙绅士对贵妇人的姿态，跟这里的大海、渔屋格格不入，他俩是什么人？关系怎样？于是又打了一个"结"。末节的时空再次转换："我"独自苦苦思念，变得形销骨立，于是发狠，恨这个女人。再回看这首短诗，是男女间情丝的纠缠，但却没有来龙去脉，只给出了几个节点，中间全是留白，逻辑靠读者自己填充。可能的解释是：城里来的男人将行，来跟渔家女告别，女孩恋恋不舍，男人心中虽有爱，但不得不"抛弃"，所以感觉愧疚，也才有那动情的一幕。但意外的是结尾：不是顺势而下的"负心"，而是他自己难以忘怀的苦恋，他恨恨地称对方"das unglückseel'ge Weib"（直译：这倒霉的女人），发出了"用眼泪毒杀了我"的怨恨，口吻生硬，言语粗暴，完全没有了海边的绅士派头，表达的却是刻骨铭心的爱，是以相反的"恨"表达出的爱，所谓"相爱相杀"，其力度震撼人心。我们再看一首爱恨纠结的诗《离开》：

1
白天痴恋着黑夜，
春天痴恋着冬天，
生命痴恋着死亡——
而你，你爱我！

2
你爱我——那可怕的影子
已经抓住了你，
你的花儿要全部凋零，

你的心儿要流血而死。
3
离开我吧,你只去
爱那些快乐的蝴蝶,
在阳光中飞舞的蝴蝶——
离开我和我的不幸。①

这是一首以对立来深化题旨的诗,作于1829年。第1节先亮出自然界的种种对立,日—夜、春—冬、生—死等,但那"日""春"和"生"却都恋上了跟自己相反的"夜""冬"和"死",因为这是自然的铁律,正像是"你爱我",于是亮明主题,逻辑的力量力透纸背。第2节专说"你"和"我"。"你"在"我"眼里就像花一样美,但我们却不能像日—夜那样从对立转化成和谐,"你爱我"只能给你带来灾难。于是第3节中"我"忍痛为爱放手,因为你是白日、是花儿,所以阳光下的蝴蝶更适合你,你离开我才能幸福。于是展现出一个人间的爱情悲剧:相爱的两个人就是不能走到一起,对立就是不能转化,它比自然界要严酷得多。在艺术表现上它颇有民歌意味,鲜花、蝴蝶等等,但在这平熟之下贯穿着对立,让它充盈着特别的张力。

四 政治诗

海涅生活在欧洲社会剧烈变革的时代,先是法国大革命,再是反对拿破仑侵略的民族解放战争,然后是1830年的法国革命和1848年的欧洲革命。他作为一个激进的民主主义者积极投身其中,写下了不少脍炙人口的政治诗,总数约有40篇,集中在《新诗集》中的《时事诗》部分。代表作有长诗《德国,一个冬天的童话》《西里西亚织工》等。我们看下面不同类型的三首:

---

① Heinrich Heine, *Historisch-kritische Gesamtausgabe der Werke*, herausgegeben von Manfred Windfuhr, Hofmann und Campe, Hamburg, 1983, Bd. 2, S. 91. 钱春绮译:《海涅诗集》,上海译文出版社1990年版,第442页。

554 ◇ 《男孩的神奇号角》与德意志浪漫主义诗歌

倾向

1
德国的歌手！请你颂扬
德国的自由，使你的歌声
将我们的心灵操纵
而鼓励我们走向行动，
就像那《马赛曲》一样。

2
不要再像维特那样哀叹，
他只是热恋着绿蒂——
你要依着警钟的号召，
向你的人民大众宣告，
口出匕首，口出利剑！

3
不要再做温和的短笛，
停止这种牧歌的情调——
要做祖国的大军号，
做大炮、做臼炮，
去吹、去喊、去轰、去杀！

4
每天去吹、去喊、去轰，
直到那最后的压迫者逃走——
你要只朝着这方向歌唱，
可是却要保持你的诗章
近可能的通俗易懂。①

此诗激昂慷慨，号召德国的诗人、歌手投身革命，以自己的诗歌宣

---

① Heinrich Heine, *Historisch-kritische Gesamtausgabe der Werke*, herausgegeben von Manfred Windfuhr, Hofmann und Campe, Hamburg, 1983, Bd. 2, S. 119f. 钱春绮译：《海涅诗集》，上海译文出版社1990年版，第487页。略有改动。

传革命、鼓舞人民去战斗，写法上明显地受到《号角》中"战歌"的影响。这大概是海涅最"标准"政治诗。其他的则另样写法，更生动、形象、有情。

堕落

1
大自然是否也在堕落，
染上了人类的污点？
我觉得，动物和植物，
也像人一样会说谎言。

2
我不相信百合的贞洁。
蝴蝶和她非常要好，
这翩翩公子绕着她接吻，
最后破了她的贞操。

3
至于紫罗兰的谦逊，
也颇有问题。这株小花，
她用魅惑的香气诱人，
暗暗地在羡慕荣华。

4
我也怀疑，夜莺的歌唱，
是否出于真正的感情；
我想，她不过是例行公事，
发出过分的啜泣和颤音。

5
世界上已经没有真实，
忠诚也已经荡然无存。
犬依然摇尾乞怜，恶臭难闻，

只是他们不复忠诚。①

此诗不但没有一般政治诗的标语口号、枯燥生硬，相反地多姿多彩、充满情味，其中的意象如百合、紫罗兰、夜莺等都十分常见，它的拟人手法如变蝴蝶、百合为情人等也似曾相识，但诗人都反其意而用之。因为主题变了，诗人从歌唱爱情转到了社会批判，而这个立意开门见山就已经亮出，继而通过自然界的种种来反证，最后让不再忠诚的狗来镇题。这就是海涅的政治诗，沿用了抒情诗的手法，晕染着民歌色彩，而用政治的命题把它框架起来，犀利而不失情趣。下面是海涅跟现实斗争结合最紧密的一首诗：

西里西亚织工

1
忧郁的眼睛里没有泪花，
他们坐在织机旁咬牙：
德意志，我们织你的尸布，
我们织进三重诅咒——
我们织，我们织！

2
一重诅咒送给上帝，
我们在饥寒交迫时求过他；
希望和期待都是徒然，
却被他戏弄、揶揄、欺骗——
我们织，我们织！

3
一重诅咒给富人的国王，
我们的痛苦丝毫不能打动他，

---

① Heinrich Heine, *Historisch-kritische Gesamtausgabe der Werke*, herausgegeben von Manfred Windfuhr, Hofmann und Campe, Hamburg, 1983, Bd. 2, S. 115f. 钱春绮译：《海涅诗集》，上海译文出版社1990年版，第480页。

第四章　海涅与民歌　◇　557

他刮去我们仅有的分币，
还把我们当作狗一样枪毙——
我们织，我们织！
4
一重诅咒给虚伪的祖国，
这儿到处是无耻和堕落，
好花很早就被采摘一空，
霉烂的垃圾养饱了蛆虫——
我们织，我们织！
5
梭子穿飞，织机作响，
我们夜以继日辛劳——
老德意志啊，我们织你的尸布，
我们织进三重的诅咒，
我们织，我们织！[1]

此诗的背景是1844年的织工起义。19世纪40年代的德国，工业革命刚刚起步，当时的纺织业只有5%的人在工厂工作，剩下的都在自己家干活。他们从商人那里买进原料织成布再卖给商人。而其时英国已经实现了工业化，竞争变得十分严酷，这些家庭手工业织工的收入就越来越少，加上1844年的收成不好，很多织工家庭陷于饥饿。于是在1844年三千多织工举行抗议游行，要求提高报酬，但遭到镇压。有十一个工人被枪杀，一百多人被捕入狱。海涅站在织工的立场，表达了对剥削压迫者的深恶痛绝，体现了他人道主义的情怀。

此诗作于1845年，是海涅最为中国读者熟悉的作品之一，也是一首脍炙人口的好诗。除了批判精神它在艺术上也很成功，还特别体现着民歌的滋养。首先诗中的 Weber（织布人）、Webstuhl（手工织机）、Schiff-

---

[1] Heinrich Heine, *Historisch-kritische Gesamtausgabe der Werke*, herausgegeben von Manfred Windfuhr, Hofmann und Campe, Hamburg, 1983, Bd. 2, S. 150. 钱春绮译：《海涅诗集》，上海译文出版社1990年版，第515页。略有改动。

chen（梭子）等都属于民歌意象，就把现实的情景自然地代入民歌，其次就是诗人采用了"歌"的形式，这包括语言、句式、诗律和结构。从语言看虽不是典型的口语，但仍是民歌式的简洁清爽的短句，抑扬格，aabb 式的韵脚，加上每节"Wir weben, wir weben"（我们织，我们织）的复沓，形成鲜明整齐的节奏。最后就是铺陈的手法，他把三重诅咒一一道来，形成了递进效应，造成了感情上从压抑的痛苦到愤怒喷发的效果。同时海涅自己的特点也展露无遗，比如词汇的精致如 geäfft、gefoppt、genarrt（戏弄、揶揄、欺骗），连续的三个近义词却又各有内涵，加上 ge - 和 und 的重复，把上帝对民众的愚弄以及织工们的反感、觉悟表现得淋漓尽致，让人感觉到一种咬牙切齿的痛恨。值得注意的是，这三重诅咒并不是随意而发，上帝、国王和祖国是当时普鲁士士兵要发誓效忠的对象，所以对它们的诅咒实际就更指向了当时的统治者。

　　海涅的政治诗，在他的全部诗歌创作中所占的比重很小，但放到"政治诗"这个领域中，他有自己的特点，其中最重要的就是，以诗的手法去创作，而不是以政治口号来代替。所以我们看到海涅政治诗丰富的表现手法，看到鲜明的民歌色彩，看到辛辣的嘲讽，等等。这些都让我们感到，虽然是枯燥的题目，但表现得有声有色，仍然是海涅的风格，仍然是动人的诗。海涅有一首长诗《德国，一个冬天的童话》内容丰富，涉及德国的历史、现状等各个方面，一般认为是政治诗，但没有上下文的片段引证让读者难以理解，另外其思想、艺术的特征也都见于其他短篇，所以这里就不再单独例举了。

　　回顾海涅的全部诗歌创作，可以说抒情诗的成就最高，它凝练精粹的语言、如诗如画的意境、富有张力的内在结构，以及尖锐、辛辣的嘲讽等，形成海涅诗的独有风格，成就了海涅的大家地位。而当我们把他的诗歌创作放到文学发展的进程中去考察，就可以看出他对文学史的独特贡献，即把布伦塔诺开创的"艺术民歌"跟文人之"诗"整合，将这两川汇成一流。他不是再造民歌，而是把民歌化入自己的风格，创造出一种带有民歌基因的文人诗，让民歌的朴素跟"诗"的高雅浑然融为一体，成为德语诗歌创作的主流，并登上了 19 世纪德语诗歌的高峰。

　　如果纵观德语文人诗歌史，它是跟在法国、意大利后面，从学习移植走过来的。先是欧皮茨在 17 世纪初以《德语诗学》建立自己的诗律学,同时诗人们开始创作德语的诗歌,经过"巴洛克"和"启蒙"的百年筚路蓝缕,虽然成果斐然,但还是在"学习"的路上蹒跚。到了"狂飙突进"时代,赫尔德异军突起,反对法国的古典主义,提倡新鲜自然的民族文学,特别倡导民歌,开辟了文人诗吸收民歌营养的新路。歌德做了开路先锋,布伦塔诺等一代浪漫诗人奋力开拓,到海涅经过了三代人的不懈努力,终于创造出体现德意志民族风格和民族气派的诗歌。在这个过程中海涅是最后的完成者、超越者。走在这条民族诗歌大路上的诗人们,他们的才情、气质、风格有异,成就也不相同,但就像是四季的各色花卉,共同绽放出德语诗歌园地的万紫千红。如果我们给本课题相关的诗人打个比喻,那么博大雍容的歌德就是其中的牡丹,高贵大气,布伦塔诺就像是大丽花,虽气局不如牡丹,但同样光华灿烂,艾辛多夫像是幽幽兰花,在一边静静地散发着清香,而海涅则是带刺的玫瑰,鲜艳、芬芳,但却扎手。这些伟大的诗人共同创造了18、19世纪德语诗歌的辉煌,这种辉煌以后再也没有重现,所以也成为德意志民族至高的荣耀。

如果我们再将视野放大,把《号角》及其相关诗歌放到中国诗歌发展的背景之下考察,就会发现其间的"差异"与"相通"。"差异"来自不同的民族文化。黑格尔就说过:"诗始终要受民族性的约制。诗出自民族,民族的内容和表现方式也就是诗的内容和表现方式,这就是导致诗向许多特殊方面分化。"[1] 这些具体相异之处在第一章已经论及。但与此同时黑格尔还指出:"尽管各民族之间以及许多世纪历史发展过程的各个阶段之间有这些复杂的差别,但是作为共同因素而贯串在这些差别之中的毕竟一方面有共同的人性,另一方面有艺术性,所以这民族和这一时代的诗对于其他民族和其它时代还是同样可理解,可欣赏的。"[2] 其实不只是可以相互理解和欣赏,而且它们在艺术上也是相通的。就以中、德民歌来说,从创作论的角度看就有很多"不约而同",比如它们虽可分抒情和叙事两类,但"情"和"事"混融一体是其共同特征,不论是以事带情还是抒情夹事,都是有根有源,显示出其具体性。至于创作手法,

---

[1] [德]黑格尔:《美学》第三卷下册,朱光潜译,商务印书馆1997年版,第26页。
[2] [德]黑格尔:《美学》第三卷下册,朱光潜译,商务印书馆1997年版,第27页。

更是不谋而合。比如叙述、比喻、隐喻或象征等西方概念，其实就相当于中国诗学的概念"赋""比""兴"。从语言上看，中、德民歌都来自大众，语言都自然淳朴、浅易平实，多正语序的完整句子，主谓宾结构，常带连词、虚词，读起来自然流畅，但信息密度低，多习语套句，有散漫迂远之弊。而文人诗不论华夏还是德意志，虽然属于不同语系，但作为诗的语言却同样的高度凝练，词采精华，时有主谓宾的倒置和缺项，连词、虚词等减少，信息量浓缩后变大。具体而言，中、德民歌都注重语言的音乐性，除了基本的节奏、韵脚之外，德意志民歌常辅之以头韵、元音韵，华夏民歌则有相似的双声、叠韵。"重复"也是它们共同的手段，包括词汇、词组以及诗行的重复。不仅强化了节奏韵律，同时氤氲情感氛围，这是歌唱之"歌"留下的胎记。还有就是叙事模式的一致，大多有一个第三人称的全知视角的叙述人，先交代时间、地点、人物，然后依时间顺序叙事，娓娓道来。另外以人物对话来推进情节，既能转换场景、加快节奏，还能表现人物性格，不能不说是共同的妙招。

  从诗史的角度看，华夏民歌是中国文学的源头，由此生成造就了整个中国诗歌史。首先它奠定了中国诗歌"现实主义"的方向。这由《诗经》的"国风"发端，经由汉乐府发扬，到杜甫、白居易成为文人诗的主流美学。其间虽有浪漫的楚辞，有大诗人李白，但"现实"的主潮已滔滔奔流。再有它确立了中国诗歌"温柔敦厚"的美学理想，它还孕育了各种新诗体，成就了中国诗歌的辉煌。对此学者们早有论述。胡适在他五四时期的《白话文学史》中就断言："一切新文学的来源都在民间。民间的小儿女，村夫农妇，痴男怨女，歌童舞妓，弹唱的、说书的，都是文学上的新形式与新风格的创造者。这是文学史的通例，古今中外都逃不出这条通例。《国风》来自民间，《楚辞》里的《九歌》来自民间。汉魏六朝的乐府歌辞也来自民间。"[①] 这个观点在20世纪90年代被萧涤非具体化："自来皆误认乐府为诗之一体，实则一切诗体皆从乐府出也。如三言、五言、杂言出于汉，七言出于魏，五、七言绝句出于南北朝，殆无一不渊源乐府。"[②] 20世纪80年代的葛晓音也说："中国文人诗每一

[①] 胡适：《白话文学史》，《胡适文集》卷4，人民文学出版社1998年版，第34页。
[②] 萧涤非：《汉魏六朝乐府文学史·引言》，人民文学出版社1998年版，第2页。

种新体裁的产生，都经历过模仿和加工民歌的阶段"[①]，并认为汉魏两晋和南北朝诗分别发源于汉乐府和南北朝民歌[②]。这些学者都以中国诗歌创作和发展的事实证明了这一点，即民歌为"诗之母"。其实不只是中国，德国同样如此，民歌集《号角》就是明证。是它为民族诗歌的发展奠定了第一块稳固的基石，是它铺展开一片沃土，孕育了一代代诗人，改变了前人的"学习"和"输入"，把德语诗歌真正建立在民族文化基础之上，形成了民族风格和民族气派的新诗歌，超过了曾经的法国老师。因此我们可以这样说，民歌就是民族文化沃野上开出的万千野花，滴着露珠争奇斗艳，文人们被这些鲜艳的小花打动，于是移栽到自家花园，细心培育、嫁接，终于有了各自的魏紫姚黄，也就有了诗坛的姹紫嫣红。这就是民歌跟文人诗的互动，就是新形式、新风格的产生，这就是诗歌发展史，这就是各民族诗歌发展的共同道路，在中国如此，在德国也如此，这正是本课题在阐释德意志诗歌的同时要说明的一个道理。

---

① 葛晓音：《八代诗史》（修订本），中华书局2007年版，第275页。
② 葛晓音：《八代诗史》（修订本），中华书局2007年版，第275页。

主要参考书目

德文部分

Albrecht, Günter u. a. [Hrsg.], *lexikon, deutschsprachiger Schriftsteller*, VEB Bibliographisches Institut Leipzig, 1987.

Beauvoir, Simone de, *Das andere Geschlecht*, *Sitte und Sexus der Frau*, Verlag Rowohlt, Hamburg 1968.

Beuys, Barbara, *Familienleben in Deutschland*, *Neue Bilder aus der deutschen Vergangenheit*, Verlag Rowohlt, Hamburg 1980.

Bluhm, Lothar u. Hölter, Achim [Hrsg.], *Romantik und Volksliteratur*, Universtiätverlag C. Winter Heidelberg, 1999.

Bode, Karl, *Die Bearbeitung der Vorlagen in „ Des Knaben Wundernhorn "*, Berlin 1909.

Boor, Helmut de u. Newald, Richard [Begr.], *Geschichte der deutschen Literatur von den Anfängen bis zur Gegenwart*, Bd. VI. Aufklärung, Sturm und Drang, Frühe Klassik, von Richard Newald, C. H. Beck' sche Verlagsbuchhandlung, München 1973.

Boor, Helmut de u. Newald, Richard [Begr.], *Geschichte der deutschen Literatur von den Anfängen bis zur Gegenwart*, Bd. VII. Die deutsche Literatur zwischen Französischer Revolution und Restauration, von Gerhard Schulz, C. H. Beck' sche Verlagsbuchhandlung, München 1983.

Brentano, Clemens, *Werke* herausgegeben von Wolfgang Frühwald, Bernhard Gajek und Friedhelm Kemp, Studienausgabe, 2. Durchgesehene und im Anhang erweiterte Aufgabe, Carl Hanser Verlag. München 1978.

Brentano, Clemens, *Sämtliche Werke und Briefe*, hrsg. von Jürgen Behrens, Konrad Feilchenfeldt, Wolfgang Frühwald, Christoph Perels und Hartwig Schultz, Verlag W. Kohlhammer, Stuttgart, Berlin, Köln, Mainz 1975ff. (FBA)

Bühler, Johannes, *Die Kultur des Mittelalters*, 2. Durchgesehene Aufgabe, Alfred Kröner Verlag, Leipzig 1931.

Eichendorff, Joseph von, *Werke*, in 6 Bänden, Herausgegeben von Wolfgang Frühwald, Brigitte Schillbach und Hartwig Schultz, Deutscher Klassiker Verlag, Frankfurt am Main 1978.

Eichendorff, Joseph von, *Gedichte*, Herausgegeben von Peter Horst Neumann, Philipp Reclam Jun. Stuttgart 1997.

Frank, Mantred, *Einführung in die frühromantische Ästhetik*, Suhrkamp Verlag, Stuttgart 1989.

Friedell, Egon, *Kulturgeschichte der Neuzeit*, Verlag C. H. Beck, München 1996.

Goethe, *Werke*, Hamburger Ausgabe in 14 Bänden, Christian Wegner Verlag, Hamburg, neunte Auflage 1969.

Hausschild, Jan-Christoph u. Merner, Michael, „*Der Zweck des Lebens ist das Leben selbst*" *Heinrich Heine, eine Biographie*, Verlag Kiepenheuer & Witsch, Köln, 2. Auflage 1997.

Heine, Heinrich, *Historisch-kritische Gesamtausgabe der Werke*, herausgegeben von Manfred Windfuhr, Verlag Hofmann und Campe, Hamburg 1975ff.

Heine, Heinrich, *Werke*, Ausgewählte und herausgegeben von Martin Greiner, Verlag Kiepenheuer&Witsch, Köln, Berlin 1969.

Heine, Heinrich, *Sämtliche Gedichte in zeitlicher Folge*, Verlag Insel, Frankfurt am Main, Neunte Auflage 2007.

Herder, Johann Gottfried, *Werke* in zehn Bänden, Band 2. Herausgegeben von Gunter E. Grimm, Deutscher Klassiker Verlag, Frankfurt am Main 1993.

Herder, Johann Gottfried, *Werke* in zehn Bänden, Band 3. Herausgegeben von Ulrich Gaier, Deutscher Klassiker Verlag, Frankfurt am Main 1990.

Hoffmann, Werner, *Clemens Brentano, Leben und Werk*, Francke Verlag,

Bern u. München 1966.

Karthaus, Ulrich [Hrsg.], *Die deutsche Literatur in Text und Darstellung, Sturm und Drang und Empfindsamkeit*, Philpp Reclam jun. Stuttgart 1991.

Klein, Johannes, *Geschichte der deutschen Lyrik, von Luther bis zum Ausgang des zweiten Weltkrieges*, 2. erweiterte Auflage, Franz Steiner Verlag, Wiesbaden 1960.

Korff, Hermann August, *Geist der Goethezeit*, IV. Teil Hochromantik, 6. Unveränderte Aufgabe. Verlag Koehler & Amelang, Leipzig 1964.

Kremer, Detlef, *Romantik*, 2. Auflage, Verlag J. B. Metzler, Stuttgart 2003.

Kuczynski, Jügen, *Geschichte des Alltags des Deutschen Volkes*, Pahl-Bugenstein Verlag, Köln 1981f.

Lee, Hae-Kyong, *Kulturkontrastive Untersuchungen zu „ Des Knaben Wundernorn "und zu der koreanischen „ Sammlung der Kasalieder "*, Peter Lang, Europäischer Verlag der Wissenschaften, Frankfurt am Main 2000.

Lüthi, Hans Jürg, *Dichtung und Dichter bei Joseph von Eichendorff*, Francke Verlag, Bern und München 1966.

Novalis, *Schriften, Die Werke Friedrich von Hardenbergs*, Herausgegeben von Paul Kluckhohn und Richard Samuel, 2. nach den Handschriften ergänzte, erweitere und verbesserte Aufgabe in 4 Bänden, W. Kohlhammer Verlag, Stuttgart 1968.

Pape, Walter [Hrsg.], *Das „ Wundernhorn "und die Heidelberger Romantik; Mündlichkeit, Schriftlichkeit, Performanz*, Max Niemeyer Verlag, Tübingen 2005.

Peter, Klaus [Hrsg.], *Romantikforschung seit* 1945, Verlagsgruppe Athenäum-Hain-Scriptor-Hanstein, Königstein/Ts. 1980.

Pikulik, Lothar, *Frühromantik, Epoche -Werke -Wirkung*, 2. Auflage, Verlag C. H. Beck, München 2000.

Ranke-Heinemann, Uta, *Eunuchen für das Himmelreich, Katholische Kirche und Sexualität*, Verlag Hoffmann und Campe, Hamburg, 1988.

Rieser, Ferdinand, „ *Des Knaben Wunderhorn "und seine Quellen, Ein Beitrag zur Geschichte des deutschen Volksliedes und der Romantik*, Dortmund

1908.

Rölleke, Heinz [Hrsg.], *Des Knaben Wunderhorn*, Verlag W. Kohlhammer, Stuttgart, Berlin, Köln, Mainz 1979.

Rölleke, Heinz [Hrsg.], *Des Knaben Wunderhorn*, Reclam-Ausgabe, Stuttgart 1987.

Rölleke, Heinz [Hrsg.], *Des Knaben Wunderhorn*, Insel Verlag, Frankfurt am Main 2003.

Schanze, Helmut [Hrsg], *Romantik-Handbuch*, 2. durchgesehend u. aktualisierte Auflage, Alfred Kröner Verlag, Tübingen 2003.

Scherr, Johannes, *Deutsche Kultur- und Sittengeschichte*, Agrippina-Bücherei, Wiesbaden.

Schlegel, Friedrich, *Kritische Friedrich-Schlegel-Ausgabe*, herausgegeben von Ernst Behler, Verlag Ferdinand Schöningh, München, Paderborn, Wien 1958ff.

Schmidt, Leopold, *Volksgesang und Volkslied*, Erich Schmidt Verlag, Berlin 1970.

Strobach, Hermann [Leitung], *Deutsche Volksdichtung, eine Einführung*, Verlag Philipp Reclam, Jun. Leipzig 1987.

Thalheim, Hans-Günther u. a. [Hrsg.], *Geschichte der deutschen Literatur von den Anfängen bis zur Gegenwart*, Bd. 7. Volk und Wissen Volkseigener Verlag, Berlin 1978.

Tumat, Antje [Hrsg.], *Von Volkston und Romantik*, Universitätsverlag, Winter, Heidelberg 2008.

Uerlings, Herbert [Hrsg.], *Theorie der Romantik*, Verlag Philipp Reclam Jun., Stuttgart 2000.

Wagenknecht, Christian, *Deutsche Metrik*, 4. auflage, Verlag C. H. Beck, München 1999.

Wentzlaff-Eggebert, Friedrich-Wilhelm, *Deutsche Mystik zwischen Mittelalter und Neuzeit*, 3. erweiterte Auflage, Verlag Walter de Gruyter & Co., Berlin 1969

Wiese, Benno von [Hrsg.], *Die deutsche Lyrik, Form und Geschichte*, August Bagel Verlag，Düsseldorf 1956.

中文部分

［美］艾布拉姆斯：《镜与灯》，郦稚牛等译，北京大学出版社2004年版。

［美］雅克·巴尊：《古典的、浪漫的、现代的》，侯蓓译，何念校，江苏教育出版社2005年版。

［奥地利］弗里德里希·伯尔：《欧洲思想史》，广西师范大学出版社2007年版。

［丹麦］勃兰兑斯：《十九世纪文学主流》第2分册《德国的浪漫派》，刘半九译，人民文学出版社1997年版。

［丹麦］勃兰兑斯：《十九世纪文学主流》第6分册《青年德意志》，高中甫译，人民文学出版社1997年版。

褚斌杰、谭家健主编：《先秦文学史》，人民文学出版社1998年版。

范大灿主编：《德国文学史》，译林出版社2006年版。

方汉文：《比较文化学》，广西师范大学出版社2003年版。

方维规：《20世纪德国文学思想论稿》，北京大学出版社2014年版。

高亨注：《诗经今注》，上海古籍出版社1980年版。

葛晓音：《八代诗史》（修订本），中华书局2007年版。

谷裕：《隐匿的神学——启蒙前后的德语文学》，华东师范大学出版社2008年版。

（宋）郭茂倩编：《乐府诗集》（全四册），中华书局1979年版。

［德］亨利希·海涅：《论德国》，薛华、海安译，商务印书馆1980年版。

［德］黑格尔：《美学》，朱光潜译，商务印书馆1997年版。

胡适：《胡适文集》，人民文学出版社1998年版。

［德］汉斯·昆、［德］瓦尔特·延斯：《诗与宗教》，李永平译，生活·读书·新知三联书店2005年版。

［德］沃尔夫·勒佩尼斯：《何谓欧洲知识分子》，李焰明译，广西师范大学出版社2011年版。

李伯杰译：《浪漫派风格——施勒格尔批评文集》，华夏出版社2005年版。

刘大杰：《中国文学发展史》，百花文艺出版社1999年版。

逯钦立辑校：《先秦汉魏晋南北朝诗》，中华书局1983年版。

逯钦立：《汉魏六朝文学论集》，陕西人民出版社1984年版。

［德］卢曼：《宗教教义与社会演化》，刘锋、李秋零译，中国人民大学出版社2009年版。

［德］艾米尔·路德维希：《德国人》，杨成绪、潘琪译，东方出版社2006年版。

［英］罗素：《西方哲学史》，马元德译，商务印书馆1976年版。

钱春绮编译：《德国浪漫主义诗人抒情诗选》，江苏人民出版社1984年版。

钱春绮译：《海涅诗集》，上海译文出版社1990年版。

钱锺书：《管锥编》，中华书局1986年版。

钱锺书：《谈艺录》，中华书局1984年版。

钱锺书：《钱锺书论学文选》，花城出版社1990年版。

《全唐诗》，中华书局1960年版。

（清）沈德潜：《古诗源》，中华书局1963年版。

［法］茨维坦·托多罗夫：《象征理论》，王国卿译，商务印书馆2004年版。

（清）王琦注：《李太白全集》，中华书局1977年版。

［美］韦勒克：《批判的诸种概念》，丁泓等译，四川文艺出版社1963年版。

［美］韦勒克、［美］沃伦：《文学理论》，刘象愚译，生活·读书·新知三联书店1984年版。

吴先宁：《北朝文学研究》，台北：文津出版社1993年版。

萧涤非：《汉魏六朝乐府文学史》，人民文学出版社1998年版。

赵敏俐：《两汉诗歌研究》，台北：文津出版社1993年版。

朱自清：《朱自清全集》，江苏教育出版社1996年版。